N
W
E
S
パサベック川
ブリーズ岬
ストームヘイヴン
錨石島
灯台
焦土岬
パサベック島
隠者島
瘤島
瘤島海峡
難破島

海賊
オッカムの
至宝

RIPTIDE

ダグラス・プレストン
Douglas Preston & Lincoln Child
リンカーン・チャイルド
宮脇孝雄・訳

講談社

某日。ラム酒、底をつく。船内に不満たかまる。混乱必至の情勢なり。手下ども、よからぬことをたくらむ。袂を分かつとの声もあり。至急、新たな獲物を探さねばならぬ。某日。一隻の船を襲う。船内におびただしき酒あり。手下ども狂喜乱舞す。興奮のきわみ。以後、すべて旧に復す。

——エドワード・ティーチ、別名、海賊黒ひげの航海日誌（一七一八年頃）より

十七世紀の問題に二十世紀の解法を適用して得られるのは、完璧な成功か完璧な混沌のいずれかである。その中間はない。

——オーヴィル・ホーン博士

プロローグ

一七九〇年六月の午後、鱈を獲りに出かけたメーン地方の漁師、サイモン・ラターは、嵐の海で激しい回流に巻き込まれた。船には大量の魚が積まれていたので、平底の小型船は航路を大きく外れ、海岸から六マイル沖にある濃霧のノコギリ島に避難することになった。大荒れの天候が回復するのを待ちながら、漁師はその無人島を歩いてみることにした。そして、名前どおり尖った崖に囲まれたその島を内陸に少し入ったところで、低い枝の一本にロープと滑車がぶら下がっている巨大なオークの老木を見つけた。その真下の地面には窪みができていた。誰も住んでいないはずの島だったが、何年も前にここを訪れた者がいるらしい、とラターは思った。

好奇心に駆られたラターは、弟の協力を仰ぎ、それから何週間かたった日曜日に、ピッケルとシャベルを持って島に舞い戻った。地面が窪んだところにたどり着き、二人はその場所を掘りはじめた。五フィート掘ったところで、オークの丸太を組み合わせた台座が出てきた。その丸太を取り除き、新たな興奮に駆られながら、二人はさらに掘り進んだ。日暮れどきになると、穴の深さは二十フィート近くまで達していた。すると、木炭や粘土の層の下に、もう一つオークの台座があるのがわかった。ちょうど年に一度、鯖（さば）の大群がやってくる時期に当たっていたので、漁が終わったらまた発掘を続けるつもりで、兄弟は家に戻った。ところが、その一週間後、不慮の事故で平底船が転覆し、ラターの弟は溺れ死んだ。そのため、穴の探索はとりあえず中止された。

二年後、ラターは地元の商人たちを誘い、資金を貯めて、ふたたびノコギリ島の謎の穴に挑むことにした。再発掘がはじまってまもなく、縦組みの柱に梁を渡したオーク材の足場のようなものが見つかり、埋められた縦坑（たてこう）の木積（こづみ）だろうということになった。そのときの作業でどこまで深く穴が掘られたかは記録に残っていないが、おおかたの推測では百フィート近く掘ったのではないかといわれている。その地点で、一行は次のような文字が刻まれた平らな石を掘り当てた。

初めに偽らざるはなし
呪われしは哭（おら）ぶ
運なくば死す

掘り出された石盤は地上に放り出されたが、その石盤がなくなったことによって、ある種の封印が破られたらしい。数秒後、なんの前触れもなく、穴にどっと海水が流れ込んできた。採掘者はみな逃げ出したが、ただ一人、サイモン・ラターだけは遅れを取った。やがて〈水地獄〉と呼ばれることになる穴の、それが最初の犠牲者であった。

以後、〈水地獄〉にまつわるさまざまな伝説が生まれたが、その中で信憑性(しんぴょうせい)の高いものには次のような言い伝えがある。悪名高い英国の海賊、エドワード・オッカムは、一六九五年ごろ、謎の死を遂げる寸前に、莫大な財宝をメーン地方の沿岸に隠した。ノコギリ島の縦穴が、その埋蔵場所ではないかというのである。ラターが不慮の死を遂げた直後、オッカムの財宝は呪われているという噂が広まった。それを掘り出す者は、石盤に刻まれたとおりの運命をたどることになる、という噂が……。

〈水地獄〉の海水を汲み出そうとする者は跡を絶たなかった。一八〇〇年、かつてラターの発掘隊に加わった仲間の二人が新しい組合をつくり、資金を募って、もとの穴から十二フィート南に新しいトンネルを掘りはじめた。最初の百フィートは苦もなく作業が進み、続いて〈水地獄〉の真下に向かう横の穴を掘ることになった。財宝の下にトンネルを掘るのがその計画だったのである。だが、もとの穴に向かって水平方向のトンネルを掘りはじめたとき、たちまち通路に水が押し寄せてきて、男たちは命からがら逃げていった。

そのあと三十年のあいだ、穴は手つかずのまま放置されていた。一八三一年、リチャード・パーカーストという州南部の鉱山技師がバース派遣サルベージ会社を設立した。最初の発掘隊に友人が参加していたので、これまでのいきさつを熟知していたパーカーストは、〈水地獄〉の上に足場を組み、蒸気機関で動く大型のポンプをすえつけた。しかし、海水を汲み出すことはできなかった。それならばと、今度は初期型の石炭採掘機を持ち込み、〈水地獄〉の真上に設置した。ドリルは穴の底まで届き、張り板を突き破りながら百七十フィートの深さにまで達したあと、何か硬いものに当たって止まった。筒式のドリルを抜き出してみると、潰れた先端の部分に、鉄片や鱗状の錆がこびりついていた。しかも、ドリルの縦溝には、膠結物や粘着物質と一緒に、多量の繊維が付着してきた。分析の結果、それは通称マニラ・グラス、いわゆるココナツの繊維であることがわかった。熱帯地方でしか採れないこの植物は、積み荷の損傷を防ぐ目的で船によく敷かれるものである。この発見のすぐあと、バース派遣サルベージ会社は破産し、パーカーストは離島を余儀なくされた。

一八四〇年、ボストン・サルベージという会社が設立され、〈水地獄〉の付近に第三の穴を掘ることになった。思いがけないことに、わずか六十六フィート掘り進んだところで、〈水地獄〉から枝分かれしたと思われる古い横穴に突き当たった。坑道にたちまち海水があふれ、穴は潰れた。

その失敗にも気落ちせず、事業主たちは、三十ヤード離れたところに、もう一つの穴、のちに〈ボストン坑〉と呼ばれるようになる大規模な穴を掘りはじめた。ほかの穴と違い、〈ボストン坑〉は縦坑ではなく斜面に掘られていた。七十フィートまで横に進んだところで床岩に突き当たり、それから先は下に向きを変え、金に糸目をつけず、削岩機や火薬をふんだんに使って五十フィートほど掘り進んだ。そのあと、水平のトンネルを掘り、〈水地獄〉の底部と思われるところに達すると、本来の穴の木積や、水が引いたあとで溜まった土砂が現れた。狂喜した一行は、そのまま下に進み、土砂を取り除いた。百三十フィートのところで新たな台座が出てきたので、いったん作業を中断し、その台座を取り外すべきかどうか検討に入った。その夜、激しい地鳴りが野営のテントを襲った。採掘者たちが飛び出してみると、〈水地獄〉が凄まじい力で新しいトンネルを押しつぶし、〈ボストン坑〉の口から高さ三十フィートに及ぶ泥水流が噴き出していた。その泥の中から、不純物の多い金属の締め釘が見つかった。水夫が使う帯金（おびがね）つきの道具箱を補強する締め釘と同じものであった。

以後二十年のあいだ、宝の部屋をめざして十数回の発掘作業が行われたが、いずれの場合も穴は崩落し、水没した。宝探しの会社は、さらに四社が破産の憂き目を見た。泡を食って逃げ出した採掘者の中には、水が出るのは偶然ではない、と主張する者もいた。どこを掘ってもかならず大量の水が流れ込む、悪魔のような仕掛けが、〈水地獄〉には仕組まれているのだ、と。

やがて南北戦争が始まり、採掘は小休止の時期を迎えた。一八六九年、宝探しの新しい会社が島の採掘権を得た。現場監督のF・X・レンシェという男は、潮の満ち干に従って〈水地獄〉の水位が変わるのに気がつき、水の罠は人造の水路によって海とつながっているのではないか、という説をたてた。もしもその水路を見つけてふさぐことができれば、水を汲み出し、難なく宝物を取り出せるのではないか。レンシェは〈水地獄〉の周辺に深さのまちまちな十数ヵ所の穴を掘ってみた。すると、穴の多くが水平のトンネルや岩窟に突き当たったので、水の流れを絶つべく発破をかけた。だが、海に通じる水路は見つからず、〈水地獄〉の水は引かなかった。やがて会社は資金不足に陥り、例によって島に放置された機械類は潮風の浸蝕で静かに錆びていった。

一八八〇年代の初頭に、カナダと英国の資本家組合が、黄金採掘社という会社を設立した。強力なポンプや新型の機械が船で島に運ばれ、動力源の蒸気機関も持ち込まれた。何度か〈水地獄〉を試掘しているうちに、手応えがあった。一八八三年八月二十三日のことである。採掘機が突き当たったのは、五十年前にパーカーストのドリルを壊した鉄の板であった。新式のダイヤモンド・ドリルが採掘機の先に取りつけられ、最大限の動力が出るように蒸気機関のボイラーに火が焚かれた。ドリルは見事に鉄板を貫通し、柔らかい金属塊に食い込んだ。芯を抜き取ってみると、ドリルの溝には螺旋状に太く削り取られた純金がへばりついていた。それと一緒に、ちぎれた羊皮紙が巻きついているのも見つかった。その断簡には「絹、カナリー・ワイン、象牙」という文字があり、「ジョン・ハイド、デッドフォードの首吊り台で朽ち果て」とあった。

その発見の三十分後、巨大なボイラーの一台が爆発した。アイルランド人の火夫が一人死に、機材や足組みの大半は薙ぎ倒された。怪我人は十三人に及び、資本家の一人イジーキャル・ハリスは視力を失った。先駆者たちと同じ運命をたどり、黄金採掘社も破産した。

一九〇〇年の前後には、さらに三つの会社が〈水地獄〉で運だめしをした。黄金採掘社のような発見をすることはできなかったが、こうした会社は最新式のポンプを装備し、水中で使用できる火薬を随所に仕掛けて、水路を絶ち、島から水を汲み出そうとした。ポンプの能力を最大限まで発揮した結果、中央部の水位は引き潮で二十フィートまで下げることができた。まず採掘者が下におりて、毒ガスが充満しているといわれる穴の状態を調べた。たちまち数人が失神し、地上に運び上げられた。一九〇七年の十一月初旬、三つ目の会社が作業をしているとき、発破の手順を間違えて、工夫の一人が片腕と両脚を失った。その二日後、北東の強風が吹き荒れて、ポンプ施設の中枢を破壊した。作業はそれで取りやめになった。

以後、会社組織の人間がやってくることはなかったが、折を見て試掘に訪れる山師や好事家は跡を絶たなかった。島の中心部にはおびただしい穴や縦坑やトンネルが掘られ、いずれも水浸しになって、本来の〈水地獄〉があった場所は忘れ去られた。やがて島は打ち捨てられ、雎鳩が飛来し、チョークチェリーの灌木が茂るだけの場所になった。崖が崩れやすく、危険だったので、本土の人々も決して近づこうとはしなかった。一九四〇年、アルフレッド・ウェストゲイト・ハッチ・シニアというニューヨークの若く裕福な資本家が、メーン地方に家族を連れて避暑にやってきた。島の噂を耳にしたハッチは、興味津々でその歴史を調べはじめた。どの採掘会社も詳しい記録を残していなかったので、資料は乏しかった。六年後、ハッチは土地の投機家から島を買い取り、一家を挙げてストームヘイヴンの村に引っ越してきた。

ほかの男たちと同じように、A・W・ハッチ・シニアも〈水地獄〉に取り憑かれ、破滅への道を歩んだ。二年もたたないうちに財産は底をつき、ハッチは破産の宣告を受けた。酒に溺れた彼は、まもなく世を去り、あとには息子のA・W・ハッチ・ジュニアが遺された。ハッチ・ジュニアは、十九歳でただ一人、一家の生計を支えることになった。

装幀❖多田和博
装画❖西口司郎

海賊オッカムの至宝

主要登場人物紹介

◆**エドワード・オッカム**……17世紀、世界中を震えあがらせた海賊。その残虐な行為から「血塗れ（レッド）・ネッド」と呼ばれた。略奪によって得られた莫大な資産を世界のどこかに隠したと伝えられており、メーン州のノコギリ島はその候補の一つにあげられている。隠されたとされる財宝の中には、比類なき価値をもつとされる「聖ミカエルの剣」が含まれている。

◆**Ａ．Ｗ．ハッチ・シニア**……ＮＹの裕福な資本家。1940年、メーン州に避暑にやってきて、「水地獄」に魅せられて、ノコギリ島を買い取って宝物の発掘に熱中するが破産、アルコールに溺れ失意のうちに他界する。

◆**ジェラルド・ナイデルマン**……海軍出身。ヴェトナム戦争で掃海艇の艇長（キャプテン）を務める。退役後、漁師をしていたが、宝探しの魅力に取り憑かれ、発掘会社〈サラサ〉を設立する。「水地獄」の謎を解く鍵を探し出し、地権者のハッチに発掘許可を申し出る。

◆**マリン・ハッチ**……医学博士。ハーヴァード大医学部卒。Ａ・Ｗ・ハッチ・シニアの孫。少年時代、目の前で兄が「水地獄」で死んだという暗い過去を持つ。祖父からノコギリ島の地権を引き継いでいる。

◆**クリストファー・セント・ジョン**……〈サラサ〉のメンバー。歴史学者。エリザベス朝とスチュワート朝時代の知識は当代随一。

◆**ケリー・ウォプナー**……〈サラサ〉のメンバー。コンピュータ専門家。ネットワーク設計と暗号分析を得意とする。

◆**ライル・ストリーター**……〈サラサ〉のメンバー。「水地獄」発掘の現場班長を務める。ナイデルマンとはベトナム戦争時代からの仲間。

◆**サンドラ・マグヌセン**……〈サラサ〉の女性技術主任。遠隔計測の専門家。

◆**ロジャー・ランキン**……〈サラサ〉のメンバー。地質学者。

◆**イゾベル・ボンテール**……〈サラサ〉のメンバー。潜水班の責任者も務める女性考古学者。

◆**ウッドラフ・クレイ**……ストームヘイヴンに住む牧師。宝物の発掘活動に強い倫理的嫌悪感を抱いている。

■目次■

1

一九六八年七月

マリンは夏に飽きていた。朝のあいだは、兄のジョニーと一緒に古い井戸小屋に出かけ、雀蜂の巣に石を投げて遊んだ。それは楽しかったが、今はもう何もすることがない。まだ十一時を過ぎたばかりなのに、母親がお昼のためにこしらえてくれたピーナッツバターとバナナのサンドイッチは二枚とも食べてしまった。家の前にある浮き埠頭に腰かけ、あぐらをかいたマリンは、陽炎のたつ海の彼方から戦艦でも現れないかと、水平線をながめていた。いや、巨大なタンカーでもいい。沖にある島をめざしていた石油タンカーが暗礁に乗り上げ、どかんと爆発する。そうなったら気分も晴れるだろう。

そのとき、家から兄が出てきて、浮き埠頭に続く木の傾斜路をがたがたいわせながら近づいてきた。首筋に、氷のかけらを当てている。

「あ、やられちゃったんだ」と、マリンはいった。自分は無事だったのに、賢いはずの兄のほうは蜂に刺されている。そう思うと、愉快になった。

「何いってんだよ、近づけなかったくせに」サンドイッチの最後の一口を頬張ったまま、ジョニーはいった。「ほんとに臆病なんだから」

「お兄ちゃんとおんなじところまで、ちゃんと近寄ったじゃないか」

「へえ、そうかい。じゃあ、すぐに逃げ出したから、蜂のやつらには、やせっぽちの、がりがりのお尻しか見えなかったんだろうな」ジョニーは鼻であしらい、氷のかけらを海に投げ込んだ。

「違うもん。逃げなかったもん」

ジョニーはマリンの隣に腰を下ろし、肩にかけていた鞄を横に置いた。「でも、おれたち、蜂のやつらを懲らしめてやったよな」刺された跡を人差し指の先でそっと触りながら、ジョニーはいった。

「うん、そうだね」

二人は黙り込んだ。マリンは、狭い入江の向こうに目をやって、湾に浮かぶ島々をながめた。隠者島、難破島、瘤島、錨石島。その彼方には、こんなに天気のいい夏の盛りにも晴れようとしない霧に包まれて、青くかすんだノコギリ島が見え隠れしている。マリンの父がよく口にする表現を使えば、遠くの海は真っ平に凪いでいた。

　海に向かって物憂げに石を投げたマリンは、丸く広がってゆく波紋をつまらなさそうに見ていた。こんなことになるんだったら、パパやママと一緒に町に行けばよかったんだ、と後悔した。そうすれば、少しは退屈しないですんだのに。どこでもいいから、ほかのところへ行きたかった。ボストンでも、ニューヨークでも、このメーン州でなければどこでもいい。

「お兄ちゃん、ニューヨーク行ったことある？」

　ジョニーは真面目な顔でうなずいた。「一度だけあるよ。おまえが生まれる前にね」

　嘘だ、とマリンは思った。マリンが生まれる前というと、まだジョニーは一つか二つだ。そんな小さなときのことを憶えているはずがない。でも、はっきりそういうと、腕のあたりを小突かれるので黙っていた。

　そのとき、埠頭の先端につながれている船外機つきの小さなボートが目に入り、マリンはいいことを思いついた。そうだ、これがあったのだ。

「あれに乗ろうよ」声を落とし、あごの先でボートを示しながら、マリンはいった。

「おまえ、馬鹿か」ジョニーはいった。「パパにひっぱたかれるぞ」

「大丈夫だよ」と、マリンはいった。「パパとママは、買い物が終わったら、ヘイスティングズさんちでお昼を食べてくるんだ。三時か四時まで戻らないよ。内緒で乗っちゃおうよ」

「内緒っていったって、町の人がみんな見てるかもしれないんだぞ」

「誰も見てないよ」そういってから、調子に乗ってマリンはつけ加えた。「人のこと臆病なんていったくせに、自分こそ何だよ」

　しかし、ジョニーは聞いていなかったらしい。その目はボートをじっと見つめていた。「あれに乗ってどうするんだ。どこへ行くんだよ」

　そこには二人しかいなかったが、マリンはさらに声を落とした。「ノコギリ島さ」

　ジョニーはマリンのほうに向き直った。「そんなことしたら、パパに殺されちゃうぞ」いつの間にかジョニーも声が低くなっている。

「叱られっこないよ。宝物を見つけてくるんだから」

「宝物？　あるわけないよ、そんなもん」ジョニーは鼻であしらったが、気持ちは揺れているようだった。「あの島は危ないんだぞ、穴だらけで」

マリンは兄の性格を知っていたので、こういうしゃべり方をしているときに本当はどう思っているのか、すっかり見通していた。半分はもうその気になっているのだ。マリンはそれ以上何もいわず、二人きりで過ごす長い夏の日がどんなに退屈か、ジョニーによく考えてもらおうとした。

ジョニーは不意に立ちあがり、埠頭の突端まですたすた歩いていった。どきどきするような期待を胸に、マリンは待った。戻ってきたとき、兄は救命胴衣を二つ手に下げていた。

「島に着いても岸の岩場を歩くだけだからな」ジョニーは、わざとぶっきらぼうにいった。弟のほうが名案を思いついても、兄弟の上下関係は変わらないのだ、といいたいらしい。

「わかったか？」

マリンはうなずき、ボートの舷縁を手で支えた。ジョニーは、肩かけの鞄と救命胴衣をボートに投げ入れた。

どうしてもっと前にこの冒険を思いつかなかったんだろう、とマリンは思った。マリンもジョニーも、ノコギリ島にはまだ一度も行ったことがない。それどころか、ストームヘイヴンの子供は、まだ一人もあそこに上陸したことがないはずだ。行けばきっと友だちに自慢できるだろう。

「おまえは舳先にすわれ」と、ジョニーはいった。「エンジンはぼくが動かすから」

マリンの見つめる前で、ジョニーは変速レバーをいじり、空気弁を開け、燃料バルブを動かして、勢いよくスターター・コードを引いた。エンジンは咳き込むような音をたて、そのまま静かになった。ジョニーは、二度、三度、コードを引いた。ノコギリ島は沖合い六マイルのところにある。遠いようだが、今は海も凪いでいるので、三十分もあれば行けるだろう、とマリンは思った。島を洗う激しい海流も、あとしばらくすると、今度は逆に流れはじめるが、満潮に近い今なら、ほとんど止まっているはずだった。

ジョニーは、顔を真っ赤にして一休みしたあと、力を込めてふたたびコードを引いた。すると、ぶるるっと音をたてエンジンは息を吹き返した。「ロープを解け！」と、ジョニーは叫んだ。そして、舫綱（もやいづな）が索止め（つなど）から外されると、スロットルをめいっぱい前に倒した。十八馬力の安直な小型船外機は、甲高い音をたて、全力で動きはじめた。船着場から飛び出したボートは、ブリーズ岬を左に見ながら、外海をめざした。水しぶきの混じった風が頬を刺し、マリンは歓喜に震えた。

　滑らかな航跡を残して、ボートは海を突っ切ってゆく。一週間前に暴風雨があったばかりだが、いつものように海面はむしろすっきりして、鏡のように穏やかだった。間もなく右舷に瘤島が現れた。低い丘の形をした花崗岩のかたまり。剝き出しの岩肌は鷗（かもめ）の糞で汚れ、島の周囲には黒っぽい海藻がこびりついている。エンジンの音を響かせながらボートが瘤島の海峡を通りすぎるとき、片脚で岩にとまっていた無数の鷗が顔を上げ、明るい黄色の目でその通過を見守った。やがて、鷗が二羽、空に舞い上がり、意味もなく一声鳴くと、輪を描きながら去っていった。

「ね、ボートに乗ってよかっただろう？」と、マリンはいった。「そう思わない？」

「まあな」と、ジョニーは答えた。「でも、言い出しっぺはおまえだぞ。ばれちゃったらそういうからな」

　ノコギリ島の所有者は二人の父親だったが、近づくことは昔から禁じられていた。父はその島が嫌いで、名前を口にすることさえなかった。学校に代々伝わる伝説によると、数え切れないほどの人が、ノコギリ島で宝物を掘り出そうとして、命を落としているという。あの島は呪われていて、幽霊が出る。何年ものあいだに掘られた縦穴や横穴がいたるところにあり、島の内部は腐り果てている。不用意に上陸すると、地面が陥没して呑みこまれてしまう。マリンは、呪いの石の話も聞いていた。百年も二百年も前に〈水地獄〉で見つかったその石には、悪魔の呪いがかかっているので、厳重に封印され、教会の地下深くにある特別の部屋に保管されているという。いつだったかジョニーから聞いた話によると、日曜学校で聞き分けのない子供は、その呪いの石がある地下墳墓に閉じ込められるのだ。気持ちが昂ぶったマリンは、改めて全身に震えが走るのを感じた。

　そのノコギリ島が、切れぎれの霧に包まれて、目と鼻の先にある。冬の時期や雨の日は、見通しのきかない、息の詰まりそうな濃霧が、すっぽり島を覆う。だが、この晴れた夏の日には、向こうが透けて見える綿あめのような霧が島にからみついているだけだった。いつだったか、ジョニーは、このあたりの離岸流が霧の原因だと説明してくれたが、その理屈はマリンにはよく理解できなかった。たぶん、ジョニーにも本当はわかっていないのだろう。

霧がじわじわ船首に近づいてきたかと思うと、次の瞬間、二人はたそがれの世界に迷い込んでいた。エンジンの音さえくぐもって聞こえた。ほとんど無意識にジョニーはスピードを落とした。やがて、ボートは霧の一番濃いところを通り抜けた。マリンの目の前にノコギリ島の岩礁が現れた。海藻に覆われた奇怪な岩肌も、霧のおかげでいくらか不気味さが和らいで見える。

二人は岩礁のあいだにボートを入れた。海面近くの霧が晴れると、海の中に尖った岩が並んでいるのがわかった。緑色の苔に覆われた岩に、おびただしい海藻が根をおろし、ゆらゆらと揺れている。引き潮や濃霧のときにロブスター獲りの船を出す漁師は、何よりもこんな岩を恐れている。だが、今は上げ潮で、小型のモーターボートは苦もなく難所を通りすぎた。先に下りるほうは靴を濡らすことになるが、少し口論をしてその問題に決着をつけると、二人は玉石の岸辺にボートを近づけた。舫綱を持って飛びおりたのはマリンのほうだった。スニーカーに海水が染みこむのを感じながら、マリンはボートを岸に引き上げた。

ジョニーは乾いた陸地に降り立った。「やったね、とかいっちゃって」照れたようにそういうと、ジョニーは鞄を肩にかけ、陸のほうを見た。

石ころだらけの岸を少し上がったところに、莎草(かやつりぐさ)やチョークチェリーの茂みがあった。頭上に漂う霧のせいで、あたりは気味の悪い銀色の光に満たされている。すぐそばの草むらを見ると、高さが十フィートほどもある巨大な鉄のボイラー――大きな鋲がおびただしく打ち込まれ、赤褐色の錆に覆われたボイラーがそびえ立っていた。その側面には亀裂が入って、花弁のように金属がめくれ、ぎざぎざになっていた。上半分は低く垂れ込める霧に隠されている。

「このボイラー、爆発したんだ」と、ジョニーがいった。

「誰か死んでるよ、きっと」ぞくぞくしながらマリンはいった。

「二人は死んでるな」

この玉石の岸が海に突き出た端の部分には、波に洗われてすべすべになった花崗岩の岩棚が連なっていた。ノコギリ島の海峡を通る漁師たちがこの岩棚を〈鯨岩〉と呼んでいることを、マリンは知っている。一番手前の岩棚に這い登ったマリンは、内陸のほうに背伸びをして、崖の向こう側を覗こうとした。

「降りてこいよ」と、ジョニーの声が聞こえた。「馬鹿だなあ。なんにも見えないぞ、こんな霧じゃ」

「自分が馬鹿だから、馬鹿を見分けるのが上手なんだ。だから――」岩から降りてマリンがそういいかけたとき、兄の手が伸びてきて、頭をこつんと叩かれた。

「うしろからついてこい」と、ジョニーはいった。「島のまわりを一周して帰ろう」ジョニーは、断崖の下をすたすたと歩きはじめた。薄暗い光の中で、日焼けした脚はチョコレート色に見える。マリンは不機嫌にそのあとを追った。この島に行こうといいだしたのはマリンのほうだったのに、今ではジョニーがいろいろ指図をしている。

「おい！」と、ジョニーが叫んだ。「見ろよ！」腰を落とし、ジョニーは何か長くて白いものを拾い上げた。

「骨だぞ」

「骨じゃないもん」まだ腹を立てたまま、マリンは答えた。この探検を思いついたのはマリンなのだ。骨を見つけるのもマリンでなければならなかった。

「間違いない。こりゃ人間の骨だな」ジョニーはその物体を野球のバットのように振りまわした。「宝を探しにきて死んだ人の脚の骨だ。海賊かもしれないぞ。家に持って帰って、ベッドの下に隠しておこう」

好奇心が怒りに勝った。「ぼくにも見せてよ」と、マリンはいった。

ジョニーは骨を差し出した。意外なほど重く、冷たかった。それに、いやな臭いもする。「げっ」そういうと、マリンはあわてて骨を返した。

「きっと頭蓋骨もどこかにあるはずだ」と、ジョニーはいった。

二人は岩のあいだを探したが、見つかったのは目玉の飛び出た虎鮫の死骸だけだった。岸の端を回ると、そこには一隻の艀の残骸――忘れ去られて久しい採掘作業の名残りが転がっていた。満潮時の海面が陸と接するあたりに放り出された艀は、何十年ものあいだ嵐に揉まれつづけたのか、船体には岩に激突した跡があり、あちらこちらがへこみ、歪んでいた。

「見ろよ、これ」と、ジョニーがいった。だんだん熱中してきたらしく、その声はうわずっていた。ジョニーは、ねじ曲がって傾いた艀のデッキによじ登った。まわりには、錆びた金属片や管、外れた歯車などが転がり、ごちゃごちゃに絡み合った鋼索(こうさく)や針金の束が散らばっている。マリンは、その古いがらくたを見て、きらりと光る海賊の金貨がどこかに落ちているのではないかと目を凝らした。海賊のレッド・ネッド・オッカムは、巨万の富を蓄えていたので、島じゅうに金貨が落ちていても不思議はない。レッド・ネッドは、莫大な量の金塊をこの島に埋めたといわれている。隠された宝物の中には、宝石がちりばめられた〈聖ミカエルの剣〉という刀もある。向かうところ敵なしのその剣は、目にしただけで人が死ぬ妖刀だったらしい。伝説によると、レッド・ネッドは、人の耳を削ぎ落とし、さいころ賭博の賭け金にしたこともあるという。シンディという六年生の少女は、人の耳ではなく、本当は睾丸(きんたま)を切り落としたのだ、とマリンにいったが、そんな話は信じられなかった。レッド・ネッドは、酔っ払ったあげく、一人の男の腹を切り裂いて、甲板から海に投げ込み、犠牲者が鮫に食べられるまで、動く船にその死体をはらわたでつないでいたという。学校の子供たちは、さまざまに語り継がれてきたレッド・ネッドの伝説に馴染んでいた。

艀に飽きたジョニーは、ついてくるようにマリンに合図すると、島の風上の側にある崖の下に近づき、転がった岩のあいだを歩きはじめた。頭上には土くれの崖がそびえている。とっくの昔に枯れた松の木の根っこが、節くれ立った指のように、その崖から横に突き出ていた。崖の上は、しつこい霧に隠れて見えない。崖には、陥没して崩れかかったところもある。秋になるといつもやってくる嵐の被害を受けたのだ。

崖の影に入ると肌寒くなったので、マリンは思わず足を早めた。いろいろなものを見つけて興奮したジョニーは、自分が口にした島は危ないという警告も忘れ、歓声を上げて骨を振りまわしながら、弾むような足取りで歩きつづけていた。あんな骨、ママに見つかったら、その場ですぐ海に捨てられちゃうぞ、とマリンは思った。

ジョニーは少しだけ立ち止まり、海岸に打ち上げられている漂着物を掻きまわした。ロブスター漁に使う古い浮標(ブイ)。壊れている漁の仕掛け。色あせた船の外板。次にジョニーは、少し先にある崩落した崖の跡に向かって歩きはじめた。崖が崩れたのはつい最近らしく、岩だらけの海岸に土砂や岩石が押し出されている。ジョニーは楽楽と岩を飛び越え、姿を消した。

マリンはさらに足を早めた。ジョニーの姿が視界から消えて、心細くなった。空気の気配もざわざわしている。ノコギリ島の霧の中に入る前、海は晴天だったが、今ではどう変化していてもおかしくない。風が冷たくなったのは雨の前触れかもしれないし、ノコギリ島の岩礁に打ち寄せる波も荒くなっていた。いよいよ潮が逆流を始めたのかもしれない。冒険はこれくらいにして、帰り仕度を始めたほうがいい。

そのとき、不意に鋭い叫び声が響いた。マリンは恐怖に襲われ、濡れた岩に足を滑らせてジョニーが怪我をしたのだ、と思った。しかし、ふたたび響いた声は、早くこっちに来てみろ、とマリンを呼んでいた。マリンは這うようにして前に進むと、崖から落ちた岩石によじ登り、浜の向こう側に回った。すると、目の前に、巨大な花崗岩の塊が一つ、危なっかしげに傾いて、ごろんと転がっていた。このあいだの暴風雨で、崖の一部が崩れたのだろう。ジョニーは、その岩の向こうに立ち、驚きに目を見開いて、崖のほうを指差していた。

それを見て、マリンは言葉を失った。崖の下のほうの、岩が転げ落ちたあたりに、人がひとりようやくもぐりこめるくらいの洞窟が、ぽっかり口を開けていたのだ。その口からは、悪臭の漂う、冷たく湿った風が吹き出していた。

「すげえ」そういうと、マリンは崖に続く斜面を駆け上がった。

「これ、ぼくが見つけたんだぞ！」興奮で息を切らしながら、ジョニーは叫んだ。「あの中には、絶対、宝物があるはずだ。見てみろよ、マリン！」

マリンは兄のほうに向き直った。「ボートに乗るのを思いついたのはぼくなんだよ」

ジョニーは作り笑いをして弟を見た。「まあな」そういうと、ジョニーは肩から鞄を下ろした。「でも、これはぼくが見つけたんだぜ。マッチを持ってるのもぼくだしね」

好奇心に駆られ、マリンは洞窟の入口に身を乗り出した。パパはノコギリ島に宝物なんかないといっている。心の底ではマリンも前からそう思っていたが、今やその思いはぐらついていた。もしかしたら、パパは間違っているのではないだろうか？

洞窟の悪臭に耐えられず、マリンは鼻にしわを寄せ、あわてて顔をそむけた。

「どうしたんだよ」ジョニーがいった。「怖いのか？」

「怖くないよ」小さな声でマリンは答えた。洞窟の中は、とても暗く見える。

「よし、ぼくが先に行こう」と、ジョニーはいった。「おまえはあとからついてこい。いっとくけど、迷子にはなるなよ」戦利品の骨を放り投げ、膝をつくと、ジョニーは身を縮めて洞窟の入口をくぐった。マリンも膝をつき、ふとためらった。膝の下の地面は固く冷たい。だが、ジョニーの姿は視界から消えようとしている。霧に包まれた、こんな淋しい岸辺に、一人で取り残されたくはなかった。兄のあとを追い、マリンも頭を下げて洞窟に入った。

マッチを擦る音が聞こえた。マリンは息を呑み、思わず背筋を伸ばした。洞窟に入ってすぐのところは、天井と壁が古い木材に支えられた小さな控えの間になっていたのだ。前方には狭いトンネルがあり、暗闇に通じている。

「宝物は山分けだぞ」ジョニーが真面目な顔でしゃべっていた。こんなしゃべり方をするジョニーを見たのは初めてだった。そのあと、兄はさらに意外なことをした。向かい合うと、子供じみた真剣さで、マリンの手を握ったのだ。「いいか、マル、ぼくとおまえは同じ立場の仲間だぞ」

マリンは生唾を呑み、少し気分がよくなるのを感じた。

二人が次の一歩を踏み出したとき、マッチは消えた。ジョニーは立ち止まった。もう一本、マッチを擦る音が聞こえ、弱々しい炎が闇に浮かんだ。ちろちろまたたく炎に照らされ、兄のかぶったボストン・レッド・ソックスの帽子に後光がさして見えた。そのとき、支柱に沿って土と小石がぽろぽろ落ちてきて、石の床に当たって跳ねた。

「壁に触るな」と、ジョニーがささやいた。「大きな音も立てるなよ。天井が落ちてくるぞ」

マリンは何もいわなかったが、無意識のうちに兄のほうに近づいていた。

「寄るなよ、そんなに！」ジョニーは小声で叱った。

二人は下り勾配のトンネルをしばらく進んだ。しばらくすると、ジョニーが小さな声を上げ、手を振りまわした。マッチの火が消え、あたりは闇に包まれた。

「お兄ちゃん、いる？」わけもなく胸騒ぎがするのを感じながら、マリンは兄の腕を握ろうと手を伸ばした。

「あのさあ、宝物には呪いがかかってるんじゃなかったっけ」

「ばあか。呪いなんてあるもんか」軽蔑するようにジョニーはささやいた。ふたたびマッチを擦る音がして、火がついた。「心配するな。マッチはまだ四十本ぐらいあるんだ。それから、ほら、これを見ろ」ジョニーはポケットに手を突っ込み、マリンのほうに向き直った。指先には大きなペーパークリップがあった。火のついたマッチをそのクリップにはさみ、ジョニーはいった。「これでいい。もう指に火傷しなくてもすむ」

トンネルはゆるやかに左に曲がっていた。気がつくと、トンネルの入口からさしていた半月形の光はもう見えなかった。「引き返して懐中電灯持ってきたほうがいいんじゃない?」と、マリンはいった。

そのとき、不意に、気味の悪い音が聞こえてきた。島の中心部から絞りだされる虚ろなうめき声。それが狭いトンネルの中に満ちている。「お兄ちゃん!」マリンはまたジョニーの腕にすがりついた。頭上に張り渡された木材から土のかたまりが落ち、不気味な物音は深いため息に変わった。

ジョニーは弟の手を振りほどいた。「怖がるなよ、マリン。あれは潮の流れが変わるときの音さ。〈水地獄〉ではしょっちゅうあんな音が聞こえるんだ。さっきもいっただろう。あんまり大きな声を出すんじゃない」

「潮の流れだなんて、どうしてわかるの?」

「それくらいは誰でも知ってるんだよ」

ふたたび、うめき声に似た音と、ごぼごぼ喉が鳴るような音が聞こえた。ぴしっと木材がきしみ、徐々にまた静かになってゆく。マリンは口もとが震えないように唇を噛んだ。

三、四本マッチを使ったあと、トンネルはゆるやかなカーブにさしかかり、少し勾配の急な下り坂に変わった。天井は低くなり、壁の手触りも粗くなった。

ジョニーはマッチの炎で行く手を照らした。「これでいい。この下にきっと宝の部屋があるんだ」

「よくわかんないけど、一度帰って、パパを呼んできたほうがいいんじゃない?」と、マリンはいった。

「ふざけるな」ジョニーは小声で叱り飛ばした。「パパはこの島が大嫌いなんだ。パパには、宝物を見つけてから話そう」

ジョニーはまたマッチを擦り、狭いトンネルに首を突っ込んだ。これから先、トンネルの高さはせいぜい四フィートしかない。天井に渡された木は虫に食われ、ひび割れた岩盤に支えられている。黴臭い悪臭はさらに強くなり、海藻の臭いや、もっと気味の悪いものの臭いも混じっているような気がした。

「ここから先は這って進まなくちゃな」と、ジョニーはつぶやいた。そして、一瞬、不安げなそぶりを見せた。兄が立ち止まったので、引き返すかもしれない、とマリンは期待した。しかし、ジョニーは、ペーパークリップの片方の端をまっすぐ延ばすと、歯でくわえた。クリップの先でマッチの炎が揺れ、ジョニーの顔に幽鬼めいた虚ろな影がさした。

それで充分だった。「もういやだ。やめる」と、マリンはいった。

「じゃあ、やめろよ。一人きりで、真っ暗なところで待ってりゃいい」

「やだ!」マリンはめそめそ泣き出した。「パパに叱られちゃう。お兄ちゃん、もう引き返そうよ」

「ぼくたちが宝物を見つけたことを知ったら、パパは大喜びするぞ。お小遣いだって、一週間に二ドルくれるかもしれない」

マリンは一度だけすすり上げ、鼻を拭った。

狭いトンネルで振り返ったジョニーは、弟の頭に手を置いた。「いいか、よく聞けよ」優しい声になって、ジョニーはささやいた。「今、怖くなって引き返してみろ。チャンスはもうないんだぞ。だから、聞き分けのないことはいわないでくれ。いいか、マル?」ジョニーはマリンの髪をくしゃくしゃにした。

「わかったよ」鼻をぐずぐずいわせながら、マリンは答えた。

四つん這いになったマリンは、ジョニーに続いて下りのトンネルをおりていった。小石や固い土くれが掌に食い込む。ジョニーはしきりにマッチを擦っているようだった。なけなしの勇気を奮い起こして、あと何本残っているのか、マリンが尋ねようとしたとき、兄は急に動きを止めた。

「前に何かある」と、ささやき声が聞こえてきた。

マリンは兄の肩越しに向こう側を覗こうとしたが、トンネルは狭かった。「何なの?」

「こりゃ扉だ!」だしぬけにジョニーはいった。「間違いない。おんぼろだけど、これは古い扉だ」天井が上に傾斜して、正面は控えの間になっているようだった。マリンは首を伸ばし、向こうを見ようとした。すると、見えてきた。そこにあるのは、分厚い木の板だった。何枚か並んだ板が、古い金属の蝶番二つでトンネルの枠に固定されているのだ。その左右には、化粧仕上げの大きな石盤が貼ってあり、壁の役割を果たしていた。いたるところに水滴が浮き、黴が生えている。扉の周囲は槙皮のようなもので隙間がふさがれていた。

「見ろよ！」ジョニーは興奮して扉を指差した。

正面の扉に、封印があったのだ。その封印は、押し型の紋章が浮き出た蠟と紙とでできている。ほこりが溜まっていてよく見えなかったが、封印はまだ破られていないようだった。

「封印された扉……」畏れ多いものでも見たようにジョニーはささやいた。「本で読んだとおりだ！」

マリンは、夢でも見ているように、ただ目を見開いていた。その夢は素晴らしい夢でもあり、怖い夢でもあった。二人は本当に宝の部屋を見つけたのだ。しかも、これはマリンが言い出したことだった。

ジョニーは古びた扉の柄を握り、試しにそっと引いてみた。錆びた蝶番が抗議するようにきしみを上げる。

「聞こえたか？」ジョニーの言葉は途切れがちだった。「鍵、かかってないぞ。封印を破るだけで、中に入れる」

ジョニーは、目を丸くしたまま振り返り、マリンにマッチ箱を渡した。「ぼくが開けるから、マッチで照らしてくれ。ほら、もうちょっとうしろに下がって」

マリンはマッチ箱の中を見た。「あと五本しか残ってないよ！」うろたえてマリンは叫んだ。

「いいから、いわれたとおりにしろ。真っ暗でも、帰り道はちゃんとわかる」

マリンはマッチを擦った。だが、手が震え、炎は消えた。ジョニーの叱声が飛んでくるのを聞きながら、あと、四本とマリンは思った。次のマッチは無事に燃え上がり、ジョニーは鉄の柄に両手を置いた。「いいか？」そうささやくと、ジョニーは土の壁に片足をかけた。

マリンは、やめて、と叫びかけたが、ジョニーの手はすでに扉の柄を引いていた。いきなり封印が破れ、薄気味の悪い音とともにぎーっと扉が開いて、マリンは飛び上がりそうになった。いやな臭いのする風が吹いてきて、マッチの火が消えた。暗闇の中で、ジョニーが息を呑む音が聞こえ、「痛いっ」という声が響いた。しかし、甲高い、気の抜けたようなその声は、いつものジョニーの声とは似ても似つかなかった。続いて、ずしんと轟音が響き、床が激しく震えた。闇の中に土や砂が降りそそぎ、マリンの目や鼻に入った。そのとき、また別の音が聞こえたような気がした。締め上げられた喉から出てくるような異様な音。ほんの一瞬のことだったので、咳払いのようにも聞こえた。やがて、水のしたたる音と、空気の漏れる音が一緒になったような、不思議な音が響いてきた。それは濡れたスポンジを絞るときの音に似ていた。

「お兄ちゃん！」マリンはそう叫び、両手で顔の砂を払おうとして、マッチ箱を取り落とした。トンネルの中は真っ暗で、何がなんだかわからなかった。狼狽が広がり、頭の中が真っ白になった。そのとき、ひしひしと押し寄せてくる闇の中に、また別の音が響いた。次の瞬間、マリンはその音の正体に気がついた。ずるずると静かに続く音。何かを引きずっているのだ……。

　呪縛は解け、マリンは四つん這いになって地面を手探りした。両手を伸ばし、兄の名前を呼びながら、マッチを探した。片手が何か湿ったものに触れ、あわてて放り投げたとき、もう一方の手がマッチ箱を探り当てた。膝をついて体を起こし、こみ上げてくるすすり泣きをこらえながら、マッチ棒を握って必死の思いで火をつけた。やがて、ぼっと炎が上がった。

　マリンは、不意に明るくなったトンネルの中を見まわした。ジョニーの姿は見当たらない。封印は破れ、扉は開いている——だが、その向こうにあるのは、隙間なく広がる石の壁だけだった。あたりには、おびただしいほこりが舞い上がっている。

　そのとき、湿ったものが脚にさわり、マリンは床を見た。さっきまでジョニーが立っていたところに、黒々とした水たまりができている。その水が、膝のほうにゆっくりと近づいていた。トンネルが崩れて、海の水が入ってきたのだ。混乱した頭で、一瞬、そう思った。だが、よく見ると、マッチの明かりの中で、その水はかすかに湯気を立てていた。前かがみになって目を凝らしたとき、水の色は黒ではなく、赤だとわかった。これは血なのだ。一人の人間が、まさかこれほど大量の血を流せるとは、思ってもいなかった。痺れた頭で、マリンは、その血だまりがねっとり広がってゆくのを見ていた。地面の筋に沿って細かく枝分かれし、一部は土の割れ目に、別の一部は濡れたスニーカーに染みこみながら、真紅の蛸（たこ）が八本の手を伸ばすように、じわじわとマリンに近づいてくる。やがて、マッチが血だまりに落ち、じゅっと音をたてて消えると、トンネルはふたたび闇に包まれた。

2

マサチューセッツ州ケンブリッジ　現在

　マウント・オーバーン病院の別館にある狭い研究室の外に目をやると、葉をつけた楓(かえで)の木立の向こうに、悠然と流れるチャールズ川の穏やかな川面を見渡すことができる。針のような形をしたシェルボートに乗った男が一人、力強くオールを漕ぎ、きらきら光る航跡をあとに残しながら、黒っぽい川面を切り裂いていた。船と漕ぎ手と水とが見事に一体化したその動きに心を奪われ、マリン・ハッチは窓の外を見ていた。

「ハッチ博士」と、助手の声が聞こえた。「お皿の用意ができたようです」助手は培養装置を指さした。終了音がピッ、ピッと低く響いている。

　物思いを破られ、振り返った。もちろん助手に悪気はないだろうが、軽い怒りを抑えながらハッチは答えた。

「じゃあ、一番上を取り出して、黴菌(ばいきん)どもの様子を見るとしよう」

　いつものように、ブルースは臆病なほど用心しながら機械を開け、寒天培養基が並んだ大きな皿を取り出した。それぞれの培養基の中心で、バクテリアの集落(コロニー)が成長し、銅貨のように鈍く光っている。どちらかといえば毒性の低いバクテリアで、消毒も通常の手続きだけでよかったが、ハッチは気を揉みながら助手の手もとをうかがっていた。乱暴に振り回された皿が加圧滅菌器に当たり、騒々しい音をたてる。

「おい、気をつけろ」と、ハッチはいった。「用心しないと、今晩の食事がまずくなるぞ」

　助手は、おぼつかない手つきでグローブボックスに皿を載せた。「すみません」と、気弱そうにあやまり、一歩うしろに下がって、白衣で手を拭う。

　ハッチは培養基をざっとながめた。二列目と三列目は順調に成長し、一列目と四列目は変異を起こして、五列目は死滅している。ハッチは、一目で実験がうまくいったことを確信した。経過はすべて仮説のとおりに進んでいる。一ヵ月もたてば、ハッチはまた〈ニューイングランド医学ジャーナル〉に力作の論文を発表するだろう。そして、医学のこの分野における輝かしい若手の研究者であることが、改めてみんなに知れわたるのだ。

だが、そうなっても虚しいだけだった。

うわの空で拡大鏡を手にしたハッチは、コロニー全体を点検した。いつもやっていることなので、表面の質感や成長パターンを比較するだけで、菌株の種類はすぐに見分けがつく。机のほうに向き直ったハッチは、コンピュータのキーボードをわきに寄せ、研究日誌に簡単なメモを取りはじめた。

そのとき、インターホンのチャイムが鳴った。

「ブルース」書く手を休めず、ハッチは助手の名前を呼んだ。

ブルースは飛び上がり、手帳を床に落とした。一分たって戻ってくると、助手は短くいった。「お客さんです」

「どんな用件か聞いてくるんだ」と、ハッチはいった。「急を要することじゃなければ、診察室のほうに行ってもらえ。今日はウィンズロー医師が当直だ」

改めてブルースが出てゆくと、研究室にはまた静寂が戻った。ハッチの視線はふたたび窓のほうに向けられた。午後の日差しが入ってきて、試験管や実験装置に黄金の光が降りそそいでいる。迷いを断ち切るように、ハッチは日誌に注意を戻した。

「患者じゃないそうです」あわてて研究室に戻ってくると、ブルースはいった。「大事な話だそうで」

ハッチは顔を上げた。それなら、たぶん病院の研究者だろう。彼はため息をついた。「わかった。連れてきてくれ」

しばらくして、研究室のすぐ外に足音が響いた。そちらに目を向けると、開いたドアの向こうに痩せた男が立ち、こちらをじっと見ていた。傾いた陽光を正面から受け、日焼けした整った顔にはくっきりと陰影が刻まれている。茶色の目の奥には屈折した光があった。

「ジェラルド・ナイデルマンです」見知らぬ男は、ざらざらした低い声で自己紹介した。

研究室や手術室に入り浸っていたのではこんな日焼けはできない、とハッチは思った。たぶん、暇にあかせてゴルフ三昧の生活を送っている専門医だろう。「入ってください、ドクター・ナイデルマン」

「肩書きはキャプテンです」と、相手は答えた。「ドクターではありません」男が戸口をくぐり、背筋を伸ばすのを見て、ハッチは、そのキャプテンというのが名目だけの肩書きではないことを悟った。戸口の上の枠に片手をあてがい、ひょいと頭を下げてドアを通りぬける仕草を見ても、長いあいだ船に乗ってきた男だとわかる。年齢はそう上ではない。たぶん五十五、六だろう。しかし、船乗りの常で、目は細く、肌は荒れている。ハッチはこの男に強い興味を覚えた。どこか常人とは違うところがあり、ほとんど浮世離れした禁欲的な意志の強さが感じられる。

ハッチが名乗ると、訪問者は一歩進み出て、手を差し出した。余計な力が入っていない乾いた手だった。握手は短く、過不足がなかった。

「二人だけで話せませんか」男は静かにいった。

ブルースが口をはさんだ。「このコロニー、どうすればいいんでしょう。あんまり外に出しておくと――」

「だったら、冷たいところに戻したらどうだ。こいつらが進化して足が生えるには、まだ何十億年もかかるだろうがね」ハッチは腕時計を一瞥してから、ふたたび男の凝視を受け止めた。決断は素早かった。「よし、ブルース、もう帰っていいぞ。日誌には五時退室と書いておこう」

ブルースは、にっと笑った。「じゃあ、そうします。すみません」

バクテリアのコロニーと共に、ブルースはたちまちいなくなった。ハッチが向き直ると、謎めいた訪問者はゆっくり窓に近づくところだった。

「仕事中はいつもこの研究室にいるんですか？」手に持った革製の折り鞄を別の手に持ちかえながら、彼は尋ねた。これだけ痩せていると、普通は影が薄く見えるものだが、この男の場合は揺ぎのない自信が全身からみなぎっている。

「ええ、だいたいはいつもここで仕事をします」

「素晴らしい眺めだ」窓の外を見ながら、ナイデルマンはつぶやいた。

相手の背中に目をやったハッチは、話の腰を折られても気にならなかったことに軽い驚きを覚えた。用件を訊こうかとも思ったが、考え直した。どちらにしても、このナイデルマンという男は、どうでもいい用事のために出向いてきたわけではないらしい。

「チャールズ川の水はとても暗い」と、キャプテンはいった。「〈常の世を遠く離れて、ゆるやかに、音もなく、忘却の川レテは流れる〉という詩がありますね」彼は振り返った。

方を待った。

「川は忘却のシンボルです。そう思いませんか」

「さあ、そんなことはもう忘れました」冗談めかしてそう答えたあと、ハッチはいくらか身構えながら相手の出方を待った。

キャプテンはにっこりして窓から離れた。「突然押しかけてきて、いったい何事かとお思いでしょう。少々時間を拝借してもよろしいですか」

「話はもう始まってるんじゃありませんか?」ハッチは椅子を勧めた。「おすわりください。今日の仕事はだいたい終わりました。これは、大事な実験ですが」——と、培養装置のあたりを手ぶりで示し——「なんというか、ちょっと退屈でしてね」。

ナイデルマンは片方の眉を上げた。「アマゾンの沼地でデング熱と闘っていたときのほうがずっと面白かった、というわけですか」。

「まあね」しばらく間を置いてから、ハッチは答えた。

相手は笑みを浮かべた。「〈グローヴ〉誌の記事を読んだんですよ」

「雑誌の記者は、話を面白くするためなら、平気で事実を曲げる。実際はもっと地味な仕事でした」

「だから戻ってきたのですか?」

「一本五十セントで買えるアモキシシリンさえあれば、みんな助かるのに、目の前でばたばた患者が死んでいくのを見ているのに嫌気がさしましてね」ハッチはあきらめたように両手を広げた。「ところが、人の気持ちはわからないもので、気がつくと、またアマゾンに戻りたいと思ってるんです。この病院にいると、ぬるま湯につかっているようで、意気が揚がらない」ハッチはふと口をつぐみ、ナイデルマンを一瞥して、なぜおれはこんなことまでしゃべっているのだろう、と不思議に思った。

「あの記事によると、シエラレオネや、マダガスカルや、コモロ諸島にも行ったことがあるそうですね」と、ナイデルマンは続けた。「そろそろまた冒険心が疼いてきたんじゃありませんか?」

「気にしないでください、愚痴ですから」深刻に聞こえなければいいが、と思いながら、ハッチは答えた。「ときどき退屈したほうが精神衛生にはいいようです」そのとき、ナイデルマンの鞄が目に入った。その革の鞄には、初めて見る紋章のような模様が型押しされていた。

「そうかもしれませんね」と、ナイデルマンは答えた。

「とにかく、この二十年間、あなたは世界を股にかけて活躍してきた。ところが、一ヵ所だけ、どうしても足を踏み入れようとしなかった場所がある。メーン州のストームヘイヴンです」

ハッチは凍りついた。指先の感覚がなくなり、腕まで痺れが広がる。突然、すべてが腑に落ちた。遠まわしな質問、船乗りらしい男、その目に宿る偏執的な光。

ナイデルマンは何もいわず、その場に突っ立ったまま、じっとハッチを見ていた。

「なるほど」動揺を隠しながら、ハッチはいった。「つまり、ぼくの退屈を癒す仕事がある、というんですね」

ナイデルマンは小さくうなずいた。

「じゃあ、当ててみましょうか。もしかしたら、それは、ノコギリ島と関係があるんじゃありませんか」図星だったらしく、ナイデルマンの顔にかすかな明かりがともった。「それなら、あなたの目当ては宝探しだ。違いますか」

ナイデルマンの自信に満ちた冷静沈着な表情は変わらなかった。「われわれは、専門家による回収事業と呼んでいます」

「言葉の言い換えは昨今の流行だ。専門家による回収事業ですか。ごみ集めの作業員を衛生技術者というようなものですね。要するにノコギリ島を掘り返したいんでしょう。何をおっしゃりたいかわかりましたよ。〈水地獄〉の秘密をつかんだ、あなただけがその秘密を知っている、というわけですね」

ナイデルマンは立ったまま何もいわなかった。

「それからもう一つ、宝物の埋蔵場所を突き止めるためのハイテク機器も揃っている、といいたいんでしょう？それとも、千里眼で有名なマダム・ソソストリスの協力を取りつけたんですか？」

ナイデルマンは椅子にすわろうとしなかった。「いろいろな連中があなたに近づいてきたのは知っています」と、彼はいった。

「じゃあ、そういう連中がどうなったかもご存じでしょう。占い棒で鉱脈を探ろうとする者、自称超能力者、石油成金。誰もが自分の計画は万全だという」

「実際には万全じゃなかったんでしょう」と、ナイデルマンはいった。「ところが、夢だけは本物だった。お祖父さんがあの島を買ったあと、あなたの一族にいろいろな災難がふりかかったことは知っています。しかし、お祖父さんの目のつけどころは間違っていなかった。あそこには莫大な財宝が隠されている。私にはわかるんです」

「そりゃそうでしょう。みんなそういうんです。ところで、あなたは海賊レッド・ネッドの生まれ変わりですか？　だったら、あらかじめいっておきますが、同じことを主張する連中はこれまでにもたくさんいました。それとも、ポートランドあたりでときどき売りに出される、いわくありげな宝島の地図を手に入れたんでしょうか？　早い話が、キャプテン、いくら信念があったって、事実を変えることはできないんです。ノコギリ島には宝なんかなかったし、これからも出てくることはありません。お気の毒です。本当に残念ですが、もうお帰りください。居すわるつもりなら、警備員を呼んで、戸口まで案内させることになりますよ。あなた流のいい方をすれば、警備業務の専門家ですがね」

その言葉を聞き流して、ナイデルマンは肩をすくめ、机に身を乗り出した。「こちらとしては、あなたに信念を押しつけるつもりはありません」

肩をすくめる仕草に、他人をないがしろにするような自負心の強さを感じ取り、ハッチは改めて怒りに駆られた。「いいかげんにしてください。こっちは何度も同じ話を聞かされてきたんですよ。まったく、ずうずうしいにもほどがある。あなたの計画は、その他大勢のやり方とどこが違うというんです」

革の折り鞄に手を入れ、ナイデルマンは一枚の紙切れを取り出すと、無言のまま机に押しやった。

ハッチは手に取ろうともせず、視線だけを動かしてその書類を見た。内容は、公証人の署名がある簡単な財務報告書だった。〈サラサ〉という持株会社が資金を集め、ノコギリ島再開発会社なるものを設立した旨が記されている。資本金は二千二百万ドルだという。

ハッチはナイデルマンに視線を戻し、笑い出した。「ぼくの許可もおりないうちに、よくこれだけの金を集めましたね。よっぽどお人好しの投資家がいるんだ」

またしてもナイデルマンは、すでにお馴染みになった微笑を浮かべた。控え目で、自信たっぷりで、他人のことは眼中になく、しかも傲慢な感じを与えない微笑。「ハッチ博士、この二十年間、あなたは宝探しの山師を追い返してきた。あなたにはその権利がある。追い返したくなったのも、よくわかります。資金力もなく、準備も足りない連中ばかりでしたからね。しかし、理由はそれだけじゃない。問題はあなた自身にもあるのです」彼は机から離れた。「もちろん、あなたがどういう人か、私にはまだよくわかっていない。しかし、三十一年も悩みつづけてきたことに、そろそろ決着をつける潮時じゃありませんか。心の準備はできたでしょう。突き止めるんです、お兄さんの身に何が起こったかを」

ナイデルマンは、ハッチから目を離さず、言葉を切った。そして、ほとんど聞き取れないほど低い声で続けた。「あなたは、金銭的な報酬を望んでいるわけではない。悲しみのあまり、あの島を憎むようになったこともわかっています。だからこそ、何もかも準備を整えたうえでやってきたのです。世界じゅうでこんなことができるのは〈サラサ〉だけだ。あなたのお祖父さんには夢でしかなかったような設備も揃っています。船も何艘かチャーターしてあって、潜水夫も、考古学者も、技術者も、医者も集めました。一言声をかけるだけで、計画は動きはじめるのです。あなたの許可さえあれば、一ヵ月もたたないうちに〈水地獄〉の謎はすべて解けるでしょう。何もかも解明することができるのです」ささやくようにしゃべりながら、「何もかも」というところだけに奇妙な力をこめていた。

「ほっとけばいいでしょう」と、ハッチはつぶやいた。

「わざわざ秘密を暴くことはない」

「私の性分ではそんなことはできません。できますか、あなたには」

そのあと続いた沈黙の中で、トリニティ教会の五時の鐘が鳴り響いた。沈黙は一分になり、二分になり、五分になった。

やがて、ナイデルマンは机の書類を取り、鞄に戻した。「返事のないことが答えですね」と、彼は静かにいった。その声に遺恨はなかった。「どうもお手間を取らせました。明日、パートナーたちに、断られたと伝えます。では、これで失礼します」立ち去ろうとしたナイデルマンは、戸口のすぐ前で立ち止まり、体をひねるようにした。「最後に一言いっておきます。その他大勢のやり方とどこが違うか、ということでしたが、実は一つだけ違うところがあります。われわれは、〈水地獄〉に関して、誰も知らない情報を手に入れました。その情報は、あなたもきっとご存じないでしょう」

ナイデルマンの顔が目に入って、ハッチの嘲笑は喉もとで凍りついた。

「〈水地獄〉を誰が設計したか、その正体を突き止めたのです」と、キャプテンは静かにいった。

ハッチは、ひとりでに指が曲がり、指先が掌に触れてこわばるのを感じた。「設計者の正体を?」ひび割れた声で、彼はいった。

「それだけではありません。建造中に設計者がつけた日誌もあります」

不意に訪れた沈黙の中で、ハッチは大きく息を吸いこみ、何度か深呼吸した。机に視線を落とし、首を振る。

「そりゃすごい」ようやく彼は言葉を見つけた。「見事ですよ。どうやら、ぼくはあなたのことを見くびっていたようだ。長年、宝探しの相手をしてきて、初めて独創的な話を聞きました。最後にやっと楽しい思いをしましたよ」

だが、ナイデルマンはすでにいなくなっていた。気がつくと、ハッチは無人の部屋でしゃべっていた。

そのあと、何分かたってから、ようやく席を立つことができた。震える手で、論文の下書きやメモを書類鞄に突っ込んでいたとき、机の上にナイデルマンの名刺が置いてあるのに気がついた。名刺の上の部分には、手書きで電話番号が記されている。たぶん、滞在中のホテルの番号だろう。ハッチは名刺を払いのけ、くずかごに落として、書類鞄を取り、研究室を離れた。そして、暮れなずむ街路を足早に歩いて、自宅のタウン・ハウスに戻った。

夜中の二時、なぜかハッチは研究室に舞い戻り、暗い窓の前を落ち着きなく歩きまわっていた。その手には、ナイデルマンの名刺があった。決心して、ついに電話を取ったのは、三時近くになってからのことだった。

3

ハッチは、桟橋のそばにある、土が剝き出しになったままの駐車場にレンタカーを停め、車の外にゆっくり足を踏み出した。ドアを閉めたあと、ふと動きを止め、取っ手を握ったまま、湾のほうに目を向けた。向こうには狭く細長い入江が見えた。入江の縁には花崗岩の岸があり、ロブスター獲りの漁船やトロール船が何艘か繫がれ、冷たい銀色の光を浴びている。二十五年たった今でも、ハッチは船を見て、その大半の名前を言い当てることができた。あそこにあるのは〈ローラ・B〉。あれは〈メイベル・W〉。

ストームヘイヴンは、丘のふもとから上に向かって無計画に延びてきた小さな町である。ジグザグに走る玉石敷きの小道に沿って、横幅の狭い下見板張りの家が並んでいる。丘のてっぺんに近づくと、住宅はまばらになり、石の壁で囲われたちっぽけな牧草地や松林が増えてくる。丘の頂上には会衆派の教会があり、灰色の空に向かってそそり立つ厳めしい白い尖塔が見えている。海をはさんだ入江の正面には、ハッチが少年時代を過ごした家があった。木立の上に覗く四つの破風と屋根の露台。ゆるやかに傾斜した長い草地の先には岸辺があり、小さな埠頭がある。ハッチは、あわてて目をそらした。まるで自分のいる場所に他人が立ち、その他人の目を通してすべてを見ているような錯覚にとらわれたのだ。

　桟橋に近づきながら、サングラスをかけた。そのサングラスや、内心の動揺のせいで、愚にもつかないことをしているような気がした。しかし、この胸騒ぎは何だろう。デング熱で命を落とした犠牲者の死体が累々と積み重なったラルアナの村にいたときや、鼠蹊部のリンパ腺が腫れる疫病が蔓延した西シエラマドレにいたときでも、これほどの不安を感じたことはなかったのに。

　湾に向かって突き出た商業利用の桟橋は、ここを含めて二ヵ所にある。波止場の片側には、ロブスター漁協の売店や、〈レッド・ネッド亭〉と呼ばれるスナック・バー、餌置場、漁具置場などの小さな木の小屋が並んでいる。桟橋の先端には、錆びついたガソリン・ポンプと荷積み用のウインチがあり、ロブスター漁に使う壺が生乾きのまま積み上げられていた。湾口のはるか先、海と空とが一つに溶け合うあたりには、霧の塊が低く垂れこめ、まるでその沖で世界が終わっているように見えた。

　波止場の一番手前にある建物は、板張りの漁協の売店だった。ブリキの排気管から盛大に湯気が上がっているのは、中でロブスターを茹でているのだろう。ハッチは黒板の前に立ち止まり、値段つきで記されているロブスターの等級に目を通した。〈脱皮後〉、〈脱皮前〉、〈若海老〉、〈最高級〉、〈屑海老〉。湯気が水滴になって流れている窓ガラスの向こうを覗くと、そこには水槽がずらりと並び、海底から引き揚げられて数時間しかたっていないロブスターが不機嫌そうに蠢いていた。離れたところに置いてある水槽では、珍しい青いロブスターが一尾、見世物として特別に展示されていた。

　ハッチが窓から離れたとき、胸当てつきの長靴をはいて、ゴム引きの合羽をはおった漁師が一人現れた。漁師は、腐った餌の入った容器を桟橋の端まで運ぶと、ウインチの一つにその容器を結わえつけ、下で待っている船に積み込んだ。子供のころに何度も見た光景だった。不意に合図の声が上がり、ジーゼル・エンジンの音が響いて、貪欲な鷗の群れを引き連れ、船は沖に出ていった。薄れかけた霧の中に船が亡霊のように消えてゆくのを、ハッチは見送った。まもなく霧が晴れ、内海の島々も顔を出すだろう。すでに焦土岬（しょうどみさき）が霧の中から姿を現そうとしている。町の南で海に突き出たその岬は、切り立った崖のある巨大な花崗岩の塊だった。崖の下には、うるさくじゃれつくように次々と波が打ち寄せ、そのかすかな波音はハッチの耳にも届いていた。崖の上には、針エニシダや低いブルーベリーの茂みに囲まれた化粧石造りの灯台があり、その銅色の円蓋や赤と白の縞模様が、モノクロームの霧に派手な彩（いろど）りを添えている。

桟橋の突端に立ち、赤魚（あかうお）の餌と、汐の香りと、ジーゼルの排気ガスとが入り混じったにおいを嗅いでいるうちに、二十五年間、肩肘張って守ってきた防御の姿勢が崩れてゆくのを感じた。年月の重みがふっと軽くなり、苦いような、甘いような思いがきりきりと胸を締めつけた。二度と足を踏み入れることはないだろうと思っていた町に、とうとう戻ってきたのだ。ハッチの中ではいろいろなことが変わってしまったのに、この町はちっとも変わっていない。身を引き締め、ハッチは涙をこらえた。

そのとき、背後で車のドアの閉まる音が聞こえた。振り返ると、インターナショナル・スカウトから降り立つジェラルド・ナイデルマンの姿が見えた。ナイデルマンは、意気揚々と背筋を伸ばし、爪先に鋼鉄のばねでもついているような足取りで桟橋を歩いてきた。口にくわえたブライアのパイプから煙草の煙が上がっている。できるだけ感情を抑えようとしているようだったが、目には見間違えようのない興奮の色が浮かんでいた。

「わざわざ来ていただいて申し訳ない」パイプを取り、ハッチの手を握りながら、ナイデルマンはいった。「本当によかったんですか、これで」

最後の言葉を口にする前に、すこしためらいがあった。ストームヘイヴンの町を訪れ、島を見てから最終的な答えを出したいと思った心の動きを、このキャプテンに見透かされたのだろうか、とハッチは思った。「別にかまいませんよ」彼はそっけなく答え、きびきびと手を握り返した。

「ボートはどこです?」湾に目を向け、値踏みするようにざっと見渡しながら、ナイデルマンはいった。

「あそこにある〈プレイン・ジェイン〉という船です」

ナイデルマンはその方角を見た。「ああ、あの頑丈そうなロブスター船ですか」そして、眉をひそめた。「しかし、親船だけで付属船がない。ノコギリ島にはどうやって上陸するんです？」

「付属船は埠頭につないであります」と、ハッチは答えた。「でも、上陸はやめましょう。島には入江がないし、高い崖で囲まれていますから、岩場に上がっても様子はわからない。島そのものも足場が悪すぎて、歩きまわるのは危険です。海から見るだけで、だいたいの感じはわかりますよ」だいいち、あそこに上陸する心の準備はまだできていない、とハッチは思った。

「なるほど」そういうと、ナイデルマンは改めてパイプをくわえ、空を見上げた。「もうじき霧も晴れる。風向きは南西。波は高くない。心配があるとしたら、雨だけですね。まずは絶好の条件だ。とうとうあの島が見られるかと思うと、胸がわくわくしますよ」

ハッチは振り返った。「まだ見たことがなかったんですか？」

「ええ、地図や測量図を見ただけです」

「あなたのような人なら、ノコギリ島詣ではとっくの昔にすませたと思ってましたがね。昔は、変わり者が観光気分であの島によく近づいていったものです。上陸する者までいましたよ。事情は今でも同じだと思います」

ナイデルマンは冷ややかにハッチを見た。「発掘できないのなら、見ても意味がないでしょう」口調の穏やかさとは裏腹に、その言葉には重みがあった。

桟橋の突端にある不安定な踏み板は、下の浮き埠頭に通じている。ハッチは〈プレイン・ジェイン〉の付属船の舫綱を解き、スターターを握った。

「宿はこの町ですか？」ナイデルマンはそう尋ねると、敏捷な身のこなしで付属船に乗りこみ、船首の席にすわった。

ハッチは首を振り、エンジンをかけた。「サウスポートのモーテルを予約しました。海岸沿いに何マイルか行ったところにある町です」〈プレイン・ジェイン〉を借りるときも、あいだに人を介した。自分がここに来たことを、まだ誰にも知られたくなかったのだ。

ナイデルマンはうなずき、ハッチの肩越しに陸地を見た。エンジンがかかり、付属船は親船に近づいていった。「ここは美しいところですね」ナイデルマンは巧みに話題を変えた。

「ええ、そうですね」と、ハッチは答えた。「夏の別荘も少しはあるし、民宿も一軒できましたが、まあ、世の中の流れから取り残されたような町です」

「ちょっと北寄りですね。幹線道路から遠すぎる」

「それもあるでしょう」と、ハッチはいった。「でも、趣があって人が喜びそうなもの――古い木造船とか、風雨にさらされた漁師小屋とか、不揃いな桟橋といったものは、実は貧困の産物なんです。ストームヘイヴンという町は、三〇年代の大恐慌からまだ立直っていないんだと思いますよ」

付属船は〈プレイン・ジェイン〉に横づけされた。ナイデルマンが先に乗り移り、ハッチは付属船を〈プレイン・ジェイン〉の船尾につないだ。〈プレイン・ジェイン〉に乗りこんだあと、クランクを一度回すだけでエンジンがかかり、ハッチはほっとした。エンジンの音も滑らかで、耳に心地よかった。おんぼろの船だが、よく手入れされている――沖に出ながらハッチは思った。波を立てるのが禁止されている海域を出ると、スロットルを全開した。〈プレイン・ジェイン〉は、海面の穏やかなうねりを突っ切って、快調に進みはじめた。頭上では、雲間からようやく顔を出した太陽が、名残りの霧に包まれ、冷たいランプのように光を発していた。ハッチは南東の方角に顔を向け、瘤島の海峡の彼方に目をやったが、何も見えなかった。

「沖に出ると冷えそうですね」ナイデルマンの半袖シャツを見て、ハッチはいった。

ナイデルマンは振り返り、にっこりした。「寒さには馴れてますよ」

「キャプテンという肩書きですが」と、ハッチはいった。「海軍にでもいたんですか?」

「そうです」ナイデルマンはゆっくり答えた。「掃海艇の艇長（キャプテン）で、メコン・デルタの付近で任務についていました。戦争が終わってからは、ナンタケット島で使われていた木造のトロール船を買って、ジョージズ・バンク（アメリカ北東海岸沖の漁場）で帆立だの平目だのを採ってましたよ」ナイデルマンは横目で沖を見た。「宝探しに興味を持ったのは、そのトロール船で漁をしていたときです」

「なるほどね」ハッチは、羅針盤を見て船のコースを修正し、測時儀に目をやった。ノコギリ島は沖合い六マイルのところにある。あと二十分もすれば向こうに着くだろう。

ナイデルマンはうなずいた。「ある日、底引き網に、珊瑚がびっしりこびりついた丸い大きな塊が引っかかったんです。助手が綱通し針で叩いてみると、牡蠣みたいにぱっくり割れましてね。中には銀の小箱が入っていました。十七世紀のオランダのものです。初めての宝探しを経験したのはそのときでした。記録を調べてみると、底引き網を仕掛けたあたりには、どうやら〈サンク・ポルト〉号という船が沈んでいるらしい。フランスの私掠船の船長にシャルル・ダンピエという男がいたんですが、そのダンピエの指揮下にあったバーク型の帆船が、〈サンク・ポルト〉だったんです。私はトロール船を売って、会社をつくりました。調達した資本は百万ドル。そこから今の仕事を始めたわけです」

「そのうち何万ドル回収できました？」

ナイデルマンは微苦笑を浮かべた。「コインや陶器や骨董品が見つかって、九十万ドルちょっとになりましたが、まあ、いい勉強をしたと思ってますよ。下調べのときに手抜きをしたのがいけなかったんです。ダンピエに襲われたオランダ船の積荷目録くらいは調べておくべきでしたね。どの船も、主な積み荷は、材木や石炭やラム酒だったんです」ナイデルマンは感慨にふけるようにパイプの煙を吐き出した。「海賊といっても、みんながみんなレッド・ネッド・オッカムみたいなやり手じゃない、ということですね」

「外科医の仕事にたとえれば、こういうことですね——腫瘍のつもりで手術を始めたら、ただの胆石だった、と」

「いかにもあなたらしいたとえだ」

会話が途切れ、船はさらに沖へと進んでいった。最後の霧が消え、内海にある隠者島と難破島がはっきり見えてきた。瘤のように盛りあがった島々の背中には、緑の松がびっしり生えている。間もなくノコギリ島も見えてくるだろう。連れのほうを見ると、ナイデルマンは、まだ姿を見せないノコギリ島の方角にじっと視線を注いでいた。

「世間話はこれくらいにしておきましょう」と、ハッチは静かにいった。「そろそろ話してもらえませんか、〈水地獄〉を設計した男のことを」

ナイデルマンはまだしばらく黙っていた。ハッチは待った。

「申し訳ありません」と、ナイデルマンはいった。「この前、研究室ではっきりいっておけばよかったんですが、あなたはまだ同意書に署名していませんね。二千二百万ドルもかけた事業が成り立つかどうかは、その情報にかかってるんです」

ハッチはふと怒りに駆られた。「ありがたい話ですね、そこまで信頼してもらって」

「こちらの立場も理解してください」と、ナイデルマンはいった。

「理解できますよ。ぼくが情報を横取りするのが怖いんでしょう。あなたがたを追い出して、自分で発掘を始めたりしたら丸損になる」

「単刀直入にいえば、まあ、そのとおりです」

短い沈黙があった。「率直な言葉は気持ちがいい」と、ハッチはいった。「ぼくの答えは、これでどうです」ハッチは舵輪を回し、船を右に向けた。

舷縁をつかんで体を支えながら、ナイデルマンは物問いたげにハッチを見た。

やがて〈プレイン・ジェイン〉は百八十度回転して、陸のほうに船首を向け、スピードを上げた。

「どういうつもりなんです」ナイデルマンはいった。

「どうもこうもない。その情報を明かして、自分たちが誇大妄想狂の集団じゃないことを証明するか、ここで見学旅行を中止するか、二つに一つです」

「それだったら、まず非開示契約に署名して――」

「いいかげんにしろ！」と、ハッチは叫んだ。「ただの船乗りかと思ったら、弁護士のまねごともするのか。だいいち、パートナーになりたいのなら、おたがいを信頼するのが筋でしょう。本当にパートナーになれるかどうか、怪しい雲行きになってきましたがね。握手をして、秘密を守る約束をする。それで充分じゃありませんか。気に入らないんだったら、島を掘り返すのはあきらめてください」

ナイデルマンは平静を失わなかった。それどころか、微笑まで浮かべている。「握手ですか。それはまた古風な」

ハッチは、ほんの数分前に残した航跡を逆にたどり、陸に向かって船を走らせていた。やがてまた焦土岬の黒っぽい断崖が視界に入り、町の屋根も見えてきた。

「わかりました」ナイデルマンは穏やかにいった。「船の向きを変えてください。握手しましょう」

二人は手を握り合った。ハッチはエンジンをニュートラルに切り替え、しばらく〈プレイン・ジェイン〉を惰走させた。そして、ふたたびスロットルを開き、船首を沖に向けると、まだ見えないノコギリ島の岩礁をめざして徐々にスピードを上げていった。

そのまま何分か過ぎた。ナイデルマンは、東の方角をじっと見つめながら、どう話を切り出すべきか熟慮するように、黙ってパイプをふかしていた。その様子を盗み見て、これは一種の時間稼ぎではないか、とハッチは思った。

やがて、ナイデルマンは口を開いた。「イギリスに行ったことはありますか、ハッチ博士」

ハッチはうなずいた。

「イギリスはいいところです」楽しい思い出話でもするように、ナイデルマンは静かに続けた。「これは好みの問題ですが、イングランドの北部が特に素晴らしいと思います。ハウンズブリーという町をご存じですか。いかにもコッツウォルド地方らしい魅力的な小さな町です。しかし、あの見事な聖堂がなければ、その魅力も半減するでしょう。もう一つ、ペナイン山脈のホィットストーン・ホールはご存じですか？　ウェセックス公の邸宅があるところですが」

「修道院の様式で建てられた有名な建物ですね」と、ハッチはいった。

「そうです。どちらも十七世紀の宗教建造物を代表する名作です」

「名作ですか」皮肉を交えてハッチは繰り返した。「でも、それがどうしたというんです」

「ハウンズブリーの聖堂も、ウェセックス公の邸宅も、サー・ウィリアム・マカランの作品です。そのマカランですよ、〈水地獄〉を設計したのは」

「設計した？」

「そうです。マカランは優れた建築家でした。サー・クリストファー・レンに次ぐイギリスの大建築家といってもいいでしょう。しかも、人間的にはレンよりもずっとおもしろい男だった」ナイデルマンは相変わらず東の方角を見つめていた。「オールド・バターシー・ブリッジもマカランの作品ですが、実際の建物だけでなく、宗教建造物に関する見事な論文も残しています。この天才は、一六九六年、海で行方不明になりました」

「海で行方不明？　波乱万丈の筋書きになってきましたね」

ナイデルマンは口もとを引き締めた。ついに怒ったのだろうか、とハッチは思った。

「そうです。実に悲劇的な出来事でした。ただし……」

ナイデルマンはハッチのほうに向き直った。「……それっきり行方知れずになったわけではない。去年、われわれは、マカランの論文を見つけました。その余白には染みで汚れた部分や変色したところがあって、よく見ると特定のパターンがあることがわかりました。研究所で調べたところ、変色している部分には見えないインクで書かれた覚書きがあり、経年変化でその見えない文字が浮かびあがってきたのだ、という結論に達しました。化学分析をしてみると、見えないインクの正体は酢酸とたまねぎの絞り汁を混ぜた有機物でした。さらに分析したところ、その〈染み〉は一七〇〇年ごろにつけられたものだとわかったんです」

「見えないインクですか。子供向けの探偵ものを読みすぎたんじゃありませんか」

「十七、八世紀には、見えないインクは普通に使われていたんですよ」と、ナイデルマンは冷静に続けた。「ジョージ・ワシントンも、密書を送るときに見えないインクを使っています。植民地時代の政治家は〈白いインク〉という言い方をしていたようですがね」

ハッチはまた皮肉な感想を漏らそうとしたが、適当な言葉は出てこなかった。意に反して、ナイデルマンの話を信じはじめていたのである。嘘をつくつもりなら、こんな奇想天外な話ではなく、少しは信憑性のあることを口にするにちがいない。

「研究所の職員が化学薬品で紙を洗浄した結果、書き付けの内容が明らかになりました。論文の余白にマカラン自身の筆跡で書かれた一万字程度の文書。暗号で書かれていましたが、〈サラサ〉の専門家が調べてみると、前半の部分は比較的簡単に解読することができました。それを読んで、よくわかりましたよ。サー・ウィリアム・マカランは、建築家として、これまでの評価以上におもしろい人物だったようです」

ハッチは生唾を呑んだ。「残念ながら、馬鹿ばかしいとしかいいようのない話だと思いますがね」

「いや、ちっとも馬鹿ばかしい話じゃありませんよ。マカランは〈水地獄〉を設計した。暗号で書かれていたのは、彼が最後の旅に出たときにつけていた秘密の日記だったんです」ナイデルマンは一息入れ、パイプをふかした。「スコットランド出身のマカランは、ひそかにカトリックを信仰していた。一六九〇年のボイン川の戦いで、プロテスタント勢力のウィリアム三世がカトリックのジェイムズ二世を破ったとき、マカランは嫌気がさしてスペインに渡った。そこで彼は、スペインの王家から新世界に聖堂を建築するようにいわれる。新世界で最大の聖堂をつくれ、という依頼でした。一六九六年、マカランは、スペインの軍艦を一隻従えて、ブリグ型の帆船でカディスの港からメキシコに旅立った。それ以後、船の消息は絶え、マカランも行方不明になった。船は沈没したと思われていましたが、この日記によると、実はそうではなかったらしい。マカランの船はエドワード・オッカムに襲われたんです。スペイン人の艦長は旗を下ろして降伏し、拷問を受けて旅の目的を白状した。オッカムは、マカラン一人を残して、ほかの全員を剣の餌食にした。建築家は鎖につながれてオッカムの前に引き出された。日記によれば、海賊は、マカランの喉にサーベルを突きつけて、こういったそうです――聖堂をつくりたければ、神が勝手につくればよい。おまえには私が新しい仕事をさずけよう」

ハッチは不思議な興奮を覚えていた。

キャプテンは舷縁に寄りかかった。「レッド・ネッドは、莫大な財宝を隠す秘密の洞窟をマカランに設計させようとしたんです。絶対に破られることのない洞窟、オッカムだけが秘密の鍵を持っている洞窟を。海賊船はメーン地方の沖合いを航行して、ノコギリ島に白羽の矢を立てた。やがて〈水地獄〉が完成し、財宝が隠された。ところが、その直後、オッカム一味は全滅した。マカランは〈水地獄〉ができたときに殺されたはずです。こうして、秘密を知る者は一人もいなくなった」

ナイデルマンは言葉を切った。海面に反射する光を受けて、その目は白っぽく輝いた。

「ところが、実はそうではなかった。マカランが死んだあとも、秘密を解く鍵は残されていたんです」

「というと？」

「マカランの日記は、途中から暗号の種類が変わっています。〈水地獄〉の秘密を書き残すために、わざと違う暗号を使うようにしたんでしょう。暗号といっても十七世紀のものですから、高速処理のできるコンピュータがあれば簡単に解ける。今、専門家が解読に当たっています。今日明日にでも答えが出るでしょう」

「その財宝は全部でいくらぐらいになるんです？」ハッチは率直に尋ねた。

「いい質問ですね。オッカムの船団の積荷搭載量はすでにわかっているし、船倉が一杯になっていたこともわかっています。襲われた船の積荷目録も手に入れました。

スペインの商船団を襲撃して、略奪に成功した海賊は、オッカムだけだったそうですが、ご存じでしたか」

「いや」と、ハッチはつぶやいた。

「そういったものを合計して、現代の貨幣価値に換算すると、総額は、どう控え目に見積もっても」――ナイデルマンは言葉を切り、口もとにかすかな笑みを浮かべた――「十八億ドルから二十億ドルになるでしょう」

長い沈黙があった。耳に入るのは、エンジンのうなりや、単調な鷗の鳴き声、船が海面を乱す波の音だけ。その天文学的な金額は、ハッチにはなかなか実感できなかった。

ナイデルマンは声をひそめた。「しかも、オッカム最大の略奪品、〈聖ミカエルの剣〉は、その二十億ドルには含まれていません」

一瞬、呪縛が破れた。「キャプテン、気は確かですか」ハッチは笑いながらいった。「まさか、そういう苔の生えた古くさい伝説を信じてるわけじゃないでしょうね」

「最初は信じていませんでしたが、マカランの日記を読んで考え直しましたよ。〈聖ミカエルの剣〉は実在するんです。ほかの財宝と一緒に埋められるのを、マカランが見ています」

ハッチは、何も見ていない目で足もとのデッキを見つめた。まさかそんなことが……と、思った。とても信じられない……。

目を上げたとき、腹部の筋肉が不意にこわばるのを感じた。胸のうちに湧き上がっていた無数の疑問は、一瞬のうちに雲散霧消した。海の向こうには、横に長く広がる低い霧が見えている。その下にはノコギリ島があるのだ。三十一年前のあの日も、同じ霧がノコギリ島を隠していた。

すぐそばでナイデルマンが何かしゃべっていた。高鳴る心臓を鎮めようと肩で息をしながら、ハッチは振り返った。「失礼、何ですって?」

「あなたにとってお金は問題ではないだろう、といったんです。しかし、同意書の話が出たついでにいっておきますが、あなたの取り分は、経費を差し引く前の財宝の半分です。金銭的なリスクを負う代償として、〈聖ミカエルの剣〉は私がいただきます。したがって、あなたはだいたい十億ドルを受け取ることになるでしょう」

ハッチは息を呑んだ。「なるほど。それなら文句のつけようがない」

長い間があった。ナイデルマンは双眼鏡を上げ、霧に包まれた島をながめた。「あの霧はどうして晴れないんでしょう」

「ちゃんと理由があるんですよ」話題が変わってほっとしながら、ハッチは答えた。「海の深いところの流れとは別に、浜から沖に向かう海流が島を取り囲んでましてね。その流れに呼びこまれた冷たいラブラドル海流が、暖かいケープ・コッド海流と混じり合って、広い範囲で霧が発生するんです。薄い輪のような霧に囲まれることもありますが、たいがいは島全体がすっぽりと霧に覆われています」

「海賊には願ってもない場所ですね」と、ナイデルマンはつぶやいた。

　もうじきだ、とハッチは思った。舷側をこする海水のささやきや、潮の匂いや、真鍮製の舵輪から伝わってくる冷たい感触に神経を集中させ、余計なことは考えまいとした。ナイデルマンを見ると、固く結んだあごの筋肉がかすかに震えていた。ナイデルマンもまた感情の昂ぶりを抑えているのだ。ハッチの胸に兆しているのとは別種の感情でありながら、同じように他人には伝えようのない、孤独な感情の昂ぶりを。

　次第に霧の塊が近づいてきた。ハッチは、ともすれば逃げたくなるのを必死にこらえ、霧の指が低く蠢くあたりにずっと船首を向けていた。海面はすっかり晴れているが、そのあたりだけは異様な別世界と化している。船の舳先が黒々とした霧の中に入ると、ハッチはスピードを落とした。そのとき、不意に冷気に襲われた。ハッチは、握った手の関節や背中に湿った空気が結露するのを感じた。

　霧の奥を見ようと目を凝らすと、遠くに暗い島影が一瞬だけ見えて、すぐに消えていった。ハッチはさらにスピードを落とした。エンジンの音が静かになって、波の音が聞こえてきた。ノコギリ島に近づく船乗りたちに、危険な岩礁があることを告げる打鐘浮標（ベルブイ）も、鐘のような音を立てている。ハッチは北寄りに船の向きを変え、風下の側から島の反対側に回ろうとした。突然、左舷前方二百ヤードの霧の中から、そそり立つ鉄の櫓が現れた。壊れたままになっている櫓は、嵐で鉄骨が捻じ曲がり、赤錆が浮いていた。

　短く息を呑んで、ナイデルマンは素早く双眼鏡を目に当てた。だが、船はまた濃霧に入り、島影は姿を消した。冷たい風が吹きはじめ、小雨が降ってきた。

「もう少し近づけませんか」ナイデルマンはつぶやい

た。

ハッチは岩礁に船を近づけた。島の風下側に入ると、風はやみ、波も穏やかになった。そのとき、不意に環状の霧が途切れ、島はその全貌を現した。

ハッチは暗礁に平行して船を走らせた。船尾に立ったナイデルマンは、双眼鏡を顔に当てたまま離さなかった。歯の間にパイプをくわえていることも忘れたようだった。雨粒が当たり、その背中に黒い染みが広がっている。船首を海のほうに向け、ハッチはエンジンをニュートラルにした。波間に漂いはじめた船の中で、ハッチはようやく振り返り、島と対面した。

4

しつこく記憶をさいなみ、あまたの悪夢を彩ってきた島が、黒々とした不気味な輪郭を浮かび上がらせて、今、ふたたび目の前にあった。だが、それは灰色の海と空に黒く刻まれた、ただの影でしかなかった。片方に傾(かし)いだ奇妙な机のような形。一番低いのは風下の側で、そのあと次第に高くなり、小高い丘を経由して、最後は海に面した断崖絶壁に続いている。断崖に打ち寄せる波は、島を取り囲む低い岩棚で砕け散り、船の航跡を思わせる細かい泡を残していた。島は、記憶にある以上に荒涼無惨な姿を曝(さら)している。風の吹きすさぶ不毛の島。長さは一マイル、幅は八百ヤード。風下の突端には丸石の転がる浜辺があり、奇怪に歪んだ松が一本だけ立っている。雷に打たれたらしく、松のてっぺんは幾筋にも割れ、節くれだった枝は魔女の手のように空を指していた。

浜薄(はますすき)やティー・ローズの灌木が風にそよいでいるあたりに、百年以上も前の蒸気式圧搾ポンプや、ウインチ、チェーン、ボイラーなどが横たわる機械の墓場があった。松の古木のそばには、風雨に痛めつけられた粗末な小屋が並んでいたが、どれも屋根はなく、今にも倒れそうだった。浜辺の向こうに目をやると、三十一年前のあの日、ジョニーと一緒に乗り越えた鯨岩が丸い背を覗かせていた。手前の岩場には大型船の残骸が野ざらしになり、数え切れないほどの嵐に揉まれ、ばらばらになった甲板や骨組みが、花崗岩の石くれの中に打ち捨てられている。高潮線の上に百フィートおきに立っている色あせた標識には、次のように書いてあった。

警告！
危険につき
上陸禁止

ナイデルマンはしばらく言葉を失っていた。「とうとうやってきましたよ」ささやくように、彼はいった。

一分がすぎ、二分がすぎた。船はそのまま漂っていた。ナイデルマンは双眼鏡をおろし、ハッチのほうに向き直った。「どうしたんです、博士？」

ハッチは、舵輪に寄りかかって体を支えながら、よみがえった記憶の重みに耐えていた。操舵室の窓を細かい雨が打ち、ベルブイは霧の中で弔いの鐘を鳴らし、恐怖はまるで船酔いのように一気に襲いかかってきた。だが、その恐怖には、何か別のもの、これまでとは違う新しい感情が混じっていた。あそこには本当に莫大な財宝が眠っている。自分の人生と、子供の人生と、孫の人生をめちゃくちゃにした祖父は、ありもしない宝を探そうとして破滅した愚か者ではなかったのだ。その瞬間、答えは決まった。祖父のために、父のために、兄のために、最後の決断を下さなければならない。

「大丈夫ですか？」ナイデルマンはふたたび問いかけた。目のくぼみや頬のくぼみが汗で光っていた。

ハッチは何度か深呼吸し、舵輪をきつく握り締めていた指から力を抜いた。「島を一回りしますか？」どうにか普通の声を出すことができた。

ナイデルマンは改めてハッチを見た。そして、何もいわずにうなずくと、また双眼鏡を目に当てた。

ハッチはスロットルを開き、船首を海のほうに向けた。風下を離れた船は、風に向かって進みはじめた。エンジンを低速にして、速度を三ノットに抑えたハッチは、鯨岩から顔をそむけていた。その向こうにあるはずの、もっと恐ろしい記念碑も見ないようにした。

「ずいぶん荒れてますね」と、ナイデルマンがいった。

「思っていたよりもずっと荒れている」

「自然の入江はどこにもないんです」と、ハッチは答えた。「島のまわりは岩礁に覆われているし、潮流がぶつかっているおかげで波の荒い難所もある。島そのものは外洋の波にさらされています。秋になると、北東の暴風が吹いて痛めつけられる。とにかく、おびただしい穴が掘られていますから、地盤は水を含んで不安定になっている。ダイナマイトの不発弾や爆破用の雷管も埋まっています。下手に地面を掘ると、どかんと爆発するでしょう」

「あれは何です?」ナイデルマンは、海藻がこびりついて滑りやすくなった岩場の上にそびえたつ、捻じ曲がった金属のかたまりを指さした。

「祖父が使っていた艀（はしけ）の残骸ですよ。クレーン船で沖に繋留してあったのが、北東風にやられて岩場に叩きつけられたんです。荒波に揉まれて、廃品として回収する値打ちもなくなりました。祖父の宝探しも、それで終わりでした」

「お祖父さんの発掘記録は残ってるんですか?」ナイデルマンが尋ねた。

「親父が処分しました」ハッチは生唾を呑んだ。「この島のおかげで、祖父は破産したんです。家族は無一文になりました。だから親父は、この島に関係のあるものをみんな憎んでいたんですよ。あの事故が起こる前から」声はだんだん小さくなっていった。ハッチは舵輪を握り直し、正面を見据えた。

「申し訳ない」ナイデルマンは表情を和らげた。「この島のことになると、つい夢中になって、悲惨な出来事があったことを忘れてしまうんです。心ないことを訊いたのなら、謝ります」

ハッチは船首越しに前方を見つめていた。「いや、いいんです」

ナイデルマンは黙りこんだ。ハッチにはそのほうがありがたかった。善意の人々から決まりきった慰めの言葉をかけられるほど辛いことはない。何よりもいやなのは、あなたのせいではないのだから自分を責めるのはやめるように、という言葉だった。

〈プレイン・ジェイン〉は島の南端をまわり、波のうねりに舷側を向けた。ハッチは、もう少し船のスピードを上げ、前に進んだ。

「考えただけでわくわくしますね」と、ナイデルマンはつぶやいた。「この砂と岩だけの小さな島が、史上最大の財宝を懐に秘めているとは」

「気をつけてくださいよ、キャプテン」ハッチは、できるだけおどけた調子で、警告の気持ちを相手に伝えようとした。「そんなふうに考えて有頂天になったおかげで、十いくつもの会社が破産したんですからね。こういう古い詩があるんですが——

この神殿が彼女の輝きを
いやがうえにも聖なるものにする
彼女が輝いて見えるのは
今彼女が私のものではなく、私のものになる見込みもないからだ

——この言葉を肝に銘じたほうがいいかもしれませんね」

ナイデルマンはハッチのほうに向き直った。「学生時代は課外読書に精を出して、グレイの『解剖学』や薬品会社のマニュアル以外の本も読んだんですね。コヴェントリー・パトモア（一八二三—九六。イギリスの詩人）を引用するとは、珍しいお医者さんですね」

ハッチは肩をすくめた。「好きで、ちょっと読んでるだけです。上等なポート・ワインみたいに、ちびちびとね。あなたこそ、なんでそんなに詳しいんです？」

ナイデルマンは一瞬だけ笑みを浮かべた。「私は、十年以上も海で暮らしてきましてね。海に出ると、何もすることがなくて、本を読むしかないんです」

そのとき、島のほうから、咳き込むような音が響いてきた。その音は次第に大きくなり、低音のうなり声に変わって、最後には喉が破れそうな苦悶の声が響きわたった。まるで深海に棲む怪物が断末魔を迎えているようだった。ハッチは全身が総毛立つのを感じた。

「あの音は何です？」ナイデルマンが警戒するようにいった。

「潮の流れが変わってるんです」湿り気を含んだ冷たい空気に少し震えながら、ハッチは答えた。「〈水地獄〉は、秘密のトンネルで海とつながっている。離岸流の向きが変わって、トンネルに海水が逆流すると、あんな音が聞こえるんです。一説によれば、そういうふうに考えられています」

苦悶の声はそのあとも続いたが、やがて川の瀬音ほどに小さくなり、完全に聞こえなくなった。

「町の漁師に訊けば、別の説を話してもらえるでしょう」と、ハッチはいった。「すでにお気づきかもしれませんが、このあたりにはロブスター獲りの壺は一つも仕掛けられていません。でも、それは、ロブスターがいないからじゃないんです」

「ノコギリ島の呪い、というやつですか」皮肉な表情を目に浮かべ、ナイデルマンはうなずいた。「それなら聞いたことがあります」長い沈黙があり、ナイデルマンは足もとの甲板を見下ろしていた。やがて、ゆっくり顔を上げると、彼は続けた。「私には、あなたのお兄さんを生き返らせる力はない。しかし、一つだけ約束できることがあります。お兄さんの身に何が起こったのか、それだけは突き止めてみせる、と」

ハッチは、込み上げてきた思いに言葉を失くし、話題を打ちきるように手を振った。ガラスが雨に濡れて顔が映らないのをありがたく思いながら、操舵室の窓のほうを向く。不意に彼は、もうこれ以上、ここにはいられない、と思った。説明抜きでいきなり船首を西に向けると、スロットルを全開にし、島を囲む霧の中に突進した。早くモーテルに戻りたかった。そして、早めの昼食を注文し、それを食べながら、ブラディ・メリーを浴びるように呑むのだ。

霧を突っ切ると、心待ちにしていた陽光の中に出た。風が吹きはじめ、顔や手から湿り気が蒸発してゆくのを感じた。ハッチは振り返らなかった。だが、霧に包まれた島があっという間に遠ざかり、水平線の彼方に隠れるところを想像すると、胸が締めつけられるような思いも少しずつ消えてゆくような気がした。

「今のうちにいっておきますが、共同作業をすることになる考古学者や歴史家は一流の人材ばかりです」隣にきて、ナイデルマンがいった。「十七世紀の科学技術や海賊の歴史や航行術について——あるいは、レッド・ネッド・オッカムの不可解な死の真相について、われわれのもとにはさまざまな知識が蓄えられるはずです。その蓄積自体、計り知れない価値を持つことになるでしょう。この事業は宝探しであると同時に、考古学の発掘調査の側面もあるんです」

短い沈黙があって、ハッチはいった。「一つだけ、どうしても確保しておきたい権利があります。発掘作業が危険だとわかったら、ぼくの一言で中止を命じることができるようにしてください」

「わかりました、いいでしょう。今回の土地貸借契約書には、全部で十八条の決まりきった文言が並んでいます。そいつに十九番目の条項を書き加えましょう」

「ぼくがこの事業に参加した場合」と、ハッチは慎重に続けた。「発掘作業に口を出さず、うしろから見ているだけの役員にはなりたくない」

ナイデルマンは消えたパイプの灰を指で掻きまわした。「この種の回収作業には常に危険が付いてまわります。素人が手を出すのは危ないと思いますよ。どういうかたちで参加したいんですか」

ハッチは肩をすくめた。「今度の事業のために医者を雇ったといいましたね」

　ナイデルマンはパイプの火皿を掻きまわすのをやめ、正面を向くと、眉を吊り上げた。

「医者を入れないとメーン州の法律では発掘調査の許可が下りないもんでね。つまり、その医者を、別の医者に替えろ、というんですか?」

「そうです」

　ナイデルマンはにっこりした。「マウント・オーバーン病院のほうは、いきなり休暇を取ってもいいんですか?」

「研究は別に急ぎません。それに、今度の事業は何ヵ月もかかるわけじゃない。もう七月の下旬だ。やりはじめたら、結果はどうあれ、四週間でかたがつくでしょう。嵐の季節がきたら、発掘作業はできなくなる」

　ナイデルマンは船べりから身を乗り出し、舷側に一度だけパイプを強く打ちつけて、吸い残しを海に捨てた。背筋を伸ばしたとき、その背後の水平線に、焦土岬の細長く黒い影が浮かび上がっていた。

「必ず四週間で終わります」と、ナイデルマンはいった。「あなたの悩みも、私の苦労も」

5

　バッドの食品スーパーの隣にある舗装されていない駐車場に、ハッチは車を停めた。今はレンタカーではなく、自分の車に乗っている。現在の生活の一部である車の窓から、過去の生活の舞台になった町を覗き見ると、異様な胸騒ぎがして、落ち着かなかった。ハッチは車内をざっと見渡した。革にひびが入ったシート。年輪の模様をそのまま残した胡桃材(くるみざい)のギアボックス。その胡桃材に染みこんだコーヒーの跡。見馴れたものに囲まれていると、それだけ不安も少なくなるように感じる。ドアを開けるには勇気がいった。ダッシュボードからサングラスを取ったが、元に戻す。正体を隠さなければならない時期は終わったのだ。

　ハッチは狭い広場を見渡した。街路のアスファルトはところどころ剝げて、丸石が顔を覗かせている。ぐらぐらする網棚にコミック誌や一般雑誌を並べていた角の古いニュース・スタンドは、アイスクリーム屋に変わっていた。広場の向こうは下り坂で、杉の屋根やスレート葺きの屋根が太陽を受けて輝き、まるで絵に描いたように美しい町並みが海へと続いている。湾のほうから、男が一人、坂をのぼってきた。長靴をはき、ゴムのレインコートを肩にかけている。仕事帰りのロブスター漁師だ。ハッチを横目で見ながら男は通りすぎ、横道に姿を消した。まだ二十歳(はたち)かそこらの若い漁師だった。考えてみれば、ハッチが母親と一緒にこの町を出ていったときには、まだ生まれていなかったことになる。ハッチがいないあいだに、新しい世代の住人が育ったのだ。むろん、死に絶えてしまった古い世代の住人もいるだろう。バッド・ローウェルはまだ生きているのだろうか——不意にハッチはそう思った。

外から見ると、バッドの食品スーパーはちっとも変わっていなかった。きちんと閉まらない緑のスクリーン・ドア。時代物のコカ・コーラの看板。風雨にさらされて傾いたポーチ。店内に足を踏み入れると、古くなった床がきしんだ。客が一人もいないことをありがたく思いながら、ハッチはドアのわきのラックから買物カートを取った。狭い通路を歩き、〈プレイン・ジェイン〉に積み込む食料を買う。昔の家の修理が終わってまた住めるようになるまで、ハッチは船で暮らすつもりだった。必要なものを、あちらで一つ、こちらで一つカートに放りこみ、ぶらぶら歩きまわっているうちに、自分は避けられない出来事に直面するのを引き伸ばそうとしているだけではないか、と気がついた。腰が引けるのを踏みとどまりながら店の正面にカートを運んだ。すると、目の前にバッド・ローウェルがいた。頭の禿げた陽気な大男。糊の利いた肉屋のエプロンをいつも身につけている。バッドは、ハッチと兄のジョニーが食べるのを禁じられていた赤いリコリス棒を、カウンターの下からいつもこっそり渡してくれた。それを知ったとき、母親はかんかんになって怒ったものだった。

「いらっしゃい」バッドはそういうと、ハッチの顔を見て、外に停めてある車のほうに視線を移した。ナンバー・プレートを見ているのだろう。この店の駐車場に高級車ジャガーXKEが停まることはめったにない。「お客さん、ボストンから?」

どういうふうに話せばいいか、態度を決めかねていたハッチは、とりあえずうなずいた。

「うん、まあ」

「休暇旅行かい？」バッドは、茎を傷めないように用心しながらアーチチョークを袋に入れ、真鍮製の古いキャッシュ・レジスターに、例によってのろのろと数字を打ちこんだ。二つ目のアーチチョークが袋に入った。

「いや、仕事だ」と、ハッチは答えた。

バッドの手が止まった。ストームヘイヴンに仕事でやってくるとは、前代未聞なのだ。ゴシップの収集が商売でもあるバッドは、いったいどういう仕事なのか、詳しい事情を知りたくなったらしい。

手はふたたび動き出した。「そうかね。仕事かね」

ハッチはうなずいた。正体を明かすのは気が進まなかったが、隠しておくわけにもいかず、葛藤が続いていた。バッドが知れば、町じゅうの者が知ることになる。バッドの店で買物をしたら最後、もう引き返すことはできないのだ。もちろん、バッドはまだ気がついていないようだから、このまま食料品を抱えて店を出ることもできる。正体を明かした場合、何が起こるか、考えるだけで辛かった。町の者は、首を振り、唇をすぼめながら、四半世紀以上前の出来事をまた噂の種にするだろう。そうなると、ハッチには耐えられなかった。狭い町の同情は、残酷な無神経に通じる。

バッドの手は牛乳のカートンを取り、袋に入れた。

「すると、セールスマンかい」

「いや」

沈黙があり、バッドは、牛乳の隣にオレンジ・ジュースを入れた。レジスターがまた音を立てた。

「でも、またすぐによそへ行くんだろうね」と、バッドは探りを入れてきた。

「そうじゃなくて、このストームヘイヴンで仕事があるんだ」

これまで聞いたこともない話だったので、バッドはとうとう我慢できなくなったらしい。

「どういう仕事なんだね、それは」

「実は、微妙な仕事でね」ハッチは声を低くした。相変わらず不安は感じていたが、眉根を寄せたバッドの顔がいかにもじれったそうに見えたので、笑いを隠すのに苦労した。

「なるほど」と、バッドはいった。「じゃあ、宿はこの町かね」

「いや」そういうと、ハッチは大きく深呼吸した。「湾の向こう側に泊まるところがあってね。昔、ハッチ一家が住んでいた場所だ」

バッドは危うくステーキ肉を取り落としそうになった。その家は二十五年間使われていない。ステーキ肉は袋に入り、レジの作業は終わった。バッドは手持ちの質問を使い果たしていた。少なくとも、あとには不躾な質問しか残されていない。

「悪いけど、急ぐんだ」と、ハッチはいった。「いくらになる?」

「三十一ドル二十五セントだ」バッドは何か釈然としないようだった。

ハッチは袋を寄せ集めた。打ち明けるなら今しかない。たとえ数週間であっても、この町に住むつもりなら、正体を明かさなくてはならない。

ふと立ち止まり、袋を一つ開けたハッチは、中に手を突っ込んだ。「ちょっと待ってくれ」次の袋を開け、また手を入れる。「おやじさん、何か忘れてるんじゃないかい」

「そんなはずはない」バッドは少しむっとしていた。

「いや、忘れてる」ハッチは、袋の中身を出し、カウンターに並べた。

「見ろ、みんなあるじゃないか」短気だといわれるメーン州の人間らしく、バッドもだんだん不機嫌になってきたのがわかった。

「一つだけ足りないものがあるよ」ハッチは、カウンターの下の小さな引出しを指さした。

「今日はもらえないのかい、おまけのリコリスは」

バッドは引出しを見て、ハッチの腕から顔に視線を移した。そして、初めて真正面から相手を見た。みるみるうちにバッドの顔から血の気が引き、蒼白になった。

ショックが大きすぎたか、と思ってハッチが緊張したとき、老店主は大きく息を吐いた。

「こりゃ驚いた」と、バッドはいった。「誰かと思えば、マリン・ハッチじゃないか」

頬にはたちまち血の気が戻ったが、顔には幽霊を見たような表情が浮かんだままだった。

「元気だったかい、バッド」と、ハッチはいった。

老店主は、のっそりとカウンターのこちら側に出てくると、ハッチの右手を両手でぎゅっと握った。「大きくなったなあ」そういうと、老人はハッチの肩に手をかけ、腕をいっぱいに伸ばして、丸々と太った顔一面に笑みを浮かべた。「あの子がこんな立派な若者になるとは思ってもいなかったよ。いつも心配してたんだ、あの子はどうしたんだろう、また会えるだろうかってね。それがどうだ、いきなり目の前に現れて」

ハッチは、食料品店の店主らしい匂い——ハムと魚とチーズの混じりあった匂いを吸いこみ、ほっと胸を撫でおろした。その反面、突如、子供のころに引き戻されたような当惑もあった。

バッドはあとしばらくハッチを見つめてから、リコリスの引出しに視線を戻した。「この食いしん坊め」と、バッドはいった。「まだリコリスを食べてるのかい？ じゃあ、一本だけやろう。店のおごりだ」引出しに手を入れたバッドは、リコリス棒を一本取り出すと、音を立ててカウンターに置いた。

6

店の裏にあるポーチで揺り椅子にすわった二人は、バーチ・ビア（スイートバーチ油などで風味をつけた炭酸飲料）を呑みながら、草地の向こうに黒々と並ぶ松の並木をながめていた。探りを入れてくるバッドに対して、疫学の専門家としてメキシコや南アメリカで活躍したときの逸話は二つ三つ披露したが、この町になぜ戻ってきたかという質問が出そうになると、そのたびにハッチはうまく話の鋒先をそらした。本当のことを話したくても、まだ心の準備ができていなかったのだ。気がつくと、早く船に帰りたい、と思うようになっていた。船尾の甲板に携帯式のグリルを出し、ステーキを焼いて、罪深いほど辛口のマティーニを呑む……。しかし、田舎町のしきたりも守らなければならない。少なくとも一時間はこの老人の相手をして、世間話を交わす義務があった。

「ぼくが引っ越してから、この町も変わっただろうね」話題が途切れ、ハッチはいった。何かいわなければ、またこちらの腹を探るような質問が始まる、と思った。バッドは、ハッチが戻ってきた理由を知りたがっている。だが、礼儀を重んじるメーン州の人間らしく、あからさまな質問は決して口にしようとしないのだ。

「そうだなあ。まあ、いろいろあったよ」といって、バッドは変化の実例を挙げていった。五年前、ハイスクールに新館ができたこと。ティボドー家の人々がナイアガラ見物に出かけた留守に家が全焼したこと。酒に酔ったフランク・ピケットの船が瘤島の岩礁に乗り上げて沈没したこと。最後にバッドは、きれいになった新しい消防署を見たか、と尋ねた。

「ああ、見たよ」ハッチは、木造平屋建ての消防署が取り壊され、銀色に輝く醜悪な建物になったことを内心残念に思っていた。

「新しい別荘も町じゅうにどんどん建っている。避暑にくる連中が増えたんだよ」バッドは舌打ちしたが、店の売上げに関するかぎり、不満はないはずだった。いずれにしても、バッドのいう〈町じゅうにどんどん建っている〉は、ブリーズ岬にある新築の別荘、四、五軒を指しているにすぎない。ほかには、丘の側の農家が何軒か改装され、民宿が一軒できていたが、それは変化というほどのことでもない。

バッドは、悲しげに首を振りながら、こう締めくくった。「あんたがいなくなってから、町はすっかり変わっちまったよ。もう別の町に見えるんじゃないかね」椅子の背にもたれかかり、バッドはため息をついた。「それで、戻ってきたのは家を売るためか?」

ハッチはわずかに身をこわばらせた。「いや、しばらく住んでみようと思ってね。とりあえず、夏のあいだはこの町で暮らすつもりだ」

「おや、そうかね。じゃあ、休暇というわけか」

「その話は、さっきもしただろう」ハッチは、できるだけ軽い口調でしゃべろうとした。

「休暇じゃなくて、仕事で来たんだけど、ちょっと微妙な問題でね。そのうちにちゃんと話す。約束するよ」

バッドは椅子にすわりなおした。少し気を悪くしたようだった。「まあ、人の仕事を詮索する気はないが、さっきの話では、確か医者だといわなかったかね」

「そうだよ。その仕事できたんだ」ハッチはバーチ・ビアを一口呑み、こっそり腕時計を見た。

「しかし、マリン」食料品店主は居心地悪そうに身じろぎした。「医者なら間に合ってるぞ。この町にはフレージャー先生がいる。元気で、ぴんぴんしてるよ。あと二十年は現役で働けるはずだ」

「紅茶に砒素でも入れたら、すぐ後釜にすわれる」と、ハッチはいった。

食料品店主は警戒するようにハッチを見た。

「冗談だよ、バッド」そういって、ハッチはにっと笑った。「別にフレージャー先生と張り合うつもりはない」メーンの田舎町では、洒落が洒落にならないこともあるのだ、とハッチは思った。

「それならいい」バッドは横目でハッチを見た。「じゃあ、あんたの仕事は、あのヘリコプターと関係があるんだな」

その意味がわからず、ハッチは相手を見かえした。

「きのうのことだ。よく晴れた日だったよ。この町に、ヘリコプターが二機飛んできてね。大型のヘリコプターで、町を越えて、島のほうに飛んでいった。そのあと、ノコギリ島の上空をしばらく旋回しているのが見えたよ。陸軍基地のヘリだと思ったが」バッドの顔には探るような表情が浮かんでいた。「そうじゃなかったのかもしれんな」

スクリーン・ドアのきしむ音で、ハッチは救われた。バッドは店に戻り、客の相手をした。バッドが戻ってくるのを待って、彼はいった。「店も繁盛してるらしいね」

「とんでもない」と、バッドは答えた。「時期はずれだし、町の人口も八百人まで減ってね」

昔からストームヘイヴンの人口は八百人程度だったのに、とハッチは思った。

「困ったもんだ」と、バッドは続けた。「子供たちは、大きくなってハイスクールを卒業すると、みんなよその町に出ていく。この町には住みたがらない。バンゴーやオーガスタといった都会で暮らしたがる。中には、はるばるボストンまで行った者もいる。この三年で、五人の若者が町から出て行った。避暑客や、パイン・ネックのヌーディスト・キャンプの連中がいるから、どうにかやっていけるものの、そうじゃなかったら、とっくに干上がっているところだ」

うなずいただけで、ハッチは何もいわなかった。バッドの店も、景気は決して悪くないだろう。しかし、ここでそれを指摘するのは礼儀に反するような気がした。バッドのいう〈ヌーディスト・キャンプ〉とは、芸術家が集まる生活共同体のことだった。海岸を十マイルほど北上すると、松の林に囲まれた古い邸宅があって、その敷地内に画家や詩人が暮らしている。三十年ほど前、ロブスターの罠を仕掛けていた漁師が、そのあたりの海岸で、素っ裸になって日光浴をしている人物を一人見つけたことがある。その出来事はハッチもよく憶えていた。メーン州沿岸の田舎町では、一度、広まった噂は、尾ひれがついてそのまま定着してしまうのだ。

「ところで、おふくろさんは元気かね」と、バッドはいった。

「一九八五年に死んだよ。癌だった」

「それは残念なことをした」バッドは心から悼んでくれているようだった。「ほんとに立派な女性だったのに。息子もちゃんと……育て上げて」短い沈黙があって、バッドは椅子をうしろに倒し、バーチ・ビアを呑み干した。「クレアには会ったかね？」何事もなかったように、バッドは尋ねた。

一瞬、間を置いたハッチは、やはり何事もなかったように答えた。「彼女、まだこの町にいるのかい？」

「いるとも。まあ、いろいろあったがね。あんたはどうだ。女房子供は？」

ハッチはにっこりした。「独身だよ。今のところはね」空になった瓶を置いて、ハッチは立ち上がった。いいかげんで引き上げなければならない。「バッド、久しぶりに会えて、ほんとに楽しかったよ。そろそろ帰って、夕食の仕度をしないと」

バッドはうなずき、店に向かうハッチの背中を叩いた。ハッチがスクリーン・ドアに手をかけたとき、バッドは咳払いした。

「マリン、最後に一つだけいっておきたいことがある」

ハッチは凍りついた。簡単に逃げられると思ったのが間違いだったのだ。来るべき時が来たと怯えながら、ハッチは次の言葉を待った。

「リコリス棒には気をつけろよ」大真面目な顔で、バッドはいった。「虫歯で抜けた歯は、二度と生えてこないんだからな」

7

ハッチは、〈プレイン・ジェイン〉のデッキに出て、大きく伸びをすると、まぶしさに目を細めながら湾を見渡した。ストームヘイヴンの町は静まりかえり、七月の午後の濃密な光を浴びながら、夏の眠りを貪っている。その静寂にハッチは感謝した。前夜、ステーキを食べながら、ビーフイーターのジンを呑みすぎたおかげで、朝、目覚めたとき、彼は十年ぶりの二日酔いに苦しんでいた。

その日の朝は、いろいろと初めての体験をした。船のキャビンで夜を明かしたのは、アマゾン下りの旅をして以来のことだった。穏やかに揺れる波の音だけを聞きながら、船上で過ごす夜が、どんなに心安らぐものか、ハッチはすっかり忘れていた。目覚めたあと、何もすることがなかったのも、ずいぶん久しぶりのことだった。研究室は、八月の終わりまで閉鎖することになっている。よくへまをする助手のブルースには、同僚の協力を仰いで、実験結果の報告書を書くようにいってある。ケンブリッジの家は鍵をかけ、九月まで戻らないと家政婦に言い残して、そのままにしてきた。愛車のジャガーは、できるだけ目立たないように、〈コースト・トゥ・コースト〉チェーンの古い金物屋の裏にある駐車場に停めた。

前日、サウスポートのモーテルをチェックアウトする前に、ナイデルマンの伝言が届いていた。それにはただ一行、翌日の日没の時刻にノコギリ島の沖で会いたい、とだけあった。おかげでハッチには、丸々一日、自由になる時間ができた。最初のうちは、記憶と闘う一日になるのか、と恐れていた。素人ながら週末に楽しんでいる水彩画の道具を持って、適当に海岸線のスケッチでもしてこようかと思ったが、実行には移さなかった。海の上にいると、心が妙に落ち着いてきて、穏やかな気分のまま、何もする気になれなかったのである。彼は、故郷のストームヘイヴンに帰ってきた。ノコギリ島のそばにも行った。悪魔の顔を見て、無事に戻ってくることができたのだ。

ハッチは腕時計を見た。間もなく七時三十分。出発する頃合だ。

クランクをまわすと、ありがたいことに、大きなジーゼル・エンジンは従順に動きはじめた。足もとに伝わってくる深い振動や、排気ガスが出る音は、過去から響いてくる海の精(セイレーン)の歌声のように、心を甘くくすぐると同時に、鋭く胸をえぐった。ハッチは、手を前に倒し、ギアを入れると、ノコギリ島の方角に船首を向けた。

空は晴天。船は水を切って進んでゆく。ハッチは、午後の太陽を背に受けた船の影が前方の海面に踊るのを見ていた。あたりには、隠者島の沖に仕掛けてあった罠を引き揚げているロブスター獲りの漁船が一艘いるだけだった。昼のあいだ、ハッチは何度かデッキに出て、ノコギリ島のあたりに動きがあることを半ば予期しながら、水平線のほうを眺めていた。しかし、そこには海と空しかなかった。落胆するべきなのか、ほっとしなければならないのか、自分では判断がつかず、中途半端な気分になった。

湾を出ると、空気はひんやりしてきた。本当なら、スピードを落とし、ウインドブレーカーを取るところだったが、気がつくとハッチはさらに船の速度を上げ、口を開いたまま正面から風と向かい合っていた。三角波を突っ切るときに飛び散る塩辛い飛沫（しぶき）が、ときおり口に入った。独りで海に出ていると、なぜか心や体が清められるような気がする。二十五年のあいだに蓄積された蜘蛛の巣や汚れが、塩水の混じった風で吹き飛ばされるのを感じた。

そのとき、前方にいきなり黒い影が現れた。東の水平線上に低くわだかまる影。ハッチは船の速度を落としながら、いつもの恐怖がふたたび込み上げてくるのを感じた。今日は島のまわりの霧も薄いようだったが、輪郭は相変わらず曖昧で、不気味な雰囲気をたたえている。霧を通してぼんやり見えるウインチや起重機の残骸は、異郷にある町の荒廃した寺院の尖塔に似ていた。ハッチは船の航路を左舷に向け、遠巻きに大きな円を描くかたちで島に近づこうとした。

島の風下側に目をやると、見馴れない船があった。岸から四分の一マイルほど沖に停泊しているらしい。近づくと、古い消防艇だとわかった。マホガニーかチークか、濃い茶色の木材で造られている。船尾には黄金の文字で〈グリフォン〉と名前が記され、その下には小さな文字で〈コネティカット州ミスティック〉と地名が入っていた。

一度はその横に停めようかと思ったものの、気が変わって、百ヤードほど離れたところで〈プレイン・ジェイン〉のエンジンを切った。〈グリフォン〉には誰も乗っていないようだった。ハッチが着いても、デッキに人が現れる気配はない。観光客が来ているのか。それとも、素人が宝探しをしているのか。最初はそう思ったが、間もなく日没の時刻になろうとしている。たまたま部外者がここにいるとは考えられなかった。

好奇心に駆られてハッチは向こうの船を見つめた。これがナイデルマンの司令船なら、かなり型破りだが、実用的な選択だということができる。スピードが出ない代わりに、安定性は抜群なのだ。この船なら、どんな荒海にも乗り出すことができるだろう。前後に一基ずつエンジンがついているので、自由自在に小回りも利く。消火用のホースや放水装置は取り外され、デッキはだいぶ広くなっている。吊り柱や物見塔やサーチライトはそのままで、船尾の起重機はコンピュータ制御の最新型に置き換えられていた。ハッチは視線を上げ、広々とした操舵室や最上船橋に目をやった。その上には、例によって、現在位置測定装置(ロラン)や通信機やレーダーのアンテナが所狭しと並んでいる。そこには、船の運行とは直接関係のないアンテナ類もあった。マイクロ波用の角型(つのがた)アンテナ、衛星通信用の皿型アンテナ、上空探査用のレーダー、長波用のアンテナ。なかなかの装備だ、とハッチは思った。そして、片手を計器板に置き、圧縮空気式の警笛を鳴らそうとした。

　だが、その手は途中で止まった。沈黙の船の彼方、霧に包まれた島の彼方から、地鳴りのような低い音、可聴域すれすれの低音が響いてきたのだ。ハッチは手を離し、耳を傾けた。一分もたたないうちに、彼は確信した。船のエンジン音だ。まだ遠くにいるが、急速に近づいてきている。水平線を調べると、南の方角に灰色の塊のようなものが見えた。やがて、沈みかかった太陽の光が反射したのか、金属のようなものがきらりと光った。船体の一部だろう。たぶん〈サラサ〉の船だ、と彼は思った。ポートランドからこの島をめざしているのだ。

　ハッチが見ているうちに、灰色の塊は二つに割れ、三つに分かれた。最後には、六つの船体が見分けられるようになった。その信じがたい光景を目のあたりにしながら、ハッチは、ちっぽけな島に侵略の大船団が近づいてくるのを待った。まず、巨大な平底船が突き進んでくる。吃水線のところで船首波が二つに割れ、赤黒い船腹が剝き出しになっている。そのうしろに続くタグボートは、海藻がからまってぬれぬれと光る網を船首につけ、百トンの水上クレーンを曳航していた。次にやってきたのは、二隻で一組になったパワーボートだった。発電設備を搭載したその船は、細身でありながら力がみなぎっているように見えた。続いて、補給船がやってきた。重い荷物を積んでいるのか、船体は半ば海中に没していた。そのマストの先には、白と赤の小さな旗が掲げられている。そこに描かれた図柄は、ほんの数日前に見たナイデルマンの書類鞄についていた模様と同じものだった。

　最後に、優美な大型船が現れた。素晴らしい設備を揃えた巨大な船。船首には〈ケルベロス〉という文字が青く刻まれている。ハッチは、畏れにも似た感情を抱きながら、主甲板上に並んだきらめくような装備をながめた。前部甲板には銛撃ち銃がある。舷窓には曇りガラスがはまっている。最低でも一万五千トン級の船だ、と彼は思った。

沈黙の舞踏を踊るように、船団は〈グリフォン〉に船首を向けた。大きいほうの船は消防艇の向こう側に停まり、小さい船は〈プレイン・ジェイン〉の横に並んだ。鎖が音をたて、太綱（ホーザー）がうなり、錨が下ろされる。二隻のパワーボートが〈プレイン・ジェイン〉の両わきをはさむ格好になった。ハッチが目をやると、何人かの乗組員がこちらを向き、微笑して軽く頭を下げた。一番近い船には、鉄灰色の髪をした、生白い丸顔の男がいて、興味津々の面持ちでハッチを見ていた。男は、きちんとボタンを留めたスーツを着て、その上に、ごわごわしたオレンジ色の救命胴衣をつけている。男の横には、脂染みた髪を長く伸ばした若者が立っていた。バミューダ・ショーツをはき、花柄のシャツを着て、山羊ひげをたくわえた若者は、白い紙袋に入った何かを食べながら、横柄な態度で無関心そうにハッチを見た。

　最後の船のエンジンが止まり、不気味な雰囲気さえ漂う異様な沈黙があたりを支配した。順番に船を見わたしたハッチは、乗組員たちの視線が、中央にある消防艇のデッキに向けられていることに気がついた。

　一分が過ぎ、二分が過ぎた。やがて、操舵室のドアが開き、ナイデルマンが姿を現した。無言のまま船側の手すりに近づいたナイデルマンは、背筋をぴんと伸ばし、直立不動の姿勢をとって、周囲の船を見わたした。全身に夕日を浴び、日焼けした顔が赤く染まって、薄くなりかけたブロンドの髪が黄金色に輝いた。見事なものだ、とハッチは思った。小柄な体でありながら、その存在は海上の船団を圧倒している。沈黙が深まるなか、ナイデルマンのうしろにあるドアから、もう一人の男、屈強な体格の小男が目立たないように現れ、背景に留まったまま手を組んだ。

　ナイデルマンの沈黙は延々と続いた。そのあと、ようやく口を開くと、まるで祈るような低い声で話しはじめた。小さい声なのに、その言葉は朗々と海上に響き渡った。

「現代は解明の時代にほかならない」と、ナイデルマンは切り出した。「地上の謎は、あらかた解き明かされている。人類は北極を踏破し、エヴェレストを征服し、月にまで足を運んだ。原子の結合を破り、深い海の底に広がる平原の地図を作成した。こうした謎に挑戦した人々は、私財をなげうち、命を賭してことに当たり、かけがえのないものを危険にさらしてきた。大いなる謎を解くためには、大いなる代償を払い、身命をなげうつ覚悟で臨まなければならない」

　ナイデルマンはノコギリ島のほうを身振りで示した。

「あの場所に――ほんの数百ヤード先のあの島に、そうした大いなる謎が眠っている。北アメリカに残された最大の謎といってもいいだろう。見たまえ。これが謎だろうか。泥と岩のあいだに、穴が一つ口を開けているだけのことだ。しかし、その穴――〈水地獄〉と呼ばれるその穴は、財宝の秘密を探ろうとする大勢の人間の生き血を吸ってきた。何百万ドルもの資金がどぶに捨てられた。何人もが破産し、多くの人間が命を落とした。今ここに集まっている仲間の中にも、〈水地獄〉の牙の鋭さを身をもって体験した者がいる」

　ナイデルマンは、集まった船の甲板に立っている仲間たちを見わたした。そして、ハッチの目を見ると、話を続けた。

「太古の時代から伝わる謎の中には、いまだその意味が解明されていないものもある。たとえば、サクサウアマンの石柱群（モノリス）、イースター島の人面像、イギリスの巨石遺跡。だが、〈水地獄〉は違う。〈水地獄〉の場合は、正確な場所も、その目的もわかっているし、これまでたどってきた変遷さえ明らかになっている。その〈水地獄〉が今、われわれの目の前にある。すべてをさらけだしたうえで、さあ謎を解いてみろと、われわれに挑戦している」

　ナイデルマンはここでまた間を置いた。「一六九六年のエドワード・オッカムは、最強の海賊として誰からも恐れられていた。船団の倉は財宝で膨れ上がり、どの船もその重みで吃水線が下がり、動きが鈍くなっていた。嵐がくるか、戦艦と遭遇するかしていたら、オッカムの船団は致命的な打撃を受けていただろう。それもこれも、みんな財宝を隠すのを怠っていたせいだ。オッカムは必死で隠し場所を探していた。そのとき、たまたま一人の建築家と出会って、問題は一挙に解決した」

　ナイデルマンは、風に髪をなびかせ、手すりに寄りかかった。「オッカムはその建築家を捕虜にして、財宝を隠す穴を設計するように命じた。どんな優秀な装備で挑んでも、絶対に破られることのない、難攻不落の穴。すべては計画どおりに進んだ。穴は完成し、財宝が収められた。そして、ふたたび殺戮と略奪の航海に乗り出そうとしたとき、天罰が下った。レッド・ネッド・オッカムが急死したのだ。その日から、オッカムの財宝は〈水地獄〉の底で眠りつづけている。テクノロジーと人間の叡智によって、ふたたび掘り起こされる日が来るのを待ちながら、長い眠りについている」

ナイデルマンは深呼吸した。「この財宝は巨万の富を生むはずだが、次から次へと人が戦いを挑んでも、価値あるものは何一つ回収されなかった。それなりの値打ちがある発掘品は、ただ一つ、これだけだ！」キャプテンは、何かを握ったまま、不意に片手を上げた。沈みゆく太陽の光を受け、その指先は、まるで燃え立つように、まばゆく輝いた。驚きと賛嘆の声が小波(さざなみ)のように広がった。

ハッチは、もっとよく見ようと、手すり越しに身を乗り出した。あれは黄金だ、と彼は思った。かつて、黄金採掘社がドリルを引き上げたとき、その刃に純金の削り滓が付着していたというが、ナイデルマンが持っているのは、たぶん百年以上も前のその黄金なのだ。

ナイデルマンは、黄金の削り滓を頭上にかかげ、しばらくじっとしていた。無限とも思える時間が過ぎて、彼はふたたび話しはじめた。「〈水地獄〉を掘っても宝など見つかるはずがないという者もいる。疑う者には、これを見るがいい、といってやろう」

沈みかけた太陽が海面や船をたそがれの菫色に染めるなか、ナイデルマンは振り返り、操舵室の正面の窓に体を向けた。そして、小さなハンマーを手に取り、操舵室の屋根に金を置くと、思いきりハンマーを振り下ろし、木造の屋根に純金のかけらを釘で打ちつけた。一歩退き、ナイデルマンはふたたび仲間のほうを見た。主甲板の上で、金は燦然と輝いている。

「オッカムの財宝は〈水地獄〉の底にある」と、彼はいった。「太陽にも、雨にも悩まされることなく、三百年のあいだ眠りつづけてきた。しかし、それは今日までのことだ。明日からは、その長い眠りに終止符を打つ作業が始まる。失われていた鍵が見つかったのだ。夏が終わる前に、財宝は目覚めるだろう」

ナイデルマンは言葉を切り、集まった船を眺めた。

「やることはたくさんある。まず、過去の失敗の残骸を片づけて、安全に作業ができるようにしなければならない。次に、本来の〈水地獄〉がどこにあったかを突き止める必要がある。そのあと、海水が入ってくる秘密の水路を見つけて塞ぐことになるだろう。そして、縦穴に残った水をポンプで汲み出し、宝物が隠された部屋を捜す。口でいうのは簡単だが、これは大変な作業になるだろう。しかし、われわれには、テクノロジーの粋を集めた最新の機材、この程度の作業なら楽にこなせるだけの機材が揃っている。われわれが相手にするのは、十七世紀の天才が考えた巧妙きわまりない罠だ。しかし、その〈水地獄〉も二十世紀のテクノロジーにはかなうはずがない。ここに集まっている仲間が力を合わせれば、史上最大の発掘作業を成功に導いて、歴史に名を残すことができるだろう」

何人かが拍手をしたが、ナイデルマンは手を上げてそれを制した。「今、ここには、マリン・ハッチ博士の姿もある。博士の寛大な許可がなければ、この事業を始めることはできなかっただろう。われわれは、黄金のためだけにここに集まったわけではない。博士は誰よりもそのことをよく理解してくださっている。われわれは、歴史の謎を解くために、人類の知識の向上のために、この島にやってきた。われわれの前にも勇敢な人々がここにやってきて、尊い犠牲を払ったが、その死は決して犬死ではなかったのだ。これから、われわれは、そのことも証明したい」

ナイデルマンは、短く一礼すると、手すりから一歩下がった。やがて、ぱらぱらと拍手が起こり、涸れかけた滝のせせらぎのような音が海面を越えて広がっていった。次の瞬間、あちらこちらから同時に大歓声が沸きあがった。手が振られ、帽子が宙を舞い、興奮と歓喜と祝福の声が喜びの輪になって〈グリフォン〉を取り囲んだ。気がつくと、ハッチも歓声を上げていた。頬に一筋、涙が流れたとき、ハッチは突拍子もないことを考えた。今、肩越しに、兄のジョニーがこれを見ているのかもしれない、と。一日も早く安らかに眠りたい、そんな子供らしい思いを胸に抱きながら、皮肉を込めて事態を見守っているのかもしれない、と。

8

その翌日、ハッチは〈ブレイン・ジェイン〉の操舵室に立ち、まわりで行われている準備作業を見守っていた。意に反して気分が高揚するのを抑えきれなかった。わきにある二台の通信モニターからは、会話の一部や連絡の声が聞こえてくる。モニターの一台は発掘チームの全チャンネルに対応した専用周波数帯の走査機で、もう一台は医療専用のチャンネルに合わせた受信機だった。陸地からかすかに風が吹いてくるが、凪いだ海に波はほとんどない。その日は霧も穏やかで、薄いベールのようにゆったりと島を覆っているだけだった。荷降ろしには最適なこの機会を逃さず、キャプテン・ナイデルマンは陸揚げ作業を命じていた。

〈プレイン・ジェイン〉は昨夜と同じ場所、ノコギリ島の岩礁のすぐ外側に錨を下ろしていたが、あたりの光景はめざましい変化を遂げていた。作業は日没の直後に始まり、日の出の時刻には最高潮に達した。大型の平底船は東の岸から二ポイントの位置に運ばれ、潜水班が船の太い鎖を岩だらけの海底にボルトで固定した。ハッチが見守るなか、島の西端に繫留された百トンの水上クレーンは、油圧式の鉤柱を蠍(さそり)の尾のようにかまえ、二百年に及ぶ宝探しの残骸を海岸線から一掃しようとしていた。そのクレーンの影が落ちるあたりに、ナイデルマンの司令船〈グリフォン〉がある。一番上の船橋にぼんやり見える背筋を伸ばした人影、作業の進行状況を監督しているあの細い人影が、たぶんナイデルマンだろう。

巨大な調査船〈ケルベロス〉は、陸地に近づくのは下(しも)の仕事だといわんばかりに、無言のまま悠然と霧の環の外側に控えていた。〈ナーイアス〉〈グランパス〉という二隻の大型ボートは、早朝に乗組員を島に運んだあと、今では忙しげに沖で動き回っている。〈ナーイアス〉の動きから、海底の地形を調べているのだ、と見当がついた。〈グランパス〉のほうは、ハッチには馴染みのない機械を使って、島の地形を調べているらしい。

そうした活動をしばらくながめたあと、ハッチはようやく島に目を向けた。今でも見るたびに軽い吐き気に襲われる。おそらくこの吐き気が消えることはないだろう。だが、すでに心は決まっている。その決心をしただけで、肩に背負っていた大きな荷物を降ろしたような気がした。昨夜、ハッチは、十億ドル近い大金が入ったときの使い途を、ふと思いついた。本当に覚悟が決まったのはそのときだった。十億ドルが手に入れば、それをすべて使って、兄の名前の基金を設立するのだ。

そのとき、一瞬だけ白い閃光が走り、すぐにまた霧にまぎれた。島のどこかで作業が始まったのだ。古い縦穴を探し、ロープを張って安全な通路を確保し、茂みに隠された昔のクレーンやボイラーに標識をつけ、あとで撤去するときの目印にする作業。ハッチは、詩の一節を思い浮かべた。

生い茂る蕁麻は、いつもの春のように
錆びついた砕土機や、使い古された鋤や
石でできた地ならし機を覆い隠す

井桁を組んだ無数の縦穴から梁のサンプルを採っているチームもあるだろう。サンプルの木材は〈ケルベロス〉の研究室に運ばれ、〈水地獄〉の場所を特定するために、放射性炭素測定法で年代を測られる。ハッチは双眼鏡を取り出し、島全体をゆっくり見ていった。すると、霧の中にぼんやり浮かび上がる作業チームの姿を捉えることができた。隊員たちは不規則に横に広がり、チョークチェリーの灌木を鉈鎌や手斧で切り倒して、写真を撮ったり、メモを取ったりしていた。金属探知機を体の前に構えて左右に動かしている者もいれば、細長い器具で地面を探っている者もいた。先頭にはジャーマン・シェパードが一頭いて、根気よく土の臭いを嗅いでいる。爆薬を嗅ぎ当てるように訓練された犬だろう、とハッチは思った。

島やその周辺では、五十人ほどが作業を続けているはずだった。その全員が高給で〈サララサ〉に雇われている。ナイデルマンによると、サラリーではなく発掘品の分け前をもらう一握りの幹部を除けば、作業員は平均して二万五千ドルの報酬を得ることになっているという。二週間ほど作業をして、機器の据えつけが終わり、地盤が安定したら、大半は島から去ってゆくのだから、決して悪くない額だった。

ハッチはさらに島を調べた。危険のない北の端――安全に歩ける唯一の場所――には船着場ができていて、桟橋の横でタグボートがさまざまな機械類を陸揚げしていた。木箱に入った発電機、アセチレン・タンク、圧搾ポンプ、配電器具。陸地には、すでに山形鋼や波板錫板、木材、ベニヤ板などが整然と積み上げられている。太いタイヤのついた頑丈そうな小型の全地形車が、トレーラーに載せた器具類を牽いて、間に合わせに作った道路を走っているのも見える。そのそばで、島内電話の配線工事をしている技術者の集団もいるし、プレハブの小屋を建てている一団もいる。明日の朝になれば、そのプレハブ小屋の一つがハッチに割り当てられる。あきれるくらい手回しよく事は進んでいた。

だが、ハッチはあわててノコギリ島に上陸するつもりはなかった。明日になってからでも決して遅くはない。

重い装備が波止場に陸揚げされるときの、ずしんという音が響いてきた。海は音をよく伝える。バッド・ローウェルが話を広めなくても、ストームヘイヴンの住人たちは、ハッチが戻ってきたことに気がついているだろうし、急に島がにぎやかになったことでいろいろ噂をしているに違いない。二日前、バッドにすべてを明かさなかったことは、心苦しく思っているが、今ごろはバッドも事情を察しているはずだった。どうでもいいが、町の人はどんな噂をしているのだろう。よからぬ腹づもりがあるのではないか、と思っている者もいるに違いない。だが、それならそれで勝手に思わせておけばいい。ハッチにはやましいことは何ひとつなかった。祖父の破産で、一族の負債は帳消しにされたものの、ハッチの父親は、苦しい生活を続けながら、何年もの歳月をかけて、地元の債権者に少しずつ金を返していった。父ほど立派な人間はどこにもいないだろう。その高潔な人格が災いして、父の最期はいっそう悲惨で辛いものになったのだが……。ハッチは島から目をそらし、それ以上、何も考えまいとした。

腕時計を見ると、時刻は十一時。メーン州の住民はこの時刻に昼食をとる。船室に入ったハッチは、ガス式の冷蔵庫を開け、ロブスター・パイとジンジャー・エールを持って操舵室に戻った。そして、船長用の椅子にすわり、羅針儀の架台に足を載せると、パイにかぶりついた。潮風は不思議なもので、いつも人を空腹にする。面白い現象なので、全米医師会の機関誌にでも研究の成果を発表しようか。研究室の助手、ブルースも、たまには潮風を胸いっぱい吸い込めばいいのだ。潮風にかぎらず、あの男はめったに外気を吸うことがない。

食事をしていると、スラムキャップに鷗が一羽留まり、からかうように彼を見た。翼の生えた波止場の鼠と呼んで、ロブスター漁師が鷗を嫌っていることはハッチもよく知っている。だが、残飯をあさるのが好きな、このおしゃべりな鳥には、昔から愛着があった。ロブスターのかけらを投げてやると、鷗はそれをくわえて飛んでいった。そのあとを、別の鷗二羽が追いかけた。やがて、三羽が揃って戻ってきて、船尾の手すりに留まり、飢えたような黒い目で彼を見つめた。面倒なことになったぞ、と苦笑しながら、ハッチはふたたびパイのロブスターをちぎり、真ん中の鳥に投げ与えた。

その瞬間、三羽とも、揃って激しく羽ばたきはじめた。ロブスターを奪い合っているのだ。そう思ってハッチは面白がっていたが、意外なことに、三羽の鷗はそのまま大急ぎで本土のほうに飛び立っていった。鳥たちがいなくなった静寂の中で、ロブスターが甲板に落ち、ぽちゃりと音をたてた。

　眉をひそめながら鷗のあとを目で追ったとき、足もとに振動が伝わってきた。ハッチはあわてて椅子を離れた。錨のケーブルが切れ、流された〈プレイン・ジェイン〉が座礁したと思ったのだ。だが、ケーブルに異常はなかった。島には相変わらず薄い霧がかかっているが、空は晴れわたり、雷雲の兆しもない。ハッチは素早く周囲に目をやって、異常の原因を探した。どこかで発破をかけているのだろうか。いや、それにはまだ早すぎる……。

　ハッチは海に視線を向け、百ヤードほど先の、岩礁のすぐ内側に目をやった。

　直径三十フィートほどの範囲で、穏やかだった海面が、不意に騒ぎはじめていた。大量の泡が海面を乱している。そのとき、二度目の振動が伝わり、新たな泡が湧きあがった。泡が鎮まると、今度は左まわりに海面が動き出した。最初はゆっくりしていたが、その速度は徐々に速くなった。やがて、中心がへこんだかと思うと、渦巻きはたちまち漏斗の形になった。渦潮だ、とハッチは思った。いったいこれは――？

　通信の走査機から雑音が響きはじめて、ハッチは手すりに飛びついた。悲鳴のような声がスピーカーから聞こえている。最初は一人だったが、やがて何人もの声がそれに重なった。「……人身事故発生！」混乱の中で、声が響いた。「……ロープを巻きつけて引き上げろ！」別の誰かが叫んだ。「危ない！　梁が落ちる！」

　不意に、ハッチ専用の無線が息を吹き返した。「ハッチ博士、聞こえるか」ナイデルマンのきびきびした声が飛び込んできた。「作業員が一人、穴に落ちた」

「了解」ジーゼル・エンジンをかけながら、ハッチはいった。「これから波止場に向かいます」霧の一部が風に飛ばされ、島の中央部が見えていた。白い服を着た男たちが集まって、右往左往している。

「波止場だと遠回りになる」ふたたびナイデルマンの声が響いた。その声には、切迫したような調子が混じっていた。「時間がない。四、五分の勝負だ」

　ハッチは、事の重大さにあわてて、一瞬、周囲を見まわした。そして、エンジンを切り、医療用の鞄をつかむと、〈プレイン・ジェイン〉の救命ボートを引き寄せ、急いで索止めから外したロープをボートに放りこんで、自分も飛び乗った。急に体重をかけられて、ボートは激しく揺れた。転げるように船尾の席にすわったハッチは、前のめりになってスターター・ロープを引いた。船外機はたちまち動き出し、怒ったような唸りを上げた。スロットルを握ったハッチは、島を取り巻く岩礁に船首を向けた。南の端の、ぎざぎざになった海中の岩が尽きるあたりに、狭い隙間がある。その正確な位置を思い出せればいいが、とハッチは祈るような思いでボートの舵を取った。

海岸線が近づくにつれて、海の色は底知れぬ灰色から緑に変わった。大きな波がくるのを待てば、それが砕けるときに、岩礁の様子を確かめることができる。ハッチは腕時計を見た。安全策を採るだけの余裕はない。深呼吸すると、ハッチは手首を大きく動かし、思いきってスロットルを開いた。ボートは勢いよく前に飛び出した。水深はどんどん浅くなり、海中の岩の輪郭は濃い緑から薄い緑に変わっていった。ハッチはスロットルに体を押し当て、衝突に備えた。

その瞬間、ボートは岩礁を通り抜け、海もまた深くなった。ハッチは、鯨岩にはさまれた小石だらけの狭い岸辺に船の舳先を向け、ぎりぎりまでスロットルを開いて突き進んだ。そのあと、エンジンを切り、船首を上向きにして、船外機のスクリューを水から引き上げた。ボートが岸に乗り上げると同時に、衝撃が走った。船腹が浜砂利をこすり、しばらくそのまま動きつづけた。

その動きが止まるよりも早く、ハッチは鞄をつかみ、浜を駆けあがっていた。叫び声や悲鳴は、真正面の方角から聞こえてくる。坂を登りきったところで立ち止まると、目の前には、かぐわしいティー・ローズや浜薄(はますすき)の原っぱが一面に広がり、風にそよいでいた。その下の地面には、死の罠が隠されているかもしれない。〈サラサ〉の調査隊も、島の南端に当たるこの部分は、まだ測量を終えていない。ここを突っ切るのは自殺行為だ。一瞬そう思ったが、それよりも早くハッチの足は動きはじめていた。草むらを突っ切り、梁の残骸を飛び越え、腐った足場や、ぽっかり口を開けた穴をまたぎ越して、ハッチは走りに走った。

一分ほどすると、ぎざぎざになった縦穴の口を囲んで、白い服を着た男たちが集まっている場所にたどり着くことができた。暗い穴からは、掘り起こされたばかりの土と海水とが混じりあった臭気が漂っていた。そばにウインチがあり、数本のロープが巻きつけられている。「班長のストリーターだ」ハッチのすぐ近くにいる男が自己紹介した。ナイデルマンが演説をしたとき、すぐうしろに立っていた人物だった——いつも唇を固く結んでいる痩せた男。海兵隊員のような短い髪をしている。

別の男二人が、何もいわず、吊下げ具の装帯をハッチの体につけはじめた。

ハッチは穴を見下ろし、思わず胃袋が縮み上がるのを感じた。正確な深さはわからないが、数十フィート下に、懐中電灯の黄色い光が幾筋も見えている。体にロープを巻きつけた二つの人影が、一本の太い梁と格闘していた。その梁の下に、もう一つ人影があり、弱々しく蠢いているのを見て、ハッチは身の毛がよだつ思いがした。怪我人は口を開けているのだ。水の流れる轟音に混じって、凄まじい悲鳴が聞こえてくるような気がした。

「いったい何があったんだ」鞄から救急医療器具の箱を取り出しながら、ハッチは声を張り上げた。

「年代測定班の一人が、この穴に落ちた」ストリーターがいった。「ケン・フィールドという男だ。すぐにロープを下ろしたが、そのロープが梁に絡まったらしい。それが引き金になって、穴の一部が崩れた。フィールドの脚は二本とも梁にはさまれている。しかも、水位はどんどん上がってくる。残された時間はせいぜい三分だ」

「潜水用の酸素ボンベを用意しろ！」ハッチはそう叫ぶと、ウインチの操作係に合図を送り、自分を穴に下ろすようにいった。

「そんな時間はない」と、ストリーターはいった。「潜水班は沖に出ている」

「立派な班長だな」

「フィールドの体にはロープを巻きつけてある」一瞬、間を置いて、ストリーターは続けた。「切り離せば引き上げることができる」

切り離す？　そう思ったとき、ハッチの体は縦穴の縁を乗り越えた。それ以上何も考える余裕はなく、彼は宙に浮かんでいた。穴に入ると、水の轟音は鼓膜が破れるほど大きくなった。ほとんどそのまま落ちるようにして途中まで進んだあと、吊下げ具のロープが伸びきって、落下は荒っぽく止まった。すぐそばに、救助作業をしている二人の男がいた。体の向きを変え、足場を見つけると、ハッチは下を見おろした。

犠牲者は仰向けに倒れていた。左の踵と右の膝を、斜めになった太い梁でしっかり押さえこまれ、身動きが取れないでいる。ハッチが見つめる前で、男はまた口を開き、苦痛の悲鳴を上げた。救助担当の一人が、男の体を覆った石や土くれを取り除いていた。もう一人は、梁に向かって、頑丈そうな斧を振り下ろしている。あちらこちらに木の破片が飛び散り、腐った木材の臭いが穴に満ちていた。もっと下を見ると、ものすごい勢いで水が迫りあがってきているのがわかった。

もう望みはない。一目でハッチはそう判断した。梁を斧で切り取ろうとしても間に合うはずがないのだ。押し寄せてくる水を見て、ハッチは素早く暗算した。あと二分。ストリーターは三分といったが、それより早くこの男は水に沈むだろう。ハッチはいくつかの案を検討し、結局、一つしか打つ手がないことを悟った。鎮痛剤を使う暇はないし、麻酔もすぐには効かない。時間のかかることは何もできない。必死で緊急医療器具の箱をかきまわしているうちに、メスが二本見つかったが、指の逆剝けの治療にしか使えないような短いものだった。これではどうしようもない。メスを投げ捨て、ハッチはシャツを脱ぎ始めた。

「あの男の体にロープがちゃんと巻きついているかどうか、確認してきてくれ」救助作業に当たっている一人に、ハッチはいった。「それがすんだら、ぼくの道具入れを持って地上に上がるんだ」

そのあと、ハッチは、もう一人の男のほうに向き直った。「こっちに来て、この男を抱き起こしてくれ」ハッチは自分のシャツを引き裂き、片方の袖を紐のようによじって、梁の下敷きになった男の左膝から五インチほど下のところに巻きつけた。もう一方の袖は右脚の太股に巻きつけ、左右の袖それぞれに結び目を作り、きつく縛った。

「斧を貸してくれ！」ハッチは救助の男に声をかけた。「合図したら引き上げるんだ！」

無言のまま相手は斧を渡した。ハッチは、下敷きになった男をまたいで、立ちはだかった。足を踏んばり、高高と斧を振りあげる。

自分の身に何が起ころうとしているのかを悟って、下敷きになった男は目を見開いた。

「やめろ！」男は悲鳴を上げた。「やめてくれ！」

ハッチは、男の左の脛に狙いをつけ、力をこめて斧を振りおろした。刃が食いこんだ瞬間、不思議なことにハッチは、自分が若い苗木の幹を切っているような錯覚にとらわれた。一瞬、刃を押し戻すような手応えがあり、すぱっと切れる。悲鳴は不意に途絶えたが、男の目は大きく見開かれたままだった。首筋の筋肉をこわばらせ、じっと虚空を見つめている。皮一枚残して脚はざっくり切られ、穴の底の薄闇の中に、骨や筋肉組織が剝き出しになった。次の瞬間、水が押し寄せてきて、傷口を覆った。泡立つ水は赤く染まった。ハッチは急いでまた斧を振りおろした。脚が完全に切断されたとき、赤い水は梁まで達していた。男はのけぞり、口を大きく歪めて、声にならない絶叫を振り絞った。懐中電灯の明かりを受けて、臼歯の詰め物が鈍く光っていた。

ハッチは一歩退き、何度か深呼吸した。筋肉をほぐし、手首や前腕が震え出すのを抑えてから、もう一度位置について、今度は右の太股に狙いをつけた。太股は脛ほど簡単にはいかないだろう。どんなむごいことになるか、わかったものではない。だが、水は男の膝の上まできている。もう時間がない。

最初の一撃は、木材よりも柔らかいものに当たった。柔らかいが、弾力があり、なかなかちぎれない。男は首を横に倒し、気を失った。ハッチはふたたび斧を振りおろした。だが、斧の先は最初の傷口をはずれて、膝に当たり、むごたらしい跡を残した。泡立つ水は男の太股まで達し、腰のあたりまで上昇しようとしている。しっかり狙いをつけ、頭上に斧を構えたハッチは、一瞬ためらってから、満身の力をこめて振りおろした。斧の先が水を打った。今度はうまくいったらしく、骨を砕いた刃が向こう側まで達した手応えがあった。

「引き上げろ!」ハッチは叫んだ。救助係の男は軽く二度ロープを引いた。ロープはたちまちぴんと張った。倒れている男の背中が伸び、すわるような格好になったが、重い材木にはさまれたまま、それ以上動かなくなった。片方の脚が、まだ体とつながっていたのだ。ロープがゆるみ、男はまた力なくうしろに倒れた。どす黒い水が迫りあがり、男の耳や鼻や口を覆った。

「鉈鎌を貸してくれ!」ハッチは救助係の男にいった。深山刀のような寸詰まりの刃物を受け取ったハッチは、深呼吸して水に潜った。暗い水中に手を差し伸べ、犠牲者の右脚を見つけると、切断面を探り当て、切れずに残っていた膕筋(ひかがみきん)を急いで切り離した。

「もう一度やってくれ!」水の上に頭を出し、咳き込みながらハッチは叫んだ。ロープが引かれ、今度は引っかかることなく、気を失ったままの男は水から引き上げられた。両脚の切断面からは、泥と血の混じった水が滴っていた。続いて救助係の男が引き上げられ、すぐあとにハッチも地上に運ばれた。水の溜まった暗い穴から出た瞬間、ハッチは、湿った草地に横たわる犠牲者のそばにひざまずいていた。ただちに生命の兆候を探る。呼吸は止まっていたが、心臓はまだ動いている。脈拍が多く、鼓動は弱い。シャツの切れ端を即席の止血帯にしてあったものの、両脚の切り口からは血がほとばしっていた。

　ＡＢＣだ。ハッチは緊急時の心得をつぶやいた。空気の通り道（エアウェイ）、呼吸（ブレシング）、血流（サーキュレーション）。男の口をこじ開け、曲げた指で泥や嘔吐物を掻き出すと、その体を左向きにして、胎児のような姿勢を取らせた。ありがたいことに、男の口から水が細く流れ出て、空気が通った。ハッチはすぐに一連の動作を始めた。十まで数えるあいだ口移しの人工呼吸をして、次に左の止血帯を締め、また十まで数えながら人工呼吸をして、今度は右の止血帯を締める。そのあと、また十数えるあいだ人工呼吸を続け、それが終わると脈を調べる。

「鞄だ！」呆然と見守る人々に向かって、ハッチはいった。「注射器を取ってくれ！」

　一人の男が鞄を引き寄せ、中を掻きまわした。

「中身を地面にぶちまけるんだ！」男がいわれたとおりにすると、ハッチは散らばった器具類の中から注射器と薬品の小瓶を取り上げた。そして、エピネフリンを一ccだけ注射器に入れ、犠牲者の肩に皮下注射をした。続いて、また人工呼吸を始めた。五まで数えたところで、男が咳き込んだ。そして、苦しげに息を吸いこんだ。

　ストリーターが携帯電話を手にして近づいてきた。

「救急ヘリを呼んだ。ストームヘイヴンの埠頭まで来てくれるそうだ」

「そんなことはどうでもいい」ハッチはいった。

　ストリーターは眉をひそめた。「しかし、ヘリは――」

「ポートランドから来るんだろう？　救急ヘリの操縦士は腕が悪い。担架で患者を引き上げるのは無理だ」

「とにかく、本土に運んで――」

　ハッチはストリーターのほうに向き直った。「この患者がそれまで保つと思うか？　代りに沿岸警備隊を呼ぶんだ」

　ストリーターは携帯電話のメモリー・ボタンを押し、沿岸警備隊につないで、無言のままハッチに差し出した。

　ハッチは、医療スタッフを電話口に呼んでもらって、事故の模様を手早く説明した。「両脚切断。片方は膝の上、もう一方は膝の下です」と、彼はいった。「大量出血でショックもひどい。脈拍数は五十五。きわめて弱い。肺に水が入り、まだ意識は戻っていない。最高の操縦士をつけてヘリをよこしてください。着陸する場所がないので、空から担架を下ろす必要がある。もしあれば、塩水(えんすい)の袋とO(オー)マイナスの血液も持ってきてください。とにかく、時間がない。来たらすぐ出発してもらうことになると思います」ハッチは電話を手で覆い、ストリーターのほうを向いた。「一時間以内に切断した脚を引き上げられるか？」

「さあ、どうかな」ストリーターは無表情に答えた。「穴に水が溜まって、地盤が不安定になっている。とにかく潜水班に調べてもらおう」

ハッチは首を振り、電話を口に当てた。「患者を乗せたら、イースタン・メーン医療センターに直行してください。外傷性障害治療班(トラウマ・チーム)をスタンバイさせて、手術室の準備をしておくようにいってください。切断された脚を回収できるかもしれません。そのときのために、微小血管専門の外科医をすぐ呼べるようにしておいてください」

ハッチは携帯電話の蓋を閉め、ストリーターに返した。「二次災害の危険がないようなら、切断した両脚を引き上げてもらいたい」

続いて、犠牲者に注意を戻した。脈は弱いが、それなりに安定している。明るい兆しは、意識が戻りかけていることだ。力なく身をよじりながら、うめき声を上げている。とにかく、ほっとした。昏睡状態が長く続いたら、あとで障害が出たかもしれない。ハッチは鞄を探り、モルヒネを五ミリグラム投与した。この程度なら、気つけの作用があり、しかも脈拍数がこれ以上落ちることもない。そのあと、ハッチは両脚の切断面を調べた。肉がちぎり取られ、骨が突き出ているのを見て、思わずぞっとした。手術室にはよく切れるノコギリがあるのだが、なまくらな斧を使ったおかげで、こういうことになってしまった。まだ血は止まっていない。特に大腿動脈の出血がひどいようだ。医療道具入れから針と糸を出すと、ハッチは動脈を縫い合わせる作業に取りかかった。

「ハッチ博士」ストリーターが声をかけた。

「なんだ」そう答えながら、ハッチは脚の切断面に顔を近づけ、肉の内側に引っ込んでいる太めの動脈をピンセットでつまみ出そうとした。

「時間があれば、キャプテンが話したいそうです」

ハッチはうなずくと、動脈を糸で縛り、止血帯の具合を点検して、傷口を洗った。そして、無線機を手に取った。「ハッチです」

「怪我人の様子はどうだ」ナイデルマンの声が聞こえた。

「命は取りとめるでしょう」ハッチはいった。「ヘリコプターがちゃんと間に合えば、ですが」

「それはよかった。で、脚はどうなった？」

「うまく回収できても、元どおりつなぎ合せるのは無理でしょうね。ここにいる班長とよく話し合って、作業の安全を一から見直してください。今度の事故は避けられたはずです」

「わかった」と、ナイデルマンは答えた。

ハッチは無線電話のスイッチを切り、沿岸警備隊の駐屯地がある北東の方角に目をやった。あと三分か四分で、巨大な鳥のようなヘリコプターの姿が見えてくるはずだ。ハッチはストリーターのほうに向き直った。「発火信号を打ち上げたほうがいい。また事故が起こるのは真っ平だ。用のない者は退避させてくれ。怪我人を担架に乗せるだけだから、四人もいれば充分だろう」

「わかりました」ストリーターは唇を噛んだ。

ハッチは、相手の顔が異様に黒ずんでいるのに気がついた。額に青筋が浮き、怒りに震えている。まずいことになったな、とハッチは思った。しかし、仲直りはあとでもできる。この先、両脚なしで生きていかなければならないのは、ストリーターではないのだ。

ハッチはもう一度水平線に目をやった。黒点が現れ、どんどんこちらに近づいてきている。やがて、空気を引き裂く回転翼の鈍い音が響きわたり、ヘリコプターは島の上空に達した。そして、大きく機体を傾けると、縦穴のまわりに集まっている小集団に近づいていった。翼の吹き降ろす風で、すすきの草むらが激しく騒ぎ、ハッチの目に土ぼこりが入った。荷物室の扉が横に開き、救助シートが揺れながら下りてきた。そのシートにしっかり結わえつけられた怪我人がヘリコプターに運び込まれたあと、ハッチは手を振り、自分が乗るため、もう一度、同じものを下ろしてもらった。ハッチが無事に搭乗すると、待ち構えていた救助隊員は扉を閉め、親指を立ててパイロットに合図を送った。たちまちヘリコプターは右に旋回し、機首を少し上げて、南西の方角をめざした。

ハッチは周囲を見まわした。塩水（えんすい）の準備はすでにできている。酸素タンクや吸入マスクもあり、棚には抗生物質や包帯や止血帯や消毒薬が並んでいる。

「O(オー)マイナスの血液はありませんでした」と、救急隊員はいった。

「いや、それはもういい」と、ハッチは答えた。「これだけやってもらえたら充分だ。とりあえず、点滴の準備をしよう。出血した分、生理食塩水を補給したい」気がつくと、救急隊員は不思議そうにこちらを見ていた。その理由は、すぐにわかった。シャツも着ていない裸の上半身に、泥と乾いた血がこびりついている。これでは、まさかメーン州の医者だとは誰も思わないだろう。

担架からうめき声が聞こえ、また痙攣が始まった。


一時間後、ハッチは、静まりかえった無人の手術室で、消毒薬のベタジンや血の臭いが混じった空気を呼吸していた。怪我をした男、ケン・フィールドは、隣の治療室で、バンゴー最高の外科医の治療を受けている。脚はもとに戻らなかったが、命は取りとめた。ハッチの仕事は終わったのだ。

ハッチは、大きく吸いこんだ息をゆっくり吐き出し、今日一日で溜まった毒素を体外に追いやろうとした。何度も、何度も、深呼吸を続けた。最後には、ぐったりと手術台に腰をおろし、背中を丸めて、握りこぶしを左右のこめかみに当てた。これは起こらなくてもいい事故だったのだ、と、頭の中で冷たい声がささやいている。〈プレイン・ジェイン〉の操舵室にすわり、のんびり食事をしながら鷗と遊んでいるうちに、あんな事故が起こったかと思うと、悔しさで胸が一杯になった。あのとき、おれはどうして現場にいなかったのか、とハッチは自分を責めた。作業が始まる前に、なぜ医務室の準備をしておかなかったのか。準備を怠り、不意を衝かれたのは、これが二度目だった。前のときも、今度も、島の力を見くびっていたのだ。もう二度とこんなへまはしない。怒りに燃えながら、ハッチは誓った。もう二度と、こんなへまはするもんか。

落ち着きが戻るにつれて、ふと新たな思いが胸に浮かんだ。兄が死んだあと、ノコギリ島に上陸し、その土を自分の足で踏んだのは、今日が最初だったのである。あのときは緊急事態だったので、そんなことを考える余裕もなかったが、今、照明の落とされた手術室に一人でいると、思わず全身に震えが走った。いくら自制心を取り戻そうとしても、震えはいっこうに止まらなかった。

9

不動産仲介業者、ドリス・バウディッチは、オーシャン・レーン五番地にある家の玄関へと続く階段をさっさと上がっていった。馴れない重さがかかって、ポーチの古い木材はきしみをあげた。ドリスが玄関に鍵をさしこもうと身をかがめると、腕に通したとりどりの銀のブレスレットが一斉に手首まで滑り落ち、じゃらじゃらと音をたてた。それを聞いて、ハッチは橇の鈴が鳴り響く音を連想した。少しのあいだ鍵穴と格闘したあと、ドリスはドアのノブを回し、気取った仕草で、わざと腕を軽く広げながら、玄関の扉を開けてみせた。

ハッチは、まず相手が中に入るのを待っていた。ムームーの裾をはためかしながらドリスが中に消えると、ハッチもひんやりした暗い家の中に入っていった。すると、まるで腹のあたりに不意打ちのパンチを一発見舞われたような衝撃を伴って、さまざまなにおいが一気に押し寄せてきた。古い松材や、衣類の防虫剤、パイプの煙の臭いは、どれも昔のままだった。だが、二十五年間、嗅いでいなかった臭いを鼻に感じた瞬間、後ずさりして明るい陽光の中に戻りたいという衝動に駆られた。ハッチはそれなりに身構えていたが、少年時代の濃密な臭いに攻め込まれ、たちまち抵抗する気を失った。

「ほらね！」玄関の扉を閉め、ドリスが陽気にいった。「この家、やっぱり素敵ね。前からいってるのよ、何十年も閉め切ったままにしておくのはよくないって」女はピンク色のムームーの裾をふんわりふくらませ、部屋の中央に進み出た。「ご感想はいかが？」

「ちっとも変わってないね」そういうと、ハッチはためらいがちに足を踏み出した。玄関の広間は、母親がついに決心し、ハッチをつれてボストンに移っていった日のままだった。チンツ張りの安楽椅子。キャンバス布の古いソファー。マントルピースの上には軍艦リアンダー号を描いた複製画が飾られ、丸い腰かけのついたハーキマーのアップライト・ピアノには、組紐の飾りのついた掛け物がかかっている。

「ポンプには呼び水を差しておいたわ」ハッチの様子には気がつかず、ドリスは続けた。「窓は水で洗ったし、電気は使えるようにしてあるし、プロパンガスもボンべに詰めたし」赤く塗った長い爪の生えた指を折りながら、ドリスはいった。

「ちっとも汚れていない」上の空でハッチはいった。そして、古いピアノに近づき、鍵盤の蓋に指を当ててみた。ある冬の日の午後、バッハが作曲した二声のインヴェンションのどれかを弾きこなそうと、必死で練習したのを思い出した。暖炉の横の棚には、パーチージ（バックギャモンのようなさいころゲーム）の古い道具が一式置いてあった。その隣には、モノポリーのゲーム盤があるが、蓋はとっくの昔になくなって、おもちゃのお札が剥き出しになっていた。ピンクや、黄色や、緑のお札は、何度も使われたせいで、角が磨り減り、しわくちゃになっている。その上の棚には手垢のついたトランプが何組かあり、輪ゴムで束ねてあった。兄のジョニーとポーカーをして遊んだことを思い出し、ハッチは改めて胸が痛むのを感じた。マッチの軸をチップの代りにしたポーカーで、フルハウスとストレートとどっちが強いか、むきになって口論をしたものだ。ここには何もかもが残されている。胸を締めつける思い出の品がずらりと並んでいる。この家は、まるで追憶が集められた博物館だった。

ボストンへ移るとき、衣類以外は、みんなここに残していったのだ。最初は、ほんの一月（ひとつき）ほど留守にして、すぐに戻るつもりだったが、一月が三ヵ月になり、一年に延びて、とうとう古い家は背景に退き、遠い夢になった。扉や窓は閉めきったままで、その姿を見ることもなければ、話題にすることもなかったが、古い家はこうしていつまでも待ちつづけていたわけだ。なぜ母はこの家を売らなかったのだろう、と改めてハッチは疑問に思った。ボストンで生活が苦しくなったときも、母はここを売ろうとはしなかった。その母が死んでから何年もたつのに、同じように彼もこの家を手放さなかった。考えてみれば、それも不思議なことだった。

広間から居間に入ると、張り出し窓に近づいた。窓の外では、無限に広がる青い海が朝日を受けて輝いている。あの水平線のどこかにノコギリ島がある。三十一年ぶりに生贄の血を受け取ったあと、今は穏やかに日を浴びているのだろう。事故のあと、ナイデルマンは今日一日、作業の中止を命じていた。ハッチは、海から目を離し、手前にある原っぱに視線を移した。緑のマントのような草地が、家から海岸まで続いている。本当は、こんなことをする必要などないのだ、とハッチは思った。記憶の重荷に苦しむような場所にわざわざ泊まらなくても、泊まるところなら、ほかにもたくさんある。だが、そういうところに泊まろうとすれば、ストームへイヴンの町から離れなければならない。朝一番にこの家に来るとき、町にあるただ一軒の民宿の前に〈サラサ〉の関係者十数人が行列を作り、五つしかない部屋を奪い合っているのが車の窓から見えた。ハッチはため息をついた。ストームへイヴンの町に泊まりたければ、この家を使うしかない。

幾筋にも分かれて差し込む朝日の中に、細かいほこりが舞っていた。窓辺に立ったハッチは、時間が融けてゆくような感覚に襲われていた。あの草地では、ジョニーと一緒によくキャンプをした。芳香を放つ湿った草に寝袋を並べ、夜空の流れ星を数えたものだった。

「去年出した手紙、読んでもらえた？」追想を破るように、ドリスの声が聞こえてきた。

「何かの手違いで届かなかったんじゃないかと思って、心配してたのよ」

ハッチは窓のそばで振り返り、この女は何をいっているのだろうと、一瞬、戸惑いを覚えた。だが、すぐにこだわるのをやめ、ふたたび過去の世界に入り込んでいった。部屋の隅には未完成のまま放り出されたレース編みのクッション・カバーがあり、薄茶色に変色している。棚のひとつには、父親の蔵書が並んでいた――リチャード・ヘンリー・デーナ、ハーマン・メルヴィル、ジョシュア・スローカム、ジョゼフ・コンラッドなどの海洋もの、そしてカール・サンドバーグのリンカーン伝。そのそばのふたつ分の棚には、母親が好きだったイギリスの探偵小説が揃っている。下の床を見ると、ぼろぼろになった〈ライフ〉誌や、黄ばんだ〈ナショナル・ジオグラフィック〉誌が積み上げてあった。続いてハッチが波に漂うような足取りでゆっくり食堂に入ったとき、うしろから不動産仲介業者が追いかけてきた。

「ねえ、あなたも知ってるでしょ、こんな古い家を維持するのにどれだけお金がかかるか。あたし、前から思ってたんだけど、この家、一人暮らしには立派すぎるんじゃないかしら。そう思わない？　だから……」ドリスは最後までいわず、にっと笑った。

ハッチは、蝶番で垂れ板が取りつけられたテーブルを撫でながら、ゆっくり食堂をひとまわりした。壁には、オードゥボンの鳥類誌から採られた多色石版刷りが飾ってある。それを見ながら、キッチンに入った。そこには、古いフリジデアーの冷蔵庫がある。まだ現役の、どっしりした、角の丸い金属の箱。扉を見ると、黄ばんで端のめくれ上がった一枚のメモが磁石で留められていた。〈ママ！　イチゴ食いたい！〉少年時代のハッチの字だった。家族が朝食をとっていたキッチンの隅にたたずみ、傷だらけの小さなテーブルや椅子を見ていると、さまざまな思い出がよみがえってきた。食べ物の奪い合い。こぼれたミルク。子供たちがふざけあうなかで、背筋を伸ばし、決して威厳を失うことなく、食事が冷めるのもかまわずに、悠然とした口調で海の話をしてくれた父親。時が流れ、この同じテーブルで母親と二人きりになったときには、白いものが混じりはじめた母親の髪に朝日が当たり、その涙がティーカップに落ちるのを見たこともある。

「実は、去年の手紙もそのことだったの」と、声が聞こえた。「子供が二人いる若い夫婦が、マンチェスターから避暑にきててね。とってもいい人たちで、ここ何年か夏になるとフィギンズさんの家を借りてたんだけど、いい物件があったらぜひ買いたいっていってるの」

「そうかい」上の空でハッチは答えた。朝食のテーブルからは、裏の草地が見える。長いあいだ手入れされていない林檎（りんご）の木が、繁りほうだいに繁っていた。夏の朝、日の出前の、まだ霧が晴れないうちに、森からよく鹿がやってきて、大粟反（おおあわがえり）の草を臆病な足でそっと踏みながら、この林檎を食べていたものだった。

「二十五万まで出してもいいっていってるわ。電話、しましょうか？　もちろん、そちら次第だけど……」

ハッチは仕方なしに振り返った。「何の話だ」

「もしかしたら、この家、売る気になったんじゃないかと思って。それだけのことよ」

ハッチはまばたきして相手を見た。「売る？」問いただすように彼はいった。「この家をか？」

ドリス・バウディッチの顔にはまだ微笑が浮かんでいた。動じた様子はない。「ちょっと思っただけよ。あなたは独身だし……宝の持ち腐れじゃない？」少しいいよどんだが、ドリスは譲らなかった。

ハッチはこみ上げてくる怒りを抑えた。ストームヘイヴンのような小さな町では、軽はずみなことをしてはいけない。「いや、そうは思わないね」あくまでも冷静な声で、彼はいった。そして、居間に戻り、玄関に向かった。ドリスもついてきた。

「今すぐにという話じゃないのよ」ドリスは明るく続け

た。「もし——宝物が見つかったら……。どうせ、そんなに長くはかからないんでしょ？　あれだけの人がいるんだもの」一瞬、表情が曇った。「でも、怖いわね。きのう、人が二人も死んだなんて！」

ハッチはゆっくり振り返った。「人が二人死んだ？　そりゃ何かの間違いだろう。事故はあったが、一人も死んでいない。どこでそんな話を聞いた？」

ドリスは戸惑ったようだった。「ヒルダ・マッコールから聞いたのよ。〈ヒルダのヘアスタイリング〉っていう美容院をやってる人。とにかく、お金がたくさん入ったら、この町にいなくてもいいんだし、それなら家を——」

ハッチは一歩足を踏み出し、ドリスのために玄関のドアを開けた。「ありがとう、ドリス」こわばった微笑を浮かべながら、彼はいった。「家は昔のままだったよ」

ドリスは戸口の手前で立ち止まった。少しためらってから、彼女はいった。「その若い夫婦なんだけど、旦那さんはお金持ちの弁護士なの。二人の子供のうち、一人は男の子で——」

「とにかく、ありがとう」ハッチは声にもう少し力を込めた。

「いいのよ、そんなこと！　ただ、夏の別荘に二十五万ドルというのは、いい話だと——」

ハッチはポーチに出た。話を続けたければ、ドリスも家の外に出てくるだろう、と思った。「今、不動産の値段は上がってるわ」戸口から顔を出して、ドリスはいった。「でもね、いつもいってるんだけど、下がるときはがたっと下がるのよ。八年前だって——」

「ドリス、きみはいい人だ。ストームヘイヴンに引っ越したがってる医者がいたら、紹介するよ。いろいろすまなかったね。請求書を送ってくれ」ハッチは素早く家に戻り、静かに、しっかりとドアを閉めた。

もしかしたらドリスは厚かましく呼び鈴を鳴らすのではないか、と思いながら、ハッチは広間にたたずんでいた。ドリスは、拍子抜けしたようにしばらくポーチに立っていたが、やがて、顔に微笑を張り付けたまま、ムームーの裾をはためかせながら車に戻っていった。二十五万ドルの取引きをまとめて、六パーセントの手数料が入れば、ストームヘイヴンではいい稼ぎになる。人づてに聞いた憶えがあるが、ドリスの夫は大酒呑みで、借金のかたに漁船を銀行に取り上げられたという。不動産仲介業者ドリス・バウディッチにも同情すべき点がある。そう考えると、怒りは和らいできた。ドリスには、おれの気持ちがわからなかっただけなのだ。

ハッチは、ピアノの前の小さなスツールにすわり、ショパンの前奏曲ホ短調の最初のコードを静かに押さえた。意外なことに、調律が狂っていないことを知ってうれしくなった。ドリスはちゃんと指示を守ってくれたのだ。家の掃除をして、住めるようにすること。ただし、物を動かしたり、いじったりしてはいけない。ハッチは、夢見心地のピアニシモでその曲を弾き、頭を空っぽにしようとした。二十五年のあいだ、このスツールにすわったことも、この鍵盤に触れたこともなく、この床を歩いたことさえなかったというのが、にわかには信じられないような気分だった。どこを見てもこの家には楽しかった少年時代の思い出があふれている。そう、やはり楽しかったのだ。辛いのは、少年時代に終止符を打ったあの出来事だけ。もしも、あのとき……。

執拗に耳に残るその冷たい後悔の言葉を、彼は振り払った。

人が二人死んだ、とドリスはいった。小さな町には無責任な噂がはびこるものだが、それにしても度が過ぎている。今のところ、町の人々は、好奇心混じりの歓待の気持ちで訪問者を受け入れている。少なくとも商店主は、売り上げが増えることを喜んでいるはずだった。しかし、〈サラサ〉の側でも、住人との窓口を作ったほうがいい。そうしなければ、バッドの食品スーパーやヒルダの美容室あたりから、もっと奇想天外な噂が広まることになるだろう。その窓口の役ができそうな人間は一人しかいない。そのことを悟って、ハッチは気が重くなるのを感じた。

ハッチはもうしばらくピアノの前から離れなかった。運がよければ、ビル・バンズが今でも町の新聞の編集主幹を務めているかもしれない。ため息をつきながら立ち上がると、ハッチはキッチンに向かった。そこにはインスタント・コーヒーの缶があり、ドリスが局に連絡することを忘れていなければ、ちゃんと通じる電話があるはずだった。

10

その翌朝、〈グリフォン〉号の操舵室で、骨董的価値のある楓材（かえで）のテーブルを囲んだ面々には、三日前の夜、この船のまわりで歓声を上げていたときの陽気な面影はなかった。定例会議が開かれる操舵室に入ったハッチは、そこにいる小集団が、全員、沈痛な表情を浮かべているのを見て取った。すっかり意気消沈している者もいる。事故の衝撃がよほど大きかったのだろう。

ナイデルマンの司令船の神経中枢ともいえそうな部屋をハッチは見まわした。なだらかな曲線を描いて並んだ窓の外には、視界をさえぎる障害物はなく、島や海や陸地がはっきり見えている。ブラジル産の紫檀や真鍮を使い、昔のままに復元された室内は、天井にも手の込んだ玉縁（たまぶち）細工の板が張ってあった。羅針儀の横にあるガラス・ケースには、十八世紀のオランダで使われていたらしい六分儀が収まっているし、舵輪も珍しい黒い木で出来ている。その舵輪の両側にある紫檀のキャビネットには、ロランやソナーのスクリーン、衛星経緯測定装置などのハイテク機材がひっそりと並んでいた。奥の壁際には、得体の知れない電子機器が山のように積み上げてある。キャプテンはまだ下の自分の部屋にいるらしく、電子機器が置いてある奥の壁にはめこまれた丈の低い木の扉は閉まったままになっていた。その戸口の上には逆さまになった古い蹄鉄がかけてあり、扉に張りつけた真鍮の飾り板には、控え目ながら〈私室〉という文字がはっきりと刻まれている。太綱のきしむ音や、船体を打つ穏やかな波の音が聞こえるだけで、操舵室の中は静かだった。

椅子にすわったハッチは、出席者に目をやった。最初の夜に見覚えた顔もあったが、ほとんどは初対面だった。現場班長のライル・ストリーターは、ハッチが微笑みかけると、ぷいと顔をそむけた。怒鳴られたのを根に持っているらしい。医療現場では怒鳴りあいや罵りあいは日常茶飯事で、医者だったら一年目の実習生でも知っていることだが、一般人にはそれがなかなかわからないようだ。これからは気をつけることにしよう、とハッチは肝に銘じた。

やがて、下から物音が聞こえ、背をかがめながら扉をくぐって、キャプテンが現れた。部屋中の視線が集まるなか、ナイデルマンはテーブルの上座にすわり、身を乗り出して、両手をついたまま全員の顔を順番に覗き込んだ。すると、たちまち緊張が和らぐのがわかった。ナイデルマンが姿を見せたことで、活力がよみがえり、誰もが自制心を取り戻したらしい。ハッチと目が合ったとき、ナイデルマンはいった。「ケンの容態はどうだ?」

「とりあえず安定しています。塞栓症にかかる可能性もありますが、付きっきりで看病しているので大丈夫でしょう。脚がもとに戻らなかったのは、ご存じですね」

「そうらしいね。感謝するよ、ハッチ博士。命が助かって何よりだ」

「ストリーターさんとその部下のおかげです」と、ハッチは答えた。

ナイデルマンはうなずき、しばらく黙っていたが、やがて物静かな、しっかりした口調で話しはじめた。「調査班は私の指示どおりに作業をしていた。注意事項もちゃんと守っていた。今度の事故で責めを負うべきものがいるとしたら、それは私だ。事故のあと、われわれは安全対策を一から見直した。あの不幸な出来事を悲しむのは当然だ。ケンのことを思い、ケンの家族のことを思って、心を痛めている者もいるだろう。しかし、責任者探しはもうおしまいだ」

ナイデルマンは立ち上がり、手をうしろに組むと、少し声を大きくして続けた。「危険はどこにでも転がっている。誰にとっても同じことだ。明日になったら、きみたちの中に両脚を切断する者が出てくるかもしれないし、私がそうなるかもしれない。もっとひどいことになる場合だってある。われわれの仕事は危険と隣り合わせだ。水没した墓場から二十億ドルの財宝を引き上げるのが簡単なことなら、何十年も前に、いや、何百年も前に、この島は空っぽになっていただろう。危険があるからこそ、われわれの出番がきたのだ。しかも、すでに手ひどい洗礼を受けた。だからといって、やる気をなくしてはいけない。相手は知恵を絞って巧妙に宝を隠した。それを上回る知恵と技術がなければこの仕事は失敗する」

ナイデルマンは最寄りの窓に近づき、外に目をやってから、また振り返った。「事故の詳しい状況は耳に入っていると思うが、ケン・フィールドは島を移動中に縦穴に落ちた。板切れで覆われただけの穴で、たぶん十九世紀の中ごろあたりに掘られたものだろう。命綱をつけていたから、底まで落ちることはなかったが、引き上げている途中で剝き出しになった梁にロープが絡まった。梁の支柱は腐っていたらしい。隣には水の溜まった別の穴があって、命綱を引いたとき、その壁が崩れた」

ナイデルマンは言葉を切った。「この事故から、われわれは教訓を学ぶことができる。次にどうすればいいかは、きみたちにもわかっているはずだ。〈水地獄〉から海に通じる隠し水路を突き止めるため、明日から染料試験の準備が始まる。そのときまでにメインのコンピュータ・システムが動くようにしておかなければならない。ソナーや、地震計や、断層写真撮影装置や、プロトン磁気計の組立てもある。一五〇〇時までに潜水器具の準備点検もやってもらいたい。もう一つ、これは一番大事なことだが、今日中にタンデム・ポンプの試験運転ができるように用意しておいてくれ」

ナイデルマンは全員の顔を順番に一瞥した。「ここに集まっているのは今度の事業の中心グループだ。報酬も勤務に対する対価ではなく、財宝の一部を受け取るようになっている。成功すれば莫大な見返りがある。四週間で大金が手に入るんだから、決して悪い話ではない。ただし、ケン・フィールドのようなことが身に降りかかる危険もある。もし抜けることを考えているのなら、今ここでそういってくれ。分け前は手に入らないが、〈サラサ〉の規定どおり補償金は払う。後腐れはないし、とやかくいわれることもない。ただし、あとでまたやってきて、気が変わった、というのはやめてもらいたい。こちらもできるだけのことはする。申し出るなら今だ」

キャプテンは戸棚のほうを向き、ポケットから古いブライアのパイプを取り出した。そして、戸棚にあったダンヒルの煙草を取り、火皿に詰めて、丁寧に押し込むと、木のマッチで火をつけた。あわてずに、わざと時間をかけているようだった。そのあいだ、部屋は静まり返っていた。外を見ると、ノコギリ島を常に覆っている霧は濃霧に変わり、まるで愛撫でもするように〈グリフォン〉号にゆっくり触手を伸ばしていた。

ようやくキャプテンは振り返り、花輪のように青い煙を吐きながら続けた。「よし。この話は終わりだ。最後に、ここで新しいメンバーを紹介しておきたい」ナイデルマンはハッチに目をやった。「博士、本当なら、もっと雰囲気がいいときに引き合わせたかったんだが、仕方がないね」ナイデルマンは、ほかのメンバーに向かって手を広げた。「すでにご承知だろうが、こちらはマリン・ハッチ。ノコギリ島の所有者で、今度の事業にも参加してもらっている。現場では医療責任者を務めてもらう」

ナイデルマンは振り返った。「ハッチ博士、こちらは歴史学者のクリストファー・セント・ジョン」三日前の夜、パワーボートからこちらを見ていた丸顔の男だった。丸い頭を灰色の剛毛が覆い、しわだらけのツイードのスーツには何日分かの朝食の食べこぼしがこびりついたままになっている。「エリザベス朝とスチュワート朝のことならどの分野にも詳しい専門家で、暗号にも通じている。こちらは」――ナイデルマンは、バミューダ・ショーツをはいた無精そうな男を手ぶりで示した。片足を椅子の肘かけに載せ、退屈そうに爪をいじっている――「コンピュータ専門家のケリー・ウォプナーだ。ネットワーク設計と暗号分析に強い」ナイデルマンはクリストファーとケリーをじっと見つめた。「いうまでもないが、日誌の後半部分にある暗号を解読するのが最重要の課題だ。それができないと、今度のような悲劇がまた起こるかもしれない。マカランが隠している情報を、ぜひ明らかにしてくれ」

ナイデルマンは次に移った。「現場班長のライル・ストリーターとはもう会ったな。ライルはメコン・デルタで掃海艇に乗っていたころからの仲間だ。それから」――ナイデルマンは、険のある顔つきの、地味な服を着た小柄な女性を指さした――「こちらは、サンドラ・マグヌセン。〈サラサ〉の技術主任で、遠隔計測の専門家でもある。テーブルの向こう端にいるのは、地質学者のロジャー・ランキン」ランキンは毛深い大男で、普通の椅子がひどく小さく見えた。ハッチと目が合うと、金髪の口ひげが動き、口もとに愛想のいい笑みが浮かんだ。ランキンは、二本の指を額に当て、敬礼をした。

ナイデルマンは続けた。「もう一人、考古学者で潜水班の責任者を務めているボンテール博士もいるが、到着が遅れている。今夜には合流できるだろう」一瞬、間があった。「質問がなければ、これで終わりにしよう。ご苦労だった。明日の朝、また集まってくれ」

解散すると、ナイデルマンはテーブルを回ってハッチのところに近づいてきた。「今、特別班が島にいて、ネットワークとベース・キャンプの設営を行っている。夜明けには医療エリアも確保できると思う」

「助かります」と、ハッチはいった。

「今度の計画について、知りたいことがまだたくさんあるだろう。ちょうど午後は暇だ。一四〇〇時に〈ケルベロス〉まで来てくれないか」唇に、薄い笑みが浮かんだ。「明日になったら、少しばかり忙しくなりそうだからね」

11

午後二時ちょうど、〈プレイン・ジェイン〉は、ノコギリ島を取り囲む霧が触手を伸ばしてくるのを振りはらい、凪いだ海をゆっくり動きはじめた。前方には、細長い船体をぎりぎりまで水に沈め、錨を降ろした〈ケルベロス〉の白い輪郭が見えている。船体が海面と交わるあたりに乗船口があった。その中に、ハッチの到着を待つキャプテンの、ひょろ長いシルエットが浮かび上がっている。

ハッチは速度を落とし、〈ケルベロス〉の船体に〈プレイン・ジェイン〉を横づけした。巨船の陰は、ひんやり静まり返っていた。

「なかなか立派な船ですね」キャプテンの正面にボートを寄せ、ハッチは声をかけた。この船に比べると、〈プレイン・ジェイン〉はまるでおもちゃのように見える。

「〈サラサ〉の持ち船の中では、これが一番大きい」と、ナイデルマンは答えた。「基本的には、海上実験室と臨時の研究施設を兼ねた船だ。設備を島に移そうとしても限度がある。大型の機材——電子顕微鏡や炭素十四粒子加速器といったものは、この船に載せたまま使うことにした」

「船首にある銛撃ち銃のことが気になってるんですが」と、ハッチはいった。「甲板員が腹を空かせると、白長須鯨(しろながすくじら)でも撃つんですか」

ナイデルマンはにやりとした。「化けそこなって尻尾が見えているわけか。この船は、六年ほど前にノルウェーの会社が建造した最新鋭の捕鯨船だった。ところが、捕鯨禁止運動のあおりを受けて、まだ艤装も終わらないうちに無用の長物になり果てた。〈サラサ〉はそれを買い叩いて、捕鯨用の吊り柱や解体設備を取り外したんだが、銛撃ち銃だけは外そうとする者がいなかったらしい」

ハッチは〈ブレイン・ジェイン〉を〈ケルベロス〉の船腹に繋ぐと、タラップを走って乗船口に向かった。そして、ナイデルマンに続いて中に入り、明るい灰色に塗られた狭くて長い通路を歩きはじめた。無人の実験室やラウンジをいくつか通りすぎたあと、キャプテンは〈コンピュータ室〉と記された部屋の前で立ち止まった。

「この扉の向こうには、小さな大学一つ分の仕事をまかなえる強力なコンピュータがある」と、ナイデルマンはいった。その声には、かすかに誇らしげな調子があった。「といっても、数値演算のためだけに使っているわけではない。航行用のエキスパート・システムや、オート・パイロットのニューラル・ネットも組んであって、非常時には完璧な自動操縦ができるようになっている」

「人の姿が見えませんね」と、ハッチはいった。

「必要最小限の人員しか乗っていないんだ。ほかの船も同じだよ。人的資源に融通を利かせるのが〈サラサ〉の方針でね。科学者が必要になったら、十人でも、二十人でも、二十四時間以内に呼び寄せることができる。溝掘り人夫でも同じことだ。ただし、通常は、少数精鋭のメンバーで仕事をする」

「コスト節減ですか」ハッチは冗談めかしていった。

「〈サラサ〉の経理は万々歳だ」

「いや、それだけじゃない」ナイデルマンは真顔で答えた。「安全のことを考えても、そのほうがいいんだ。危険要素を増やす馬鹿はいない」

ナイデルマンは角を曲がり、半開きになった分厚い扉のそばを通りすぎた。ハッチが覗いてみると、さまざまな救命具が壁の桟に取りつけられているのがわかった。ショットガンの並んだ棚もあり、もっと小さめの、ぴかぴか光る金属製の銃器らしきものも二丁あったが、ハッチには何なのかわからなかった。

「あれは何です？」銃身の中央部が膨らんだ、寸詰まりの銃のようなものを指さしながら、尋ねた。「掌に載る真空掃除機といったところですね」

ナイデルマンは部屋の中を覗き込んだ。「フレシェットだよ」

「は？」

「釘打ち銃のようなものだ。弾丸の代わりに、ちいさな翼がついたタングステンカーバイドの細い針を発射する」

「危険というより、痛そうですね」

ナイデルマンは薄笑いを浮かべた。「秒速三千フィートで、一分間に五千本の針が飛び出すんだ。充分に危険だよ」ナイデルマンはドアを閉め、ノブの動きを確認した。「このドアは開放厳禁だ。ストリーターに注意しておこう」

「なんでこんなものが置いてあるんです？」ハッチは眉をひそめた。

「〈ケルベロス〉はメーン州の沖のような友好水域ばかりを航行するわけじゃないんだよ。憶えておいてくれ」そういうと、キャプテンはハッチを促してまた通路を進みはじめた。

「ときには鮫だらけの海で作業をすることもある。目の前に人食い鮫が現れたときには、フレシェットを持っていてよかったと思うだろう。たった一秒半で、頭から尻尾まで、鮫がずたずたになったのを、去年、珊瑚海で見たことがある」

ハッチは、ナイデルマンに続いて階段を上がり、次のデッキに出た。表札のない扉の前で立ち止まったキャプテンは、一呼吸置き、力を込めてドアを叩いた。

「今、忙しいんだ！」不機嫌な声が返ってきた。

ナイデルマンはわけ知り顔でにやりと笑うと、静かにドアを開けた。向こう側は広い個室になっているらしいが、照明は暗かった。キャプテンに続いて中に入ったハッチは、何かにつまずき、二、三度、まばたきをして、暗がりに馴れてきた目で周囲を見まわした。奥の壁と舷窓は、何段にもなった電子機器の棚で覆われている。オシロスコープ、CPUユニット。そのほか、ハッチには何に使うかわからないような機材がびっしり並んでいた。床には、くしゃくしゃに丸められた紙や、へこんだ炭酸飲料の缶、キャンディの包み紙、汚れたソックス、下着類などが散らばって、足の踏み場もなかった。壁際にある作りつけの寝台にはしわくちゃの毛布が積み上げられ、シーツはマットレスの上だけでなく、床にも広げられていた。暖まった電子回路の発するオゾン臭が部屋に満ちている。ちかちかまたたく無数のスクリーンが、この部屋の唯一の明かりだった。その混沌のまっただ中に、花柄のシャツを着て、バミューダ・ショーツをはいた薄汚い男がすわり、二人に背を向けたまま、一心不乱にキーボードを叩いていた。

「ケリー、ちょっといいか」と、ナイデルマンはいった。「ハッチ博士を案内してきたんだが」

ウォプナーは振り返り、しょぼついた目をまずナイデルマンのほうに向け、続いてハッチを見た。「勝手にしてくれ」苛立ったような甲高い声だった。「終わるはずの仕事がまだ終わってないんだよ」その〈終わってないんだよ〉は〈終わってねえんだよ〉に近かった。「四十八時間ぶっ通しでネットワークを組んでるのに、コーディングはちっとも進みやしない」

ナイデルマンは、むしろ頼もしげに微笑んだ。「セント・ジョン博士もきみも、少しぐらいは時間がとれるだろう。ハッチ博士は今度の事業のパートナーだ。話をしてやってくれ」ナイデルマンはハッチのほうに向き直った。「見かけだけではわからないだろうが、ケリーは暗号解読の権威でね。その実力は、国家安全保障局の専門家にも匹敵する」

「まあな」と、ウォプナーは答えた。褒められて、まんざらでもない様子だった。

「すごい設備だね」ドアを閉め、ハッチはいった。「左側にあるのはCATスキャンか？」

「おもしろいことをいうね」ウォプナーはずり落ちた眼鏡を上げ、鼻の先で笑った。「こんなものに感心してもらっちゃ困る。これはただのバックアップ・システムだ。本体は、昨日、島に運んだよ。そっちは、ほんとにすごいぞ」

「オンライン・テストは終わったのか？」ナイデルマンが尋ねた。

「もう最終段階ですよ」ウォプナーは目にかかる脂染みた前髪を掻き上げ、モニターのほうに向き直った。

「今、島にネットワークを設置しているところだが、今日の午後には完成する」と、ナイデルマンはハッチにいった。「ケリーがいったように、ここにあるのはバックアップだ。ノコギリ島のコンピュータ・ネットとそっくり同じものを作ってある。金はかかるが、結局、時間の節約になる。ケリー、もっと詳しく説明してやってくれ」

「ええ、いいですよ」ウォプナーが二つ三つキーを叩くと、これまで消えていた頭上のスクリーンが明るくなった。見上げると、ノコギリ島を描いたワイヤーフレームの模式図がスクリーンに現れ、中心に軸を置いてゆっくり回りはじめた。

「バックボーンのルーターには、それぞれ同じものがもう一つ用意してある」またキーを叩くと、島の模式図に、入り組んだ細い緑の線が重なった。「それが光ファイバー・ケーブルで中央のハブにつながっている」

ナイデルマンは手ぶりでスクリーンを示した。「島にある機材は、吸水機から、タービン、圧搾ポンプ、起重機まで、みんなネットワークにつながって自動制御されている。島の機械は、司令室からすべてコントロールできる。キー一つでポンプが動きはじめたり、ウインチが回りはじめたりする。事務所の明かりを消すのも自由自在だ」

「というわけだが」ウォプナーはさらに説明を加えた。「リモート・クライアントはOSにあまり頼らなくてもいいようにしてあるから、拡張性も高い。おまけに、ちょいとばかし細工をして、データ・パケットも何もかも最適化してある。コリジョン・ドメイン一つに、ポートが千個もぶらさがってるという、でっかいネットワークだが、データ転送の待ち時間はゼロだ。この腕白坊主の反応の早さにはびっくりするぞ」

「普通の言葉で話してもらえないか」と、ハッチはいった。「コンピュータ小僧の俗語には疎いもんでね。あそこにあるのは何だ」ハッチは、別のスクリーンを指さした。そこには、中世の村を上から見たような画像が映り、ちっぽけな騎士や魔術師が、さまざまな攻撃や防御の姿勢で配置されていた。

「ああ、あれは〈ブラックソーンの剣〉だ。おれが作ったロールプレイング・ゲームだよ。オンラインで進行中のゲームが三つあって、おれがダンジョン・マスターをやってるんだ」ウォプナーは下唇を突きだした。「文句あるか?」

「いや、キャプテンがいいというのなら、それでいい」

ハッチはナイデルマンの様子をうかがった。キャプテンは部下たちにかなりの自由を与えているようだった。ちょっと信じられないことだが、ナイデルマンは本当にこの奇矯な若者が気に入っているらしい。

そのとき、大きなビープ音が響き、スクリーンの一つに数字がぞろぞろ並びはじめた。画面が一杯になると、最初の数字はスクロールして消えていった。

「よし」横目でそのデータを見ながら、ウォプナーはいった。「〈スキラ〉が片づいたぞ」

「スキラ?」ハッチはいった。

「〈スキラ〉はこの船のシステムで、島にあるほうは〈カリブディス〉だ」

「ネットワークのテストが終わったんだよ」ナイデルマンが説明した。「島で行われているケーブル類の設置が終わったら、〈カリブディス〉にプログラムを移す。この船のバックアップ・システムでまずテストをしてから、島のコンピュータに載せるんだ」ナイデルマンは腕時計を見た。「私はこれからちょっと用事があるんだが、ケリー、きみとセント・ジョン博士が取り組んでいるマカランの暗号のことを、ハッチ博士に話してくれないか。きっと興味があるはずだ。じゃあ、また上甲板(トップサイド)で」最後にハッチにそう声をかけると、ナイデルマンは部屋を出てドアを閉めた。

ウォプナーは、また一心不乱にキーボードを打ちはじめた。この若者はこちらを無視することに決めたのだろうかと、一瞬、ハッチは思った。やがて、端末から目を離さず、ウォプナーはスニーカーの片割れを拾うと、奥の壁に投げつけた。続いて、『C++によるネットワーク・サブルーチン書法』と題された分厚いペーパーバックも壁に向かって飛んでいった。

「おおい、クリス!」ウォプナーは叫んだ。「お国自慢の時間だぞ!」

そのとき、ハッチは気がついた。ウォプナーは、奥の壁にある小さな扉に向かって物を投げていたのだ。「ちょっと失礼」その扉に近づきながら、ハッチはいった。「きみの狙いは外れっぱなしだ」

扉を開けると、向こう側も個室になっていた。広さはこちらと同じだが、似ているのはそれだけで、室内の様子は大違いだった。明るく、清潔で、さっぱり片づいている。イギリス人、クリストファー・セント・ジョンは、部屋の中央にある木の机に就き、ロイヤルのタイプライターを悠然と打っていた。

「初めまして」と、ハッチは声をかけた。「キャプテン・ナイデルマンの許可を得て、話を聞きにきたんだが」

セント・ジョンは椅子を立ち、古書を二、三冊、机から取り上げた。湯上がりのようなさっぱりした顔に、一瞬、気むずかしそうな表情が浮かんだ。「光栄ですね、ハッチ博士、一緒に仕事ができて」握手をしながら彼はいった。だが、仕事の邪魔をされて、ちっとも嬉しそうではなかった。

「マリンと呼んでくれ」ハッチはいった。

セント・ジョンはかすかにお辞儀をすると、ハッチに続いてウォプナーの部屋に入った。

「まあ、すわってくれよ、マリン」ウォプナーがいった。「実際の仕事のことはおれが話そう。クリスのほうは、奥の部屋で後生大事に眺めてるほこりをかぶった古本のことを話してくれるだろう。そうだな、親友」

セント・ジョンは口もとをこわばらせた。こうして海の上にいても、ハッチは、この歴史学者の身辺に、ほこりや蜘蛛の巣を連想させる雰囲気が漂っているのを感じた。この男は宝探しではなく、稀覯本の世界に属している人間だ、とハッチは思った。

　がらくたの山を蹴り崩し、ハッチはウォプナーの隣に椅子を運んだ。ウォプナーは、まだ何も映っていない近くのスクリーンを指さし、素早くコマンドを打ち込んだ。すると、マカランの論文とその余白に書かれた暗号が、デジタル映像となってスクリーンに映し出された。

「ナイデルマン氏は、日誌の後半部分に宝物の重要な情報が書かれているというお考えらしい」と、ウォプナーはいった。「おれたちは、二つの方向から暗号に取り組むことになった。おれはコンピュータで攻める。クリスは歴史から攻める」

「キャプテンは二十億ドルという金額を口にした」と、ハッチはいった。「その根拠はどこにある?」

「それだったら私が説明しよう」そういうと、セント・ジョンは講義でも始めるように咳払いした。「海賊ならみんな同じようなものだが、オッカムの場合も、奪った船をそのまま使って、寄せ集めの船団を作っていた。ガリオン船が二、三隻、ブリガンティン型帆船が数隻、高速のスループ帆船が一隻。東インド会社の大型商船も一隻あったと思う。全部で九隻の船団だ。調べた結果、どれにも積み荷がぎっしり積まれていて、舵を取るのも大変だったことがわかっている。あとは、それぞれの船の最大積載量を合計して、オッカムが襲撃した船の積荷目録と照らし合わせてみればいい。たとえば、オッカムはスペインの商船団からだけでも十四トンの金塊と、その十倍の銀を略奪している。ほかの船からは、ラピスラズリ、真珠、琥珀、ダイヤモンド、ルビー、紅玉髄、竜涎香、翡翠、象牙、癒瘡木などを奪っている。もちろん、スパニッシュ・メーンの各地にある教会の宝物も洗いざらい持っていったわけだがね」しゃべっているうちに得意げに顔を紅潮させたセント・ジョンは、無意識にボウタイの位置を直した。

「ちょっと待ってくれ。金塊の量は、ほんとに十四トンなのか?」あっけにとられ、ハッチは尋ねた。

「そのとおり」と、セント・ジョンは答えた。

「フォート・ノックス(アメリカの連邦金塊貯蔵所)も真っ青だ」唇を湿らせながら、ウォプナーがいった。

「それに、〈聖ミカエルの剣〉もある」と、セント・ジョンは続けた。「値段のつけようがないくらい貴重な宝剣だ。全部ひっくるめると、海賊の財宝としては、まさに空前絶後のものになるだろうね。オッカムは頭がよくて、才能にも恵まれていたし、教養もあった。だからこそ、いっそう手に負えなかったわけだ」セント・ジョンは薄いビニールの書類ばさみを棚から取り出し、ハッチに渡した。「うちの研究員がまとめたオッカムの略歴が中に入っている。オッカムにはいろいろな伝説があるが、これを読むと、どれも掛け値なしの真実だったことがわかる。恐ろしい海賊だという噂が広まって、オッカムの仕事は楽になっただろう。旗艦を港に入れたら、ぶっちがえの骨と髑髏がついた海賊の旗を揚げて、大砲を一発ぶっ放すだけで、平民から坊主まで、みんな宝物を持って自分のほうから出向いてくるようになったんだからね」

「この話には清らかな乙女も出てくるんだよな」ウォプナーは、目を丸くして、話に引き込まれたふりをしていた。「けがれを知らない乙女たちの運命やいかに」

セント・ジョンは言葉を切り、目を細くした。「ケリー、ほんとに知りたいのか？」

「ほんとだよ」ウォプナーは茶目っ気を出して、無邪気そのものというような顔をした。

「ほんとに知りたいんだ」

「若い女がどうなったか、きみなら訊かなくてもわかると思うがね」セント・ジョンはつれない返事をすると、ハッチのほうに向き直った。「オッカムの九隻の船には二千人の手下が乗っていた。それだけの大所帯になったのは、略奪品を船に載せたり、大砲を撃ったりするのに、人手が要るからだ。手下たちは、二十四時間の上陸許可をもらって、不運な町に繰り出していった。その結果、目を覆いたくなるようなことが起こった」

「十二インチ砲があるのは船だけじゃないってことだよ」ウォプナーは卑猥な笑いを浮かべた。

「こいつのおかげで苦労が絶えない」セント・ジョンはハッチに耳打ちした。

「おや、そりゃ失礼したね」ウォプナーは、イギリスのアクセントをまねながら、ふざけて答えた。「世の中には、ユーモアのセンスがない男もいるんだよ」ハッチに向かって、ウォプナーはいった。

「オッカムの成功はかえって負担になった」セント・ジョンは無視して続けた。「財宝が増えると、埋める場所を探すのも一苦労だ。百キロか二百キロ程度の金貨なら、岩の下にこっそり隠すこともできるだろうが、これだけ大量になると、そうもいかない。そこに登場したのがマカランだ。おかげで、われわれが介入する余地も生まれたことになる。マカランは暗号で書かれた秘密の日誌をつけていた」

セント・ジョンは、腕に抱えた書物を軽く叩いた。

「ここにあるのは暗号の本だ。これは、一五〇〇年代の後半に出版されたヨハネス・トリテミウスの『ポリグラフィア』。西洋で初めて書かれた暗号解読についての本だ。こちらはポルタの『秘文字論』。エリザベス朝のスパイは、みんなこれを暗記するまで読んでいた。マカランの時代に暗号研究がどこまで進んでいたか、それを知るために、あと五、六冊、当時の本を用意してある」

「医学部の専門課程二年目の教科書より手強そうだね」

「いや、読んでみれば、ひどくおもしろいんだ」セント・ジョンの声は、一瞬、熱を帯びて輝いた。

「その時代は暗号が普通に使われていたんだろうか」興味を覚え、ハッチは尋ねた。

セント・ジョンは笑った。あざらしが吠えるような笑い声で、血色のいい頬の肉が小さく震えた。「普通に使われていたかって？　当時は暗号がごく当たり前の文章記述法だったんだよ。外交や戦時の通信には必要不可欠の技術でね。イギリスでも、スペインでも、政府の中に、暗号の作成と解読を専門に行う部署があった。暗号解読の得意な水夫を抱えた海賊もいたくらいだ。どちらにしても、船舶書類には、興味津々の、ありとあらゆる暗号が使われていた」

「どういう暗号なんだろう」

「語句表方式というのが一般的だ——どの言葉をどの言葉に置き換えるか、長い一覧表を作るやり方だね。たとえば、ある文書では、〈鷲〉という言葉で〈ジョージ王〉を表し、〈水仙〉で〈ドブロン金貨〉を表す、といった具合だ。ときには、単純な換字法が使われることもある。アルファベットの各文字を、一つずつ数字や記号で置き換える方法だ」

「マカランの暗号にはどんな方法が使われている？」

「日誌の前半の部分は、かなり巧妙な換字法で書いてある。後半の部分は——まあ、今、解読しているところだ」

「それはおれの専門だよ」と、ウォプナーがいった。その声からは、自負心と、ほんの少しの嫉妬とが感じられた。「全部コンピュータに入れてあるんだ」彼がキーを一つ叩くと、出鱈目な文字の羅列がスクリーンに現れた。

AB3 RQB7 E50LA W IEW D8

P OL QS9MN WX 4JR 2K WN

18N7 WPDO EKS N2T YX ER

9 W DF3 DEI FK IE DF9F

DFS K DK F6RE DF3 V3E I

E4DI 2F 9GE DF W FEIB5

MLER BLK BV6 FI PET BOP

IBSDF K2LJ BVF EIO PUOE

R WB13 OPDJK LBL JKF

「これが最初の暗号文だ」ウォプナーはいった。

「どうやって解いた？」

「おいおい、よしてくれよ。英語のアルファベットの文字は決まった頻度で文中に現れる。一番よく出てくるのがEで、めったに出てこないのがXだ。そこで、暗号の文字とアルファベットの文字とを対(つい)にして、おれたちの専門語でいうコンタクト・チャートというものを作る。それで決まり。あとはコンピュータがやってくれる」

セント・ジョンは軽くいなすように手を振った。「ケリーは暗号解読プログラムを組んでいるが、歴史的なデータは私が集めた。昔の暗号表がないと、コンピュータはお手上げだ。プログラムに書いてあることしか知らないんだからね」

　ウォプナーは椅子にすわったまま体の向きを変え、セント・ジョンをにらみつけた。「お手上げ？　じゃあ、教えてやろう。この可愛い子ちゃんはな、おたくの貴重な暗号表がなくたって、ちゃんと暗号を解けたはずなんだ。ほんの少し時間がかかっただけさ」

「そうだろうとも。二十匹の猿が出鱈目にタイプライターを叩いて、『リア王』ができあがるくらいの時間がね」セント・ジョンは、また短く吠えるように笑った。

「何いってるんだ。一匹のセント・ジョンが、向こうの部屋にあるくそタイプライターを二本の指で打つぐらいの時間があれば充分だよ。せめてラップトップでも買ったらどうだ。ついでに人生の楽しみも覚えるんだな」ウォプナーはハッチのほうを向いた。「話せば長い物語だが、解読結果はこれだ」

　ウォプナーが続けざまにキーを打つと、スクリーンは左右に二分割され、片方に暗号文が、もう一方に解読結果が表示された。ハッチは食い入るようにそれを読んだ。

六月二日。主の紀元一六九六年。海賊オッカムが私らの船団を襲って船を沈め、みなを殺した。護衛艦は不甲斐なくも戦わずして敵の軍門に下り、赤子のごとくわめきつつ船長は死を迎えた。命を助けられたのは私一人。鎖につながれてオッカムの船室へと引っ立てられたとき、悪党は私にサーベルを突きつけてこういった。聖堂をつくりたければ、神が勝手につくればよい、おまえには私が新しい仕事をさずけよう、と。そして、年季奉公の誓約書を差し出した。私は署名を拒んだ。神の前でこの日誌がその証人になりますように……。

「こりゃすごい」スクリーンを最後まで見て、ハッチはため息をついた。「もっと読ませてもらえるか？」

「プリントアウトしてやるよ」ウォプナーがキーを一つ叩くと、暗い部屋のどこかでプリンターが低い音をたてて動きはじめた。

「ざっと説明すれば」と、セント・ジョンがいった。「日誌の解読できた部分には、捕虜になったマカランが、半殺しの拷問を受け、〈水地獄〉の建造を承諾して、それにふさわしい島を見つけるまでが書かれている。残念ながら、実際に建造が始まったところで、マカランは新しい暗号に切り替えている。日誌の残りの部分には、〈水地獄〉を設計し、工事に取りかかるところが克明に描かれているはずだ。もちろん、財宝を納めた部屋にどうやってたどりつくかという秘密もね」

「ナイデルマンによると、日誌には〈聖ミカエルの剣〉のことも出てくるそうだが」

「ああ、出てくるよ」ウォプナーが話に割って入り、またキーを叩いた。すると、解読された暗号の別の部分がスクリーンに表示された。

オッカムは船三艘分の積み荷を降ろし、海岸沿いに新たな獲物を探しにいった。今日は、宝石の小箱十数個と共に、黄金で縁取られた細長い鉛の箱が陸揚げされた。海賊たちは、その箱には聖ミカエルの剣が入っているという。スペインのガリオン船から奪った貴重な宝物で、キャプテンも大のお気に入りらしい。厚顔にも、インド諸島で最大の財宝だと自慢している。キャプテンは箱を開けるのを禁じた。

箱には昼も夜も見張りがついている。男たちは疑心暗鬼になり、小競り合いが絶えない。キャプテンが厳格な規律を定めているから一応は何事もなく収まっているが、一触即発の気配は隠しようもない。

「後半の暗号はこんなふうになっている」ウォプナーがキーを叩き、スクリーンにまた暗号が表示された。

34834590234582394438923
49234092340985690234678
90234905623490839342908
63998123490128491234004
94903412089509868907347
60578356849632409873507
83904570923404589539045
62348260256983458757670
87645073405934038909089
08056450455603456890345
98734689072345890739087
59087250872345903569659
087302

「やっこさんもだんだん賢くなっている」ウォプナーはいった。「今度は空白で区切られていないので、単語の形で予測をつけるという手は使えない。しかも、全部数字で、アルファベットは一つもない。おまんこしたくても穴がないという状態だ」

セント・ジョンは顔をしかめた。「ケリー、そんな表現を使わないといけないのかね」

「ああ、使わないといけないんだよ、おやじさん」

セント・ジョンは申し訳なさそうにハッチを見た。

「今度ばかりは、クリスの可愛い暗号表も、さっぱり効き目がなくてね」と、ウォプナーは続けた。「だから、一人で何とかしなくちゃいけないと思って、腕力に訴えるプログラムを書いた。今もそのプログラムが走っている」

「腕力に訴える？」ハッチはいった。

「確率の高そうなところから、総当たり式にパターンを当てはめていくやり方のことだよ。力ずくだが、時間がたてば答えが出る」

「待つだけ無駄だよ」と、セント・ジョンがいった。

「私は、オランダで出版された暗号の本を調べて、新しい暗号表を一組見つけた。今必要なのは歴史研究だ。CPUの割り当て時間じゃない。マカランはあの時代の申し子だった。自分一人で何もないところからこの暗号を考えたわけではない。歴史的な前例があるはずだ。シェイクスピア暗号や薔薇十字暗号のバリエーションでないことだけはわかっている。これを解く鍵は、昔の本に書かれたあまり人に知られていない暗号の中に隠されているに違いない。知能程度の低い人間にもわかると思うが、これは――」

「いいからちょっと黙れ」と、ウォプナーがいった。「そろそろ現実に目を向けたらどうだ。いくら歴史をほじくり返したって、この暗号は解けやしないよ。これはコンピュータの仕事だ」ウォプナーはそばにあるCPUを撫でた。「おれたちがやれば解けるよな、可愛い子ちゃん」椅子にすわったまま体の向きを変えたウォプナーは、棚に据え付けられた、ハッチもよく知っている医学研究用の冷凍庫、普通は組織の標本などを保管しておくフリーザーの扉を開け、中からアイスクリーム・サンドイッチを取り出した。

「誰かビッグワン食うか？」ウォプナーはアイスクリームを振り回しながら尋ねた。

「M1（イギリスの幹線道路）沿いのモーター・ストップでお持ち帰りのタンドリ・チキンでも食べたほうがましだね」顔をしかめ、セント・ジョンが応じた。

「あんたらイギリス人は口が減らない国民だね」アイスクリームをほおばったまま、ウォプナーはいった。「自分たちだって、肉入りのパイなんか食ってるくせに」そういうと、ナイフか何かのようにアイスクリーム・サンドイッチを突き出した。「これは完璧な食品なんだよ。脂肪、蛋白質、糖分、炭水化物。何でも入っている。特に脂肪がいい。これならいくら食っても飽きずに長生きできる」

「こいつならやりかねない」ハッチのほうを向いて、セント・ジョンはいった。「船の厨房にはこれが何箱も置いてあるんだ」

ウォプナーは眉をひそめた。「こんな田舎でビッグワンがいつも手に入ると思うか？　おれが食うだけの分はないよ。こう見えても、けっこう大食いでね。パンツにはうんちのあとがいっぱいついている」

「だったら、肛門科で診てもらったらどうだ」ハッチがそういうと、セント・ジョンはまた馬鹿笑いを始めた。このイギリス人は味方ができて喜んでいるらしい。

「じゃあ、診せてやるよ。遠慮するな」ウォプナーは立ち上がり、誘うように尻を振りながら、ズボンを脱ぐ仕草をした。

「やめておこう。気が弱いもんでね」と、ハッチはいった。「メーンの田舎はお気に召さないのか?」

「こいつは町に部屋も借りてないんだ」セント・ジョンがいった。「船で寝るほうがいいらしい」

「そんなことはないさ」ウォプナーはアイスクリームを食べ終えた。「陸（おか）は嫌だが、船も嫌だ。だけど、ここにいると、必要なものはみんな揃っている。たとえば、電気。水もちゃんと出る。それに、ＡＣ。つまり、エアコンだな」ウォプナーは身を乗り出した。足場を失ったように、艶のない山羊ひげがあごの先で揺れている。「とにかく、ＡＣだな。これがないと話にならん」

　花柄のシャツを着てブルックリン訛で話すこのウォプナーが町に近づかないのは、かえっていいことかもしれない、とハッチは思った。この男がストームヘイヴンに足を踏み入れたら、農業畜産物展示会で毎年見世物に担ぎ出される頭が二つある牛の剝製と同じように、たちまち好奇の視線にさらされるだろう。そろそろ話題を変えたほうがいい、とハッチは判断した。「馬鹿なことを訊くようだが、〈聖ミカエルの剣〉というのは何なんだろう」

　一瞬、気まずい沈黙があった。

「いや、それなんだがね」唇をすぼめ、セント・ジョンがいった。「前から考えていたんだが、要するに、柄に宝石が塡め込まれてるのかもしれない。打ち出し模様がついた銀の鞘には、部分的に金メッキがしてあって、剣の本体には丸溝が何本も彫られている、といったタイプの」

「それだったら、オッカムはなぜインド諸島で最大の財宝だといったんだろう」

　セント・ジョンは少しまごついているようだった。

「そこまでは考えたことがなかったが、まあ、よくわからない、というのが本音だよ。宗教的、神話的な意味合いがあるのかもしれない。エクスキャリバー（アーサー王の剣）のスペイン版とかね」

「きみがいったように、オッカムがすでに莫大な財宝を持っていたのなら、たかが剣一つをなぜそんなに大事にしたんだろう」

　セント・ジョンは潤んだ目をハッチに向けた。「正直にいうと、私が持っている資料には、〈聖ミカエルの剣〉

がどういうものかという説明は一行も出てこないんだ。何人も見張りをつけて、崇め奉られた、ということしかわからない。残念ながら、きみの質問には答えようがないね」

「おれは知ってるぞ」そういって、ウォプナーはにやりと笑った。

「ほんとか？」セント・ジョンは、ウォプナーの術中にはまった。

「長い航海をすると、男たちがどうなるか、あんたにも想像がつくだろう。まわりには女が一人もいない。そこに登場したのが、聖ミカエルの抜き身だ……」卑猥な薄笑いを浮かべてウォプナーは言葉を切った。セント・ジョンは、むっとしたように嫌悪の表情を浮かべた。

12

両親が使っていた寝室の奥にあるドアを開け、ハッチは狭いポーチに足を踏み出した。まだ九時半だったが、ストームへイヴンの町はすでに眠り込んでいる。古い屋敷を取り囲む林には風が立っていた。心地よい晩夏のそよ風が火照った頬を冷やし、首のうしろの髪を撫でてゆく。ハッチは、風雨にさらされてひびの入った揺り椅子に二冊の黒いファイルを置き、手すりに近づいた。

湾の向こうに、町が見えた。通りや広場を縁取る光が、数珠のように連なって、海辺になだれこんでいる。あんまり静かなので、波が小石を洗う音や、波止場に並んだ船のマストがきしむ音まで聞こえてきそうだった。電灯がひとつ、ぼんやり点っているのは、バッドの食品スーパーの入口だ。月の光を受けて輝く丸石敷きの舗道。遠くには、焦土岬の断崖に立つ細長い灯台が浮かび上がり、光を点滅させて行き交う船に警告を送っていた。

この古い家は、第二帝政時代の様式で建てられているので、二階の破風の下に狭いポーチがついている。そのことを思い出したのは、つい先ほどのことだったが、こうして今、手すりに寄りかかっていると、さまざまな記憶が一気によみがえってきた。何かの記念日を祝うために行きつけの〈湾岸酒場〉に両親が出かけたあと、帰ってくる車の明かりを気にしながら、子供のくせにいっぱしの大人になったつもりで、兄のジョニーと真夜中までポーカーをやったこと。また別のとき、寝室の窓の向こうに現れるクレアの姿を一目見ようと、ノースカット屋敷をいつまでも見下ろしていたこと。

クレア……。

笑い声が響き、かすかな話し声が聞こえてきた。ハッチは現実に戻り、町の民宿に目をやった。〈サラサ〉に雇われている男二人が、宿に戻るところだった。玄関先のドアが閉まると、すべてはまた静寂に包まれた。

丘の上に向かって、ハッチはそのまま町並みを目で追っていった。図書館は、冷たい夜の明かりを受けて、赤煉瓦造りの正面玄関が暗い薄紅色に変わって見えている。ビル・バンズの広大な邸宅は、町でも屈指の古い建物で、崩れかかっているところにかえって趣が感じられる。そして、丘のてっぺんには、会衆派の牧師の住居として建てられた板葺き屋根の大きな家がある。その牧師館は、この郡でただ一つのスティック様式の建物でもあった。

そのあと、海の方角に視線を向け、ノコギリ島があるあたりの、ベールに包まれた暗闇を見てから、ようやく決心したようにため息をつき、椅子のほうに向き直って、腰を下ろし、黒いファイルを手に取った。

一冊目のファイルは、マカランの日誌の解読された部分をプリンターで打ち出したものだった。そこには、セント・ジョンがいったように、捕らえられたときのことや、オッカムにしか回収できないような仕組みを考えて、財宝の隠し場所を設計しろといわれたときのいきさつが描かれていた。行間からは、その海賊の頭領に対する軽蔑の念や、野蛮な手下たちへの嫌悪、条件の悪さに戸惑っている様子などを明瞭に読み取ることができた。

短い文章だったので、読み通すのに時間はかからなかった。日誌の後半部分はどうなっているのだろう、ウォプナーの解読作業はあとどのくらいで終わるのだろう、と思いながら、ハッチはファイルをわきに置いた。船室で別れる前に、ウォプナーは痛烈な口調で不満を口にしていた。暗号解読をやりながら、コンピュータ技術者の仕事までこなさなければならないのは、負担が大きすぎるという。「ネットワークの工事は、土建屋の仕事だ。プログラマーの仕事じゃない。キャプテンはどんどん人を減らしている。きっと最後にはキャプテンとストリーターしか残らないんだ。でも、キャプテンにはそのほうがいいんだよ。保安のため、とかなんとかいってるがね。人がいなけりゃ、誰にも宝物を盗めない、ということだろうね。まあ、見てるがいい。明日になって、ネットワークの工事が終わったら、測量技師やエンジニアの助手はみんないなくなるぞ。いつものことだ」

「それでいいじゃないか」と、ハッチはいった。「無駄な人員を後生大事に抱えてる必要はない。こっちだって、こんな船室で無意味な文字の羅列ばかり見せられるより、腐りかけたマズラ足（足の菌腫の一種）の治療でもしているほうがよっぽどいい」

そういうと、ウォプナーは軽蔑したように口もとを歪めた。「ものを知らないやつはこれだから嫌だ。あんたには無意味な文字の羅列に見えるかもしれないが、まあ、聞いてくれ。その文字の向こう側には、暗号を作った相手がいて、こっちを見ながら、あかんべをしてるんだぞ。これは究極の知恵比べだ。暗号を解けば、相手の城を攻め落とすことができる。クレジットカードのデータベースにアクセスする方法でも、核ミサイルの発射順序でも、財宝の隠し方でも、何でもわかる。暗号解読ほど楽しいことはない。本当のインテリだけに許されたゲームだ。というわけで、今のおれは、仲間がいなくて淋しい思いをしてるんだよ。わかってもらえたかな」

ハッチはため息をつき、黒いファイルに視線を戻した。二冊目のファイルには、セント・ジョンから渡されたオッカムの略歴が記されている。椅子にすわり直したハッチは、月明かりを頼りにファイルを読みはじめた。

13

文書抜粋

文書番号　T一四―A―四一二九八
スプール　一四〇四九
ロジカル・ユニット　LU―四八
調査担当　T・T・ファレル
請求者　C・セント・ジョン

文書　〇〇一／〇〇三
この文書は企業秘密であり、著作権はサラサ持株会社が

所有しています。許可なく複製すれば、ヴァージニア州刑法によって処罰されます。

禁複製

エドワード・オッカム略歴

〈サラサ〉所属、T・T・ファレル――シュリーヴポート市

エドワード・オッカムは、一六六二年、地主階級の小貴族の息子としてイングランドのコーンウォールに生まれた。ハーロウ校で教育を受けたのち、オックスフォードのベイリヤル・コレッジに進学し、やがて放校処分となる。その原因は不明。

家族の希望で海軍に入ることになったオッカムは、一六八二年、大尉としてポイントン元帥の地中海艦隊に参加する。スペイン相手の戦闘でたちまち頭角を現したオッカムは、軍籍を離れ、海軍省から他国船拿捕免許状を得て、私掠船の船長になる。

何度か大物を拿捕したあと、戦利品を国家と分け合うことに嫌気がさしたらしく、一六八五年の初めごろからオッカムは奴隷貿易に手を出すようになり、アフリカのギニア海岸から、ウィンドワード諸島のグアドループまでの航路を確保した。以後、二年ほどのあいだに莫大な利益をあげたオッカムは、ある港に入ったとき、戦艦二隻に退路を断たれ、港内に封じ込められた。相手の注意を逸らすため船に火を放ってから、オッカムは小型の帆船で脱出した。だが、その前に、甲板にいた奴隷全員を剣で突き殺していた。船倉につながれた約四百名のほかの奴隷はことごとく焼け死んだ。ある文書によれば、その行為によって、オッカムは〈血塗(レッド)れ・ネッド〉の呼び名をちょうだいしたという。

オッカムの部下のうち五人は捕らえられ、ロンドンに運ばれて、ウォッピングの仕置き波止場で縛り首の刑に処せられた。しかし、オッカムのほうは、カリブ海の有名な海賊の避難所、ポート・ロイヤルに逃げこみ、一六八七年、〈海岸兄弟団〉に参加した。［サラサ文書P六―B―一九―一一〇二九二〈ポート・ロイヤルにおける海賊

の財宝（伝聞による）〉参照〕

以後十年のあいだに、オッカムは、新世界近辺の海域で最も金銭に飢えた野心満々の非情な海賊として知られるようになる。目隠しをした相手に渡し板の上を歩かせたり、髑髏と骨の旗で敵対者に恐怖を抱かせたり、一般人を捕虜にして身代金を奪ったりといった悪名高い海賊の戦術は、その大半がオッカムの考案による。船を襲ったり、町を襲ったりするときには、どんな相手でもためらわずに拷問して、貴重品のありかを聞き出した。体力、知力ともに抜きん出ていたオッカムは、戦利品を分配するときにも、部下たちよりはるかに多い分け前を自分のものにした。そんなことのできる海賊は、ほかにはめったにいなかったのである。

海賊の頭領として君臨していたあいだに、オッカムは人の心理を読み、戦略をたて、無慈悲にそれを実行することで、数々の勝利を手に入れた。一例を挙げれば、スペイン領の要塞都市、ポルトベロを攻めるときには、そばにあった僧院の修道女たちを徴用して、包囲作戦用の破城砲や梯子(はしご)の設営を命じた。カトリック信仰に篤いスペイン人の心理を読み、修道女に向かって砲撃を加えることはないだろうと考えてのことである。オッカムは、殺傷力の大きい鉛の散弾を発射するマスケット短銃を好んで使うようになった。停戦交渉に応じると見せかけて、包囲した町の長老たちや敵の艦船の司令官などを呼び集め、右手と左手に一丁ずつそのマスケット銃を持ち、同時に発砲して、相手を一気に殺してしまうこともよくあった。

戦利品に対する欲望が膨れ上がるにつれて、オッカムの厚顔無恥も度を超すようになっていった。一六九一年、パナマ・シティの陸上包囲を試みて失敗したあと、チャグレス川を渡って退却しているときに、オッカムは一隻のガリオン船が近くの湾からスペインをめざして外洋に出て行くところを目撃した。その船に三百万枚の銀貨が積まれていることを知ったオッカムは、このあと一隻たりともわが眼前からガリオン船を逃がすものか、と誓いをたてたといわれている。

以後、オッカムはスペインの黄金にいっそう執着を示し、黄金を蓄えた町や黄金を運ぶ船に攻撃の目標を定めるようになった。黄金を積んだ船を巧みに見分けることができたのは、スペインの船団や護衛艦の使う暗号を解読していたからだという説を唱える学者もいる。［閲覧制限付きサラサ文書Z―A四―〇五〇九九七参照］スペインの植民地を次々に襲った結果、一六九三年の秋には、八百人の手下それぞれに、一月（ひとつき）で銀貨六百枚の分け前が与えられたという。

権力を蓄え、恐怖の対象になると、オッカムの嗜虐的な傾向にも拍車がかかってきて、野蛮な残虐行為の報告は後を絶たなかった。敵の船を制圧したあと、オッカムは高級船員の耳をそぎ、塩と酢で味付けをして、犠牲者に無理やりそれを食べさせた。町を略奪する際には、手下の行動を抑えることはなく、逆にけしかけるようにして、物欲と色欲にいきりたつ男たちを無抵抗な人々のあいだに放って、暴行略奪を恣（ほしいまま）にした。オッカムの望む貢ぎ物を用意できない犠牲者たちは、木の焼き串を通されて、じわじわと炙り殺されたり、焼けた鉤竿（かぎざお）で内臓を引きずり出されたりした。

オッカムが生涯最大の略奪品を手に入れたのは一六九五年のことであった。オッカムは無敵の小艦隊を率い、カディスに向かうスペインの商船団を拿捕して、積み荷を奪ったあげく、ことごとく相手の船を沈めた。そのときに略奪した財宝、金の延べ棒と金塊、銀の楔と延べ板、穴を開けていない真珠、宝石などは、額面だけでも十億ドルの値打ちがあったと試算されている。

その後のオッカムの運命は謎に包まれている。一六九七年、オッカムの司令船は、アゾレス諸島の沖を漂流しているところを発見された。乗船者は全員死亡していたが、その原因は突き止められていない。船内に財宝はなく、おそらく死の直前にオッカムが新世界東岸のどこかに隠したのではないか、ということで研究者の意見は一致している。信憑性に欠けるものも含めて、さまざまな伝説が流布しているが、有力な証拠に基づいて、その隠し場所には三ヵ所の候補を挙げることができる。一つ目は、ヒスパニオラ沖のヴァシュ島。二つ目はサウス・カロライナのパームズ島。三つ目はメーンの海岸沿い、モンヒーガンから七十キロ北にあるノコギリ島である。

プリントアウト終了

スプール・タイム　〇〇一：〇二
総バイト数　一五四二五

14

ハッチは〈プレイン・ジェイン〉のジーゼル・エンジンを切り、ノコギリ島の風下側の岸から二十ヤードのところに錨を降ろした。時刻は朝の六時半。水平線から顔を出したばかりの太陽が薄い黄金色の光を島に投げている。ハッチがストームヘイヴンに戻ってきてから初めてのことだったが、島を守るように垂れ込めていた霧は今ではすっかり晴れていた。ハッチは付属船に乗り込み、海軍支給のプレハブ造りの波止場に向かった。そこには〈ベース・キャンプ〉がある。すでに蒸し暑くなり、悪天候の兆しか、空気は重く肌にまつわりついていた。

島を見ているうちに、胸にわだかまっていた古い不安はだんだん薄れてきた。この四十八時間で、ノコギリ島はすっかり様相を変え、見違えるようになっていた。莫大な労力が費やされ、信じられないほど多岐にわたる作業が完了している。地盤の不安定なところには、警察が現場保存に使う黄色いテープが張り巡らされ、歩いても安全な場所が一目瞭然だった。小石が散らばる狭い海岸の上にある草地は、沈黙の支配する荒れ地であることをやめ、ちょっとした町に変貌を遂げている。トレーラーやプレハブ住宅が円形にぎっしり並び、その向こうでは巨大な発電機が何台も唸りをあげて、ジーゼルの煙を上空に噴き上げていた。発電機のそばには大型の燃料タンクが二つある。ぬかるんだ地面を這っているポリ塩化ビニールの白い管に納められているのは、電力線や通信線だ。こうしておけば風雨の影響で線が傷むこともないし、うっかり踏まれて断線することもない。その混沌の中心に、司令センターの〈アイランド・ワン〉があった。通常のトレーラーと比べて横幅が二倍あるその移動住宅には、通信機材や無線送信機が納められていた。

付属船を繋いだあと、ハッチは小走りで波止場を進み、その向こうの整備されていない小道に入った。〈ベース・キャンプ〉に着いて、売店の小屋を通り過ぎると、〈医療センター〉と記されたかまぼこ型のプレハブ小屋に入り、自分の新しい仕事場を好奇の目でながめた。殺風景だが、居心地はよさそうだ。新しい建材やエチル・アルコール、トタン板などの臭いがする。新品の設備が揃っていることに満足しながら室内をひとまわりしたハッチは、最高の品を買いそろえたナイデルマンの配慮を意外に思い、嬉しくなった。鍵のかかる倉庫には必要なものが入っているし、薬品棚もあれば、心電計もある。困るとすれば、備品が多すぎることだろう。ロッカーを調べると、中には結腸内視鏡があり、細動除去器があり、電子式のガイガー・カウンターがあった。そのほか、ハッチには用途のわからない高価そうなハイテク機材もたくさん入っている。プレハブ小屋自体も、外から見たときの印象よりずっと広かった。小屋の中には受付があり、診察室があり、ベッドが二つ並んだ病室まであった。奥には狭い居住空間も用意され、天候が荒れたときには泊まれるようになっていた。

　外に出ると、ハッチは、重い機械類を運んだ際の轍に足を取られないように気をつけながら、〈アイランド・ワン〉に向かった。司令センターには、ナイデルマンと、ストリーターと、技術主任のサンドラ・マグヌセンがいて、一台のスクリーンを覗き込んでいた。マグヌセンは、よく動きまわる小昆虫に似ている。その顔はコンピュータの端末の明かりを受けて蒼白く染まり、スクリーン上に現れては消えてゆくデータの羅列が分厚い眼鏡の表面に映っていた。マグヌセンは、二十四時間、仕事のことしか頭にないような人間で、人付き合いを嫌っているようにも見えた。たとえ医者でも眼中にはないかもしれない、とハッチは思った。

　ナイデルマンが顔を上げ、会釈した。「何時間か前に〈スキラ〉のデータを転送した。今、ポンプのシミュレーションが終わりかけているところだ」ナイデルマンは、ハッチにもスクリーンが見えるように横に移動した。

シミュレーション完了　〇六：三九：四五：二一
以下結果
＝＝＝＝＝＝＝＝＝診断＝＝＝＝＝＝＝＝＝
インターリンク・サーバー・ステータス　OK
ハブ・リレー　OK
セクター・リレー　OK
データストリーム・アナライザー　OK
コア・コントローラー　OK
リモート・サイト・コントローラー　OK

ポンプ・ステータス　　　　　　　　OK
流出センサー　　　　　　　　　　　OK
非常割り込み　　　　　　　　　　　OK
キュー・メモリー　　　　　三〇五三八五二九五
パケット・ディレイ　　　　　・〇〇〇四五
＝＝＝＝＝＝チェックサム確認＝＝＝＝＝＝
リモートからのチェックサム　　　　OK
チェックサム偏差　　　〇〇・〇〇〇〇〇％
スキラからの偏差　　　〇〇・一五〇〇〇％
先読み偏差　　　　　　〇〇・三七五〇〇％
結果報告
シミュレーション成功

マグヌセンは眉をひそめていた。

「うまくいったのか？」ナイデルマンは尋ねた。

「ええ」技術主任はため息をついた。「でも、はっきりそういっていいかどうか……。コンピュータの様子がおかしいんです」

「どういうことだね」ナイデルマンは穏やかにいった。

「反応が遅いんです。非常割り込みの検査をしていたときに、特に遅くなりました。それから、偏差の値を見てください。島のネットワークは正常に動いています。ところが、〈ケルベロス〉の側でシミュレーションを走らせると偏差が出るんです。ゆうべ実験したときよりもひどくなっています」

「しかし、許容範囲なんだろう？」

マグヌセンはうなずいた。「チェックサムのアルゴリズムにまずいところがあるのかもしれません」

「遠回しな言い方だが、要するにバグがあるということだな」ナイデルマンはストリーターのほうを向いた。

「ウォプナーはどこにいる？」

「〈ケルベロス〉で寝てます」

「起こしてくれ」ナイデルマンはハッチのほうに向き直り、あごの先でドアを示した。二人はドアをくぐり、霞がかかったような日差しの中に出ていった。

15

「きみに見せたいものがある」キャプテンはそういう

と、自信満々にパイプの煙をたなびかせながら、いつものようにきびきびした足取りで、長い脚を草地に踏み出し、返事も待たずに歩き出した。途中で二度ほど〈サラサ〉の社員に声をかけられた。ナイデルマンは、一度に複数の作業を監督しているらしいが、その指示は冷静で過不足がなかった。ハッチは、遅れないようについてゆくのが精一杯で、周囲の変化に目を留める余裕もなかった。二人が歩いているのは、ロープで仕切られた小道だった。〈サラサ〉の担当者が点検をすませているので、ここを歩いているかぎり危険はない。古い縦穴や地盤の緩んだ箇所には、アルミの短い橋が架けてある。

「散歩にはちょうどいい朝ですね」息を切らしながらハッチはいった。

ナイデルマンは微笑した。「仕事場は気に入ったかね」

「ええ、何もかもちゃんと揃ってます。あれならここが怪我人だらけになっても大丈夫です」

「覚悟しておいてくれ。そういうことになるかもしれない」と、ナイデルマンはいった。

小道は坂になり、古い縦坑が密集している島の中央の丘に続いていた。泥だらけの奈落の周囲にアルミの足場が組まれ、小型の起重機が据えつけられている。やがて、三叉路にさしかかった。同じようにロープで仕切られた道が三本、昔の発掘跡を迂回して、くねくね曲がりながら続いている。その場所に一人で立っている測量担当者に会釈をして、ナイデルマンは中央の道を進んだ。

一分後、ハッチは、ぽっかり口を開けた穴の端に立っていた。反対側の縁に技師が二人いて、見馴れない器具で何かを計測していたが、それを除けばこのあたりにあるほかの穴と変わりはないように見えた。外縁部に草や低木が生い茂り、暗い穴に向かって葉や枝を伸ばしている。これでは腐った木組みの端も見えない。ハッチは用心しながら身を乗り出した。接続部分を金具で固定された弾力のある巨大なホースが、光の届かない穴の底から地上に伸び、泥の中をくねくねと進んで、遠く離れた西側の海岸へと続いていた。

「なるほど。穴がありますね」と、ハッチはいった。「ピクニックの弁当や詩集を忘れてきたのが残念だ」

ナイデルマンは苦笑し、ポケットからコンピュータのプリントアウトを取り出すと、ハッチに手渡した。ずらずらと年号が並び、その横に数字が添えられている。その中に、黄色で強調された年号と数字のペアがあった。

一六九〇±四〇。

「今朝、〈ケルベロス〉の研究室で、放射性炭素による年代測定が終わった」と、ナイデルマンはいった。「これがその結果だよ」ナイデルマンは強調された数字を指の先で叩いた。

もう一度見てから、ハッチは紙を返した。「要するに、どういうことなんです？」

「見つかったんだよ」ナイデルマンは静かにいった。

一瞬、沈黙があった。「この穴が〈水地獄〉なんですか？」ハッチは、自分の声に不信の気持ちがこもっていることに気がついた。

ナイデルマンはうなずいた。「そう、これが〈水地獄〉だ。縦穴を補強するのに使われている材木は、一六九〇年ごろに伐採されている。ほかの穴に使われている材木は、一八〇〇年か一九三〇年ごろのものだ。もう間違いはない。この穴は、マカランが設計し、オッカムの手下が建造した〈水地獄〉だ」ナイデルマンは、三十ヤードほど離れたところにある小さめの別の穴を指さした。「こちらの見当違いでなければ、たぶんあれがその百五十年後に掘られた〈ボストン坑〉だろう。斜めになったり、水平になったり、途中から向きが変わっている」

「〈水地獄〉がこんなに早く見つかるなんて」と、ハッチはいった。「ほかには誰も放射性炭素測定法を試してみなかったんですか？」

「最後にここを掘り返したのはきみのお祖父さんだ。四〇年代の後半にね。放射性炭素測定法は、五〇年代になるまで影も形もなかった。われわれは、この先も最新技術をどんどん導入するつもりでいる」ナイデルマンは手振りで〈水地獄〉を示した。「今日の午後には〈オルサンク〉の取り付けが始まる。部品は補給ドックに届いている。あとは組み立てるだけだ」

ハッチは眉をひそめた。「〈オルサンク〉？」

ナイデルマンは笑った。「トールキンのファンタジーに出てくる砦だよ。去年、コルフ島でサルベージ作業をやったときに考案した仕掛けなんだ。大きな足場を組んで、床がガラスで出来た監視所をその上に作る。作業班に『指輪物語』のファンがいてね。その男がつけたニックネームなんだが、いつのまにか、みんながそう呼ぶようになった。ウインチや遠隔計測装置もついていて、肉眼でも、電子の目でも、文字どおり相手の喉の中を覗き込むことができる」

「このホースは何をするんです？」穴のほうをあごの先で示しながら、ハッチはいった。

「午前中の染色検査に使うんだ。このホースは西の海岸に設置したポンプ群につながっている」ナイデルマンは腕時計を見た。「あと一時間ほどで満潮になる。そのときを狙って、毎分一万ガロンの海水を〈水地獄〉に送り込む。ホースの水流が安定したら、高濃度の特殊な染料を穴に入れる。潮が引きはじめると、ホースで流し込まれた水は、染料と一緒になって、マカランの秘密の水路を通り、海に流れ出す。どちらの側に染料が出てくるかわからないから、〈ナーイアス〉と〈グランパス〉の二隻を島の両側に待機させてある。あとは、じっと目を凝らして、染料が海に流れ出すのを待つだけだ。染料が見えたら、潜水班をその場所に潜らせて、爆薬でトンネルを塞ぐ。海水の入口が塞がったら、穴に溜まった水をポンプで汲み出せばいい。さすがの〈水地獄〉も、そうなったら牙を抜かれるわけだ。金曜日の今ごろには、防水着と長靴だけで穴の底に下りられるようになっているだろう。そのあとは、好きなように宝物を掘り出すことができる」

ハッチは、開きかけた口をつぐみ、首を振った。

「どうした?」と、ナイデルマンはいった。その顔には愉快そうな笑みが浮かび、朝日を受けて薄い色の目が金色に光っていた。

「いや、何でもありません。次々にいろんなことが起こって、ついていけないんです」

ナイデルマンは深呼吸し、島全体に広がった作業現場を見まわした。「いつか、きみもいったじゃないか」しばらくして、彼は答えた。「われわれには、あまり時間がない」

二人はしばらく無言のまま突っ立っていた。

「戻ろうか」やがて、ナイデルマンはいった。「〈ナーイアス〉にいってあるから、きみを拾いにきてくれるだろう。デッキから染色検査を見物するといい」二人は踵を返し、〈ベース・キャンプ〉に戻りはじめた。

「立派なチームを集めましたね」下の補給ドックで整然と作業を続ける人影を見おろしながら、ハッチはいった。

「そうだな」ナイデルマンはつぶやいた。「変わり者がいて、扱いにくいところもあるが、優秀な連中が揃っている。人の顔色ばかりうかがって、何でもいうことをきく部下を集めるようなことはしたくなくてね。この商売では、危険すぎる」

「あのウォプナーという男は、ほんとに変わってますね。生意気盛りの十三歳、といったところだ。外科医にもいますよ、ああいうタイプが。自分でいうほど優秀な男なんですか？」

ナイデルマンはにやりと笑った。「一九九二年の騒動を憶えてるかね。ブルックリンのある地区に住む年金生活者全員が、老齢年金の小切手を受け取ってみたら、郵便番号に余分なゼロが二つついていた、という事件があったが」

「ええ、聞いた憶えがあります」

「あれがケリーの仕業だったんだ。おかげで、アレンウッドの刑務所に三年間ぶちこまれたらしい。本人も気にしているようだから、あいつの前で囚人ジョークは口にしないほうがいい」

ハッチは口笛を吹いた。「驚きましたよ」

「ハッカーとしても凄腕だが、暗号分析も超一流だ。オンラインのロールプレイング・ゲームに凝っていて、いくらいってもやめないんだが、それさえなければ百点満点だ。あの性格に嫌気がさして、毛嫌いするのはよしたほうがいい。本当はいいやつなんだ」

〈ベース・キャンプ〉が近づいていた。噂をすれば何とやら。ハッチの耳に、〈アイランド・ワン〉の中からウォプナーの声が聞こえてきた。「そんな気がするというだけで、おれを起こしたのか？　あのプログラムは〈スキラ〉で何十回も走らせたんだ。バグなんか一つもない。一つもな。頭の単純な連中に頼まれて書いた単純なプログラムなんだ。くだらないポンプを制御するだけのことじゃないか」

マグヌセンの返事は、ドックに入ってきた〈ナーイアス〉のエンジン音に消されて聞こえなかった。ハッチは急いで医療器具を取ってきて、ツイン・エンジンの強力な船外機のついた船に飛び乗った。その向こうには姉妹船の〈グランパス〉が停まり、ナイデルマンを待っていた。ナイデルマンが乗ると、島の反対側に回るのだ。

〈ナーイアス〉の舵を操っているのがストリーターだとわかり、ハッチはひやりとした。ストリーターは御影石の胸像のように、厳めしく硬い表情をしている。ハッチは会釈し、好意的に見えればいいがと思いながら微笑を浮かべた。相手は短くうなずいただけだった。おれは敵を作ってしまったのだろうか。ハッチはそう思ったが、深く考えずに忘れることにした。見たところ、ストリーターは筋金入りのプロフェッショナルであるらしい。大事なのはそれだけだ。緊急事態の最中に起こった出来事に、ストリーターがまだ腹を立てているとしても、それはストリーターの問題だ。

　前方の小型船室では、潜水夫二人が装備を点検していた。染料はいつまでも海面に浮かんでいるわけではない。海底のトンネルを見つけるには、迅速に動く必要がある。ストリーターの隣に立っているのは、地質学者のランキンだった。ハッチに気がついて近づいてきたランキンは、毛むくじゃらの大きな手でハッチの手をきつく握った。

「やあ、ドクター・ハッチ！」黄色っぽい髪を頭のうしろで束ねているランキンは、密生した口ひげの中で白い歯を光らせながら声をかけてきた。「きみの島は、いや、実にたいしたもんだね」

　ハッチは、ほかの〈サラサ〉の関係者からも、似たような感想を何度か聞かされていた。

「だからこそ、みんなここに来たわけでね」にっこりしながらハッチは答えた。

「いや、そういう意味じゃない。地質学的にたいしたもんだ、といってるんだ」

「それは初耳だな。ほかの島と同じで、花崗岩のでっかい塊が海から顔を出してるだけだと思ってたんだが」

　ランキンは防水チョッキのポケットに手を突っ込み、グラノーラ（シリアル、ドライ・フルーツなどが混じり合った健康食品）のようなものをひとつかみ取り出した。

「花崗岩だなんてとんでもない！　黒雲母片岩なんだよ。ひどく変成が進んでいるし、ひび割れや断層もたくさんある。しかも、てっぺんにはドラムリンが乗っている。あきれたね、まったく。めちゃくちゃな話だ」

「そのドラムリンというのは？」

「氷河の堆石（たいせき）で出来た丘陵で、まあ、あんまり見てくれのいいものじゃない。片方の端は上向きに尖っていて、もう一方の端は先細りの勾配になっている。どうやって出来るのか、誰にもわからないが、まあ、見当はずれを承知でいわせてもらえば――」

「潜水チーム、準備せよ」と、無線機からナイデルマンの声が聞こえてきた。「その他の各班、持ち場についたか」

「モニター班、準備よし」マグヌセンの声がスピーカーからひび割れて聞こえた。

「コンピュータ班、準備よし」無線機越しのウォプナーの声は、退屈そうで、虫の居所も悪そうだった。

「監視班アルファ、準備よし」

「監視班ベータ、準備よし」

「監視班ガンマ、準備よし」

「〈ナーイアス〉、準備よし」無線機に向かってストリーターがいった。

「〈グランパス〉、了解」最後にナイデルマンが答えた。

「全員、所定の場所に移動してくれ」

〈ナーイアス〉が速度を上げはじめたとき、ハッチは腕時計を見た。八時二十分。まもなく潮の向きが変わるだろう。ハッチが医療器具を並べていると、何かの冗談に笑いながら、潜水夫が二人、船室から出てきた。一人は背の高い痩せ形の男で、黒い口ひげを蓄えている。薄い合成ゴムのウェットスーツを着ているので、体の線が露骨に出ていた。

もう一人は女だった。女は、横を向いてハッチを見た。唇のあたりに悪戯っぽい微笑が浮かんだ。「あら。謎のお医者さんというのはあなたね」

「謎だかどうか、自分ではわからない」ハッチは応じた。

「でも、ここは奇々怪々な〈ハッチ博士の島〉なんでしよう? 違う(ノン)?」地面を指さし、鈴を転がすような声で笑った。「できればあなたの治療は受けたくないけど、気にしないでね」

「ぼくもそう思う」馬鹿な返事だ、と思いながら、ハッチはいった。女のオリーヴ色の肌に、水滴が光っていた。薄茶色の目は金色に輝いている。年齢はせいぜい二十五といったところだろう。言葉には外国の訛がある――フランス人で、どこかの島の育ちかもしれない。

「あたし、イゾベル・ボンテール」合成ゴムの手袋を脱ぎ、女は手を差し出した。ハッチは握手をした。手は冷たく湿っていた。

「まあ、熱い手!」彼女は叫んだ。

「初めまして」タイミングの悪い挨拶だった。

「ジェラルドがいつもいってるわよ。ハーヴァードの優秀なお医者さんだそうね」彼女は、じっとハッチの顔を見ながらいった。「あなたのこと、とても気に入ってるみたい」

ハッチは赤面していた。「ありがたいお言葉だね」ナイデルマンに気に入られているかどうか、これまで本気で考えたことはなかったが、改めてその言葉を聞くと、不思議なことに喜びが湧いてきた。そのとき、目の隅に、ストリーターの姿がちらりと映った。ストリーターは憎悪の目でこちらを見ていた。

「同じ船にあなたがいてくれて助かったわ。探しに行かなくてすむから」

　わけがわからず、ハッチは眉をひそめた。

「これから、あたし、海賊の古い野営地を探して、掘り返すことになってるの」そういってから、彼女は、窺うようにハッチを見た。「あなた、この島の持ち主でしょ？　違う（ノン）？　もしこの島で三ヵ月暮らすとして、あなたならどこにキャンプを張る？」

　ハッチは考えた。「もともと島には唐檜（とうひ）やオークの木がたくさん生えていた。だから、島の風下の側に回って、木を伐採して、空き地を作ったんじゃないかな。岸辺の、船を繋いである場所の近くに」

「風下側の岸？　でも、そうすると、晴れた日には、本土から野営地が見えるわね」

「まあ、そうだろうね。一六九六年には、少ないながらも植民者がいたわけだから」

「海賊にしてみれば、風上の側の岸にも監視を置く必要があった。そうじゃない（ネ・ス・パ）？　積み荷を満載した船が沖を通るかもしれないから」

「そうだね」ハッチは、内心、苛立っていた。答えがわかっているのなら、なぜわざわざこんなことを訊くのだろう。「ハリファックス－ボストン間の海路は、ここを通ってメーン湾を横切るかたちになっていた」ハッチは言葉を切った。「それにしても、陸（おか）に人が住み着いているのに、海賊たちはどうやって九隻もの船を隠していたんだろう」

「それはあたしも考えたわ。本土の海岸を二マイルくらい進んだところに、島で隠された深い湾があるの」

「ブラック・ハーバーか」ハッチはいった。

「そのとおり（エグザクトマン）」

「だったら話はわかる。ブラック・ハーバーに植民者が入るのは、一七〇〇年代の中頃だ。現場の労働力とマカランだけが島に残って、船団の本体は湾に隠れていればいい」

「だったら、風上の側を探ればいいのね」と、ボンテールはいった。「助かったわ、ありがとう。じゃあ、準備があるから、これで」まだ残っていた苛立ちは、考古学者の晴々とした笑顔が溶かしてくれた。彼女は髪を上げ、フードをかぶると、マスクをつけた。もう一人の潜水夫が横にきて、彼女のボンベの位置を直し、セルジオ・スコパッチと自己紹介した。

　ボンテールは初めて見るように相手の潜水服を眺める

と、フランス語で感嘆の声を上げた。「気がつかなかったわ、そのウェットスーツ、ブランド物ね」

「イタリア人はファッションにこだわるのさ」スコパッチは笑った。「かっこいいだろう」

「このビデオ、ちゃんと動いてるかしら」ボンテールは、マスクに取りつけてある小型カメラを指先で叩きながら、うしろを振り返って、ストリーターに声をかけた。

ストリーターがスイッチ盤に手を伸ばすと、制御台のビデオスクリーンが明るくなり、小刻みに揺れるスコパッチの笑顔が映し出された。

「こっちを見るなよ」スコパッチがボンテールにいった。「カメラが壊れるぞ」

「じゃあ、ハッチ医師のほうを見るわ」と、ボンテールはいった。ハッチは、スクリーンに自分の顔が映るのを見た。

「今度はカメラが壊れるだけじゃない。レンズにひびが入る」彼女を相手にすると、どうして下らないことしかいえなくなるのだろう、とハッチは思った。

「これからはおれにカメラを持たせてくれよ」スコパッチは冗談めかして哀願した。

「駄目よ」ボンテールは答えた。「あたしは有名な考古学者。あなたはただのイタリア人労働者」

スコパッチは、むしろ機嫌よく苦笑した。

そのとき、ナイデルマンの声が割って入った。「潮流が変わるまであと五分。〈ナーイアス〉の準備はいいか」

ストリーターが確認の返事をした。

「ミスター・ウォプナー、プログラムはちゃんと動いてるか？」

「大丈夫ですよ、キャプテン」鼻にかかった声が無線のチャンネルに入った。「もうちゃんと動いてます。おれがここにいるから、ですが」

「わかった。ドクター・マグヌセンのほうはどうだ？」

「ポンプには呼び水を入れました。いつでも動かせます。染料爆弾は〈水地獄〉の上に設置しました。遠隔コントロールの準備もできています」

「よろしい。合図したら、爆弾を落としてくれ」

〈ナーイアス〉の船上を沈黙が支配した。海鴉が二羽、海面すれすれに飛び去っていった。島の向こう側で、岩礁のそばに停泊し、ゆるやかな波に揺られている〈グランパス〉の船影が、ハッチの目に入った。期待に満ちた雰囲気、何かが起こるに違いないという気分が高まっていった。

「よし、満潮だ」落ち着き払ったナイデルマンの声が聞こえてきた。「ポンプを動かせ」

海面にポンプの轟きが響いた。それに答えるように、咳き込み、喉を鳴らすような音が、島から聞こえてきた。潮の変わり目だ。ハッチは思わず身震いした。彼にとって、今でも恐ろしいものがあるとしたら、それは島のたてる水音だった。

「ポンプ作動中」マグヌセンの声だ。

「そのまま動かしてくれ。ウォプナーのほうはどうだ?」

「〈カリブディス〉は正常に反応しています。全システム、とりあえず異常なし」

「よろしい」と、ナイデルマンはいった。「このまま続行しよう。〈ナーイアス〉、準備はいいか?」

「準備よし」と、ストリーターがマイクに向かっていった。

「どの海域に染料が浮いてくるか、そのまま監視を続けてくれ。監視班、準備はいいか?」

次々に準備よしの声が上がった。島のほうに目をやったハッチは、双眼鏡を持った監視チームが何班も崖に並んでいるのを見た。

「最初に染料を見つけた者にはボーナスを出す。よし、染料を投下しろ」

一瞬の沈黙があり、〈水地獄〉のあたりからかすかな水音が響いてきた。

「染料、投下完了」と、マグヌセンがいった。

ゆるやかにたゆたう海面を、全員が注視していた。海の色は暗く、ほとんど黒に近かったが、風はそよとも吹かず、かすかに波頭が立つ程度で、条件は完璧だった。離岸流が強くなるのに逆らって、ストリーターは器用にスロットルを操り、船が動かないようにしていた。一分が過ぎ、二分が過ぎた。聞こえてくるのは、〈水地獄〉に海水を注ぎ込むポンプの音だけだった。海水は島の懐深くに染料を送り、海へと流し出す。ボンテールとスコパッチは無言のまま緊張の面持ちで船尾に控えていた。

「二十二度の位置に染料発見」島にいる監視班の一人が、声を張り上げた。「岸から百四十フィートのところです」

「〈ナーイアス〉、そちらの受持ち海域だ」と、ナイデルマンがいった。「〈グランパス〉が応援に向かう。よくやった!」その周波数帯域に小さな歓声が上がった。

前に渦を見た場所だ、とハッチは思った。

ストリーターは船首を回し、エンジンをふかした。次の瞬間、三百ヤードほど先にある色の薄い海域がハッチの目に飛び込んできた。ボンテールもスコパッチも、マスクをかぶり、レギュレーターをつけ、舷縁にすわっていた。手にはボルト・ガンを持ち、ベルトにはブイをつけ、いつでも飛び込める準備をしている。

「二百九十七度の位置に染料発見。岸から百フィート」歓声を切り裂くように、監視班の別の一人が叫んだ。

「何だと？」ナイデルマンの声が響いた。「別の場所にも染料が出たのか？」

「そうです」

衝撃が走った。「トンネルは二ヵ所にあるのか」ナイデルマンはいった。「〈グランパス〉は二番目の海域に向かう。出発だ」

〈ナーイアス〉は、暗礁のすぐ内側に浮かび上がり、渦を巻いている黄色の染料に近づいていった。ストリーターがエンジンを止め、船が惰性でゆっくり円を描きはじめたとき、潜水夫二人は海に飛び込んだ。ハッチは、ランキンと肩を並べ、食い入るようにスクリーンを見た。最初のうち、スクリーンには、黄色い染料のかたまりが映っているだけだった。やがて、視界が晴れてくると、泥の溜まった海底に、ぎざぎざの裂け目があるのが見えた。その裂け目から、煙のように染料が噴き出ている。

「ほら、あそこ（ル・ヴォワラ）！」ボンテールの興奮した声が通信回線に飛び込んできた。映像が大きく揺れるなか、彼女は泳いで裂け目に近づき、付近の岩にボルトを撃ち込んで、風船式のブイを取りつけた。ブイは海面に上昇した。振り返って手すり越しに目をやったハッチは、そのブイが浮かび上がるところを見ることができた。ブイの上部では、小型の太陽電池とアンテナが揺れている。「マーク完了！」と、ボンテールはいった。「発破を取りつけるわ」

「あれを見ろ」ランキンは、ささやくようにいうと、スクリーンから目を離し、ソナーの画面を見て、またスクリーンに視線を戻した。「放射状の断層面だ。海賊たちは、岩盤の裂け目に沿ってトンネルを掘ったんだ。十七世紀の連中が、そんなことをやったとは――」

「五度の位置に染料発見。岸から九十フィート」またしても報告があった。

「勘違いじゃないのか？」ナイデルマンの声からは、不信と不安とが聞き取れた。「わかった。三番目のトンネルだ。〈ナーイアス〉、これはそちらにまかせる。監視班、その場所から目を離すな。現場に船が着く前に染料が流れることも考えられる」

「また染料です！　三百三十二度の位置。岸から七十フィート」

　続いて、最初の声がまた聞こえてきた。「八十五度の位置に染料が見えます。繰り返します、八十五度の位置。岸から四十フィート」

「三百三十二度の位置にあるのは、われわれが処理する」と、ナイデルマンはいった。声の調子が、これまでとは変わりはじめていた。「まったく、あの建築家は、何本のトンネルを掘ったんだろうな。ストリーター、そっちでは二ヵ所を担当してくれ。潜水夫はすぐ船に戻ること。水の出口に印をつけるだけでいい。プラスチック爆弾はあとで仕掛けることにする。とにかく、染料は五分で流れる」

　ボンテールとスコパッチはただちに船に戻った。ストリーターは無言のまま舵輪を回すと、エンジン音を響かせて次の場所に向かった。別の海域でぶくぶくと黄色い染料の雲が湧いているのが、ハッチにも見えてきた。船が旋回を始め、ボンテールとスコパッチは海に入った。

　ほどなくまたブイが浮上した。ボンテールたちが海面に現れ、〈ナーイアス〉は染料が湧き出ている三番目の海域に向かった。ボンテールとスコパッチがまた海に潜った。ハッチはビデオのスクリーンに注目した。

　スコパッチが先に泳いでいた。ボンテールの頭に取りつけられたカメラに、その姿が映っている。逆巻く染料の中にぼんやり浮かんだ不気味な姿。すでに二人は、最初の二度の潜水より深いところに潜っていた。不意に海底の岩、ぎざぎざになった岩が見えてきた。そこには、ほかのトンネルの出口と比べてもはるかに大きな四角い穴があり、染料のなごりが糸を引いて細く漏れていた。

「あれは何？」驚いたようなボンテールの声がハッチの耳に飛び込んできた。「セルジオ、気をつけて！」

　そのとき、ウォプナーの声が不意に無線に入った。

「キャプテン、問題が発生しました」

「どうした？」ナイデルマンが応じた。

「よくわからないんですが、エラー・メッセージが出てるんですよ。システムのほうは異常なしなんですけどね」

「予備システムに切り替えろ」

「そう思ったんですが……いや、ちょっと待ってください。ハブが……ちくしょう」

「どうしたんだ」ナイデルマンの声は鋭かった。

それと同時に、ハッチは、島に設置されたポンプの音が弱くなってきたのに気がついた。

「システム・クラッシュです」と、ウォプナーはいった。

ボンテールが突然、ごぼごぼと喉を鳴らした。ハッチがスクリーンに視線を戻すと、電源が切れていた。いや、違う、とハッチは思った。電源が切れているわけではない。暗くなっているだけなのだ。やがてその黒いスクリーンに白い点がいくつも現れ、吹雪のようなノイズに全体が覆われて、画面は歪み、ビデオ信号は届かなくなった。

「いったいどうしたんだ」ストリーターが叫び、無線のボタンを必死で押した。「ボンテール、聞こえるか？　そっちの信号が切れた。ボンテール！」

スコパッチが船から十フィートのところに浮上し、あわてて口のレギュレーターをはずした。「ボンテールがトンネルに吸い込まれた！」あえぐように彼はいった。

「どうしたんだ？」無線からナイデルマンの声が聞こえた。

「スコパッチによると、ボンテールがトンネルに――」

ストリーターがそういいかけるのを、ナイデルマンは大声でさえぎった。「馬鹿！　救出に行け！」海面に響き渡るほどの声だった。

「それが、ひどい状態なんですよ！」スコパッチは叫んだ。「急に逆流が――」

「ストリーター、スコパッチに救難索を渡せ！」ナイデルマンはいった。「それから、マグヌセン、コンピュータ制御を無効にして、手動でポンプを動かしてくれ。逆流はたぶんポンプが止まったせいだ」

「わかりました」マグヌセンは答えた。「また呼び水を入れる必要があります。早くても五分はかかります」

「急げ」ナイデルマンの声は相変わらず厳しかったが、不意に落ち着きを取り戻していた。

「三分でやってくれ」

「わかりました」

「それから、ウォプナー、システムをオンライン処理に切り替えろ」

「ですが、キャプテン」と、ウォプナーはいった。「診断プログラムは――」

「余計なことをいうな」ナイデルマンは切り返した。

「エラー回復作業を始めるんだ」

スコパッチは救難索をベルトに巻きつけ、ふたたび海に潜った。

「ここを片づける」ハッチはストリーターにそう声をかけ、患者を受け入れるために、何枚ものタオルをデッキに敷きはじめた。

ストリーターはランキンの手を借りて救難索を引き出していた。突如、救難索の動きが止まり、ぴんと張りつめた。

「ストリーター、状況を説明してくれ」ナイデルマンの声が届いた。

「スコパッチが逆流に入ったようです」ストリーターはいった。「ロープの先にその感触があります」

ハッチは、不気味な既視感に襲われながら、スクリーンの白いノイズを見つめていた。遠い昔の、あのときと同じだ。彼女は不意に消えてしまった……。

ハッチは深呼吸して目をそらした。ボンテールが引き上げられるまで、彼には何もすることがない。そう、何もできないのだ。

島のほうから低いうなりが響いてきた。ポンプが息を吹き返したのだ。

「よくやった」無線機からナイデルマンの声が聞こえた。

「ロープがゆるんだ」ストリーターがいった。

緊張に満ちた沈黙があった。トンネルからまた水が出はじめたらしく、残っていた染料が海面に上がってきた。ビデオのスクリーンはまた黒一色になり、音声回線からあえぎ声が聞こえてきた。黒いスクリーンがだんだん明るくなり、緑色の四角い光が広がりはじめた。それを見て、ハッチの胸に安堵の思いが込み上げてきた。四角い光は、トンネルの出口だ。

フランス語の悪態が響き渡った。ボンテールがトンネルから吐き出されたのだ。カメラの映像は前後左右に大きく揺れた。

まもなく、海面が渦巻いた。ハッチとランキンは舷側に駆け寄り、ボンテールを引き上げた。続いてスコパッチも上がってきて、ボンテールのボンベとマスクをはずした。ハッチはタオルの上に彼女を横たえた。

口を開けさせて、気管の様子を確認する。異常なし。ウェットスーツのジッパーを胸まで開き、聴診器を当てる。ちゃんと呼吸しているし、肺の中に水が入っている音も聞こえない。早めの鼓動は力強く、安定している。

腹部のあたりに、スーツの裂けているところがあった。皮膚が露出し、裂け目に血がにじんでいた。

「信じられないわ」フランス語でそういうと、ボンテールは咳き込み、手に持った灰色のかけらを振りながら起き上がろうとした。

「動いちゃいけない」ハッチは鋭く制した。

「セメントなのよ」灰色のかけらを握ったまま、彼女はいった。「三百年前のセメントなのよ！　岩礁の海底に石組みがあって――」

　ハッチはボンテールの後頭部を素早く手で探り、震盪や背骨の傷の有無を調べた。腫れもないし、切り傷や脱臼の跡もない。

「もういいわ！」ボンテールは、ハッチのほうに顔を向けた。「あなた何よ、骨相も見るの？」

「ストリーター、状況を報告しろ！」無線からナイデルマンの怒鳴り声が聞こえた。

「無事に引き上げました」ストリーターはいった。「ボンテールも元気そうです」

「ええ、元気ですとも。この厚かましい医者にいじられて腹が立ってるだけよ！」もがきながら、ボンテールは叫んだ。

「もうちょっと待ってくれ。腹の傷を調べる」穏やかに押さえつけながら、ハッチはいった。

「あの石組みは、何かの土台みたいに見えたわ」ふたたび横になり、彼女は続けた。「セルジオ、あなたも見たんじゃない？　あれ、何かしら？」

　ハッチは、ウェットスーツのジッパーを、一気に臍のところまで引き下げた。

「何するの！」ボンテールは叫んだ。

　その抗議を無視して、ハッチは手早く傷を調べた。肋骨の下に無惨な擦過傷ができているが、深い傷ではないようだ。

「ただの引っ掻き傷よ」ボンテールは、ハッチの手もとを覗くように首を伸ばした。

　ハッチはボンテールの腹部に当てた手をあわてて離した。医者らしからぬ疼きを、鼠蹊部のあたりに感じたのだ。「本人がいうなら間違いないだろうね」意図していたよりも皮肉っぽい調子でそういうと、ハッチは鞄に手を入れ、化膿止めの軟膏を取り出した。「今度、ぼくが水遊びをするときには、きみが医者の役をやってくれ。申し訳ないが、これだけは塗らせてもらいたい。感染症を起こしているかもしれないから、用心のためだ。とにかく、危ないところだったな」ハッチは傷口に軟膏をすりこんだ。

「くすぐったいわ」と、ボンテールはいった。

スコパッチはウエストのところまで潜水服を脱ぎ、腕組みしてそばに立っていた。日焼けした体が太陽に輝き、顔には穏やかな笑みが浮かんでいる。ランキンは毛むくじゃらの巨体でその隣に立ち、ある種の感情が込められた目でボンテールを見つめていた。誰もがこの女性に恋をしているようだ、とハッチは思った。

「あたし、海中の洞窟みたいなところに入ったのよ」と、ボンテールはいった。「一瞬、壁も何も見つからなくて、もう一巻の終わりかと思ったわ」

「洞窟?」つながったままになっている通信回線を通して、ナイデルマンが不審そうに尋ねた。

「ええ、そうよ。広い洞窟。でも、無線は使えなかった。どうしてかしら?」

「トンネルで信号がさえぎられたのかもしれない」ナイデルマンはいった。

「でも、なぜ逆流したんです?」ボンテールはいった。

「水流はトンネルから外に出ていたはずなのに」

短い沈黙があった。「それはまだわからない」やがて、ナイデルマンはいった。「〈水地獄〉やトンネルが干上がったときに、たぶんその答えも見つかるだろう。とにかく、今日のことは報告書にまとめてくれ。とりあえず、これで休憩しよう。〈グランパス〉、通信終わり」

ストリーターが振り返った。「トンネル位置、マーク完了。基地に戻る」

エンジンが息を吹き返し、穏やかにうねる波に乗って、船は走りはじめた。ハッチは、医療器具をしまいながら、無線機から流れてくる声に耳を澄ましていた。〈グランパス〉船上のナイデルマンが、〈アイランド・ワン〉と交信している。

「だからいってるでしょう、お化けがでたんですよ、ポルターガイストの電脳版が」と、ウォプナーがいった。「〈カリブディス〉のROMをダンプして、〈スキラ〉のほうと比べてみたんです。そしたら、めちゃめちゃになってました。このシステムはコードはROMに焼きつけてあるのに、ですよ。コードはROMに焼きつけてるんだ。ROMに焼きつけたコードを書き直すなんて、どんなハッカーだって――」

「呪いなどという言葉は使わないでくれ」ナイデルマンはいいかえした。

船がドックに近づくと、ボンテールはウェットスーツを脱ぎ、甲板のロッカーにしまって、髪を拭きながらハッチのほうに向き直った。「早くも悪夢が現実になったわけね。できればあなたの治療は受けたくない、なんていってたのに」

「もういいんだ」そう答えて、ハッチは赤面した。自分でもそれに気がついて、腹が立ってきた。

「でも、助かったわ」

16

ブラックロック砦の石造りの廃墟は、ストームへイヴンの港を見おろす草地に建っていた。その円筒形の砦跡を囲む広い草地には白い松がちらほらと生え、斜面の下の農地に続いている。農地には、〈シュガーブッシュ〉と呼ばれる砂糖楓(さとうかえで)の密生地があった。古い砦の廃墟から少し離れた草地に、黄色と白の大テントが張られていた。飾りのリボンやペナントが、楽しげに風にはためいている。大テントに横に渡された段幕には、手書きの文字で〈第七十一回ストームへイヴン・ロブスター祭り〉とあった。

ハッチは、いくぶんの不安を覚えながら、草の生えたなだらかな坂をのぼっていった。ロブスター祭りは、町の多くの人と触れ合う初めての機会になる。自分がどんなかたちで受け入れてもらえるのか、ハッチには想像もつかなかった。しかし、発掘隊自体がどう受け入れられているかについては、ほとんど疑問の余地はなかった。

〈サラサ〉がストームへイヴンにやってきてまだ一週間ちょっとしかたっていないが、町にはかなりの影響を与えていた。借家や空き部屋は〈サラサ〉の関係者があらかた押さえ、中には割増しの賃貸料を払っている者さえいた。小さな民宿も満室。町にある二軒のレストラン、〈アンカーズ・アウェイ〉と〈ランディング〉は、毎晩、押すな押すなの盛況だった。波止場のガソリン・スタンドは、必要に迫られ、配達に回すガソリンの量を三倍に増やし、バッドの食品スーパーは――バッド本人は決して認めようとしないが――少なくとも五割、売り上げを伸ばしている。ノコギリ島の宝探しは町中から歓迎され、あわてて町長は〈サラサ〉の関係者全員を祭りの来賓として招くことになった。祭典の費用をナイデルマンと折半にするという決定も——それを勧めたのはハッチだったが——好感を持たれた原因の一つだった。

大テントに近づくと、貴賓席が見えてきた。町の実力者や〈サラサ〉の重役が、すでに席についている。テーブルのうしろにはマイクつきの演壇があった。その向こうには町の人々や〈サラサ〉の一般従業員が集い、レモネードやビールを飲みながら、ロブスターに火が通るのを待っていた。

背をかがめて中に入ったとき、聞き覚えのある鼻にかかったような声が響いてきた。ケリー・ウォプナーだ。ウォプナーは、ロブスター二尾と、ポテト・サラダと、軸つきのとうもろこしを載せ、その重さに歪んでいる紙の皿を片方の手に持っていた。もう一方の手には、バランスを取るように、大きな紙コップに入った生ビールがあった。暗号分析とコンピュータの専門家は、トレードマークのアロハ・シャツやバミューダ・ショーツ、白いハイソックス、黒いスニーカーなどに食べ物がこぼれないように、両手を前に差し出し、おそるおそる歩いていた。

「これ、どうやって食うんだ」当惑顔のロブスター漁師をつかまえて、ウォプナーは大声で尋ねた。

「え？　何だって？」よく聞き取れなかったように、漁師は首を伸ばした。

「おれの育ったところにはロブスターなんかいなかったんだよ」

「ロブスターがいない？」話を真に受けたのか、相手は聞き返した。

「そうさ。ブルックリンというところだ。アメリカにあるんだがね。いつか訪ねてみるといい。とにかく、そんなわけで、こいつの食い方がわからないんだ」ウォプナーの低音はテント内に響き渡った。「だって、殻があるだろうが」

漁師は無表情に答えた。「尻に敷いて割るんだよ」

そばにいた町の人々から笑い声が上がった。

「面白いおっさんだ」ウォプナーはいった。

「そこに殻割りがあるだろう」穏やかな声で、漁師は続けた。

「これのことか？」ウォプナーは身を乗り出し、皿に載せた殻割りを相手の鼻面に突きつけた。牡蠣用の殻割りだった。地元の人々からふたたび笑い声が上がった。

「ロブスターの殻を割る道具が横にあるだろう。何だったら、ハンマーを使ってもいい」そういって漁師は、船で使うハンマーを見せた。そのハンマーには、ロブスターの汁や、潰れた内臓、ピンク色の殻の一部などがこびりついていた。

「そんな汚いハンマーで食うのかい？」ウォプナーは驚いたようだった。「町中の人間が肝炎で倒れるぞ」

ハッチは二人のあいだに割って入った。「ぼくが教えるよ」ハッチがそういうと、漁師は首を振りながら去っていった。ハッチは、手近のテーブルにウォプナーをすわらせ、ロブスターの食べ方を簡単に講義した。殻の割り方。どこを食べて、どこを残すか。それが終わると、ハッチは自分のロブスターを取りに行った。途中、大きな樽に入ったビールを、一パイントの紙コップに注いだ。カムデンの小さな醸造所で造られたビールはこくがあり、つめたく冷えていた。一口呑むと、胸の奥にわだかまっていたものがほぐれてゆくような気がした。最初の一杯を呑み干し、新しく注ぎ直してから、食べ物を受け取る列に並んだ。

ロブスターととうもろこしは、山積みの海草にくるまれ、オークを燃やす火で蒸し焼きにされる。香ばしい煙が渦を巻いて青空に立ちのぼっていた。海草の山のうしろでは、三人の調理係が、火の面倒を見たり、真っ赤になったロブスターを紙の皿に移したり、忙しげに動きまわっている。

「ハッチ医師（せんせい）！」呼ばれて振り返ると、ドリス・バウディッチがいた。例によって派手なムームーを着ている。その裾は、紫のパラシュートのように背後に広がっていた。隣には、ドリスの夫、赤銅色に日焼けした小柄な男が、黙って立っている。「お屋敷の住み心地はいかが？」

「快適だよ」と、ハッチは心からいった。「ピアノの調律、ありがとう」

「どういたしまして。電気や水道は大丈夫？　そう、よかったわ。それでね、例のマンチェスターの若い夫婦のことだけど、考えてくれた？」

「考えたよ」ハッチはすぐに答えた。もう決心がついていた。「悪いが、売る気はない」

「あら、そう」ドリスは落胆したようだった。「あの二人、期待してたみたいなのに――」

「でも、ドリス、あの家は、ぼくが育った家なんだよ」

ハッチは穏やかに、しかしきっぱりといった。

相手は、ハッチの少年時代の出来事や、町を離れた事情を思い出したように、びくっと体を震わせた。「ええ、そりゃそうよね」取り繕うように笑みを浮かべ、片手をハッチの腕に置きながら、彼女はいった。「よくわかるわ。家族が暮らしていた家を手放すのって辛いはずよね。この話、やめるわ」ドリスはハッチの腕をぎゅっと握った。「今のところは、ね」

行列の前にきたハッチは、湯気を上げている巨大な海草の山に注意を移した。そばにいる調理係が、その山を一つ崩し、一列に並んだロブスターを掘り出した。ロブスターのあいだにはとうもろこしがあり、ところどころに卵が置かれている。調理係は、手袋をはめた手で卵を一個取り、ナイフで二つに割って、黄身が固くなっているかどうかを調べた。ハッチは思い出した。卵が中まで茹だっていれば、ロブスターにもちょうどいい具合に火が通っているのだ。

「一丁上がり！」調理係は叫んだ。その声には、かすかに聞き覚えがあった。記憶が不意によみがえった。この男は、ハイスクール時代の同級生、ドニー・ツルーイットだ。ハッチは身構えた。

「なんだ、ハッチじゃないか」ツルーイットも気がついたようだった。「そろそろお目にかかれそうだと思ってたんだよ。ま、どうでもいいけど、元気か？」

「ドニーか」ハッチは声を張り上げると、握手をした。「とりあえず元気だよ。そっちはどうだ」

「おれも元気だよ。がきが四人いる。マーティンの〈マリン〉号が沈没したんで、新しい職を探してるところさ」

「子供が四人だって？」ハッチは口笛を吹いた。「じゃあ、暇なしだろう」

「ああ、めちゃくちゃ忙しいよ。離婚も二回したしな。ま、いっか。おまえ、嫁さんは？」

「まだだ」ハッチは答えた。

ドニーは含み笑いを漏らした。「クレアとはもう会ったか？」

「いや」ハッチはわけもなく苛立ちを覚えた。

皿にロブスターを載せてもらいながら、ハッチは昔の同級生を改めて観察した。腹が出て、動きも少し緩慢になっている。しかし、二十五年の歳月を飛び越えて、二人は昔と同じように付き合うことができた。勉強はできないが気のいい話好きの少年は、成長してそのままの大人になったらしい。

ドニーは訳知り顔でハッチに意味深長な視線を送った。

「よしてくれよ、ドニー」ハッチはいった。「クレアとはただの友だちだったんだ」

「へえ、そうかい。友だちか。〈うめきの谷〉でキスしてるのを見つかったくせに、よくいうよ。それはそうと、あのときはキスだけだったんだよな、マル……違うかい？」

「昔の話だよ。数多いロマンスのあれこれを、いちいち憶えてられるか」

「初恋は別だっていうぜ。そうだろうが、マル」ドニーはくつくつ笑っていた。額に垂れた人参色の髪の下で、ぎょろりとした目が閉じられた。ウィンクをしたのだ。

「クレアは、この会場のどこかにいるよ。だけど、別口を探したほうがいいかもな。だって、クレアは――」

クレアの話はもういい。急にハッチはそう思った。

「列のうしろにまだ人がいるぞ」彼はドニーの話をさえぎった。

「おっと、そうだった。じゃあ、またあとでな」ドニーはにやりと笑い、フォークを振ると、海草の山をまた開いて、真っ赤に火の通ったロブスターを掘り出した。

ドニーは失業中か。貴賓席に戻りながら、ハッチは思った。〈サラサ〉が地元の人間を雇っても、ばちは当たらないだろう。

町の新聞の編集主幹、ビル・バンズと、バッド・ローウェルのあいだに、空席が見つかった。キャプテン・ナイデルマンは、二つ先の席、ジャスパー・フィッツジェラルド町長と、町の会衆派教会の牧師、ウッドラフ・クレイにはさまれた席にすわっていた。クレイ牧師の正面にいるのは、ライル・ストリーターだった。

ハッチは町長と牧師を好奇の目で眺めた。ジャスパー・フィッツジェラルドの父親は町で葬儀社を経営していた。息子もその仕事を継いでいるのだろう。フィッツジェラルドは五十二、三の血色のいい男で、カイゼルひげを蓄え、わに皮のクリップがついたズボン吊りを使っている。バリトンの声は、コントラファゴットのように低く響いた。

続いてハッチはウッディ・クレイのほうに目をやった。この男はよそ者らしい、と彼は思った。ほぼあらゆる点で、フィッツジェラルドとは正反対の人物だ。苦行僧のように贅肉のない体つき。頰のこけた崇高な顔は、砂漠での修行を終えたばかりの聖者を思わせる。だが、その目の光には、判読しがたい執念めいたものが感じられた。ハッチにも見てとれたが、牧師は貴賓席にすわらされて居心地の悪い思いをしているらしい。人に聞かれるのを恐れるように、低い声で話をするタイプの人間なのか、今もストリーターに小声で話しかけている。だが、ストリーターはなぜあんなに不快そうな顔をしているのだろう、とハッチは思った。牧師に何をいわれたのだろう。

「新聞を見たかね、マリン」ビル・バンズの特徴である間延びしたような声が、ハッチの物思いを破った。少年時代に町の映画館で『フロント・ページ』（ベン・ヘクト、チャールズ・マッカーシー作の戯曲で、一九三一年、四〇年、七四年と三度映画化。最初の邦題は『犯罪都市』）を見て以来、ハッチの頭には、新聞記者はこうあるべきだという像が刻み込まれていた。どんな寒い日でもいつも袖をまくり、頭には、緑のひさしだけの帽子をかぶっている。その帽子がないと、額がなんだか寂しく見える。

「いえ、見てません」と、ハッチは答えた。「出たのも知りませんでした」

「今朝、出たばかりだよ」バンズはいった。「きみにも気に入ってもらえるはずだ。トップ記事は私が自分で書いた。もちろん、助手に手伝ってもらったがね」バンズは、人差し指で鼻の頭を撫でた。私にまかせろ、いつでもとっておきのニュースを流してあげよう、といっているようだった。ハッチは、あとでバッドのスーパーに寄って新聞を買おう、と思った。

　テーブルにはロブスターを解体するさまざまな道具が並んでいた。ハンマー、殻割り、木槌。いずれもロブスターの汁でぬるぬるしている。中央に置かれた巨大な二つの深皿には、割られた殻や吐き出された甲皮がうずたかく積まれていた。誰もがハンマーを振り上げ、殻割りを握り、ロブスターの肉にむしゃぶりついている。テント内を見まわすと、ウォプナーの姿が見えた。どうやらウォプナーは、ロブスター漁協の職員のテーブルに居場所を定めたらしい。神経に障るウォプナーの声が、風に乗ってかすかに聞こえてきた。

「きみたち、知ってるか」と、暗号分析とコンピュータの専門家はいった。「ロブスターてやつは、生物学的にいうと、基本的には昆虫なんだ。要するにだね、こいつらは、海の底に棲む、巨大な赤いゴキブリなんだよ……」

　ハッチは視線を戻し、もう一口、ぐいっとビールを呑んだ。恐れていたが、これなら我慢できる。いや、楽しいとさえいえる。町じゅうの人がハッチの過去の出来事を知っているのは間違いない。だが、礼儀からか、素朴な田舎人(いなかびと)の慎み深さからか、そのことに触れる者は一人もいなかった。それが彼にはありがたかった。

人混みに目をやって、お馴染みの顔を探した。クリストファー・セント・ジョンがいた。地元の肥満漢二人にはさまれ、いかにして最小限の取り散らかしようでロブスターを解体するか、思案しているようだった。視線がさらに進むと、金物屋の店主、カイ・エステンソンと、公立図書館の館長、タイラ・トンプスンの姿が目に入った。このおばさんには、兄のジョニーと図書館で悪ふざけをして、騒々しく笑ったときに、よく外に追い出されたものだが、そのときからちっとも変わっていないように見えた。酢というのは保存剤であり、いつも酢を含んだように口をすぼめ、不機嫌な顔をしている人物は長生きをする。そんな冗談は正しかったようだ、とハッチは思った。そのとき、あそこにいる白髪の猫背の人物、あれはホーン先生ではないか、と気がついた。昔の生物の先生。ロブスター虐殺の現場に立ち入るのが忍びないのか、テントのすぐ外に立っている。ホーン先生は、のちに学んだ大学院の教授よりも厳しい点数をハッチにつけた。ハッチが蛙の解剖をしたときには、自動車に轢かれて道ばたに転がっている動物の死体のほうがもっときれいだ、とさえいった。怖い先生だったが、それ以上に生徒のことを考えていてくれた。ハッチが科学や医学に興味を持ったのも、ホーン先生のおかげだった。まだ健在だとわかって、驚きもしたし、嬉しくもあった。

続いてハッチはバッドのほうに向き直った。バッドは、ロブスターの脚をくわえ、肉をすすっていた。「ウッディ・クレイというのはどういう人なんだ」と、ハッチはいった。

バッドは、手近の深皿にロブスターの脚を放り込んだ。「クレイ牧師か？　今は教会にいるが、昔はヒッピーだったと聞いている」

「出身地は？」ハッチは尋ねた。

「ボストンあたりらしい。二十年ほど前に来て、そのまま住み着いたんだが、噂によると、莫大な遺産を捨てて聖職に就いたそうだ」

バッドは尻尾の部分を切り開き、身を崩さないで器用に取り出した。声の調子にためらうようなところがあり、ハッチは不思議に思った。

「そのまま住み着いたというのはどういうことだろう」ハッチはいった。

「ま、気に入ったんだろうな、この町が。よくある話だよ」バッドは口をつぐみ、尻尾にこびりついた肉を削ぎ取った。

ハッチがクレイ牧師のほうを見ると、ストリーターとの話は終わっていた。その張りつめた顔をながめているうちに、相手が視線を上げたので、目が合う格好になった。ハッチは気まずく目をそらし、バッド・ローウェルのほうを向いたが、スーパーの店主はもう席にいなかった。ロブスターのお代わりを取りに行ったのだ。そのとき、目の隅に牧師の姿が映った。牧師はテーブルを離れ、こちらに近づいてくる。

「マリン・ハッチだね」手を差し出しながら、男はいった。「牧師のクレイです」

「はじめまして」ハッチは立ち上がり、ためらいがちに差し出された冷たい手を握った。

クレイは少し躊躇してから、あいた椅子を身振りで示した。「すわってもいいだろうか」

「バッドがいいなら、ぼくはかまいません」と、ハッチはいった。

牧師は痩せこけた体を小さな椅子に押し込んだ。骨張った膝小僧が、ほとんどテーブルの高さまできている。牧師はぎょろりとした大きな目でハッチを見た。

「ノコギリ島での活動は拝見していますよ」低い声で牧師は切り出した。「音も聞こえてくる。ばんばん、がちゃがちゃ、昼も夜も働き続けている」

「郵便局みたいなもんですね」話の筋が見えないので、ハッチはできるだけ軽い調子で応じた。「不眠不休の奉仕です」

面白いと思ったにしても、クレイの表情は変わらなかった。「これだけの作業には、かなりの費用がかかるはずだ」牧師は、確認するように片方の眉を上げた。

「投資家がいますからね」ハッチはいった。

「投資家ですか」クレイは繰り返した。「つまり、十ドル払って、それが二十ドルになるのを期待する、というわけですね」

「そんないい方もできるでしょう」

クレイはうなずいた。「うちの父もお金が大好きだった。だからといって、幸福だったわけではないし、寿命が延びたわけでもない。父が死んで、私は株式や証券を受け継いだ。会計士にいわせれば、金融資産表というやつです。それを見ると、タバコ会社の株があり、山を次々に崩している鉱山会社の株があり、処女林を丸裸にしている製材会社の株があった」

しゃべりながら、その目はずっとハッチの目を見つめていた。「なるほど」ようやくハッチはそう答えた。「そういう会社に父は金を渡していた。二倍になって戻ってくるのを期待してね。事実、そのとおりになった。投資は二倍にも三倍にも四倍にもなって戻ってきた。父の死後、人の道を外れたその儲けが、みんな私のものになったわけです」

ハッチはうなずいた。

クレイは頭を下げ、さらに声を低くした。「一つお尋ねしたいが、今度の事業で、あなたや投資家は、どの程度の利益を見込んでいるんでしょう」

牧師が口にした〈利益〉という言葉に、ハッチは警戒の念を強めた。しかし、ここで答えを拒むのは、方策として正しくない。「まあ、七桁にはなる、といっておきましょう」と、ハッチは答えた。

クレイはゆっくりうなずいた。「私は単刀直入を旨とする人間です」と、牧師はいった。「それに、世間話は得意じゃない。お上品な物言いも、人から教わらずに大きくなりました。だから、自分なりに表現するしかない。はっきりいうと、こういうことです。私はこの宝探しが気に入らない」

「残念ですね」と、ハッチはいった。

クレイはまばたきすると、じっとハッチを見据えた。「われわれの町によそ者がやってきて、金をばらまいているのは、嘆かわしいかぎりです」

最初からハッチはそういう反応を予想して身構えていたのだ。とうとう反対者が現れた今、不思議なことに、ハッチはかえって緊張が解けるのを感じた。「この町のほかの人も、あなたと同じように金銭に嫌悪を抱いているかどうか、何ともいえないところですね」ハッチは冷静に切り出した。「この町の人は貧しい暮らしに甘んじてきた。あなたと違って、自分から貧乏を選ぶという贅沢は知らないんです」

クレイの表情がこわばった。痛いところをつかれたのだ、とハッチは思った。「金は、人が思うような万能薬ではない」と、牧師はいった。「あなたにもおわかりでしょう。この町の人たちには尊厳がある。金は町を堕落させる。ロブスター漁は廃れるだろうし、静寂は破られ、何もかもが駄目になる。おまけに、いくら金が流れ込んできても、一番貧しい人たちのもとには届かない。発展によって、進歩によって、社会の片隅に追いやられるだけなんです」

ハッチは返事をしなかった。ある意味では、クレイの主張も理解できた。もしもこのストームヘイヴンが、海岸線を少し下ったところにあるブースベイ・ハーバーのように、乱開発された金持ち専用の避暑地になるとしたら、たしかにそれは悲劇だろう。だが、〈サラサ〉の事業が成功しようと失敗しようと、そんなことになるはずはない。

「ぼくには何もいえませんが」と、ハッチは答えた。「今度のことは、ほんの数週間で終わりますよ」

「長いか短いかは問題じゃない」と、クレイはいった。耳障りな調子が混じりはじめていた。「問題は、こういうことの背後にある動機です。宝探しは強欲の産物だ——そこには剝き出しの金銭欲しかない。すでに一人の男が両脚を失っている。こんなことを続けていて、いいことが起こるはずはない。あの島は邪悪な場所だ。何だったら、呪われているといってもいい。私は迷信深いたちではないが、不純な動機を持つ人間に神の罰が下ることは当たり前の話です」

ハッチが感じていた心の安らぎは、突如、怒りの奔流に変わった。われわれの町？　不純な動機？　「この町で育った人なら、ぼくがなぜこんなことをしているか、きっとわかってもらえるはずです」ハッチはいい返した。「ぼくの動機も知らないくせに、知ったかぶりはよしてください」

「知ったかぶりじゃありませんよ」瘦せ細った体にバネのような力をみなぎらせながら、クレイはいった。「実際に知っているんです。たしかに私はこの町で育ったわけじゃない。しかし、何がこの町のためになるか、私にはわかっている。みんな宝探しに心を乱されている。一攫千金の夢に我を忘れている。だが、私は違う。神に誓って、私は違う。私はこの町を守る。あなたのような人間から、この町自身の運命から、きっと守ってみせる」

「クレイ牧師、そういうふうに人を非難する前に、聖書をじっくり読んだらどうです。〈なんじら人を裁くな、裁かれざらんためなり〉という言葉を知らないんですか」

気がつくと、ハッチは声を張り上げていた。その声は怒りに震えていた。まわりのテーブルの会話がやんだ。人々はうつむいて皿を見ていた。ハッチはだしぬけに席を立つと、蒼ざめた顔で押し黙っているクレイのわきを通り過ぎ、草地の向こうにある暗い砦の廃墟に向かった。

17

砦の廃墟は暗く、湿気で肌寒かった。御影石の塔の中を燕が舞い、古い銃眼から斜めに差し込む太陽の中を弾丸のように飛び交っていた。

　アーチ型の石造りの門から中に入ったハッチは、足を止め、大きく息をついて、怒りを鎮めようとした。いけないとは思いながら、牧師の挑発に乗ってしまったのだ。町の住人の半分がその現場を目撃した。あとの半分にも、その噂はすぐに届くだろう。

　ハッチは、剥き出しになった土台の石組みに腰をおろした。クレイはほかの者にも同じ話をしていたのだろう。たぶん耳を貸す者はいないはずだが、ロブスター漁師だけは別だ。漁師は迷信深いので、呪いを信じるかもしれない。発掘作業のおかげで漁獲高が減るという話でも吹き込まれたら……。とにかく、今年の豊漁を祈るしかなかった。

　離れたところから響いてくる祭りの騒ぎに耳を傾けながら、廃墟の穏やかな雰囲気に心を洗われていると、だんだん落ち着いてくるのがわかった。もう少し自制心を身につけなければ。クレイは不愉快な気取り屋だが、かっとなったらこっちの負けだ。

　母の胎内に戻ったような、静寂に満ちた場所だった。ひんやりした空気を楽しみながら、ただじっとして、何時間でもいられるような気がした。だが、いずれは祭りの会場に戻らなければならない。何食わぬ顔で、場を取り繕わなければならない。いずれにしても、スピーチが始まる前に戻る必要がある。ハッチは、立ち上がって戻ろうとした。そのとき、アーチ型の門の下に人影が見えて、びくっとした。人影は一歩足を踏み出し、明かりの中に出た。

「ホーン先生！」ハッチは叫んだ。

　年老いてしわの刻まれた教授の顔が、喜びでくしゃくしゃになった。「気がつかないかと思っていたよ」杖をついて進み出ると、老人は温かくハッチの手を握った。

「さっきは大変だったね」

　ハッチは首を振った。「ついかっとなってしまったんです。馬鹿ですね。あの男を見ていると、どうしてこんなに腹が立つんでしょう」

「別に不思議なことじゃないよ。クレイは扱いにくい男だ。社会性がないし、考え方が偏屈だ。しかし、表向きは嫌味な男でも、内面には海のように広い寛大な心が秘められている。同時に、暴力的で、他人には理解できない面もあるんだろうね。要するに、複雑な男なんだよ、マリン。決して見くびってはいけない」ホーンはハッチの肩をつかんだ。「牧師の話はこれで終わりだ。それにしても、マリン、元気そうじゃないか。きみは自慢の教え子だよ。ハーヴァード大学医学部卒。マウント・オーバーンの研究員。昔から利発な子供だったが、利発な子供が扱いやすい生徒かというと、必ずしもそうじゃないところが難しいところだね」

「先生にはいろんなことを教えてもらいました」と、ハッチはいった。ストームヘイヴンの町を去る前の数年間に、山側の草原にあるヴィクトリア様式の広大な屋敷に何度も出かけて、岩石や甲虫や蝶の標本を見ながら、さまざまな知識を授けてもらった午後のことを、ハッチは思い出した。

「冗談をいっちゃいかん。それはそうと、きみが集めた鳥の巣の標本は、まだうちにあるよ。きみが引っ越したあと、どこへ送ればいいかわからなかったもんでね」

ハッチは良心の呵責を覚えた。教授が連絡を待っていたとは思ってもいなかったのだ。

「驚きましたよ。処分しなかったんですか」

「なかなか立派な標本だからね」ホーンはハッチの腕を握り、骨張った指に力を込めた。「この廃墟を出て、草地の向こうまで連れていってくれないか。近ごろ脚が弱ってきてね」

「すみません、連絡もしないで……」ハッチの声はだんだん小さくなっていった。

「連絡どころか、引っ越し先も教えてくれなかったじゃないか」教授は責めるようにいった。「去年、〈グローヴ〉誌できみの名前を見たよ」

ハッチは申し訳なさに顔が赤らむのを感じながら、目をそらした。

教授は鼻の奥を鳴らした。「まあいい。平均寿命からいうと、私はもう死んでいてもおかしくない年だ。今度の木曜日が八十九歳の誕生日でね。きみは、どうせプレゼントなど用意していないだろうが」

二人は日の当たる草地に出た。そよ風に乗って、会場から笑い声が響いてきた。

「ぼくが戻ってきたわけは、もうお聞き及びでしょう」ハッチはためらいがちに切り出した。

「それなら、町中の者が知っている」そっけない返事だった。教授はそれ以上何もいわなかった。二人は黙ったまましばらく歩いた。

「どう思われます？」我慢できなくなって、ハッチは尋ねた。

老人は問い返すようにハッチの顔を見た。

「感想を聞かせてください」ハッチは続けた。「今度の宝探しのことですよ。どういうふうにお考えです？」

教授はあとしばらく歩いてから立ち止まり、腕をおろしながらハッチのほうに向き直った。「最初にいっておきたいが、これはあくまでもきみに訊かれたから答えるんだよ」

ハッチはうなずいた。

「あれは愚行だと思う」

驚きのあまり、一瞬、声が出なかった。クレイのような反応は予期していたものの、これはまったくの予想外だったのだ。「どうしてそう思うんです？」

「ほかの連中はともかく、きみがこんなことをするべきではない。何が埋まっているにしても、まず掘り出せないだろう」

「ですが、ホーン先生、昔の宝探しと違って、ぼくたちには最新式の設備があるんです。高性能のソナー、プロトン磁気探知機、衛星データの航空写真。資金は二千万ドルで、〈水地獄〉を設計した男の日誌まである」声は高くなっていった。教授の賛同を得るのが、何よりも大事なことだと思えてきたのだ。

ホーン先生は首を振った。「マリン、私は、山師たちがやってきては挫折するのを何十年も見てきた。その誰もが最新式の設備を用意していた。財源もたくさんあって、それぞれ誰も知らなかった重大な情報を手に入れたという触れ込みだったし、自信満々の洞察力もあった。これまでとは違う。みんなそういってたよ。だが、結末はいつも同じだ。破産、災い。死ぬ者さえいた」老人はハッチを見た。「きみたちは宝物を見つけたのかね？」

「いや、それはまだです」と、ハッチは答えた。「でも、あと少しなんです。〈水地獄〉には海に通じているトンネルがあって、いつも水びたしになっている。染料を使って、そのトンネルが海底のどの部分に通じているかを調べました。ところが、トンネルは一本だけじゃなかった。全部で五本あるらしいんです。それで——」

「もうわかった」と、ホーン教授はさえぎった。「あと少しか。その言葉もいやになるほど聞かされたよ。たぶん、その問題はいずれ解決されるだろう。ところが、次にまた別の問題が生じる。同じことが何度か繰り返されて、最後は破綻する。一文無しになるか、関係者の死で終わるか、あるいはその両方か」

「でも、今度は本当に違うんです」ハッチはすがるようにいった。「宝物を掘り出すのが不可能だということはありません。人間が考えた罠は、人間が破ることができます」

教授は不意にまたハッチの腕を取った。びっくりするほど強い力だった。筋肉は、古い木の根のように、干からびてはいるが、頑強に盛り上がっている。「マリン、私はきみのお祖父さんを知っている。きみとよく似ていたよ。若くて、頭が良くて、前途有望で、生きる意欲にあふれていた。今きみが口にしたのと同じ言葉を、私はきみのお祖父さんからも聞かされた。まったく同じ言葉を、五十年前にね」ホーンは、声を落とし、言葉に力を込めた。「そのお祖父さんが一族に何を残したか、考えてみるがいい。きみは感想を聞きたいといった。だから、はっきりいおう。さっさとボストンに戻りたまえ。歴史が繰り返されるまえにな」

ホーンは急に身を翻すと、苛立たしげに杖で草地を探り、体を揺らしながら去っていった。やがて、その姿は丘の向こうに見えなくなった。

18

翌朝、ビールの酔いが残る腫れぼったい目をしたまま、ハッチは〈医療センター〉の小屋に入り、器具を並べて備品の点検をした。この数日のあいだに怪我人が運び込まれたことはあったが、いずれも擦り傷か肋骨にひびが入った程度の軽傷だった。印刷されたマスター・リストを参照しながら棚の薬品類を調べていると、近くの岩礁から聞こえてくる単調な潮騒に気がついた。常に島を覆っている霧のせいで、金属の枠に入った窓から射し込んでくる日の光は弱々しい。

点検を終えたハッチは、棚のわきにクリップボードをひっかけ、窓の外に目をやった。背の高い猫背の人影が見える。クリストファー・セント・ジョンだ。〈ベース・キャンプ〉の荒れた地面をこわごわ歩いている。太いケーブルとポリ塩化ビニールのパイプをまたぎ越し、イギリス人は身をかがめてケリー・ウォプナーの部屋に入っていった。もじゃもじゃの灰色の髪が、ドア枠の上部をこすりそうだった。しばらくその場に立っていたハッチは、黒いバインダーを二冊手に取り、〈医療センター〉の外に出て、歴史学者のあとを追った。暗号解読で何か進展があったのかもしれない。

〈ベース・キャンプ〉内のウォプナーの部屋は、〈ケルベロス〉で彼が使っていた個室以上に散らかっていた。もともと狭い場所に棚を造り、モニター機材やサーボメカニズム制御装置を並べているので、息苦しくなるほどだった。ウォプナーは、部屋にあるただ一つの椅子を占領し、継電器の棚に囲まれた正面の奥に陣取っていた。頭上に二ヵ所あるエアダクトから冷気が吹き下ろし、巨大な空調装置が壁の反対側でうなりを上げている。

だが、電子機器の発する熱で冷房も効果がなく、部屋は蒸していたので、ハッチが入ったとき、セント・ジョンは上着を脱ぎ、吊す場所を探していた。適当な場所が見つからなかったのか、彼は手近の制御卓に用心深く上着を載せた。

「なんてことするんだよ」と、ウォプナーがいった。「そんなところに毛羽立ったツイードの服なんか載せたら、回路がショートするじゃないか」

眉をひそめ、セント・ジョンは上着をまた手に取った。「ケリー、ちょっとだけ話したいんだが、時間はあるか?」と、彼はいった。「暗号の件で、相談したいことがあるんだ」

「時間があるように見えるか?」というのが返事だった。ウォプナーは、端末から離れて前かがみになり、相手をにらみつけた。「今、島全体の診断が終わったところなんだ。マイクロコードに至るまで、システム全体を徹底的に調べた。情報伝達速度を最大にしたが、終わるまで一時間かかったよ。ポンプも、コンプレッサーも、サーボメカニズムも全部調べた。おかしい箇所はなかったし、矛盾もなかった」

「そりゃよかったな」と、ハッチは話に割って入った。

ウォプナーは信じられないものでも見るようにハッチを見た。「おたく、頭あるのか? よかっただと? それどころか、最悪だよ」

「よくわからないが」

「要するに、システムがクラッシュしたんだよ。忘れたわけじゃないだろう？　ポンプが止まっちまったんだ。あとで、島のコンピュータ・システムを〈ケルベロス〉に搭載してある〈スキラ〉と比べてみた。そしたら、何がわかったと思う？　この〈カリブディス〉のＲＯＭチップが書き換えられていたんだ。書き換えられていたんだよ！」ウォプナーは、そばにあるＣＰＵの上の部分を怒ったように叩きつけた。

「それで？」

「それで、また診断プログラムを走らせたんだ。すると、異常はなかった。それだけじゃない。全システムにいかなる不具合もないという結果が出た」ウォプナーは身を乗り出した。「まったく異常なしだ。わかるか？　物理学的にも、コンピュータ的にも、こんなことは絶対にありえないんだ」

　セント・ジョンは、背中で手を組み、まわりの設備を見まわした。「つまり、機械の中の幽霊、というわけか」ためらいがちに、彼はいった。

　ウォプナーは聞き流した。

「コンピュータには詳しくないが」と、セント・ジョンは続けた。豊かに響く声が部屋を満たした。「一つだけ、知っている言葉がある。ＧＩＧＯというやつだ。ゴミを入れたら（ガベージ・イン）、ゴミが出る（ガベージ・アウト）」

「そりゃ違うな。プログラミングにミスはない」

「うん。それはわかる。ミスをしようと思ってミスをしたわけじゃないだろう。しかしね、昔のことを思い出したが、たしか惑星探査機のマリナー一号は、ＦＯＲＴＲＡＮ（フォートラン）の構文が一つ間違っていただけで、太陽系の外に飛んでいって、そのまま連絡が途絶えたんじゃなかったのか」

「要するに、今はちゃんと動いてるんだ」ハッチはいった。「だったら、このまま続ければいいだろう」

「続けてもいいけどな。また同じことになるぞ。おれは、何もかもがなぜいっぺんにいかれたかを知りたいんだ」

「今はどうしようもないはずだ」と、セント・ジョンはいった。「それよりも、暗号分析が予定より遅れている。まだ何も成果が上がっていない。私のほうで、あれからも研究してみたんだが、例の可能性を捨てたのは、ちょっと早まったかと――」

「勘弁してくれよ！」ウォプナーはそういうと、回転椅子の向きを変え、正面からセント・ジョンを見た。「また多表換字法を蒸し返そうというのか？　わかったよ。じゃあ、こうしよう。前にいった〈腕力に訴えるプログラム〉というやつだが、あのアルゴリズムを改良しよう。その上で、システムの優先度を五〇パーセントにする。これなら百人力だ。あんたは書斎にでも閉じこもっていてくれ。夕方になったら、役に立つアイデアを持って戻ってくるんだ」

　セント・ジョンはウォプナーを一瞥し、肩をすぼめてツイードの上着に腕を通すと、腰をかがめながら出口をくぐり、薄靄がかかったような屋外に出ていった。そのあとに続いて、ハッチはセント・ジョンの部屋に行った。

「これ、ありがとう」ハッチは二冊のバインダーをセント・ジョンに渡した。

「ケリーのいうとおりなんだよ」歴史学者は、きちんと整頓された机の前にすわると、うんざりしたように旧式のタイプライターを引き寄せた。「ほかの可能性は、みんな検討済みだ。まず、マカランの時代に知られていた暗号化の手法をすべて調べあげる。それに基づいて、解読に挑戦する。算術の問題として考えたこともあるし、天文学、占星術の体系を当てはめてみたこともある。外国語の暗号じゃないかとも思った。しかし、まだ解けない」

「多表換字法というのは何だ？」ハッチは尋ねた。

　セント・ジョンはため息をついた。「暗号の書き方だよ。手法としては単純なほうだ。マカランの時代の暗号は、だいたいどれも一対一の簡単な換字法で書かれている。普通のアルファベットを、鍵になるアルファベット表で変換して、めちゃくちゃな文章を作るわけだ。解読するときには、どの文字がどのアルファベットに対応するかを調べればいい。アルファベットのｓに対応するのがｙで、ｅに対応するのがｚだとすれば、〈ｓｅｅ〉（見る）は〈ｙｚｚ〉になる。地方新聞によく載っている暗号解読クイズというのは、たいがいこの形式だ」

「なるほど、よくわかった」

「ただし、これはあまり安全なやり方ではない。それなら、鍵になるアルファベット表が複数あったらどうなるか？　一つではなく、十あったとしよう。まず一つの表で文書を変換して、できあがった暗号をまた別の表で変換する。これを十回繰り返すんだ。そのあと、また最初の表で変換する。これが多表換字法だ。そうすれば、〈ｓｅｅ〉が〈ｙｚｚ〉になるという単純な話では済まなくなる。表を何種類も使わないと解読できないんだ」

「なかなか難しそうだね」

「そう、きわめて難しい。しかし、マカランの時代に多表換字法は使われていなかった。それがケリーの意見だ。もちろん、そんなやり方があることは、当時でも知られていたんだがね。時間がかかりすぎるし、間違いも起こりやすいので敬遠されていただけだ」セント・ジョンは、またため息をついた。「もう一つ、どこに隠したか、という問題もあるな。マカランが多表換字法を採用していたとしたら、暗号作成のときに必要になる何種類ものアルファベット表を、人目に触れないようにどうやって隠していたのか。レッド・ネッド・オッカムが、たまたまそれを目にしたら、マカランの目論見はぱあになる。かなり頭のいい男だったようだが、表をみんな暗記するのは、いくら何でも無理だ」

「多表換字法かもしれないと考えているのなら、自分で解読してみたらどうだ」

セント・ジョンの唇の両端が、微笑の形にめくれ上がった。「二ヵ月、時間があれば、喜んでそうするよ。あいにく、その時間がない。鍵の長さもわからないし、どの程度までヌル文字が混ざっているか、それも見当がつかない」

「ヌル文字？」

「何の意味もない文字のことだ。解読者を混乱させるために挿入されている」

外でボートの警笛が響いた。深々とした神秘的な音だった。ハッチは腕時計を見た。「十時だな」彼はいった。「そろそろ失礼するか。あと何分かで、トンネルを封鎖して、〈水地獄〉の水を抜く作業が始まる。ケリーとの作業がうまくいくことを祈ってるよ」

19

〈ベース・キャンプ〉を離れたハッチは、〈オルサンク〉に通じる小道を駆け足でのぼっていった。たった四十八時間で〈水地獄〉の上に出現した新しい建造物を、早く見てみたかったのだ。島の頂上に着く前に、ガラスで覆われた監視塔が見えてきた。外側は狭いデッキで取り囲まれている。さらに近づくと、砂だらけの地面から四十フィートも上に櫓を支える太い支柱が目に入ってきた。塔の下部からはウインチやケーブルがぶら下がり、〈水地獄〉の暗い穴に消えている。たいしたもんだ、とハッチは思った。これなら、きっと本土からも見えるだろう。

そう思った瞬間、ロブスター祭りの出来事がよみがえってきた。クレイの意見。恩師の忠告。ホーン教授は、自分の意見を誰彼となくしゃべってまわるような人ではない。だが、クレイは別だ。今のところ、町の人々は〈サラサ〉に対して圧倒的な好感を抱いている。この状況が変わらないように、ハッチも充分に気をつける必要がある。祭りが終わる前に、ハッチは、ドニー・ツルーイットの就職の件で、ナイデルマンと話をした。すぐにキャプテンは発掘班の一員としてツルーイットを迎え入れる決定を下した。〈水地獄〉が干上がったら、ただちに発掘班は底に降り、作業を始めることになっていた。

ハッチは櫓に近づき、外の梯子をのぼった。監視デッキからの眺めは素晴らしかった。常に島を包んでいる霧は、暑い夏の太陽に焼かれて、そこかしこに隙間ができていた。本土のほうに目をやると、海岸線が薄紫色に伸びているのがわかった。海原に日が射し、海面は打ち延ばされた金属の色に輝いている。風上の岩礁には波が打ち寄せ、漂流物や泡をそのまわりに集めていた。ふとルパート・ブルックの詩の一節が頭に浮かんだ。

徐々に角が取れてゆく小さな海の泡
波が去ると茶色に衰える

人の声が聞こえて、顔を上げた。監視デッキの奥のほうに、イゾベル・ボンテールの姿があった。ウェットスーツが日を受けてぬれぬれと輝いている。手すりから身を乗り出した彼女は、濡れた髪を絞りながら、元気よくナイデルマンに話しかけていた。

ハッチが近づくと、ボンテールは振り返り、にやっと笑った。「あら、命の恩人がやってきたわ！」

「傷の具合はどうだ？」ハッチはいった。

「もう何ともないわ、先生。今朝も六時から潜ってたの。あなたがぐうぐういびきをかいて寝てたころからね。そのとき、とんでもないものを見つけたわ。信じられないようなものを！」

ナイデルマンの様子をうかがうと、うなずきながらパイプをふかしていた。機嫌はよさそうだった。

「この前に潜ったとき、海底に石組みがあったのを見つけたでしょう?」と、彼女は続けた。「その石組み、岩礁の内側の壁に沿って、島の南端を取り囲んでいたの。今朝、よく調べてみて、わかったわ。あれが何なのか、答えは一つ。古い囲い堰の跡なのよ」

「古い囲い堰? 島の南端に? どうしてそんなものが……」そういいかけたとき、ハッチにも答えがわかった。「そうだったのか」つい声が出た。

ボンテールはにやりとした。「海賊たちは南の岩礁を半円形のダムで囲んだのよ。海底に杭材を沈めたのね。陸地から浅瀬に沿って杭打ち工事をして、ぐるっと海を囲ってから、また海岸に戻る。海に矢来塀を造ったようなものね。ピッチや槙皮の残骸も見つけたわ。柵の防水加工に使ったんでしょう。そのあと、海水を汲み出して、岸近くの海底を露出させてから、水路のトンネルを五本掘ったのね。工事が済んだら、柵を壊す。すると、海水がトンネルに入り込んで、罠が完成する」

「そのとおりだ」と、ナイデルマンがいった。「考えてみれば、それしか方法はないだろう。潜水具がない時代に、海底にトンネルを掘ろうというんだからね。マカランは建築家でもあり、土木技師でもあった。オールド・バターシー・ブリッジを設計したときには、土木工事のアドバイスもしている。そんなに深くない水の底の工事には馴れていたはずだ。これはみんなマカランが考え、細部まで練り上げたことだよ」

「島の一方の端をダムで囲う」と、ハッチはいった。「とてつもない大工事になるんじゃありませんか?」

「確かに大工事だが、マカランには千人分の熱心な労働力があったことを忘れちゃいけない。船底に溜まる水を汲み出す大型の鎖ポンプだって何台もあっただろう」また船の警笛が鳴った。ナイデルマンは腕時計に目をやった。「作業開始まであと十五分だ。発破をかけて、五本のトンネルを封鎖する。うまい具合に霧も晴れてきた。きっとよく見えるはずだ。中に入ろう」

キャプテンはハッチたちを連れて〈オルサンク〉の中に入った。塔の壁に並ぶ窓の下を見ると、横一列に取りつけられたモニターやさまざまな機械類が目に入った。マグヌセンと地質学者のランキンが塔の奥で持ち場に着き、そのそばではハッチの知らない技術者二人がコンポーネントの配線テストをしている。一方の壁には何台ものモニターが据えられ、島の各所から送られてくる有線のビデオ映像を映し出していた。司令センターの映像もあるし、〈水地獄〉の開口部や、この〈オルサンク〉の内部そのものの映像もあった。

　塔の中で一番目立つのは、床の中央を占める巨大なガラス板だった。ハッチは足を踏み出し、そのガラス越しに〈水地獄〉の奈落を覗き込んだ。

「これで見えるようになる」ナイデルマンがいって、そばにあるコンソールのスイッチを入れた。

　強力な水銀アーク灯がともり、光の筋が暗闇を貫いた。〈水地獄〉には海水が満ちていた。水面には海草の切れ端が漂い、光に誘われて寄ってきた鹹水蝦（ブライン・シュリンプ）がそのすぐ下でぴくぴく蠢いている。水深数フィートの濁った水の中に、古い木材があるのがわかった。富士壺（ふじつぼ）の類がびっしりこびりついた荒れ肌の幹は、さらに深いところに消えていた。金属でつながれた太いホースが地を這い、穴の縁から中に差し込まれている。五、六本のケーブルや給電線も、同じく〈水地獄〉に入っていた。

「これが野獣の喉首だ」ナイデルマンは決意のこもった声でそういうと、窓の下に並んだコンソール類を手振りで示した。「この塔には、最新式の遠隔計測機器が揃っている。LバンドとXバンドを使った空対地の合成開口レーダーもある。どの機材も〈ベース・キャンプ〉のコンピュータにつながっている」

　ナイデルマンはまた腕時計を見た。「マグヌセン博士、コム・ステーションに異常はないか？」

「ええ」と、女性の技術主任は答え、額にかかる短い髪を掻き上げた。「五ヵ所のマーカーのブイからはちゃんと信号が届いていて、点火信号を待っているところです」

「ウォプナーは〈アイランド・ワン〉にいるのか？」

「五分前にポケベルを鳴らしました。まだ着いていなくても、もうじき着くはずです」

　ナイデルマンはずかずかと制御装置の棚に歩み寄ると、無線のスイッチを入れた。「〈ナーイアス〉〈グランパス〉、こちら〈オルサンク〉だ。聞こえるか？」

　二隻の船から確認が入った。

「持ち場についてくれ。あと十分で発破をかける」

　ハッチは窓際に移った。霧は退却し、遠くが靄っている程度になっている。二隻の大型ボートが桟橋を離れ、沖合いの所定の位置に急ぐところも見ることができた。岩礁の内側に沿って、島の南端部を取り囲むようなかたちで、トンネルの出口を示す五個の電子ブイが浮かんでいるのがわかる。それぞれのトンネルには、数ポンドのセムテックス（強力なプラスチック爆弾）が仕掛けられているはずだった。ブイのアンテナに太陽の光が反射した。そのアンテナが爆破の信号を受け取ることになっている。

「〈アイランド・ワン〉、返答してくれ」ナイデルマンが無線機に向かっていった。

「ウォプナーです」

「モニター・システムはコンピュータにつながっているか？」

「みんなオッケーっす」ウォプナーの声には元気がなかった。

「よし。変わったことがあったら報告してくれ」

「ねえ、キャプテン、おれはなんでここにいるんです？」ウォプナーは不平めいた声になっていた。「そっちの塔はネットワークにつながっている。ポンプは手動だ。やりたいことがあったら、みんなその場所でやることができる。おれは暗号と取っ組みたいんです」

「これ以上、突発事故は願い下げにしたいんだ」と、ナイデルマンは答えた。「発破をかけて、トンネルをふさいで、水を汲み出す。時間はかからない。すぐにまたあの日誌を抱えて部屋に閉じこもれるようになるよ」

　下のあたりが騒がしくなった。ハッチがそちらに目を向けると、ポンプのホースのまわりに人員を配置しているストリーターの姿が見えた。ボンテールが、乾いた髪をなびかせながら、デッキから戻ってきた。「花火が上がるのはいつです？」彼女は尋ねた。

「あと五分だ」ナイデルマンが答えた。

「なんだかわくわくしますね。爆発、好きなんです」ボンテールはハッチのほうを見て、片目をつむった。

「マグヌセン博士」ナイデルマンはいった。「よかったら最後の点検に入ってくれ」

「わかりました、キャプテン」短い沈黙があった。「すべて異常ありません。通信信号よし。ポンプ準備完了、アイドリング中」

　ランキンがハッチを手招きし、スクリーンの一つを指さした。「あれをよく見ていてくれ」

　スクリーンには〈水地獄〉の断面図が映っていた。十フィートごとに目盛りがつき、地下百フィートのところまで描かれている。断面図の中には棒グラフのような青い柱があり、先端が地表を示していた。

「ちょっと苦労したが、小型の深度計を穴に仕掛けることができてね」ランキンは興奮したようにいった。「ストリーターが潜水班を〈水地獄〉に潜らせたが、地下三十フィートのところまで行って、それ以上は進めなかった。障害物が詰まっていたんだ。あそこにはいろんなが、らくたがひっかかっている」彼はスクリーンのほうをあごで示した。「しかし、これがあれば、ここから水位をモニターすることができる」

「すべての部署に告げる」と、ナイデルマンがいった。

「これから順番に発破をかける」

監視塔に沈黙が広がった。

「一号から順番に五号まで爆破します」マグヌセンが静かにいった。ずんぐりした指がコンソールの上を動いた。

「十秒前」ナイデルマンはつぶやいた。急に空気が濃密になる。

「一号、爆破」

ハッチは海のほうを見た。その瞬間、緊張に包まれたまま、すべては静止した。続いて、海面から水の柱が上がった。その柱は内側がオレンジ色に染まっていた。次の瞬間、衝撃波が監視デッキの窓を揺るがした。爆発音が海面を伝い、三十秒後、遠雷のようなこだまが本土から返ってきた。水の柱は奇妙なスローモーションでどんどん高くなっていった。そのあと、粉々になった岩石や、泥、海草などが霧のように拡散した。そして、黒ずんで汚れた水の柱が崩れると、一気に高波が立ち、三角波を蹴散らして海を走っていった。爆破点に近いところにいる〈ナーイアス〉は、不意のうねりを受け、狂ったように横揺れした。

「二号、爆破」ナイデルマンがそういうと、最初の場所から百ヤードほど離れたところにある海中の岩礁を二番目の爆発が吹き飛ばした。ナイデルマンの命令に従って、海中に仕掛けられた爆薬が次々に炸裂していった。激しい嵐が到来したように、ノコギリ島の南端部の海岸は荒波に襲われた。今日が日曜日でなくて残念だったな、とハッチは思った。日曜日なら、クレイ牧師にも喜んでもらえただろう。彼の説教を聞いて眠り込んでいる人々が、この音でみんな目を覚ましただろうから。

波が落ち着くまでしばらく待ってから、潜水班が成果を調べた。五本ともトンネルは塞がれているという報告がくると、ナイデルマンはマグヌセンのほうに向き直った。「ポンプの流出弁をセットしてくれ」と、彼はいった。「汲み出す量は毎分二万ガロンを保つこと。ストリーター、班のメンバーを待機させるように」

片手に無線マイクを持ったまま、ナイデルマンは振り返り、塔に集まった面々に視線を向けた。

「さあ、〈水地獄〉の水を抜こう」と、彼はいった。

ポンプのエンジンが作動しはじめたらしく、南の岸のほうから轟音が響いてきた。それとほぼ同時に、ごぼっごぼっというけたたましい音が、ハッチの耳に届いた。いやがる〈水地獄〉から水が吸い上げられているのだ。下を覗くと、太いホースは膨れ上がっていた。穴から汲み出された水が、島を横断し、海に戻る旅を始めようとしている。ランキンとボンテールは、深度が表示されたスクリーンを食い入るように見つめていた。マグヌセンはポンプ制御のサブシステムをモニターしている。塔全体が軽く揺れはじめた。

数分が過ぎた。

「水位五フィート低下」マグヌセンがいった。

ナイデルマンはハッチのほうに身を乗り出した。「干潮時には、この穴は水位が八フィート低下する」と、彼はいった。「一番潮が引いたときでも、八フィート以上下がることはない。だから、十フィートくらいまで下がれば、われわれの勝ちがはっきりする」

いつ果てるとも知れない緊張の瞬間が続いた。やがてマグヌセンが一つの計器から顔を上げた。

「水位が十フィート下がりました」事務的に彼女はいった。

誰もが顔を見合わせた。そのとき、不意にナイデルマンが、にっと笑った。

一瞬にして〈オルサンク〉の監視塔は歓喜に包まれ、大騒ぎになった。ボンテールは大きく口笛を吹き、あっけにとられているランキンの腕の中に飛び込んだ。浮かれた技術者たちは背中を叩き合っている。マグヌセンさえ唇を歪め、微笑に似たものを浮かべたが、すぐにまたモニターに視線を戻した。拍手と歓声の中、誰かがヴーヴ・クリコのシャンペンとプラスチックのコップを取り出した。

「よし、とうとうやったぞ」部屋中の全員と握手をしてまわりながら、ナイデルマンがいった。「〈水地獄〉はもうじき干上がる！」ナイデルマンはシャンペンに手を伸ばし、封を切ると、コルク栓を抜いた。

「この穴が〈水地獄〉と呼ばれているのには理由がある」シャンペンを注ぎながら、彼はいった。ハッチは、その声が感動に震えているのを聞いたような気がした。

「二百年のあいだ、水が敵として立ちはだかってきた。この穴から水を汲み出さないかぎり、財宝を掘り出すのは不可能だった。しかし、明日からは、この穴も別の名前で呼ばれることになるだろう。私は、みんなに感謝したい。おめでとう、よくやった」彼はグラスを上げた。島じゅうに乾杯の声が小さく響き渡った。

「水位十五フィート低下」と、マグヌセンがいった。

片手にシャンペンを持ったまま、ハッチは部屋の中央に進み出て、ガラス越しに下を覗いた。〈水地獄〉を見ると、いつもぞっとする。巨大なホースのわきに、ストリーターの作業班が控え、水の流れを監視していた。毎分二万ガロンの水が汲み出されているので――二分間で水泳用のプールひとつ分の水が排出されていることになる――水位が下がっているのが目で見てもわかるような気がした。水は一ミリずつ下がり、藻のからまった梁が見えてきて、富士壺がこびりつき、海草が根を張った壁が少しずつ姿を現す。不思議なことに、ハッチは場違いな後悔の念に襲われていた。拍子抜けしたような、ほとんど不当なものを目撃しているような気分だった。苦痛と苦悩と死をもってしても二百年のあいだ達成できなかったことが、二週間足らずで成就しようとしている。

ナイデルマンが無線に話しかけた。「こちらキャプテン」その声は島じゅうに響きわたり、黒っぽい海面を伝わっていった。「この事業の現場総指揮者として、これから私は自分の権利を行使したい。特に仕事のない者は、午後は休みとする」

ふたたび島のあちらこちらから歓声が上がった。ハッチはマグヌセンに目をやった。何かを熱心に見ているのが気にかかったのだ。

「キャプテン」自分の前のスクリーンを改めて見ながら、ランキンがいった。その表情に気がついて、ボンテールもそばに寄り、スクリーンに顔を近づけた。

「キャプテン」もっと大きな声で、ランキンは繰り返した。

ナイデルマンは、シャンペンのお代わりを注ぎかけたまま、地質学者のほうを振り返った。

ランキンは手振りでスクリーンを示した。「水位の低下が止まりました」

沈黙があり、全員の視線がガラスの床に注がれた。

かすかな、しかし執拗な低い音が、〈水地獄〉から聞こえている。暗黒の深みから泡がたつにつれて、どす黒い水面に渦巻きが広がった。

ナイデルマンはガラスの床から一歩退いた。「ポンプの排水量を毎分三万ガロンに上げてくれ」静かな声で彼はいった。

「わかりました」と、マグヌセンがいった。島の南端部から聞こえるうなりが大きくなった。

　無言のままハッチは、ランキンとボンテールが覗いているスクリーンに近づいた。水位を表す青い棒グラフは、十フィートと二十フィートの目盛りのあいだで止まっていた。見ているうちに、棒は小刻みに揺れはじめ、ゆっくり、容赦なく、上昇をはじめた。

「水位が十五フィートに戻りました」マグヌセンがいった。

「そんなことがあるのか？」と、ハッチはいった。「トンネルはみんなふさいだんだ。水が入ってくるはずはない」

　ナイデルマンが無線にいった。「ストリーター、このポンプの運用限界（レッドライン）はどのくらいだ」

「定格で毎分四万ガロンです」と、返事があった。

「私は定格を尋ねたわけじゃない。限界を訊いたんだ」

「五万ガロンですが、しかし、キャプテン——」

　ナイデルマンはマグヌセンのほうに向き直った。「やってくれ」

　ポンプのエンジンが耳を聾するばかりの轟音を上げ、その勢いで監視塔も激しく揺れはじめた。言葉を発する者はなく、全員の視線がモニターに注がれた。ハッチが見ていると、青い棒はふたたび安定し、一瞬、揺らいでから、ほんの少し下がった。ハッチは、自分が息を止めていたことに気がついて、ゆっくり深呼吸した。

　ボンテールが小声でフランス語の悪態をついた。信じられないことだったが、ハッチの目の前で穴の水位はまた上がりはじめた。

「十フィートに戻りました」冷静沈着にマグヌセンがいった。

「六万ガロンまでパワーを上げてくれ」ナイデルマンはいった。

「無理です！」ストリーターの声が無線機から聞こえた。「これ以上はとても——」

「やるんだ！」ナイデルマンは大声でマグヌセンに命じた。その声は怒気をはらみ、色を失った唇は固く結ばれていた。技術主任は決然とダイヤルを回した。

　気がつくと、ハッチはふたたび、床にはめ込まれたガラスの監視窓に近づいていた。下を見ると、ストリーターの作業班がポンプのホースを金属の留め具で補強していた。ホースは生き物のようにのたうち、痙攣している。もしもこのホースが破裂して、毎分六万ガロンの水圧で水が噴き出したら、人間の体など真っ二つに切断されてしまうだろう。そのことに気がついて、ハッチは緊張した。

ポンプの轟音は哀訴の声に変わった。死を予言する妖精の泣き声に似た叫びは、ハッチの頭に居すわって離れないようだった。足もとで島が揺れているのを感じた。〈水地獄〉の縁から小さな土塊が崩れ、波立つ暗い水面へと落ちていった。青い棒は細かく震えていたが、そこから下がろうとしなかった。

「キャプテン！」ふたたびストリーターの叫び声が響いた。「これ以上続けたら弁が保ちません！」

ナイデルマンはその場に突っ立ち、憑かれたように〈水地獄〉の穴を見つめていた。

「キャプテン！」雑音混じりのストリーターの絶叫が無線機から流れ出た。「ホースが破裂したら、〈オルサンク〉も吹っ飛びますよ！」

ハッチが口を開いてしゃべろうとしたとき、ナイデルマンは不意にマグヌセンのほうを振り返った。「ポンプを止めてくれ」と、彼はいった。

そのあと、部屋はしんと静まり返った。足の下にある〈水地獄〉のうめき声やささやき声だけがハッチの耳に届いていた。

「水位が平常値に戻りました」コンソールに顔を向けたまま、マグヌセンがいった。

「こんな馬鹿なことがあるか」ソナーの記録を手にして、ランキンがぽつりといった。「トンネルは五本ともふさいだんだ。これからどうすりゃいいんだよ」

その言葉を聞いてナイデルマンはランキンのほうに半分だけ顔を向けた。ハッチは、ナイデルマンの彫りの深い横顔を見て、その目の妖しい光に気がついた。「どうすればいいか？　そんなことはわかりきっている」不思議な響きのある低い声で、ナイデルマンはいった。「マカランがやったとおりのことをするまでだ。これから、島の端をダムで囲うことにする」

20

その夜の十時十五分前、〈ケルベロス〉の昇降口から外に出たハッチは、タラップを渡って自分のボートに戻った。昼間の勤務時間が終わったあと、治療で全血球算定が必要になったときに使う器具を点検するため、その大型船に向かったのだが、船上で〈サラサ〉の補給係との世間話がはじまり、その場で夕食でもどうかと食堂に誘われて、乗組員五、六人と一緒に食事をすることになった。野菜のラザーニャとエスプレッソで満腹して、ハッチは気のいい乗組員や研究員たちと別れ、白い通路を通り、出口に向かった。その途中、ウォプナーの部屋に通じる扉があった。寄っていこうかとも思ったが、やめることにした。現状報告は聞きたかったが、どうせ歓迎されないだろうし、わざわざ不愉快な思いをすることもない。

〈プレイン・ジェイン〉に戻ったハッチは、エンジンをかけ、舫綱（もやいづな）をはずすと、生暖かい夜の中に船首を向けた。遠くの本土を見ると闇の中に明かりが並び、すぐそばのノコギリ島では、霧のマントの下で、ひとかたまりになった照明がぼんやり光っている。西の水平線には金星が低くかかり、その姿が海面に白く映って、波のまにまに漂っていた。エンジンは異音がして、少し調子が悪かったが、スピードを上げると快調に動きはじめた。ボートの船尾から燐光が伸びて、緑の炎のまわりに火花が飛び散り、渦巻いている。ハッチはほっと胸を撫で下ろした。かなり時刻は遅くなったが、これなら順調に戻ることができるだろう。

そのとき、不意にまたエンジンの調子が悪くなった。ハッチは急いでエンジンを止めた。ボートは波に乗って漂いはじめた。燃料ラインに水が入ったようだ、と彼は思った。ため息をつき、船首のほうから懐中電灯と工具を取ってきて、操舵席に戻ると、甲板の蓋を開け、エンジンを見る。電灯の光をあちこちに当てて捜すうちに、燃料と水の分離器が見つかった。手を伸ばし、ネジをはずして、その茶碗状の小さな器具を取り出した。思ったとおり、中には黒っぽい液体が詰まっていた。その液体を海に捨て、分離器をもとのところに戻そうと身をかがめた。

そのとき、ふと手が止まった。エンジンを止めたあとの静寂の中で、何か音が聞こえたのだ。その音は、夜のしじまを突っ切り、こちらに向かってくる。じっと耳を澄ましていたが、音の正体はわからなかった。そのうち、ようやく気がついた。これは女の声だ。調子の美しい、小さな声。心がとろけるようなアリアを歌っている。立ち上がったハッチは、思わず歌声が聞こえてくるほうに目を向けていた。ひどく場違いだが、暗い波間を越えて、うっとりするような甘い悲しみの歌が聞こえてくる。

ハッチは、射すくめられたように聞き耳を立てていた。海面の向こうに目をやると、航海灯の消えた〈グリフォン〉の船体が黒々と浮かんでいる。歌はそちらのほうから聞こえてくるのだ。そのナイデルマンの船をよく見ると、一つだけ小さな赤い光がともっているのがわかった。双眼鏡を覗いたところ、船首部のデッキにナイデルマンが立ち、パイプをふかしていた。

ハッチは甲板の蓋を閉め、改めてエンジンをかけてみた。クランクを二度回したところでエンジンが動きはじめた。動きはなめらかで、異音もしない。ハッチはスロットルを開き、ふと思い立って、〈グリフォン〉のほうに船首を向けた。

「こんばんは」ハッチが近づくと、キャプテンはいった。夜の大気の中に、その物静かな声は異様に澄みきって響いた。

「こんばんは」ハッチも挨拶を返し、〈プレイン・ジェイン〉のエンジンをニュートラルにした。「この歌、モーツアルトだということはわかるんですが、どのオペラの曲でしょう。『フィガロ』ですか？」

キャプテンは首を振った。「〈暖かい微風よ〉だよ」

「ああ、『イドメネオ』の」

「そうだ。シルヴィア・マクネアーの歌は素晴らしい。きみもオペラは聴くのかね」

「母がファンでした。土曜日の午後になると、ラジオから流れる三重唱や合唱が家じゅうに響いてましたよ。ぼくが好きになったのは、五年ほど前からですがね」

一瞬、沈黙があった。「こっちに来ないか？」ナイデルマンは不意に誘った。

ハッチは、〈プレイン・ジェイン〉を手すりにつなぎ、エンジンを切ると、差し出されたナイデルマンの手を握って向こうに乗り移った。パイプの火が明るくなって、ナイデルマンの顔は一瞬赤い光に照らされ、頬や目のまわりの窪みに深い影がさした。操舵室の屋根に釘で止められた純金のかけらが、月光を受けてきらりと光った。

二人は手すりにもたれたまま、アリアの最後の音が消えてゆくのを聞いていた。歌が終わり、レチタティーヴォが始まると、ナイデルマンは深々とため息をつき、船縁にパイプを叩きつけて吸い差しを落とした。「きみはなぜ喫煙をやめるようにいわないんだね」と、ナイデルマンはいった。「医者はみんな禁煙を勧めるが、きみは何もいわない」

ハッチは考えた。「勧めても無駄じゃありませんか」

ナイデルマンは静かに笑った。「私のことをよく知ってるんだね。中に入って、ポート酒でも呑むか」

ハッチは意外に思ってキャプテンを見た。ついさっき〈ケルベロス〉で食事をしていたとき、〈グリフォン〉の船室には誰も招かれたことがないという話を聞いたばかりなのだ。船室内がどうなっているかを知っている者さえいないという。キャプテンは人付き合いがよく、親身になって面倒をみてくれるが、部下とはある種の距離を置いて接している。

「禁煙をうるさく勧めなかったのがよかったんですね」と、ハッチはいった。「ご相伴に与（あずか）ります」

ナイデルマンに続いて操舵室に入ったハッチは、階段を降り、低い扉をくぐった。続いてもう一つ、金属製の短い階段を降り、扉をくぐると、天井の低い広々とした部屋に出た。あっけにとられて、ハッチは周囲を見まわした。鏡板は光沢のある上質のマホガニーで、真珠層が象嵌されている。それぞれの舷窓には精妙なティファニー・ガラスが嵌め込まれ、壁際にはクッションの入った長椅子が置いてある。奥には火の入った小さな暖炉があって、樺材の芳香とぬくもりが部屋に満ちている。そのマントルピースの両側には、ガラス張りの書棚があった。仔牛皮の背表紙に金文字の入った古書が見える。近づいて、書名を調べた。リチャード・ハクルート（十六世紀英国の地理学者）の『航海誌』がある。ニュートンの『プリンキピア』の初期の版もある。値段もつけられないほど貴重な彩色写本や揺籃期本（一五〇一年より前の印行本）が、表紙を外に向け、あちらこちらに並べられていた。ジャン・ピュセル（十四世紀フランスの写本画家）の『ジャンヌ・デヴルーの時禱書』の美本が目に留まった。海賊関係の初期の文献だけを原本で揃えた小さな棚もある。ライオネル・ウェイファーの『下級騎士の喜び』。アレグザンダー・エスケメリオンの『アメリカの海賊』。チャールズ・ジョンスンの『悪名高き海賊たちによる略奪と殺人の歴史』。この蔵書だけでも一財産になるだろう。これまでのサルベージ作業で得た財産を、ナイデルマンはこの船に注ぎ込んでいるのだろうか、とハッチは思った。

片方の本棚のわきには、金の額縁に入った小さな海の絵があった。そこに近づいたハッチは、思わず息を呑んだ。

「こりゃすごい」彼はいった。「これはターナーじゃないですか」

ナイデルマンはうなずいた。「『ビーチ・ヘッド沖のスコール』の習作だ」

「テイト・ギャラリーにある絵ですね」と、ハッチはいった。「数年前、ロンドンに行ったとき、何度かスケッチを試みました」

「きみは絵を描くのか？」ナイデルマンはいった。

「素人の道楽ですよ。ほとんど水彩画ばかりです」ハッチは一歩退き、周囲を見まわした。壁にかかっているほかの絵は、芸術絵画ではなく、熱帯の植物を描いた緻密な銅版画ばかりだった。肉厚の花、不思議な草、風変わりな植物。

ナイデルマンは粗い羅紗をかぶせてある狭いドライ・シンクに近づいた。シンクの上には、底が広いカット・グラス製のデカンタと小さなグラスがあった。フェルト布が貼ってある台からタンブラーを二つ引き抜き、ナイデルマンは適量のポート酒をそれぞれに注いだ。そして、ハッチの視線を追いながら説明した。「この銅版画の作者は、サー・ジョゼフ・バンクスだ。キャプテン・クックの最初の世界一周に同行した植物学者だよ。オーストラリアを発見した直後に、ボタニー湾で採集した植物を描いたものだ。ご承知のように、植物の種類がとても多かったので、植物（ボタニー）という名前が湾についたんだがね」

「きれいなものですね」グラスを受け取りながら、ハッチはいった。

「もしかしたら、世界で一番素晴らしい銅版画かもしれない。バンクスは運のいい男だったんだね。植物学者として、新しい大陸をプレゼントされたんだから」

「植物学に興味があるんですか」ハッチは尋ねた。

「新しい大陸に興味があるんだよ」暖炉の火を見ながら、ナイデルマンは答えた。「しかし、私は生まれてくるのが遅すぎた。新大陸はみんな発見されたあとだった」一瞬、憂いの表情が目に浮かび、それを隠すためか、ナイデルマンはとっさに微笑した。

「ところが、同じように魅力的な謎が〈水地獄〉にあった」

「そうだね」ナイデルマンはいった。「こんな謎は、もうよそにはないかもしれない。だから、今日みたいな失敗があっても、私は決して落胆しない。手の込んだ謎は、そう簡単に秘密を明かしてくれるものじゃないからね」

長い沈黙があり、ハッチは少しずつポート酒を呑んだ。たいがいの者は、会話の最中に沈黙が入るのをいやがる。しかし、ナイデルマンはかえってそれを歓迎しているようだった。

「訊こうと思っていたんだが」と、キャプテンはようやく口を開いた。「昨日、町で開かれたパーティのことはどう思う？」

「だいたいのところ、町の人はわれわれを歓迎しているようです。地元の商店に大金が落ちることは間違いない」

「そのとおりだろうね」ナイデルマンはいった。「しかし、だいたいのところというのはどういう意味だ」

「町には商店主以外の者もいる、ということです」曖昧な返事をしてもなんにもならない、とハッチは思った。「町の牧師は道徳的にわれわれを非難しているようです」

ナイデルマンは皮肉な笑みを漏らした。「聖職者というのはそういうものだ。殺人だの、宗教裁判だの、異教徒迫害だの、二千年も野蛮なことをやってきたくせに、キリスト教の聖職者は今でも自分が道徳的に優れた存在だと思っている。不思議な話だね」

ハッチは少し居心地が悪くなって身じろぎした。ナイデルマンはいやに能弁になっている。半日前、危険すれすれのレベルまでポンプの排出能力を上げることを冷ややかに命じた男とは別人のようだ。

「おまえの船は地の果てから落ちるとコロンブスにいったのも、大発見を否定するようにガリレオに迫ったのも、みんなあの連中だ」ナイデルマンはポケットからパイプを取り出し、それに火をつける手の込んだ儀式を始めた。「うちの親父はルター派教会の牧師だったよ」さっきよりも穏やかな声でそういうと、彼はマッチを振って火を消した。「子供のころに体験したことが、いまだに尾を引いている」

「神を信じないんですか？」ハッチは尋ねた。

ナイデルマンは黙ったままハッチを見つめていた。やがて、顔を伏せた。「正直にいうと、神を信じたいと思うこともよくある。子供時代には宗教が生活の中心だったようなものだから、それがないと自分が空っぽになったような気がする。しかし、私は、証拠がないものを信じるような人間ではない。そんなものを信じても、自分の力は向こうに及ばない。とにかく、私には証拠が第一だ」彼はポート酒を一口呑んだ。「どうしてそんなことが気になる？　きみには宗教があるのか？」

ハッチはナイデルマンのほうに顔を向けた。「ええ、あります」

ナイデルマンはパイプをふかしながら続きを待っていた。

「でも、議論したくありません」

ナイデルマンの顔に微笑が広がった。「それなら結構。もう一杯どうかね？」

ハッチはグラスを差し出した。「町には反対の声を上げる人物がほかにもいましたよ」彼は続けた。「ぼくの恩師、博物学の先生ですが、その人は、こんな愚挙が成功するはずはないといっていました」

「きみはどう思う？」ポート酒を注ぎながら、振り返りもしないで、ナイデルマンは冷ややかにいった。

「失敗すると思っているのなら、こんなところにはいません。でも、正直な話、今日の出来事で、ちょっと考え直しましたよ」

「なあ、マリン」ナイデルマンは、グラスを渡しながら、馴れなれしいほどの口調でハッチのファースト・ネームを呼んだ。「きみがそう思うのも無理はない。私も白状するが、水が汲み出せなかったときには一瞬、絶望のようなものを感じた。しかし、一点の疑いもなく、私は成功を信じている。どこで間違ったか、すでに見当はついているんだ」

「あの五本のほかにもトンネルがあったんでしょうね」ハッチはいった。「あるいは、水力学を応用した仕掛けが何かあったのか」

「まあそういったところだろう。しかし、私がいいたかったのはそんなことじゃない。つまり、われわれは〈水地獄〉のことばかり考えてきたわけだ。考えてみれば、われわれの敵対者は〈水地獄〉ではない」

ハッチは物問いたげに眉を吊り上げた。キャプテンは彼のほうを向き、片手でパイプを握り、目を爛々と輝かせながら続けた。「あの穴ではなく、人間が問題なんだ。敵は設計者のマカランだ。マカランは常にわれわれの一歩先を進んでいる。こちらの動きを読んでいる。これまで宝探しにやってきた連中も、みんな先回りされた」

ナイデルマンは、フェルト張りのテーブルにグラスを置き、壁に近づくと、木のパネルを開いた。そこには小型の金庫があった。付属の数字盤を何度か叩くと、金庫の扉が開いた。ナイデルマンは中に手を入れ、何かを取り出すと、ハッチの前のテーブルに置いた。革で装丁された四折判の本だった。著者はマカラン、書名は『聖なる構造について』。キャプテンは、愛撫するように長い指を動かし、慎重にページを開いた。印刷された部分の横にある余白に、きちんとした小さな手書きの文字——水彩絵の具のように見える薄い茶色の文字があった。単調な文字が何列も続き、そのあいだに、ところどころ、接合部やアーチや支柱や木積(こづみ)など、機械の下図のような絵が入っている。

ナイデルマンは指先でそのページを叩いた。「〈水地獄〉がマカランの鎧なら、これがその鎧の隙間だ。ナイフで簡単に切り裂くことができる。もうじき暗号の後半が解読される。それがわかれば、財宝への鍵が手に入る」

「この日誌に〈水地獄〉の秘密が隠されているというのは何度も聞きましたが、どうしてそういいきれるんです?」ハッチは尋ねた。

「ほかには考えようがないからだ。ほかの目的のために秘密の日誌をつけるかね? 暗号で書いてあって、しかも見えないインクが使われているんだ。レッド・ネッド・オッカムは、宝物を隠す難攻不落の要塞を造るためにマカランを必要とした。盗掘者たちを寄せつけないだけでなく、溺死させたり、圧死させたり、肉体的な危害を加えるような仕掛けも備えている。しかし、爆弾を造るには、まず信管を抜く方法を考えておく必要がある。オッカム本人が宝物を回収したいといいだしたらどうするか。マカランは、そのための秘密の方法を、まず考えた。秘密のトンネルとか、罠を無効にするスイッチとか、そういったものだろう。ならば、その方法を記録に残した、と考えるのが当然じゃないかね」彼は客人を正面から見据えた。「しかし、この日誌に書かれているのは〈水地獄〉の鍵だけではない。これを解読すれば、マカランの心を覗く窓も手に入る。われわれが打ち負かさなければならない男の心がわかるようになるんだ」ナイデルマンは、その日の昼間と同じような、奇妙に説得力のある低い声でしゃべっていた。

ハッチは本の上に身を乗り出し、白黴や革やほこりや乾燥腐敗の臭気を吸い込んだ。「一つだけ不思議なことがあるんです」と、彼はいった。「海賊に拉致されて、地の果ての無人島で働くように強制された建築家が、平静な気持ちで秘密の日誌など書けるものでしょうか」

ナイデルマンはゆっくりうなずいた。「臆病者にはできないことだろうね。才知のかぎりを尽くした建造物だから、後世のために記録を残したかったのかもしれない。しかし、どんな動機があったのか、正確なところは誰にもわからないだろう。マカランという人物そのものが一つの暗号のようなものだ。オックスフォードを出たあと、その経歴には三年の空白がある。その間は行方不明だ。私生活もよくわからない。この献辞を見てみろ」

ナイデルマンは慎重にタイトル・ページを開き、ハッチのほうに差し出した。

道を示してくれたことに対して
賛美の念を込め
著者は謹んでこの卑しい書物を
エタ・オニスに捧げる

「徹底的に調べてみたが、このエタ・オニスなる女性の正体はよくわからなかった」と、ナイデルマンは続けた。「マカランの教師か？　親しい友人か？　愛人か？」彼はそっと本を閉じた。「同じように、マカランの一生はわからないことだらけだ」

「恥ずかしい話ですが、こういうことになるまで、マカランという名前は聞いたこともありませんでした」と、ハッチはいった。

「ほとんどの者がそうだろう。しかし、同時代の人間からは、先見の明がある素晴らしい男だと思われていた。まさにルネサンス人、万能型の鬼才だったんだよ。生まれたのは一六五七年。父は伯爵で、妾の子だったが、可愛がられたらしい。ミルトンと同じで、その当時出版されていた英語、ラテン語、ギリシャ語の本をすべて読破したと豪語している。ケンブリッジでは法律を学んで、国教会の主教の職に就くことになっていたが、ひそかにカトリックに改宗したらしい。マカランは、芸術や自然哲学や数学に関心を寄せるようになった。運動能力も相当なもので、コインを一枚指で弾き飛ばしたら、彼が造った最大の聖堂の丸天井まで飛んでいって、その音が響き渡ったという伝説がある」

ナイデルマンは立ち上がり、金庫に戻って、本を仕舞った。「しかも、水力学に関する興味は、生涯、持ち続けたらしい。さっきの本にも、ハウンズブリー大聖堂に水を引くために彼が設計した水路やサイフォンの巧妙なシステムが説明されている。水力学を応用して、セヴァーン川の水門を自動的に開閉させる装置の絵も描いてあった。その装置は実際には造られなかったが——当時としては奇想天外すぎたんだろう——しかし、マグヌセンが模型をこしらえて調べてみると、たぶん、目的どおりの働きをしただろうということだ」

「オッカムはマカランを探して拉致したんでしょうか」

ナイデルマンはにっこりした。「そう考えたくもなるが、まあ、その可能性は低いだろうね。歴史上たまに起こる運命の出会いというやつだろう」

ハッチは金庫のほうをあごで示した。「さっきの本は、どこで手に入れたんです？　それも運命の出会いですか？」

ナイデルマンの顔に微笑が広がった。「いや、そういうわけじゃない。ノコギリ島の財宝のことを調べはじめたとき、オッカムのことも調査した。きみも知っているように、死体だけが乗ったオッカムの司令船が漂っているのが見つかったとき、船はプリマスに曳航されて、積み荷は競売にかけられた。ロンドンの公文書館で、そのときの競売品目録を見つけたんだが、その中に大型の木箱にぎっしり詰まった蔵書のリストもあった。オッカムは教養人だったから、たぶん彼個人の蔵書だろう。その一冊『聖なる構造について』というのが、私の目を引いた。地図や、フランスの春本や、海事関係の書物の中で、それだけが目立っていたよ。あれやこれやで三年ほどかかったが、われわれはその行方をどうにか突き止めることができた。スコットランドのグレンファーキルに、崩れかけた古い教会がある。その教会の地下室に積んであった、腐った本の山に、さっきの書物が入っていたんだよ」

ナイデルマンは暖炉に近づき、低い、ほとんど夢見るような声で続けた。「あの本を最初に開いたときのことは一生忘れられないだろう。余白の部分の汚れのように見えたものが、実は透明なインクで書かれた暗号だとわかったときには驚喜したものだ。歳月がたち、紙が腐りかけてきて、透明なインクも黒ずんでいたわけだ。そのとき、私は思った。〈水地獄〉とその財宝は、きっとおれのものになる、とね」

ナイデルマンはもう何もいわなかった。いつの間にかパイプの火は消え、暖炉で赤々と燃えている石炭の発する光が、暗くなった部屋に迷路のような影を投げていた。

21

ケリー・ウォプナーは、〈スター・ウォーズ〉のテーマを口笛で吹きながら、足取りも軽く、丸石敷きの通りを歩いていた。ときおり足を止め、通りにある店を覗き込んでは、けっという感じで顔を歪めた。しょうもない店ばかりだ。たとえば、あそこにある全米チェーン〈コースト・トゥ・コースト〉の金物屋。ほこりをかぶった工具や庭仕事の道具を並べているが、まるで産業革命以前から置いてあるような時代遅れの品物ばかりだ。まともなコンピュータ・ソフトの店などは、三百マイル以内には一軒もないだろう。ベーグルが食べたくなっても、州の境を二つぐらい越えなければ、それがどういうものかを知っている者さえいないに違いない。

ウォプナーが不意に立ち止まったのは、真っ白に塗られたヴィクトリア様式の建物の前だった。ここが目的の場所らしい。ただの古い屋敷で、郵便局には見えなかったが、ポーチには大きなアメリカ国旗がはためき、正面の芝生には〈ストームヘイヴン、ME（メーン州の略号）〇四五六四〉という標識が立っていた。ところが、網扉（あみとびら）を開けると、そこは人が住んでいる屋敷の中だった。正面の客間が郵便局になっているが、食べ物の匂いが強烈に漂っているのは奥に人が住んでいる証拠だ。

ウォプナーは狭い部屋を見まわした。そして、時代がかった私書箱の棚や、十年ほど前の指名手配のポスターが目に入り、あきれたように首を振った。その視線が止まった先には、〈局長ローザ・パウンドクック〉と記された大きな木製のカウンターがあった。カウンターの向こう側にすわっているのが、その女郵便局長だろう。木枠に入った布を手に持って、白髪まじりの頭を下に向け、四本マストの縦帆式帆船（スクーナー）の模様をクロス・ステッチで刺繍している。意外なことに行列はなかった。客はウォプナー一人なのだ。

「ちょっと失礼」カウンターに近づいて、ウォプナーはいった。「ここ、郵便局だよね」

「ええ、そうですが」そう答えたローザは、力を込めて最後のひとかがりを終えると、揺り椅子の肘に木枠を置いて、視線を上げた。ウォプナーの姿が目に入ったとき、その顔には驚きの表情が浮かんだ。「あらまあ」と、ローザはいった。そして、ウォプナーの不潔な山羊ひげが伝染（うつ）っていないことを確かめるように、自分のあごに手を当てた。

「ならいいんだ。大事な小包が局留めで届くことになっててね」ウォプナーはカウンター越しに横目で女郵便局長を見た。「こんな田舎にだって、小馬の速達便（十九世紀、電信が普及する前に存在した小包配達サービス）ぐらいはあるんだろう?」

「あらまあ」ローザ・パウンドクックはさっきと同じことをいうと、揺り椅子から立ち上がった。刺繍は斜めに傾いた。「名前はありますか? じゃなくて、ごめんなさい、お名前をどうぞ」

ウォプナーは鼻にかかった声で短く笑った。「ウォプナーだ。ケリー・ウォプナー」

「ウォプナー?」ローザは、黄色い伝票が入った木製の小さなカードファイルをかきまわしはじめた。「W（ダブリュ）・h（エイチ）・o（オー）・p（ピー）・p（ピー）——」

「違う、違う。Wopだ。hはなくて、pはひとつ」ウォプナーは少し気分を害していた。

「ああ、そうですね」伝票が見つかったらしく、ローザは落ち着きを取り戻した。「しばらくお待ちください」

最後にもう一度だけ好奇の視線をプログラマーに向けてから、ローザは奥のドアに消えていった。

ウォプナーがカウンターにもたれかかり、また口笛を吹きはじめたとき、網扉が抗議するようなきしみを上げて開いた。そちらを見ると、背の高い痩せた男がそっと扉を閉めているところだった。振り返った男の顔を見て、ウォプナーは即座にリンカーン大統領を連想した。頬がこけ、目はくぼみ、両腕はだらんと垂れている。飾り気のない黒いスーツの下には、聖職者の襟のついたシャツがあった。片手にはあまり厚くない手紙の束がある。ウォプナーは急いで目をそらしたが、遅かった。すでに視線が合い、面倒なことに、相手はこちらに近づいてくる。ウォプナーはこれまで神父や牧師と口を利いたことがなかったし、そばに寄ったことさえなかった。ここでその初めての体験をするつもりもない。ウォプナーは、すぐ横に積んである郵便局の刊行物にあわてて手を伸ばし、アーミッシュのキルトを題材にした新しい切手シリーズのパンフレットを熱心に読みはじめた。

「あの、ちょっと」と、男の声が聞こえた。渋々振り返ると、牧師は真うしろに立っていた。片手を差し出し、貧相な顔にしみったれた笑みを浮かべている。

「やあ、どうも」ウォプナーはそういうと、気の抜けた握手をして、急いでまたパンフレットに視線を戻した。

「私、ウッディ・クレイという者です」と、男はいった。

「あ、そう」相手を見ないでウォプナーは返事をした。

「あなた、〈サラサ〉の人ですね」クレイは一歩進み出て、カウンターの前でウォプナーと並んだ。

「うん、そうだけど」ウォプナーはパンフレットを裏返し、その動きに敵の注意を集めておいて、その隙に相手から一フィートほど離れた。

「一つ、訊いてもいいですか」

「いいよ」パンフレットの裏を読みながら、ウォプナーはいった。それにしても、世の中にこれほどたくさんの種類の掛け布団があるとは知らなかった。

「あなたは本当に黄金(きん)の財宝が出てくると思いますか？」

ウォプナーはパンフレットから顔を上げた。「ああ、近々(きんきん)にね」相手は笑わなかった。

「間違いないと思うよ。当たり前の話だ」

「当たり前？　その前に、なぜそうするか、を問うべきじゃありませんか」


相手の口調に、ウォプナーは戸惑った。「どういうことだよ。なぜといわれても、とにかく、二十億ドルになるんだし」

「二十億ドル」驚いたような顔で、相手は繰り返した。そして、予想が的中したことを確認するようにうなずいた。「では、単にお金のため、というわけですね。ほかに動機はないんですね」

ウォプナーは笑った。「単にといわれてもね。それで充分じゃないの。現実を見ようよ。おれはマザー・テレサじゃないんだよ」そういった瞬間、相手が聖職者の襟をつけていることを思い出した。「あ、ごめん」赤面しながら、彼は続けた。「別に悪気があって司祭さんにそんなことをいったわけじゃ――」

相手はとってつけたような笑みを浮かべた。「いいんですよ。よくあることです。それから、私は儀式を司る司祭じゃない。会衆派の牧師です」

「わかったよ」ウォプナーはいった。「それって、宗派なわけだ」

「あなたにとって、お金はそれほど大事なものですか？」じっとウォプナーの目を見ながら、クレイはいった。「こういう状況のもとでも」

ウォプナーも相手の目に視線を合わせた。「こういう状況って、どういう状況だ」苛立ちを覚えながら、ウォプナーは郵便局の奥をちらっと見た。あのデブ女はどこまで小包を取りに行ったんだ？　これだけ時間があれば、ブルックリンまで歩いて行ける。

男は身を乗り出した。「あなたは〈サラサ〉で何をしているんです？」

「コンピュータを動かしている」

「ああ、それは面白そうですね」

ウォプナーは肩をすくめた。「面白いよ。うまく動いてくれたらね」

その言葉を聞いて、相手の顔に案じるような表情が浮かんだ。「計画はうまくいってるんですか？　不満はありませんか？」

ウォプナーは眉をひそめ、警戒するように答えた。

「ああ、ないよ」

クレイはうなずいた。「それなら結構」

ウォプナーはパンフレットをカウンターに戻した。

「でも、どうしてこんなこと訊くの？」さりげなく、ウォプナーは尋ねた。

「別に理由はありませんよ。たいした意味はないんですが、ただちょっと……」と、牧師は言葉を切った。

ウォプナーはかすかに首を伸ばした。

「過去に、あの島で――まあ、いろいろあって、上陸した者は苦労が絶えなかったわけです。ボイラーが爆発する。原因不明の故障で機械が動かなくなる。怪我人が出る。死人まで出る」

ウォプナーは一歩うしろに下がり、鼻の先で笑った。

「要するに、ノコギリ島の呪いの話か」と、彼はいった。

「呪われた石盤なんかの話をしてるわけだな。それだったら、みんな出鱈目だよ。くそみたいな話だ。汚い言葉でごめん」

クレイは眉を吊り上げた。「本当にそうですか？　あなたより長くあの島で過ごした人の中には、そうは思っていない者もいますよ。石盤のことをいえば、あれは今、封印されて、うちの教会の地下室に置いてあります。百年前からずっと」

「それ、ほんとか？」ウォプナーは驚いて口を開けた。

クレイはうなずいた。

沈黙があった。

牧師はさらに身を乗り出し、打ち明け話をするように声を低くした。「昔と違って、島のまわりにロブスター漁のブイが見当たらないのを、不思議だとは思いませんか?」

「いろんなところに浮かんでるブイのこと?」

「そうです」

「そんなことには気をつけたことがなかったな」

「島に戻ったら、よくごらんなさい」クレイはさらにまた声を低くした。「それにはちゃんとした理由があるのです」

「へえ」

「百年前のことです。この町に、ハイラム・コルコードというロブスター漁師がいたそうです。コルコードはノコギリ島のまわりにロブスターの壺を沈めていた。そんなことはやめろと、みんなからいわれていましたが、いい漁場だったので、呪いの話を聞かされても耳を貸さなかった。ある夏の日――ちょうど今日みたいな日だったそうですが――コルコードは、ロブスターの罠を仕掛けるため、島を取り巻く霧の中に入っていった。日が暮れるころ、コルコードの船は潮に流されて戻ってきた。ところが、彼の姿はどこにも見えなかった。船内にはロブスターの罠が積み上げられていて、樽には生きたロブスターが何匹も入っていた。ところが、コルコードはいない。船のキッチンには、食べかけの昼食と、飲みかけの瓶ビールがあった。まるで食事の途中にふと立ち上がって、そのまま出ていったような状態だったのです」

「船から海に落ちて溺れたんだよ。どうってことないよ」

「それは違う」と、クレイは続けた。「なぜなら、その晩、ハイラムが島に取り残されているかもしれないと思って、弟もノコギリ島に出かけていったからです。その弟も帰ってきませんでした。翌日、今度は弟の船が、霧の中から漂い出てきました」

ウォプナーは生唾を呑んだ。「じゃあ、二人とも海に落ちて溺れたんだよ」

「その二週間後」と、クレイはいった。「ブリーズ岬に、二人の死体が打ち上げられました。その死体を見て、恐ろしさのあまり発狂した者が一人いたそうです。ほかの者は、自分たちが何を見たか、固く口を閉ざして語ろうとしなかった。真相は今でもわからないままなのです」

「よしてくれよ」ぞっとしながら、ウォプナーはいった。

「宝物を守っているのは〈水地獄〉だけではない。今では誰もがそういっています。わかりますか? 潮が変わるたびに、島から不気味な音が響いてくるでしょう。噂によると、あれは――」

　建物の奥から物音が聞こえてきた。「ごめんなさい、遅くなっちゃって」ドアから現れたローザは、荒い息をつきながらいった。「〈コースト・トゥ・コースト〉の金物屋に送られてきた鳥の餌箱の下に埋もれてて、ユースタスは今朝は生け贄の世話で休みだから、一人でどかさなきゃいけなかったの」

「いや、いいんだ、どうも」ウォプナーはありがたく小包を受け取り、急いで出口に向かった。

「ちょっと待って！」と、女郵便局長は叫んだ。

　ウォプナーは立ち止まった。そして、小包を胸もとに抱え、渋々ながら振り返った。

　女は黄色い伝票を差し出していた。「ここにサインしてください」

　無言のままウォプナーは書き殴るように手早くサインをした。そして、また回れ右をして、客間を改装した郵便局から出ていった。背後で網扉が音をたてて自然に閉まった。

　外に出ると、ウォプナーは大きく深呼吸した。「ひどい目にあったもんだ」と、彼はつぶやいた。あの司祭だか牧師だかに脅かされるまでもなく、今度は間違いなく注文どおりのものが届いたか、小包の中身を確かめるまで、船に戻る気はなかった。ウォプナーは小さな箱と格闘した。箱を開けるテープの端をつかみ、最初はそっと引っ張った。やがて、力が入ってきた。そのとき、突如、箱の継ぎ目が破れ、ロールプレイング・ゲームに使うウィザードやソーサラーの人形が十数個、足もとの丸石敷きの道にぱらぱらとこぼれ落ちた。それに続いて、プレーヤーが引く魔術カードがひらひらと舞い落ちた。五線星形（ペンタグラム）。呪文。逆転の祈り。悪魔の円形。一声叫び、悪態をつきながら、ウォプナーはしゃがんで人形やカードを拾いはじめた。

　クレイも外に出てきて、今度もまたそっとそっと扉を閉めた。ポーチを離れ、歩道におりたクレイは、プラスチックの人形やカードをしばらくながめていたが、何もいわず、そのまま歩み去った。

22

翌日は肌寒く、小糠雨(こぬかあめ)が降り続いたが、夕方が近づくにつれて雨も上がり、生まれ変わった空に低い雲が次々と流れていた。明日は風の強い乾燥した日になるだろう。〈オルサンク〉の裏手にある黄色いテープで仕切られた狭い道をすたすた歩きながら、ハッチはそう思った。毎日、島の一番高いところまでハイキングまがいの散歩をするのは、一日を締めくくる儀式になっていた。頂上に着くと、ハッチは南の崖をまわり、ストリーターたちの作業現場がよく見えるところに移動した。海に囲い堰を造っている作業班は、そろそろ一日の仕事を終えようとしている。

例によって、ナイデルマンは簡潔でエレガントな計画をたてていた。セメントや建築資材を調達するため、貨物運搬船がポートランドまで行っているあいだに、ボンテールは、あとで考古学的な分析をするためのサンプルを採取したうえで、海賊が造った昔の堰の正確な位置を調べ上げた。続いて、潜水班が遺構の上にコンクリートを注入し、海底に土台を築いた。そのあと、土台にI型鋼が埋め込まれた。ハッチは、海中から垂直に突き出ている何本もの巨大な鋼鉄の棒――十フィートの間隔を置いて並び、幅の狭い弧を描いて島の南端部を取り囲んでいるI型鋼の群れを見つめた。高みから見おろすと、クレーン船の運転台にいるストリーターの姿も目に入った。クレーン船は、艀を従え、鋼鉄が描く円弧のすぐ外に浮かんでいる。クレーンの吊り索からは、鉄筋コンクリートの巨大な塊がぶら下がっていた。ハッチが見ている前で、ストリーターは、I型鋼の隙間にその直方体のコンクリートを差し入れ、落し込んだ。コンクリートがしっかり隙間を埋めると、馴れた手順で、潜水夫二人が吊り索を外した。ストリーターは、艀のほうにクレーンを回した。艀には新たなコンクリート塊が積んである。

そのとき、赤い髪の閃光が、一瞬、目を打った。よく見ると、艀の甲板員の中に、ドニー・ツルーイットがいるらしい。〈水地獄〉はなかなか干上がってくれなかったが、それでもナイデルマンはドニーに仕事を世話してくれたのだ。ドニーも役に立っているようで、ハッチは嬉しく思った。

クレーン船のほうからうなるような音が響いてきた。ストリーターがまたクレーンの先を鉄の円弧のほうに向けたのだ。さっきのコンクリートの横に、もう一つ、別のコンクリートが落とし込まれた。

この工事が完成すると、島の南端部とトンネルの出口は完全に堰で囲まれることになる。そうなったら、ダムが海水を堰き止めてくれるので、〈水地獄〉からも、そこにつながった仕掛けからも、残らず水を抜き取ることができる——三百年前に海賊たちがやったのと同じことをやるわけだ。

作業時間の終了を告げる笛が響き渡った。艀の作業員たちは、囲い堰の、コンクリート塊を入れ終えた部分に固定用のロープを渡した。クレーンをドックまで曳航するため、待機していたタグボートが霧の中から現れた。ハッチは最後にもう一度現場を見まわすと、〈ベース・キャンプ〉へと通じる小道を降りていった。自分の仕事場に立ち寄り、鞄を取って、ドアに鍵をかけてから、ドックに向かった。家で簡単に食事をしたあと、町に行って、ビル・バンズと会うつもりだった。もうじき〈ストームヘイヴン・ガゼット〉紙の次の号が出るはずだ。第一面にどんな記事が出ているか見ておこう。

岩礁の安全な場所に用意された係船所が広くなって、ハッチにも停泊スペースが与えられていた。〈プレイン・ジェイン〉のエンジンをかけ、船を出そうとしたとき、すぐそばで声が聞こえた。「ちょっと、そこのフリゲート艦の艦長さん！」顔を上げると、ボンテールがドックを駆け寄ってくるのが見えた。胸当てつきの作業着を着て、首に赤いバンダナを巻いている。衣服にも顔にも手にも、泥がべっとりこびりついていた。ドックの突端で立ち止まると、ボンテールはヒッチハイカーのように親指を立て、冗談めかしてズボンの裾をたくし上げ、日に焼けたふくらはぎを見せた。

「乗ってくかい？」ハッチはいった。

「ありがとう、よくわかったわね」ボンテールはバッグを放り込み、船に飛び乗った。「あなたの持ち物かもしれないけど、この薄汚い島には、もううんざりだわ」

ハッチは船を出し、船首を回して、岩礁を突っ切り、入江を抜けた。「腹の傷はふさがったかい」

「せっかくの美しいお腹に、醜いかさぶたができちゃったわ」

「心配することはない。いずれ消える」ハッチは汚れた作業着に目をやった。「土饅頭(どまんじゅう)でもつくってたのか?」

ボンテールは眉をひそめた。「ど……まんじゅう……?」

「つまり、泥遊びということだ」

ボンテールは鼻の先で笑った。「ああ、これね。これは考古学者の勲章よ」

「らしいな」薄い霧が目の前にあった。ハッチは、霧の向こう側に出るまでスピードを落とした。「今日は潜水班と一緒じゃなかったようだね」

ボンテールはまた鼻の先で笑った。「あたしは、潜水夫の前に考古学者よ。今日は、昔の囲い堰の跡を地図で特定する大事な仕事をしたの。野獣でもできる肉体労働はセルジオたちにまかせたわ」

「じゃあ、セルジオにそういっておこう」〈プレイン・ジェイン〉は瘤島海峡を抜け、隠者島の北端部を西にまわった。やがて、ストームヘイヴンの港が見えてきた。紺青色の海の向こうに、白と緑の光の筋が輝いている。扇形の船尾に寄りかかって、ボンテールは髪をふりほどいた。艶のある黒髪が滝のように流れた。

「この田舎町に、何か面白い場所はある?」本土のほうにあごをしゃくって、ボンテールはいった。

「あんまりないね」

「夜中の三時まで踊れるディスコはないの? じゃあ、独身の女の子はどこに行けばいいの?」

「正直にいうが、それは難しい問題だ」ハッチは、ボンテールの誘いに乗ろうとする気持ちを抑えた。この女に手を出すと面倒なことになる。それだけは肝に銘じておかなければ。

ボンテールはハッチの顔色をうかがっていた。唇の端にかすかな笑みが浮かんでいる。

「じゃあ、お医者さまと夕食でもご一緒しようかしら」

「お医者さま?」ハッチは驚いたような顔をした。「フレージャー先生なら、きっと喜ぶぞ。六十を超えた町の老先生だが、まだまだ元気だからね」

「馬鹿ね! あたしがいってるのは、このお医者さまのことよ」ボンテールはハッチの胸を小突いた。

ハッチは相手を見た。まあ、いいか、と彼は思った。夕食くらいなら、別に面倒なことにはならないだろう。

「ご承知のように、町にはレストランが二軒しかない。当然、どちらもシーフードの店だ。ただし、一軒は、ちゃんとしたステーキも出す」

「ステーキ？　じゃあ、あたし向きね。こう見えても肉食専門なの。野菜は豚と猿が食べるもの。魚なんかは、こうよ――」といって、彼女は舷側から嘔吐するまねをした。

「きみはカリブ諸島で育ったんだと思っていたんだが」

「ええ、そうよ。父は漁師だったわ。だから、毎日まいにち、魚ばっかり食べさせられたの。でも、クリスマスは別。クリスマスには、シェーヴルを食べたわ」

「山羊のことか？」ハッチは尋ねた。

「そう。山羊は大好き。海岸に穴を掘って、八時間、蒸し焼きにするの。自家製のポンラックというビールを呑みながら食べるのよ」

「うまそうじゃないか」ハッチは笑った。「きみは町に部屋を借りてるんだよね」

「ええ。どこも満室だったから、郵便局に〈空き部屋求む〉の張り紙を出したの。そしたら、カウンターの向こう側にいる女の人がそれを見て、うちに下宿しなさいっていってくれたの」

「じゃあ、あそこの二階に住んでるのか？　パウンドドック夫妻のところに」

「そうよ」

「女郵便局長とその夫。感じのいい、物静かな人たちだ」

「そうね。あんまり一階が静かだから、死んでるんじゃないかと思うこともあるわ」

ただし、男を連れてきたらどんな騒ぎが起こるかわかったもんじゃない、とハッチは思った。夜の十一時過ぎまで戻ってこなかった場合も同じことだ。

港に着くと、ハッチは〈プレイン・ジェイン〉を係留地点に近づけた。「この汚い服、着替えてくるわ」ボンテールはそういうと、付属船に乗り移った。「あなたも、その平凡なくたびれたブレザー、着替えてきてね」

「気に入ってるんだ、この上着」ハッチはいった。

「アメリカの男って、お洒落を知らないのね。こういうときにはイタリアの麻布で仕立てたスーツが一番よ」

「麻は嫌いなんだ」ハッチはいった。「すぐしわになる」

「そこがいいんじゃないの！」ボンテールは笑った。「あなた、サイズはいくつ？　四十二のロング？」

「よくわかったな」

「男の寸法を測るのは得意なのよ」

23

郵便局の外で落ち合い、丸石敷きの急な坂道をのぼって〈ランディング〉というレストランに向かった。涼しくて気持ちのいい夜だった。雲は風に飛ばされ、港の上には満天の星があった。清澄な夕闇が支配する中、家々の窓や戸口には黄色い光がまたたき、ストームヘイヴンの町は、ハッチが知っていた遠い過去の親しい姿をそのまま留めているように見えた。

「ほんとに素敵なところね」ハッチの腕を取りながら、ボンテールはいった。「あたしが育ったマルチニーク島のサンピエールもきれいな町だったけど、残念ながら、ここと は大違い！　サンピエールは光があふれる総天然色の町。ここは何もかもが白黒ね。お店もここのほうが多いわ。羽目をはずせるナイトクラブだってあるし」

「ナイトクラブは嫌いだな」ハッチはいった。

「退屈な人ね」ボンテールはまんざらでもなさそうにいった。

二人がレストランに着くと、ウェイターはハッチに気がつき、すぐに席まで案内した。落ち着ける店だった。広い部屋が二間あり、バーのカウンターが一つあって、漁網や、木製のロブスター壺や、ガラスの浮きが飾ってある。席に着いたハッチは、店内を見まわした。客の三分の一は〈サラサ〉の関係者だった。

「まあ、憎たらしい」と、ボンテールはフランス語でつぶやいた。「どこにでも会社の人間がいるのね。ジェラルドが早くみんなを帰してくれたらいいのに」

「小さな町ではこういうもんだよ。逃げたければ、海に出るしかない。海に出たって、誰かが望遠鏡で見てるかもしれないがね」

「じゃあ、デッキでセックスもできないわけね」と、ボンテールはいった。

「そのとおりだ」と、ハッチはいった。「われわれニューイングランドの人間はデッキの下に隠れてセックスをする」ボンテールが面白そうに笑うのを見ながら、ハッチは、これから彼女が男たちのあいだに引き起こすかもしれない騒動を思った。「さっき泥だらけになっていたのは、何をしてたんだ？」

「いやに泥にこだわるわね」ボンテールは眉をひそめた。「泥は考古学者のお友だちよ」彼女はテーブルに身を乗り出した。「実はね、泥ばっかりのあなたの島で、ささやかな発見をしたの」

「そのことを話してくれ」

彼女はグラスの水を一口呑んだ。「海賊の野営地を見つけたの」

ハッチは目をみはった。「冗談いうなよ」

「ほんとだもの！　今朝、島の風上側を調べにいったの。岩棚を十メートルほど降りたところに、切り立った崖が立ってるところ、知ってるでしょ？」

「ああ」

「あそこの、崖が浸食されているところに、完璧な地層があったのよ。縦の地層で、考古学者にはとても役に立つの。そこで炭素のレンズを見つけたわ」

ハッチは眉をひそめた。「レンズ？」

「凸レンズの形をした黒い炭の破片。火を焚いた跡に残るの。その付近を金属探知機で調べてみたら、いろいろなものが見つかったわ。大砲の葡萄弾、マスケット銃の弾丸、馬の蹄鉄」ボンテールは、指を折りながら、見つかったものを挙げていった。

「馬の蹄鉄？」

「ええそう。重労働に馬を使ったみたいね」

「どこから連れてきたんだ」

「あなた、海洋航海史に疎いのね。船に家畜を積んだのは常識でしょ。馬とか、山羊とか、鶏とか、豚とか」

注文の料理が届いた——ハッチは貝料理とロブスター、ボンテールは血の滴るようなトップ・サーロインのステーキ。考古学者は料理にむしゃぶりついた。その様子を、ハッチは面白くながめていた。眉根を寄せた顔つきはあくまでも真剣で、あごの先からは肉汁が滴り落ちている。

「それでね」と、大きく切ったステーキにフォークを刺しながら、彼女は続けた。「とりあえず、崖のすぐうしろに溝を掘ってみたの。そしたら、何が出てきたと思う？　また木炭が出てきて、テント跡の丸い窪みが見つかって、七面鳥や鹿の骨が掘り出されたのよ。ランキンは、まだ何か見つかるかもしれないから、高性能のセンサーでもう一度調べたいといってるわ。とにかく、野営地の跡だということは間違いないし、印をつけてきたから、明日から発掘作業を始めるつもり。あたしの子分のクリストフは、土掘りがとても上手になったのよ」

「クリストフというのは、クリストファー・セント・ジョンのことか？　土を掘ってるのか、彼が」

「ええ、そうよ。あの汚らしい上着や靴は脱いでもらったの。覚悟を決めて、泥まみれになったら、眠ってた才能が目覚めたみたい。今じゃ、一番頼りになる掘り手よ。いつでもあとについてきて、口笛を吹いたら飛んでくるの」

「かわいそうなやつなんだから、あんまりいじめるなよ」

「とんでもない、あの人のためを思ってやってることよ。あの人には新鮮な空気と運動が大切なの。何もしないと、かぶと虫の幼虫みたいに、ぶよぶよに太って真っ白なままよ。まあ、見ててごらんなさい。あたしが鍛え上げたら、鋼のような引き締まった体になるわ。あのおちびさんみたいにね」

「それは誰のことだ」

「知ってるでしょ」腹に一物ありげに、ボンテールの唇の両端が下がった。「あいつよ。ストリーターのこと」

「なるほどね」ボンテールの口調からすると、そのニックネームに好意は込められていないようだった。「それにしても、あいつはどういう男なんだろう」

　ボンテールは肩をすくめた。「いろいろ噂はあるわね。どれが本当で、どれが間違いか、判断がつかないわ。ヴェトナムでナイデルマンの下にいたそうよ。下にいた、という言い方、間違ってない？　人から聞いたんだけど、ナイデルマンは戦闘中にストリーターの命を助けたことがあるらしいの。これ、ほんとだと思うわ。だって、ストリーターはキャプテンのいうことならなんでも聞くでしょ？　犬みたいに。キャプテンが本当に信用してるのはストリーターだけだと思うわ」ボンテールはハッチをじっと見た。「あなたは別だけど」

　ハッチは眉をひそめた。「キャプテンがあいつのことを気にかけているのはいいことだ。一人ぐらいは味方がいなくちゃね。あいつは人気者じゃなさそうだから」

　ボンテールは眉を上げた。「確かにそうね。それに、あなたたち二人は、どうも出来心が合わないみたいだし」

「それをいうなら気心だ」ハッチは訂正した。

「どうでもいいじゃない。でも、キャプテンがストリーターを気にかけてるというのは間違いよ。キャプテンが気にかけているものは一つしかないんだから」彼女は、ノコギリ島の方角に向かって、ほんの少しだけあごをしゃくった。「あんまりその話はしないけど、馬鹿じゃなきゃ誰にだってわかるわ。ねえ、知ってる？　あたしが初めて顔を合わせたときから、キャプテンは、あなたの島の小さな写真を本社の自分の机に飾ってたのよ」

「知らなかったね」ハッチは、ナイデルマンと一緒に初めて島を訪れた日のことに思いを馳せた。あのとき、キャプテンはいった。発掘できないのなら、見ても意味がないでしょう、と。

いつのまにかボンテールの様子がおかしくなっていた。話題を変えようと口を開いたとき、ハッチは何かに気がついた——人の気配だ。視線を上げると、そこにクレアがいた。通路の角を曲がって、こちらに近づいてくる。いおうと思っていた言葉は、唇の上で凍りついた。

クレアは、ハッチが想像していたとおりの女性に成長していた。背が高く、痩せ形で、少し上を向いた鼻にはそばかすが散っている。ハッチに気がつくと、クレアは急に立ち止まった。顔がくしゃくしゃになり、眉根を寄せて滑稽な顔をするのは、昔ながらのクレアの驚きの表情だった。

「やあ、クレア」そういうと、ハッチはあたふたと立ち上がった。声がうわずりそうになるのを必死で抑えた。

クレアは一歩近づいた。「お久しぶり」彼女は、差し出されたハッチの手を握った。手と手が触れ合ったせいか、クレアの頰は薄紅色に染まった。「町にいるのは人から聞いたわ」そして、自嘲気味に笑い、「でも、みんな知ってることよね。だって、こんなに——」クレアは、〈水地獄〉のことを示すように手をひらひらさせた。

「元気そうじゃないか」と、ハッチはいった。年を経て、クレアはすっきりした体つきになり、ダーク・ブルーの瞳は人を射るような薄い色に変わっていた。以前はいつも唇に刻まれていた悪戯っぽい微笑は消え、いっそうきまじめで内省的な表情になっている。クレアは、ハッチの視線を意識して、無意識にプリーツ・スカートの裾を直した。

そのとき、レストランの入口で動きがあり、牧師のウッディ・クレイが入ってきた。あたりを見まわし、クレイはハッチに目を留めた。血色の悪い顔が痙攣して、一瞬、不快の表情を浮かべると、クレイはハッチのほうに近づいてきた。人間の欲について、宝探しの倫理について、こんなところでまたお説教か。そう思って、ハッチは身構えた。牧師はハッチたちのテーブルにきて、ハッチからボンテールへと視線を移し、またハッチを見た。

こいつは人の食事の邪魔をするほど図々しい男なのだろうか、とハッチは思った。

「ああ」と、クレアがいった。クレアは、牧師を見ながら、自分の長いブロンドの髪に手を触れた。「ウッディ、こちらはマリン・ハッチ」

「前にもう会っている」クレイは軽く頭を下げた。

これなら大丈夫だ、とハッチは思った。さすがのクレイも、二人の女性が見ている前で長広舌をふるうつもりはないらしい。「こちらはイゾベル・ボンテール博士」体勢を立て直し、ハッチは紹介した。「ボンテール博士、こちらはクレア・ノースカットで——」

「私は牧師のウッドラフ・クレイ。これは家内です」牧師はぶっきらぼうにいうと、ボンテールに手を差し出した。

ハッチは愕然とした。彼の心は、この意外な事実を受け入れるのを拒んでいた。

ボンテールはナプキンで唇を拭い、物憂げに立ち上がると、きれいに揃った歯を見せながら、二人の手を取った。気まずい沈黙があり、クレイは短く会釈すると、クレアを促し、去っていった。

ボンテールは遠ざかるクレアの後ろ姿を見て、ハッチに視線を戻した。「昔のお友だち？」

「え？」ハッチはうわの空でいった。その目は、所有権を主張するようにクレアの腰もとに回されたクレイの左手を見ていた。

ボンテールの顔に茶目っ気のある笑みが浮かんだ。

「あたし、勘違いしてたみたいね」テーブルに身を乗り出しながら、彼女はいった。「友だちじゃなくて、昔の彼女ね。こんなところで会いたくなかった、でも相変わらず素敵だ、といったところかしら」

「観察眼が鋭いね」と、ハッチはいった。突然の再会に戸惑い、意外な事実を知らされたあとだったので、ボンテールの言葉を否定する気にもなれなかった。

「でも、あのご亭主とあなたとは、昔の友だちじゃない。それどころか、あの人、あなたのこと嫌ってるみたいね。疲労の色が滲む眉のあいだのしわ。目の下の隈。きっと、白い夜（ニュイ・ブラーンシュ）を経験したんだわ」

「なんだって？」

「白い夜——英語ではそういわないのかしら。眠れない夜のことよ。原因はいろいろあるでしょうけどね」ボンテールはからかうように笑った。

返事をする代わりに、ハッチはフォークを取り、ロブスターを食べようとした。

「あなた、まだ彼女のこと好きなんでしょ」愉快そうににこにこしながら、ボンテールはじゃれるようにいった。「いつか、彼女の話、聞かせてね。でも、その前に、あなたのこと聞きたいの。キャプテンによると、いろんな国に行ってたみたいだけど、スリナム共和国での冒険あたりから話してくれない？」

それから二時間近くたったとき、ハッチは渋々立ち上がり、ボンテールに続いてレストランの外に出た。節操もなく、馬鹿なことをしたものだ。デザート二人前。コーヒーをポットで二つ。それにブランディを五、六杯。ボンテールもまったく同じものを注文したが、彼女のほうは平気な顔で腕を広げ、すがすがしい夜の空気を吸い込んでいた。

「この風、気持ちいいわ！」ボンテールは叫んだ。「好きになりそうよ、この町」

「まあ、見てるがいい」と、ハッチはいった。「あと二週間もしたら、もう帰りたくなくなるぞ。体が馴染むんだ」

「あと二週間もしたら、いくら逃げまわっても、あなたなんかあたしの子分になってるわよ」ボンテールは値踏みするようにハッチを見た。「これからどうするの？」

ハッチは、一瞬迷った。夕食のあとのことは考えていなかったのだ。ボンテールのほうに視線を向けたとき、頭の奥でかすかに警報ベルが鳴りはじめた。黄色い街灯を背景にして、この考古学者は身も心も奪われるほど美しく見えた。こんなメーン州の田舎町では、その黄褐色の肌も、切れ長の目も、すばらしくエキゾチックだった。危ない、危ない。心の声が、そう告げた。

「もうお開きにしようか」ようやくハッチはいった。「明日は忙しいし」

たちまち眉が吊り上がり、大袈裟な不満顔になった。

「そんなのいや！　あなたたちヤンキーには、みんな骨がないのね。これなら、セルジオとデートしたほうがましだったわ。あの人にも情熱だけはあるもの。体臭は、山羊がひっくり返るほど強烈ですけどね」ボンテールは、上目遣いにハッチを見た。「ストームヘイヴンの町では、どんなふうにおやすみの挨拶をするのかしら、ハッチ博士」

「こんなふうにだ」ハッチは一歩進み出て、握手の手を差し出した。

「あら、そうなの」難しい理屈を理解するように、ボンテールはゆっくりうなずいた。そのあと、いきなりハッチの頬に両手をあてがうと、自分の顔のほうに引き寄せ、唇を合わせた。頬を撫でながらボンテールの手が顔から離れたとき、ハッチは、彼女の舌の先がほんの一瞬自分の舌に触れたのを感じた。

「これがマルチニークのおやすみの挨拶よ」と、彼女はささやいた。そして、郵便局のほうを向くと、うしろを振り返ることなく、夜の中へと去っていった。

24

翌日の午後、手首を捻挫した車輛運転係の治療を終えてハッチがドックから戻ってくると、ウォプナーの仕事場のあたりから物が潰れるような音が聞こえてきた。最悪のことを予想して、ハッチは〈ベース・キャンプ〉に飛び込んだ。しかし、電子機器が並ぶ巨大な棚に押しつぶされていると思われたプログラマーは、いつもの椅子にすわり、アイスクリーム・サンドイッチにかぶりついていた。足もとには壊れたCPUがあり、顔にはいまいましそうな表情が浮かんでいる。

「大丈夫か？」

ウォプナーは、むしゃむしゃ音を立ててアイスクリームを食べた。「いや、大丈夫じゃない」

「どうしたんだ」

プログラマーは悲しげな大きな目をハッチに向けた。

「あのコンピュータにこの足で衝撃を加えたんだよ」

ハッチはすわる場所を捜したが、椅子がないことを思い出して、戸口に寄りかかった。

「詳しく聞かせてくれ」

ウォプナーは最後の一口を頬ばると、包み紙を床に捨てた。「もうめちゃくちゃなんだ」

「何が？」

「〈カリブディス〉も、ノコギリ島のネットワークも、みんなだ」ウォプナーは〈アイランド・ワン〉のほうを親指で示した。

「どういうことだ？」

「総当たり式のプログラムでセカンド・コードを調べてたんだよ。優先順位を一番にしても、ひどく遅かった。おまけに、エラー・メッセージやら、妙なデータやらが、次々に表示される。今度は、いくつかのルーティンを〈スキラ〉で動かしてみた。〈ケルベロス〉のコンピュータだ。すると、エラーなしに、びゅんびゅん動く」

ウォプナーは悔しげに自嘲した。

「原因に心当たりはないのか？」

「あるとも。おおありだよ。気になって、ハードウェア・レベルの診断プログラムを走らせてみたんだ。そしたら、ROMのマイクロコードに書き換えられている部分があった。ポンプが暴走したときと同じだよ。ランダムに書き換えられてたんだ。フーリエ・パターンそのままでね」

「よくわからないが」

「要するに、そんなことは不可能なんだ。それならわかるか？　あんなふうにROMを書き換える制御プロセスは存在しない。おまけにだな、その書き込みには、数学的なパターンがあったんだ」ウォプナーは立ち上がり、冷凍死体保存庫に似たものの扉を開け、アイスクリーム・サンドイッチを取り出した。「おれのハードディスクやMO（エムオー）にも同じことが起こっている。この島だけの現象なんだ。船の上でも、ブルックリンでも、こんなことは起こらないんだ」

「不可能ということはないだろう。実際にこういう現象を見ているんだからね。原因がまだわかっていないだけだ」

「原因？　それだったらわかってるよ。ノコギリ島の呪いというやつだ」

ハッチは笑った。だが、ウォプナーはにこりともしていなかった。

プログラマーはアイスクリームの包み紙を剝ぎ、大きくかぶりついた。「いいよ、もう。わかったよ。ほかに原因があるなら、挙げてみてくれ。乗るよ、あんたの説に。だけど、この島に上陸した連中は、みんな妙な体験をしてるんだぜ。わけのわからない出来事が起こってるんだ。考えてみれば、おれたちだっておんなじだ。新しいおもちゃを持ってるだけなんだ」

こんなウォプナーを見るのは初めてだった。「おい、熱でもあるのか？」

「平熱だよ。あの牧師の話を聞いて、納得したんだ。きのう、郵便局で会ってね」

クレイか、とハッチは思った。相変わらずあいつは〈サラサ〉の関係者のあいだに毒を広めてまわっているのだ。自分の怒りの激しさに、ハッチは驚いた。あいつは疫病神だ。脂肪性の嚢胞と同じで、ひねり潰して膿を出さなければならない。

セント・ジョンが戸口に現れて、その思いは中断された。「ああ、ここにいたのか」セント・ジョンはハッチにいった。

ハッチは、歴史学者の珍妙な格好に目を疑った。泥だらけの長靴、古ぼけたツイードの上着、油布。走ってきたのか、息を切らしている。

「何かあったのか?」また事故かと思い、ハッチはとっさに体を起こした。

「いや、別に何もないがね」気取った手つきで防水コートのしわを伸ばしながら、セント・ジョンはいった。

「イゾベルに頼まれて、きみを呼びに来たんだ。私たちの発掘現場を見てもらおうと思ってね」

「私たちの?」

「そうだ。きみも知ってるだろうが、イゾベルに協力して、私も海賊の野営地の跡を掘っているんだ」この男は、何かにつけてイゾベル、イゾベルだ。ボンテールに馴れなれしい態度をとっている歴史学者に対して、ハッチは軽い怒りを覚えた。

セント・ジョンはウォプナーのほうに向き直った。「〈ケルベロス〉のコンピュータでプログラムの実行は終わったのか?」

ウォプナーはうなずいた。「エラーなし。運にも見放されたよ」

「じゃあ、ケリー、あとはもう――」

「いやなこった、多表換字法向きにプログラムを書き換えるなんて!」そういうと、ウォプナーは、でこぼこになったCPUにまた八つ当たりした。「仕事が増えるばっかりで、ちっとも先に進まないじゃないか。もう時間がないんだよ」

「ちょっと待ってくれ」ハッチは、口論が始まる前に納めようとした。「多表換字法のことはセント・ジョンに教えてもらった」

「無駄なことをしたもんだ」と、ウォプナーはいった。「あれが一般に広まるのは十九世紀末の話だ。間違いが起こりやすくて、時間もかかると思われていた。それに、何種類もの解読表をどこに隠しておいたんだ? 文字の並びは何百通りもあるんだから、いくらマカランでも空で憶えるのは無理だ」

ハッチはため息をついた。「暗号といわれてもよくわからないが、人の性格なら少しは知っている。キャプテン・ナイデルマンがいつもいっているように、マカランという男には先見の明があったらしい。日誌の暗号だって、秘密を守るために途中から形式を変えているくらいだから――」

「もっと解読が難しい暗号を採用する気になったとしても不思議はない」と、セント・ジョンがあとを引き取った。

「馬鹿、それくらいわかってるよ」ウォプナーはむっとしたようにいった。「二週間前から雁首揃えて解こうとしてるのがその暗号なんだぞ」

「いいからちょっと黙っててくれ」と、ハッチは続けた。「マカランが採用した二番目の暗号には数字しか使われていないこともわかっている」

「それで?」

「マカランには先見の明があったし、実務的な男でもあった。きみたちは、技術的な問題として、二番目の暗号に取り組んできた。でも、ほかの考え方はできないだろうか。たとえば、やむにやまれぬ事情があって、新しい暗号には数字しか使えなかった、と考えたらどうだろう?」

突然、部屋は静まり返った。コンピュータ・暗号の専門家と歴史学者は口を閉ざして考えはじめた。

「駄目だな」しばらくして、ウォプナーがいった。

「それだ!」指を鳴らし、セント・ジョンはいった。

「マカランは解読表を隠すために数字を使ったんだ!」

「寝言をいうなよ」ウォプナーは仏頂面でいった。

「いいか。マカランは時代の先を行く男だったんだ。多表換字法が最強の暗号だということは知っていた。ところが、それを使うには、解読用のアルファベット表を複数用意しなければならない。一つだけじゃ駄目だ。だからといって、アルファベット表をそこいらに放り出しておくことはできない。人目に触れたら一巻の終わりだ。そこで、数字を使った。マカランは建築家で技術者だ。数字を書いた紙が身のまわりに散らばっていても、誰も不思議には思わない。関数表、青写真、水力学の方程式――そういったものに解読表を兼ねた二重の意味を持たせればいいんだ。そうすれば誰も気がつかないはずだ!」

セント・ジョンの声にはありありと興奮が現れていた。しかも、いつになく顔は紅潮している。ウォプナーもそのことに気がついたらしい。忘れられたアイスクリーム・サンドイッチは机の上で溶け、茶色と白の水たまりができていた。

「うん、いいとこを衝いてるかもな」ウォプナーはつぶやいた。「正解とはいわないが、近いかもしれない」彼はキーボードを手もとに引き寄せた。「わかったよ。じゃあ、〈ケルベロス〉のコンピュータをプログラムし直して、原文選択法をやってみよう。二人とも、出ていってくれ。おれは忙しいんだ」

ハッチはセント・ジョンと一緒に外に出た。〈ベース・キャンプ〉は霧雨に濡れていた。空気そのものから湿気が染み出してくるようなニューイングランド特有の一日だった。

「きみに感謝したほうがいいかもしれないな」歴史学者は、ぽっちゃりしたあごの下で防水コートの襟を合わせながらいった。「あれはなかなかのアイデアだった。それに、ウォプナーのやつは、私のいうことは聞いてくれないんだ。キャプテンに直訴しようかと思っていたところだったよ」

「役に立つようなことをいったかどうかわからないが、とにかくよかったね」ハッチは言葉を切った。「それはそうと、イゾベルがぼくを探しているという話だったが」

セント・ジョンはうなずいた。「島の向こう側に患者がいるそうだ」

ハッチは思わず相手を見返した。「患者？　どうしてもっと早くいってくれなかったんだ」

「緊急の患者とは違う」したり顔で微笑みながら、セント・ジョンはいった。「まあ、あわてることはないと思うよ」

25

上り坂にさしかかって、ハッチはあたりを見まわした。囲い堰は完成し、ストリーターの作業班は西の海岸に移って巨大なポンプ群の設置をはじめていた。前回の暴走で狂った箇所を調整し、明日の使用に備えている。〈オルサンク〉は灰色にくすみ、監視塔の照明が周囲の霧を緑がかったネオンの色に染めていた。監視塔の中で動く人影もぼんやり認められた。

二人は島の最高地点を過ぎ、古い縦坑が密集する場所を縫って通る泥だらけの小道を東側に降りていった。発掘現場は平坦な草地で、その隣には東岸の切り立った崖があった。草地の奥には、コンクリート・ブロックの土台があり、その上に移動式の簡易倉庫が載っていた。倉庫の前に生い茂っていた草は踏み固められ、一エーカーほどの地面に白い紐で碁盤の目が描かれている。乱雑に丸められた防水シートの山が何ヵ所かにできていた。一メートル四方の碁盤の目は、あちらこちらですでに掘り起こされ、湿った草の色と鋭い対照をなす鉄錆色の豊かな土が剝き出しになっているのが見えた。ボンテールは、碁盤の目の横に積み上げられた盛り土のそばに、発掘者数人と肩を寄せ合って立っていた。レインコートの背中が濡れて光っている。隣の一画では、別の作業員が土を切り崩していた。仕切られた発掘現場の向こうには、オレンジ色の大きな標識が数本あった。海賊がキャンプを張るには最適の場所だ、とハッチは思った。ここなら海からも、本土からも見えない。

現場から百ヤードほど離れた荒れ地に、大きな箱の形をした灰色のトレーラーを牽いた全地形型の車が、無頓着にだらしなく停められていた。三輪運搬車に載せられた大きな機材が、そのうしろにいくつか並んでいる。ランキンが一台の機材の横にしゃがみ、ウインチでトレーラーに載せる準備をしていた。

「そのおもちゃ、どこから持ってきたんだ」機材のほうをあごで示しながら、ハッチはいった。

ランキンはにやりと笑った。「決まってるじゃないか、〈ケルベロス〉から持ってきたんだよ。これは断層探知機(トモグラフィック・デテクター)だ」

「何だって?」

ランキンの笑いはさらに広がった。「地面の中を調べる機械さ」ランキンは、ほかの運搬車を順番に指さした。「あれは地層を調べるレーダーで、骨を探すときに使う。ほかには、そう、鉱床を探るときに使うかな。周波数によって変わってくるが、だいたい地下十数フィートのところに埋まっているものを探すことができる。隣にあるのは赤外線反射板。砂の中でも使えるんだ。彩度は低いがね。端っこのあの機械は――」

「わかった、わかった。もういいよ」ハッチは笑った。「どれも非金属の探知に使うものだ。そうだろう?」

「そのとおり。今度の仕事で、こういうものを使うことになるとは思わなかったよ。主立った発見は、イゾベルが独り占めだがね」ランキンはオレンジ色の標識を指さした。「ご覧のとおり、おれが見つけたものも二つ三つあるが、大物はイゾベルがみんな押さえてる」

　ハッチは手を振ってその場を離れ、小走りになってセント・ジョンを追いかけた。二人が発掘現場に降りてゆくと、ボンテールが仲間から離れて近づいてきた。手に持っていたスコップをベルトに挿(さ)し、泥だらけの手をズボンの尻で拭った。髪の毛はうしろで結わえられ、今日もまた顔や黄褐色の腕は土で汚れていた。

「ハッチ博士を見つけてきたぞ」セント・ジョンは、内気そうな笑みを浮かべながら、いわなくてもいいことをいった。

「ありがとう、クリストフ」

　ハッチは、その内気そうな笑みの裏にある事情を推察した。セント・ジョンも、ボンテールの魅力に参ったということか？　そうでなければ、あの本の虫が、雨の降る中、泥まみれの作業に参加するはずがない。

「こっちに来て」ボンテールはハッチの手を取り、穴の端まで案内した。「みんなどいて」彼女は、乱暴ながら親しみのこもった口調で作業員たちに声をかけた。「先生が到着したわ。場所を空けてちょうだい」

「これは何だ？」ハッチは驚きの声を上げた。穴の底を覗き込むと、泥に半分埋まった汚れた茶色の頭蓋骨があり、そばには足の骨と思われるものが二つ埋まっていたのだ。ほかにも古い骨片がいくつか見受けられた。

「海賊のお墓よ」誇らしげにボンテールはいった。「仕切りをまたいで入ってきて。大事なものを踏まないでね」

「患者というのはこのことか」ハッチは碁盤の目の一つに入った。そして、興味津々でざっと頭蓋骨を調べたあと、ほかの骨にも関心を向けた。「どうやら患者は一人じゃないようだね」

「何ですって(パルドン)？」

　ハッチは顔を上げた。「この海賊に右足が二つあったのなら話は別だが、ここには二体の骨がある」

「二体の？　すごい、すごい！」ボンテールは手を叩いた。

「二人は殺されたんだろうか？」ハッチは尋ねた。

「何いってるのよ、先生。それを突き止めるのがお医者さまの仕事でしょ」

　ハッチはしゃがみ込み、詳しく骨を調べた。そばにある骨盤のわきに、ブラスナックル（格闘のため指の関節にはめる金属）が一つ落ちていた。遺体の胸に当たる部分には真鍮のボタンが散らばり、ほどけかけた金色の飾り糸も残されている。服の縁かがりに使われていたものだろう。ハッチは、泥に埋まった頭蓋骨が動かないように用心しながら、軽く叩いてみた。頭蓋骨は横を向き、口を大きく開けている。マスケット銃の弾痕とか、短剣の傷口とか、外部から加えられた暴力の跡とか、死因を特定できるようなものはない。発掘作業が終わり、骨がすべて回収されるまで、この海賊が死んだ原因はわからないだろう。しかし、粗略に埋葬されたことはわかる。そのまま墓穴に放り込まれたのかもしれない。腕は左右に広がり、顔は横を向き、脚は曲げられている。もしかしたら、二体目の骨の大半は、この下に埋まっているのではないだろうか。そのとき、足の骨のそばで何かが光り、ハッチの目を引いた。

「これは何だ?」ハッチは尋ねた。脛骨（けいこつ）のそばの泥の中から、重なった数枚の金貨と、彫り細工を施された大きな宝石とが顔を覗かせている。土はほんの少ししか取り除かれていないので、金貨は埋められたままの形を保っていた。

ボンテールがけらけら笑った。「いつ気がつくかと思ってたのよ。この殿方は、靴の中に小袋を忍ばせていたようね。クリストフと二人で調べてみたら、みんな判別できたわ。インドのマフーア金貨が一枚、イングランドのギニー金貨が二枚、フランスのルイドール金貨が一枚、ポルトガルのクルザード金貨が四枚。どれも一六九四年以前の金貨だったわ。宝石はエメラルドで、たぶんペルー経由のインカの財宝よ。ジャガーの顔が彫られてるわ。こんなのを持ってたら、ろくな死に方はしないでしょうね！」

「ついに片鱗をあらわしたんだ、エドワード・オッカムの宝物が」と、ハッチはつぶやいた。

「そうね」真剣な顔になって、ボンテールはいった。「お伽噺じゃなかったのね」

重なった金貨をじっと見ながら——これだけでも古銭収集家にはちょっとした財産になる——ハッチは背筋に異様な震えが走るのを感じていた。これまでは理論による予測でしかなかったもの、机上の空論と呼ばれても仕方なかったものが、突如、現実として目の前に現れたのだ。「キャプテンには知らせたのか?」ハッチは尋ねた。「まだよ。こっちに来て。ほかにも見せたいものがあるの」

だが、ハッチは、生々しく底光りする黄金の輝きから目を離すことができなかった。人間はどうしてこんなものに心を奪われるのだろう、とハッチは思った。太古の昔から人には黄金に惹かれる心性があるのだろうか。

首を振ってその思いを頭から振り払い、ハッチは碁盤の目の外に出た。「次は海賊の野営地そのものを見てもらうわ」そういうと、ボンテールはハッチの肘に腕をまわした。「今度はもっとすごいわよ」

ボンテールに続いて、ハッチは、数十ヤード離れた別の現場に向かった。一見して、強い印象は受けなかった。約百ヤード四方にわたって、表面の土壌と草が取り除かれ、茶色の固い土が剝き出しになっている。焚き火の跡らしい黒ずんだ部分が何ヵ所かあり、数多くの丸いへこみが無秩序に散らばっているのが見えた。地面には無数の小さなビニールの旗が立てられ、それぞれの旗には黒いマーカーで数字が書き込んであった。

「丸いへこみは、たぶんテントの跡ね」ボンテールはいった。「〈水地獄〉を掘った労働者が住んでいたんでしょう。それにしても、遺物の多いこと。見つかったところに旗を立てたんだけど、調査が始まってまだ二日もたっていないのよ」ボンテールは、倉庫の裏にハッチを案内した。そこに広げられている大きな防水布の端を、ボンテールがめくった。ハッチは、覗き込んで、目を見張った。何十もの遺物が、番号札つきできちんと並べられている。

「火打ち石式の銃が二丁」指さしながら、ボンテールはいった。「短剣が三本。船で使う斧が二丁。短刀が一つ。ラッパ銃が一丁。葡萄弾の樽が一つ。マスケット銃の弾丸が入った袋が数個。ペソ銀貨が十数枚。銀食器が数点。背杖(はいじょう)（海上で太陽の高度を測るときに使う器具）が一つ。船で使う十インチの大釘が十数本」

彼女は顔を上げた。「こんな短時間にこれだけの発見があったのは初めてだわ。それから、これ」彼女は金貨を一枚取り、ハッチに手渡した。「どんなお金持ちでも、このドブロン金貨には目の色が変わるはずよ」

ハッチは手の上で金貨の重みを計った。分厚いスペインの金貨で、肌触りは冷たく、頼もしいくらい重かった。まるで一週間前に鋳造されたばかりのような黄金の輝き。中心を少し外れたところに、レオン王国とカステイリャ王国を象徴するライオンと城の模様を抱くように、エルサレム十字の刻印がある。縁を取り囲む文字は、〈PHILIPPVS+DEI+GRAT〉と読めた。掌の上で金貨が温まり、思わず鼓動が早くなるのを感じた。

「ここにも不思議なことがあるの」と、ボンテールはいった。「十七世紀の船乗りは、服を着せたまま遺体を埋葬することはなかった。航海中、衣服は貴重品だったからよ。仮に着衣で埋葬したとしても、身体検査くらいはすると思うわ。靴の中に隠してあった金貨だって、あれは一財産でしょう？　いくら海賊でも無視できないんじゃないかしら。それに、ここにあるような道具類も捨てていくかしら？　ピストル、短刀、砲弾、釘——海賊には命の次に大事な道具だと思うもの。背杖だってそうよ。背杖がないと、船は港に戻れないわ。こういったものを自分の意志で捨てていくなんて考えられないわ」

そのとき、セント・ジョンが現れた。「また骨が見つかったよ、イゾベル」ボンテールの肘に軽く手を触れながら、セント・ジョンはいった。

「また骨が？　別の場所で？　すごいじゃない、クリストフ」

ハッチは二人に続いて発掘現場に戻った。作業員たちは二つめの碁盤の目から土を取り除き、骨を露出させて、次の区画に移っていた。新しい現場を見ながら、ハッチは興奮が冷め、不安が忍び寄るのを感じていた。この現場には頭蓋骨が三つあり、周辺にはほかの部位の骨が乱雑に散らばっている。ハッチは振り返り、三つ目の区画で作業員が毛先の粗いブラシを使って湿った土を払いのけるのをながめた。早くも頭蓋骨が一つ姿を現している。さらに、もう一つ。作業は続き、表層の土が除かれて、茶色に変色した骨が暴かれる。細長い骨が一本出土したあと、距骨（きょこつ）や踵骨（しょうこつ）が掘り出された。その踵（かかと）の骨は、先端が空を向いていた。つまり、死体はうつぶせに横たえられているのだ。

「大地の土を嚙む歯」と、ハッチはつぶやいた。

「え？」セント・ジョンが振り返った。

「なんでもない。『イーリアス』の一節だ」

うつぶせに死者を葬る者はいない。少なくとも、死者に敬意を抱いていればそんなことはできないはずだ。間に合わせの共同墓地だろうか、とハッチは思った。大きな穴を掘って、手当たり次第に死体を放り込む。ハッチの記憶に、中央アメリカでの体験がよみがえってきた。あのときに調べた墓には、軍部の大虐殺の犠牲になった農民たちが埋葬されていた。

ボンテールでさえ、もう何もしゃべらなかった。あれほどはしゃいでいたのに、今は黙りこくっている。「ここで何があったのかしら」周囲を見まわしながら、ボンテールはぽつりといった。

「わからない」冷たい異様な感触を腹の底に覚えながら、ハッチは答えた。

「骨を見ても、暴力行為の痕跡は残ってないわ」

「ほとんど痕跡を残さない暴力もある」と、ハッチはいった。「あるいは、疫病か飢餓で死んだのかもしれない。検屍すれば何かわかるだろう」ハッチは振り返り、改めて不気味な発掘現場を見渡した。今や大量の骨が出土している。深い穴の中で、骸骨は、手足を投げ出したままの状態で、三層に重なっていた。ぼろぼろになった腐った皮が、小糠雨に打たれて黒ずんでいる。

「こんな死体、調べられる?」ボンテールが尋ねた。

　ハッチは、墓穴の縁に立ったまま、しばらく黙っていた。一日が終わりにさしかかり、あたりは徐々に暗くなっている。雨が降り、霧が立ち、たそがれが近づいて、遠くから聞こえる潮騒が哀歌を奏でるなか、すべては命を失い、灰色に変色して見えた。まるで風景そのものから命の力が奪われたようだった。

「できると思う」しばらくして、ハッチは答えた。

　また長い沈黙があった。

「ここで何があったのかしら……」ボンテールは、独り言をつぶやくように繰り返した。

26

　翌日の明け方、〈グリフォン〉の操舵室に主だったメンバーが集められた。ケン・フィールドの事故のあとに招集がかかったときには、重い悲痛な空気が漂っていたものだが、今回の雰囲気は、あのときとはだいぶ違う。あたりには期待がみなぎり、潑剌としていた。テーブルの向こう端では、出土品を倉庫に運ぶ手筈について、ボンテールがストリーターに話しかけている。作業班の班長のほうは、黙って話を聞いているだけだった。もう一方の端では、いつも以上にだらしない汚れた格好をしたウォプナーが、大きく手を振って論点を強調しながら、セント・ジョンを相手に小声で何かまくしたてていた。例によって、ナイデルマンの姿はまだ見えない。全員が揃うまで、自分の部屋にこもっているのだ。ハッチは自分でコーヒーを注ぎ、油まみれの大きなドーナツを一つ取って、ランキンの隣の椅子にすわった。

そのとき、キャビンに通じる扉が開いて、ナイデルマンが現れた。キャプテンがまだ階段をのぼりきらないうちから、キャプテンもまたみんなと同じように高揚した気分でいるのがわかった。ナイデルマンは手を振って、キャビンの扉のそばにハッチを呼んだ。

「きみにこれを預けておく」ナイデルマンはぶっきらぼうにそういうと、何か重いものをハッチの手に押しつけた。見ると、驚いたことに、それは前日ボンテールが発見した分厚いドブロン金貨だった。ハッチはキャプテンの顔を見て、無言で問いかけた。

「たいしたものじゃないが」と、ナイデルマンはかすかな笑みを浮かべていった。「きみの分け前の前渡し分だと思ってくれ。これは、われわれの作業が生んだ最初の成果だ。感謝の気持ちを込めて、きみに贈りたい。きみが難しい選択をしてくれたおかげで、ここまで来ることができたわけだからね」

ハッチは礼の言葉をつぶやき、金貨をポケットに入れると、理由もなくどぎまぎしながら、階段をのぼり、席に戻った。この金貨を島から持ち出すのはよくないような気がした。残りの財宝が見つかる前にこれを持ち出すと、悪いことが起こるかもしれない。おれも迷信深くなったのだろうか。半ば冗談で、ハッチはそう思い、金貨は医療用の小屋に置いておくことにした。

ナイデルマンは大またでテーブルの上座に近づき、強い目の光で一同を睥睨した。その身だしなみは非の打ちどころがなかった。シャワーを浴び、ひげを剃り、アイロンの利いたカーキ色の制服に身を包み、清潔な肌の張りも申し分がない。暖色系のキャビンの照明を受けて、灰色の瞳は白っぽく見えた。

「今朝は報告事項がたくさんあるようだ」テーブルを見渡し、ナイデルマンはいった。「とりあえず、マグヌセン博士から始めてもらおうか」

「ポンプの調整は終わって、いつでも動かせます」と、技術主任はいった。「枝分かれしたトンネルや、囲い堰の内側にもセンサーを設置しましたから、排水中に水深をモニターできるようになっています」

ナイデルマンはうなずき、熱のこもった鋭い目をテーブルの先に向けた。「次は、ミスター・ストリーターだ。報告してくれ」

「囲い堰は完成しました。安定性や構造的信頼度のテストを行いましたが、すべて問題なしです。鉤の準備は完了。掘削班は〈ケルベロス〉に待機して指示を待っています」

「ご苦労」続いて、ナイデルマンは、歴史学者とプログラマーのほうを見た。「きみたちには違う種類の報告をしてもらえるということだったが」

「ええ、そうなんです」セント・ジョンが口火を切った。「実は――」

「おれにやらせてくれよ、クリス」ウォプナーがいった。「おれたち、二番目の暗号を解いたんだ」

テーブルのあちらこちらから息を呑む音が聞こえてきた。ハッチは身を乗り出した。肘かけを握る手に、思わず力がこもった。

「何が書いてあったの？」待ちきれないようにボンテールがいった。

ウォプナーは両手を広げた。「解いたといっただけで、読めたとはいってないぞ。何度か繰り返される文字の並びが見つかったんだ。それで、原文を電子テキストにして、少し解いてみたら、日誌の前半に出てくる単語と同じものがいくつか出てきた。だから、このやり方で間違いないと確信したんだ」

「それだけのこと？」ボンテールは力なく椅子にすわりなおした。

「それだけのこと、とはどういう意味だよ」ウォプナーは耳を疑うようにいった。「それだけわかりゃ、みんなわかったのと同じじゃないか。暗号の形式を突き止めたんだ。多表換字法といって、五枚から十五枚の解読表を使うやつだ。解読表の正確な数がわかったら、あとはコンピュータにまかせときゃいい。〈単語推定方式〉で分析させれば、ほんの数時間でけりがつく」

「多表換字法か」と、ハッチはいった。「それを最初から主張していたのはクリストファーだ。違うかい？」それを聞いて、セント・ジョンは晴れやかな顔になり、ウォプナーは苦虫を嚙みつぶしたような顔になった。

ナイデルマンはうなずいた。「梯子のプログラムのほうはどうなった？」

「〈ケルベロス〉のコンピュータでシミュレーション・テストをしました」張りのない汚れた髪が額に垂れてくるのを掻き上げながら、ウォプナーはいって、「ちゃんと動きましたよ。〈水地獄〉の中じゃどうなるかわかりませんがね」最後に意味ありげな言葉を添えた。

「よろしい」ナイデルマンは立ち上がり、弧形の窓に近づいて、一同のほうに向き直った。

「私のほうからつけ加えることはあまりない。これですべて準備は整った。一〇〇〇時にポンプを動かして、〈水地獄〉の水抜きを始める。ミスター・ストリーター、きみは囲い堰をしっかり見張っていてくれ。何か問題が起こりそうになったら、ただちに警告を発するんだ。万が一の場合のために、〈ナーイアス〉と〈グランパス〉をそばに停泊させておきたまえ。ミスター・ウォプナー、きみは、梯子のプログラムの最終テストをしながら、〈アイランド・ワン〉から状況を見ていてくれ。マグヌセン博士には〈オルサンク〉でポンプ全般の動作を監督してもらう」

ナイデルマンはテーブルに一歩近づいた。「計画通りに事が進めば、明日の昼ごろまでに〈水地獄〉は干上がるだろう。そのあと、中の構造が安定するまで様子を見る。午後になったら、作業班が〈水地獄〉内の大きな障害物を取り除いて、梯子を入れる。その次の朝には、最初の降下チームが中に入る予定だ」

ナイデルマンは声を落とし、一人一人の顔を順番に見ていった。「いうまでもないと思うが、たとえ水がなくなっても、〈水地獄〉がきわめて危険な場所であることに変わりはない。水がなくなることによって、木の構造物にはかえって余分な力がかかる。チタニウムの支柱で補強するまでは、落盤や崩壊などの事故が起こる恐れもある。まず少人数のチームが中に入って初期調査を行い、弱そうな木の梁に圧電式の歪み感知器を取りつける。取りつけた感知器は、ここにいるケリーが〈アイランド・ワン〉から遠隔監視をする。崩落の恐れがあるとき、つまり、歪みが急に大きくなったときには、感知器があらかじめ警鐘を鳴らしてくれるだろう。感知器は無線でネットワークとつながっているから、即座に反応が返ってくる。そこまでの準備が終わったら、いよいよ〈水地獄〉の見取り図作製を始める」

ナイデルマンはテーブルに両手を置いた。「最初の降下チームの人選だが、よく考えてみると、誰が行くかについては、最初から決まっているようなものだ。そのチームは三人で構成される。ボンテール博士と、ハッチ博士と、私だ。ボンテール博士は、考古学と土壌分析と海賊の建造物の専門家だから、〈水地獄〉を最初に調べる人物として、これほどの適任者はいない。ハッチ博士は医療行為を必要とする不慮の事故のために同行してもらう。三人目のメンバーを選ぶに際しては、キャプテンの特権を行使させてもらうことにした」ナイデルマンの目に、一瞬、輝きが宿った。

「いったい向こうに何があるのか、全員ではないにしても、かなりの者が自分の目で見たいと思っているはずだ。それは私にもよくわかっている。だから、ここで保証しよう。この先、何日かのあいだに、きみたちは全員、マカランの創造物と親しむチャンスを——いやになるくらい慣れ親しむチャンスを与えられる、と」

ナイデルマンは背筋を伸ばした。「何か質問はないかね」

操舵室は静まり返っていた。

キャプテンはうなずいた。「よろしい。では、仕事を始めよう」

27

翌日の午後、ハッチは上機嫌で島を離れた。前日は昼も夜もポンプが全力で動きつづけ、茶色に濁った〈水地獄〉の海水を汲み出していた。汲み出された何百万ガロンもの海水は、パイプで島の反対側に運ばれ、海に戻される。三十時間ほどたって、汲み出しホースは、百四十ヤードの深さにある〈水地獄〉の底の沈泥に達した。

ハッチは医療小屋に詰め、張りつめた思いで待っていたが、五時ごろになって、待望の知らせが届いた。満潮の時間になり、潮が押し寄せ、また引いていったが、〈水地獄〉には一滴の海水も入ってこなかったという。作業員が不安げに見守る前で、〈水地獄〉の巨大な木組みは、新たな重みに耐えかねるように、大きくきしみ、うめき声を上げた。震動感知器が揺れを記録して、小規模な落盤があったことを伝えてきたが、崩れたのは枝分かれしたトンネルや穴の一部で、本体には異常がなかった。数時間後には、きしみも収まり、落ち着いてきた。囲い堰も持ちこたえている。続いて、作業班は磁気を帯びた鉤を使い、何百年にもわたって〈水地獄〉に溜まった障害物や、梁などにこびりついたごみを取り除く作業を始めた。

ストームヘイヴンに船をつないだあと、ハッチは漁協に立ち寄り、サーモンの切り身を買った。それから、ふと思い立って、海岸沿いに車を走らせ、八マイル先のサウスポートに向かった。古い沿岸ハイウェイ、1A線を通っていると、水平線に四十度くらいの幅でぎざぎざの稲光が走るのが見えた。宵闇の群青色と薄紅色を背景にして、淡い黄色の光が明滅している。モンヒーガン島の向こう、はるか南の海上に入道雲が湧き上がり、三万フィートほど上空にある鋼色(はがねいろ)の雲の中で放電が起こっているのだ。よくある夏の嵐で、いずれ激しい雨が降り、落雷もあるだろうが、危険な海を荒れ狂わせるだけの力はない。

ケンブリッジと比べれば品数は少ないが、サウスポートの食料品店にはバッドの食品スーパーにはないものが置いてある。ジャガーから降りたハッチは、素早くあたりを見まわした。バッドの店に対して裏切り行為をするわけだから、知人に見られるのは避けたかった。しかし、それは小さな町の住民が考えることで、ボストンなどの大都会に住んでいる者にいわせれば、気のまわしすぎということになるだろう。そんなことを思って、ハッチは苦笑した。

自宅に戻ったハッチは、ポット一杯のコーヒーをこしらえ、レモンとディルで風味をつけたサーモンとアスパラガスを焼き、カレー粉とホースラディッシュ・マヨネーズを混ぜ合わせた。食堂のテーブルの大半は、緑色のキャンバス布に覆われている。その端に場所を空け、料理を並べて、〈ストーム・ヘイヴン・ガゼット〉紙を広げた。ノコギリ島の発掘に関する記事が第二面に回されているのを見て、ハッチは半ば落胆し、半ば安心した。一面トップの栄誉を担っているのはロブスター祭りの記事だった。カイ・エステンソンの金物屋の裏手にある資材置場に大鹿が現れて暴れたので、鳥獣保護局の係員が麻酔銃を撃ち込んだという記事も一面に載っていた。ノコギリ島の発掘については、「予想外の出来事に見舞われたものの、おおむね快調に進んでいる」とあり、先週の事故で負傷した作業員は順調に回復し、自宅で療養を続けていると書かれていた。頼んでおいたとおり、ハッチの名前は出ていなかった。

夕食が終わり、食器を流しに置いて、食堂に戻り、緑色のキャンバス布の前に立った。新しく注いだコーヒーを呑みながら、緑のキャンバス布をめくると、下にはさらにキャンバス布があり、その小さめのキャンバス布にはきのう見つかった遺骨が二体載っていた。遺骨の数はあきれるほど多かったが、その中から完璧に近い代表的な標本を二つ選び、静かなところでじっくり調べるために自宅まで持ち帰ったのだ。

骨は硬く、汚れも少なかった。島の土には鉄分が多く含まれているので、薄茶色に変色している。室内の乾いた空気の中で、骨は古びた土の臭いをかすかに放っていた。ハッチは一歩うしろに下がると、両手を腰に当て、骸骨をながめながら黙想にふけった。布の上には、同じ場所で見つかったボタンやバックル、靴の鋲釘などの遺品も並んでいる。片方の遺体は指輪をはめている――頂部を丸く磨いただけの石榴石(ざくろいし)がついた金の指輪で、石そのものに値打ちはないが、歴史的価値は高い。ハッチはその指輪を取り、小指にはめてみた。ぴったり合ったので、そのままはめておくことにした。こうすることによって、遠い昔に死んだ海賊と心が通い合うようで、気分がよかった。

開け放した窓の外に広がる草地に、夏のたそがれが忍び寄っていた。丘の下の貯水池で、蛙たちが夕べの礼拝を始めている。ハッチは小さなノートを取り出し、左のページに〈海賊A〉と書き、右のページに〈海賊B〉と書いた。だが、すぐにそれを線で消すと、〈黒ひげ〉〈キャプテン・キッド〉と、実在の海賊の名前を使って書き直した。こうすると、人間味が感じられるような気がした。それぞれの名前の下に、ハッチは遺体の第一印象を書き込んだ。

まず、念のために、性別を特定しておかなければならない。一七〇〇年代に活躍した女性の海賊の数は、一般人が考える以上に多かったことをハッチは知っている。遺体はどちらも男だった。歯はほとんど抜け落ちている。これは、あの共同墓地で見つかった遺体に共通する特徴でもある。ハッチは外れた下顎骨を取り上げ、拡大鏡で調べた。下顎突起には歯茎の病変に由来する傷があり、浸食されたように骨が薄くなった部分もある。残されたわずかばかりの歯には、驚くべき病理が現れていた。造歯細胞の層が象牙質から剥離しているのだ。ハッチはあごの骨を下に置き、原因は何だろう、と思った。病気か、飢餓か。それとも歯磨きの習慣がなかっただけのことか。

続いて、道化ヨリックの髑髏を手にするハムレットのように、黒ひげと名づけた海賊の頭蓋骨を両手で持って調べた。一本だけ残っている上の門歯は、嚙み合わせの部分がへこんでいた。これは東アジア人かアメリカ・インディアンの特徴だ。ハッチは頭蓋骨を置き、調査を続けた。もう一人の海賊、キャプテン・キッドのほうは、生前に片脚を折った形跡がある。亀裂の部分では、骨が摩耗し、石灰化しているし、折れたところはうまくつながっていない。片脚を引きずり、かなりの痛みをこらえながら歩いていたに違いない。この男は鎖骨にも古傷があった。周囲の盛り上がった深い刻み目が骨に入っているのだ。この男は短刀の一撃を肩に受けたのだろうか。

二人とも、年齢は四十に満たないだろう。黒ひげがアジア系なら、キャプテン・キッドは白人だ。オッカムの部下たちの人種構成をセント・ジョンに訊いてみよう、とハッチは思った。

考えにふけりながら、ハッチはテーブルの反対側にまわり、大腿骨を一つ手に取った。軽々として、頼りなく見える。軽く曲げてみようと力を入れた瞬間、乾いた小枝のように、ぽきりと折れた。驚いて、ハッチは断面を覗いた。土の中で強度が劣化したというより、明らかにこれは骨粗鬆症(こつそしょうしょう)だ。改めてもう一体の骨を調べてみると、そちらにも同じ症状が認められた。

骨粗鬆症のような老人病に罹るには、どちらの海賊も若すぎるが、これもまた貧しい食生活や疾病に原因があるのかもしれない。病気の診断ならお手のものなので、いくつかの可能性を思い浮かべ、どういう症状が出るか、頭の中で検討してみた。やがて、ハッチは満面に笑みを浮かべた。

そして、今、使っている本棚のほうに向き直り、手垢のついたハリソンの『内科学原論』を抜き出した。索引をめくって、探しているものが見つかると、急いでそのページを開いた。壊血病。ビタミンC欠乏症。そう、この症状だ。歯が抜け、骨が脆くなり、傷が癒えにくくなって、古傷が開くこともある。

ハッチは専門書を閉じ、棚に戻した。謎が解けた。壊血病は今や世界的に珍しい病気になっている。ハッチは貧しい発展途上国で医療に従事したことがあるが、たとえ極貧の国でも新鮮な果物や野菜は採れるので、壊血病の症例には一度もお目にかかったことがなかった。これが最初だ。いつになく満足して、ハッチはテーブルを離れた。

そのとき、玄関の呼び鈴が鳴った。心の中で悪態をつきながら、ハッチはあわてて遺骨をキャンバス布で覆い、居間に入った。田舎町に住んでいて困るのは、人の家を訪ねる前には電話をかけるというルールが通用しないことだ。一家に代々伝わる銀食器の代わりに、何百年も前の骸骨が食堂のテーブルに並べてあるのだから、人に見られたら何をいわれるかわかったものじゃない。

玄関に向かいながら、窓の外を見ると、驚いたことに、ドアの前に立っているのは腰の曲がったオーヴィル・ホーン先生だった。年老いた恩師は、杖をついて体を支えている。そして、ヴァン・ド・グラーフ発電機で静電気が生じたように、幾筋かの白髪がぴんと逆立っていた。

「ああ、怪人ハッチ博士だね」ドアが開くと、教授はいった。「通りかかったら、ハッチ博士の恐怖の館に明かりが見えたものでね」話しながら、よく光る小さな目は忙しげに動いていた。「きみのことだから、地下牢で死体を切り刻んでいたんだろう。最近、若い娘が何人か行方不明になっていてね。町の人は怯えてるんだ」ホーンの視線は、食堂のテーブルを覆う大きなキャンバス布に向けられた。「おや、あれは何だ?」

「海賊の骸骨ですよ」そういって、ハッチはにやりと笑った。「プレゼントを差し上げましょうか。誕生日、おめでとうございます」

教授の目に喜びの炎が燃え上がった。そして、誘いの言葉も待たず、ずかずかと居間に入り込んだ。「素晴らしい!」と、ホーンは叫んだ。「私の疑いにも根拠があったわけだね。これはどこで手に入れた?」

「〈サラサ〉の考古学者が、おととい、ノコギリ島で海賊の野営地跡を発見したんです」老人の手を引きながら、ハッチはいった。「そのとき、共同墓地が見つかりましてね。二体ばかり持ち帰って、死因を調べてみようと思ったんです」

その話を聞いて、教授はもじゃもじゃの眉を吊り上げた。ハッチがキャンバス布をめくると、客人は興味津々の面持ちで身を乗り出し、杖の先であちこちの骨を突っついたりしながら、仔細に標本をながめた。

「何が原因で命を落としたのか、わかりましたよ」と、ハッチはいった。

教授は片手を上げて制した。「ちょっと待ってくれ。私も考えてみる」

こと科学上の問題に関しては、教授がかなりの競争心の持ち主であることを思い出し、ハッチは苦笑した。同じようなゲームをして、二人は多くの午後を過ごしたものだ。教授に異様な標本や科学上の謎を示され、ハッチは考え込み、頭を悩ました。

ホーン先生は黒ひげの頭蓋骨を手に取り、ひっくり返して、歯を調べた。「東アジア人だね」そういうと、ホーンは骨を下に置いた。

「さすがですね」

「まあ、それほど意外なことじゃない」と、教授は応じた。「歴史上初めて機会均等主義を採用した雇用主が、海賊なんだよ。この男は、ビルマ人かボルネオ人だろう。いや、もしかしたらインド人かもしれない」

「参りました」

「みんなあてずっぽうだよ」教授は、小さな目を輝かせながら、鼠のまわりを回る猫のように骨のまわりを巡った。そして、ハッチが折った骨を取り上げ、「骨粗鬆症だね」といいながら、片方の眉を吊り上げ、ハッチを見た。

ハッチは無言で微笑した。

ホーン先生は下顎骨を手にした。「この海賊たちには、一日に二回歯磨きをする習慣がなかったらしいな」ホーンは歯を調べ、長い指を頰に当ててしばらく考え込んでから、背筋を伸ばした。「どれもこれも、壊血病という答えを示している」

ハッチは降参した。「ぼくはもっと時間がかかりました」

「壊血病は、数百年のあいだ、主に船乗りが罹っていた病気だ。まあ、常識だろうね」

「簡単すぎたかもしれませんね」ハッチは少し自信を失いながらいった。

教授はハッチの顔を見たが、何もいわなかった。

「さあ、居間でくつろいでください」と、ハッチはいった。「コーヒーを持ってきます」

数分後、カップと受け皿とを載せたトレイを持ってハッチが戻ってきたとき、教授は安楽椅子にすわり、ハッチの母が愛読していた古い探偵小説の一冊を手にして、ぱらぱらとページをめくっていた。書棚にはその種の小説が三十冊ほど置いてあった。これだけあれば充分よ、と母はいった。最後の本を読み終えたときには、最初の本の内容は忘れてるから、もう一度、順番に読み返すことができるわ、と。少年時代の恩師が、正面の居間で母の本を読んでいる……その光景に甘くも辛い追憶の思いを掻き立てられ、思わずハッチは小さなテーブルに音をたててトレイを置いた。教授がカップを受け取ったあと、しばらくのあいだ二人は黙ってコーヒーを飲んでいた。

「マリン」咳払いして、やがて老人はいった。「きみに謝らなくてはならないことがある」

「やめてください」ハッチはいった。「そんなことはいわなくていいんです。先生の率直で公平無私な意見がぼくには大切なんですから」

「公平だとか率直だとか、そんなことはどうでもいい。先日は言葉が足りなかった。あの宝島がなければストームヘイヴンの町はもっとよくなるという説を曲げるつもりはないが、この際、それは問題ではない。きみの動機についてとやかくいう権利は、私にはなかったんだ。きみはやりたいことをやればいい」

「ありがとうございます」

「その埋め合わせとして、今夜は一つ教材を持ってきた」と、ホーンはいった。いつもの輝きが目に戻っていた。ポケットから小箱を取り出し、蓋を取ると、中には、突出部が二つある不思議な殻が入っていた。表には、複雑な点や層紋の模様がついている。「さて、これは何だ。五分以内に答えなさい」

「シャム海胆（うに）でしょう」そういって、ハッチは殻を返した。「いい標本ですね」

「やられたね。きみが偉いのはわかった。それだったら、せめてあれが」と、食堂のほうを親指で示し、「どういう状態で発見されたか、詳しい話を聞かせてもらえないか。どんな些細なことでもいい。小さなことを見逃してあとで後悔するのはよくある話だ」

膝を伸ばし、編み紐を楕円形に巻いた絨毯の上で足を組んで、ハッチは状況を説明した。ボンテールが野営地の跡を見つけたこと。最初の調査のこと。共同墓地が見つかったこと。金貨のこと。さまざまな遺品が見つかったこと。おびただしい数の死体が折り重なっていたこと。教授は大きくうなずきながら耳を傾けていた。新しい情報が示されるたびに、その眉は上がったり下がったりした。

最後にハッチはいった。「一番びっくりしたのは、死体の数です。夕方までに八十体確認できましたが、発掘が進めばもっと増えるでしょうね」

「なるほど」教授は中空を見つめながら黙り込んだ。そのあと、背筋を伸ばし、カップを置くと、不思議なほど繊細な手つきで上着の襟を直し、立ち上がった。「壊血病か」独り言をいうようにそう繰り返してから、ホーンは嘲笑うように鼻の奥を鳴らした。「玄関まで送ってもらえるかな。これ以上きみの時間を無駄にしては申し訳がない」

玄関で教授は立ち止まり、振り返った。そして、じっとハッチを見据えた。さりげなさを装いながらも、その目は生きいきと動いていた。「ちょっと訊くが、マリン、ノコギリ島の優先的な植物にはどんなものがある？　私は行ったことがないので知らないんだが」

「そうですね」ハッチは考えた。「典型的な外洋の島だと思います。樹木はあまりなくて、薄（すすき）のような草とか、采振木（ざいふりぼく）とか、牛蒡（ごぼう）のたぐいとか、ティー・ローズとか、そんなもので覆われています」

「ああ、采振木か。実がパイになる。なかなかうまいものだ。きみは、ティー・ローズで作るローズ・ヒップ・ティーを飲んだことがあるかね？」

「ありますよ」と、ハッチはいった。「母がよく飲んでました――健康にいいといって。ぼくは大嫌いでしたが」

　ホーン教授は手を口に当て、咳をした。これは昔よく目にした不満をあらわす仕草だった。「どうかしましたか？」身構えながら、ハッチはいった。

「采振木とティー・ローズは、何世紀も前からこの沿岸の食生活には欠かせない植物だった」と、教授はいった。「どちらも健康にいい。特にビタミンCが豊富だ」

沈黙があった。「何をおっしゃりたいか、わかってきました」と、ハッチはいった。

「十七世紀の船乗りは、壊血病の原因は知らなかったかもしれないが、新鮮な苺、果物、植物の根や葉を食べれば壊血病が治ることは知っていた」教授は探るようにハッチを見た。

「それから、われわれの性急な診断には、もう一つ、問題がある」

「何です？」

「遺体の埋葬方法だよ」老人は強調するために杖の先で地面を叩いた。「いいかね、マリン、壊血病ぐらいで、八十もの死体を、あわてふためいて穴に投げ込んで埋葬するようなことはしない。おまけに、金貨や宝石もそのまま埋めている」

　遠くで閃光が走り、はるか南から遠雷が響いてきた。

「じゃあ、何があったんでしょう？」

　答える代わりに、ホーン先生はハッチの肩を軽く叩いた。そして、背中を向けると、足を引きずるようにして玄関の段を下り、体を左右に揺らしながら去っていった。オーシャン・レーンの暖かい闇に包まれ、その姿が見えなくなったあとも、杖の音だけはいつまでもこつこつと響き続けていた。

28

翌日の早朝、ハッチが〈アイランド・ワン〉に行くと、狭い司令制御センターはいつになく盛況だった。ボンテールとケリー・ウォプナーとセント・ジョンが同時にしゃべっている。マグヌセンとキャプテン・ナイデルマンだけが黙っていた。マグヌセンは黙々とシステムの最終診断を行っている。パイプに火をつけながら中央に立っているナイデルマンは、台風の目のように静かだった。

「頭がどうかしちまったのか？」と、ウォプナーはわめいていた。「おれは〈ケルベロス〉に戻って日誌の解読をやらなくちゃいけないんだ。洞窟探検なんかまっぴらだね。おれはプログラマーだ。下水掃除ならほかを当たってくれ」

「仕方ないんだよ」ナイデルマンは、パイプを口から離し、ウォプナーに視線を向けた。

「きみもあの数値は見ただろう」

「ええ、ええ、見ましたよ。でも、あれが普通でしょう？　この島じゃ何もまともに動かないんだ」

「何かあったんですか？」前に進み出て、ハッチはいった。

「ああ。おはよう」そういって、ナイデルマンは短い笑みを浮かべた。「別にたいしたことじゃない。梯子の電子制御にちょっとした問題が起こってね」

「ちょっとした問題か」ウォプナーがせせら笑った。

「今朝の実地調査のことだが、結論をいえば、ケリーにも参加してもらうことになった」

「だから、いやだっていってるじゃないですか！」ウォプナーは唇を尖らせた。「なんべんいえばわかるんですか。最後のハードルを跳び越えたんですよ。暗号はもうじき解読できるんだ。あんなに手を焼かせた難問でも、今なら〈スキラ〉のシステムを使って、ほんの二、三時間で片づくんです」

「最後のハードルを跳び越えたのなら、あとはここにいるクリストファーにモニター役をまかせればいいだろう」と、ナイデルマンはいった。声に少し苛立ちがあった。

「そうですよ」セント・ジョンは胸を張りながらいった。「アウトプットを見て、文字の置き換えをするだけなんだから」

　ウォプナーはナイデルマンとセント・ジョンを順繰りに見て、すねたように下唇を突き出した。

「どこで一番必要とされているか、という単純な問題だ」と、ナイデルマンはいった。「とにかく、こっちのチームにきみがいないとどうにもならない」続いて、ナイデルマンはハッチのほうに向き直った。「〈水地獄〉の各所に歪み感知器を取りつけるのが目下の重要案件だ。その圧電式の感知器をコンピュータ・ネットワークにつないだら、トンネルの壁や天井に異常が起こったとき、早めに察知できる。ところが、〈アイランド・ワン〉からケリーが遠隔操作でセンサーの誤差測定をやろうとしても、なぜかうまくいかなかった」ナイデルマンはウォプナーを一瞥した。「ネットワークの動作が不安定になっているんだから、ケリーが一緒にきて、パームトップ・コンピュータを使って手動で測定するしかない。その上で、測定結果をメインのコンピュータに移す。面倒だが、ほかに方法はない」

「面倒？」ウォプナーはいった。「迷惑千万この上なしですよ」

「分け前の半分を渡してもいいから、最初の実地調査に同行したい、という作業員も多いんだがね」と、セント・ジョンがいった。

「勝手にしろ」ウォプナーはそうつぶやいて顔を背けた。ボンテールはくすくす笑っている。

　ナイデルマンは歴史学者のほうを向いた。「きみがさっき解読した暗号文、日誌の後半部分に出てくるセンテンスに何が書いてあったか、ハッチ博士に教えてやってくれ」

　セント・ジョンは気取って咳払いした。「センテンスというのは正確じゃないがね」と、セント・ジョンはいった。「むしろ、センテンスの断片といったほうがいい。まず〈宝物（ほうもつ）への鍵を探す者は〉とあって、最後に〈見つけるであろう〉と書いてある」

　ハッチは驚いてキャプテンを見た。「じゃあ、〈水地獄〉の秘密の鍵が本当に存在する、ということですか」

　ナイデルマンはにっこりし、期待に満ちた顔で手をこすり合わせた。「もうじき八時だ」と、彼はいった。「きみも仕度をしてくれ。そろそろ始めよう」

　ハッチは自分の部屋に戻り、野外用の医療キットを取ってきて、仲間と合流し、〈オルサンク〉に向かって島の斜面を登った。「寒いわ。いやんなっちゃう」と、ボンテールがいった。手に息を吹きかけ、背中を丸めている。「今、夏でしょ？　このあたりじゃ、こういう気候、何ていうの？」

「メーンの夏の朝というんだ」ハッチは答えた。「楽しむんだね。この空気に当たっていると、そのうちに胸毛が生えてくる」

「そんなもの、あたしには必要ないわ、先生」ボンテールは、体を温めるためか、小走りになって先頭を進んだ。そのあとを追いながら、ハッチは、自分もかすかに震えていることに気がついた。寒さのせいか、それとも武者震いなのか、ハッチにはわからなかった。気象図では曖昧にぼやけていた前線が、ようやく島に長い影を投げはじめていた。前線のうしろでは、雷雲（かみなりぐも）がもくもくと湧きつつある。

　島の頂（いただき）に着いたとき、かなりの高さがある〈オルサンク〉の建物が目に入った。そのほの暗い下腹部から、さまざまに色分けされたケーブルの束が何本も垂れ下がり、〈水地獄〉の奈落に入り込んでいた。だが、それはもう〈水地獄〉ではない。水を抜かれた穴にはたやすく近づくことができるし、今やその奥底に隠された秘密も掘り出されるのを待つばかりなのだ。

　ハッチはまた身震いし、前に進んだ。この見晴らしのいい場所からは、島の南端の海面に弧を描く、三日月型をした灰色の囲い堰も見ることができた。それにしても、なんと奇想天外な眺めであることか。堰の向こう側には紺青色の海が広がり、晴れることのない霧のベールの中に消えている。手前には、卑猥な感じさえする、赤裸になった岩だらけの海底が露出し、そのあちらこちらに執拗な水が干潟をつくっていた。岩の転がる干上がった海の底に、何ヵ所か、マーカーが置いてあるのが見えた。これはトンネルの出口を示す標識で、あとで分析や調査をするために印をつけてあるのだ。堰に近い海岸には、錆びた鉄類や、水に浸かっていた材木や、〈水地獄〉の底から吐き出された汚物などが、調査の邪魔にならないように、いくつかの山になって積み上げられていた。

〈水地獄〉のそばにある集結地点には、ストリーターら作業班の面々が集まり、ケーブルを引き上げたり、下ろしたりしていた。そばに近づくと、穴から突き出ている巨大な梯子のようなものが見えた。手すりの部分は光沢のある金属のパイプで出来ていて、そのあいだにゴムを張った横木が二組ついている。ハッチも聞いていたが、これは作業班が一晩かかって組み立て、穴の底に下ろしたものらしい。中には木の梁や枠が縦横に走っていて、そのあいだに見えない障害物やがらくたが残されていたので、作業は大変だったという。

「こりゃすごい。医者にいわせると、巨人症の梯子ですね」口笛を吹きながら、ハッチはいった。

「これはただの梯子じゃない」と、ナイデルマンがいった。「いわば多目的の梯子だ。手すりのパイプはチタニウム合金で出来ている。これが〈水地獄〉を支える背骨になる。あと少しすると、この梯子を中心にして、チタニウムの支柱を放射状に取りつける予定だ。その支柱で壁や梁を補強して、発掘作業のあいだに落盤や陥没が起こらないようにする。梯子には、エレベーター式の昇降段も取りつける」

ナイデルマンは梯子を指さした。「このパイプには光ファイバーと、同軸ケーブルと、電線が通っていて、横木は、足の重みがかかると明かりがつく仕掛けだ。いずれは、サーボ・モーターからモニター・カメラまで、すべてがコンピュータで制御できるようにする。しかし、われらがウォプナーくんの努力にもかかわらず、今のところ、遠隔操作で据え付け作業をやろうとしても、うまくいったりいかなかったりだ。だから、この作業に参加してもらうことにした」ナイデルマンは、梯子の上部を足の先で突っついた。「〈サラサ〉仕様で造ったから、費用は二十万ドル近くかかっている」

その話を聞きつけ、ウォプナーがにやにや笑いながら近づいてきた。「ねえ、キャプテン」と、ウォプナーはいった。「すごくいいトイレの便座を六百ドルで売ってるところを知ってるんですが、紹介しましょうか」

ナイデルマンは苦笑した。「機嫌が直ったようで、嬉しいよ。さあ、準備に取りかかるか」

そして、一行のほうに向き直った。「今日の一番大事な作業は、圧電式の歪み感知器を穴の内壁や支柱に取りつけることだ」自分の背嚢（はいのう）からその感知器を一つ取り出すと、ナイデルマンはみんなに回した。小さな金属の板だった。中央にはコンピュータ・チップがあり、全体は透明な固いプラスチックで覆われ、長さ二分の一インチの針が底面の両端から垂直に突き出ている。「この針を木材に刺して固定すればいい。あとは、ウォプナーくんが誤差を測定して、パームトップ・コンピュータにデータを入れてくれる」

ナイデルマンの話が続いているあいだに、技師が一人ハッチに近づいてきて、背中にハーネスをつけてくれた。続いて、ヘルメットを手渡され、それに取りつけられたインターコムとハロゲン・ランプの使用法を教わった。最後にハッチは、圧電センサーが入った袋を受け取った。

医療キットの準備をしているとき、手すりのところからナイデルマンが手招きしているのに気がついた。そちらに近づくと、キャプテンはヘルメットのマイクに話しかけた。「マグヌセン、梯子に送電してくれ」

ハッチの目の前で、梯子に縦一列の灯がともり、まぶしい黄色の光に〈水地獄〉の不気味な穴が照らし出された。梯子の縦の支柱三本が、光を放ちながら地中深く延びているところは、まるで地獄へ降りる道のようだった。

ハッチは初めて〈水地獄〉の全貌を目にした。全体は不揃いな四角形で、一辺が約十フィート。それぞれの辺は太い丸太で出来ていて、四隅は、ほぞやV字型の切り込みで巨大な縦の梁と組み合わされていた。そして、十フィートおきに、穴の中央で交差する横の支柱が十字の形に張り渡されて、側面を補強し、穴がつぶれるのを防いでいる。その執拗な工法に、ハッチは舌を巻いた。本来なら、オッカムがこの島に戻って財宝を回収するまで、穴は五、六年、保てばいいはずだったが、この建造方法からは、千年あとまで残すのだというマカランの強い意志が感じられた。

地底に降りて行く光の列をながめながら、ハッチは〈水地獄〉の深さを初めて心の底から実感した。梯子の両側にある手すりは薄汚れた奈落の先で一点に収斂し、暗闇の中で光は小さな点になっていた。〈水地獄〉は生きている。その証拠に、こつこつと音がしているではないか。木のきしむ音や、水の滴る音が響き、何かがささやき、うめくような声が聞こえているではないか。

遠い雷鳴が島をゆるがした。不意に突風が吹き、穴のまわりで浜薄の穂が大きく揺れた。そのとたん、激しい雨が降ってきて、草や機械をずぶ濡れにした。〈オルサンク〉の巨軀の陰から半分体を出したまま、ハッチはその場に立ちつくしていた。あと二、三分もすれば、われわれは梯子に足をかけ、穴の底に降りてゆく、とハッチは思った。何もかもが順調すぎる。そんなひねくれた思いが、また胸をよぎった——すると、次の瞬間、ハッチは、穴の底に溜まった瘴気(しょうき)を、〈水地獄〉が外に向かって吹き上げようとするのを感じた。潮の匂いに、腐敗と膿の臭いが入り混じった強烈な臭気。魚の死骸と腐った海草から発するガス。そのとき、ハッチはふと思った。横穴と縦穴が複雑に組み合わさったこのトンネルのどこかに、兄のジョニーの死体があるのではないか。それは、ぜひ見つけたいものでもあったし、絶対に見つけたくないものでもあった。

技術者の一人が、小型の有毒ガス探知機をナイデルマンに手渡した。ナイデルマンはそれを首にかけた。「忘れないでくれ。これは物見遊山じゃない」メンバーを見渡しながら、ナイデルマンはいった。「梯子を離れるのは、センサーを設置するときに限る。センサーを取りつけて、誤差（あそび）を測定したら、ただちに地上に戻る。しかし、中で作業をしているときには、まわりをよく観察しておいてくれ。木積（こづみ）の状態、枝分かれしたトンネルの大きさや数。どんなことでもよく見ておくように。底にはまだ泥が積もっているから、枝分かれしたトンネルの入口や壁を重点的に調べよう」ナイデルマンは言葉を切り、ヘルメットの位置を直した。「よし。命綱をつけてくれ。出発だ」

ハーネスに命綱が取りつけられた。ナイデルマンはメンバーのあいだに入り、命綱とハーネスをつなぐ金属環や、それぞれのロープの点検をしてまわった。

「まるで電話線の修理屋になったみたいな気分だよ」と、ウォプナーが文句をいった。ハッチがそちらを見ると、コンピュータの専門家は圧電式の歪み感知器が入った袋に加えて、二台のパームトップ・コンピュータをベルトからぶら下げていた。

「あら、ケリー」と、ボンテールがからかった。「あなたがこんなに男らしく見えたの、初めてよ」

島に残っている関係者の大半は、集結地点のそばに集まっていた。その中から歓声が上がった。ハッチは、集まった人々の意気盛んな顔に目をやった。今こそ、彼らにとっても、ハッチにとっても、待ちに待った瞬間なのだ。ボンテールは満面に笑みを浮かべていた。ウォプナーでさえ周囲の興奮に染まってきたようだった。ウォプナーは、道具類を点検し、気取った様子でハーネスを引っ張った。

ナイデルマンは最後にもう一度だけあたりを見まわすと、集まった人々に手を振った。そして、集結地点のふちに進み出ると、自分の命綱を梯子に金具で固定し、穴の中に入っていった。

29

　最後に梯子に足をかけたのはハッチだった。あとの三人は、すでに二十フィートほど下にいた。手を交互に動かしながらそれぞれのメンバーが降りてゆくにつれて、ヘルメットに取りつけられた明かりが闇に踊った。ハッチはめまいに襲われ、梯子の横木をつかみながら上を見た。梯子は岩のように頑丈だ。たとえ足を踏み外しても、命綱が体を支えてくれる。

　さらに降下を続けているうちに、不思議な静寂が四人を包んだ。実況回線でその様子をモニターしている〈オルサンク〉の仲間のあいだにも沈黙が広がっていった。新しい環境に適応しようとする〈水地獄〉の上げる柔らかなきしみが、まるで目に見えない海生生物がひそひそと群れているように、あたりの空気を満たしていた。ハッチは、端末ハブや電気のコンセント、ケーブルのジャックなどがひとまとめに取りつけてある場所を初めて通り過ぎた。この梯子には、十五フィートごとにそんな場所がある。

「みんな大丈夫か？」インターコムにナイデルマンの低い声が入った。それぞれのメンバーから大丈夫だという返事が入った。

「マグヌセン博士、そちらはどうだ？」ナイデルマンは尋ねた。

「計器は正常です」と、〈オルサンク〉から声が届いた。「すべて異常ありません」

「ランキン博士、そちらは？」

「変化なしです。震動も磁気の異常もありません」

「ミスター・ストリーターは？」

「梯子関連システム、すべて異常なし」簡潔な返事があった。

「よろしい」ナイデルマンはいった。「われわれは、感知器を取りつけながら、このまま五十フィートのプラットホームまで降りて休息をとる。命綱が梁に引っかからないように気をつけてくれ。ボンテール博士、ハッチ博士、ミスター・ウォプナー、まわりの様子をよく見ておいてくれ。変なものを見つけたら、すぐ報告するように」

「冗談でしょ」と、ウォプナーの声が聞こえてきた。
「ここはどこもかしこも変なんですよ」

　しんがりをつとめながら、ハッチは、濁った深いプールに沈んでゆくような感覚に襲われていた。空気は冷たく肌にまとわりつき、あたりには腐敗臭が漂っている。湿度百パーセントの空気の中で、吐く息は白く濁り、顔の前に留まったまま、発散することを拒んでいた。右を向いたり、左を向いたりすると、その動きに従ってヘルメットのライトが動いた。四人は今〈水地獄〉の潮汐ゾーンにいる。一日に二度、水位が上下していた場所だ。海岸の岩陰や潮溜まりで、これまで何度も見たことのある生物が、ここにも棲みついていることを知って、ハッチは意外に思った。一番上の層には、富士壺の類がこびりついている。続いて、海草や、貽貝、笠貝などのへばりついた層がある。その下には海星が棲みつき、もう一つ下の層には、海鼠や茘枝貝、海胆、磯巾着などが棲みついている。さらに降下を続けると、珊瑚や海草の層もあった。壁や梁には無数の巻き貝がへばりつき、哀れにもまた潮が満ちてくるのを待っていた。ときおり、その巻き貝が力尽きて下に落ちると、漠たる空間に反響が広がった。

　水を抜かれた穴からは、すでに大量のごみやがらくたが取り除かれていたが、古い障害物の一部はまだ残っていた。腐った梁や、絡み合った金属片や、放置されたドリルの残骸のあいだを縫って、梯子は巧みに下まで通っている。〈水地獄〉の側壁に開いたトンネルの口にナイデルマンが感知器を取りつけるあいだ、調査班はいったん動きを止めていた。ウォプナーがその誤差を測るのを待っているうちに、毒気に当てられたのか、ハッチは気分が沈むのを感じた。ほかの三人も同じ気分なのだろうか。それとも、水の滴るこの迷路のどこかに兄の死体があるかもしれないと思って、ハッチだけが余分な心労を抱え込んでいるだけなのだろうか。

「参るなあ、この臭いには」小型のコンピュータを操作しながら、ウォプナーがいった。

「空気の測定値は正常だ」ナイデルマンの声が聞こえた。「あと二、三日すれば、換気装置が入ることになっている」

　一行はふたたび動きはじめた。壁を分厚く覆っていた海草がなくなり、代わりに長い褐藻が垂れ下がっているだけの層にさしかかって、縦坑本来の木積がはっきり見えるようになった。頭上から、くぐもった響きが聞こえてくる。雷鳴だ。見上げると、〈水地獄〉の穴が空に刻まれ、緑がかった光の中に〈オルサンク〉の巨軀が黒々と浮かび上がっていた。そのさらに上では、低く垂れ込めた雲が空を鉄灰色に変えている。一瞬、稲妻が走り、不気味な微光が〈水地獄〉をほの明るく染めた。

そのとき、下の三人の動きが止まった。下を見ると、ナイデルマンがぎざぎざになった二つの穴をライトで照らしていた。縦坑を横切るトンネルが、闇の中に消えている。

「きみはどう思う?」感知器を固定しながら、ナイデルマンは尋ねた。

「最初からあったものではありませんね」と、ボンテールが答えた。ボンテールは、片方の穴に用心深く身を乗り出し、感知器を取りつけながら、様子を調べた。「この木積を見てください。造りが小さいでしょ。それに、手斧じゃなくて、のこぎりで切ってますね。たぶん、パーカーストたちが掘ったんじゃないでしょうか、一八三〇年代に」

彼女は背筋を伸ばし、ハッチのほうを見上げた。ヘルメットに取りつけられたライトが、ハッチの脚を照らした。「あら、パンツ丸見えよ」そういうと、ボンテールはくすくす笑った。

「今度は場所を変わろうか」と、ハッチは応じた。

四人は、木積や梁に感知器を取りつけながら梯子を下り、やがて五十フィート地点の狭いプラットホームに着いた。ヘルメットの明かりの中で、ハッチはキャプテンの顔を見た。その蒼ざめた顔には、興奮の表情が浮かんでいた。空気は冷たいのに、肌にはうっすらと汗がにじんでいる。

そのとき、また稲妻が光り、遠くで雷鳴が轟いた。細く滴っている水の流れが速くなったような気がした。外は土砂降りになっているに違いない。上を見たが、横に交差する梁をさっき通り過ぎたので、視界はその二本の梁にさえぎられている。ライトのわきを水滴が飛ぶように落ちてゆく。もしかしたら、波も高くなっているのではないだろうか。囲い堰が決壊するようなことにならなければいいが、とハッチは思った。海水が堰を突き破り、〈水地獄〉に押し寄せて、あっというまに自分たちを呑み込むところが、ふと脳裏に浮かんだ。

「寒いよお」と、ウォプナーが文句をいった。「もっと早くいってくれたら、電気毛布を持ってきたのに。臭いだって、ますますひどくなってくるじゃないか」

「メタンと二酸化炭素のレベルが少し上がっている」モニターを見て、ナイデルマンがいった。「心配するほどのことはない」

「でも、ウォプナーのいうことは間違ってないわ」ベルトの水筒の位置を直しながら、ボンテールがいった。「確かに寒いんですもの」

「気温は八度だ」ナイデルマンはそっけなくいった。「ほかに気がついたことはないかね？」

沈黙があった。

「では、作業を続けよう。この先、トンネルや縦坑が見つかる可能性も高くなるだろう。感知器の取りつけは、一人ずつ交互にやることにする。ミスター・ウォプナーは手動で誤差を測っているから、どうしても遅れがちになる。百フィート目のプラットホームで彼を待とう」

この深さまでくると、横に渡された補強用の梁には、信じられないほど多彩なごみが引っかかっていた。古いケーブル、鎖、歯車。さらには、腐った革の手袋さえぶら下がっている。やがて、木積の壁に開口部が目立ってきた。枝分かれしたトンネルや、斜めに走るほかの縦坑との交差点が口を開けているのだ。ナイデルマンがその最初の穴に入り、二十フィート奥に感知器を取りつけた。二つ目はボンテールの担当。その次がハッチだった。

用心しながらハッチはハーネスから余分に命綱を引き出し、梯子を離れ、交差した縦坑に入った。柔らかい泥を踏む感触が足に伝わってきた。中は狭く、天井も低い。穴は急傾斜で上を向いている。氷礫土(ひょうれきど)をくりぬいただけの粗雑な造りだ。〈水地獄〉の優雅さとはほど遠く、どう見ても後世の工事だった。頭を低くして、ハッチは二十フィートだけトンネルをのぼり、圧電式の歪み感知器を袋から一つ取り出し、石灰化した土に取りつけた。穴の本体に戻ると、ウォプナーへの目印に、蛍光性の旗を縦坑の開口部に立てた。

また梯子に足をかけたとき、ハッチは、苦痛の悲鳴が長々と響くのを聞いた。そばにある材木が声をたてたのだ。それに続いて、ささやき声が、穴の上から下まで、ひそひそと素早く駆け抜けた。ハッチは凍りつき、梯子の段をきつく握りしめたまま、息を殺していた。

「〈水地獄〉が歪みを直しているだけだ」と、ナイデルマンの声が聞こえてきた。自分の番になり、すでに感知器の設置を終えたナイデルマンは、早くも次の横穴まで梯子をおりていた。彼がしゃべっているときに、またしても金切り声が響いた——鋭い悲鳴、不思議に人間の声に似た響きだった。この先にある枝分かれしたトンネルから聞こえてくるらしい。

「ありゃ何です?」今や一番うしろになったウォプナーがいった。閉鎖された空間では必要のないくらい大きな声だった。

「同じだよ」ナイデルマンはいった。「古い材木の抗議の声だ」

またしても金切り声が上がり、わけのわからない低い話し声が続いた。

「これが木ですか?」ウォプナーはいった。「まるで生き物みたいだ」

ハッチは顔を上げた。プログラマーは感知器を前にして凍りついている。伸ばした片方の手にパームトップ・コンピュータが握られ、もう一方の手の人差し指でそのコンピュータのキーを押そうとしているところは、まるで自分の掌を指さしているようで、滑稽に見えた。

「まぶしいじゃないか。ライトの向きを変えてくれ」ウォプナーはいった。「いつまでもこんなところにはいたくないんだ。早く仕事を片づけて、外に出たいんだよ」

「早く船に戻らないと、クリストフに手柄を独り占めされるものね」と、ボンテールがからかった。横穴から出たボンテールは、梯子に戻り、下に向かっていた。

百フィートのプラットホームが近づくと、新しい光景が開けてきた。これまでのところ、縦坑の壁で目にした水平に走るトンネルの開口部は、ぞんざいな掘り方をした粗雑なもので、すでに崩落している箇所も多かった。ところが、このあたりのトンネルは丁寧に掘られているらしく、形も整っていた。

ボンテールは正方形をした開口部をライトで照らした。「これは最初からある〈水地獄〉の一部だわ」

「何のために掘ったんだろう」そういいながら、ナイデルマンは袋から感知器を取り出した。

ボンテールは穴のほうに身を乗り出した。「よくわかりませんが、自然にできた岩の亀裂を使ってトンネルを掘るのはマカランらしいと思います」

「ミスター・ウォプナー」上を見ながら、ナイデルマンはいった。

短い沈黙があった。やがて、ウォプナーの返事が聞こえた。「何です?」異様なまでに感情を抑えた静かな声だった。ハッチが見上げると、ウォプナーは二十フィートほど上で梯子に足をかけ、身を乗り出して、さっきハッチが挿した旗の横で感知器の誤差を測っていた。汗で濡れた髪が、顔の横に張りついている。それなのに、プログラマーは震えていた。

「ケリー、大丈夫か？」ハッチは声をかけた。

「ああ、大丈夫だよ」

ナイデルマンはまずボンテールを見て、次にハッチを見た。その目からは異様な熱気が感じられた。「われわれがこれまでに取りつけた感知器をウォプナーが処理するには、まだしばらく時間がかかるだろう。そのあいだに、このトンネルを調べてみようじゃないか」

キャプテンは隙間をまたぎ越してトンネルに入り、あとの二人に手を貸した。そこは、高さ五フィート、幅三フィート程度の狭いトンネルで、奥は深く、〈水地獄〉の本体に使われているのと同じような太い材木で補強されていた。ナイデルマンはポケットから小型のナイフを取り、その木材に突き立てた。「二分の一インチまでは柔らかくて、芯は固い」ナイフをしまいながら、ナイデルマンはいった。「崩れることはなさそうだ」

三人は、腰をかがめ、用心しながら前進した。ナイデルマンは少し歩くごとに立ち止まり、梁の強度を調べた。トンネルは五十ヤードほどまっすぐに延びている。やがて、ナイデルマンは急に立ち止まり、低く口笛を吹いた。

前方に目をやると、幅十五フィートほどの奇妙な岩室（いわむろ）があった。壁は八面あるようで、それぞれの面の上の部分はアーチ型になって一点に集まり、丸天井を形成している。床の中央には、錆びて粉を吹いたようになっている鉄格子がある。鉄格子の下には深い穴があるようだが、その深さはわからない。三人は、岩室の入口に突っ立っていた。口から出る白い息が、立ちのぼる瘴気と混じり合った。空気の状態は急激に悪くなっているようだ。ハッチは軽いめまいを覚えていた。中央の鉄格子の下から、かすかな音が聞こえてくる。あれは水のささやきか、それとも地面が新しい圧力に馴れようとしている音か。

ボンテールが天井に明かりを向けた。そして、フランス語で感嘆の声を上げた。「これ、典型的な英国ゴシック様式だわ。雑なところはあるけど、間違いないと思います」

ナイデルマンは天井を見上げた。「なるほど。この設計は、サー・ウィリアム・マカランそのものだ。あの丸天井の枝畝（ティエルスロン）や繋ぎ骨（リアーン）を見てみろ。実に素晴らしいじゃないか」

「この地下百フィートの場所に、何百年も眠っていたというのも素晴らしいですね」と、ハッチはいった。「でも、何のために造ったんでしょう」

「これは推測だけど」と、ボンテールがいった。「たぶん、この部屋は、何か水力学に関した機能を果たしてるんじゃないかしら」彼女は、岩室の中央に向かって長く白い息を吐いた。三人が見つめる前で、その白い息は鉄格子のほうに流れ、たちまち下の穴に吸い込まれた。

「実地調査が終わったときにははっきりするだろう」と、ナイデルマンはいった。「とりあえず、今は感知器を二つ取りつけておこう。ここと、ここに」ナイデルマンは、岩の継ぎ目を選び、向かい合った二つの壁に感知器を取りつけた。そして、背筋を伸ばすと、有毒ガス探知機に目をやった。「二酸化炭素の量が増えている」と、彼はいった。「あまり長居はできないようだな」

　三人が中央の縦坑に戻ると、ウォプナーもすぐ上まで降りてきていた。「このトンネルの奥に感知器を二つ取りつけた」トンネルの口に二つ目の旗を立てながら、ナイデルマンはウォプナーにいった。

　上でウォプナーはよく聞き取れないことをつぶやき、三人に背を向けてパームトップ・コンピュータを操作した。ハッチは、一ヵ所に長く留まりすぎると、吐いた息が顔のまわりに白く溜まって、視界が悪くなることに気がついた。

「マグヌセン博士」と、ナイデルマンが無線機に向かっていった。「状況を報告してくれ」

「ランキン博士のモニターに異常振動が現れていますが、問題はないようです。おそらく天候のせいでしょう」それに応えるかのように、低い雷鳴の轟きが縦坑の下までかすかに伝わってきた。

「了解」ナイデルマンはボンテールとハッチのほうに向き直った。「底まで降りて、ほかの穴にも感知器を取りつけよう」

　ふたたび一行は降下を始めた。百フィートのプラットホームを過ぎ、〈水地獄〉の底を目指しながら、ハッチは、疲労と寒さで腕に震えが走るようになったのを意識していた。

「これを見てくれ」ナイデルマンはライトをそちらに向けた。「ここにも高度な技術で掘られたトンネルがある。さっきのトンネルの真下だ。これも〈水地獄〉と一緒に造ったものだな」ボンテールがそばの梁に感知器を取りつけ、三人はまた動きはじめた。

　下のほうから不意に息を呑む音が聞こえてきた。それに続いて、ボンテールの痛烈な悪態が耳に届いた。下に目をやったハッチは、文字通り心臓が喉もとまでせり上がってくるような衝撃を覚えた。

　下に溜まったがらくたの中に、白骨化した死体が引っかかっていたのだ。ボンテールのヘルメットに取りつけられたライトに照らされ、鎖や錆びた鉄に半ば埋もれて、頭蓋骨にうがたれた窪んだ眼窩が狂ったように明滅を繰り返していた。肩や腰にはぼろぼろになった衣服がまとわりつき、楽しい冗談を聞いて大笑いするように、あごは大口を開けている。ハッチは、どこか別の場所にいるような奇妙な感覚、動揺しながらも、心だけは遠いところにあるような感覚に襲われていた。もちろん、頭の片隅では、この人骨は兄のものにしては大きすぎることを理解していたが、ハッチは顔をそむけ、激しく震えながら、梯子に寄りかかった。息が苦しくなり、鼓動が乱れるのを、必死で抑えようとした。肺に空気を取り込み、取り込んだ空気を吐き出すこと、それだけに精神を集中させようとした。

「マリン！」ボンテールが声を張り上げた。「マリン！この骨は古いのよ。わかる（コンプラン）？　控えめに見積もっても、二百年前のものなのよ」

　ハッチは息を吸い、息を吐き、長い時間をかけて気持ちが落ち着くのを待ってから、「わかってるよ」と答えた。そして、チタニウムの横木に巻きつけていた腕をゆっくりほどき、まず片足を、続いてもう一方の足を、そろりそろりと下におろして、ボンテールやナイデルマンと並んだ。

　ハッチの反応には無関心に、興味津々の面持ちで、キャプテンは自分のライトで骸骨を照らしていた。「このシャツを見ろ」と、彼はいった。「生地はホームスパンで、袖はラグラン縫い。十八世紀の漁師がよく着ていたシャツだ。きっとこれは〈水地獄〉の最初の犠牲者、サイモン・ラターの死体だ」三人は、遠雷の響きに呪縛が破られるまで、まじまじと骸骨を見つめていた。

　無言のままキャプテンは足もとをライトで照らした。その先を自分のライトで追ったとき、ハッチはこの調査隊の最終目的地、〈水地獄〉の底そのものを目にすることができた。何本もの折れた横木、錆びた鉄、ホース、歯車、棒、ありとあらゆる機械類――二十ヤードほど下にある泥の海に、そういったものが浮かんでいる。寄り集まった横木のすぐ上には、坑道の出口のようなものがずらりと並んでいた。それぞれの口からは、濡れた海草や褐藻が、汗をかいたあごひげのように垂れ下がっている。ナイデルマンは、がらくたがもつれあったこの廃墟をひとわたりライトで照らしてから、ボンテールとハッチのほうに向き直った。その細い体は、自分の吐く息が凝固した冷たい霧の中で、光の輪を背負っているように見えた。

「このがらくたの、たぶん五十フィートくらい下に」と、彼は低い声でいった。「二十億ドルの財宝が埋もれている」その目は落ち着きなくボンテールとハッチのあいだを動いていたが、本当はどこか遠くのものを見ているような感じがした。やがて、ナイデルマンは笑いはじめた。丸みを帯びた低い笑い。これもまた不思議な響きだった。「五十フィートだ」と、彼は繰り返した。「あとはそれを掘り出すだけなんだ」

そのとき、不意に無線から声が出た。「キャプテン、ストリーターです」ヘッドホーン越しにそれを聞いていたハッチは、切迫した響きを感じ取った。「問題が発生しました」

「何があったんだ」キャプテンの声は急に引き締まり、夢見るような口調は消し飛んでいた。

一瞬、間があって、ストリーターは続けた。「キャプテン、実は——いや、ちょっと待ってください——こちらの考えを申し上げますが、調査を中止して、ただちに地上に戻ったほうがいいと思います」

「なぜだ?」ナイデルマンは尋ねた。「何かが故障したのか」

「いや、そういうことではないんですが」ストリーターはどう続ければいいかわからないようだった。「とにかく、セント・ジョンとつなぎます。彼から聞いてください」

ナイデルマンは物問いたげな顔でちらっとボンテールを見た。ボンテールは肩をすくめただけだった。

早口できびきびした歴史学者の声が無線に入った。「キャプテン・ナイデルマン、クリストファー・セント・ジョンです。今〈ケルベロス〉にいます。〈スキラ〉が日誌の何ヵ所かを解読してくれました」

「よくやった」と、キャプテンはいった。「しかし、それが緊急事態と関係があるのか?」

「日誌の後半部分に書いてあることが問題なんです。マカランの文章を読み上げます」

〈水地獄〉の心臓部に広がる冷たい闇の中で、ハッチは巨大梯子に足を載せたまま待っていた。マカランの日誌を英国人が読み上げる声は、まったく別の世界から聞こえてくるようだった。

　七日七晩のあいだ私は不安と闘っていた。オッカムは私を亡き者にしようと企んでいる。これまでにも多くの人間を平然と殺してきた男だから、この下劣な計画が終わって用なしになれば、邪魔な私を処分するつもりでいるのだ。夜も更けて、悲痛な思いに魂を苛まれながら、これから何をなすべきかを考えて、私はある決心をした。この神に見捨てられた島で、われわれが無慚な仕打ちに耐えなければならなかったのは、あの邪悪な海賊、オッカムのせいでもあるし、血に染まった財宝のせいでもある。あの財宝のせいで、どれほどの命が奪われたことか。あれこそ悪魔の財宝だ。したがって、私もそのつもりで扱うことにする……

セント・ジョンは言葉を切った。コンピュータのプリントアウト紙がかさかさ音をたてた。

「それだけのことで調査を中止しろというのか？」ナイデルマンの声からは、はっきりと怒りが感じ取れた。

「キャプテン、まだあるんです。続きを聞いてください」

　宝窟が完成した今、私に残された時間は少なくなった。だが、魂は安らいでいる。私の指図で、オッカムとその手下は、自分ではそれと知らずに、苦しみと悲しみによってあがなわれた、あの不浄の財を葬る永劫の墓を掘ったのだ。財宝は生ある者の手にふたたび渡ることはない。私は相手の裏をかき、権謀術数を巡らして、オッカムであろうと、ほかの誰であろうと、あの宝を二度と手にすることができぬようにした。宝窟は難攻不落である。オッカムは自分の手もとに鍵があると思っている。その信念が彼奴（きゃつ）に死をもたらすであろう。この文章を解読した者に告ぐ。私の警告に耳を傾けたまえ。宝窟の中に降りてゆくことは、身体と生命に対する甚大な危険を意味する。財宝を手にすることは確実な死を意味する。欲に憑かれて宝物（ほうもつ）への鍵を探す者は、代わりに冥界への鍵を見つけるであろう。魂は地獄に堕ち、

　セント・ジョンの声が途切れた。調査隊の三人は黙りこんでいた。ナイデルマンのほうに視線を向けたハッチは、キャプテンのあごがかすかに震え、目が細くなっているのを見た。

「というわけです」セント・ジョンがまたしゃべりはじめた。「〈水地獄〉の鍵なんてなかったんです。マカランは自分を拉致した海賊に究極の復讐を企てた。鍵をつくらなかったこと、絶対に回収できない場所に埋めたことが、その復讐だったんです。一度埋めたら、二度と手を触れることができなかったんです、オッカムでも、誰でも」

「要するにですね」と、ストリーターの声が割って入った。「暗号の残りの部分を解読して、ちゃんと分析してからでないと、〈水地獄〉に近づくのは危険なんです。マカランは何か罠を仕掛けてますよ。だから、無警戒に降りていくと――」

「くだらん」ナイデルマンはいった。「マカランのいう甚大な危険というのは、二百年前にサイモン・ラターが引っかかって、穴が水につかった子供だましの罠のことだ」

　ふたたび長い沈黙があった。ハッチはボンテールを見て、ナイデルマンを見た。キャプテンの表情は石のように固く、唇はきつく結ばれていた。

「キャプテン」と、ストリーターが呼びかけた。「セント・ジョンが解読した文章は、そういうふうには読めませんし――」

「結論はまだ出ていない」キャプテンは強い口調で言葉をはさんだ。「こちらの作業はもうすぐ終わる。感知器をあと二、三個取りつけて、誤差を測ったら、地上に戻る」

「セント・ジョンの話も無視できませんよ」ハッチはいった。「今は引き返すべきだと思います。マカランがどういうつもりであんなことを書いたのか、それを突き止めるほうが先です」

「賛成」と、ボンテールがいった。

　ナイデルマンはハッチとボンテールを交互に見つめた。「私は反対だ」ぶっきらぼうにナイデルマンはいった。「ミスター・ウォプナー、きみはどう思う?」

　プログラマーは梯子にいなかった。インターコムにも返事がなかった。「さっきのトンネルに入って、岩室に取りつけた感知器の処理をしてるんでしょう」と、ボンテールがいった。

「じゃあ、呼び戻そう。あいつは無線を切ってるのか」

キャプテンは、ハッチとボンテールのわきをすり抜け、梯子をのぼりはじめた。その重みでかすかに梯子が揺れた。

ちょっと待てよ、とハッチは思った。何かおかしくはないか。この巨大な梯子は、これまで一度も揺れたことがなかったはずだ。

そのとき、また揺れた。指先や足の裏にかろうじて感じる程度の、ごく小さな震動。ハッチは目顔でボンテールに問いかけた。こちらを見たボンテールの反応から、彼女もまた揺れを感じていることがわかった。

「マグヌセン博士、状況報告を！」ナイデルマンが鋭くいった。「何が起こってるんだ？」

「別に異常はありません」

「ランキンのほうはどうだ？」ナイデルマンは無線に声をかけた。

「スコープには震動が記録されていますが、閾値以下です。危険はありません。何かあったんですか？」

「さっき、こちらで震動が——」キャプテンがそう話しはじめたとき、梯子全体が歪むような激しい揺れが不意に襲ってきた。ハッチは思わず手を離しそうになった。片足が踏み板から外れ、体のバランスを崩しかけて、あわてて支柱をつかんだ。視界の隅に、必死で梯子にしがみついているボンテールの姿が見えた。大揺れは、二度、三度、続いた。やがて、土が崩れるような低い轟きが上のほうから聞こえてきた。ほとんど聞き取れない地鳴りの音も耳に届く。

「いったい何が起こってるんだ？」キャプテンが叫んだ。

「報告します！」マグヌセンの声が聞こえた。「そちらの近辺で断層のずれを観測しました」

「わかった。きみたちの勝ちだ。ウォプナーを探して退却しよう」

三人は百フィートのプラットホームまで梯子を這いのぼった。すぐ上では、腐った木材と土がぽっかりと口を開けている。丸天井のあるトンネルの入口だ。湿った穴をライトで照らし、ナイデルマンが中を覗いた。「聞こえるか、ウォプナー？　すぐに出てこい。調査は中断する」

ハッチはじっと耳を澄ましたが、そこには沈黙があるだけだった。トンネルからは、冷たい風がかすかに吹いてくる。

ナイデルマンはしばらくトンネルの中を見ていたが、やがてボンテールに目をやり、続いてハッチに視線を移した。不審そうに、目が細くなっている。

そのとき、突如、同じ思いに駆られたように、三人はあわてて命綱の金具を外し、トンネルの入口に躙(にじ)り寄った。そして、中に入ると、奥に向かって走り出した。ハッチは、天井の低いこの穴が、こんなに暗く、息苦しかったことに初めて気がついた。空気の感触さえ違って感じられた。

トンネルの先には狭い石の部屋があった。その部屋の向かい合った壁のそばに、圧電式の歪み感知器が一つずつ落ちている。片方の感知器の横に、ウォプナーのパームトップ・コンピュータがあった。コンピュータ付属の無線アンテナはぐにゃぐにゃに曲がっている。三人のヘルメットに取りつけられたライトに串刺しにされて、部屋の中から霧が細くたなびいてきた。

「ウォプナー?」ライトを左右に動かしながら、ナイデルマンが声をかけた。「いったいどこにいるんだ」

ナイデルマンのわきをすり抜けたハッチは、目の前の光景に全身が総毛立つのを覚えた。丸天井を構成していた巨大な石の一つが、壁際にずり落ちていたのだ。天井には歯が抜けたような隙間があり、湿った茶色の土がぱらぱらこぼれていた。天井の石が斜めに倒れかかっている壁際に目をやり、床を注目すると、白と黒の物体が見えた。近くに寄ったとき、ハッチは気がついた。白いキャンバス布と黒いゴム。ウォプナーがはいていたスニーカーの爪先だ。それが石の下から覗いている。ハッチは駆け寄り、床石と天井の石のあいだをライトで照らした。

「こりゃひどい」そばにきていたナイデルマンがうめいた。

二つの石にはさまれたウォプナーの姿がハッチの目に飛び込んできた。片方の腕はわきに押しつけられ、もう一方の腕はねじ曲がって上に突き出ている。ヘルメットをつけたままの頭は横向きになり、じっとハッチを見つめていた。目は大きく見開かれ、涙を溜めている。

ハッチが見つめる前で、声もなくウォプナーの唇が動いた。助けてくれ……といっているようだ。

「ケリー、じっとしてるんだ」そういうと、ハッチは狭い隙間を照らしながら、インターコムに手を伸ばした。

恐ろしい、まだ生きているのが不思議なくらいだ。「ストリーター！」ハッチはインターコムに呼びかけた。「一人が大きな石にはさまれた。油圧ジャッキを持ってきてくれ。それから、酸素と血液と塩水もいる」

ハッチはウォプナーのほうを向いた。「ケリー、これからジャッキで石を持ち上げる。すぐに出られるからな。とりあえず、どこが痛いか教えてくれ」

ふたたび口が動いた。「わからない」吐く息と一緒に、甲高い声が出た。「なんだか……体がばらばらになったみたいだ」声は奇妙に不明瞭だった。しゃべろうにも、ほとんどあごが動かないのだ。ハッチは壁から一歩離れ、医療キットの封を切ると、注射器を引っぱり出して、モルヒネを二cc入れた。そして、石の隙間に手を差し込み、ウォプナーの肩に注射針を突き立てた。ウォプナーはぴくりともしなかった。まったく反応がない。

「どんな具合だ？」うしろに立って、ナイデルマンがいった。顔の前で息が白くなっている。

「どいてください！」ハッチは怒鳴った。「空気の流れが止まる」気がつくと、ハッチ自身も肩で息をしていた。いくら肺に空気を入れても、息切れがする。

「気をつけて！」背後からボンテールの声が聞こえた。「ほかにも罠があるかもしれないわ」

罠？　ハッチは、これが罠だとは思っていなかった。だが、もし罠でなければ、巨大な天井の石が、これほど整然と抜け落ちるだろうか。ハッチは、ウォプナーの脈を取ろうと思い、手を伸ばしたが、反対側に腕が曲がっていたので届かなかった。

「ジャッキと酸素と血漿をこれから送ります」インターコムからストリーターの声が聞こえた。

「よし。じゃあ、折り畳み式の担架を百フィートのプラットホームまで下ろしてくれ。それから、空気式の副木と首当ても頼む」

「水……」と、ウォプナーがささやいた。

ボンテールが進み出て、ハッチに水筒を渡した。ハッチは隙間に手を入れ、水筒を傾けた。水は細く筋を引いてウォプナーのヘルメットの側部に流れ落ちた。伸ばされた舌が水を受けるのを見ながら、ハッチはその色が青黒くなっていることや、血がべっとりこびりついていることに気がついた。ちくしょう、ジャッキはまだこないのか……。

「頼む、助けてくれ！」喉を震わせながら、ウォプナーはいった。そして、細い咳をした。あごに、二、三滴、血が飛び散った。

　肺に穴が開いているのだ、とハッチは思った。「がんばれよ、ケリー。あと少しの辛抱だ」できるだけ刺激しないようにそういうと、ハッチはうしろを向き、乱暴にインターコムのボタンを押した。「遅いじゃないか、ジャッキはどうしたんだ」ハッチは、頭がくらくらするのを感じ、大きく息を吸い込んだ。

「空気の状態が危険域に入りかけている」ナイデルマンが静かにいった。

「ジャッキは今おろしているところです」雑音のあいだから、ストリーターの声が聞こえた。

　ハッチが振り返ると、ナイデルマンはすでにジャッキの回収に向かっていた。「腕と脚の感覚はあるか？」ハッチはウォプナーに尋ねた。

「わからない」一瞬、言葉が途切れ、プログラマーは息をついた。「片脚の感覚はある。まるで骨が外に突き出たみたいな感じだ」

　ライトを下に向けたが、何も見えなかった。狭い隙間の中に、ズボンの片脚が見えるだけだ。デニムの生地は赤黒く染まっていた。「ケリー、今、きみの左手を見ている。指を動かしてみてくれないか」

　異様に蒼ざめ、膨れあがった手は、長いことそのまま動かなかった。やがて、人差し指と中指が小さく震えた。ハッチは、安堵の気持ちが胸に広がるのを感じた。中枢神経系はやられていないようだ。あと数分のうちにこの石を動かせば、まだ望みはある。ハッチは、首を振ってぼんやりした頭をはっきりさせようとした。

　足もとがまた揺らぎ、土がぱらぱら降ってきた。ウォプナーは絶叫した。人間の声とは思えない甲高い悲鳴だった。

「何なの、これ」ボンテールはそういうと、素早く天井を一瞥した。

「きみは出ていったほうがいい」ハッチは静かにいった。

「絶対にいやよ、そんなこと」

「ケリー?」ハッチは不安そうに石の隙間を覗き込んだ。「ケリー、返事はできるか?」

　ウォプナーはハッチのほうに目を向けた。唇からかすれたうめき声が漏れる。喉がぜいぜい音をたて、息づかいは途切れがちだった。

　トンネルの外から、金具類がぶつかりあったり、投げ出されたりする音が聞こえてきた。ナイデルマンが、地上からおろされたケーブルを取り込んでいるのだ。頭がじんじんして、耳鳴りに似た妙な音まで聞こえてくる。ハッチは大きく息を吸い込んだ。

「息ができない」ウォプナーはようやくそれだけをつぶやいた。目は曇り、色まで薄くなっている。

「ケリー、その調子だ。このままがんばれ」ウォプナーは喉を詰まらせ、また咳をした。唇から血があふれ、あごの先から垂れた。

駆け足の音が近づいてきた。ナイデルマンだった。ナイデルマンは油圧ジャッキ二台と、可搬式の酸素ボンベを地面に下ろした。ハッチは酸素マスクを取り、そのノズルを調整弁にねじ込んだ。続いて、ボンベの上部にあるダイヤルを回した。マスクから酸素が吹き出す音には心の和む響きがあった。

ナイデルマンとボンテールも、うしろで一生懸命作業をしていた。ジャッキを包むビニール・カバーを剝ぎ取り、結わえつけられた棒から外し、本体をネジで組み立てる。そのとき、またしても震動があり、ハッチは、天井から落ちた石が容赦なく、じわりと壁に近づくのを肌で感じた。

「急いでくれ!」くらくらする頭で、ハッチは声を張り上げた。そして、ダイヤルをさらに回し、酸素量を最大にしてから、石と石のあいだの狭い隙間にマスクを入れた。「ケリー、これから、きみの口にこのマスクをつける」息が苦しくなって、ハッチはあえいだ。息を吸ってから、話を続けた。「マスクをつけたら、ゆっくり、浅く息をしてくれ。いいね? あと数分でこの石を動かす」

ハッチはウォプナーの顔に酸素マスクを当て、歪んだヘルメットの下に押し込もうとした。変形した鼻と口にぴったり合わせるには、指でマスクを潰さなければならなかった。ウォプナーがきちきちにはさまれていることを、改めて思い知らされた。狼狽して涙ぐんだ目が、訴えるようにハッチを見つめている。

ナイデルマンとボンテールは、脇目もふらず、黙々とジャッキを組み立てていた。

首を伸ばし、最初よりも狭くなった隙間を覗くと、ウォプナーの顔が見えた。今にも押し潰されそうな顔、口は開けたまま閉じられなくなっている。ヘルメットの端が肉に食い込んで、左右の頬から血が流れていた。もう、しゃべることも、悲鳴を上げることもできなかった。左手はぴくぴく痙攣（けいれん）し、紫色になった指の先が岩肌をこすっている。口や鼻から空気が漏れるかすかな音がしていた。石の圧力で、ほとんど呼吸はできないはずだ、とハッチは思った。

「よし、できた」ナイデルマンがジャッキをハッチに渡した。ハッチは狭い隙間にそれを差し込もうとした。

「刃のあいだが広すぎる！」ハッチはジャッキを投げ返した。「もっと狭くしてください！」

ハッチはウォプナーのほうを見た。「さあ、ケリー、ぼくと一緒に息をしてくれ。数をかぞえるからな。いいか。いち……にい……」

足もとの床が大きく揺れ、ぎりっと不気味な音がして、隙間がさらに狭まった。ハッチは、動いた石に自分の手がはさまれるのを感じた。ウォプナーは激しく痙攣し、ごぼごぼと喉を鳴らした。ヘルメットのライトが狭い空間を情け容赦なく照らし出したとき、ハッチは恐ろしい光景を目にした。ウォプナーの飛び出した目が、ピンク色に染まり、それが赤に変わって、最後には黒くなったのだ。ぴしっという音がして、ヘルメットがばらばらになった。石の間隔がさらに狭まると、押し潰された鼻や頬に浮かんだ汗の粒が、薄い紅色を帯びてきた。そのとき、片方の耳から勢いよく血が噴き出した。そのあと、指先からも血が飛び散った。あごは歪み、横にずれ、酸素マスクの中に舌が突き出された。

「石は動き続けている！」ハッチは叫んだ。「何か持ってきてくれ。何でもいい、隙間に差し込んで――」

だが、しゃべりながらも、手の先にあるウォプナーの頭が潰されてゆくのを感じていた。酸素マスクから何かが泡立つような音が響いてきた。液体が逆流して、管が詰まったのだ。指のあいだに異様な感触があった。気がつくと、恐ろしいことに、それはウォプナーの舌だった。飛び出た舌は、神経が燃え尽きるまで、ぴくぴくと痙攣を繰り返していた。

「やめてくれ！」ハッチは絶望の叫びを上げた。「頼む、やめてくれ！」

目の前に青い点々が広がり、ハッチはへなへなと石にもたれかかった。ねっとりした空気の中で、苦しい息をつきながら、狭まる隙間にはさまれたままの手を何とか抜こうとした。

「ハッチ博士、そこから離れるんだ！」ナイデルマンがいった。

「マリン！」ボンテールが悲鳴を上げた。

「おい、マル！」押し寄せる闇の中から、兄のジョニーのささやく声が聞こえてきた。おい、マル！　こっちにこいよ。

やがて闇がハッチを包み、あとは混沌となった。

30

夏の嵐のあとではいつもそうなるように、真夜中が近づくと、海のうねりは油のように粘っこく、緩慢なものに変わった。ハッチは机の前から立ち上がり、オフィスが暗いので足もとに気をつけながら、プレハブ小屋の窓に近づいた。そして、明かりの消えた小屋が並ぶ〈ベース・キャンプ〉の向こうに目をやり、なかなかやってこない検屍官の到着を示す光を探した。暗い海岸では、波の泡が白い線になって不気味に浮かび上がっている。午後の荒れ模様で、いっときのあいだ霧が吹き飛ばされたらしく、星のちりばめられた空の下、水平線に薄ぼんやりと頼りなく本土の明かりが見えていた。

ハッチはため息をつき、包帯の手を無意識にさすりながら窓に背を向けた。日が落ちて夜がやってくるころから、ハッチは一人でこの部屋にいた。動く気になれず、明かりをつける気力もなかった。少なくとも、部屋を暗くしておけば、白いシーツに覆われて担架に横たわっているものを直視しなくてすむ。意識の端に踏み込んでくるさまざまな思いや静かな声を忘れることができる。

そのとき、小さなノックの音が響いて、ドアの取っ手が回った。月光を背に受けて、キャプテン・ナイデルマンの痩せた影が戸口に浮かび上がった。小屋に入ってきたナイデルマンは、影に包まれた椅子に腰をおろした。物をこする音が聞こえ、一瞬、黄色い光が周囲を照らした。ナイデルマンがパイプに火をつけたのだ。煙を吸うかすかな音が聞こえたかと思うと、トルコ産のラタキア・タバコの芳香が部屋に広がった。

「まだ検屍官はこないんだね」ナイデルマンはいった。

沈黙がハッチの答えだった。ハッチたちはウォプナーを本土に運びたかったが、はるばるマチアスポートからやってくる疑り深い検屍官が、できるだけ死体は動かしたくないと杓子定規なことをいいだしたのだ。

キャプテンはしばらくパイプをくゆらしていた。火皿がときおり明るくなるだけで、その姿は見えなかった。

やがて彼はパイプを置き、咳払いした。

「マリン」ナイデルマンはゆっくり切り出した。

「はい」と、ハッチは返事をした。その声はかすれ、自分の声なのに他人の声のように聞こえた。

「今日あったことは悲劇以外のなにものでもない。われわれ全員がそう思っている。ケリーは本当にいいやつだった」

「そうですね」ハッチはいった。

「思い出すのは、セーブル島沖の深い海で、サルベージ・チームの指揮を執っていたときのことだ」と、ナイデルマンは続けた。「大西洋の墓場と呼ばれる海域だよ。金塊を積んだナチの潜水艦が沈んでいるというので、気圧室に六人の潜水夫を入れて、水深百フィートのところで作業をした。それが終わって減圧を始めたときに事故が起こった。密閉してあったはずの気圧室から空気が漏れていたんだ」ハッチは、ナイデルマンが椅子にすわったまま身じろぎする音を耳にした。「何が起こったかは、きみにも想像がつくだろう。全身の血管が詰まる。まず脳がめちゃめちゃに破壊されて、次に心臓が止まる」

　ハッチは何もいわなかった。

「その潜水夫の中に、私の息子がいた」

　ハッチは黒い人影に目をやった。「大変でしたね」と、彼はいった。「初めて聞きましたよ。つまり、その……」ハッチは言葉を切った。子供がいたなんて、初めて聞きました。その前に、結婚していることも知りませんでした。それどころか、ナイデルマンの私生活については何も知らないのと同じだった。

「ジェフはたった一人の子供だった。私たち夫婦には打撃だったよ。特に、妻のアデレードは——絶対に私を許すことができなかった」

　ハッチはまた黙り込んだ。あの十一月の午後、父親の死を知らされたときの、荒涼とした母親の表情が記憶によみがえってきた。母は、呆然としながら、マントルピースにあった陶製の蠟燭の置物を手に取って、エプロンで拭い、もとに戻してから、もう一度手に取り、また拭って、それを何度も繰り返した。空虚な空のように、蒼ざめた顔をしていた。

ケリー・ウォプナーの母親は、今、何をしているのだろう、とハッチは思った。

「まったく、疲れたよ」ナイデルマンはまた身じろぎをした。今度は、目を覚まそうとするかのように、決然と背筋を伸ばした。「この仕事をしていると、こういうことがよくあるんだ」と、彼はいった。「避けられないことだよ」

「避けられないこと……」ハッチは繰り返した。

「弁解するつもりはない。ケリーは、危険を承知であの選択をした。誰だって同じだ」

気がつくと、ハッチの目は、シーツに覆われた不格好な物体のほうに向けられていた。シーツは、あちらこちらに黒ずんだ染みが浮き出し、月の光を浴びて、いびつな黒い穴が開いているように見えた。はたしてウォプナーには選択の余地があったのだろうか、とハッチは思った。

キャプテンは声を低くした。「こんなことで負けてはいかん。大事なのはそれだけだ」

ハッチは、思いを断ち切るように目をそむけ、深々とため息をついた。「ぼくも同じ気持ちです。ここまでやってきたんですから、今、計画を中止したら、ケリーの死が無駄になってしまいます。時間をかけて安全策を見直しましょう。そうすれば——」

ナイデルマンは身を乗り出した。「時間をかけて？きみは誤解をしているようだね。計画は明日から再開する」

ハッチは眉をひそめた。「あんなことがあったのに、明日から再開できるんですか？　だいいち、みんなの士気が落ちてるのはどうするんですか。今日の午後、この窓の外で、作業員が二人話してましたよ。この計画は呪われている、宝物は絶対に掘り出せない、と」

「だからこそ無理をしてでも続けるんだ」と、キャプテンはいった。今や、その声には切迫した力がこもっていた。「このままだと、仮病をつかったり、あれこれ理由をつけたりして、仕事をサボる者が出てくるのは目に見えている。余計なことを考えないように、仕事に没頭させるんだ。みんなが動揺しているのは当然だ。あんな惨事が起こったんだから無理もない。呪いだの、祟りだのといった話に、人は弱い。誰の心にも超自然への畏れは潜んでいる。実は、そのことを話し合いたくてここにきたんだ」

ナイデルマンは椅子を引き寄せた。「今、機材にいろいろなトラブルが起こっている。島に運んでくるまで、どの機材にも異常はなかった。ここに据えたとたん、説明のつかない故障が続発している。おかげで予定が狂い、予算も無駄になった。士気の低下はいうまでもない」ナイデルマンはパイプを取った。「その原因に心当たりはないか？」

「ぼくにはわかりませんね。コンピュータには詳しくないし、ケリーにさえ見当がつかなかったんですからね。何か邪悪な力が働いている、というようなことをずっと口にしていました」

ナイデルマンは嘲るように鼻の奥を鳴らした。「そう、あのケリーでもな。コンピュータの専門家が迷信を信じるとはおかしなものだ」ナイデルマンはハッチのほうに顔を向けた。暗がりの中でも、ハッチはその視線を痛いほど感じることができた。「実は、そのことをずっと考えていたんだが、どうやら結論らしいものが出た。あれは呪いとは関係がない」

「じゃあ、何なんです？」

パイプに火をつけ直したとき、一瞬、キャプテンの顔に光が当たった。「破壊工作だよ」

「破壊工作？」ハッチは、にわかには信じられなかった。「でも、誰がそんなことをするんです？　何のために？」

「それは、まだわからない。しかし、いずれわかるだろう。内輪の人間、コンピュータ・システムや機材を自由に使える人間が、陰で工作をしているに違いない。つまり、ランキンか、マグヌセンか、セント・ジョンか、ボンテールだ。いや、ことによると、ウォプナーがその張本人だったのかもしれない。その場合は、自分の罠に自分ではまったことになる」

ハッチは密かに驚いていた。めちゃめちゃに潰れたウォプナーの死体が目と鼻の先にあるというのに、よくそんな非情なことがいえたものだ。「ストリーターはどうです？」ハッチはいった。

キャプテンは首を振った。「ストリーターとはヴェトナム以来の付き合いだ。私が指揮を執っていた砲艦で下士官を務めていた。きみとうまがあわないのはわかっているし、確かに変わったところはあるが、破壊工作をするとは思えないね。彼は全財産をこの計画に投資している。しかも、それだけじゃないんだ。私は一度、彼の命を救ったことがある。戦争に行って、一緒に戦った仲間なんだから、嘘が介入する余地はない」

「わかりました」と、ハッチはいった。「しかし、誰が犯人でも、そんなことをする理由はないでしょう」

「いや、あるよ」と、ナイデルマンはいった。「たとえば、競争相手のスパイ活動。世界を見渡せば、宝探しを請け負う会社は〈サラサ〉以外にもある。われわれが失敗したり、破産したりすると、別の会社にチャンスが生まれる」

「ぼくが協力しなければ何もできません」

「先方はまだそれを知らない」ナイデルマンは間を置いた。「いずれにしても、説得すれば人の心は変えることができる」

「ぼくにはよくわかりません。そんなことをする者がいるとは、ちょっと信じられないんですが……」ハッチは最後までいえなかった。前日、出土品の分類作業が行われている待機エリアで、マグヌセンとばったり会ったときのことを思い出したのだ。マグヌセンは、ボンテールが見つけたドブロン金貨を手にしていた。ハッチが驚いたのは、あの冷静沈着な女性技術者が、自分というものを常に押し殺しているあのマグヌセンが、金貨をじっと見つめながら、欲望が剝き出しになった表情を浮かべていたことだった。ハッチに気がつくと、マグヌセンはこっそり金貨を下に置いた。まるで、何かやましいことでもしていたように。

「忘れないでくれよ」と、ナイデルマンはいった。「戦利品は二十億ドルだ。世の中には、二十ドルの現金が欲しくて酒屋の店員を撃ち殺す者もたくさんいる。二十億ドルならどうなると思う？　どんなことでもやる人間、殺人をも辞さない人間が何人出てくる？」

　その質問は宙吊りになった。ナイデルマンは立ち上がり、勢いよくパイプを吸いながら、そわそわと窓際を歩きまわった。「もう〈水地獄〉は干上がったから、この先、人員を半分にすることができる。平底船やクレーン船はすでにポートランドに帰した。警備の負担はこれで軽くなるはずだ。しかし、一つだけはっきりさせておこう。破壊工作の件は、はっきりそうと決まったわけではない。男なのか女なのか、よくわからないが、誰かコンピュータに細工をした者がいて、その結果、今朝の調査にケリーが参加することになった、というのは可能性の一つだ。しかし、ケリー・ウォプナーを殺したのがマカランだったらどうする？」ナイデルマンは窓際から急に振り返った。「きみのお兄さんを殺したように、ケリーを殺したのだとしたら、あの男は、三世紀の時を越えて、われわれを攻撃したことになる。わかるか、マリン。今、あいつに負けるわけにはいかんのだ。あいつが造った〈水地獄〉の罠を破って、われわれは黄金を手に入れる。伝説の剣も一緒にな」

　暗がりの中でじっとしているハッチの中に、矛盾するさまざまな感情が込み上げてきた。〈水地獄〉をそんなふうに考えたことはなかったが、なるほど、ナイデルマンのいうとおりだ。マカランは罪のない彼の兄を殺し、同じようにほとんど罪のないコンピュータのプログラマーを殺した、ということもできる。〈水地獄〉の実体は、冷酷無比な殺人装置なのだ。

「破壊工作のことは何もわかりませんが」と、ハッチはゆっくり切り出した。「マカランに関してはそのとおりだと思います。日誌の最後に書いてあったことを見てもわかる。マカランは、財宝に手を出す者を一人残らず殺すように〈水地獄〉を設計した。だから、ここで一休みして、日誌を分析したり、攻め方を考え直したりする必要があるんです。最初から飛ばしすぎましたよ。どう考えても急ぎすぎです」

「マリン、その攻め方こそ間違っている」ナイデルマンの声は急に大きくなって、狭い部屋に響き渡った。「そんなことをするのは、破壊工作をたくらんでいる者の思うつぼだと思わんかね。とにかく、全速力で突っ走ることだ。〈水地獄〉内部の見取り図を作って、補強工事を行う。一日作業が遅れると、それだけ問題は紛糾するし、障害も増えてくる。マスコミがこのことを嗅ぎつけるのは時間の問題だろうしな。今、〈サラサ〉はロイズに週三十万ドル払っているが、今度の事故で、その保険料は二倍になるだろう。もう予算はオーバーしていて、投資家はみんな渋い顔をしている。マリン、われわれはもう少しのところまできてるんだ。こんなときに、ゆっくり歩けとは、どういうつもりだ？」

「いや」臆することなく、ハッチはいった。「ぼくは来季まで待てといってるんです。春になったら再開しましょう」

ナイデルマンの息を呑む音が聞こえた。「こりゃ驚いたね。きみはどういうつもりなんだ。ここで中断すると、囲い堰を取り壊したり、トンネルに水を入れたり、〈オルサンク〉や〈アイランド・ワン〉を解体したりすることになる——冗談はよしてくれ」

「本気ですよ」ハッチはいった。「これまでずっと、われわれは宝の部屋を開ける鍵のようなものがあると考えてきましたね。ところが、そんなものはないとわかった。逆に、開けようとすると危険な目にあうんです。ここにきて、もう三週間だ。八月も終わろうとしています。これからは、日が過ぎるたびに、嵐のやってくる確率が高くなるでしょう」

ナイデルマンは軽くいなすように手を振った。「うちの建材は積み木じゃないんだぞ。どんな嵐がきても簡単に乗り切れる。いや、ハリケーンがきたって大丈夫だ」

「ハリケーンや南西の暴風雨のことをいってるんじゃありません。そういう嵐なら、襲いかかってくるまで三日か四日の余裕がありますから、そのあいだに避難できます。怖いのは北東の暴風雨です。発生してから二十四時間以内に、この海岸までやってきますよ。そのときには、船を避難港に移せただけでも運がいいと思わないといけません」

ナイデルマンは眉をひそめた。「北東の暴風雨のことなら私も知っている」

「じゃあ、横風が強いことも知ってますよね。壁のように迫り上がる高潮は、ハリケーンの大波より危険です。どれだけ補強してあるのかぼくにはわかりませんが、ご自慢の囲い堰は子供のおもちゃみたいに潰されますよ」

ナイデルマンはむっとしたようにあごを突き出した。

ハッチは、自分が何をいっても相手には通じないのだ、と気がついた。「とにかくですね」と、ハッチはできるだけ理性的になって続けた。「確かに、われわれは一歩後退することになりますが、決して退却するわけではない。いわば盲腸が炎症を起こしている状態ではあるものの、そのまま腐るほど重症にはなっていない。要するに、〈水地獄〉のことをもっとよく調べよう、といっているだけなんです。マカランが設計したほかの建物も検討して、マカラン流の物の考え方を理解しておく必要があるんです。後先も考えずに突き進むのは危険すぎます」

「メンバーの中に破壊工作員がいるかもしれないから、ここで計画を遅らせるのはまずい、といっているのが、なぜ後先も考えずということになるんだ？」ナイデルマンは語気を強めた。「マカランはそういう怯懦（きょうだ）を勘定に入れているんだ。時間をかける、危険には近寄らない、すっからかんになるまで金を無駄遣いする。駄目だね、マリン。調査や分析はおおいにやるべきだが――」ここでキャプテンは急に声を落としたが、相変わらず恐ろしいほどの力がこもっていた。「――今は、マカランの喉首を掻っ切るときだ」

ハッチは怯懦といわれたことはなかったし、本の中以外で怯懦という言葉が使われるのを聞いたこともない。気分のいいものではなかった。熱い怒りが沸いてくるのを感じたが、意志の力でどうにか抑えることができた。今ここで自制心を失えば、何もかもが駄目になってしまう、と彼は思った。キャプテンのいうことは間違っていないのかもしれない。ウォプナーの死で、こちらの気持ちが揺らいでいるから、つい慎重になるのだろう。とにかく、ここまでたどり着いたのだ。目的地まで、あと少し、あと一歩のところまできている。そのとき、張りつめた沈黙の中に、海を進む船外エンジンの音が響いてきた。

「検屍官のボートだな」と、ナイデルマンはいった。ハッチに背を向け、窓のほうを見ているので、表情をうかがうことはできなかった。「この先どうするかは、きみの判断にまかせよう」ナイデルマンは窓辺を離れ、戸口に向かった。

「キャプテン」と、ハッチは声をかけた。

ナイデルマンは立ち止まり、ドアのノブに手をかけたまま振り返った。暗がりで顔は見えなかったが、異様なまでに力強い視線が物問いたげに自分のほうに向けられているのは痛いほど感じることができた。

「ナチの金塊を積んだ潜水艦のことですが」と、ハッチはいった。「それからどうしたんです？　息子さんが亡くなったあと、という意味ですが」

「もちろん、そのまま続けた」ナイデルマンはそっけなく答えた。「息子もそれを望んでいただろう」

ナイデルマンは出ていった。彼が部屋にいたことを示すのは、夜の闇の中に漂うほのかなパイプ・タバコの匂いだけだった。

31

バッド・ローウェルは足繁く教会に通うような男ではなかった。しかも、ウッディ・クレイがきてから、教会とはますます疎遠になっていた。会衆派の牧師のくせに、地獄の劫罰ばかり説くような厳しい姿勢に疑問を感じたのである。牧師は、説教の中で、信者たちに向かって苛烈な精神生活を勧めた。バッドはそれについていけなかった。だが、ストームヘイヴンの町で客商売を円滑に続けようと思えば、ゴシップに通じていなければならない。噂話も商売のうちなのだ。したがって、話題になると決まっているものを見逃す手はなかった。聞くところによると、今度、クレイ牧師は、特別な説教をするのだという――興味津々の、あっと驚くような説教を。

礼拝が始まる十分前に到着すると、狭い教会はすでに町の人々で一杯だった。バッドは人混みを掻き分け、最後列に近づいて、柱の陰の空いた席を探した。そこなら、牧師に見とがめられることなく退席することができる。だが、空席はなかった。仕方なく、最後列に近い席に巨体を収めた。堅い木の座席に、関節が痛む。

ゆっくり周囲を見まわしながら、常連客と目が合うたびに会釈をした。最前列に近い席には、町長のジャスパー・フィッツジェラルドがいて、町議会の議長に愛嬌を振りまいている。そこから二、三列うしろには、町の新聞の編集主幹、ビル・バンズがいた。頭にかぶった緑のひさし帽は、まるで額に根を下ろしているようだった。そして、二列目の中央の席には、いつものようにクレア・クレイがいた。悲しそうな微笑み、孤独な瞳。クレアもすっかり牧師の妻になってしまったらしい。初めて見る顔も二、三混じっていたが、たぶん〈サラサ〉の関係者だ。こんなことは珍しい。発掘作業に携わっている者が教会にくるのは、これが初めてかもしれない。あの惨事で、さすがに心が乱れたのだろう。

やがて、説教壇の横にある小さなテーブルに置いてある見馴れない物体が、バッドの視線を捉えた。上には糊の利いた布がかかっている。これはおかしい。ストームヘイヴンの牧師は、説教に小道具など使わないものだ。それをいうなら、声を張り上げたり、握りこぶしを振り立てたり、聖書を叩いたりといった過剰な演技もしないのだが。

会衆席がみんな埋まって、あとは立つだけになったとき、ミセス・ファニングが取り澄ました様子でパイプ・オルガンの席につき、〈神はわがやぐら〉の最初の和音を響かせた。今週の告知が終わり、祈りが捧げられたあと、痩せた体にぶかぶかの黒いローブをまとったクレイが大股で進み出た。そして、説教壇に立つと、会衆を見渡した。にこりともせず、ひどく思い詰めたような表情を顔に浮かべている。

「牧師の役割は」と、クレイは話しはじめた。「人を慰めること、疲れた心に安らぎを与えることだという人がいるかもしれません。しかし、今日の私は、楽しい話をするためにここに立っているわけではありません。気休めを口にしたり、心にもないお世辞をいったりするのは、私の使命ではありませんし、天職でもありません。私は率直にものをいう人間です。これからの話を不愉快に感じる人もいるでしょう。〈なんじはその民に耐え難きことを示し（詩篇・第六十篇）〉です」

　クレイはまた会衆を見渡し、頭を下げて、短い祈りの言葉を口にした。そして、一瞬の沈黙があって、聖書を手にすると、説教で使う部分を開いた。

「第五の御使い、喇叭を吹きしに……」よく響く力強い声で、クレイは読み始めた。


……われ一つの星の天より地に堕ちたるを見たり。その星は底なき穴の鍵を与えられたり。かくて底なき穴を開きたれば、おおいなる炉の煙のごとき煙、穴より立ちのぼる。……そこに王あり、底なき穴の使いにして、名をヘブル語にてアバドンという。……底なき穴よりその獣のぼりきて、彼らと戦いをなし、勝ちて彼らを殺し、その屍体都の巷に遺るべし。殺されざりし残りの人々は、おのが手の業を悔い改めずして、なお金銀の偶像を拝せり……


　クレイは顔を上げ、聖書を閉じた。「黙示録第九章です」そういうと、あとは静寂が広がるにまかせた。

　やがて、静かな声になって、彼は続けた。「何週間か前、大きな会社の人たちがここにやってきて、ノコギリ島の宝物を掘り出すという無益な作業を、またしても始めることになりました。みなさんがたも、ダイナマイトの爆破音やエンジンの音を耳にしていると思います。サイレンが鳴ったり、ヘリコプターが飛んだりする音もお馴染みですね。みなさんの中には、その会社で働いたり、従業員に部屋を貸したりしている人もいるでしょうし、宝探しで経済的な恩恵を受けている人もいるでしょう」クレイの視線は教会の中を左右に動き、ほんの一瞬、バッドと目を合わせた。食品スーパーの店主は、席についたまま身じろぎし、ちらっと出口に目をやった。

「環境保護に関心のあるかたは心配しているかもしれません。ポンプで水を汲み出したり、泥水を流したり、ガスや石油を大量に使ったり、あちらこちらで発破をかけたり、朝から晩まで作業を続けることで、湾岸の生態系に悪影響が出るのではないか、と。ここにも漁師のかたがいらっしゃると思いますが、ロブスターの漁獲量が二割減り、同じように鯖も獲れなくなったのは、もしかしたらこのことと関係があるのではないか、そう案じている人も多いはずです」

　牧師は一息入れた。漁獲量の減少は発掘作業とは関係がなく、この二十年のあいだに徐々に下がってきたものだ。バッドにもそれくらいはわかる。だが、教会にいるかなりの数の漁師は、そんな理屈など知らぬげに、席についたまま不安そうにもぞもぞ体を動かしていた。

「しかし、私が案じているのは、騒音や、汚染や、漁獲高の減少や、湾岸の環境破壊だけではありません。そういう世俗の問題は、むしろ町長の領分でありましょう。町長にやる気があるかどうかは別の問題ですが」クレイは、皮肉を込めて町長をちらりと見た。バッドがそちらに目をやると、フィッツジェラルド町長は曖昧な笑みを浮かべながら、ご大層な口ひげを撫でていた。

「私が案じているのは、この宝探しの精神的な影響です」クレイは説教壇から一歩うしろに下がった。「その答えは、聖書にはっきり書かれています。黄金を愛するは諸般の悪しきことの根なり。天国には貧しい者だけが行けるのです。単純明快、その解釈を巡って議論の余地はありません。耳が痛いかもしれませんが、これは真実なのです。ある裕福な男が弟子になろうとしたとき、まずその富を捨てよ、とイエスはおっしゃいました。しかし、男にはそれができなかった。ラザロの話を憶えていますか？　物乞いのラザロは、富める者の門前で死に、アブラハムのふところに抱かれました。門の奥に住んでいた金持ちは、やがて地獄に堕ち、焼けた舌を冷やすために、一滴の水が欲しいと哀願しましたが、その水をもらうことはできませんでした。イエスはもっとはっきりこういっています。〈富める者の神の国に入るよりは、駱駝の針の孔を通るかた反って易し〉と」

クレイは言葉を切り、会衆を見まわした。「あなたがたは、こういう問題を、いつも他人事のように考えてきたかもしれません。この町には本当の意味での富める者など一人もいなかったからです。ところが、今度の宝探しのおかげで、事情は一変しました。もし宝探しが成功したらどうなるか？　みなさんの中に、そのときのことを考えている人がいらっしゃるでしょうか？　私はこう思います。まず、ストームヘイヴンは、ディズニーランド並みの一大観光地になるでしょう。バー・ハーバーやフリーポートといった近隣の避暑地は、どんどん寂れていくはずです。今は、確かに魚が獲れなくなっています。しかし、これからはもっとひどくなるでしょう。観光客を満載した何百隻もの船が漁場の海を行ったり来たりする。海岸沿いにはホテルや夏の別荘が乱立する。交通量もすごくなる。考えてごらんなさい、山師のような連中や、宝探しのマニアが、何千何百と押し寄せてくるんですよ。陸地も島もおかまいなしに、あちらを掘り、こちらを掘り、何でもかんでも独り占め、ごみは散らかし放題で、最後には陸や島は見る影もなくなって、漁場は荒廃の極みに達するでしょう。なるほど、ここにいらっしゃるみなさんの中から、金を儲ける人も出てくるでしょう。しかし、その末路は、ラザロの寓話に出てくる富める者となんら変わりないのではありませんか？　そして、ここにいらっしゃるみなさんの中で、もっとも貧しい人たち――つまり、海で生活している人たちは、まさにその命運が尽きようとしているのです。選ぶべき道は二つしかないでしょう。一つは、公共の福祉にすがること。もう一つは、ボストンへ行くバスの片道切符を買うことです」ストームヘイヴンで軽蔑されている二つのもの――福祉とボストン――が話に出てきて、会衆席はざわついた。

そのとき、クレイは、説教壇の端を両手で握り、急に背中をそらした。「発掘隊はアバドンという名の獣を解き放つでしょう。底なき穴の王、アバドン。ヘブル語でアバドンとは破壊者を意味するのです」

クレイは厳しい目で会衆席をにらみつけた。「今、ここで、みなさんに見ていただきたいものがあります」説教壇を離れたクレイは、横にある小さなテーブルに置いてある、布のかかった物体に手を伸ばした。期待が高まり、教会じゅうが静まり返る中、バッドは身を乗り出した。

一瞬、間をおいてから、クレイは一気に布をはぎ取った。その下には、縦十二インチ、横十八インチほどの黒い石盤があった。四隅は角が取れて丸くなり、端は欠けてぼろぼろになっている。石盤は、黒っぽい木の箱に立てかけてあった。石の表面には、文字が三行刻んであり、黄色いチョークがその文字を粗雑に囲んでいた。

クレイは説教壇に戻り、大きな震える声で碑文を読み上げた。

初めに偽らざるはなし
呪われしは哭ぶ
運なくば死す

「〈水地獄〉が発見されたときにこの石が見つかったこと、そして、この石が取り去られたのをきっかけにして最初の命が失われたこと、それは決して偶然ではありません。この邪悪な石に刻まれた予言は、それ以来ずっと生きているのです。金銀の偶像を求める者――発掘によってじかにそれを求める者も、発掘隊のおこぼれをちょうだいする者も、ここに書いてある言葉を肝に銘じなければなりません。初めに偽らざるはなし。富への執着が、人が本来持っている美しい心を踏みにじるのです」

　クレイは居ずまいを正した。「ロブスター祭りのおりに、マリン・ハッチは私にいいました。この宝探しから得られる利益は七桁、つまり数百万ドルだと。しかし、あとになってわかったのですが、本当は二十億ドル近い利益が見込まれているのです。いいですか。二十億ドルですよ。ハッチ博士はどうして嘘をついたのでしょう？　私としては、こう解釈するしかない。つまり、黄金の偶像は人の心を惑わせる、と。初めに偽らざるはなし、です」

　クレイは声を落とした。「そのあとに次の行がきます。呪われしは哭ぶ。黄金は悲しみの呪いをもたらします。それを疑う人がいれば、今度のことで両脚を切断することになった例の男に訊いてごらんなさい。呪いの最後の行はどうなっていますか？　運なくば死す、でしょう？」

　落ちくぼんだ目が会衆を見渡した。「今、あなたがたの多くは、いわば石を持ち上げて、その下にある黄金の偶像を手に入れようとしているのです。二百年前に、サイモン・ラターも同じことを考えました。ラターがどういう末路をたどったか、お忘れではありませんね」

　クレイは説教壇に体を近づけた。「先日も、ある男性が〈水地獄〉の中で命を落としました。実をいうと、私は、つい一週間ほど前に、彼と話をしたばかりなのです。彼は黄金に対する自分の欲望を恬(てん)として恥じることがありませんでした。それどころか、居直ったあげく、おれはマザー・テレサじゃない、などといったのです。その人物は死んでしまいました。しかも、大きな石に押し潰されるという、まったく運のない、最悪の死に方で。運なくば死す、とはこのことです。聖書にも〈彼らはすでにその報いを得たり〉とあります」

　クレイは言葉を切り、深呼吸した。バッドは会衆を見まわした。漁師はひそひそと自分たちだけで話し合っている。クレアは牧師から目をそらし、膝に載せた自分の手を見ていた。

　クレイは続けた。「では、この呪われた財宝によって、死んだり、破産したり、障害を負ったりした、ほかの人人はどうだったのでしょう？　宝探しは悪の行為です。

直接間接にかかわらず、それによって利益を受けた者は、一人残らず罪を問われるでしょう。その過ちが裁かれるときには、宝物が見つかったか、見つからなかったかは、どうでもいいのです。探すこと自体が罪であり、神が忌み嫌う行為なのですから。ストームヘイヴンの町が罪に染まると、われわれの支払う代償もそれだけ大きくなるでしょう。生活の破壊。漁業の不振。さらには、命で罪をあがなうことにもなるはずです」

クレイは咳払いした。「はるか昔から、ノコギリ島や〈水地獄〉にまつわる呪いの話がささやかれてきました。昨今では、そういう迷信を鵜呑みにするのは無知で無教養な田舎者だけだ、といって、笑い飛ばす人も多いでしょう」クレイは石盤に向かって指を突き立てた。「しかし、同じことをサイモン・ラターにいえますか？ イジーキャル・ハリスにいえますか？ ジョン・ハッチにいえますか？」

クレイの声は小さくなり、ほとんどささやきと変わらなくなった。「島では不思議な出来事が起こっています。そんな話は、みなさんのもとには伝わってこないはずです。機械類は次から次へと不可解な故障を起こす。説明のつかない出来事が続発して、予定は大幅に遅れています。つい数日前のことですが、今度は、島で共同墓地の跡が発見されました。大急ぎで投げ込まれた海賊の遺骨でいっぱいの墓地。遺体は八十体から百体あったそうです。暴力行為の形跡はなく、死因は不明です。底なき穴よりその獣（けだもの）のぼりきて、彼らと戦いをなし、勝ちて彼らを殺し、その屍体（しかばね）都の巷に遺（のこ）るべし。

海賊たちはなぜ死んだのか？」だしぬけにクレイは大声を張り上げた。「神の手によって死んだのです。その証拠に、遺骨と一緒にある物が見つかったのです。何が見つかったと思います？」

会衆席は静まり返り、そばの窓に小枝が軽く触れる音さえバッドは耳にすることができた。

「――それは金貨だったのです」ざらついた声で、ささやくようにクレイはいった。

32

ハッチは、ノコギリ島発掘計画の現場担当医師として、ウォプナーの死を公式に処理する窓口の役を務めなければならなかった。本土から正看護婦を一人連れてきて、医療小屋の管理をまかせたあと、ハッチはオーシャン・レーンの自宅に鍵をかけ、マチアスポートに車で向かい、正式の検屍に立ち会った。次の日の朝は、バンゴーの役所に出向いた。何十年も前から書式が変わらないさまざまな書類に必要事項を書き込んで、ストームヘイヴンの自宅に帰ったときには、仕事の時間が三日分過ぎていた。

その日の午後、島に戻ったハッチは、ナイデルマンの主張どおり作業の続行を決めたのは間違っていなかった、と確信を強めた。ウォプナーの死を契機にして、新たな安全策を徹底的に講じる必要もあり、この数日のあいだ、キャプテンの指示で作業の量は増えていたが、そのことによって沈鬱な雰囲気は消し飛んでいた。しかし、突貫作業にはそれなりの犠牲を払わなければならない。その日の午後だけで、ハッチのもとには軽い怪我人が六人も運ばれてきた。しかも、本土からきた看護婦によると、怪我人だけでなく、病人も三人出たという。最初の作業のときと違って、人員は半分に減っているのだから、疾病発生率はかなり高いといわなければならない。一人は吐き気と倦怠感を訴えていた。もう一人は、バクテリアの感染症を起こしていたが、文献では読んだことがあるものの、その症状をハッチが実際に診るのは初めてだった。あとの一人はごく普通の単純なウイルス感染で、重い病気ではないが、かなりの高熱が出ていた。これなら、いくらナイデルマンでも、仮病とは思うまい。とにかく、ハッチは患者の血液を採り、〈ケルベロス〉で詳しく調べることにした。

翌日の早朝、ハッチは坂の小道をたどり、〈水地獄〉の開口部に向かった。作業は急ピッチで行われていた。あのボンテールでさえ無駄口を叩かず、レーザー距離測定器を手に持って穴から現れたときも、微笑んで軽く会釈しただけだった。おかげで、作業はどんどん進んでいるようだった。多目的型の巨大梯子は上から下までしっかり補強され、片側には小さなリフトが取りつけられていた。これで穴の底まで楽に機材を運ぶことができる。技術者の一人によると、〈水地獄〉内部の測量はほぼ終わったという。ナイデルマンの姿は見えなかったが、同じ技術者に聞いた話では、キャプテンは〈オルサンク〉にこもって、三日間、不眠不休で測量の指揮を執っていたらしい。

　次にキャプテンは何をするつもりなのだろう。気がつくと、ハッチはそんなことを考えていた。ウォプナーの死を受けて、キャプテンが仕事に没頭するのは不思議でも何でもない。だが、梯子が完成し、もうじき〈水地獄〉の見取り図もできあがるのだから、やるべき作業はほぼ終わったはずだ。あとは穴に下りて、財宝を掘り出すしかない――用心に用心を重ねながら。

　ハッチは、その場に突っ立ったまま、財宝のこと、自分がもらう分け前のことを考えていた。十億ドルというのはとてつもない金額だ。ジョニー・ハッチ基金に全額を注ぎ込む必要はないかもしれない。それだけの大金になると、基金をつくって人に分けてもなかなか減らないはずだった。リンの港に用意してある自分専用の船着き場のために、新しいボートを買うのもいいかもしれない。そういえば、勤め先の病院に近いブラトル通りでは、閑静な美しい住宅が売りに出されていた。ハッチは、いつか子供をつくりたいという夢を捨てていなかった。その子供にも、潤沢な財産を残したほうがいいのではないか。考えれば考えるほど、いくらかは手もとに残しておいたほうがいいような気がしてきた。そう、五百万ほどでいい。いや、余裕を見て、一千万。誰も反対はしないだろう。

〈水地獄〉の穴を見おろしながら、ハッチは旧友ドニー・ツルーイットのことを思った。足もとのこの暗い穴の中で作業をしている班の中に、ドニーもいるのだろうか。やがて、ハッチは〈水地獄〉に背を向け、坂の小道を下っていった。

〈アイランド・ワン〉に入ると、コンピュータの前にマグヌセンがすわっていた。不満そうに唇を結び、キーボードに素早く指を走らせている。アイスクリーム・サンドイッチの包み紙や捨てられた回路基板はなくなっていた。コンピュータ機器や、太くうねるケーブル、カラー・プリンターのリボンなどがぎっしり並んでいた棚は、きれいに整理されている。ウォプナーの痕跡は何一つ残っていなかった。ハッチは、周囲を見まわしながら、こんなに早く片づけてしまうのは、ウォプナーの思い出を冒瀆することになるのではないか、と理屈に合わないことを考えた。いつものように、マグヌセンは、ハッチを無視して作業を続けていた。

　しばらく待ってから、ハッチは、大声で呼びかけた。

「ちょっと失礼！」マグヌセンがびくっとして飛び上が

りそうになるのを見て、ハッチは胸のつかえがおりたような気がした。「日誌の解読文を貸してもらいたいんだが」ハッチがそう続けると、マグヌセンはキーボードを打つのをやめ、例によって奇妙に無表情な顔をハッチのほうに向けた。

「わかりました」抑揚のない声でそう答えると、マグヌセンは何かを期待するように黙り込んだ。

「どうかしたのか？」

「どこにあるんです？」と、マグヌセンはいった。

わけのわからない返事だった。「どこに？　何のことだ？」ハッチは問い返した。

技術主任の顔に、一瞬だけ勝利の表情が浮かんだように見えた。やがて、それはふたたび仮面の下に隠れた。

「じゃあ、キャプテンの許可書はもらってないんですか？」

ハッチの驚いた顔を見ただけで答えはわかったようだった。「新しい規則なんです」と、マグヌセンは続けた。

「解読された日誌は一部のみ保管すること。貸出の際にはキャプテンの許可書を必要とする」

一瞬、ハッチは言葉を失った。「マグヌセン博士」波立つ気持ちを抑えながら、ハッチはいった。「その規則はぼくには適用されない」

「例外があるとは聞いていません」

何もいわず、ハッチは電話のほうに近づいた。島の電話ネットワークを使い、〈オルサンク〉の番号をダイヤルして、キャプテンを呼んでもらった。

「マリン！」と、ナイデルマンの力強い声が聞こえてきた。「午後からずっと、きみのところに立ち寄ろうと思っていたんだ。本土のことが気になってね」

「キャプテン、ぼくは今〈アイランド・ワン〉にいます。マグヌセン博士も一緒です。マカランの日誌を読むには許可が必要だといわれたんですが、いったいどういうことなんです？」

「安全第一だよ」と、ナイデルマンは答えた。「解読文の所在を常に明らかにしておくには、こうするしかない。そのことについては二人で話し合ったはずだ。悪気はないから気にしないでくれ」

「そういわれても困りますよ」

「マリン、この私でも、日誌を持ち出すときにはサインするんだぞ。〈サラサ〉の利益にもなるし、きみの利益にもなることだ。とにかく、サンドラと代わってくれ。きみに閲覧の権限があることを私から説明する」

ハッチが受話器を渡すと、マグヌセンは長いこと耳を傾けていた。感想めいたことは一言も口にしなかったし、表情も変わらなかった。無言のまま彼女は電話を切り、引出しに手を伸ばすと、小さな黄色の伝票に必要事項を記入した。

「これを保管所の警備員に渡してください」と、マグヌセンはいった。「そのあと、名前とサイン、日付、時刻を所定のノートに書いていただくことになります」

ハッチは伝票をポケットに収めながら、どうしてナイデルマンは彼女を日誌閲覧の責任者にしたのだろう、と思った。マグヌセンは破壊工作の容疑者ではなかったのか。

いずれにせよ、昼日中に改めて考えてみると、破壊工作者がいるという説は、いかにも現実味がないもののように思えてきた。この島で働いている者は、誰もが高額の報酬を手にしている。数百万ドルになる者さえいるくらいだ。たとえその倍の金がもらえるとしても、確実な報酬を捨てて、あてにならない陰謀に加担する者がいるだろうか？　どう考えても理屈に合わなかった。

そのとき、ドアが開いて、長身で猫背のセント・ジョンが司令センターに入ってきた。

「おはよう」会釈しながら、セント・ジョンはいった。

ハッチも会釈した。そして、ウォプナーが死んでから、この歴史学者の面差しが一変してしまったことに気がついて、驚きを禁じえなかった。ぽっちゃりした白い頰や、乙に澄ました明るい表情は、今は面影もなく、皮膚はたるみ、赤く泣きはらした目の下には隈ができていた。お馴染みのツイードの上着も、しわだらけになっている。

セント・ジョンはマグヌセンに声をかけた。「用意できたか？」

「間もなくできます」マグヌセンは答えた。「もう一組、情報を読み出しているところです。あなたのお友だちのウォプナーがシステムをいじったおかげで、元どおりにするのに時間がかかってるんです」

不快の表情、胸の痛みさえ感じられる表情が、セント・ジョンの顔に浮かんだ。

マグヌセンはあごをしゃくってスクリーンを示した。「見取り図作製チームのデータと、最新の衛星イメージとを付き合わせています」

ハッチの視線は、マグヌセンの前にある大きなモニターに引き寄せられた。色も長さもまちまちな無数の線が、縦横に走り、絡み合っていた。スクリーンの一番下には、通信衛星からのメッセージがあった。

受信者限定ビデオ信号　送信開始時刻一一：二三EDT　送信元テルスター七〇四
トランスポンダー８Z（KUバンド）　ダウンリンク周波数一四〇四四メガヘルツ
受信・統合中

スクリーン上の複雑なイメージは徐々に形を変えていった。セント・ジョンは、しばらくのあいだ、言葉もなくスクリーンを見つめていた。「ちょっとこれを調べたいんだが、いいだろうか」ようやく彼はいった。

マグヌセンはうなずいた。

「悪いが、一人になりたい。席を外してもらえないか」

マグヌセンは立ち上がった。「そこにある3(スリー)ボタン・マウスが、三つの座標軸に対応しています。ほかにも――」

「いや、使い方はわかっている」

マグヌセンは無言のまま外に出ると、〈アイランド・ワン〉のドアを閉めた。セント・ジョンはため息をつき、無人になった椅子に腰をおろした。ハッチも外に出ようとドアに向かった。

「きみはここにいてくれ」セント・ジョンはいった。「マグヌセンだけ追い出したかったんだ。まったく、嫌味な女だな」彼は首を振った。「これ、見たことあるか？　たいしたもんだよ」

「初めて見るね」ハッチは答えた。「これは何だ？」

「〈水地獄〉の内部図だ。まだ測量の途中だがね」

ハッチは、もっとよく見ようと、スクリーンに近づいた。さまざまな色の線が無意味に絡み合っていると見えたものは、３Dワイヤーフレームによる〈水地獄〉の見取り図だった。片側の一辺には、色に濃淡のついた部分があり、深度をあらわしている。セント・ジョンがキーを一つ叩くと、複雑な画像全体が動きはじめた。コンピュータ・スクリーンの無気味な暗黒を背景にして、〈水地獄〉とそれに付き従うトンネルや縦坑がゆっくり回転した。

「驚いたな」ハッチは思わず声をひそめた。「こんな複雑な構造をしていたのか」

「見取り図作製チームは、測量結果を一日に二度コンピュータに入力している。私の仕事は、〈水地獄〉の内部構造を調べて、歴史的な建造物との類似点を探すことだ。マカラン本人が設計したものや、同じ時代のほかの建物と似たところが見つかれば、罠の種類や解除法をさぐるヒントになるかもしれない。といっても、これがなかなか難しい。なにしろ複雑すぎて、どこに目をつけたらいいかわからないんだ。おまけに、さっきはああいったが、このプログラムの動かし方もさっぱりわからないんだよ。あの女に訊くくらいなら、勘を頼りにキーボードを叩いたほうがましだと思ってね」

そういいながら、セント・ジョンは、二つ三つキーを押した。「これで余計な線が消えてくれるといいんだが。オリジナルの構造だけを見たいんだ」色とりどりの線は数が少なくなり、赤い色の線だけが残った。おかげでハッチにもだいぶ見通しがよくなった。中央の巨大な縦穴が地中に伸びているところがはっきり見えた。百フィートのところに横のトンネルがあり、広い部屋に通じている。ウォプナーが命を失った丸天井つきの岩室だ。もっと下の、穴の底に近いところには、手の指のように広がる六本の細いトンネルがあった。そのすぐ上を見ると、大きなトンネルが一本、急傾斜で地上に通じていた。底の部分には、もう一本、狭いトンネルがあり、数本の坑道がそばにあった。

セント・ジョンは下のほうのトンネル群を指さした。

「これが海に通じている六本のトンネルだ」

「六本？」

「そうだ。そのうちの五本は、われわれもすでに存在をつかんでいたわけだが、あとの一本には巧妙な仕掛けがあって、染料をぶちこんでも吐き出さないようになっていたらしい。マグヌセンは、水圧を利用した逆流システムがどうのこうのといってたな。正直いって、半分も理解できなかったがね」セント・ジョンは眉をひそめた。

「ええと、このトンネル、ゆるやかな斜面のすぐ上にあるやつ、これは〈ボストン坑〉だな。だいぶあとで掘られたものだ。オリジナルじゃないから、消えてもらわないと困る」さらにいくつかキーを押すと、邪魔なトンネルはスクリーンから消えた。

セント・ジョンは素早くハッチを一瞥して、またスクリーンに視線を戻した。「さて、上向きになって海岸のほうに通じているこのトンネルだが――」セント・ジョンは生唾を呑んだ。「これは、〈水地獄〉の本体とは別物で、測量にはあと少しかかりそうだ。最初は、〈水地獄〉に入る裏口かと思ったが、海岸の途中まで上がったところに、防水処置のほどこされた壁があって、行き止まりになっている。これは、罠を動かす仕掛けの一部じゃないかと思う。罠というのは、つまり、きみのお兄さんが……」セント・ジョンは、気まずそうな顔をして、最後までいわなかった。

「わかったよ」ハッチはようやくそれだけいうことができた。潤いのない、不自然に細い声だった。彼は深呼吸した。「とにかく、そのトンネルを、今、全力で調査している、ということだね」

「そのとおりだ」セント・ジョンはコンピュータ・スクリーンを見つめた。「三日前まで、私は、マカランのことをたいした人物だと思っていた。今は、考えが変わったよ。たしかに設計の技術はすごい。自分を拉致した海賊に復讐をしたいと思ったのもよくわかる。でもね、海賊だけでなく、なんの罪もない人でも、簡単に〈水地獄〉の犠牲になることは、マカランだって最初からわかっていたはずなんだ」

セント・ジョンはふたたび立体図を回転させた。「もちろん、マカランが何を考えていたか、歴史学者として理解できないわけじゃない。オッカムがすぐ死ぬとは思わずに、いずれ島に舞い戻って罠にはまることを計算していたんだろう。しかし、財宝を回収しようとしてオッカムが死んだあとも、〈水地獄〉は生きつづけるように設計されている」

セント・ジョンはまたキーを叩いた。すると、緑の線が現れて、森のように立体図を包んだ。「これが中央の穴の補強材だ。使われているのはオークの堅いところだけ。厚さ一インチの板に換算すると、材木の総量は四十万フィート平方になる。当時の快速帆船が二隻建造できる量だ。この穴は何百年も保つように設計されているんだよ。マカランはどうしてそんなに頑丈な死の罠を造りたかったんだろう？　今度は、全体を別の方向に回転させてみると——」セント・ジョンはキーを一つ叩き、別のキーをさらに二つ三つ叩いた。すると、立体図はスクリーン上をめちゃくちゃに飛びまわりはじめた。セント・ジョンは悪態をついた。

「おい、これ以上速く動かしたら、ビデオRAMが焼き切れるぞ！」地質学者のランキンが戸口に立っていた。熊のような巨体が、靄のかかった朝の光をさえぎっている。金髪のあごひげに包まれて、口もとに片笑みが浮かんでいた。

「いいから下がってろ。壊されると困る」冗談を続けながら、ランキンはドアを閉め、スクリーンに近づいてきた。そして、セント・ジョンがすわっていた椅子に腰をおろすと、キーを二つ叩いた。直立不動の号令をかけられたように、立体図の動きは止まった。「何かわかったか？」ランキンは歴史学者に尋ねた。

セント・ジョンは首を振った。「なかなかパターンが見えなくてね。マカランが設計した水路との類似点はあるが、ほかのはまだわからない」

「分速五回転のスピードでZ軸方向に回してみよう。何かわかるかもしれない」ランキンが二つ三つキーを押すと、図形はまた動きはじめた。椅子に背をあずけたランキンは、首のうしろで手を組み、ハッチを見た。「まったく、たいしたもんだよ。この穴を設計した先生は、よっぽど助けに恵まれていたんだろうね」

「助けというと？」

ランキンは片目をつむった。「たとえば、大自然の助けだね。最新の断層写真を見ると、海賊たちがこの島にやってきたとき、最初の穴はすでに存在していたことがわかる。自然の形で、ということだがね。つまり、地層の基盤に巨大な縦の亀裂が入っていたわけだ。オッカムがこの島を選んだのは、それがあったからかもしれない」

「まだよくわからないんだが」

「この島の下にある変成岩には、断層やずれが顕著に見受けられる」

「ますますわからなくなった」

「要するに、島のすぐ下で、断層面が交差している、ということだ。何か原因があって、岩盤がばらばらになってるんだよ」

「じゃあ、地下に空洞があるのか」

ランキンはうなずいた。「ああ、たくさんね。四方八方に亀裂や隙間ができている。マカラン先生は、必要に応じて、その隙間を広げたり、掘り足したりしただけだ。しかし、なぜそんなものがあるのか、というのがよくわからない。この島の地下だけが、どうしてそんなふうになっているのか？　こういう断層は、広い範囲で見られるのが普通だ。ところが、この現象はノコギリ島だけに限られているらしい」

そのとき、ナイデルマンが部屋に入ってきて、話は中断した。ナイデルマンは三人を順番に見て、一瞬、笑みを浮かべ、また真顔になった。「どうだ、マリン、サンドラから伝票はもらえたか？」

「ええ、おかげさまで」ハッチは答えた。

ナイデルマンはランキンのほうに向き直った。「邪魔をして悪かった。話を続けてくれ」

「いいんです。セント・ジョンに3Dモデルの使い方を教えていただけですから」と、ランキンはいった。

ハッチは、ランキンとナイデルマンを交互に見つめた。呑気に話をしていた地質学者は、急に身をこわばらせ、堅苦しい受け答えをしている。この二人のあいだに何かあったのだろうか、とハッチは思った。いや、そうではない。ナイデルマンの目つきが原因なのだ。ハッチもまた、ナイデルマンに見つめられて、何かいいわけをしなければならないような、自分たちがやっていることを、口ごもりながら説明しなければならないような衝動に駆られた。

「そうか」と、ナイデルマンはいった。「それなら、いい知らせがある。最後の測量結果が、たった今、ネットワークに入力された」

「何ですって」ランキンは、そういってキーを叩いた。「ほんとだ。じゃあ、データを統合しましょう」

目にもとまらぬ速さで小さな線が立体図に次々とへばりついていった。二、三秒でダウンロードは終わった。イメージはこれまでとほとんど変わっていなかったが、線の密度は格段に濃くなっていた。

地質学者の肩越しにそれを見て、セント・ジョンは深深とため息をついた。ランキンがまたキーを叩くと、立体図は縦の軸を中心にしてゆっくり回転しはじめた。

「一番最初にできた構造だけを残して、あとはみんな消してくれ」と、セント・ジョンがいった。

ランキンはさらにキーを押した。スクリーン上のイメージから、無数の細かい線が消えていった。ハッチの目に、中央の縦坑だけが描かれた立体図が見えてきた。

「やっぱり、海水が入ってくるトンネルは、あとで造られたものだったのか」と、ナイデルマンがいった。「すでにわかっていたことだがね」

「マカランが設計したほかの構築物と似たところはあるか？」ランキンが尋ねた。「どこかに罠のような部分はないか？」

セント・ジョンは首を振った。「ほかのところは消して、木組みの部分だけを残してみてくれないか」さらにキーが押されると、黒いスクリーンを背景にして、骸骨に似た異様な骨組みだけが浮かび上がった。

その瞬間、歴史学者は、ひっと喉を鳴らして、息を呑んだ。

「どうした？」間髪を入れず、ナイデルマンは尋ねた。

一瞬、間があり、セント・ジョンは首を振った。「いや、まだちょっと……」そういいながら、数本の線が交差するスクリーン上の二点を指さした。「ここと、ここの部分に、見覚えがあるような気がするんですが、はっきりしたことはわかりません」

三人は、無言のまま立ち尽くし、スクリーンを見つめていた。

「こんなことには意味がないかもしれませんね」セント・ジョンは続けた。「マカランのほかの構築物と比較してみても、似たところが本当に見つかるんでしょうか。幅十フィート、高さ百四十数フィートなんていう建物はありそうもないし」

「ピサの斜塔は？」と、ハッチはいった。

「ちょっと待てよ」だしぬけにセント・ジョンが声を張り上げ、スクリーンに顔を近づけた。「左側にある対称的な線。ここと、ここですね。これを見てください。それに、この曲線の部分。同じような形が上と下に二つ並んでいる。よく知らなければ、横を向いたアーチだと判断したかもしれない」セント・ジョンはナイデルマンのほうを向いた。「〈水地獄〉の穴が途中で狭くなっているのを知ってましたか？」

キャプテンはうなずいた。「七十フィートほど降りたところで、十二フィートくらいあった幅が九フィート程度になっていた」

歴史学者は、ワイヤーフレームの図形を指でなぞった。「そう」と、彼はささやくようにいった。「ここが逆さになった円柱の端の部分だ。これが内側の扶壁(ふへき)。ここにあるアーチは、質量の分布を一点に収束させている。普通のアーチとは正反対の働きをしていることになる」

「いったい何の話か、もっとわかりやすくしゃべってもらえないか」と、ナイデルマンがいった。声は穏やかだったが、ハッチはその目にぎらぎらした光が宿っているのを見逃さなかった。

セント・ジョンは、驚きをあらわにして、モニターから一歩退いた。「これなら完璧に理屈に合う。こんなふうに幅が狭くて深いところまで伸びている構造……マカランは信心深い建築家だったし……」声は自然に途切れた。

「どういうことなんだ？」ナイデルマンはじれったそうにいった。

セント・ジョンは牛のように大きな目をランキンに向けた。「Y軸を百八十度回転させてくれ」

ランキンがいわれたとおりにすると、モニターの図形は上と下が逆さまになった。今や〈水地獄〉は、輪郭の線を赤く光らせながら、スクリーン上に屹立し、凍りついていた。

そのとき、キャプテンが不意に息を呑んだ。

「これは……」と、キャプテンはいった。「これは、大聖堂じゃないか」

歴史学者はうなずいた。その顔には勝ち誇ったような笑みがあった。「マカランは自分が一番よく知っている建造物を設計したんです。〈水地獄〉は尖塔だったんです。逆さまになった大聖堂の尖塔だったんです」

33

屋根裏部屋はちっとも変わっていなかった。何世代にもわたって集められたがらくた類が、足の踏み場もないほど詰め込まれた部屋。明かり採りの屋根窓からは弱々しい午後の光が射していたが、その光は、ワードローブ、寝台枠、帽子架け、収納箱、積み上げられた椅子など、黒っぽい家具を包む暗がりに溶け込んでいる。ハッチは、階段を離れ、擦り切れた床に一歩足を踏み出した。部屋にこもった熱気や、ほこり、防虫剤の臭いに、ある記憶がまざまざとよみがえってきた。兄と一緒に、ここでかくれんぼをしたのだ。あのときは、雨の粒がけたたましく屋根を打っていた……。

深呼吸したハッチは、がらくたをひっくり返したり大きな音をたてたりしないように用心しながら、そっと歩きはじめた。この記憶の保管庫は、いってみれば聖地のようなものだ。ハッチは、その聖域に入り込んだ闖入者のような気がした。

見取り図作製チームによる〈水地獄〉の測量は終わり、保険清算人の到着を午後に控えて、ナイデルマンはやむをえず半日のあいだ作業を休むことにした。ハッチはそれを利用して自宅に戻り、昼食をとって、簡単な調査をする気になった。大叔母から『ヨーロッパの大聖堂』という大判の写真集をもらったことを思い出したのである。運がよければ、母親が屋根裏部屋にきちんと保管してある箱のどれかに入っているはずだ。ハッチは、セント・ジョンの発見にどんな意味があるか、自分なりに理解しておきたかった。

使い古したバンパー・プール（玉突きの一種）台の角ですねをすりむいたり、七十八回転のレコードが入った箱の上に危なっかしく載っている古い蓄音機をひっくり返しそうになったりしながら、ハッチはがらくたのあいだを進んでいった。蓄音機の位置を直したとき、下にある音盤が目に入った。擦り切れて、ほとんど雑音しか聞こえないSP盤。〈プッティン・オン・ザ・リッツ〉、〈ヴァーシティ・ドラッグ〉、〈レッツ・ミスビヘイヴ〉、ビング・クロスビーとアンドリューズ・シスターズが歌う〈イズ・ユー・イズ・オア・イズ・ユー・エイント・マイ・ベイビー〉。夏の日の夕暮れ時、ハッチの父はよくこの古いレコードをかけたものだった。周囲の風景とは不似合いな、昔のミュージカルに使われた騒々しい歌やダンス曲が、庭先から砂利の広がる海岸へと流れていった。

薄暗い屋根裏の中に、家族が使っていたベッドの大きなヘッドボードが見えていた。彫り飾りつきの楓材で出来たヘッドボードは、奥の隅に立てかけられている。これは、ハッチの曾祖父が、結婚式の当日に曾祖母にプレゼントしたものだった。なかなか粋な贈物じゃないか、とハッチは思った。

記憶にあるとおり、ヘッドボードのわきには古いワードローブがあった。ワードローブの横には本の入った箱が、昔のままにきちんと積まれている。母親にいわれて、兄のジョニーと一緒に積み上げた箱だった。

ハッチはワードローブに近づき、わきに寄せようとしたが、少ししか動かなかった。祖父の代から使っていたこのヴィクトリア朝の頑丈な古家具は、重心が高く、倒れやすい。肩で押すと、不安定に揺れながら、あと数インチ動いた。長い歳月で材木はからからに乾いているはずなのに、今でもひどく重かった。もしかしたら、中に何か入っているのかもしれない。ハッチはため息をつき、額の汗を拭った。

ワードローブの上の扉には鍵がかかっていなかった。その扉を手前に引いて開けたら、中は空っぽで、黴の臭いがしていた。下に並んだ引出しを開けてみると、やはり何も入っていなかったが、一番下の引出しには、ほころびて色褪せたTシャツ——レッド・ツェッペリンのロゴをアイロン・プリントした古いTシャツが突っ込んであった。これは、ハイスクールの遠足でバー・ハーバーに行ったとき、クレアが買ってくれたものだ。しかし、今では、二十年以上前のぼろ切れに過ぎない。ハッチはTシャツをわきに置いた。クレアは彼女なりに幸せを見つけている――人によっては、幸せを失ったと考えるむきもあるようだが。

あと一度だけやってみよう。ハッチはワードローブを抱きかかえ、前後に揺すった。格闘しているうちに、手の受ける重みが変化した。ワードローブがぐらっと前に傾いたのだ。ハッチがあわてて飛びのいた瞬間、すさまじい音をたててその重い家具は床に倒れた。もうもうとたちのぼるほこりの中で、ハッチは体を起こした。

そのとき、妙なものが見えて、またしゃがみ込むと、はやる心を抑えながら、手でほこりを払った。

ワードローブの裏板が二ヵ所で割れ、狭い隠し棚が覗いていたのだ。中を見ると、新聞の切り抜きのかすれた見出しが目に入った。曲線の多い窮屈な文字がびっしり書き込まれた紙の束もあった。古いマホガニーの隠し棚に入った紙は、年を経て端がぼろぼろになっていた。

34

焦土岬（しょうどみさき）と呼ばれる細長い黄土色の土地は、節くれ立った巨人の指のように海に突き出していた。この岬の先端は、草木の生い茂った崖になって、〈うめきの入江〉と呼ばれる湾に続いている。その打ち捨てられた岸辺では、おびただしい胎貝（いがい）の殻が波に揉まれ、きーきーと、うめくような音をたてているので、そう名づけられたのだ。灯台のそばには窪地があり、林の中に小道が通っているが、そのあたりは〈うめきの谷〉と呼ばれていた。しかし、ストームヘイヴン・ハイスクールの生徒たちにとって、うめきという言葉には、また別の意味があった。その谷は恋人たちの逢い引きの場所でもあり、そこで童貞や処女を失った者も多かったのである。

二十数年前のマリン・ハッチも、そんな不器用な童貞の一人だった。いったいどうしてこんなところまできてしまったのだろう、と思いながら、ハッチは林の中の小道を歩いていた。ワードローブに隠されていた書類の筆跡は、ハッチにも見憶えのある祖父のものだった。すぐに読みはじめる勇気がなく、ハッチは海辺まで散歩するつもりで家を出た。だが、ハッチの足は町の裏手に向かい、ブラックロック砦を囲む草地のまわりを迂回したあと、いつのまにか南に向きを変えて、最後には灯台と〈うめきの谷〉をめざしていた。

ハッチは小道を離れ、密生した草木のあいだを抜ける鉛筆で描いたような細い道に入った。数ヤード進むと、狭い空き地に出た。空き地の三方には、苔や蔦に覆われた焦土岬の崖が急傾斜でそそり立っている。残りの一方は、草や木の葉に覆われているので、海は見えなかったが、貝殻のこすれあう奇妙なうめき声が絶え間なく響き、海岸の近さを物語っていた。木の葉のあいだから斜めに射し込む光が、いじけたような草地をまだらに照らしている。エミリー・ディキンソンの詩の一節がふと頭に浮かび、ハッチは苦笑した。「〈光が斜めに……〉」と、彼はつぶやいた。

光が斜めに射し込む
冬の日の午後は――
大聖堂の重い調べのように
人の心を鬱(ふさ)ぎます

人の目の届かない空き地を見まわしたとき、思い出が一気によみがえってきた。あの五月の午後。落ち着きなくたがいに相手の体をまさぐる手。ためらいがちの、短いあえぎ。その新しい感覚、大人の領分に足を踏み入れつつあることの興奮に、ハッチたちは酔った。その思い出を、彼は振り払った。遠い昔の出来事が、今でもこれほど官能を揺さぶることに戸惑ったのだ。その六ヵ月後、母は荷物をまとめ、ハッチを連れてボストンに引っ越した。彼がマリン・ハッチであることの辛さ、家族を次々に失った少年であることの辛さを、クレアは誰よりもよく理解してくれた。

この空き地がまだ残っていたとは、とても信じられない、と彼は思った。そのとき、潰れたビールの空き缶が岩の下から覗いているのが目に留まった。空き地は健在で、今でも同じ目的で使われているらしい。

ハッチは芳しい草に腰をおろした。晩夏の美しい一日。この空き地をハッチは独り占めしている。

いや、独り占めではない。うしろの道から衣ずれの音が聞こえてくる。あわてて振り返ると、驚いたことに、空き地に現れたのはクレアだった。

彼に気がつくと、クレアはびくっと立ち止まった。そして、真っ赤になった。夏らしく襟ぐりの深いプリント柄のドレスを着て、黄金色の長い髪は、そばかすのある背中まで垂れるフランス風のおさげに編まれていた。一瞬ためらってから、クレアは決然と足を前に踏み出した。

「やあ、こんにちは」飛び起きながら、ハッチはいった。「きみと鉢合わせするのにふさわしい美しい日だね」できるだけ能天気な口調になるように気を遣った。握手をしたほうがいいのだろうか、それとも頬にキスをするべきか、と考えているうちに、機を逸して、そのどちらもできなくなっていた。

クレアは短く微笑んで会釈をした。

「あのレストランの料理、おいしかったかい?」と、ハッチは尋ねた。そう口にした瞬間、自分でも意味のないことを訊いているのがわかった。

「ええ」

気まずい沈黙があった。

「ごめんなさい」彼女はいった。「せっかく一人でいたのに、邪魔しちゃったみたいね」そして、背を向け、立ち去ろうとした。

「ちょっと待ってくれ!」と、彼は声を上げた。思っていたよりも大きな声になった。「別に帰らなくてもいいよ。散歩してただけだから。それに、いろいろ聞きたいこともあるし」

クレアは少し不安そうにあたりを見まわした。「ここは狭い町だから、二人でいるところを見られたら、どんな噂を――」

「見られやしないさ」と、ハッチはいった。「ここは〈うめきの谷〉なんだよ」彼はまた草に腰をおろし、隣の地面を叩いた。

クレアは前に進み出て、記憶にあるのと同じ気取った仕草でドレスを押さえた。

「よりによってここで会うとは変なもんだね」ハッチはいった。

クレアはうなずいた。「今でも憶えてるわ。オークの葉を頭に飾ったあなたが、あそこの石の上に立って、『リシダス』（十七世紀の英詩人ジョン・ミルトンの作品）を最初から最後まで朗読したときのこと」

ハッチも自分が憶えているほかのことを二つ三つ話し

たい誘惑に駆られた。「今じゃ薹(とう)の立った外科医でね。あの地味な詩を見ても、医者の目で病気関係の比喩ばかり探している」

「もう何年になるかしら。二十五年？」

「だいたいそんなもんだね」気まずい間があった。「どう、いろいろあったんじゃない？」

「そうね。ハイスクールを出てから、オロノでメーン大学に通うつもりだったけど、ウッディと出会ったもんだから、結婚したの。子供はいないわ」クレアは肩をすくめ、近くの岩に腰かけて、膝を抱いた。「まあ、そんなところ」

「子供はいない？」と、ハッチはいった。ハイスクール時代から、クレアは子供が欲しいといっていたのに。

「いないわ」クレアはそっけなくいった。「精子が少ないの」

沈黙があった。そして、これまで決して弾んでいたとはいえない話が妙な方向にそれて、自分でもわけがわからなかったが、恐ろしいことにハッチは、腹の底から込み上げてくる笑いに全身が震えるのを抑えられなくなった。やがて、ぷっと吹き出し、笑いはじめた。胸が痛くなり、涙が流れ出すまで笑い続けた。気がつくと、クレアも爆笑しているようだった。

「傑作だわ」涙を拭いながら、クレアはいった。「いいことね、こんなに笑えるって。とくに、この話題で。あなたにはわからないでしょうけど、マリン、うちでは絶対に口にしちゃいけないことなのよ。精子が少ないことは」二人はまた発作に取り憑かれ、腹を抱えて笑い転げた。

それが収まったとき、歳月の壁や気まずさは消えていた。ハッチは医学生時代の話をした。解剖学の授業で気味の悪い悪戯に興じたこと。そして、スリナムやシエラレオネでの冒険談も披露した。彼女のほうは、共通の友人のその後を教えてくれた。友人の大半は、バンゴーや、ポートランドや、マンチェスターに移り住んでいるという。

最後に、少し黙ったあと、彼女はいった。「実は、告白しなきゃいけないことがあるの。ここで会ったのは、偶然じゃなかったのよ」

ハッチはうなずいた。

「ブラックロック砦のそばを歩いているあなたの姿が見えて……もしかしたらここにくるんじゃないかって思ったの」

「読まれてたわけだ」

クレアはハッチを見た。「謝っておきたいことがあるの。あなたがここでやってること、ウッディはいろいろいってるけど、あたしの考えは別よ。お金が目当てじゃないことはよくわかってるわ。そのことを、ちゃんといっておきたかったの。成功を祈ってるわ」

「謝ることはない」ハッチは間を置いた。「どういういきさつでウッディと結婚したか、話してもらえないか」

クレアは目をそらし、ため息をついた。「どうしても聞きたい？」

「ああ、聞きたいね」

「マリン、あたし、その……うまくいえないわ。あなたがいなくなって、手紙は一通もこないし。でも」と、彼女は急いで続けた。「別に責めてるわけじゃないのよ。だって、その前からお付き合いするのはやめてたんですもの」

「そうだね。新しいボーイフレンドは、クオーターバックのスター選手、リチャード・モウだったな。彼、元気かい？」

「知らないわ。あなたがストームヘイヴンからいなくなったあと、三週間くらいで別れたの。最初からそんなに好きでもなかったし。あたしね、ほんとはあなたが一番好きだったの。でも、あなたにはどうしても手の届かないところがあって、距離を縮めることができなかったわ。引っ越す前から、あなたは、もうストームヘイヴンの町にいなかったのよ。わかるかしら？　しばらくして、あたしもそのことに気がついたの」彼女は肩をすくめた。

「あなたが連れ戻しにきてくれる。ずっとそう思ってた。でも、ある日、あなたはお母さんと一緒に町を出ていった」

「そうさ。行く先はボストン。ぼくは暗いガキだったんだろうな」

「あなたがいなくなったら、ストームヘイヴンにはいつもの見飽きた男の子たちしか残っていなかった。みんな退屈な子ばっかり！　あたしは大学に行く準備をしていた。そしたら、若い牧師が町にやってきたの。ウッドストックに参加して、六八年の民主党シカゴ大会のときには、デモに参加して催涙ガスを浴びたという牧師さんよ。誠実で、力強く見えたわ。何百万ドルもの財産を相続したのに――ほら、マーガリン長者の一族だから――それなのに、みんな貧しい人に寄付して。あのころの彼を見てもらいたかったわ。ほかの人とは大違い。崇高なものを信じて、自分なら世界を変えられる。そう思って、理想に燃えてたの。そんな人が、あたしに興味を持つなんて、とても信じられなかった。それに、あたしといるときには、キリストを人生のお手本にしている、というだけで、宗教の話はしなかった。今でもよく憶えてるけど、自分のせいであたしが大学に行けなかったとしたら、とても辛いって嘆いてたわ。だから、ぜひコミュニティ・カレッジに行けって勧められたの。それまでに会った人の中で、一度も嘘をつかなかったのは、あの人だけね。たとえ真実が人を傷つけるようなときでも、絶対に嘘はつかなかったの」

「それなのに、変わってしまったというわけか」

クレアはため息をつき、膝小僧にあごを載せた。「よくわからないの。五年がたち、十年がたって、そのうちに、なんだか縮んじゃったみたいなの。小さな町は怖いわよね。とくに、ウッディみたいな人には。あなたならわかるでしょう？　ストームヘイヴンは閉ざされた狭い世界。みんな政治には関心がないし、核拡散反対を唱えたり、ビアフラの子供が餓死していることを訴えたりしても、誰も耳を貸さない。引っ越しましょうっていっても、ウッディは絶対に聞いてくれなかったわ。おれはこの町を変えるためにきたんだ、それができるまで引っ越すつもりはないって。町の人は、まあ大目に見てやるという感じだったわ。ウッディが大義名分を振りかざして募金運動なんかするのを、面白そうに見ていた。政治に対する進歩的な考え方に腹を立てる人さえいなかったの。徹底的に無視されたわ。政治の話をしても見向きもされない。だから、ウッディには、それが一番こたえたみたいね。だから、ウッディは、どんどん――」クレアは言葉を切り、考えた。「うまくいえないけど、偏屈ていうのかしら。どんどん人の不道徳を責めるようになったの。家庭でもそう。物事を楽天的に考えることを知らない人なの。おまけに、ユーモアのセンスがないから、よけいに悲惨ね」

「メーン州のユーモアは時間をかけないと身につかないんだ」ハッチはできるだけ気楽な調子でいった。

「そうじゃなくて、ユーモアというものがまるっきりわからないのよ。ウッディは、一度も声を上げて笑ったことがないの。何を見ても面白くないらしくて、要するにユーモアが理解できないのね。育った家庭に問題があるのか、遺伝なのか、よくわからないけど、話し合ったことはないわ。そんなこともあって、ウッディはあれほど物事に熱中できるんでしょうね。信念を絶対に曲げようとしないのも、そのせいだと思うわ」そのあと、クレアは口ごもった。「今度のことだってそうよ。あなたの宝探しに反対する熱意。新しい大義名分を見つけたようなものね。今度ばかりはストームへイヴンの住人も耳を傾けてくれると思ってるわ」

「発掘のどこが気に入らないんだ？」と、ハッチは尋ねた。「それとも、ほかに気に入らないことがあるんだろうか。ウッディはぼくたちのことを知ってるのかい？」

　クレアは正面からハッチを見た。「ええ、知ってるわ。隠し事は許さない、といわれて、ずっと前に話したの。話すことはそんなになかったけど」クレアは短く笑った。

　訊かなければよかった、とハッチは思った。「とにかく、別の大義名分を探したほうがいいね。発掘はもう終わったも同然だ」

「ほんと？　どうしてわかるの？」

「仲間の歴史学者が、今朝、あることを発見してね。〈水地獄〉は、マカランという人物が大聖堂の尖塔をまねて設計したものだったんだ」

　クレアは眉をひそめた。「尖塔？　あの島にそんなものはないわ」

「いや、上と下が逆さまになった尖塔なんだ。ぼくも奇想天外な話だと思ったが、そう考えるといろんなことに説明がつく。歴史学者に解説してもらったよ」この話をすると、気分が晴れる。相手がクレアなら、話が外に漏れることはないはずだった。「レッド・ネッド・オッカムは、そのマカランという男に命じて、宝物の保管場所を造らせた。あとになって、取りに戻るつもりだったんだ」

「どうやって回収するつもりだったのかしら」

「秘密の裏口を用意させようとしたんだよ。ところが、マカランはその裏をかいた。無理やり島に連れてこられたことを恨みに思って、レッド・ネッドを含めて、誰も財宝に近づけないような仕掛けを作ったんだ。レッド・ネッドが宝物を取りにきたら、罠にはまって死ぬ。ところが、レッド・ネッドは、その前に死んでしまった。〈水地獄〉の仕掛けは生き残って、近づく人間を追い返してきた。しかし、ぼくたちには、マカランが想像もできなかったような技術がある。水を抜いたから、〈水地獄〉の中がどうなっているか、詳しく調べることができたんだ。相手は、教会を設計してきた男だ。教会というものは、外側も内側も、複雑な支柱や壁に支えられて、絶対に崩れないようになっている。それはわかるね。マカランは教会をひっくり返したような形に〈水地獄〉を設計して、造っている最中に崩れないようにした。器ができあがり、水を入れるときになると、今度は、支えのかなめになる柱や壁をこっそり取り外した。海賊たちはその細工に気がつかなかった。島に戻ったオッカムは、新たな囲い堰を作って、海水のトンネルをふさぐだろう。そのあと、財宝を回収するため、オッカムが干上がった〈水地獄〉に入ると、そのまま〈水地獄〉は崩壊する。これがマカランの仕掛けた罠だ。ぼくたちは、大聖堂の支柱や壁を作り直して、〈水地獄〉が崩れないようにする。そうすれば、何の不安もなく宝物を取り出すことができる」

「すごい話ね」と、クレアはいった。

「まあね」

「じゃあ、なぜもっと興奮しないの?」

ハッチは即答できなかった。「ばれたか」と、彼は静かに笑った。「たしかにすごいことが起こってるんだが、計画そのものについて、いいのか悪いのかわからなくなることもあってね。黄金は──黄金の誘惑は、人を狂わせる。ぼくだって例外じゃない。ジョニーがどうなったか知りたいだけだ──自分にはそういいきかせてるし、分配金が手に入ったらジョニーを記念する基金を設けようとも思っている。だけどね、ときどき気がつくと、それだけの金があれば、あれもできる、これもできる、なんて考えてるんだ」

「誰だってそうよ」

「──かもしれない。でも、そんな自分がいやなことに変わりはないんだ。きみんちの牧師さんは全財産を投げ出したんだよ。忘れたのかい?」ハッチはため息をついた。「ぼくについて彼のいったことは間違っていないのかもしれない。それはそうと、牧師さんの反対運動は、あまり成果が上がっていないようだね」

「そんなことないわ」クレアはハッチを見た。「日曜日のお説教のこと、聞いた?」

「少しはね」

「ウッディは、黙示録の一節を読んだのよ。漁師の人たちからは大反響があったわ。呪いの石をみんなに見せたことは知ってる?」

ハッチは眉をひそめた。「いや」

「ウッディは、財宝の総額は二十億ドルだっていったわ。あなた、もっと少ない額を口にして、嘘をついたんですって？　ほんとに嘘をついたの、マリン」

「それは――」ハッチはいいよどんだ。クレイに怒りをぶつければいいのか、それとも自分に腹を立てればいいのか、よくわからなかったのだ。「たぶん、それは、ロブスター祭りであんなふうに問いつめられて、逃げ腰になったんだと思う。だから、つい低めの額を口にしたんだ。余計なことをいって、攻撃の手段を与えるまでもないと思ってね」

「攻撃の手段だったら、もうあるわ。今年も魚は獲れなかったけど、ウッディにいろいろ吹き込まれて、漁師の人たちは、漁獲高が減ったのは発掘作業のせいだと思っている。この問題で、ウッディは町を二つに割ることができた。二十年間ずっと探していた論争の種が、ようやく見つかったのよ」

「漁獲高は毎年減ってるんだぞ。魚もロブスターも、五十年前から乱獲が続いてるんだ」

「そのことは、あなたも知ってるし、あたしも知ってるわ。問題は、責任を押しつけられる相手が現れたことよ。みんな抗議運動を考えてるみたい」

ハッチはクレアを見た。

「詳しいことはわからないけど、ウッディがあんなに張り切ってるのを見たのは久しぶりよ。結婚以来初めてね。この一日二日で話がまとまったみたい。漁業関係者を集めて、何か大きなことをするつもりよ」

「もっと調べられないか？」

クレアは黙り込んだ。「もうこれだけ話したのよ」しばらくして、彼女はいった。「スパイのまねまでさせないで」

「悪かった」と、ハッチはいった。「そんなつもりじゃなかったんだ。ぼくだって、そんなことはいやだ」

不意にクレアは両手で顔を覆った。「あなたにはわかってないのよ」と、彼女は叫んだ。

「あたしだって、あたしだって……」肩が下がり、クレアはすすり泣きを始めた。

マリンはクレアの頭を優しく肩に抱き寄せた。「ごめんなさい」クレアはいった。「子供みたいなことをして」

「何もいわなくていい」マリンは静かにささやいて、クレアの肩に手を置いた。すすり泣きが収まったとき、ハッチは、もぎたての林檎のような髪の匂いに気がつき、シャツを通して湿った息を感じた。顔に押し当てられたクレアの頬はすべすべしていた。彼女が言葉にならない言葉をつぶやいたとき、熱い涙がひとしずくハッチの唇に落ちた。彼は舌でそれを受けた。クレアが自分のほうを向くと、彼は少し顔を引き、口の先で彼女の唇に触れた。最初は軽い口づけだった。ハッチは、なめらかな唇の輪郭をなぞり、あごの緊張が解けているのを感じ取った。もう一度、迷いながら唇を近づける。さらにもう一度。今度はさっきよりもほんの少し力がこもった。すると、二人の唇は貼りついたように離れなくなり、クレアの指が彼の髪をからめ取った。不思議な潮騒や、空き地の暖かさは、無の中へと遠のいていった。二人のあいだに世界はあった。心臓が高鳴るなか、ハッチはクレアの口に舌を入れ、クレアはそれを吸った。クレアの手は彼の肩をつかみ、シャツに爪を立てていた。十七、八のころは、これほど激しいキスをしたことがなかった、と頭の隅で彼は思った。だが、それは、キスの仕方を知らなかっただけなのかもしれない。彼は、やむにやまれぬ思いに駆られて身を乗り出し、片方の手でクレアのうなじの髪を愛撫しながら、もう一方の手がひとりでに下にさがり、彼女のブラウスの曲線をたどって、ウエストを通り過ぎ、力の抜けかけた膝頭のほうに向かうのを意識していた。唇からうめきが漏れ、クレアは脚を開いた。その膝の内側に、うっすらと汗が浮いているのを彼は指先に感じた。林檎の匂いに、麝香(じゃこう)のかおりが混じった。

そのとき、急にクレアは体を離した。「駄目よ、マリン」かすれ声でそうつぶやいたクレアは、あたふたと起き上がると、ドレスの汚れを払った。

「クレア——」片手をさしのべながら、ハッチはいった。だが、彼女はもう背を向けていた。

ハッチが見守る前で、クレアは急ぎ足で小道を戻っていった。そして、この谷を守る緑の砦の中に、たちまち姿を消した。ハッチの鼓動はおさまらず、情欲と罪の意識と興奮の入り混じった不快な気分がアドレナリンとともに血管を駆けめぐった。牧師の妻との情事。ストームヘイヴンの人々は容赦しないだろう。おれは、これまでの生涯で一番愚かなことをしてしまった。あれは間違いだった。馬鹿なことに、一瞬、判断力をなくしたのだ——だが、立ち上がって、クレアが戻っていったのとは別の小道に足を踏み出しながら、気がつくとハッチは、欲望に火をつけられた頭で、クレアが体を離さなければ起こっていたはずの出来事を思い描いていた。

35

翌朝早く、ハッチは短い道を走って〈ベース・キャンプ〉に向かい、セント・ジョンの部屋の扉を開いた。意外にも歴史学者はすでに仕事を始めていた。年代物のタイプライターはわきに寄せられ、五、六冊の書物が机に広げられている。

「こんな早い時刻にいるとは思わなかったよ」ハッチはいった。「医療小屋にきてくれというメモを置いていこうと思って寄ったんだが」

英国人は椅子に背を預け、しょぼしょぼした目を太い指でこすった。「実は、こっちもきみに話したいことがあってね。ちょっと面白い発見をしたんだ」

「ぼくもだよ」それ以上何もいわず、ハッチは数冊のファイルに綴じた黄ばんだ紙の束を差し出した。散らかった机に場所を空けてから、セント・ジョンはファイルを開いた。やがて、疲れた顔にだんだん生気が戻ってきた。古い紙を一枚めくりながら、セント・ジョンは視線を上げた。

「どこで手に入れたんだ?」彼は尋ねた。

「うちの屋根裏に置いてある古い簞笥に隠してあったんだ。祖父が自分で調べたことを書き残した記録らしい。手書きの文字に見憶えがある。たしかに祖父のものだ。知ってると思うが、宝探しに取り憑かれて、破滅した人でね。死んだあと、ぼくの父が記録類はほとんど燃やしたんだが、これは見逃したようだ」

セント・ジョンはパーチメント紙に視線を戻した。

「すごい資料だ」と、彼はいった。

「セビリアのインディオ公文書館に行ったうちの調査員でさえ見逃したようなことが書いてある」

「ぼくのスペイン語はちょっと錆びついてるから、ぜんぶ読めたわけじゃないが、これが一番面白いと思う」ハッチは、〈カディス市公文書館〉と記されたファイルを指さした。中に入っているのは、手垢で汚れた古文書をピンぼけの写真に撮ったものだった。

「どれどれ」そういって、セント・ジョンは読みはじめた。「カディス裁判所記録。一六六一年より一七〇〇年まで。第十六巻。なるほど。神聖ローマ皇帝カール二世

――というのは、スペイン国王カルロス二世だな。その治世に、われわれは海賊に悩まされていた、と。スペインの商船団は――この商船団（フロータ・デ・プラータ）は、銀船団という意味なんだが、実は黄金もたくさん運んでいたんだ……」

「先を読んでくれ」

「……そのスペインの商船団は、野蛮な海賊エドワード・オッカムに襲撃され、一六九〇年だけでも九千万レアールの損害を受けた。オッカムこそは我らが最大の敵である。悪魔に遣（つか）わされた疫病神にほかならぬ。甲論乙駁の末に、われわれは、枢密顧問官の許可を得て、最強を誇る恐るべき秘密の宝剣、〈聖ミカエルの剣〉を使うことになった。われらが父祖の名において、そのような行いに出たわれらの魂に神のお慈悲を」

セント・ジョンは、眉間にしわを寄せ、ファイルを机に置いた。「最強を誇る恐るべき秘密の宝剣とはどういうことだろう」

「ぼくにもわからないが、その剣には何か呪術的な力があると思われていたんじゃないだろうか。だから、オッカムも怖がって近寄らない、と。いつかきみがいったように、エクスキャリバーのスペイン版だ」

「こういうことなら、それはないと思うね。世の中は啓蒙時代に入りかけていたんだ。しかも、スペインはヨーロッパ屈指の先進国だった。国王直属の枢密顧問官が中世の迷信を信じていたはずはないし、まして国家の重大事にそんなものを頼るとは思えない」

「その剣に正真正銘の呪いがかかっていたのなら別だがね」ハッチは冗談にそういうと、おおげさに目を丸くした。

セント・ジョンは真顔だった。「これ、キャプテン・ナイデルマンに見せたか？」

「いや。その前に、カディス在住の旧友に電子メールで文書の抜粋を送ろうと思っている。ハーマイアニー・コンチャ・デ・ホーアンゾレン公爵夫人だ」

「公爵夫人？」セント・ジョンは聞き返した。

ハッチはにっこりした。「見た目にはわからないかもしれないが、とびきりの名門の出身で、自分の家系を延延と説明して、人を煙に巻くのが大好きな婆さんなんだ。〈国境なき医師団〉に参加していたときに知り合ってね。変わり者で、年齢は八十近いが、資料調査の分野では超一流だよ。ヨーロッパじゅうの言葉が読めるし、方言や古語にも通じている」

「外部に協力を求めるのはいいかもしれないな」と、セント・ジョンはいった。「キャプテンは〈水地獄〉にかかりきりだから、資料を読む暇はないだろう。きのうだって、保険清算人が帰ったあと、ここにきて、〈水地獄〉の幅と深さを、いろいろな教会の尖塔と比較検討してみてくれといいだしてね。そのあと、マカランが最初に掘った穴にかかっていた重量や歪みを再現して、大聖堂を内側から支える支柱組織の略図をつくる仕事も仰せつかった。要するに、〈水地獄〉を安定させて、危険を取り除きたいわけだ」

「だからこんなに疲れた顔をしてるんだね。大変な仕事だ」

「実際の作業はそれほどでもないが」と、セント・ジョンはいった。「予備調査に手間取ってね」セント・ジョンは両手を広げ、机の上の書物の山を示した。「結局、きのうの午後から始めて、徹夜仕事になった」

「じゃあ、少し休んだほうがいい。これから倉庫に出向いて、マカランの日誌の後半部分を取ってくるつもりだ。スペイン語、読んでもらって助かったよ」ハッチはファイルを集め、帰ろうとした。

「ちょっと待ってくれ!」セント・ジョンはいった。

ハッチが振り返ると、英国人は立ちあがり、机の前に出てきた。「こっちにも発見があったといっただろう」

「そうだったな」

「マカランと関係があるんだよ」セント・ジョンは気取ってネクタイの結び目をいじった。

「まあ、じかに関係はないかもしれないが、とにかくこれを見てくれ」彼は机から紙切れを取り、差し出した。

ハッチはそこに一行だけ書かれた文字を読んだ。

ETAONISHRDLCUGMWFPYBKVJXZQ

「出鱈目に見えるが」と、ハッチはいった。

「最初の七文字をよく見てくれ」

ハッチは声に出して読んでみた。「イー、ティー、エイ、オー……。ちょっと待て、これはエタ・オニス(ETA ONIS)だ! マカランが論文を捧げた女性だな」ハッチは言葉を切り、改めて紙に目をやった。

「これは英語の頻度表なんだよ」と、セント・ジョンは説明した。「アルファベット二十六文字を、英文で使われる頻度の高い順に並べてある。暗号の解読に使うものだ」

ハッチは口笛を吹いた。「いつ気がついた?」

セント・ジョンは、さらに気取って胸を張った。「ケリーが死んだ次の日だよ。誰にも話さなかったがね。自分の馬鹿さかげんにあきれたんだよ。手がかりは最初から見えるところにあったんだ。考えれば考えるほど、理屈に合うような気がしてきた。マカランがただの建築家じゃないことはわかっていた。この頻度表を知っているくらいだから、マカランはたぶんロンドンの諜報組織に関係していたか、少なくともある種の秘密結社に参加していたか、だ。そこで、もっと広い範囲で情報を集めてみた。すると、断片的にいろいろなことがわかってきた。偶然にしてはできすぎている。もう間違いないと思うが、マカランは、人生の空白の時期に〈黒の部屋〉(ブラック・チェンバー)で仕事をしていたはずだ」

「〈ブラック・チェンバー〉?」

「これがまたすごいんだ。つまり――」セント・ジョンはふと口をつぐみ、肩越しにうしろを見た。そちらのほうにはウォプナーの部屋がある。ほこりまみれの書斎派が、何をそんなにすごいといっているのか、辛辣(しんらつ)な言葉がウォプナーから返ってくるのを待っているのだ。そのことに気がついて、ハッチは胸が痛んだ。

「倉庫まで一緒にこないか」と、ハッチはいった。「途中で詳しい話を聞かせてくれ」

朝霧の中に足を踏み出しながら、セント・ジョンは続けた。「〈ブラック・チェンバー〉というのは、イングランドの逓信部直属の秘密組織だ。封書を開き、手紙の内容を写し取って、偽の封印でまた封をするのがその仕事だった。もしも手紙に暗号が使われていたら、解読班に送られる。普通の文章で書かれているものだったら、その内容によって、国王や高官に差し出される」

「スチュワート朝のイングランドでそんなスパイ活動が行われていたのかい?」

「イングランドだけじゃない。ヨーロッパじゅうの国で似たようなことが行われていた。むしろ、地位にも教養にも恵まれた若い貴族ほど、そういう仕事をやりたがっていたんだ。暗号解読に熟練すると、莫大な報酬をもらえるし、宮廷での地位も上がる」

ハッチは首を振った。「初めて聞いたよ」

「それだけじゃない。古い公文書を読んでいるうちに、だんだん裏がわかってきたんだが、マカランはおそらく二重スパイだったと思う。アイルランドへのシンパシーから、スペイン側に寝返ったんだろう。ところが、裏切りが発覚して、まずいことになった。マカランが故国を捨てた本当の理由は、自分の命を守るためだったんだろう。アメリカに送られたのは、ニュー・スペインのために大聖堂をつくる、という表向きの理由のほかに、もっと生臭い事情があったんだ」

「ところが、オッカムがその計画に待ったをかけた」

「そういうことになるね。結局、オッカムの予想以上に、マカランは役に立つ男だったんだ」

　ハッチはうなずいた。「それならマカランが暗号に詳しかったり、秘密のインクで日誌をつけたりしていた理由もわかる」

「日誌の後半に使われていた暗号がなかなか解けなかったのもそのせいだ。〈水地獄〉のように手の込んだ罠をつくるんだから、知力、精神力とも尋常な男じゃない」

　セント・ジョンは一瞬、黙り込んだ。「きのうの午後、ナイデルマンにもこの話をしたよ」

「それで？」

「なかなか面白い仮説だから、そのうちに詳しく検討してみよう、といわれたよ。今はそれよりも〈水地獄〉を安定させて黄金を取り出すほうが先だそうだ」かすかな笑みがセント・ジョンの顔をよぎった。「きみが見つけた資料をキャプテンに見せても仕方がない、というのはそういうわけだ。発掘のことばかり考えていて、直接、関係のないことには見向きもしない」

　二人は倉庫に着いた。海賊の野営地で発掘されたものだけを納めていたときと比べて、小屋は補強が進み、すっかり様変わりしていた。二つある小さな窓には鉄格子がはめられ、出入口には〈サラサ〉の警備員が控えて、運び込まれるもの、運び出されるものの記録を取っていた。

「面倒をかけて悪いね」ハッチがナイデルマンのメモを警備員に示しながら解読されたマカランの日誌を請求するのを見て、セント・ジョンは顔をしかめながらいった。「最初にプリントアウトしてきみに渡せば話は簡単だったんだが、この前、ストリーターがやってきて、暗号関係の資料をみんなディスクに落としていったんだよ。作業記録も一緒にね。そのあと、もとの資料をサーバーから削除して、バックアップも消していった。私がコンピュータに詳しかったら、消される前に――」

　そのとき、暗い小屋の中から声が聞こえて、セント・ジョンは口をつぐんだ。外に出てきたのはボンテールだった。片手でクリップボードをつかみ、もう一方の手には何か円筒形のものを握っている。

セント・ジョンは急にどぎまぎし、無口になった。

「海賊村の調査はうまくいってるかい」と、ハッチはいった。

「もうじき終わるわ」と、ボンテールは答えた。「今朝、最後の区画が片づいたの。セックスと同じで、フィニッシュに楽しいことがあるみたいね。これ、見て。きのう、みんなが掘り出してくれたの」ボンテールは円筒形の物体を差し出し、満面に笑みを浮かべた。

複雑な造りで、材質は青銅。外辺にはこまごまと数字が刻まれている。中央からは、時計の針のように尖った金属棒が二つ突き出ていた。「これは何だ?」ハッチは尋ねた。

「天体観測儀(アストロラーベ)よ。太陽の高さから緯度を測定する道具ね。レッド・ネッドの時代の船乗りには、同じ重さの金塊の十倍は値打ちがあったはずだわ。それなのに、捨ててあったのよ」ボンテールは愛撫するようにその物体を指でなぞった。「新しいものが出てくるたびにわからなくなってくるわ」

突如、近くで悲鳴が上がった。

「何だ、あの声は?」びくっとして、セント・ジョンがいった。

「痛がっているように聞こえる」ハッチはいった。

ボンテールがその方向を指さした。「地質学者の小屋のほうから聞こえたわ」

三人はランキンの仕事場をめざして短い距離を駆け出した。ハッチの予想に反して、金髪の熊のような大男は床に倒れて苦痛にもだえていたわけではなかった。ランキンは、椅子にすわったまま、コンピュータのモニターを見て、プリントアウトの長い紙に目をやり、またモニターに視線を移した。

「どうしたんだ?」ハッチは思わず大声になった。

三人のほうを見もしないで、ランキンは手を挙げ、みんなを黙らせた。そして、またプリントアウトの紙に目をやり、数を勘定するように唇を動かしてから、紙を下に置いた。

「これなら勘定が合う」と、彼はいった。「今度は故障じゃない」

「この人、頭がおかしくなったの?」ボンテールがいった。

ランキンは三人のほうに向き直った。「これでいいんだ」興奮の面持ちで、彼はいった。

「こうじゃなきゃいけないんだ。〈水地獄〉の底に何があるか、ナイデルマンに責められて、ずっとデータを取ろうとしてたんだがね。水を抜いたら、おかしな値も出なくなるかと思ったが、そう簡単にはいかなかった。何度やっても、違う結果になるんだよ。だが、今度はうまくいった。これを見てくれ」

ランキンはプリントアウトを差し出した。黒っぽい正方形のまわりに黒点と出鱈目な線が並んだわけのわからない形が描かれていた。

「これは何だ」ハッチはいった。「ロバート・マザーウェルの抽象画みたいだが」

「違う。これは鉄で囲まれた部屋だ。一辺はおよそ十フィート。〈水地獄〉の底から五十フィートほど下まで広がっている。水には浸食されていないようだ。中に何が入っているかについては、ついさっき、おおよその見当をつけることができた。まず、重量は十五トンから二十トン。密度の高い非鉄金属だ。比重は十九を少し超える」

「ちょっと待ってくれ」ハッチはいった。「そんな比重の金属は一つしかないぞ」

ランキンの顔に笑みが広がった。「そのとおり。しかも、それは鉛じゃない」

感電するような緊張に満ちた短い沈黙があった。ボンテールが喜びの声を上げ、ハッチの腕の中に飛び込んできた。ランキンはふたたび悲鳴を上げると、セント・ジョンの背中を叩いた。四人は転げるように小屋から出て、歓喜の絶叫と万歳の声を上げた。

その騒ぎを耳にして外に飛び出してくる者が増えるにつれて、ランキンの大発見の知らせもたちまち広がっていった。十数人の〈サラサ〉の従業員のあいだから祝福の声が上がった。ウォプナーの悲劇のあとの重苦しさや、相次ぐ不具合、重労働などのいやな雰囲気は、ほとんどヒステリーに近い熱狂的なお祭り気分に吹き飛ばされた。スコパッチは、潜水用のナイフを口にくわえ、脱いだ靴を宙に放り上げて踊り狂った。ボンテールは倉庫に飛び込み、海賊の野営地跡から発掘された反り身の古い短剣を持ってきた。そして、自分がはいているデニムのショーツから裾を切り取ると、海賊の眼帯のように顔に巻いた。そのあと、ポケットの底を引きずり出し、豊かな胸が危うくはみ出しそうになるほど深くブラウスに切れ目を入れた。短剣を振りまわしながら、横目づかいにあたりを睥睨し、よたよた歩き始めたのは、祝祭気分に酔いしれる海賊のまねをしているのだ。

自分でも意外だったが、ハッチも歓声を上げ、ほとんど面識のない技術者たちを抱いてまわった。地面の下に黄金の埋まっている証拠が、ついに発見されたのだから、はしゃぐのも当然だった。しかし、こういう解放の瞬間がくるのを誰もが待ち望んでいたということもできる。黄金が見つかったのが嬉しいのではない、とハッチは思った。負け戦が続いたこの呪われた島との戦いで、とうとう一矢報いることができたのが嬉しかったのだ。

キャプテン・ナイデルマンが〈ベース・キャンプ〉にずかずか入ってくると、歓声はだんだん小さくなっていった。疲労の色が浮かぶ冷たい灰色の目でナイデルマンは周囲を見まわした。

「いったい何事だ」怒りを押し殺した声で、ナイデルマンはいった。

「キャプテン!」ランキンがいった。「黄金が埋まってるんです。穴の底の五十フィート下に。最低でも十五トンの!」

「それがどうした」キャプテンは切り返した。「われわれが穴を掘っていたのは、健康のための運動だったとでもいうのか?」そして、あたりがしんとするなか、みんなを見渡しながら続けた。「これは幼稚園の遠足じゃないんだぞ。真剣な仕事をしているときに、このざまは何だ」ナイデルマンは、歴史学者のほうに目をやった。「セント・ジョン、分析は終わったか?」

セント・ジョンはうなずいた。

「じゃあ、〈ケルベロス〉のコンピュータに結果を入れてくれ。われわれはぎりぎりのスケジュールで作業をしている。あとの者も忘れるな。さあ、仕事に戻るんだ」

ナイデルマンは背を向け、坂を下りて桟橋に向かった。それに遅れまいと、セント・ジョンは駆け足であとを追った。

36

翌日は土曜日だったが、ノコギリ島に休息はなかった。いつになく寝過ごしたハッチは、オーシャン・レーン五番地の自宅からあわてて駆け出し、玄関前の坂を下りて、船着き場に急いだ。途中、立ち止まったのは、金曜日から郵便受けに入っていた手紙類を取ったときだけで、あとは走り続けた。

瘤島海峡を通り抜け、外海に出ながら、ハッチは鉛色の空を見て眉をひそめた。グランド・バンクスの上空で大気が不安定になっている、とラジオがいっていた。今日は八月二十八日。自分で決めた期限まで、あと数日しかない。この先、天候は悪くなる一方だろう。

機器の故障が重なり、コンピュータも不調で、スケジュールには深刻な遅れが出ている。しかも、最近ではスタッフの病気や事故も多くなって、予定は狂いっぱなしだった。十時十五分前ごろにハッチが医療センターに着いたとき、すでに二人の患者が待っていた。一人は歯茎に珍しい感染症を起こしていた。血液検査をしなければバクテリアの種類はわからないだろう。もう一人は、まずいことに、ウイルス性の肺炎にかかっていた。

その二人目の患者を本土の病院に送る手続きや、〈ケルベロス〉で最初の患者の血液検査を行う準備をしていたとき、三人目の患者がやってきた。換気装置の操作員をやっているその男は、サーボ・モーターで脛に深い傷を負っていた。正午近くになって、ようやく暇ができたので、ハッチはコンピュータのスイッチを入れ、インターネットにアクセスして、カディスに住む旧友の公爵夫人に電子メールを送った。数段落で手短かに事情を説明し、祖父が遺した文書のうち意味が取りにくいものの写しを添えて、〈聖ミカエルの剣〉についての調査を依頼したのだ。

接続を切ると、朝、出がけに郵便受けから取ってきた手紙類をのぞいてみることにした。〈アメリカ医師会ジャーナル〉の九月号。古い消防署を改装したスパゲティ・レストランの広告。〈ガゼット〉紙の最新号。最後は小振りなクリーム色の封書で、差出人の名前も切手もなかった。

開封すると、手書きの便箋が出てきた。その筆跡には見憶えがあった。

マリンへ

どんなふうにいえばいいのか、よくわかりません。わたしは自己表現が苦手です。だから、できるだけ率直に書くことにします。

わたしはクレイのもとを去る決心をしました。これ以上、目をそむけることはできません。もうこの家にはいたくないのです。ここにいても、怒りや恨

みが募るだけです。どちらにとってもいいことではありません。抗議運動が終わったときに、打ち明けるつもりです。そのほうが打撃は少ないでしょう。どちらにしても、彼をひどく傷つけることに変わりはありません。でも、わたしにはわかっています。それが最善の方法なのです。

あなたとわたしが一緒になれないこともわかっています。わたしには素晴らしい思い出があります。あなたも同じ気持ちでいてくれることを願っています。でも、わたしたちのあいだにもう少しで起こりそうになった出来事は、その昔の思い出にしがみつくことでしかないのです。最後には二人とも傷ついてしまうでしょう。

〈うめきの谷〉で起こりそうになった出来事——このわたしも、途中までは起こることを望んでいた出来事に、わたしは怯えました。でも、これまでずっと胸のうちを去来していた曖昧な思いや感情に、はっきりした形が与えられたのはよかったと思っています。あなたのおかげです。ありがとう。

これからわたしがどうするつもりか、あなたには話しておくべきでしょう。わたしはニューヨークに行きます。コミュニティ・カレッジ時代の女友だちがニューヨークで建築設計事務所をやっていて、秘書の仕事をやらないかと誘われています。製図の基礎も教えてもらえるそうです。前から憧れていた街で、新しい人生を始めることになるでしょう。

どうかこの手紙に返事は書かないでください。わたしの決心を変えさせようとするのも無駄なことです。今、愚かなことをすれば、昔の二人が汚れます。

愛を込めて
クレア

そのとき、島内電話が鳴った。夢の中にいるような緩慢な動きでハッチは受話器を取った。

「ストリーターです」てきぱきした声が聞こえた。

「どうした?」衝撃から醒めないまま、ハッチはいった。

「キャプテンがお呼びです。〈オルサンク〉に来てください。大至急」

「いや、今はちょっと——」ハッチはそう話しはじめた。だが、ストリーターはすでに電話を切っていた。聞こえてくるのはダイヤル・トーンだけだった。

37

ハッチは、一連の傾斜路やブリッジを渡って〈オルサンク〉の底部に着いた。〈水地獄〉の穴の上には、新たに換気装置が取りつけられていた。三本の太いダクトが穴の底の汚れた空気を吸い出し、空に吹き上げている。排気は凝縮されて濃い霧になった。穴の底にともされた照明が、周囲の霧に光をにじませている。

前に足を踏み出したハッチは、梯子をつかみ、〈オルサンク〉のコントロール・タワーを取り囲むデッキにのぼった。

ナイデルマンの姿はどこにも見当たらなかった。監視塔の中には、歪み感知器の信号をモニターして、〈水地獄〉の材木にかかる負荷を調べているマグヌセンがいるだけだった。感知器の状態は、数列に並んだ緑の光で表現されている。材木のどれか一本にでも余分な力がかかったり、どこかの支柱がわずかにでも傾いたりすると、その箇所の光が赤に変わり、甲高い警報が鳴り響く。補強が進むにつれて、警報の頻度は少なくなっていた。島のコンピュータ・システムに巣食うバグも、ここでは見事に退治されているような印象を受ける。ウォプナーの生涯最後の時間に取りつけが始まった感知器は、すべて設置が終わっていた。

ハッチは部屋の中央に移動し、床の窓から下の〈水地獄〉を覗いた。今でも、きわめて危険なトンネルや坑道が何本もあったが、いずれも黄色いテープで印がつけられ、遠隔測量による見取り図作製チーム以外は立ち入りが禁じられている。

そのとき、風が吹いて、穴から霧が飛ばされ、視界が開けた。巨大梯子は穴の底に延び、鈍く光る三本の手すりを基軸にして、無数のプラットホームが築かれていた。奇怪に絡み合ったチタニウムの支柱が、梯子から放射線状に広がっている。その光景に、ハッチは思わず息を呑んだ。何百もの照明がぴかぴかの支柱に反射して、苔むした穴に光のしぶきを放っている。光は、チタニウムの網状組織に何度も反射して、地中深く、無限の彼方へと延びていた。

支柱の組み合わせ方には複雑なパターンがあった。その日の朝、ナイデルマンの作業員たちは、セント・ジョンの引いた図面に従って、マカランが最初に取りつけた支柱を復元し、チタニウムの補強材を付け加え、働きづめに働いていた。〈ケルベロス〉のコンピュータが描いた三次元モデルを参考にして、新たな支柱を設置する作業も終わった。夕方には、最後の五十フィートを掘り進んで、財宝の保管庫にまで到達できそうな勢いだった。

クレアの手紙に心を乱されながら、光があふれる穴を覗き込んでいると、電動リフトに動きがあった。ナイデルマンが下からあがってきているのだ。隣にはボンテールが立ち、寒そうに体を縮めていた。穴を照らすナトリウム灯のせいで、キャプテンの砂色の髪は金色に輝いている。

キャプテンはなぜこの場所で会うことにしたのだろう、とハッチは思った。口内炎でもできて、おれを呼びつけたのか。そんな意地の悪いことも考えた。とはいえ、治療で呼ばれたとしても不思議はない。ナイデルマンは、ここ数日、不眠不休で働き続けているのだから。

プラットホームに降り立ったキャプテンは、梯子をのぼって〈オルサンク〉に入ってきた。ブーツは泥だらけで、金属の床に足跡がついた。ナイデルマンは無言でハッチを見た。続いてのぼってきたボンテールは、部屋に入り、キャプテンのうしろに立った。その顔をちらりと見て、硬い表情が浮かんでいるのに気がついたとき、ハッチの全身に緊張が走った。二人とも不気味に黙りこくっている。

ナイデルマンはマグヌセンのほうに向き直った。「サンドラ、しばらく席を外してくれないか」

技術主任は立ち上がり、監視デッキに出てドアを閉めた。ナイデルマンは深呼吸して、疲労の色濃い灰色の目でハッチを見据えた。

「落ち着いて聞いてくれ」と、ナイデルマンは静かにいった。

ボンテールは何もいわずハッチを見ていた。

「きみのお兄さんが見つかった」

ハッチは不意に気が遠くなるのを覚えた。身のまわりの世界から引き離され、霧にかすんだ遠い場所に引き寄せられるような感覚だった。

「どこで、見つかったんです」ハッチはようやくそれだけを口にした。

「例の丸天井つきの岩室だ。鉄格子の下の穴で見つかったよ」

「間違いないんですか?」ハッチはささやいた。「別人じゃないんですね?」

「子供の骸骨だったわ」ボンテールがいった。「十二歳か、十三歳の。青いダンガリーの半ズボンや野球帽が——」

「わかった」突然、脱力感に襲われ、ハッチは椅子にすわった。膝頭から力が抜け、眩暈がした。「わかったよ」

一分ほど、タワーの中に沈黙が広がった。

「自分の目で確かめます」ようやく、ハッチはいった。

「ええ、そうしてちょうだい」ボンテールは優しくハッチを立たせた。「一緒に行きましょう」

「まっすぐ下に延びている穴だ」と、ナイデルマンがいった。「そのあたりにはまだ支柱ができていない。危ないかもしれん」

ハッチは、それでもかまわない、という代わりに手を振った。

命綱をつけ、小型の電動リフトに乗り、巨大梯子を降りてゆく——そのあとの数分間は、呆然とするうちに過ぎていった。四肢が痛み、リフトの手すりをつかんだ手は、〈水地獄〉を照らす寒々しい光の中で、生気のない土気色に見えた。ナイデルマンとボンテールが左右に立ち、補強材を取りつけている作業員たちが遠くから見つめるなか、ハッチたちは穴の底に降りていった。

百フィート目のプラットホームに着いたとき、ナイデルマンはリフトをおりた。金属の床を離れ、三人はトンネルの入口へと続く踏み板を進んだ。ハッチは躊躇した。

「ここを行くしかないんだ」と、ナイデルマンはいった。

ハッチは、巨大な空調装置のわきを通り抜け、トンネルに入った。天井は金属板で補強され、チタニウムのスクリュー・ジャッキで支えられていた。悪夢を見ているような思いでさらに数歩進むと、ウォプナーが命を落とした八角形の岩室に出た。例の巨大な岩は、あのときのまま、ウォプナーの運命や死の罠を忘れないための血も凍る石碑のように、今でも壁際に転がっている。死体を運び出すときに使われた二台のジャッキはまだ岩の下にあった。岩の内側と壁には大きな染みが残り、明るい光の中で錆色に浮かび上がっていた。ハッチは目をそらした。

「きみ自身の意志でここまできたんだぞ」ナイデルマン

の声には奇妙な響きがあった。

　引き返したくなるのを必死に抑え、ハッチは足を踏み出した。岩のそばを通り過ぎ、錆色の染みがついた壁を通り過ぎて、部屋の中央にある深い穴に近づいた。この前あった鉄格子は取り外され、縄梯子が暗闇におりている。

「見取り図作製チームは、きのうから副次的なトンネルの調査に取りかかった」と、ナイデルマンはいった。「この岩室に入ったチームは、鉄格子を外して、下の穴を調べた。垂直に降りた穴は、海岸のトンネルと交差しているらしい。きみが子供のときに見たのが、そのトンネルの海岸側の出口だ。チームは、調査のため、穴に人を送った。途中に、その昔、水を塞き止めていたらしい防水弁があったそうだ」ナイデルマンは足を踏み出した。「私が最初に入ろう」

　キャプテンは縄梯子をおりていった。ハッチは待った。心の中は空っぽになり、目の前の深い井戸から吹いてくる冷たい風だけを感じていた。黙ったままボンテールはハッチの手を取った。

　数分後、ナイデルマンの呼ぶ声が聞こえてきた。ハッチは前に進み、腰をかがめて、狭い梯子の手すりをつかんだ。

　穴の直径はわずか四フィートだった。すべすべした壁をつたっておりてゆくと、穴は、途中にある大きな岩を避けるように曲がっていた。下について、梯子から離れたとき、足は悪臭を放つ泥にめりこんだ。怯えに近い感情に苛まれながら、ハッチは周囲を見まわした。

　そこは、硬い氷堆石（ひょうたいせき）を掘ってできた狭い部屋だった。一見すると、狭苦しい地下牢といった感じで、四方をがっしりした岩壁に囲まれている。だが、よく見ると、壁の一つは床まで達していなかった。自然の岩壁のように見えたものは、人間の手で四角く加工された岩だった。

　ナイデルマンはその岩の下にライトを向けた。白いものがぼんやり光っていた。

　こめかみで静脈がぴくぴく動くのを感じながら、ハッチは足を踏み出し、かがみ込んだ。そして、ハーネスから懐中電灯を取り出し、スイッチを入れた。

　岩の下の隙間に、骸骨があった。頭にはレッド・ソックスの帽子が載っている。帽子の下からは、茶色の髪が一房のぞいていた。肋骨にからみつく腐ったシャツ。下半身には、ぼろぼろになった青いダンガリーの半ズボンがある。ベルトもついたままだった。ズボンの片方の裾からは、膝の骨が見える。右足はケッズ社のスニーカーをはいていたが、左足のほうは壁の下にはさまれ、すりつぶされた靴は、ゴム状のかたまりになっていた。

　ハッチの中の冷静な部分は、手脚の骨におびただしい骨折の跡があること、肋骨が胸郭から飛び出していること、頭蓋骨が粉砕されていることなどを、どこか遠いところから見て取った。ジョニーは――間違いなくこれはジョニーだった――ウォプナーが命を落としたのと同じようなマカランの罠の犠牲になったのだ。だが、岩の動きを遅くするヘルメットなどなかったのだから、死はほぼ瞬時に訪れたに違いない。少なくとも、ハッチはそう思いたかった。

　ハッチは手を伸ばし、野球帽のひさしにさわった。ジョニーが好きだった帽子、ジム・ロンボーグのサイン入りの帽子だった。レッド・ソックスが優勝した日、父親がボストンで買ってきてくれたものだ。指は下に動き、髪の毛にさわって、下顎骨の曲線をなぞり、あごの先から潰れた胸郭へと移動した。そして、腕の骨にさわり、手の骨にさわった。まるで夢でも見ているように、細部まではっきりと確認することができた。心が遠いところにあっても、夢の中では不思議に感覚が冴えることがある。宝石のようにくっきりと、ハッチはすべてを胸に刻んだ。

　小鳥にも似た小さな掌骨（しょうこつ）を手に載せたまま、墳墓のように静まり返った穴の底で、ハッチはじっと動かなかった。

38

　ハッチは、〈プレイン・ジェイン〉の付属船を操り、クランベリー・ネックを通り過ぎて、流れのゆるやかなパサベック川の広い河口に入った。船を岸に近づけながら、肩越しに振り返った。三マイルほど後方に、焦土岬が見えた。南の水平線に、赤みがかった染みのようにへばりついている。晩夏の朝、空気にはすでに冬を約束する冷たさが忍び込んでいた。

　小型のエンジンを休みなく動かしながら、ハッチは何も考えまいとした。

　上流に進むと、川幅は狭くなった。このあたりでは潮の満ち干の影響を受けにくいので、水は穏やかな緑色に変わっている。子供のころ、ハッチはこの近辺を〈億万長者横町〉と呼んでいた。小塔や破風やマンサード屋根を備えた十九世紀の壮麗な〈別荘(コテージ)〉が、何軒も並んでいるのだ。エプロンドレスに黄色い日傘という見事に時代錯誤の格好をした幼女が一人、ポーチのぶらんこにすわり、通り過ぎてゆくハッチに手を振った。

　川をのぼるにつれて、風景は和らいできた。岩だらけの岸は小石が散らばる河原に変わり、唐檜(とうひ)の数は少なくなって、代わりに苔むしたオークや樺(かば)の木が増えてきた。荒れた船着き場のそばを通り過ぎてしばらくすると、傾いた釣小屋が見えてくる。ここまでくれば、あと少しだ。川の湾曲した部分を曲がった先に、めざす場所があった。ハッチの記憶にくっきりと刻まれている小石の河原。牡蠣の巨大な貝塚は、二十フィートもの高さがある。予想どおり、この遺跡に人影はなかった。ストームヘイヴンやブラック・ハーバーの住人は、有史以前のインディアンの集落跡や、貝殻の山などに興味はない。いや、ほんの少数だが、物好きもいないわけではない。雲一つなく晴れたある暑い日の午後、ホーン先生は、この場所に、ハッチと兄のジョニーを連れてきてくれた。

その翌日、ジョニーは死んだ。

　ハッチは付属船を河原に引き上げ、舳先に置いてあったぼろぼろの絵の具箱と携帯用の椅子を取り出した。周囲を見まわし、一本だけ生えた樺の木の下に目をつけた。そこならまぶしい太陽は当たらないし、熱で絵の具がたちまち乾くこともない。絵の具箱と椅子を木陰に置き、付属船に戻って折り畳み式のイーゼルと画帳を取ってきた。

　準備をしながら、気がつくと、あたりに目を配り、画題や視点を選んだり、風景の構成要素を並べ替えたりしていた。椅子にすわったハッチは、四角い枠を目に当て、その枠に切り取られた風景をじっと見つめて、色彩や質感(マス)の分布を調べた。前景にある貝殻の明るい灰色は、遠くにあるラヴェル山の紫色と完璧な対照をなしている。鉛筆で下絵を描く必要はなく、いきなり水彩を塗っても大丈夫だろう。

　画帳を開き、二百四十ポンドの大判のCP紙を慎重に抜き出した。そして、イーゼルにテープで留めると、指の先で亜麻布の感触を楽しんだ。分不相応な贅沢品だが、それだけの値打ちはある。適度の目の粗さが絵の具をしっかり吸い込んでくれるし、ハッチの好きなウェット・オン・ウェットの技法を使うときでも細部が描きやすい。

ハッチは、絵筆に巻いてあったボール紙の保護紙を取り、筆の種類を確認した。先が一直線に揃った平筆が一本、セーブルの丸筆が二本、先がドーム状になった山羊毛の平筆が一本、ドライ・ブラシで背景に雲を描くための四分の一インチの古い平筆が一本。そのあとハッチは、パレットのくぼみに半分だけ水を入れた。続いて、箱に手を伸ばし、セルリアン・ブルーの絵の具を取り出すと、パレットに絞った。絵の具を溶くとき、思いのほか手の傷の治りが遅いことに気がついて、少し腹が立った。綿ボールで画用紙を湿らせ、顔を上げて、風景をじっと見つめる。最後に、大きく深呼吸すると、筆に絵の具を載せ、紙の上三分の二を青く塗った。

絵筆がざくざくと雄大に画用紙上を走るにつれて、心の中でとぐろを巻いていた思いがほどけてゆくのを感じた。この風景を絵に描くこと。それは心が癒される作業、魂が浄化される作業だった。とにかく、この場所に戻ってこなければならない。それだけを考えていた。ジョニーが死んだあと長い歳月が過ぎたが、その間、このインディアンの貝塚を訪れる機会は一度もなかった。二十五年たってストームヘイヴンに戻ってきた今――しかも、前日に兄の亡骸が発見された今、ハッチは、自分が人生の曲がり角にさしかかっているのを意識していた。たしかに辛いが、今ならその苦しみを終わらせることもできる。兄の遺骨が見つかったのだから、三十一年ぶりに掘り出して、きちんと埋葬をしてもいいだろう。それに、兄の命を奪った悪魔のメカニズムを解明することも、今ならできる。だが、そんなことはもうどうでもいい。一つの章が終わり、新たな章へと足を進めるべきときがきたのだから。

ハッチはふたたび絵と向かい合った。今度は前景を描かなければならない。河原の石は、箱に入っている黄土色の絵の具と色調が合う。その黄土色とペインズ・グレーの絵の具とを混ぜ合わせれば、積み上げられた貝殻の色を出すことができる。

別の絵筆に手を伸ばしたとき、発動機つきの船が川をのぼってくる音に気がついた。顔を上げると、見知った人影が船上から川岸を調べていた。つばの広い麦わら帽子の陰に、日焼けした顔がある。ハッチの姿を認めたポニーテールは、微笑みながら手を振り、〈サラサ〉の機動艇をそっと岸に着けて、モーターを止めた。

「イゾベル！」ハッチはいった。

　ボンテールはボートを係留し、ハッチのそばにくると、帽子を取り、頭をひと振りして、長い髪をかきあげた。「下宿からずっと見張ってたのよ。郵便局には性能のいい望遠鏡があるの。ボートに乗って、この川に入るのが見えたから、気になって、つけてきたわけ」

　なるほど、こういうやり方をするつもりか、とハッチは思った。湿っぽい同情は抜きにして、いつもどおりの態度で接する。前日の出来事に関して、歯の浮くような慰めの言葉をかけることもない。ハッチにはこのほうがどれほどありがたいことか。

　ボンテールは親指をしゃくって川下を示した。「すごいお屋敷がいっぱいあったわね」

「昔、ニューヨークの金持ちが、夏のあいだブラック・ハーバーにきてたんだよ」と、ハッチは答えた。「あのお屋敷は、そのなごりだ。ここから十マイル北のカンポベロ島には、ＦＤＲの夏の別荘もあった」

　ボンテールは眉をひそめた。「ＦＤＲ？」

「ルーズベルト大統領のことだよ」

　ボンテールはうなずいた。「そうなの。あなたたちアメリカ人は、大統領を頭文字で呼ぶのが好きね。ＪＦＫ（ケネディ大統領）とか、ＬＢＪ（ジョンソン大統領）とか」そのとき、彼女は目を丸くした。「まあ、それ！　その絵！　お医者さまの先生に、こんな芸術的天分があったとは知らなかったわ」

「仕上がりを見るまで評価は控えておいたほうがいいぞ」石の河原に短く絵筆を当てながら、ハッチはいった。「医学生のときに絵が好きになってね。緊張がほぐれるんだ。一番気に入ったのは水彩だった。とくに、こんな風景を見ると描きたくなるんだ」

「ほんとにいいわ！」そういうと、ボンテールは貝殻の山を指さした。「あのでっかいこと！」

「そうだね。底のほうの貝殻は、三千年くらい前のものだといわれている。てっぺんのは十七世紀初頭のものらしい。インディアンが追い払われたのがその時代だ」ハッチは上流のほうを身振りで示した。「川沿いには先史時代のインディアンの住居跡が散らばっているし、ラッキタシュ島にはミクマク族のおもしろい遺跡があるんだ」

　ボンテールはハッチのそばを離れ、牡蠣殻に覆われた土手を這いのぼって、一番近い貝塚の下に向かった。

「でも、どうしてこんなところに牡蠣殻を積み上げたのかしら」と、彼女は遠くから声をかけた。

「それは誰にもわからない。片手間にできることじゃないしね。どこかで読んだ憶えがあるが、これには何か宗教的な理由があるらしい」

ボンテールは笑い出した。「宗教的な理由ね。理解できないものを見ると、あたしたち考古学者はいつもそういうのよ」

ハッチは絵筆を取り替えた。「ところで、イゾベル」と、彼はいった。「こうして会いにきてくれたことについては、何かお礼でもしなくちゃいけないのかい。せっかくの日曜日なんだから、薹のたった独身の医者をつけまわさなくても、ほかに楽しみ方はあるはずだ」

ボンテールは悪戯っぽく微笑んだ。「どうしてあなたが次のデートに誘ってくれなかったのか、その理由を知りたかったのよ」

「きみはぼくのことを弱虫だと思ってるんだろう？　ヤンキーは骨なしだといったじゃないか」

「そのとおりよ。でも、弱虫とはいわないわ。台所のマッチといったほうがいいんじゃないかしら。あなたにふさわしい女性が現れて、火をつけてくれるのを待ってるのよ」ボンテールは無造作に貝殻を取り、川に放り投げた。「問題は、自分だけさっさと燃え尽きたりすることね」

ハッチは絵のほうに向き直った。こういう会話では、こちらのほうが負けるに決まっている。

ボンテールは戻ってきた。「それに、あなた、別の女の人と会ってたんじゃない？」

ハッチは顔を上げた。

「ほら、あの人よ。牧師の奥さん。あなたのふるーいお友だち」

「ただの友だちだ」意図したよりも強い口調になった。

「それだけのことさ」ボンテールは、面白そうにじっとこちらを見ている。ハッチはため息をついた。「向こうからはっきりそういわれたんだよ」

ボンテールは眉を吊り上げた。「がっかりしたわけ？」

ハッチは絵筆を下げた。「正直にいうが、この町に戻ってきたときには、何も考えていなかった。ところが、彼女のほうは、二人の付き合いは過去のもので、今どうこうしようという気はないと明言した。手紙までもらったよ。そこが辛いところだが、そんなことといっても仕方がない。彼女のいうとおりなんだからね」

ボンテールはハッチを見た。顔にゆっくり微笑が広がっていった。

「何がおかしい?」ハッチはいった。「医者の恋わずらいがおもしろいのか？　きみだって似たような経験はあるだろう」

ボンテールは、その誘いには乗らず、けらけら笑い出した。「あたしね、ほっとしたの。あなた、あたしのこと、最初から誤解してたんじゃない?」彼女は人差し指をハッチの手の甲に這わせた。「あたしはゲームが好き。だけど、どの鬼に捕まるか、相手は選んでるつもりよ。これでも母親にきちんと躾けられたカトリックですからね」

ハッチは意外な面を見せられてしばらく彼女を見つめていた。そして、また絵筆を取った。「今日はナイデルマンと部屋にこもって打ち合わせをするんじゃなかったのかい。表や図を見ながら」

話題が変わると、ボンテールの表情は曇った。「違うわ」浮かれ気分は消えていた。「キャプテンは気が短くなって、充分な考古学の裏付けなしにどんどん先に進もうとしてるの。急げ急げで、もう何も目に入らないみたい。今は〈水地獄〉の中にいて、穴の底を掘る準備をしてるはずよ。埋まっている遺物を調べたり、地層分析をしたりといったことは、ぜんぜん頭にないの。あたし、耐えられないわ」

ハッチは驚いて相手を見た。「キャプテンは今日も現場に出てるのか?」医療スタッフのいない日曜日に現場で作業をするのは内規違反だった。

ボンテールはうなずいた。「尖塔の構造がわかったときから、キャプテンは何かに憑かれたみたいになってるの。一週間、不眠不休で仕事に没頭してるんじゃないかしら。でもね、それだけ一生懸命なのに、うちの発掘屋さんを使わないかっていっても、二日間、返事がなかったのよ。クリストフなら建築の知識もあるし、支柱を復元するには最適の人材じゃない？　でも、キャプテンは聞いてくれなかったのよ」彼女は首を振った。「前からわけのわからない人だったけど、ますますわからなくなったわ」

ナイデルマンは仲間の中にいるかもしれない裏切り者を警戒しているのだ。ハッチは、そのことをボンテールに話そうかと思ったが、考え直した。そういえば、祖父の資料が見つかったことも、まだ話していない。だが、それもまだいう必要はないだろう。何もかもあとでやればいい。ナイデルマンが日曜日に働きたければ、勝手に働かせておけばいいのだ。ハッチにとって、今日は休日であり、この絵を仕上げることしか頭になかった。

「さあ、いよいよラヴェル山を描く番だ」ハッチは、遠くにある黒っぽい山影をあごで示しながらいった。ボンテールが見ている前で、ハッチはペインズ・グレーの絵の具に絵筆をひたし、コバルト・ブルーを少量混ぜて、陸地と空とが交わった部分の少しだけ上に太い線を引いた。そのあと、イーゼルから画板をはずし、さかさまに持って、塗りたての絵の具が地平線に垂れるのを待った。効果を確めると、画板の上下を直し、イーゼルに戻した。

「すごい！　どこで覚えたの？」

「どの商売にも秘訣があってね」ハッチは絵筆の先を洗い、絵の具を箱に戻して立ち上がった。「濡れていると、次のことができない。絵の具が乾くのを待つあいだ、貝塚にのぼってみようか」

二人は前かがみになって一番大きな山にのぼった。踏まれた牡蠣殻が足の下で乾いた音をたてた。頂上に立ったハッチは、二人のボートを見て、その向こうの川を見た。枝の茂ったオークの梢で小鳥が騒いでいる。気温は暖かく、空気は澄んでいた。嵐が近づいているとしても、その気配はなかった。上流には人が住んでいないらしく、青い川だけが蛇行して延々と続き、木の枝が天蓋をつくって、ところどころでそれが途切れると、見渡すかぎり草原が広がっている。

「素敵(マニフィーク)」と、ボンテールはいった。「うっとりする光景ね」

「ジョニーと一緒に、ときどきここにきたんだ」ハッチはいった。「土曜日の午後になると、学校の先生が誘ってくれてね。ジョニーが死ぬ前の日も、三人できたんだ」

「お兄さん、どんな子だったの？」ボンテールはさらりといった。

無言でハッチは腰をおろした。その体重を受けて、牡蠣殻がぱりぱり音をたてた。「お山の大将だったね。ストームヘイヴンにはあまり子供がいなかったから、ぼくたちはいつも一緒だった。おたがいに最高の遊び相手だったと思う。まあ、よくひっぱたかれたけどね」

ボンテールは笑った。

「ジョニーは科学が大好きだった。ぼくも相当なものだったが、それ以上だったよ。蝶々や、岩石や、化石の標本を、たくさん集めてたね。星座の名前もみんな知っていた。望遠鏡まで自作したことがある」

ハッチは肘をついて仰向けになり、木々の葉叢を見上げた。「ジョニーが生きていたら、素晴らしい業績を残したと思う。ぼくが必死で勉強して、ハーヴァードの医学部を出たのは、そのせいかもしれないね。償いの気持ちがあったからだ」

「償わなきゃいけないことなんかないんじゃないの?」

ボンテールは静かに訊いた。

「あの日、ノコギリ島に行こうといいだしたのはぼくなんだよ」と、ハッチは答えた。

ボンテールはそれ以上ありきたりの慰めを口にしなかった。ハッチは改めて感謝した。一度、二度、大きく深呼吸して、ゆっくり息を吐き出す。息をするたびに、体の中に溜まっている積年の毒気が抜けてゆくような気がした。

「ジョニーがトンネルの中に消えたあと、ぼくはしばらく道に迷っていた」と、彼は続けた。「何時間たったのかわからない。記憶が抜け落ちてるんだ。何度も思い出そうとしたのに、どうしても思い出せない空白の時間がある。ぼくたちは穴を這い進んでいた。ジョニーが最後にもう一本マッチを擦って……そのあと、家の船着き場に戻るところまで記憶が飛んでいる。両親は外でお昼を食べて帰ってきたところで、町の人を何人も連れて一緒にノコギリ島に向かった。トンネルに入って、また出てきたときの父の顔は、死ぬまで忘れられないだろう。顔にも、手にも、ジョニーの血がべっとりついていたんだ。親父は、大声を上げて泣き叫びながら坑道の梁を叩いていた」

そのときの情景がよみがえってきて、ハッチはしばらく口をつぐんでいた。

「死体は見つからなかった。壁や天井に穴を開けて探しまわったし、沿岸警備隊や聴音機を持った鉱山技師もやってきた。削岩機も運び込んだが、地盤がゆるくて使えなかった」

ボンテールは何もいわず聞いていた。

「その夜も、次の日も、次の夜も、作業は続いた。そのあと、いくらなんでもジョニーはもう生きていないだろうということになって、捜索隊の人数もだんだん少なくなっていった。トンネルの中の血の量からいっても死んでいることは間違いない。救急隊員はそういったが、父は探し続けた。どうしても帰ろうとしなかった。一週間たつと、母も含めてみんなあきらめたが、父はずっと島に寝泊まりしていた。ショックで頭がおかしくなったらしいんだ。島をうろつきまわって、坑道に入ったり、シャベルやピッケルで穴を掘ったり、声が涸れるまでジョニーの名前を叫んだりして、いつまでたっても島を離れなかった。何週間もそれが続いた。母が何をいっても聞き入れなかった。ある日、食料を持って母が島に行くと、父の姿はなかった。また捜索隊が組織された。今度は、見つかったよ。死体がね。縦穴に溜まった水に浮かんでいた。溺死だった。町の人は自殺だと噂した。ぼくたちに面と向かってそういう者はいなかったがね」

ハッチは、青空に浮かび上がる木の葉を見つめていた。ここまで詳しい話をしたのは初めてだったが、しゃべるだけでこれほど気が楽になるとは思ってもいなかった。遠い昔から背負い続けてきた重荷、もう体の一部になってしまったような重荷を、やっとおろすことができたような気がした。

「ストームヘイヴンにはそのあと六年住んでいた。いつかは忘れられるときがくる。母はそう思っていたんだろう。でも、そんなわけにはいかなかった。こんな小さな町では、どんなことでもみんなよく憶えているもんだ。町の人は、誰もが……善人ばかりだけどね。でも、ひそひそ話はいつまでも続く。ぼくの耳にはあまり届かなかったが、そういう話がささやかれていたことに変わりはない。噂は何十年も生き延びるんだ。死体が見つからなかったことが、町の人の好奇心に火をつけたんだね。漁師の中には、家族揃って島の呪いを信じている者もいる。あとになってわかったんだが、あんな子と遊んじゃいけないって、自分の子供をぼくから遠ざけていた親もいたようだよ。ぼくが十六のとき、母はとうとう我慢できなくなった。夏休みに、母はぼくをボストンに連れていった。一、二ヵ月したら町に戻ることになっていたんだが、九月になってもその気配はなかったから、仕方なくぼくはボストンの学校に入った。一年が過ぎ、二年が過ぎて、ぼくは大学生になった。ストームヘイヴンには一度も戻らなかった。戻ってきたのは今回が初めてだ」

大きな青鷺が川筋を滑空してきて、一本の枯れ枝にとまった。

「そのあとはどうしたの？」

「医学部の専門課程、平和部隊、国境なき医師団、マウント・オーバーン病院。そして、ある日、きみたちのキャプテンがぼくの仕事場にやってきた。あとは、ご存じのとおりだ」ハッチは一息入れた。「〈水地獄〉の水が抜かれて、海岸に通じているトンネルとどこでつながっているかがわかったとき、ぼくは黙っていた。早く調べてくれとはいわなかった。キャプテンをせっついて、何か働きかけをしたと思われているかもしれないが、そうじゃない。ここまで打ち明けたんだから、はっきりいおう。ぼくは怖かったんだ。どんなことが起こったか、本当のことを知るのが恐ろしかったんだ」

「キャプテンの書類にサインしたこと、後悔してるの?」ボンテールは尋ねた。

「手続き上は、キャプテンがぼくの書類にサインしたことになってるがね」ハッチは一瞬、黙り込んだ。「でも、後悔はしていない。後悔していても、きのうで事情は変わったはずだ」

「あと一、二週間もしたら、あなたはアメリカ有数の大富豪になるわ」

ハッチは笑った。「イゾベル」と、彼はいった。「ぼくは、もう決めたんだ。金は兄の名前の基金に注ぎ込む」

「全部?」

「そうだよ」ハッチはためらった。「まあ、これから考えることだが」

ボンテールは貝殻の上にすわりなおし、疑いの目でハッチを見た。「こう見えても、あたし、人を見る目はあるつもりよ。お金のほとんどはその基金に入るかもしれない。でも、少しは自分のために使うんじゃないかしら。だって、人間なんですもの。予想が外れたら、生きたまま皮を剝がれてもいいわ。そういう人間的な面がなかったら、あなたのことなんか嫌いになるでしょうね」

ハッチはとっさに反論しようと口を開きかけたが、何もいわず、肩の力を抜いた。

「どっちにしても、あなたは聖人君子ね」と、ボンテールはいった。「あたしは、分け前が手に入ったら、もっと無節操に使うつもりよ。すごくスピードの出る車を買うとか——もちろん、マルチニーク島の家族にも使ってもらうつもりだけど」ボンテールはハッチの顔色をうかがうような仕草をした。まるで承認を求めているようだ。そう思って、ハッチは奇異の念を抱いた。

「それはいいんじゃないかな」と、ハッチはいった。「きみにとっては正当な仕事の報酬だからね。ぼくには個人的な事情がある」

「あなたもそうだし、キャプテン・ナイデルマンもそうね」ボンテールはいった。「あなたの場合は悪霊を祓うことができたけど、キャプテンは悪霊を呼び出してるみたい。そう思わない？　ノコギリ島の財宝には昔から思い入れがあったみたいだけど、あのマカランという男に執着するところなんか普通じゃないわ。まるで一対一の決闘みたい。大昔の建築家と対決して、相手の首をぺき折るまで枕を高くして寝られないって感じね」

「それをいうならへし折るだ」ハッチはやんわり訂正した。

「どっちでもいいじゃない」ボンテールは身じろぎして、楽な姿勢をとろうとした。「ほんとに、いいかげんにしてもらいたいわ」

　二人は、昼近い陽光の中で、仰向けになったまま黙り込んだ。頭上の小枝に栗鼠(りす)が一匹現れ、小さな声できーきー鳴きながら、木の実を集めはじめた。ハッチは目を閉じた。新聞社のビル・バンズにジョニーの遺体が見つかったことを伝えなければならない。ぼんやりそんなことを考えた。ボンテールが何かしゃべっていたが、眠気に負けて、もう聞いていられなかった。やがてハッチは、悪夢に悩まされることもない穏やかな眠りの中に入っていった。

39

公爵夫人から連絡があったのは次の日の午後のことだった。

ラップトップ・コンピュータの右下の隅に、封をしたエアメールの形のアイコンが表示されていた。新しい電子メールが届いたのだ。開けようとしたが、インターネットに何度接続しても、回線はすぐに切れた。一休みすることにして、ハッチは船着き場に向かい、〈プレイン・ジェイン〉のエンジンをかけた。四六時中霧に包まれた島を離れると、ラップトップのモデムを携帯電話につないだ。今度は公爵夫人のメールを何の問題もなくダウンロードすることができた。この島とコンピュータはどうなってるんだろう、とハッチは思った。

　ふたたびジーゼル・エンジンをかけ、ハッチはノコギリ島に戻った。〈プレイン・ジェイン〉の舳先が鏡のように穏やかな海面を二つに分け、それに驚いた鵜(う)が一羽、海中に姿を隠した。数十ヤード先に浮かび上がった鵜は、威嚇するように羽根を動かした。

海上無線に天気予報が入った。グランド・バンクス上空の不安定な大気から生じた低気圧団は、メーン州北部の海岸部に向かっているという。このままのコースをたどれば、明日の正午には小型船舶気象注意報が発令されるだろう。典型的な北東風だ。気分が重くなる。

沖合いには異様なほど多くのロブスター漁船が出て、仕掛けを引き上げていた。嵐に備えてのことだろう。それとも、ほかに理由があるのか。〈うめきの谷〉以来、クレアとは会っていなかったが、日曜の夜、ビル・バンズからかかってきた電話によると、クレイ牧師は八月の最終日に抗議活動を予定しているという。

仕事場に戻ったハッチは、飲みさしのコーヒーを捨て、一刻も早く公爵夫人のメールを開こうとラップトップに向かった。いつものことながら、このふざけた婆さんは、一番新しい若い恋人のことから話を始めていた。

その人はとっても内気ですが、気だてがよくて、一生懸命わたしを楽しませてくれるものですから、わたしも夢中になってしまいました。小さくカールした茶色の髪がいつも額にかかっていますが、おつとめにはげむときは、汗に濡れて、その髪も黒っぽくなります。惚れているということはたいしたことですね。

続いて公爵夫人は、過去のさまざまな愛人や結婚相手のことを語り、解剖学的にどういう男を好むか詳細に述べていた。この老婦人は、電子メールをゴシップ好きの告白の媒体と心得ている。いつもなら、このあと慢性の金欠病について語り、神聖ローマ皇帝から西ゴート族の王までさかのぼる自分の家系の自慢話が続くはずだった。しかし、今回は、珍しく単刀直入に本題に入り、カディス大聖堂の古文書から掘り出してきた情報へと話を進めていた。それを一読、再読したとき、ハッチは全身が総毛立つのを覚えた。

ドアにノックがあった。「どうぞ」公爵夫人のメールをプリンターに送りながら、ハッチはいった。顔を上げると、戸口に作業員が一人立っていた。その姿を見て、ハッチは凍りついた。

「こりゃひどい」ハッチは椅子を引いて立ち上がった。「どうしたんだ、その体は」

40

　五十分後、ハッチは小道を駆けのぼり、〈水地獄〉に向かっていた。傾いた太陽が海原に赤く照りつけ、島を取り囲む霧の渦を火の色に染めていた。

〈オルサンク〉にはウインチを操作する技師一人とマグヌセンとがいるだけだった。ぎりぎりとワイヤーを巻き上げる音がして、太いスチール・ケーブルに繋がれた巨大なバケットが〈水地獄〉から上がってきた。床にあるガラスの覗き窓から見ていると、穴の端に控えた作業員がそのバケットを傾け、廃トンネルの一つに中身をそそぎ込んだ。ごぼごぼと音が響き、大量の泥水がその中に呑み込まれていった。作業員は空になったバケットを立て、〈水地獄〉のほうに押しやった。バケットはまた穴に呑み込まれ、見えなくなった。

「キャプテンはどこにいる？」ハッチは尋ねた。

〈水地獄〉の底を描いたワイヤーフレームの立体図をモニターしているマグヌセンは、ちらっとハッチを見て、またスクリーンに視線を戻した。「発掘チームのところです」と、彼女はいった。

　ウインチ担当の技師がいるところの壁際には、六台の赤い電話が並んでいた。島のネットワークの各所に接続された電話だ。ハッチは、〈水地獄前線チーム〉のラベルがある受話器を取った。

　ビープ音が短く三度聞こえ、ナイデルマンの声が回線から伝わってきた。「どうした？」背後にハンマーの音が大きく響いているのがわかった。

「話があるんです」ハッチはいった。

「大事な話か？」ナイデルマンの声からは苛立ちが感じられた。

「ええ、大事な話です。〈聖ミカエルの剣〉のことで、新しい情報を手に入れました」

　一瞬、間があり、ハンマーの音だけが響いた。ナイデルマンはようやく答えた。「話したいなら、ここまできてくれ。今、補強材を取りつけている最中だ」

　受話器を置いたハッチは、安全ヘルメットをかぶり、ハーネスをつけて外に出ると、タワーから降りて、プラットホームの足場に向かった。夕暮れが近づくなか、穴はいっそうまぶしく輝き、一本の白い光の筋を頭上の霧に投げていた。作業員の手を借りて、ハッチは電動リフトに乗った。ボタンを押すと、小さな台座は一揺れしてから下に降りていった。

チタニウムの支柱やケーブル類が蜘蛛の巣のように張りめぐらされているところを通り過ぎたとき、その複雑さに思わず驚嘆した。地下四十フィートのところでは、何人かが支柱の点検をしていた。それから九十秒ほどで〈水地獄〉の底が見えてきた。そのあたりでは人の動きも活発だった。泥や汚物は取り除かれ、照明装置がずらりと並んでいる。穴の底に新たな狭い縦穴ができていて、その四方の壁は厳重に補強されていた。小型の計測器や電子機器が数台――マグヌセンかランキンのものだろう――ワイヤーで吊されている。穴の一方の壁に沿ってウインチのケーブルが伸び、その反対側の壁にはチタニウムの梯子が取りつけられていた。リフトを離れたハッチは、その梯子に足をかけた。そして、シャベルやハンマーや空調装置の轟音が響く中へと降りていった。

三十フィートほど下ると、平面に出た。そこが発掘の現場だ。一台の閉回路テレビカメラが見おろす中で、作業員たちは湿った土を掘り、大きなバケットに移していた。ほかの者はホースで泥水を吸い上げている。ナイデルマンは隅に立ち、ヘルメットをかぶって、補強材設置の指揮をとっていた。青写真一式を手にして、ストリーターがそばに控えている。

ハッチが二人のほうに近づくと、キャプテンは軽くうなずいて挨拶をした。「もっと早く現場を見にくると思ってたんだがね」と、彼はいった。「穴はもう安定している。あとは全力で掘るだけだ」

間があったが、ハッチは何もいわなかった。

ナイデルマンは色の薄い目でハッチを見た。「わかっているだろうが、とにかく時間がない」と、彼はいった。「本当に大事な用事なんだろうな」

ウォプナーの死から一週間あまりで、ナイデルマンは別人のように変わっていた。自信に満ちた穏やかな表情は、今はもう跡形もない。初対面のあの日、ハッチの研究室にきたナイデルマンは、静かな闘志を全身にみなぎらせていたが、今、目の前にいるナイデルマンは、言葉ではいいあらわせない、どこかとげとげしい、ほとんど凶暴な意志をあらわにしている。

「大事なことなんです」と、ハッチはいった。「できれば二人だけで話したいんですが」

ナイデルマンは、しばらくハッチを見つめていた。やがて、腕時計を見ると、彼は作業員に声をかけた。「みんな、聞くんだ！　交代まであと七分あるが、これで終わりにする。地上に出て、早めに降りてくるように次の班にいってくれ」

作業員たちは道具を置き、梯子をのぼってリフトに向かった。ストリーターはその場に残り、無言のまま突っ立っていた。音をたてなくなった太い吸引ホースは地面に放置され、半分しか土砂の入っていないバケットは頑丈なケーブルに吊られて揺れながら地表にのぼっていった。ストリーターは相変わらず動かない。黙ってわきに控えている。ナイデルマンはハッチのほうに向き直った。「さあ、話を聞こう。ただし、時間は五分か十分しかない」

ハッチは話しはじめた。「二日前、祖父の集めた資料が見つかったんです。〈水地獄〉やオッカムの財宝に関する書類がたくさんありました。そういう資料は父が燃やしたはずでしたが、実家の屋根裏に隠してあったので処分されずにすんだんでしょう。その中から、〈聖ミカエルの剣〉のことを書いた文書が見つかりました。〈聖ミカエルの剣〉は、レッド・ネッド・オッカムに対抗するため、スペイン政府が用意した恐ろしい武器だ、という一節もあって、いろいろ不安になりましてね。実は、カディスに住んでいる知人が調査の専門家なんですが、その女性と連絡をとって、剣の由来を詳しく調べてもらうことにしたんです」

ナイデルマンは、足もとの泥濘（ぬかるみ）に目をやり、口をゆがめた。「情報独占の問題が起こりそうな話じゃないか。私に無断でそんなことをするとは驚いたね」

「これが調査結果です」ハッチは上着に手を入れ、ナイデルマンに一枚の書類を差し出した。

キャプテンはそれを一瞥した。「昔のスペイン語で書いてある」彼は眉をひそめた。

「下に知人の翻訳があります」

ナイデルマンは書類を突き返した。「要約してくれ」ぶっきらぼうな口調だった。

「これは古文書の断片で、〈聖ミカエルの剣〉が最初に発見されたときのいきさつや、その後の成り行きが書かれています」

ナイデルマンは眉を吊り上げた。「本当か？」

「黒死病（こくしびょう）がヨーロッパを席巻していたころ、裕福なスペインの商人がバーク型帆船に家族を乗せてカディスから出航した。一行は地中海を横断し、バーバリ・コーストの無人の岸辺に上陸した。あたりを調べると、古いローマ人の遺跡があった。一行は、そのあたりに住み着いて、疫病の流行が終わるのを待つことにした。友好的な部族のベルベル人は、少し離れたところにある寺院の廃墟には絶対に近づくな、あそこは呪われている、と教えてくれた。その警告は何度か繰り返された。しばらくして、疫病の勢いが衰えはじめたとき、商人は寺院の探検に出かけることにした。ベルベル人が何か値打ちのあるものを隠しているのかもしれない、と思って、立ち去る前に一度見ておこうとしたんです。その廃墟で、商人は、祭壇の裏側の床に大理石の板が嵌め込んであるのを見つけた。それをはずしてみると、厳重に封印され、ラテン語の銘が刻まれた古い金属の箱がでてきた。銘文には、箱の中に入っているのが剣であること、それも最強の剣であることが記されていた。見るだけで死ぬ、というんです。商人はその箱を船に運んで、開けるのを手伝ってくれとベルベル人に頼んだ。ベルベル人はそれを堅く拒んだだけでなく、船を海に押しやって、無理やり出発させるようなことまでした」

　ナイデルマンは、うつむいたまま耳を傾けていた。

「数週間後のミカエル祭の日に、商人の船は地中海を漂流しているところを発見された。桁端（ヤーダム）には禿鷲（はげわし）が群がっていた。乗船者は全員死亡。箱は開けられていなかったが、鉛の封印は解かれていた。やがて、箱はカディスの修道院に運ばれた。修道僧たちはラテン語の銘文を読み、商人の航海日誌にも目を通した。そして、これは地獄の剣であると結論を下した――友人の訳文をそのまま使えば、〈地獄が吐いた反吐（へど）と共に地上に現れた剣〉ということになります。箱はふたたび封印され、大聖堂の地下墓地に収められたそうです。箱を取り扱った僧たちは、みなたちまち病を得て世を去った――文書はそう締めくくられています」

　ナイデルマンは顔を上げ、ハッチを見た。「それが今の作業と関係があるのかね？」

「あるんです」ハッチは答えた。「おおありなんですよ」

「じゃあ、どういうことか、無知な私に話してみてくれ」

「〈聖ミカエルの剣〉があるところでは人が死ぬ。最初は商人の一家。次は修道僧。オッカムが剣を奪うと、この島で手下が八十人死んだ。六ヵ月後、商人の船と同じように、オッカムの船も漂流しているところを発見されています。乗っていた者はみんな死んでいました」

「面白い話だな」ナイデルマンはいった。「しかし、仕事を中断して聞くほどの話ではない。今は二十世紀の世の中なんだ。われわれには関係ないね」

「それが違うんです。気がついていないんですか。最近、体調を崩す者が増えてるでしょう？」

ナイデルマンは肩をすくめた。「これくらいの集団なら、毎日、病人が出てもおかしくない。疲れは溜まるし、仕事は危険なんだ」

「仮病と見分けがつかない病人の話じゃないんです。血液検査をしました。ほとんどの場合、白血球が異常に少なくなっています。ついさっきも、発掘チームの一人が医務室にきましてね。あんな不思議な皮膚病は見たことがない。腕にも、太股にも、鼠蹊部にも、発疹や腫れ物がたくさんできていたんです」

「何の病気だ？」ナイデルマンは尋ねた。

「まだわかりません。医学書も見てみましたが、はっきりした診断はできませんでした。事情を知らなければ、鼠蹊部のリンパ腺が腫れるペストか何かの症状だと思ったでしょう」

ナイデルマンは片方の眉を吊り上げてハッチを見た。

「黒死病か？　二十世紀のメーン州に腺ペストとは信じられんね」

「さっきもいったように、病名はまだわからないんです」

ナイデルマンは眉をひそめた。「じゃあ、なんでそんなに勢い込んでるんだ？」

ハッチは深呼吸して苛立ちを抑えた。「〈聖ミカエルの剣〉というのが何なのか、ぼくにはわかりません。でも、危険なものだと考えるしかありません。行く先々に死体を残している。スペイン人がその〈聖ミカエルの剣〉でオッカムと戦おうとした、という考え方は、もしかしたら間違っていたのかもしれません。むしろ、オッカムがそれを奪うことを期待していたんじゃないでしょうか」

「なるほど」ナイデルマンはうなずいた。その声は皮肉な調子でかすかに歪んでいた。「要するに、その剣には本当に呪いがかかっている、といいたいんだね」

「冗談じゃない、ぼくだって呪いなんか信じてませんよ」ハッチはむっとした。「でも、現実に何かが起こっていることはたしかなんです。病気の蔓延がそうですよ。あの剣が保菌者の役割をしてるんです」

「それが原因で、ある者はバクテリアに感染し、ある者はウイルス性肺炎になり、ある者は厄介な歯肉炎を起こしている、というわけか。いったいどういう病気が蔓延しているというんだ」

ハッチは痩せこけた顔を見つめた。「たしかに幅が広すぎてわけがわからないところはありますが、問題は危険性です。どういう理由で、どんなふうにしてこんな事態が起こっているのか、それが解明できないかぎり、このまま突貫作業を進めて、〈聖ミカエルの剣〉を掘り出すのは無茶です」

ナイデルマンはうなずき、高慢そうな笑みを浮かべた。「よくわかった。きみは、作業員たちが病気になっている理由を突き止められないでいる。病名さえ判断できない患者もいる。都合の悪いことはみんな剣のせいにしたいんだろう」

「病気だけじゃありません」ハッチはいいかえした。「ご存じだと思いますが、大型の北東風も発生してるんです。このままこちらに近づいてくると、大変なことになりますよ。先週の嵐なんか、春のにわか雨程度です。作業を続けるのは正気の沙汰じゃありません」

「正気の沙汰じゃない、か」ナイデルマンは繰り返した。「じゃあ、きみはどうやって発掘作業をやめさせるつもりだ」

やめさせられるものならやめさせてみろ、という意味だ。ハッチは、一瞬、絶句してから、答えた。「あなたの良識に訴えます」感情が高ぶらないように必死で抑えた。

張りつめた沈黙があった。「駄目だね」ナイデルマンは、最終決定を下すように重々しくいった。「発掘は続ける」

「どうしても譲れないとおっしゃるなら、仕方ありませんね。ぼくは、春になるまで発掘作業を中断することを宣言します。この決定は今のこの瞬間から効力を発揮します」

「何の根拠があってそんな宣言をするんだね」

「契約書の第十九条です」

沈黙があった。

「ぼくの権限を定めた条項です。忘れちゃいないでしょうね」ハッチは言葉を継いだ。「作業の条件が劣悪になって、危険すぎると判断したときは、ぼくの一存で作業を中止させることができる」

ナイデルマンは、ポケットからゆっくりパイプを取り出し、悠然と煙草を詰めた。「滑稽だな」生気のない死んだような声でそういうと、ナイデルマンはストリーターのほうに向き直った。「滑稽だと思わんかね、ミスター・ストリーター。あと三十時間で宝の部屋にたどりつけるというのに、ドクター・ハッチは何もかも中止したいといっている」

「あと三十時間たてば、この島の真上に嵐がきますよ」と、ハッチはいった。「そうなったら——」

「よくわからないんだが」と、ナイデルマンはさえぎった。「きみが本当に心配しているのは、剣や嵐のことなのか？　きみの見つけた資料も、後世の贋作じゃないという保証はないが、たとえ本物でも、中世の迷信が書いてあるにすぎない。そんなものをきみが……」キャプテンは言葉を切った。やがて、思い当たるふしがあったらしく、納得した顔で続けた。「そうか。いや、これでよくわかった。きみの動機はほかのところにあるんだ。違うかね？」

「いったい何の話です？」

「今われわれが作業をやめれば、〈サラサ〉は投資の全額を無駄にすることになる。当初の見積もりより予算が一割オーバーしていることについては、投資家も困っている。来年また発掘をするにしても、そのときにかかる費用の二千万ドルは誰も出してくれないだろう。きみはそういう事態になるのを当てにしてるんじゃないのか？」

「被害妄想を他人に押しつけないでください」ハッチの声は怒気をはらんでいた。

「いや、妄想じゃない」ナイデルマンはさらに声を低くした。「きみは、自分の知りたい情報をすでに〈サラサ〉から入手している。われわれがきみのために玄関の扉を開いたようなものだ。今、ここでわれわれが失敗するのは、きみには好都合じゃないのかね。来年になったら、きみが作業を引き継いで、宝物を自分のものにする。うまいことに、〈聖ミカエルの剣〉も独占できる」ナイデルマンの目は疑念に濡れていた。「そう考えると、理屈に合う。第十九条にこだわるのも当然のことだ。コンピュータの故障や、作業の遅れも、みんな説明できる。〈ケルベロス〉ではちゃんと動いていたものが、島ではうまくいかなかった理由も、これでよくわかる。最初から騙してやろうと思っていたんだろう」ナイデルマンは苦々しく首を振った。「そんなきみを信用していたとはね。破壊活動の可能性に気がついたとき、よりによってきみに相談したのも間抜けな話だ」

「財宝を騙し取るなんて、馬鹿なことは考えていません。宝物なんかどうでもいい。ぼくは作業員の安全だけを考えているんです」

「作業員の安全か」嘲るようにナイデルマンは繰り返した。そして、ポケットからマッチ箱を取り出すと、一本擦って火をつけた。だが、パイプに近づける代わりに、燃えるマッチ棒をハッチの鼻面に差し出した。ハッチはわずかに身をそらした。

「よく聞くんだ」ナイデルマンは、マッチを振って火を消した。「あと三十時間で財宝は私のものになる。もうきみの魂胆は読めた。ゲームの相手をするつもりはない。これ以上、邪魔をするなら、実力行使に出る。わかったな」

ハッチは、冷たい表情の奥にあるものを探ろうと、じっと相手を見つめた。「実力行使?」と、彼はいった。

「それは脅しですか?」

長い沈黙があった。「そう解釈するのが妥当なところだ」いっそう低い声になって、ナイデルマンは答えた。

ハッチは背筋を伸ばした。「明日の朝、日が出るまでにこの島を離れてください」と、彼はいった。「いうことが聞けないのなら、強制的に退去させます。はっきりいっておきますが、怪我人や死人が出たら、過失致死や過失傷害であなたを告訴します」

ナイデルマンは振り返った。「ミスター・ストリーター?」

ストリーターは一歩前に出た。

「ドクター・ハッチを船着き場まで連れていってくれ」

「何の権利があってこんなことをするんだ」と、ハッチはいった。「ここはぼくの島だ」

ストリーターは足を踏み出し、ハッチの腕をつかんだ。

ハッチは身を翻し、右手を握って、ストリーターのみぞおちにパンチを叩き込んだ。非力な一撃だったが、解剖学的には急所をはずしていなかった。ストリーターは地面に両膝をつき、呼吸を奪われて口を歪めた。

「二度と手を触れるな」あえぎ続ける相手に、ハッチはいった。「今度は睾丸(きんたま)を引きちぎるぞ」

ストリーターは、凶暴な目をしてよろめきながら立ち上がった。

「ミスター・ストリーター、実力行使の必要はなさそうだ」班長が色めきたって飛びかかろうとするのを抑えて、ナイデルマンはいった。「ドクター・ハッチは静かにボートに戻るだろう。陰謀を暴かれた以上、われわれの作業を止められないことは理解してくれたはずだ。どんな手を打っても、馬鹿を見るだけだよ」

ナイデルマンはハッチのほうに向き直った。「私は卑怯なまねはしない。きみは最前の手を尽くして失敗した。このノコギリ島にきみはもう必要ない。きみが立ち去って、契約どおり作業が終わったら、利益はちゃんときみにも分配する。しかし、あくまで邪魔をするというのなら……」最後までいわず、ナイデルマンは両手を腰に当てた。長いレインコートの前が開き、ベルトに差してある拳銃がハッチの目に入った。

「こりゃ驚いた」と、ハッチはいった。「キャプテンは拳銃をお持ちだ」

「ぐずぐずするな」ストリーターがいって、一歩進み出た。

「帰り道はわかっている」ハッチは壁際まで後ずさりすると、キャプテンから目を離さずに発掘現場を出て、巨大梯子のそばに戻った。到着したリフトからは、早くも交代の作業員が降りてきていた。

41

遠く垂れ込めた雲の上に朝日が顔を出し、ストームヘイヴンの小さな港に集まった船を照らしていた。外洋への出口から船着き場まで、おびただしい数の船がぎっしり並んでいる。

その集団の中央にできた隙間を、一隻のトロール船がゆっくり進んでいた。舵を取っているのはウッディ・クレイ。向きを変えた船は、外洋への出口にある円筒形のブイに近づき、船体が当たる寸前で体勢を立て直すと、そのまま沖に向かった。クレイは乱暴な舵取りだった。

湾口に着いたとき、クレイは船首を陸に向け、エンジンを止めた。そして、古びたメガホンを手に取り、群れ集う船に大声で指示を与えた。何十年も前から使われている雑音混じりの拡声器を通しても、確信に満ちたその声の調子は変わらなかった。それに答えて、無数の船のエンジンが次々に鬨(とき)の声をあげた。船着き場の最前列にいた船は舫綱を解き、港の出口を抜けてスピードを上げた。数限りない船があとに続いた。長々と伸びる何十本もの航跡が湾に広がり、船団はノコギリ島めがけて進んでいった。

その三時間後、南東に六マイル離れたところで、霧の中を光がのろのろ降下していった。補強材と支柱とが絡み合った湿った迷路〈水地獄〉。穴の開口部に組まれた作業場を、その光が下から無気味に照らしている。

地下百八十フィートのところにある穴の最深部には、昼もなければ夜もない。ジェラルド・ナイデルマンは、狭い足場のわきに立ち、憑かれたように穴を掘る作業員たちを見つめていた。あと数分で正午だった。エアダクトのうなりや、ウインチの鎖がたてる金属音に重なって、昼の休みを知らせる汽笛や号砲がかすかに聞こえてくる。

しばらくそれに耳を傾けていたナイデルマンは、携帯電話に手を伸ばした。

「ストリーター？」

「はい、キャプテン」二百フィート上の〈オルサンク〉から返事があった。声は雑音混じりで聞き取りにくかった。

「そちらの状況を報告してくれ」

「船は全部で二十数隻です。〈ケルベロス〉をぐるりと取り囲んでいます。動きを封じたつもりですね。みんな〈ケルベロス〉にいると思ってるんでしょう」ふたたび雑音が響いたが、笑い声かもしれなかった。「いくら向こうが叫んでも、聞いているのはロジャースンだけなんです。研究チームのほかのメンバーはゆうべ島に上陸させました」

「破壊活動や妨害活動の兆候はあるか」

「いや、ありません。おとなしくしています。拡声器でわめいているだけですから、心配することはないでしょう」

「それ以外に何かあるか？」

「マグヌセンによれば、地下六十四フィートのところで感知器に異常が出ているそうです。二次グリッドには変化がありませんから、誤差の範囲でしょう」

「行って調べてみよう」ナイデルマンはしばらく考えた。「ミスター・ストリーター、きみも六十四フィートのところにきてくれ」

「了解」

ナイデルマンは発掘現場から梯子をのぼり、電動リフトの昇降口に向かった。ほとんど寝ていなかったが、その動きは敏捷で無駄がなかった。リフトで六十フィートまで上がり、プラットホームに降りると、用心深く横木に足をかけ、異常を訴えている感知器が正常に作動していることを確認した。プラットホームに戻ったとき、反対側のリフトでストリーターが降りてきた。

「どうでした?」ストリーターは尋ねた。

「感知器は正常だ」ナイデルマンは手を伸ばし、〈オルサンク〉とつながったストリーターの通信機のスイッチを切った。「ただ、ハッチのことが気になってね」

　歯車がきしみをあげ、機械のうなり声が聞こえてきた。下の発掘現場から、強力なウインチで、泥が引き上げられている。大きな鉄のバケットが上がってくるのを、二人は見つめた。結露した水滴が、まぶしい照明に光っていた。

「宝物庫まであと八フィート」頭上の丸い光の中にバケットが消えてゆくのを目で追いながら、ナイデルマンはつぶやいた。「九十六インチだ」

　彼はストリーターのほうに向き直った。「必要のない作業員は、全員、島から退去させてくれ。理由は何でもいい。抗議活動や嵐を口実にでもしてくれ。財宝を引き上げるときに、暇な者が見物にきて、野次馬になられたら困る。二時の勤務交代で、今の作業員は帰宅させるんだ。その二時からの作業で片をつける。財宝はバケットで引き上げて、剣は私が持つ。大急ぎで島から運び出す必要がある。ロジャースンは信用できるか?」

「私の命令は守ります」

　ナイデルマンはうなずいた。「〈ケルベロス〉と私の司令船を島のそばに寄せてくれ。ただし、岩礁には近づけるな。艀(はしけ)を使う。念のため、財宝は二隻に分載する」ナイデルマンはふと言葉を切り、遠い目をした。

「ハッチの問題はまだ片づいていない」そのことが頭から離れないのか、ナイデルマンは低い声で続けた。「あの男を甘く見ていたのがいけなかった。今からでも用心するに越したことはない。自宅に戻った瞬間から、あいつは対策を考えるはずだ。ところが、法的手続きを執るには、十日から二十日かかる。しかも、こういう場合は借り手のほうに分がある。ハッチは十九条を盾にとって、わめき散らすだろうが、もうじき何をいっても机上の空論になる」

　ナイデルマンはストリーターの襟に触った。「あきれた話だが、あの欲張りには十億ドルでもまだ足りなかったんだ。やつはきっと必ず対抗策を講じてくる。きみに頼みたいのは、向こうの出方を見て、その対抗策を潰すことだ。あと数時間でオッカムの財宝が手に入るんだ。こんなときに邪魔されてたまるか」ナイデルマンは、ストリーターの襟を不意につかんだ。「くれぐれも頼んだぞ。この島にハッチが足を踏み入れるのを絶対に阻止してくれ。あいつがいると、甚大な損害が出る」

ストリーターは無表情に見返した。「具体的な考えはおありですか?」

ナイデルマンは襟から手を離し、一歩うしろに下がった。「きみは立派な海の男だ。融通が利くし、独創力もある。どうするかはきみの裁量に任せよう」

ストリーターはぴくりと眉を動かした。期待に心が躍ったのかもしれないし、単なる筋肉の痙攣だったのかもしれない。

「わかりました」と、彼はいった。

ナイデルマンは身を乗り出し、また通信機のスイッチを入れた。「連絡を待っているよ、ミスター・ストリーター」

ナイデルマンはリフトに乗り、また下に降りていった。ストリーターは梯子のほうに向き直った。数秒後、彼もまたその場から去っていった。

42

ハッチは、オーシャン・レーンの家の、古ぼけた広いポーチに出ていた。きのうまでは天気予報官の警告に過ぎなかったものが、今では現実になろうとしている。東の海が大きくうねり、ブリーズ岬の岩場に白波がちぎれ飛んでいた。港の反対側では、湾口を示すブイの向こうで、焦土岬の灯台がある花崗岩の絶壁に繰り返し波が打ち寄せている。ゆったりしたリズムで湾内に響き渡る大波の低いうなり。空は猛烈な低気圧の下腹を見せて低く垂れ込め、雲の群は逆巻き、海上を飛び交っていた。沖を見て、瘤島(こぶじま)の海域が禍々(まがまが)しく波立っているのが目に入ると、ハッチは首を振った。波が早くもあの裸岩を越えているのなら、この先、とんでもない嵐になりそうだ。

ハッチは港を見おろした。抗議団の参加者のうち、小型の船舶や百万ドルもするような延縄漁船を持っている船長などは、転ばぬ先の杖で、すでに戻ってきていた。

そのとき、家のそばで何かが動いた。見ると、フェデラル・エクスプレスの宅配便を運んでくる寸詰まりの見馴れたワゴン車が小道をのぼってくるところだった。古風な丸石敷きの道に、その車輛はひどく場違いな感じがした。家の正面でワゴン車が停まったとき、ハッチは階段を駆け下り、サインをして荷物を受け取った。

玄関から家に戻ると、荷物を開け、中に入っているビニールの包みを取り出した。海賊の骸骨のそばに立っていたホーン先生とボンテールは、その箱を見ておしゃべりをやめた。

「スミソニアン協会の医学人類学研究室からじきじきに送ってきたものだ」そういうと、ハッチはビニールを破いた。そして、中に入っていたコンピュータの分厚いプリントアウトを取り出し、テーブルに置いて、ページをめくりはじめた。三人で検査結果を覗き込んでいるうちに、重苦しい雰囲気が広がり、落胆の色が濃くなってきた。やがて、ハッチはため息をつくと、手近の椅子に身を投げ出した。老教授が近づいてきて、ハッチの正面にすわり、杖にあごの先を載せて、思案するような目でじっとハッチを見つめた。

「期待していたような結果が出なかったんだね」と、ホーン先生はいった。

「そうなんです」ハッチは答えた。「すっかり当てが外れましたよ」

老教授は眉根を寄せた。「マリン、きみは昔から負けを認めるのが早すぎる」

ボンテールはプリントアウトを手に取り、ぱらぱらとページを繰った。「こういう専門用語、ちんぷんかんぷんだわ」と、彼女はいった。「恐ろしげな病名がたくさん並んでるけど、これは何？」

ハッチはため息をついた。「二日ばかり前に、この二体の骸骨から採取した骨をスミソニアンに送ったんだよ。きみが野営地の跡で見つけた頭蓋骨から採ったサンプルも、ランダムに十数個選んで送っておいた」

「病気を調べるつもりだったんだね」ホーン先生はいった。

「そうです。現場で病人が何人も出てるのを見て、海賊の共同墓地のことが頭に浮かんだんです。あの男たちの骨が治療の参考になるんじゃないかと思いましてね。人が病気で死ぬときには、その病気に対する抗体が体の中にできているものです」

「男たちだけじゃないわよ」と、ボンテールはいった。

「忘れないでね。あのお墓には女性も三人入ってたのよ」

「スミソニアンのような大きな研究所なら、古い骨を調べて微量の抗体を見つけることができるんですよ。そうすると、何の病気で死んだのかわかる」ハッチは言葉を切った。「ノコギリ島の何かが人を病気にしている。昔も今も同じです。その原因として、一番可能性が高いのは、やはり例の剣だと思います。人間でいうと、保菌者の役割を果たしていると考えられます。あの剣の行く先先で人が死んでいる」ハッチはプリントアウトを手に取った。「ところが、この検査結果によると、海賊の死因になった病名はみんな違う。莢膜桿菌（クレブシエラ）感染、ブリュニエール病、樹状真菌症、タヒチ型チック熱――ありとあらゆる病気で死んでいます。中にはごく珍しい病気もある。しかも、半数近くの死因は不明です」

　ハッチはエンド・テーブルから書類の束を取った。

「この二日間にぼくが診察した患者の全血球算定をやったんですが、その結果も不可解でしてね」ハッチは、一番上の紙をホーン先生に渡した。

「どの場合も異常が出ているのに、結果は全員違う。共

全血球算定

試験名	結果 異常	結果 正常	単位
WBC	二・五〇		THOUS/CU・MM
RBC		四・〇二	MIL/CU・MM
HGB		一四・四	GM/DL
HCT		四一・二	パーセント
MCV		八一・二	FL
MCH		三四・一	PG
MCHC		三〇	パーセント
RDW		一四・七	パーセント
MPV		八	FL
血小板数	七五		THOUS/CU・MM
白血球分類			
POLY	九〇〇		CU・MM
LYMPH	六〇〇		CU・MM
MONO	一〇		CU・MM
EOS	〇・三〇		CU・MM
BASO	〇・三〇		CU・MM

通点は、WBC、つまり白血球が少ないことだけだ。このサンプルの場合は、CU・MM——立方センチメートルのことだが——それを単位にして、一単位あたり二千五百しかない。正常値は五千から一万だ。詳しく分類すると、リンパ球も、単球も、好酸球も、みんな少ない。参ったよ」

ハッチはその紙を置き、苦々しくため息をつきながら歩きはじめた。「これが発掘をやめさせる最後の手段だったのに……。ウイルスの媒介動物や疫病の存在がはっきりしたら、ナイデルマンを説得するなり、病院のコネを使って検疫の処置をとるなり、何か手を打つことができたはずだ。ところが、昔も今も、発病者には何のパターンもない」

長い沈黙があった。「法的措置はどうなの?」ボンテールがいった。

「弁護士に相談したら、明らかに向こうの契約違反だといわれたよ。裁判所の禁止命令を取れば、ナイデルマンの動きを封じることができる」ハッチは腕時計を見た。「でも、それには何週間もかかるんだ。突貫工事で発掘が進んでいる今の状況だと、残された時間はほんの数時間しかない」

「不法侵入でナイデルマンを拘束することはできないのかしら」ボンテールはいった。

「手続き上、それは成り立たないんだ。ナイデルマンや〈サラサ〉が島に残る権利は契約で保証されている」

「きみの不安はわかる」と、老教授がいった。「だが、その結論には承伏できない。たかが剣一本じゃないか。どんな危険があるというんだ。もちろん、斬られたら大怪我をするだろうがね」

ハッチはホーン先生に目をやった。「うまく説明できないんですが、診断医を長くやっていると、第六感のようなものが働くことがあるんです。あの剣が保菌者の役割をしている。それは、勘というより確信に近いんです。ノコギリ島の呪いの話はあとを絶ちませんよね。剣の問題も、似たようなものだと思います。ただし、こちらのほうは、現実的な説明ができるはずなんです」

「本当に呪いがあるという解釈をなぜ退けるんだ」

ハッチは信じられないものを見るように老教授に目をやった。「それ、冗談ですよね」

「われわれは不思議な世界に住んでいるんだよ、マリン」

「そこまで不思議だとは思えません」

「私がいいたいのは、思考不可能なものに思いを致せ、ということだ。隠されたつながりを探してみるんだね」

ハッチは居間の窓に近づいた。草原に立ったオークの葉叢を、風が騒がせている。雨粒が空から落ちていた。港に戻ってくる船の数も増え、小型の漁船は波止場の斜路から引き上げられるのを待っている。見渡すかぎりの海面を白波が埋め尽くし、引きはじめた潮が厄介な横波や逆波を発生させていた。

ハッチはため息をつき、振り返った。「わかりませんね。連鎖球菌による肺炎と、たとえばカンジダ症に、何かつながりがあるというんですか？」

老教授は唇をすぼめた。「一九八一年か二年に、国立衛生研究所の疫学の専門家が似たようなコメントを出したのを思い出したよ」

「どんなコメントです？」

「カポジ肉腫とカリニ肺炎に共通項はありえない、といったんだよ」

ハッチはむっとして振り返った。「それはエイズ患者の話でしょう。今度のことはＨＩＶとは無関係です」そのあと、老教授が辛辣な言葉を返すよりも早く、ハッチは恩師のいわんとすることを理解した。「ちょっと待てよ」と、彼は続けた。「ＨＩＶは免疫システムを疲弊させることによって人の命を奪う。つまり、日和見感染性の微生物をどんどん体内に取り込んでゆく」

「そのとおり。こういうときには、ノイズをフィルターで濾して、何が残るかを見る必要がある」

「人間の免疫を低下させるものを探せばいい、ということですね」

「島でそんなに病人が出てたなんて知らなかったわ」と、ボンテールがいった。「うちの班には一人も病人はいないのよ」

ハッチは彼女のほうを振り返った。「一人も？」

ボンテールはうなずいた。

「ほらね。わかっただろう」ホーン先生は微笑み、杖の先で床を叩いた。「問題は、つながりは何か、ということだったが、これでいくつか手がかりが見つかったわけだ」

ホーン先生は立ち上がり、ボンテールの手を取った。「マドモアゼル、お近づきになれて本当によかった。もう少しここにいられるといいのだが、そろそろ家に帰りたくなってね。スリッパに履きかえて、シェリーを呑むのが楽しみで、犬や暖炉も待っている」

老教授がコートに手を伸ばしたとき、ポーチのほうから重々しい足音が響いた。やがて、玄関の扉が開き、風が吹き込んできた。そこに立っていたのは、ドニー・ツルーイットだった。レインコートの前ははだけ、雨の滴が顔を伝っていた。

稲光が空を引き裂き、低い雷鳴が湾に轟いた。

「どうしたんだ、ドニー」と、ハッチはいった。

ツルーイットは手を下げ、自分のシャツを両手で引き裂いた。老教授がはっと息を呑むのがわかった。

ボンテールはフランス語で悪態をつぶやいた。

ツルーイットのわきの下は、じくじく膿んで、大きな爛れがいくつもできていた。そこを流れ落ちる水は、赤みがかった緑に染まっている。腫れぼったい目の下には、青黒い隈ができていた。ふたたび稲妻が走り、雷鳴がこだまするなか、ツルーイットは不意に悲鳴を上げた。そして、よろめくように一歩足を踏み出すと、頭にかぶった時化帽(しけぼう)を脱いだ。

家の中の三人は、一瞬、凍りついた。やがて、ハッチとボンテールがツルーイットの腕を取り、居間のソファーへと導いていった。

「助けてくれ、マルー」ツルーイットは、両手で頭を抱えながら、あえぐようにいった。「おれはこれまで病気になんか一度もかかったことがなかったんだ」

「助けてやる」と、ハッチはいった。「その前に、横になってくれ。わきの下を診るから」

「わきの下なんかどうでもいい！」ドニーはうめいた。「それより、こっちのほうが怖いんだ！」

手の位置はそのままで、痙攣するようにツルーイットが首を振ったとき、冷たい戦慄がハッチの背筋を走った。ツルーイットの両手には、むしり取られた人参色の髪の毛がびっしりとからみついていたのだ。

43

クレイは、自分のトロール船の船尾にある手すりのところに立っていた。メガホンは船首のキャビンに口を下にして置いてあった。雨に濡れ、回線がショートして、使いものにならなくなったのだ。抗議行動に参加した者のうち、最後まで残った六人と一緒に、クレイは〈サラサ〉の一番大きな船——最初に攻撃の対象にした船の陰で風雨を避けていた。

全身ずぶ濡れになっていたが、目的が達成できなかった苛立ち、空しく苦い敗北感は、骨の髄まで染み通っていた。〈ケルベロス〉というこの大きな船には、どういうわけか人が乗っていなかった。いや、もしかしたら、人は乗っていても、外に出るなと命じられていたのかもしれない。漁船の警笛を鳴らしたり、大声で叫んだりしても、デッキには誰も出てこなかった。一番大きな船を標的にするという作戦が間違っていたのだ。惨めな気持ちでクレイはそう思った。直接、島に向かって、船着き場を封鎖したほうがよかったのかもしれない。少なくとも向こうには人がいたはずだ。二時間ほど前、人を乗せた何隻かの小型船が続けて島を離れ、抗議船団とは逆の方向に船首を向けて、ストームヘイヴンに全速力で戻っていったのがわかっている。

クレイは今も残っている船のほうに目をやった。朝、港を出たときには、霊力の加護を受け、全身にみなぎる力を感じたものだった。青春時代に戻ったような、いや、それ以上の充実感があった。これまでと違って、自分のためにも、町のためにも、何かができそうな気がした。善良な人々が馬鹿を見なくてもいいような世の中をつくるために、身を挺して戦えるときがきたと思っていた。だが、波のうねりに翻弄される濡れそぼった六隻の船を見ているうちに、この抗議活動は失敗に終わるのだと認めざるを得なくなった。クレイがストームヘイヴンでやろうとすることは、こんなふうにして、ことごとく頓挫する。

ロブスター漁協の組合長、レミュエル・スミスが、防舷材（フェンダー）を投げ捨てて自分の船をクレイの船の横につけた。雨粒が海面を叩き、二隻の船は大きく揺れてぶつかりあった。クレイは舷縁に寄りかかった。肉の薄い痩せた頭に濡れた髪がへばりつき、そうでなくても無気味な風貌に髑髏（しゃれこうべ）めいた印象を与えている。

「もう戻ったほうがいい」船の縁をつかみながら、組合長は叫んだ。「でっかい嵐がやってきそうだ。抗議活動なら、鯖の群が通りすぎたころに、またやりゃいい」

「そのときはもう遅いんだ」風雨に負けまいと、クレイは声を張り上げた。「取り返しのつかないことになるぞ」

「おれたちの要求は、向こうにも通じたはずだ」と、組合長は応じた。

「レム、これは、要求が通じるか通じないかの問題じゃない」と、クレイはいった。「きみと同じように、私だってびしょ濡れで寒い。だが、これくらいの犠牲は払うべきだ。作業をやめさせるのがわれわれの目的じゃないか」

組合長は首を振った。「この天候じゃ、こっちが何をやっても無駄だよ。それより、おれたちに代わって、嵐が片をつけてくれるんじゃないかね」スミスは空を見上げ、天気の様子を調べると、遠くの陸地に目をやった。激しい雨の中で、陸地は青くかすんだ影にしか見えない。「この船が沈んだら大損をするんだよ」

クレイは黙り込んだ。この船が沈んだら大損をする。要するにそういうことなのだ。漁船や金銭よりも大事なものがあることを、誰もわかっていない。これからも決して理解できないのかもしれない。目のまわりがひくひくと痙攣(けいれん)していることに気がついたとき、クレイは自分が泣いていることを知った。涙がなんだ。海に雨粒が落ちるのと同じではないか。「漁船が沈んでも、私には責任の取りようがない」顔をそむけ、彼はいった。「レム、きみは帰ってくれ。私は残る」

ロブスター漁師は躊躇(ちゅうちょ)した。「一緒に帰ってもらえるとありがたいんだがね。人間が相手なら、いつでもまた戦えるが、荒海が相手だとそうはいかん」

クレイは手を振って軽くいなした。「もしかしたら、島に上陸して、ナイデルマンに直談判するかもしれない……」クレイは言葉を切り、船の点検で忙しいふりをして、相手に顔を見せないようにした。

スミスは、目のまわりにしわを寄せ、案ずるようにクレイを見ていた。クレイは上手に船を操れるほうではない。だが、ここであれこれ指図すると、相手を侮辱して、取り返しのつかないことになりかねない。しかも、今の牧師は、顔つきからしていつもと違う。捨て鉢で、無鉄砲。これでは何をいっても無駄だと思わせるところがあった。

彼はクレイの船の舷縁を叩いた。「じゃあ、これで離れるよ。一〇・五(いちまるご)チャンネルに無線機を合わせてるから、何かあったら連絡してくれ」

クレイは船のエンジンをアイドリングさせ、〈ケルベロス〉の船体で風を避けながら、大きくうねる海に向かって仲間の船が進んでゆくのを見ていた。ジーゼル・エンジンの音が、高くなり、低くなり、風に乗って伝わってくる。クレイはレインコートの前をしっかりと合わせ、体が揺れないように舵輪にしがみついた。二十ヤードほど先には、曲線を描く〈ケルベロス〉の白い船体がある。大波がきても、〈ケルベロス〉はびくともしない。波はただ音もなく通りすぎてゆくだけだった。

クレイは船の点検をした。ビルジ・ポンプは順調に動き、船に溜まった水を船側(せんそく)から勢いよく排出している。エンジン音にも異常はなく、ジーゼル燃料はまだたっぷりある。こういう結果になった今、クレイは不思議なことに心の安らぎを感じていた。ストームヘイヴンの住人に多くを期待したのは、希望的観測という罪に当たるのかもしれない。他人は信用できないが、自分なら信用できる。

あと少し待機してから、ノコギリ島に船首を向けよう。船はあるし、時間もある。そう、時間ならたっぷりある。

腕で船の舵を抱えるようにしてクレイが見つめる前で、抗議船団の最後の数隻はストームヘイヴンの港へと戻っていった。船影は、遠く朧(おぼろ)になり、やがて濡れそぼる灰色の空と見分けがつかなくなった。

クレイは、〈サラサ〉の機動艇が一隻、島を離れたのに気がつかなかった。船尾に白い泡の筋を引き、大きく横に揺れながら、苦労して沖に出ると、そのボートは〈ケルベロス〉の反対側、クレイには見えない側にある乗船口へと近づいていった。

44

ソファーに横たわったドニー・ツルーイットは、ロラゼパム一ミリグラムが効いて、呼吸もだいぶ落ち着いてきたようだった。天井を見上げ、穏やかにまばたきをしながら、ハッチの診察を受けている。ボンテールと老教授はキッチンに引き取り、小声で話をしていた。

「ドニー、いいかい」と、ハッチはいった。「まず訊きたいんだが、この症状が出るようになったのはいつからだ？」

「体がだるくなったのは一週間くらい前からだ」ツルーイットは情けない声を出した。「朝、起きると、吐き気がしたんだが、最初はなんとも思わなかった。朝、何も食べられない日が、二、三日あったかな。そのあと、胸に腫れ物ができて」

「どんな形をしていた?」

「初めのうちは赤い斑点だったよ。そのうちに膨れてきて、首も痛くなった。首の横っちょのところがね。そのあと、櫛を使うと、髪の毛が抜けるのに気がついた。最初はほんのちょっとだったが、今じゃ引っ張るとみんな抜けちまいそうだ。家の家系にゃ禿はいない。墓に入るまで、みんな髪の毛はふさふさだと決まってるんだ。もし禿げたら、かみさんに何をいわれるかわかったもんじゃない」

「心配するな。これは男性ホルモンによる脱毛のパターンじゃない。原因がわかって、治療したら、また生えてくるよ」

「生えてこなきゃ困るぜ」と、ツルーイットはいった。「ゆうべは深夜番の仕事が終わってすぐに寝たんだが、朝になっても体調の悪いのが治らなかった。おれ、医者には一度もかかったことがないんだ。だけど、ふっと思ってな。あんたは友だちだ。あんたに診てもらうのは、診療所に行くのとは違う」

「ほかに気になるところは?」と、ハッチは尋ねた。

ドニーは急にもじもじしはじめた。「実はその——けつの穴のあたりも痛くてね。おできがあるみたいなんだ」

「横を向いてくれ」と、ハッチはいった。「診てみよう」

数分後、ハッチは食堂に一人ですわっていた。病院に電話をかけて救急車を呼んだが、到着まであと十五分はかかるだろう。そのあと、どうやってドニーを救急車に乗せるか、という問題もある。メーン州の素朴な住人である彼は、医者の診察を受けること以上に、病院そのものを恐れていた。

ドニーが訴えた症状の中には、脱力感、吐き気など、ほかの作業員と共通するものもある。だが、例によって、ほかの患者には見られない独自の症状もあり、腹立たしいかぎりだった。ハッチは、ぼろぼろになったメルク社のマニュアルを手に取った。数分間調べただけで、いやになるくらい簡単に仮の診断が出た。ドニーは肉芽腫性の慢性病を患っているのだ。広範囲の顆粒状病変、リンパ節の化膿、いかにも痛そうな肛門周辺の膿瘍などを見れば、そういう診断を下すのは当然だろう。しかし、慢性肉芽腫性疾患は遺伝によって受け継ぐのが普通だ、とハッチは思った。白血球がバクテリアを攻撃できなくなる病気だが、今になるまで症状が出なかったのはなぜだろう？

本を置き、ハッチは居間に戻った。「ドニー、もう一度、頭皮を見てもいいか」と、ハッチはいった。「髪の生えてるところがつるつるしているかどうか調べておきたいから」

「つるつるだったら、ユル・ブリンナーだぜ」ドニー・ツルーイットは、こわごわ頭にさわった。その手を見て、ハッチは初めて醜い傷痕に気がついた。

「ちょっとその手をおろしてくれ」ハッチはツルーイットの袖をまくり上げ、手首を調べた。「これは何だ？」

「なんでもないよ。穴の現場で、引っ掻いてできた傷だ」

「消毒しておかないとな」ハッチは鞄に手を伸ばし、中から薬を出して、生理食塩水とベタジンで傷を洗い、局所用の抗生物質軟膏を塗り込んだ。「どんなふうに怪我をしたんだ？」

「チタニウムの尖った角に引っ掻かれたんだよ。あのでっかい梯子みたいなものを取りつけていたときにね」

ハッチは不審に思って顔を上げた。「だったら、一週間以上前じゃないか。新しい傷のように見えるが」

「どういうことだろうな。この傷、ふさがったと思ったら、また開くんだ。毎晩、かみさんに軟膏をつけてもらってるんだけど」

ハッチは傷に顔を近づけた。「化膿はしてないな」と、ハッチはいった。そして、ふと思いついて尋ねた。「歯は悪くないか？」

「おや、よくわかったな。ついこのあいだ、前歯がぐらぐらしてるのに気がついてね。年を取ったんだろう」

髪が抜け、歯が抜け、傷がふさがらなくなっている。海賊たちと同じだ。海賊は各自まちまちな病気にかかっていたが、この三つの症状だけは共通している。発掘現場の作業員にも同じ症状が出ている者がいる。

ハッチは首を振った。いずれも壊血病の古典的な症状だ。しかし、ほかにも珍しい症状が出ているので、壊血病の診断を下すことはできない。それにしても、しゃくにさわるくらい馴染み深いものを感じるのはなぜだろう。ホーン先生がヒントをくれたように、ほかの病気は勘定に入れないことだ。余計なものを引き算したあとに残るものは何か？　白血球数の異常。毛髪が抜け、歯が抜けること。傷がなかなか治らないこと。吐き気。脱力感。無気力。

そのとき、不意に答えがひらめいた。

ハッチは飛び上がった。

「そうか、そうだったのか。でも——」と、ハッチはいった。

すべての断片が収まるべきところに収まると、恐ろしさが込み上げてきて、ことの重大さにハッチは立ちすくんだ。

「悪いが、ちょっと失礼する」ツルーイットにそう声をかけると、ハッチは毛布を引き上げ、相手に背を向けた。時計を見ると、時刻は七時。あと二、三時間で、ナイデルマンは宝物庫にたどり着くだろう。

ハッチは何度か深呼吸し、足もとがふらつかなくなるのを待ってから、電話機に近づいて、島の自動セルラー・ルーティング・システムの番号を回した。

システムは稼働していなかった。

「ちくしょう」と、ハッチはつぶやいた。

医療用の鞄に手を伸ばし、非常用の無線通信機を取り出した。だが、〈サラサ〉のチャンネルはどれも雑音が返ってくるだけだった。

一息入れ、素早く思考を巡らせて、どうすればいいかを考えた。結論はすぐに出た。取るべき手段は一つしかない。

ハッチはキッチンに入った。ホーン先生はキッチンのテーブルに十数個の鏃(やじり)を並べ、沿岸に何ヵ所もあるインディアン遺跡のことをボンテールに説明していた。ボンテールは興奮の面持ちで顔を上げたが、ハッチの表情を見て眉を曇らせた。

「イゾベル」ハッチは低い声でいった。「ぼくはこれから島に行く。ドニーのことはきみにまかせる。救急車で病院に行くように説得してくれ」

「島に行くって……」ボンテールはぎょっとしたようにいった。「あなた、頭がどうかしたんじゃない?」

「説明してる時間はないんだ」ハッチはすでに玄関のクローゼットに近づいていた。うしろから椅子の足が床をこする音が聞こえてきた。ボンテールと老教授が立ち上がってあとを追おうとしているのだ。クローゼットの扉を開け、ハッチはウールのセーターを二着取り出して、袖を通しはじめた。

「マリン——」

「悪いが、イゾベル、あとで説明する」

「あたしも一緒に行くわ」

「やめろ」ハッチはいった。「危なすぎる。とにかく、きみはここに残って、ドニーを救急車に乗せてくれ」

「おれは病院なんかに行かないぞ」ソファーのところから声が聞こえた。

「というわけなんだ」ハッチはオイルスキンのレインコートを取り出し、時化帽をポケットに詰め込んだ。

「あのへんの海のことはあたしのほうがよく知ってるわ。この天気で向こうへ行くには、一人じゃ無理よ。あなただってわかってるでしょう?」ボンテールはクローゼットの衣類を漁っていた。そして、分厚いセーターと、ハッチの父親が使っていた古いレインコートを取り出した。

「申し訳ないが、断る」ハッチは長靴をはいた。

そのとき、腕に手が置かれるのを感じた。「このお嬢さんのいうとおりだ」と、老教授がいった。「事情はよくわからないが、この天候では、きみ一人で船を操り、島に上陸することはできない。ドニーを救急車に乗せて病院に運ぶ役目は私が引き受けよう」

「聞こえなかったのか?」ドニーがいった。「おれは救急車に乗りたくないといってるんだ」

ホーン先生は振り返り、厳しい目でドニーをにらみつけた。「つべこべいうと、精神病院の患者みたいに担架に縛りつけるぞ。わめいても、おとなしくしていても、病院に運ばれるのは同じなんだ」

短い沈黙があった。「わかりましたよ」と、ツルーイットはいった。

老教授は振り返り、片目をつむった。

ハッチは懐中電灯をつかみ、ボンテールを見た。ぶかぶかの黄色い時化帽の下から、決意を固めた黒い瞳が覗いていた。

「このお嬢さんはきみと同じくらい有能だよ」と、ホーン先生はいった。「正直にいうと、きみ以上だ」

「どうしてきみはここまでするんだ」ハッチは静かに尋ねた。

それに応えて、ボンテールはハッチの肘に腕を回した。「それはね、あなたが特別な存在だからよ。あたしにはそう見えるの。もしここに残って、あなたに万一のことがあったら、あたし、決して自分を許さないと思うわ」

ハッチは、ツルーイットの治療に関する指示を小声で老教授に告げ、ボンテールと一緒に篠つく雨の中に飛び出していった。この一時間で、嵐は劇的に勢いを増していた。吠える風と身をよじる木々の叫びを越えて、大西洋で大波のうねる音が聞こえてくる。そのエネルギーに満ちた重低音は、耳よりも腹にこたえた。

二人は、滝のように水が流れる通りを走り抜けた。家並みは堅く鎧戸を閉ざし、いつもならまだ明るいはずなのに、街角には照明がともっていた。一分もたたないうちに、ハッチは、レインコートの中までびしょ濡れになった。船着き場に近づいたとき、蒼白い光が空を引き裂き、その直後にすさまじい轟音が響いた。その反響がまだおさまらないうちに、港の変圧器がぷつんと音をたてて焼き切れた。町はたちまち闇に包まれた。

二人は波止場を進み、滑りやすい渡り板を慎重に歩いて、浮き埠頭に足をかけた。付属船はどれも揺れる埠頭にゆわえつけられていた。ハッチはポケットからナイフを取り出し、〈プレイン・ジェイン〉の付属船が固定されているロープを切ると、ボンテールの手を借りて海に押し出した。

「この船に二人は無理かもしれない」付属船に乗り込みながら、ハッチはいった。「ぼくが先に行って、〈プレイン・ジェイン〉をこちらにまわそう」

「そうしたほうがいいわ」ぶかぶかのセーターとレインコートを着込んだボンテールは滑稽に見えた。

エンジンはかけないで、オールを取りつけ、ハッチは〈プレイン・ジェイン〉に向かって漕ぎ進んだ。港はまだ穏やかなほうだったが、強風で海面には三角波が立っている。付属船は上下に揺れ、海面に叩きつけられた。そのたびに不気味な震動が船体を揺るがした。沖に背を向けてオールを動かしていると、黒い空を背景にして、町の輪郭がぼんやり浮かび上がっているのを見ることができた。いつのまにかハッチの目は、天をさす指の形をしてそそり立つ木造の細長い牧師館に引きつけられていた。そのとき、蒼ざめた稲妻が走り、一瞬の閃光の中にハッチはクレアの姿を見た——黄色いスカートをはき、牧師館のドア枠に手をかけて、海のほうを注視しているクレアの姿を見たような気がした。やがてまた闇がおりて、その姿は見えなくなった。

軽い衝撃があり、付属船は〈プレイン・ジェイン〉に横づけになった。船尾の留め具に付属船を固定し、本船によじのぼると、短い祈りの言葉を口にして、エンジンのクランクを回した。一発で〈プレイン・ジェイン〉は息を吹き返した。錨鎖孔に錨を巻き上げながら、荒天に強い船を借りておいてよかった、と改めて心強く思った。

エンジンを始動させ、埠頭に近づくと、頼もしいことに、ボンテールは上手に飛び移ってきた。体に合わない防寒具で着ぶくれしているのに、その身のこなしは海千山千の船乗りのように敏捷だった。ハッチが投げ渡した救命胴衣をつけると、ボンテールは時化帽の下に髪を押し込んだ。ハッチはビナクルを確認し、沖に目を向けた。海路の中央に照明ブイが二つ浮かび、外洋への出口には円筒形のブイが一つ浮かんでいる。

「外洋に出たら、速度を落として斜めに進む」と、ハッチはいった。「船は荒馬みたいにあばれるはずだから、振り落とされないようにしっかり何かにつかまってるんだ。舵取りを手伝ってもらうかもしれないから、できるだけそばにいてくれ」

「あなた、馬鹿よ」と、ボンテールはいった。神経が張りつめているのか、冗談をいう口調もぴりぴりしていた。「嵐はメーン州だけの現象だと思ってるの？　それより、教えてよ。何のためにこんな無謀なことをするの？」

「ちゃんと説明する」じっと海を見ながら、ハッチはいった。「あとになって、聞かなきゃよかったと思うかもしれないがね」

45

クレイは、泣き叫ぶ暗闇を覗き込みながら、痛む腕で舵輪を握っていた。大波がくるたびに船は激しく揺れた。海水は船首を乗り越え、波頭（なみがしら）からちぎれた泡が吹き飛ばされてくる。船が傾き、胃が裏返るような不快感を伴って波の谷間へと落ちてゆくと、操舵室の窓は白一色に染まった。そして、一瞬だけ、風のない静寂のときが訪れたあと、船はまた波に押し上げられ、吐き気が戻って、同じことが繰り返される。

十分前、船首のサーチライトをつけようとしたとき、電気がほとんど使えなくなっていることに気がついた。どこかのヒューズが飛んでしまったらしい。おまけに、予備の蓄電池は上がっている——本当は点検しておかなければいけなかったのに、怠っていたのだ。しかし、それどころではないくらい、いろんなことが起こっていた。まず最初に、〈ケルベロス〉が何の前触れもなく錨を上げて動き出した。クレイの警笛を聞き流し、巨大な白い船体は、逆巻く黒い海へと容赦なく進んでいった。波に翻弄され、取り残されたクレイは、虚しく呼びかけながら、しばらくあとを追ったが、相手は荒れ狂う海に姿を消した。

　操舵室を見まわしながら、クレイは状況を把握しようとした。今ならよくわかるが、〈ケルベロス〉のあとを追いかけたのは重大な過ちだった。前にも無視されたのだから、今さら呼びかけたところで立ち止まってくれるはずもない。しかも、ノコギリ島の陰を離れると、海は荒れに荒れ、東に向かう大波と引き潮とがぶつかって、横波や逆波の支配する危険な海域が出現していた。現在位置測定装置(ロラン)が使えないので、頼りにできるものはビナクルの羅針盤しかない。その羅針盤を使い、さっきから勘だけで船を操ろうとしていたが、自分が船の専門家ではないことが痛いほどよくわかった。照明を灯す電気もなく、明かりといえばときどき稲妻が走るだけなのだから、羅針盤を読み取ることさえできない。ポケットには懐中電灯があるものの、両手を使わなければ舵が取れない状態なので、どうしようもなかった。

　焦土岬の灯台は閉鎖されている。すさまじい風音や波音の中では、海底に障害物があることを知らせる打鐘浮標(ベルブイ)の音さえ聞こえず、仮に聞こえたとしても、そのときには岩礁に乗り上げているだろう。クレイは、両方の肘で舵輪を抱きかかえ、舵にもたれかかったまま、必死になって考えた。島までの距離は二分の一マイルもない。しかし、この嵐の中、岩礁を抜け、〈サラサ〉の船着き場に向かうのは、たとえ腕利きの船乗りでも難しい。その一方で、ノコギリ島に上陸しようという固い決心が揺らぎ、ストームヘイヴンに戻ろうとしても、この地獄の海を六マイルも進むのは、もっと難しい。

〈ケルベロス〉のエンジン音、あの喉の奥から絞り出すような深い音が、二度ばかり聞こえたような気がした。そんな馬鹿なことがあるのだろうか。〈ケルベロス〉は、まず東に向かい、続いて西に向きを変えて、何かを探すような――あるいは、何者かと落ち合うような行動をとっている。

　雷が光る一瞬を利用して、クレイは羅針盤を見た。舵輪を握る手にはだんだん力が入らなくなってゆく。船はまた波の谷間に落ち込んだ。クレイは進路を微調整して、海のまっただ中へ出るように船の向きを変えた。船は砕け散る波に突入し、船首の両わきに高い水の壁が迫り上がった。黒灰色の壁はどんどん高くなり、クレイは進路変更が間違いだったことを悟った。操舵室が波をかぶった。船全体に、海の底へと引きずり込まれるような力がかかった。すさまじい水圧で窓が砕け、海水がどっと流れ込んできた。間一髪でクレイは舵輪をつかみ、必死で舵にしがみついていた。

船は揺れ、荒れ騒ぐ海の谷間にぐんぐん引きずり込まれていった。このまま沈没するのではないか、と思ったとき、ありがたいことに、船はふたたび上昇をはじめた。船体が持ち上げられると、甲板で波が二つに分かれ、左右に流れた。波の頂上に達したとき、稲光に照らされた海、嵐に翻弄される荒海が、一瞬、目に入った。前方には、影に包まれた、あまり荒れていない海が見える。ノコギリ島の風下側の海域だ。

黒々とした空を見上げたとき、クレイの唇から言葉が漏れた。「おお、神よ、これがあなたの思し召しなら――」次の瞬間、ふたたび海との闘いが始まった。舳先を横に振り、舵輪にしがみつく。すると、破れた窓からまた海水が流れ込んでくる。そのあと、船が大波に乗り、大きく揺れながら運ばれていったところは、先ほど目にした比較的穏やかな海域だった。

ほっと息をつく間もなく、クレイは悟った。この海域が穏やかに見えたのは、まわりがすさまじいほど荒れているからだ。大きなうねりが島を両側から挟み撃ちにして、このあたりにも荒波が逆巻いている。だが、少なくとも、ここからなら島の停泊施設をめざして突き進むことができる。クレイは、エンジンの音を気にしながら、スロットルを少しだけ開いた。

スピードが上がると、揺れもいくらか収まってきたようだった。船はそのまま前進した。舳先は下を向き、上を向き、また下に沈んだ。窓が破れ、サーチライトも使えない今、波の頂上で垣間見える一瞬の眺望だけを頼りに船を操るのは難しかった。こんなにスピードを出さないほうがいいかもしれない。頭の隅でぼんやりそう思ったとき――。

激しい衝撃が走り、船は岩礁に乗り上げた。クレイは前につんのめり、舵輪で鼻を打った。次の瞬間、うしろにはじかれ、操舵室の奥の壁まで飛んでいった。岩礁を乗り越える波で船が斜めになった。二度目の大波で、船は横腹を見せ、転覆しそうになった。クレイは舵輪のそばまで這い戻り、鼻血を垂らし、塩水を吐きながら、混濁する頭をはっきりさせようとした。そのとき、三番目の大波がやってきて、船は完全に横に倒れた。クレイは、いきなり船から振り落とされ、嵐と海とが暴れまわる混沌のまっただ中へと投げ出されていった。

46

ハッチは〈プレイン・ジェイン〉の舳先を港の出口に向けた。波止場につながれたおびただしい船が乱舞し、ロープがマストに叩きつけられて、背後からけたたましい音が聞こえてくる。風は冷たく、空には雨粒や水滴が躍っている。舌で受けると、海水と真水とが入り交じっていた。こんな海なら、子供のころ見たことがある。だが、無謀にも船を出したことは一度もなかった。

最後にもう一度だけ港のほうを振り返ってから、ハッチは沖のほうに向き直り、スロットルを開いた。〈プレイン・ジェイン〉は、〈低速航行・波を立てるな〉という浮動標識のそばを通りすぎた。標識は海に翻弄され、敗北を認めるように横倒しになっていた。

ボンテールがそばにきて、計器棚に両手でしがみついた。

「それで、どういうことなの?」ハッチの耳もとで彼女は叫んだ。

「ぼくは、とんでもない馬鹿だったんだ、イゾベル」と、ハッチも大声を出した。「これまで何百回も見てきた、基本中の基本の症状なのに、気がつかなかったんだからな。答えは目の前にあったんだよ。癌の放射線治療を受けた患者なら、みんな知っていることだ」

「放射線治療?」

「そうだ。患者はどうなる? まず、吐き気。次に、気力がなくなる。髪の毛が抜ける。白血球の数が極端に少なくなる。先週、ぼくが治療した患者は、病名はまちまちでも、こうした症状は共通してるんだ」

ボンテールは、波しぶきが飛んでくる中で、目を大きく見開き、何かをいいかけた。

「〈聖ミカエルの剣〉には放射能があるんだ。考えてみろ。放射線に長いこと曝されていると、骨髄の細胞が死ぬ。基本的には、細胞分裂が止まることになる。その結果、免疫システムが正常に働かなくなって、病原菌への抵抗力が失われる。〈サラサ〉の作業員が、めったにないような病気に次々にかかっていったのはそのせいだ。おかげでぼくもどこに注目すればいいのかわからなくなっていた。細胞分裂が止まると、治癒プロセスに障害が出るし、髪も抜ける。ぼくの手の傷だって、なかなか治らなかった。大量に放射線を浴びたら、骨粗鬆症になったり、歯が抜けたりする。壊血病と似た症状を呈するわけだ」

「コンピュータの故障もそれで説明がつくかもしれないわ」

「どういうことだ?」

「マイクロエレクトロニクスは放射線に弱いのよ」ボンテールは、雨と海水をまともに浴びながらハッチを見上げた。「でも、こんなひどい嵐の中に船を出したのはどうして?」

「剣が放射線を出しているのはわかった。でも、わかったのはそれだけだ。鉛の箱に入っているのに、この七百年間、剣に近づこうとした者はみんな死んでいる。ナイデルマンがあれを箱から出したときには、想像もつかないことが起こるだろう。そうなるのを止めるんだ」

焦土岬の風下側を離れたとき、海は恐るべき力で〈プレイン・ジェイン〉に襲いかかってきた。ハッチは話をやめ、舵輪をまわして、斜めから波を乗り切ろうとした。船のまわりには霧状の水と波しぶきが渦巻いている。ハッチはビナクルを見てコースを修正し、ロランで現在位置を確認した。

ボンテールは両手で手すりをつかみ、頭を下げて、正面から吹きつけてくる雨を凌いだ。

「でも、何なの、その剣は」

「知るもんか。まあ、とんでもない危険物であることに間違いはないね。あんなもの、ぼくだったら――」

ハッチは不意に口をつぐみ、前方を見つめた。薄暗がりの中に白い線のようなものが現れ、〈プレイン・ジェイン〉の屋根よりも高く迫り上がろうとしている。一瞬ハッチは、巨大な船だと思った。

「まずいな」と、彼はつぶやいた。その平然とした調子に、ハッチ自身が驚いていた。「あれを見ろ」

船ではなかった。恐ろしいことに、白く砕ける波を頭に頂いて、巨大なうねりが押し寄せてきているのだ。

「舵輪を握るのを手伝ってくれ!」ハッチは叫んだ。

ボンテールが身を乗り出し、両手で舵輪をつかむと、ハッチは必死でスロットルを操作した。船体がほとんど垂直に傾いたとき、ハッチはおそるおそるスロットルを閉め、波の動きに船が付き従うようにした。やがて、砕け散る波頭が船に覆いかぶさり、真っ白な閃光が走って、虚ろな轟音がどっと響いた。操舵室に流れ込んでくる波にハッチは身構え、息を止めた。

一瞬、船は波の中に宙吊りにされたようだった。次の瞬間、呪縛は解け、波の上に躍り出た船は、激しい勢いで右に揺れ、左に揺れた。ゆっくりスロットルを開くと、船は波と波とのあいだに、吐き気が込み上げてくるような猛スピードで降下した。波の谷間に入り、風がさえぎられると、いっときだけの無気味な静寂が訪れた。やがてまた、次の大波がやってきて、蜂の巣状に泡を含んだ緑の水壁が正面の暗闇の中から迫り上がった。

「難破島を過ぎたら、もっとひどくなるぞ」と、ハッチは叫んだ。

ボンテールは返事もしないで舵輪にかじりついていた。うねりを受けて、船はまた高く持ち上げられ、ぎしぎしと音をたてた。

ロランのスクリーンに目をやったハッチは、逆巻く激流によって、船が四ノット近いスピードで南東の方角に押し流されているのを知った。片手で舵輪を握り、もう一方の手でスロットルを操作して、正しい方向に航路を戻した。ボンテールの助けもあって、船体が波に揉まれても舵を取られることはなかった。

「ホーン先生のいったとおりだな」と、ハッチは声を上げた。「きみがいないと、どうにもならないところだったよ」

波しぶきの混じった強風にあおられて、ボンテールの時化帽は頭から外れ、長い黒髪がもつれあいながらうしろにたなびいていた。その顔は紅潮していたが、興奮しているのか、怖がっているのか、ハッチには判断がつかなかった。

ふたたび砕け波が船を襲い、ハッチは自然の猛威に視線を戻した。

「あの剣が放射性物質で出来てることを、いったいどうやってナイデルマンにわからせるつもり?」ボンテールが大声で訊いてきた。

「〈サラサ〉が仕事部屋を用意してくれたとき、こんなものどうするんだろうというような機械もたくさん運んできた。その中に、放射線医学で使うラドメーターもあった。ハイテク版のガイガー・カウンターだ。これまでスイッチを入れたこともなかったがね」ハッチがぞっとしたように首を振ったとき、ふたたび船は波に持ち上げられた。「もしスイッチを入れていたら、めちゃめちゃな反応が出て、収拾がつかなくなっていただろうな。病気になった発掘作業員は、放射線に曝された泥にまみれて医務室に入ってきたんだ。ナイデルマンがあの剣をどんなに欲しがっていても、ラドメーターの測定結果には逆らえないはずだ」

張り上げた自分の声や風の音に混じって、右舷から岸辺に波の打ち寄せる音がかすかに聞こえてきた。難破島だ。岬の陰を離れた今、風の勢いはさらに強くなっていた。そう思った瞬間、まるで合図を待っていたように、海面が白く盛り上がるのが見えた。これまでのどのうねりよりも大きく、〈プレイン・ジェイン〉を呑みつくすほどの高波だった。砕ける波頭が、ざわざわと音をたてながらのしかかってくる。船は静かな波の谷間に落ち込み、また跳ね上げられた。ハッチは、心臓が激しく脈打つのを感じながら、船の上昇に合わせて少しだけスピードを上げた。

「しっかりつかまってろよ！」ハッチがそう叫んだとき、波の頂上が〈プレイン・ジェイン〉の船底を持ち上げた。スロットルに燃料をたっぷり送り込み、彼は濁った水の壁にまっすぐ船首を向けた。〈プレイン・ジェイン〉はうしろに弾きとばされ、空気と海の両方が水で出来ている不思議なたそがれの世界に叩き込まれた。そのあと、また前進して、いきなり向こう側に出た。泡立つ波の壁から舳先が突き出て、船体が海面に落ちるとき、スクリューは空を切り、甲高い悲鳴を上げた。ひとまず海が鎮まり、前方に目を向けたハッチは、薄暗がりの中にまたしても白い波頭がそそり立っているのに気がついた。荒れ狂いながら、また大波が近づいてくる。

狼狽と絶望が込み上げてくるのを、ハッチは必死に抑えた。さっきの波は一過性のものではなかった。あと三マイル、この状態が続くのだ。

船が揺れるたびに、不吉な予感が高まってきた。異様な振動が続き、舵が取られる。底荷を積みすぎたように、船体が重くなっていた。強風が吹きつける中、ハッチは船尾に目を凝らした。出航以来、ビルジ・ポンプは船底に溜まった水を排出し続けていたが、〈プレイン・ジェイン〉には水位計がついていなかった。船倉に溜まった水の量を知るには、自分で見てくるしかない。

「イゾベル！」両手で舵輪をつかみ、壁に足をふんばりながら、ハッチは叫んだ。「正面の船室に行ってくれ。床の真ん中に金属のハッチがあるから、それを開けて、船倉にどれくらい水が溜まっているか見てくるんだ」

ボンテールは顔を左右に動かし、水が目に入るのを払うと、大きくうなずいた。ハッチが見守る前で、彼女は操舵室を這い進み、掛け金をはずして船室の扉を開けた。そして、すぐにまた出てくると、叫んだ。

「四分の一のところまで水がきてるわ！」

ハッチは悪態をついた。海が荒れているので衝撃に気がつかなかったが、何か漂流物にぶつかって、船体に穴が開いてしまったのだ。彼はふたたびロランに目をやった。島まで、あと二マイル半。引き返すにはもう遅かった。だが、その距離を無事に乗り切る自信もない。

「舵取りを頼む！」ハッチは大声を出した。「付属船を見てくるから！」

ハッチは、舷縁の手すりに両手でしがみつき、船尾のほうに這っていった。

付属船はまだ流されていなかった。繋がれたまま、コルクのように浮き沈みしている。〈プレイン・ジェイン〉の陰で波を避けることができたのか、海水はそんなに溜まっていない。だが、これを使うのは最後の手段だ。そんな事態が起こらないように、ハッチは神に祈った。

ボンテールと交代して舵輪を握った瞬間、船がまた重くなったことに気がついた。いったん沈み込むと、浮かび上がるのに時間がかかるようになっている。

「大丈夫？」ボンテールがいった。

「今のところはね」ハッチは答えた。「きみはどうだ？」

「怖いわ」

波の谷間に入り、船は降下して、またあの無気味な静寂が訪れた。ハッチは緊張しながらスロットルに手をかけ、船体が持ち上げられるのを待った。だが、何も起こらなかった。

さらに、待った。ようやく次の波がきたが、予想よりも穏やかだった。ありがたい、とハッチは思った。ロランは故障していて、船はすでにノコギリ島の風下側に入っているのかもしれない。だが、次の瞬間、異様な轟きが聞こえてきた。

頭上はるかにそびえているのは、のっぺりしたヒマラヤの断崖のような水の壁だった。その頂上では波が崩れ、まるで生き物のように、しゅるしゅると声を上げていた。

首を伸ばし、ボンテールもそれを見た。二人とも言葉を失っていた。

船は高々と持ち上げられ、いつまでも上昇を続けた。

大瀑布が流れ落ちるような轟音を伴って、あたりに水が満ちていった。正面から大波が激突した瞬間、激しい衝撃があった。甲板がほぼ垂直になり、船は後方に高々と弾きとばされた。足が床から離れるのを感じながら、ハッチは必死で舵輪にしがみついた。船倉に溜まった水が移動して、船を傾けている。

次の瞬間、不意に舵の手応えがなくなった。大波が引くと同時に、ハッチは、船が浸水したことを悟った。〈プレイン・ジェイン〉は、横に傾いたまま沈もうとしている。大量の水が入ってきて、もう姿勢を立て直すことはできなかった。ハッチは船尾に目をやった。付属船も水を浴びていたが、まだ沈んでいない。

ハッチの視線を追って、ボンテールはうなずいた。船側につかまり、逆巻く水に腰まで浸かって、二人はじわじわと船尾に向かって移動していった。極端な大波のあとには、小さめの波がいくつか続く。次の大波まで、あと、二分か三分の猶予がある。そのあいだに付属船に乗り移り、〈プレイン・ジェイン〉から離れなければならない。そうしなければ、二人は本船もろとも海に沈んでしまうのだ。

手すりを握り、息を止めて、船を洗う波をやり過ごした。それが、二度ばかり続いた。手すりの感触が変わり、船尾に着いたことがわかった。付属船を繋ぐ輪頭ボルトは、すでに水没している。冷たい海水に手を突っ込み、手探りで舫綱(もやいづな)を見つけた。手すりから手を放し、舫綱をつかんだ。水圧でなかなか動かないのを、足を踏ん張ってたぐり寄せているうちに、付属船の舳先が体に当たるのを感じた。船側をまたぎ、転がるようにして付属船に乗り込むと、起き上がってボンテールの姿を捜した。

ボンテールは〈プレイン・ジェイン〉の船尾にしがみついていた。船はもうほとんど沈没している。ハッチは舫綱をつかみ、離れていた付属船を〈プレイン・ジェイン〉にまた近づけようとした。また波がきて、全身、塩辛い泡にまみれた。ハッチは身を乗り出し、ボンテールの腕の付け根をつかんで、付属船に乗り移らせた。波が引くと、〈プレイン・ジェイン〉は船底を上にしてひっくり返った。そして、泡立つ海に沈みはじめた。

「ロープを切ろう！」ハッチは叫び、ポケットに手を突っ込んでナイフを取り出すと、大急ぎで舫綱を切った。うねりに乗って付属船が後退した瞬間、〈プレイン・ジェイン〉は暗い空に船尾を突き上げ、ごぼごぼと音をたてながら海に沈んでいった。

　ためらうことなく、ボンテールは柄杓を手に取ると、付属船に溜まった水を汲み出していった。船尾に移動したハッチは、船外機のコードを引いた。一度では駄目だったので、二度引くと、人が咳込み、鼻をぐずらせるような音がして、荒れ狂う海の叫びの中に、甲高いエンジンの音が響きはじめた。ハッチは、エンジンをそのままにして、二つ目の柄杓をつかんだ。だが、水を汲み出そうとしても無駄だった。〈プレイン・ジェイン〉が沈み、風と波をさえぎるものがなくなったので、ちっぽけな付属船は嵐の猛威をまともに受けていた。汲み出す水よりも、船側から入ってくる水のほうが多かった。

「舷側を沖に向けるのよ」と、ボンテールがいった。「水はあなたが汲み出して。あたしが舵を取るから」

「しかし――」

「つべこべいわないの！」

　ボンテールは船尾に這い寄り、小型エンジンを前進(フォワード)にすると、スロットルを開き、舷側を沖に向けた。

「いったいどうするつもりだ？」ハッチは大声を上げた。

「水を汲み出して！」ボンテールも叫び返した。船はうしろに流され、持ち上げられた。溜まった水が船尾のほうに流れた。大波が襲いかかってきた瞬間、ボンテールはスロットルを全開にした。船は波頭の白い線とほぼ平行に並んで、波の向こう側に降りていった。

　これは、ハッチが知っている航海術の原則に反していた。ハッチはぎょっとして柄杓を投げ捨て、舷縁をつかんだ。船はどんどんスピードを上げていった。

「自殺するつもりか！」ハッチは叫んだ。

「大丈夫、前にもやったことがあるから！」と、ボンテールはいった。「子供のころ、波に乗って遊んだわ」

「これは普通の波じゃないんだ！」

　付属船は波の谷間を滑るように降下した。スクリューが激しいうなりを上げ、船は次の波のうねりに乗って上昇をはじめた。両手で舷縁にしがみつき、床に身を伏せながら、船の速度は二十ノットくらい出ているだろう、とハッチは思った。

「しっかりつかまってて！」ボンテールが叫んだ。小型のボートは横に滑り、泡立つ波頭を飛び越えた。恐怖と不信の入り交じった目でハッチが見つめるなか、付属船は宙に浮いた。思わず吐き気を感じた次の瞬間、船は波の向こう側の斜面に着水した。水平になった船体は、そのまま斜面を降りていった。

「もう少しスピードを落とせないのか?」

「スピードを落としたら失敗するわ! 飛んでなきゃいけないのよ!」

ハッチは船首のほうに目をやった。「しかし、方向が違うじゃないか!」

「心配しないで。あと二、三分で向きを変えるわ」

ハッチは船首で体を起こした。ボンテールは、波に対して船体を横に向けるなという大原則を破って、比較的静かな波の谷間にできるだけ長く船を留めようとしている。しかし、スピードを出しているかぎり、船は安定していた。そのあいだにボンテールは、波を乗り切るのに一番適した場所を捜しているのだ。

やがて、目の前にまた波が立った。ボンテールは思いきり強く船外機のハンドルを引き、真横に向けた。付属船は波の先端をかすめ飛ぶと、次の波間に着水して、くるりと向きを変えた。

「ちくしょう、寿命が縮まったじゃないか!」そう叫ぶと、ハッチは船首の座席にしがみついた。

島の風下側に入ると、強風は少し収まってきた。だが、海が荒れていることに変わりはなく、これまで推進力代わりに使っていた大波がなくなった分だけ、航行には困難が伴うようになった。

「逆戻りしろ!」と、ハッチは叫んだ。「激流に流されて島を通りすぎてしまうぞ!」

ボンテールはそれに答えようとして、息を呑んだ。

嵐の中から現れたのは、〈ケルベロス〉の船体だった。

「明かりよ!」と、彼女は悲鳴に近い声を上げた。

煌々と明かりをともしたブリッジと前部甲板が、三百ヤードほど離れたところで闇を切り裂いている。〈ケルベロス〉は、船首をハッチたちのほうに向けた。白い救い主。咆哮する嵐の中で、その船だけが堂々と穏やかに見えた。こちらに気がついたのだろう、とハッチは思った——いや、気がついているはずだ。〈プレイン・ジェイン〉の残骸を探知機で捉え、救出にやってきたのだ。

「こっちよ!」両腕を振りながら、ボンテールは叫んだ。

〈ケルベロス〉は速度を落とし、付属船に左舷を向けた。巨大な船体に風と波がさえぎられ、不安な休息のときが訪れた。

「乗船口を開けてくれ!」ハッチは叫んだ。

小さな波に揺られながら、二人は待った。〈ケルベロス〉は停止したまま沈黙を保っている。

「早く、早く！」じれったそうにボンテールは叫んだ。

「もう凍えそうよ！」

　巨大な白い船体を見上げながら、ハッチは甲高い電気モーターのうなりを耳にした。乗船口が開くのだろうと思って、そちらを見た。だが、それは閉じたままだった。

　ぎざぎざの雷光が空を切り裂いた。ハッチは上に目をやった。ブリッジの明かりに照らされ、甲板に人影が見えたような気がした。二人のほうを見おろしている人影が。

　モーターの音は続いている。ハッチは、前部甲板にある銛撃(もりう)ち銃が、ゆっくり自分たちのほうに銃口を向けているのに気がついた。

　ボンテールも、当惑顔で、食い入るようにそれを見ていた。彼女はフランス語で悪態をついた。

「船の向きを変えてくれ！」ハッチは叫んだ。

　ボンテールが右舷にスロットルを倒すと、小さな船はくるりと向きを変えた。上のほうで何かが丸く光り、青い閃光が走った。続いて、ずんっという低い音が響き、左舷前方十二フィートほどのところに水柱(みずばしら)が立った。水柱の底は禍々しいオレンジ色に光っていた。

「銛の先に爆薬がついてるんだ！」ハッチは叫んだ。

　ふたたび閃光が走り、爆音が響いた。今度の着弾点は無気味なほど近かった。ちっぽけな付属船は激しく横揺れし、一方の側に持ち上げられた。〈ケルベロス〉のそばを離れると、荒海がまた襲いかかってきた。またしても銛が撃ち込まれ、前方に水柱が上がった。ハッチの顔に水しぶきがかかり、船はうしろに押し戻された。あやうく浸水するところだった。

　何もいわず、ボンテールはまた向きを変え、スロットルを開くと、〈ケルベロス〉に向かって船を突進させた。ハッチは振り返り、やめろ、と叫ぼうとして、ボンテールの意図に気がついた。衝突する寸前に、ボンテールは船を横向きにした。巨大な船体に舷側がぶつかった。船はぴったり巨船に横づけされている。近すぎて、銛撃ち銃の射程には入らない。

「このまま突っ走って、向こうのうしろに回りましょう！」ボンテールは叫んだ。

　前かがみになって柄杓に手を伸ばしたハッチは、不思議な光景を見た。海面に細い線が走っている。水を跳ね上げながら、何かが近づいてくる。気になって、ハッチは手を止めた。すると、その線は、目の前にある舳先に達した。すさまじい音がして、木の屑と煙が舞い上がり、付属船を包んだ。船尾のほうに飛び移りながら目を上げると、そこにストリーターがいた。〈ケルベロス〉の手すりから身を乗り出し、不格好な武器の狙いをつけている。いつか見せられたフレシェット銃だ、とハッチは思った。

ハッチが警告を発するよりも早く、ボンテールは船を発進させた。悪魔のミシンが布に針を刺すような音がして、ストリーターが手にしたフレシェットは、さっきまで付属船がいた海面を切り裂いた。〈ケルベロス〉の船尾を過ぎ、船はまた嵐の中に出た。破壊された船首が水を浴びた。怒号を上げて〈ケルベロス〉は動きはじめた。ボンテールが左舷に舵を取ると、船は危なっかしく傾きながらノコギリ島の船着き場をめざした。

だが、荒れ狂う海の上では、小型の船は、馬力も速度も〈ケルベロス〉の敵ではなかった。風雨にさらされながらうしろを見たハッチは、巨大な船がさっきよりも近くにきていることに気がついた。あと一分もすれば、岩礁のあいだを縫ってノコギリ島の船着き場に通じる入江にさしかかるが、その前に道をふさがれてしまうだろう。

「岩礁に向かうんだ！」ハッチは叫んだ。「大波の勢いで、そのまま岩礁を乗り越えられるかもしれない。この船は動きが遅すぎる！」

ボンテールは不意に進路を変えた。〈ケルベロス〉はどんどん距離を縮め、容赦なく嵐の中を突き進んでくる。

「フェイントをかけよう。岩礁の前で引き返すと思わせるんだ」ハッチは叫んだ。

ボンテールは岩礁に砕ける波の手前で、船を横向きにした。

「よし、向こうは追いついた気になっている！」〈ケルベロス〉がこちらに船腹を見せたのを確かめて、ハッチはいった。ふたたび甲板から轟音が響き、海水の霧が口に飛び込んできた。水煙の中から抜け出し、まわりを見ると、左舷の舷縁が鉦で吹き飛ばされていた。

「チャンスは一度だけだ！」ハッチはいった。「次の大波に乗ろう！」

船は岩礁の前でゆらゆら揺れていた。胸が痛くなるような長い時間が過ぎ、ハッチは声を上げた。「今だ！」

ボンテールが舵を切って、すさまじい勢いで岩礁に打ち寄せる大波に半身不随の付属船を乗せたとき、大音響が轟いて爆発が起こった。ざざーっという異様な音が耳に届いたとき、ハッチは自分の体が空中に投げ上げられるのを感じた。あたり一面に水が逆巻き、木材の破片が飛びかっていた。泡立つ海の、くぐもった潮騒が聞こえた。ハッチは、どんどん下に落ちていった。一瞬の恐怖があり、そのあと、たとえようもない不思議な安らぎが訪れた。

47

ウッディ・クレイは海草に足を滑らせ、向こう脛を打った。思わず悪態をつこうとして思い留まった。岸辺の岩は海草に覆われ、滑りやすい。這って進んだほうがいいだろう。

体じゅう、どこもかしこも痛かった。服は裂けている。鼻の痛みは想像を絶していた。しかも、ひどく寒くて、感覚がない。だが、彼は、何十年ぶりかで、本当に生きている気がしていた。この充実感、魂の高揚は、長いあいだ忘れていたものだった。抗議活動が失敗したことなど、もうどうでもいい。いや、あれは失敗ではなかったのだ。その証拠に、ちゃんとこの島に召されている。神の思し召しは不思議なかたちで現れる。この島に自分を送り込んだことにも、きっと理由があるに違いない。何か重要な任務を与えられたのだ。何をすればいいのかはまだわからない。だが、そのときがくれば、使命はおのずと明らかになるはずだった。

クレイは高潮線の上まで這いあがった。ここまでくると、足場もだいぶよくなっている。彼は立ち上がり、咳き込んで、肺にこびりついた最後の海草を吐き出した。咳をするたびに、潰れた鼻に激痛が走った。だが、痛みは気にならなかった。熱い石炭の上に渡された焼き網で生きたまま焼かれたとき、聖ラウレンティウスは、「神よ、私を裏返してください。裏も表も焼いてください」といったのだ。

少年時代、ほかの男の子が〈ハーディ・ボーイズ〉の少年探偵団物や、ベーブ・ルース、タイ・カッブなど野球選手の伝記を読んでいたとき、クレイはジョン・フォックスの『殉教者列伝』を愛読していた。会衆派の牧師になった今でも、宗派の違うカトリックの聖人がいかに生きて、どんな言葉を残したか、ためらうことなく引き合いに出したし、その死に方もおおいに称揚していた。聖人たちは神のビジョンを見ることができる幻視家であり、いかなる犠牲を払うことになろうと、自分の見たものを最後まで追求する勇気があった。自惚れではなく、自分に勇気があることはクレイも認めていた。問題は、近ごろ、いっこうにビジョンが訪れてくれないことだった。

とにかく、避難場所を探して、体を温めなければならない。そして、神に与えられた使命が明らかになるように祈るのだ。

クレイは、黒い空の下に広がる灰色の海岸線を見渡した。岸辺は、どこもかしこも暴風雨に痛めつけられている。大きな岩のつらなりが、右の方にぼんやりかすんで見えた。漁師たちが鯨岩と呼んでいる岩棚だ。そのうしろには、〈サラサ〉が建造した囲い堰の内側の、不自然に干上がった潟(かた)がある。干上がっているといっても、露出した海底に水がないわけではない。波が容赦なく堰に打ち寄せているのを見て、クレイはほくそ笑んだ。何本もの仕切り柱が曲がり、補強されたコンクリート材も歪んでいる。大波が激しくぶつかるたびに、堰を乗り越え、おびただしい波しぶきが散っていた。

クレイは、海岸から続く岩だらけの斜面を登り、大きな盛り土のそばに避難できそうな場所を見つけた。木の根が剝き出しになって、屋根の役目を果たしている。しかし、そこにも雨は吹き込み、歩くのをやめるとたちまち体が凍えてきた。ふたたび起きあがると、クレイは土手に沿って歩き出した。風が吹きこまない場所を探さなければならない。人の姿は見えず、人の声も聞こえなかった。この島は無人になっているのかもしれない。イエスの力で金の亡者が神殿から追い出されたように、略奪者たちは嵐に怯えて一目散に逃げていったのだ。

やがて、島の突端に出た。断崖の向こうは外洋に面している。ここにいても、打ち寄せる波の音は騒々しかった。突端を回ったところで、警察が現場保存に使うような黄色いテープが目に入った。片方の端がちぎれ、強風にはためいている。クレイは前に進み出た。テープの向こう側には、光沢のある金属で出来た三本の支柱があり、その先には輪郭がぎざぎざになった黒い穴が口を開け、土手のほうに通じていた。テープと支柱をよけて穴に近づくと、クレイは入口をくぐった。天井が低いので、腰をかがめなければならなかった。

中に入った瞬間、波の音は劇的に静かになった。気持ちのいい乾いた空間だった。暖かいとはいえないものの、寒さはしのげる。クレイはポケットに手を入れ、非常用の携帯品を取り出した。懐中電灯、プラスチックのマッチ入れ、小型の救急箱。まず、懐中電灯で壁と天井を調べた。そこは小部屋のようなところで、奥に行くにつれて幅はだんだん狭くなっている。その先にはトンネルがあるようだ。

興味深いことでもあったし、ありがたいことでもあった。いってみれば、彼はこのトンネルに導かれたようなものだった。このトンネルは、島の中心部を蜂の巣のように区切っているという複雑な坑道群に通じているに違いない。体の震えがだんだん激しくなり、まず火を焚いて体を乾かさなければ、と思った。

この洞窟にまでたどり着いた小さな流木を集め、円筒形をしたプラスチック容器の蓋を取り、逆さにした。濡れていないマッチ棒が掌に落ちた。勝ち誇るような気持ちになるのを抑えながら、クレイはにんまりした。ストームヘイヴンに腰を落ち着けて以来、船に乗るときには、必ずこの防水のマッチ入れを持つようにしていた。もちろん、そんな彼をクレアはからかった。クレアのことなので、からかうといっても、決して悪気はなかったが、クレイの心の秘密の部分、どんな相手にも明かしたことのない部分は、それだけで充分に傷ついていた。そして今、そのマッチ入れが、彼の運命において、重要な役割を果たそうとしている。

ほどなく火が燃え上がり、洞窟の壁に快活な影を投げた。外では嵐が吹き荒れているが、クレイの巣には指一本触れることができない。鼻の痛みもだいぶ治まり、鈍い疼痛に変わっていた。

クレイは背をかがめ、手を暖めた。彼だけに与えられた特別な使命。それが何であるのかは、まもなく——あといくらもたたないうちに、明らかになるはずだった。

48

イゾベル・ボンテールは岩だらけの海岸をすがるように見渡した。横なぐりの雨と強い風で、目を開けているのもむつかしい。どこを見ても、砂をかぶった物体、何なのか判然としない黒々とした物体が転がっていた。マリン・ハッチが倒れているのかもしれない、と思って近づくと、どれもただの岩だった。

海のほうに目をやった。岩礁のそばに二つの錨でつながれ、〈グリフォン〉が見える。ナイデルマンの船、〈グリフォン〉が見える。岩礁のそばに二つの錨でつながれ、咆哮する嵐に耐えている。もっと沖に目を向けると、〈ケルベロス〉の優雅な白い船体がぼんやり見えた。〈ケルベロス〉は座礁していたが、大波が打ち寄せてきて、船体が持ち上げられ、照明を煌々と照らしたまま岩礁から離れようとしている。どうやら操縦不能に陥っているようだ。激しい海流に巻き込まれて、このまま沖に流されるのだろう。船体もかすかに傾いていた。船倉に水が入っているのかもしれない。数分前、ボンテールは、〈ケルベロス〉から小型のボートが離れるのを見た。そのボートは、荒波と闘いながら、猛スピードで島の向こう側、〈ベース・キャンプ〉があるあたりに消えていった。

そのボートにストリーターが乗っていたのかどうか、ボンテールにはわからない。だが、一つだけはっきりしていることがあった。あの巨大な調査船に、たとえ最新の設備が搭載されていたにしても、一人の人間が銛撃ち銃を操り、同時に舵を取ることは不可能なのだ。要するに、何があったにせよ、あれは一人の狂人の仕業ではない。ストリーターには仲間がいたはずだ。

彼女は身震いし、濡れそぼったレインコートを体に巻きつけた。ハッチの姿は依然としてどこにも見えない。付属船が破壊されたあとでも生きていたとしたら、このあたりに流れ着く可能性が高い。しかし、ここにはいない。それだけは確かだった。ほかの海岸には岩石しかないし、岸辺は荒れ狂う海の威力をまともに受けている……。

恐ろしい想像が心臓をわしづかみにしようとするのを、ボンテールは必死で抑えた。何があろうとも、二人で始めたことは最後までやり遂げなければならない。

ボンテールは〈ベース・キャンプ〉に向かって歩きはじめた。遠回りになるが、黒い海岸線に沿って進むほうが危険は少ない。風は勢いを増し、波頭から砕けた泡を島の内陸部まで運んでくる。岩礁に襲いかかる波の叫びは絶え間なく響き、そのすさまじい音に消されて、雷鳴さえほとんど耳に入らなかった。

作業小屋が集まったところにさしかかり、ボンテールは足取りをゆるめた。黒々とそびえる通信塔を見ると、マイクロ波用のホーン型アンテナが外れ、ぶらぶらと風に揺れていた。発電機の一台は沈黙し、ほかの数台は鉄の台座に収まったまま、生き物のようにあえぎ、身震いして、負荷の大きさに抗議の悲鳴を上げていた。ボンテールは、動いていない発電機と燃料タンクの陰に忍び寄り、あたりの様子をうかがった。キャンプの中央のあたりに、長方形の明かりが並んでいるのが見える。〈アイランド・ワン〉の窓だ。

小屋のあいだの陰に隠れながら、ボンテールは用心深く向こうに近づいた。〈アイランド・ワン〉にたどり着くと、窓から中を覗いた。司令センターに人影はなかった。

轍の刻まれた車道を素早く渡り、医療小屋の窓を覗く。そこにも人はいないようだった。ドアを開けようとして、鍵がかかっていることに気がつき、悪態をついて、裏手に回った。そして、大きな石を取り、裏の小窓を叩き割った。この嵐の中でガラスが割れても、音は聞こえないはずだった。ぎざぎざのガラスのあいだに手を伸ばし、内側の錠を外して、扉を開けた。

ボンテールが入ったところは、ハッチが救急治療に使っている小部屋だった。幅の狭い寝台は一度も使われたことがないらしい。運び込まれたときと同じで、シーツにもしわ一つなく、清潔なままだった。ボンテールは急いで部屋を動きまわり、引出しをあさって、銃やナイフなど、武器を探した。見つかったのは、重く細長い懐中電灯だけだった。その懐中電灯のスイッチを入れ、床を照らして、奥の戸口を抜け、向こう側の治療室に入った。片側にはハッチの私室があり、もう一方の側には待合室に通じる廊下がある。廊下の奥の壁には、「医療用備品」と記されたドアがあった。予想どおり、鍵がかかっていたが、扉は薄っぺらで、芯のない合板が使われているらしい。狙いを定めて、二度、蹴ると、扉は半分に折れた。

狭い部屋の三方には、ガラス戸つきの棚が並んでいた。上には薬品があり、下には器具がある。ガイガー・カウンターがどういう形をしているものか、ボンテールには見当もつかなかった。ただ、ハッチがそれをラドメーターと呼んでいたことはわかっている。懐中電灯で手近の棚のガラスを叩き割り、ものがこぼれ落ちるのもかまわずに下の引出しを掻きまわした。何も見つからない。今度は二つ目の棚のガラスを割り、引出しを開けた。一度、手を止め、何かをポケットに入れた。一番下の引出しに、黒いナイロン製の小さなキャリング・バッグがあった。〈ラドメトリックス〉というロゴが、でかでかと縫い込まれている。中には、折り畳み式の取っ手と、革のストラップがついた、不思議な形の器具が入っていた。表の部分には、真空式の蛍光ディスプレイと小さなキーボードがあり、本体からはコンデンサー・マイクに似た細い棒が突き出ている。

スイッチを見つけ、バッテリーが充電されていることを祈りながら、電源を入れた。低いうなりが聞こえ、ディスプレイにメッセージが現れた。

ラドメトリック・システムズ
放射線モニター位置測定システム
ラドメトリックス　リリース3・0・2（a）ソフトウェア
ようこそ。
ヘルプは必要ですか？（Y／N）

「何でもいいから使い方を教えてちょうだい」そうつぶやくと、ボンテールはYのキーを押した。無味乾燥な説明がずらずらと現れ、画面はゆっくりスクロールした。それをざっと見てから、彼女は電源を切った。使い方を覚えようとするのは時間の無駄だ。電源は入るが、いつバッテリーが切れるかわからない。

キャリング・バッグにラドメーターを入れると、治療室に戻った。そのとき、ボンテールは凍りついた。嵐の騒ぐ遠い音に重なって、一瞬、質の違う鋭い音が聞こえたのだ。銃声に似ていた。

キャリング・バッグを肩にかけ、ボンテールはガラスの割れた扉に向かった。

49

ハッチは岩に横たわっていた。ひどく眠くて、気持ちがいい。胸は波に洗われている。心の一部には、海の暖かい胸もとから引き離されたことに対する怒りがあった。ほかの部分は、ごくわずかながら、そんな思いに恐怖を覚えていた。それがだんだんふくれあがっていった。

生きている。それだけはわかっていた。生きていることには痛みや惨めったらしさがつきまとう。どのくらい前からそこに横たわっていたのか、ハッチにはわからなかった。

肩や膝や脛の痛みが、次第に息を吹き返してくる。そのことに気がつくと、痛みはたちまち疼きに変わった。手足は寒さでこわばり、頭は水が詰まったように重い。心の一部——海から引き離されてよかったと思っている部分は、早く水たまりから起き上がって海岸の坂を上れ、と命じていた。

深呼吸すると海水が気管に入り、咳の発作に襲われた。体を二つに折って咳き込んでいるうちに、ひとりでに起き上がる格好になった。だが、手足に力が入らず、また濡れた岩に倒れ込んだ。気力を振り絞って這い進み、ようやく水辺を離れることができた。地面から突き出た巨大な花崗岩に寄りかかり、一休みした。頬に当たる岩肌は冷たくすべすべしていた。

頭がはっきりすると、一つひとつ、記憶がよみがえってきた。ナイデルマンのこと、剣のこと、もう一度この島に行こうと思ったこと。海に出て、〈プレイン・ジェイン〉が沈んで、付属船に乗って。そして、ストリーター……。

ストリーター。

ハッチは上体を起こした。

船にはイゾベルも乗っていた。

ハッチはよろよろと歩き出し、尻餅をついて、また起き上がった。すでに決心は固かった。付属船の船首のほうから海に投げ出されたハッチは、気まぐれな激流に運ばれて、島の端にあるこの岩だらけの海岸にたどり着いたのだ。前方には、海賊の野営地を囲んでいた低い崖が、怒りの空を背景にして、黒々とそびえているのが見える。ボンテールは、もっと浜に近いところにいるのだろう。この島に流れ着くことができていたら、の話だが。

死んだかもしれない、と思うと、耐えられなかった。ひび割れた声でボンテールの名前を呼びながら、ハッチはよろめく足で前に進みはじめた。しばらくして立ち止まり、周囲を見まわしたとき、自分が海岸を離れ、知らず知らず低い崖に近づいていることに気がついた。斜面を途中まで上ったあと、海のほうに引き返した。ボンテールの姿は見えないし、付属船の残骸も流れ着いていない。海のほうでは囲い堰に大波が打ち寄せ、その圧力で、蜘蛛の巣のように走る亀裂から水が噴き出ている。
そのとき、暗い岸辺のどこかで短く光るものがあった。改めて目を向けると、もう見えなかった。濡れた岩に稲光が反射したのだろう。彼はふたたび崖の斜面を降りはじめた。

すると、また何かが光った。今度はもっと近いところ、島の肩に当たる部分を、光が移動している。光は上に向けられ、蒼白い強力な光線が闇に突き刺さった。ハロゲン・ランプだ。海岸沿いに行ったり来たりしたあと、光線はハッチのそばを通りすぎ、内陸のほうに向けられた。反射的にハッチはあとずさった。

次の瞬間、光はまともに顔に当たり、目がくらんだ。腰を落とすと、ハッチは崖を這いのぼった。何かを探すように、光は彼の周囲を舐めまわしている。突如、光が強くなり、目の前の斜面に自分の影が長く延びるのが見えた。狙いを定められたのだ。

波の叫びや風の咆哮に重なって、〈ケルベロス〉から聞こえてきたあの奇妙な発射音がまた響いた。巨大なミシンが布に針を突き刺すような音。ハッチの右側で土と泥が発狂したように跳ね上がり、地面にぎざぎざの線が刻まれた。背後にストリーターがいる。暗闇の中でフレシェットの銃口をこちらに向けている。

素早くハッチは左によけ、斜めに走って崖の頂上をめざした。数秒前まで彼が横たわっていた場所に、ぷすぷすとまた針が撃ち込まれた。何百本もの太いタングステンの針が地面に突き刺さる。

這うように、転がるようにして、崖の向こう側に回ると、土手を転げ落ち、湿った草地に倒れ込んだ。体を起こし、あわててあたりの様子をうかがう。身を隠せるような木は生えていない。ただ草地が広がっているだけで、その先の斜面を登れば〈オルサンク〉のところに出る。正面に、ボンテールが野外調査のときに使っている資材置場が見えた。その隣には、長方形の穴がある。海賊の墓だ。

ハッチの視線は、資材置場の小屋に向けられたまま動かなかった。あの小屋の中か、床の下に隠れることはできないだろうか。だが、ストリーターは真っ先にそこを探すだろう。

ハッチはためらった。そして、いきなり走り出すと、草原を越え、海賊の墓に飛び込んだ。

三フィートの段差があったので、足がよろけたが、すぐに体勢を立て直した。一瞬、光の舌が穴を照らした。

海賊の骸骨のうち、何体かはこの共同墓地から運び出されていた。しかし、大半は防水シートをかぶせたまま、発見時と同じ場所に保管されている。掘り出されたものは、来週、埋め戻されることになっていた。ボンテールは特異な標本だけをよそに移している。

轟々たる雷鳴が響いたのをきっかけにして、ハッチは動きだし、防水シートに潜り込んだ。体の下に、何かごつごつする不快なものがあった。土に手を入れ、つまみ上げると、それは潰れた頭蓋骨の、かなり大きな破片だった。それをわきに置き、ハッチはじっと横たわった。

防水シートに覆われた土は、湿っているが、泥にはなっていない。雨や風もここには届かないので、凍えた四肢に温もりが戻ってくるのを感じた。

そのとき、泥にめり込んだ足を引き上げる音が聞こえた。

ハッチは息を詰めた。やがて、金属のきしる音が聞こえた。資材置場の扉が乱暴に引き開けられたのだ。そして、静寂。

ふたたび足音がする。まず遠くで。そのうちに近くなる。規則正しく繰り返される深い息づかい。十フィートほど離れたところに誰かがいる。武器を構えたのか、かちりと金属音が響いた。そのとき、ハッチは悟った。ストリーターは簡単にだまされるような相手ではなかったのだ。

フレシェットが吠えた。墓地の底が不意に蠢きはじめ、土や砂や骨の破片が小さな雲になって舞い上がった。防水シートがめくれ、跳ね上がるのが、視界の端に見えた。無数の小さな釘が突き刺さり、骨は粉々に砕けて土と混じり合った。乱舞する死の針の跡がだんだん近づいてくる。あと一、二秒で決断を下さなければならない。だが、取るべき手段はほとんど残されていなかった。

空撃ちする音が聞こえ、武器は沈黙した。がちゃがちゃと金属音が聞こえてきた。その機を捉え、ハッチは起き上がると、音が聞こえたほうをめがけて、しゃにむに飛びかかっていった。防水シートは体の前に引っかかったままだった。体当たりが決まり、ストリーターは背中から泥に倒れ込んだ。フレシェットは地面に落ちた。そのわきに弾薬入れが転がり、ハロゲン・ランプは数フィート先の草地に弾き飛ばされた。防水シートをかぶせられ、ストリーターは手足を振って暴れた。その鼠蹊部と思われるあたりに、ハッチは膝打ちを食らわせた。苦痛の叫びが上がった。

「こんちくしょう！」ハッチは相手に覆いかぶさり、布越しに殴りつけた。「このちびめ！」

そのとき、いきなりあごを殴られ、歯と歯がぶつかり合った。頭がふっと軽くなり、ハッチはのけぞった。ストリーターの頭突きにやられたのだ。ハッチは防水シートに飛びついた。体は小さくても、ストリーターは筋肉質で力があった。いつまでも押さえ込んでいることはできない。ハッチは弾薬入れをつかみ、闇の中に放り投げた。続いてハロゲン・ランプに手を伸ばしたとき、ストリーターが泥だらけの防水シートを振り払い、急いで起き上がるのが見えた。ストリーターはベルトに手を伸ばし、小型のオートマチックを抜いた。とっさの判断で、ハッチはハロゲン・ランプを踏みつぶした。

闇が訪れると同時に、銃声が響いた。ハッチは走り出し、草地をジグザグに突っ切って、島の中心部にある丘陵をめざした。丘を越えれば、小道が迷路のように入り組んだところに出る。雷が光り、一瞬、ストリーターの姿が浮かび上がった。ストリーターは、斜面の下百ヤードほどのところにいる。ハッチに気がついたストリーターは、体の向きを変え、全速力で追いかけてきた。ハッチは作業現場をめざして疾走した。勘だけを頼りにして、黄色いテープで仕切られた範囲から外れないように気をつけながら、道から道へと飛び移った。うしろから、荒い息づかいと足音が聞こえてきた。

斜面を登りきると、霧を切り裂く〈オルサンク〉の照明が見えてきた。まず、そちらに向かおうとしたが、思い直して向きを変えた。明かりに近づくと、狙い撃ちにされる恐れがある。

ハッチは必死で考えた。このあと〈ベース・キャンプ〉に逃げ込む手もある。あそこなら建物がたくさんあるので、ストリーターの追跡を振り切ることができるかもしれない。だが、逃げ道を断たれてしまう可能性もある。とにかく、ストリーターから逃げることが先決だった。

地上にいるかぎり、それは無理だ、とハッチは結論を下した。

ゆるやかな傾斜で地中に通じるトンネルが一つだけある。〈ボストン坑〉だ。記憶が正しければ、その坑道は深いところで〈水地獄〉とつながっているはずだった。本来の〈水地獄〉の位置を突き止めた日の朝――信じられないことだが、ほんの数週間前のことだ――ナイデルマンからそう聞かされた憶えがある。

もう時間がない。〈オルサンク〉の明かりを見上げ、現在位置を確かめると、ハッチは別の道を選び、斜面を降りていった。そこに〈ボストン坑〉があった。黄色いテープの向こうに暗い穴が口を開けている。まわりには雑草が生い茂っていた。

テープをくぐり、坑道口に立った。あたりは真っ暗で、横殴りの雨が吹きつけてくる。ゆるやかな傾斜？暗闇の中では、地中めがけて垂直に落ち込んでいるように見えた。下に目を向けたまま、ハッチはためらった。そのとき、金属敷きの小道を誰かが歩いてくる足音が聞こえた。ハッチは、チョークチェリーの灌木の細い幹をつかむと、穴に体を入れ、滑りやすい壁に足を当てて、踏みしめられる場所を捜した。だが、そんなものはなかった。めりめりと音をたてて灌木が根こそぎになり、ハッチは穴の中に落ちていった。

ぎょっとしたのも束の間、気がつくと泥の中に尻餅をついていた。よろめきながら立ち上がった。衝撃はあったが、怪我はしていないらしい。頭上には四角い空がぼんやり見えるだけだった。一面の暗がりの中で、そこだけがやや明るくなっている。そのとき、穴の縁で何かが動くのが見えた。もしかしたら、気のせいかもしれない……。

いきなり轟音が響き、まぶしい閃光が走った。すぐあとに、二発目が続いた。ハッチの頭の横、数インチのところに、何かがめり込んだ。

体をひねって壁から離れると、ハッチはトンネルの奥をめざして走りはじめた。ストリーターの考えていることはよくわかった。一発目の銃口から出る光で、二発目の狙いをつけようとしているのだ。

トンネルは急勾配で、足が滑りそうだった。気をつけないと、体がつんのめって、真っ暗闇の中に転げ落ちてゆく。走りながら、必死でバランスを取ろうとした。恐怖の数秒が過ぎたあと、勾配はいくらか平坦になり、勢いが落ちて、ようやく立ち止まることができた。

冷え冷えとするトンネルの中に立ったまま、聞き耳を立て、荒い息を落ち着かせようとした。むやみに突き進むのは自殺行為だ。複雑に分岐した部分もあるだろうし、陥没したところもあるに違いない。

うしろから、水のはねる音が響いてきた。続いて、泥を踏む足音が聞こえた。

ハッチはトンネルの壁を手で探った。ぬるぬるした木組みの枠をつかみ、理性を失うな、と自分に言い聞かせながら、できるだけ急いで先に進むことにした。ストリーターは必ずまた撃ってくる。おそらく、二発続けて。だが、そのやり方は、ハッチにも利点があった。最初の一発でトンネルの中が明るくなったら、逃げる方向を見定めることができる。

危ないのは二発目だった。

その思いに呼応するように、最初の銃声が響いた。狭いトンネル内に轟音がこだました。ハッチが泥に身を伏せたとき、二発目の銃弾がすぐうしろの木組みにめり込んだ。

銃口から飛び散る火花にトンネルが照らされて、道がまっすぐ下に延びているのがわかった。

急いで起き上がると、ハッチは死にものぐるいで走りはじめた。両手を広げ、滑るように、転がるように走りつづけた。できるだけ遠くまで進むつもりだった。しばらくすると、立ち止まり、壁に手を当てて、耳を澄ました。ストリーターはまだあきらめていないはずだ。こちらよりも余裕を持って移動しているに違いない。このトンネル内で追跡を振り切ることができたら、地中に深く潜って、〈ボストン坑〉が〈水地獄〉と交差する地点にたどり着くことができる。そこにはナイデルマンがいるのだ。ストリーターがやっていることを、ナイデルマンは知らないかもしれない。ストリーターは頭がおかしくなってしまったのだ。そうとでも思わなければ説明がつかない。〈水地獄〉の坑道にたどり着くことができさえすれば……。

ふたたび銃声が響いた。相手は予想よりも近くまできていた。あわてて身を翻すと、二発目の銃弾がすぐそばをかすめた。前方でトンネルは枝分かれしている。左の狭い坑道の先には、陥没した穴のように見えるものがぽっかり口を開けていた。三度、四度と発砲が続き、耳に何かが当たって、激痛を感じた。

撃たれたのだ。ぎょっとして、走りながら顔に手を当てた。裂けた耳から血が流れているのがわかった。背をかがめて左の狭い坑道に飛び込み、陥没した穴の手前まで走りつづけた。そのあと、壁にぴったり背中をつけ、全身の筋肉を緊張させながら、息苦しい闇の中で相手の出方を待った。今度また銃口が光ったら、ストリーターに飛びかかり、穴に突き落とすつもりだった。もしかしたら、勢い余って、自分から飛び込んでくれるかもしれない、とも思った。

ぴんと張りつめた暗闇の中に、かすかな足音が響いた。ハッチ自身の心臓の鼓動より小さい音だった。ストリーターは、壁を手探りしながら、ゆっくり近づいてくる。ハッチは待った。今では息をする音も聞こえている。ストリーターは撃ち惜しみしていた。銃弾に余裕がないのだ。それなら、こちらも……。

突如、閃光が走り、銃声が上がった。ハッチは前に飛び出し、二発目が発射される前に先手を打とうとした。目の前にストリーターが見えたとき、激しい衝撃を頭に感じた。目に星が散り、何も考えられなくなって、すべてはたちまち暗黒に包まれた。

50

岩陰からできるだけ離れないようにしながら、ボンテールは〈ベース・キャンプ〉を出発し、テープで仕切られた狭い上り坂を通って、島の内陸部に向かった。途中、何度も足を止め、あたりの気配に耳を澄ました。キャンプの明かりが見えるだけで、まわりは暗かった。真っ暗だったので、風にちぎれてはためく黄色いテープを手探りで探さなければならなかった。ぬかるんだ坂道は、島の地形に沿って、いったん下り坂になった。ボンテールはびしょ濡れで、あごの先からも、肘からも、手の指からも、水が滴っていた。

また上り坂になり、やがて頂上に達した。数百ヤード先には〈オルサンク〉の骨組みがそそり立っている。塔の先端では三つの明かりが点滅し、闇にはめ込まれた四角い窓がまぶしい光を放っていた。そこには全地形型の車が停まり、丸くふくれたタイヤを雨にさらしていた。全地形車のうしろには、空になった二台のコンテナがつながれている。塔の下に見える〈水地獄〉の入口は暗かったが、はるか地底にあるようなほのかな明かりが、内側から穴を照らしていた。嵐が吹きすさんでいても、機械の動いている音や、空気ポンプのうなり声は、はっきり耳に届いてきた。

〈オルサンク〉のガラスの窓越しに、ゆっくり動きまわる黒い影が見えた。

ボンテールは、丈の高い草に身を隠し、頭を下げて、じわじわとそちらに近づいていった。百ヤードほど進んだところで、ティー・ローズの茂みを前にして立ち止まった。ここからだと、向こうの様子がよく見える。人影はこちらに背を向けていた。彼女は待った。人影が明かりの中に出ると、広い肩と薄汚れたブロンドの長髪が見えた。地質学者のランキンだ。ほかに人はいないようだった。

ラドメーターに雨がかからないようにしながら、彼女はためらっていた。ランキンならこの機械の使い方を知っているかもしれない。少なくとも、彼のほうがこういうことには詳しいはずだ。しかし、協力を仰ぐには、事情を打ち明けなければならない。

ストリーターは、ボンテールとハッチを故意に殺そうとした。なぜだろう？　最初からあの男がハッチを嫌っていたことは間違いないが、だからといって、ここまで突っ走るとは思えない。ストリーターは、軽はずみな行動をするような男ではなかった。

しかし、ハッチは、発掘作業をやめさせようとしていた。

それが原因だとしたら、ほかの者も敵方に回っているのだろうか？

しかし、あの愛想のいい、開けっぴろげな性格のランキンが、第一級殺人の片棒を担ぐとは思えない。ナイデルマンはどうだろう？　そのことは、考えたくなかった。

頭上にすさまじい稲光が走った。雷鳴が轟き、ボンテールは身を縮めた。〈ベース・キャンプ〉のほうから、ばちっという音が響いてきた。最後の発電機が焼け切れてしまったらしい。〈オルサンク〉の明かりが消え、一瞬の間があって、コントロール・タワーにオレンジ色の光がともった。非常用の電源が動きはじめたのだ。

ボンテールはラドメーターを体に引き寄せた。もう待てない。一か八か、やってみるしかなかった。

51

顔にこびりついた泥の感触で意識が戻ると、そこは闇に包まれたトンネルだった。ストリーターに食らわされた一撃で、頭がずきずき痛む。背中は容赦なく踏みつけられていた。ちぎれた耳に冷たい金属の感触があるのは、銃口を押し当てられているのだろう。撃たれたのではない。まだはっきりしない頭で、そう思った。後頭部を殴りつけられたのだ。

「よく聞け、ハッチ」と、ストリーターのささやき声が聞こえた。「鬼ごっこは楽しかったが、遊びはもうおしまいだ」銃口が耳に食い込んだ。「おまえは捕まった。わかったな?」

ハッチがうなずこうとすると、ストリーターはハッチの髪を乱暴につかんで顔を引き上げた。「わかったか、わからないか、言葉で答えろ」

「わかった」口に泥が入っているのを感じながら、ひび割れた声でハッチは答えた。

「動くなよ。おれがいいというまで、じっとしてろ。指一本動かすな。さもないと、脳みそが吹き飛ぶ」

「わかった」同じ返事をして、ハッチは体力を取り戻そうとした。馬鹿みたいな気分だった。体は冷え切って、生きている心地もしない。

「これから立ち上がってもらう。ゆっくり立つんだ。じたばたしたら命はないぞ」

背中を踏んでいたものが取り除かれた。ハッチは膝をつき、頭痛をなだめながら、ゆっくり、慎重に起き上がった。

「これからどうするか、教えてやる」と、ストリーターはいった。「まず、二人でトンネルの分岐点まで戻る。そのあと、〈ボストン坑〉までまっすぐ降りていく。わかったら、歩け。ゆっくり動くんだぞ」

ハッチは、暗がりの中でつまずかないように用心しながら、そっと足を踏み出した。分岐点に戻ると、壁に沿って本道を降りていった。

逃げられるかもしれない、とハッチは思った。あたりは真っ暗で、相手のそばから離れることさえできれば自由になれる。だが、傷ついた耳に銃口が食い込んでいるし、頭はまだぼんやりして、まともに物を考えることもできない。なぜストリーターはあっさりおれを殺さなかったのだろう。一瞬、ハッチはそう思った。

一歩一歩、慎重に前進しながら、疑問が湧いてきた。ストリーターはどの程度まで〈ボストン坑〉のことを知っているのか。島の内部を水平に走る坑道は数が少ないし、そのほとんどが垂直の穴と交わっている。「このあたりに縦の穴はないのか?」ハッチはそれだけを口にした。

不敵な笑い声が上がった。「もしあったとしたら、最初に落ちるのはおまえだよ」

一歩先には深い穴が口を開けているのかもしれない。そう思いながら、暗闇の中をこわごわ歩く悪夢の時間が続いた。永遠とも思えるときが過ぎたとき、前方にかすかな明かりが見えてきた。トンネルはゆるやかに曲がり、その先に出口があった。壁に穴が開いて、ぎざぎざの縁に光が当たっている。機械のうなり声もかすかに聞こえてきた。ストリーターに背中を押され、ハッチは少し早足になった。

出口の手前で立ち止まると、その先には〈水地獄〉の中央の坑道があった。闇から出たばかりで光に目が馴れていなかったので、すぐには気がつかなかったが、巨大梯子にともっている明かりは非常用の照明だけだった。耳のあたりにまた鋭い痛みが走り、ストリーターに促されたハッチは、〈ボストン坑〉と梯子とをつなぐ通路に足を踏み出した。ハッチのうしろでストリーターは、リフトのレールの横にボルトで留められているキーパッドを叩いた。ぶーんという音が響き、ほどなくリフトが上がってきた。リフトは、スピードを落とし、通路わきの所定の位置に停止した。ストリーターは背中を小突いてハッチを先に乗せ、自分もあとに続いた。

ハッチは、穴の底に向かって降下しながら、〈水地獄〉の湿っぽい腐臭に、今では何か別の臭いが混じっていることに気がついた。焼けた金属の臭いと、煙の臭いだ。

巨大梯子に沿って降りていった電動リフトは、〈水地獄〉の底で止まった。ここまでくると、壁の間隔は狭く、給排気システムがあるのに空気は澱んでいた。中央の部分には掘ったばかりの狭い縦穴があった。宝物庫に通じる坑道だ。ストリーターは、あとは梯子を伝っておりるように手ぶりでハッチを促した。ハッチは手すりにしがみつき、チタニウムの支柱と横木とが複雑に絡み合った構造物をおりていった。下からはアセチレンの爆ぜる音が聞こえてくる。

やがて、ハッチは縦の坑道の底、島の中心部に、よろめく足で降り立った。横にストリーターが飛び降りた。足もとに目をやると、地面の土が払われ、錆びついた巨大な鉄板が露出していた。それを見ているうちに、希望の残り火が消えていった。鉄板の前にジェラルド・ナイデルマンがひざまずき、一辺三フィートほどの真四角にアセチレン・バーナーの炎を当てていた。鉄板にはボルトが溶接され、そのボルトに通されたケーブルが、いつか見た巨大なバケットと繋がっている。奥にはマグヌセンが立ち、腕組みをして、冷たい憎しみと軽蔑の入り交じった目でハッチを見ていた。

　しゅっと怒ったような音をさせて、ナイデルマンはバーナーの炎を消した。そして、溶接機をわきに置き、立ち上がると、ヴァイザーを上げ、無表情にハッチを見た。

「ひどい格好だね」ナイデルマンはそっけなくいった。

　彼はストリーターのほうに向き直った。「どこで見つけてきた？」

「ボンテールと二人で島に舞い戻ってきたんですよ。〈ボストン坑〉で追いつきました」

「ボンテールは？」

「二人の乗っていた付属船が岩礁に衝突しましてね。助かったかもしれませんが、そうじゃない可能性のほうが高いでしょう」

「なるほど。気の毒だな、こんなことに巻き込まれて。とにかく、よくやった」

　ストリーターはその賛辞に顔を赤らめた。「ちょっとピストルをお借りしてもよろしいでしょうか」

　ナイデルマンはベルトからピストルを抜き、物問いたげな顔でストリーターに手渡した。ストリーターはそのピストルでハッチに狙いをつけ、自分の銃をナイデルマンに差し出した。「そいつを装填していただけますか。銃弾(たま)を切らしてしまいましてね」

　ストリーターはハッチに歪んだ笑みを見せた。「せっかくのチャンスだったのに、惜しいことをしたな。もう二度とあんなチャンスはないぞ」

　ハッチはナイデルマンのほうに向き直った。「頼むからぼくの話を聞いてくれ」

　キャプテンはピストルに新しいカートリッジを取りつけ、ベルトに差した。「話を聞けだと？　きみの話だったら、何週間も前から聞いているよ。そろそろ飽きてきたね」彼はヴァイザーを外し、マグヌセンに渡した。「サンドラ、交替だ。バーナーを頼む。島の非常用電源は、あと二、三時間しかもたない。時間を有効に使おう」

「とにかく、聞いてください」と、ハッチはいった。「〈聖ミカエルの剣〉は放射線を出してるんです。箱を開けるのは自殺行為だ」

　うんざりしたような表情がナイデルマンの顔をよぎった。「きみもしつこい男だな。十億ドルに不足があるのか？」

「考えてみてください」ハッチは急いでつづけた。「宝物のことはとりあえず忘れて、この島で起こっていることを考えるんです。そうすれば、何もかも説明がつくんです。コンピュータの問題、システムの誤作動。宝物庫から放射線が出ていたら、ウォプナーがいっていたような障害が起こるんです。病気の流行だって同じことです。放射線は免疫システムに異常を起こす。白血球が少なくなって、日和見性の病原菌が暴れはじめる。調べてみればわかるでしょうが、一番ひどい症状が出ているのは、〈水地獄〉に入って、毎日毎日、支柱の取りつけや発掘作業にたずさわってきた作業員たちなんです」

キャプテンはハッチを見つめていた。その表情は読めなかった。

「放射線にやられると、髪も歯も抜けるんです。海賊の遺骨にも同じ症状が出ていました。共同墓地にあれだけの死体が葬られていた理由がほかに考えられますか？　海賊の骨に外から暴力が加えられた形跡はありませんでした。生き残った海賊があわてて逃げていった理由もそれで説明がつきます。目に見えない殺人者の影に怯えたんです。漂流しているオッカムの船が見つかったとき、乗っていた者がみんな死んでいたのはなぜだと思います？　すでに致死量の放射線を浴びていたからですよ。〈聖ミカエルの剣〉を入れてあった箱から漏れた放射線を」

ストリーターはハッチの耳に銃口を押し当てた。ハッチはそれを振り払おうと身をよじったが、無駄だった。

「わからないんですか？　あの剣には放射能があるんです。地獄の業火と同じなんです。あれを外気にさらしたら、死ぬのはあなた一人じゃない。ほかにも大勢が死ぬんです。だから――」

「もういい」ナイデルマンはいって、ハッチを見た。「おかしなもんだな。きみがこういうことになるとは思わなかったよ。この発掘計画を後援者に見せて資金を引き出すとき、リスクをいろいろ計算したが、きみだけは不安定要素から除外していた。きみは財宝を憎んでいた。どんな相手にも絶対に発掘の許可は出さなかった。それどころか、ストームヘイヴンにも近づこうとしなかった。だからこそ、きみが協力する気になったら、欲に目がくらむのではないかという問題は度外視してもいいと思った」ナイデルマンは首を振った。

「きみを見そこなっていたのは、我ながら情けないよ」

金属が焼け切れる音がして、マグヌセンが立ち上がった。「終わりました、キャプテン」そういうと、マグヌセンはヴァイザーを取り、ウインチの制御ボックスに手を伸ばした。ぶーんという音が響き、ケーブルが張りつめた。かすかに金属の触れあう音がして、正方形の部分が鉄板から外れて持ち上げられた。マグヌセンはそれを隅に導き、土の上に置くと、大きなバケットの底からケーブルを外した。

　意志に反して、ハッチは、鉄板に開いた正方形の穴に視線が惹きつけられるのを感じた。財宝を納めた部屋に通じる暗い穴からは、竜涎香（りゅうぜんこう）や、乳香（にゅうこう）、白檀（びゃくだん）などの香料が薫っていた。

「照明を下げてくれ」と、キャプテンはいった。

　大柄な体を抑えた興奮で震わせながら、マグヌセンは梯子からバスケット・ランプを取り、穴に近づけた。ナイデルマンは地面に手足をつき、ゆっくり、慎重に、中を覗いた。

　長い沈黙があった。聞こえてくるのは、水の滴る音や、空調装置のかすかなうなりや、遠い雷鳴だけだった。やがて、キャプテンは起き上がった。少し足もとがふらついたが、すぐに背筋を伸ばした。まるで仮面のように表情がこわばり、汗ばんだ顔からは血の気が引いていた。込み上げてくる感情を押し殺すように、ナイデルマンはハンカチで額を拭うと、マグヌセンにうなずきかけた。

　マグヌセンは即座にひざまずき、穴に顔を近づけた。思わず口をついて出た声が、下の部屋にこだまし、奇妙に虚ろな響きを返してきた。マグヌセンは長いあいだ地面にへばりついていた。そして、ようやく立ち上がると、わきに一歩しりぞいた。

　ナイデルマンはハッチに目をやった。「今度はきみの番だ」

「ぼくの番？」

「そうだ。私にも人間らしい感情はある。この財宝の半分はきみのものだ。それに、発掘が可能になったのは、きみのおかげでもある。いろいろ迷惑はこうむったが、感謝の気持ちは忘れていないつもりだ。さんざん苦労して見つけたものを、きみにも拝ませてやろうといっているのだ」

　ハッチは深呼吸した。「キャプテン、医務室にガイガー・カウンターがあります。それを見れば、きっと――」

　そのとき、ナイデルマンがハッチのあごの下をひっぱたいた。それほど力はこもっていなかったが、口から耳にかけて激痛が走り、耐えきれずにハッチはうずくまった。キャプテンの顔は深紅に染まっていた。顔は歪み、激しい怒りがうかがえる。

　無言のまま、ナイデルマンは手ぶりで鉄板を示した。ストリーターはハッチの髪をつかみ、穴に顔を引き寄せた。

　ハッチは一度、二度、まばたきして、視界に入ってきたものを理解しようとした。ランプは前後に揺れ、部屋じゅうに影が踊っている。その金属張りの小部屋は約十フィート四方で、鉄製の壁には錆が浮いていたが、腐ってはいなかった。じっと見ているうちに、ハッチは顔の痛みを忘れていた。サディスティックに髪をわしづかみにするストリーターの手も、ナイデルマンのことも、何もかも忘れていた。

　子供のころ、ハッチは、ツタンカーメン王の墓へと続く控えの間の写真を見たことがある。目の前にある部屋の壁にずらりと並んだ桶や木箱や長持や樽をながめているうちに、その写真の記憶がよみがえってきた。

　どの財宝も、オッカムや手下たちによって厳重に封印されていたことは間違いない。だが、歳月はこの部屋にも爪痕を残していた。腐って破れた革袋からは、金貨や銀貨が幾筋も川のようにこぼれ落ち、混じり合っていた。外れた樽の蓋には虫食いの跡があり、大きなエメラルドの原石や、豚の血のように黒いエメラルドや、揺れる光を受けて輝くサファイアや、トパーズや、模様を彫り込んだアメジストや、真珠などが、あたりに散らばっている。そして、いたるところでダイヤモンドが虹の光を放っていた。原石もあれば、加工されたものもある。大きさもまちまちだった。一方の壁際には、象牙や、一角鯨（いっかくくじら）の牙、猪の牙などを束ねたものが置いてあった。ただし、どれも黄ばんでひびが入っていた。もう一方の壁には、絹らしき反物が山のように積み上げられていたが、金の糸だけが形をとどめ、あとは朽ち果てた黒い灰のようなものに変じて、すでに見る影もなかった。

　三つ目の壁際には、小型の木箱が積み上げられていた。一番上に並んだ箱は、どれも側面の板が取れて、中に入っている金の延べ板が覗いていた。全部で数百枚、いや、数千枚はあるだろう。四つ目の壁際には、大きさも形もまちまちな箱や袋が並んでいる。転げ落ちて壊れた箱のそばに散らばっているのは、教会所蔵の財宝だった。真珠や宝石をちりばめた金の十字架。華麗な装飾が施された聖餐杯。その横にある破れた袋からは、不運な海軍将校が持っていたらしい金の肩章が覗いていた。

こうした見事な品々がある床の中央に、細長い鉛の棺があった。棺は金で縁取られ、鉄の帯で宝物庫の床に固定されていた。上の面には巨大な真鍮の錠が取りつけられ、その錠に半ば隠されて、蓋には抜き身の剣の黄金の写像が彫り込まれている。

ほとんど息をすることも忘れてハッチが見つめている前で、ぷつんと音が響き、腐った革袋が破れた。中からドブロン金貨が溢れ出て、財宝のあいだに川のように広がっていった。

やがて、ハッチは引き起こされ、麗々しい悪夢のような光景は視界から消えた。

「上の準備はいいか?」と、ナイデルマンがいった。

「サンドラがバケットに財宝を入れて引き上げる。全地形車にはコンテナが二台つながってるな? 六往復すれば、ここにあるものを〈グリフォン〉にみんな運べるだろう。それ以上、時間はかけられない」

「こいつはどうします?」ストリーターがいった。

ナイデルマンはうなずいただけだった。ストリーターの顔に微笑が浮かび、ハッチの頭に銃口が当てられた。

「ここではまずい」ナイデルマンは小声でいった。不意の怒りは醒めたらしく、彼はまた冷静になっていた。宝物庫を見おろしながら、遠い表情になって、ナイデルマンはいった。

「事故のように見せかける必要がある。波間を漂う死体を引き上げてみたら、頭から銃弾が発見された、というのは避けたい。枝分かれしたトンネルに連れていくか、それとも……」

ナイデルマンは言葉を切った。

「兄貴と一緒にしてやるか」そういうと、ナイデルマンは一瞬だけストリーターに目を向け、ふたたび足もとの穴を見おろした。「それから、ミスター・ストリーター――」

ハッチの体を梯子のほうに向けようとして、ストリーターは手を止めた。

「イゾベルのことだが、生きている可能性もないわけではない。その可能性をゼロにしてくれ」

52

いつでも地面に飛び降りられるように体勢を整え、用心しながらボンテールが監視デッキに這い上がったとき、ランキンは振り返って彼女のほうに目を向けた。ひげ面に大きな笑みが浮かんだが、ボンテールの全身が見えたとたん、真顔になった。その変わり方が滑稽だった。

「イゾベル！」ランキンは叫び、近づいてきた。「びしょ濡れじゃないか。それに、どうしたんだ――顔じゅう血だらけで！」

「気にしないで」ボンテールはレインコートとセーターを脱ぎ、水を絞った。

「何があった？」

ボンテールは相手を見て、話の切り出し方を考えた。

「ボートが座礁したのよ」一瞬の間を置いて、彼女は答えた。

「しかし、またなんで――」

「あとで説明するわ」ボンテールはさえぎり、濡れたセーターをまた身につけた。「マリン、見かけなかった？」

「ハッチか？」と、ランキンはいった。「いや、見なかったが」離れたところにある制御盤からビープ音が響き、彼は様子を見に戻った。「なんだか変なんだよ。発掘班は七時ごろに宝物庫の鉄板までたどり着いたんだが、嵐がくるといって、ナイデルマンは作業員をみんな本土に帰らせた。そのあと、おれがここに呼ばれて、マグヌセンの代わりにシステムのモニターをすることになった。モニターするといったって、たいがいの機械は動かなくなっている。発電機は止まったし、非常用の電源じゃ動かせるものに限りがある。伝送回線が落雷にやられてから、通信も途絶えたままだ。ナイデルマンたちは、今、下にいるんだが……」

ボンテールは部屋の中央に行って、床にあるガラスの窓を覗いた。地の底にぼんやり明かりがともっているだけで、〈水地獄〉は闇に包まれていた。非常灯が反射して、複雑な支柱の骨組みがかすかに光を発している。

「ナイデルマンのほかには誰がいるの？」ボンテールは尋ねた。

「あとはマグヌセンしかいないと思う。モニターに姿が見えたのはその二人だけだ。二人が下におりたあと、発電機がやられて、もう何も見えなくなったがね」ランキンは親指をしゃくって閉回路モニターを示した。画面は吹雪のように真っ白になっていた。

だが、ボンテールは〈水地獄〉の底のほのかな明かりから目を離さなかった。「ナイデルマンは宝物庫に穴を開けたの？」

「さっきからいってるように、下のカメラが動いてないんだよ。今でも使えるのは計器だけなんだ。余分な土がなくなったおかげで、音波探知機の信号は前よりもはっきり届くようになったがね。それで、断面図を……」

ランキンの声が途切れ、ボンテールはかすかな揺れに気がついた。感じるか感じないか、その境目の微妙な震動。不意に恐怖に駆られ、彼女は窓の外を見た。だが、囲い堰は、かなり痛めつけられながらも、まだ海の怒りに耐えていた。

「何だ、これは」ランキンは、ソナーのスクリーンを見ながらつぶやいた。

「感じるのね？」ボンテールはいった。

「感じる？　スクリーンでも波形が見えてるよ」

「何があったの？」

「知るもんか。地震にしては震源が浅すぎる。P波は出ているが、波形が違う」ランキンはキーボードを叩いた。「おや、また止まった。きっと、どこかでトンネルが陥没したんだな」

「ねえ、ロジャー、あなたに頼みたいことがあるの」ボンテールは濡れたナイロンのバッグを計器盤に置き、ジッパーを開けた。「こんな機械、見たことある？」

ランキンはモニターから目を離さなかった。「それは何だ」

「ラドメーターよ。これを使えば――」

「ちょっと待て。ラドメーターだって？」ランキンはモニターの前で振り返った。「意外なものの名前を聞いたな。ああ、見たことあるよ。高価い機械だ。どこにあった？」

「使い方、知ってる？」

「まあね。前に雇われていた鉱山会社にあったんだ。瀝青ウランの鉱床を探すのに使った。こんな上位機種じゃなかったがね」

近づいてきたランキンは、スイッチを入れ、小型のキーボードでいくつかコマンドを打ち込んだ。三次元の光る格子がスクリーン上に現れた。「この部分で放射線を検知する」マイクのような棒を動かしながら、彼はいった。「これを適当な方角に向けると、放射線発生源の位置が地図になってスクリーンに現れる。放射能の強さは色で識別できる。青や緑が最低レベルで、スペクトルが上がるとだんだん高レベルになっていく。最高は白だ。うぅむ。こいつは調整が甘いな」スクリーンには青い点や線が現れていた。

ランキンは一つか二つ、キーを叩いた。「くそ。ノイズだらけじゃないか。これ、故障してるんじゃないのか。この島の機械は、どれもこれもまともに動いたためしがない」

「それで正常なのよ」と、ボンテールは無表情にいった。「〈聖ミカエルの剣〉の放射線を拾ってるんだもの」

ランキンはボンテールを見て、不審そうに目を細くした。「今、何といった?」

「あの剣には放射能があるの」

ランキンは彼女から目を離さなかった。「それ、冗談だよな」

「いいえ、本気よ。いろいろなトラブルは、みんな放射線が原因だったの」ボンテールは手短かに説明した。話を聞きながら、ランキンは目を見張り、もじゃもじゃのひげの中で独り言をつぶやくように口を動かしていた。話し終えると、反論が返ってくるのを予期して、ボンテールは身構えた。

だが、反論はなかった。ランキンは相変わらずボンテールを見つめたまま、当惑したようにひげ面を歪めていた。やがて、納得がいったのか、彼はあごひげを上下に振り、不意にうなずいた。「なるほど。それで全部説明がつきそうだ。とすると——」

「あれこれ考える時間はないわ」ボンテールは不作法にさえぎった。「とにかく、ナイデルマンに剣の箱を開けさせちゃ駄目なのよ」

「なるほど」まだ何か考えているらしく、ランキンは上の空だった。「そう。地表まで漏れてくるんだから、放射線以外にはありえないわけだ。ナイデルマンの出方一つで、みんな丸焼きになる。機械が誤作動するのも当然だな。ソナーがまだ正常に動いているのは……」

途中で言葉が切れ、ランキンの視線は計器盤のほうに戻った。

「そうか、そうだったのか」と、驚いたようにランキンはいった。

53

ナイデルマンは〈水地獄〉の底に立ったまま身じろぎもしなかった。頭上では電動リフトが音をたて、ストリーターとハッチを運び去ろうとしている。やがて、巨大梯子を覆う支柱の森の彼方にリフトは消えていった。

リフトの遠ざかる音は、ナイデルマンの耳には入っていなかった。彼はマグヌセンに目をやった。マグヌセンは、小刻みに浅い息をしながら、また鉄板の穴に顔を押し当てている。何もいわず、ナイデルマンはマグヌセンをわきにしりぞけた。疲れているのか、半分眠っているのか、緩慢な動きで彼女は場所を空けた。ナイデルマンは命綱をつかみ、梯子に固定すると、穴の中へと降りていった。

あまたの貴金属をじゃらじゃらと蹴散らし、降り立ったところは、剣の箱のすぐそばだった。宝物庫に満ちたまばゆいばかりの財宝には目もくれず、ナイデルマンは剣の箱だけをじっと見つめていた。やがて、うやうやしくひざまずくと、ナイデルマンは舐めるように箱の細部をながめた。

長さはおよそ五フィート、幅は二フィートで、彫り模様の入った側面の鉛板には、銀の打ち出し装飾が施されている。角や縁には手の込んだ黄金の飾りがついていた。箱全体は、交差する四本の鉄の帯で鉄板の床に固定されていた。この高貴な囚人を収める檻にしては粗末なものだった。

もっと詳しく観察すると、箱を支える脚は四つとも純金で出来ていた。しかも、球体をつかむ鷲の鉤爪の形をしている。明らかにバロック様式だから、この脚の部分だけ、あとから付け加えられたものだろう。そういえば、十三世紀の様式からスペイン・バロック様式まで、全体にさまざまなスタイルが混在しているようにも見える。この鉛の箱には長年にわたって装飾が追加されてきたのだろう。そして、時代がくだるにつれて、飾りつけも華美になっていったのだ。

手を伸ばし、優雅な金属細工に触ってみると、驚いたことに、かすかな温もりさえ感じられた。そのあと、鉄の帯の内側に手を差込み、職人の技を堪能するように、細い指先を這わせた。何年も前から、毎日のようにこの瞬間を夢に見ていたのだ。箱を目にしたときの自分、その箱に触り、蓋を開けるときの自分——そして、最後には、中に納められているものを取り出すときの自分の姿を、いつも頭に思い描いていた。

　いったい剣はどういう形をしているのか。そのことを考えるだけで、数え切れないほどの時間が流れた。あるときには、鍛えた琥珀金（こはくきん）を使ったローマの剣ではないか、故事にあるダモクレスの剣そのものではないか、と思ったこともある。別のときには、銀の刀身に金の打ち出し模様がついたサラセンの蛮刀ではないか、とも考えたし、宝石がちりばめられ、重くて持つことさえできない、幅の広いビザンティンの刀ではないか、とも考えた。いや、これはエジプトの勇者サラディンの剣なのだ、と想像をたくましくしたこともある。そのサラディンの剣を、十字軍の騎士が持ち帰ったのだ、と。材質はダマスカスで製造された最高級の鋼鉄だろう。そして、ソロモン王の宝物庫にあった黄金やダイヤモンドが塡め込まれているのだろう。

　さまざまな可能性を思い浮かべ、空想にふけっていると、これまで経験したこともない強烈な感動が沸き上がってきた。神の尊顔を拝したとき、人はこんな気持ちになるのかもしれない、と彼は思った。

　とにかく、あまり時間がない。絹のように滑らかな金属の蓋から手を離し、今度は箱を束縛している鉄の帯に手を伸ばした。最初はおずおずと、次には力を込めて、その帯を引っぱってみたが、箱を取り囲む檻は堅牢で、びくともしなかった。不思議なことに、鉄の帯は、床の鉄板に開けられた細長い溝を通って、床下に回っている。これほど厳重に守られているのは、中にきわめて貴重なものが入っている証拠だ。

　ポケットに手を入れ、ペンナイフを取り出して、手近にある鉄の帯にこびりついた錆を削ってみた。薄片が取り除かれると、下からはぴかぴか光る鉄鋼の地肌が出てきた。この箱を動かすには、まず鉄の帯をバーナーで焼き切らなければならない。

　荒い息づかいが聞こえてきて、集中が破られた。上を見ると、マグヌセンが穴からこちらを見おろしていた。バスケット・ランプの揺れる光の中で、その目はどす黒く光り、熱を帯びているように見えた。

「バーナーをおろしてくれ」と、彼はいった。「帯を切る必要がある」

一分もたたないうちに、マグヌセンは足音も荒く降りてきた。そして、バーナーを放り出し、床にしゃがみこんで、部屋じゅうにある財宝の山を飢えたような目で見渡した。そのあと、ドブロン金貨とルイドール金貨を片手ですくうと、指のあいだから落とした。すくっては落とし、すくっては落とし、だんだん手の動きを速めながら、彼女は何度もそれを繰り返した。肘が木の小箱に当たり、箱は粉々になって、中からダイヤモンドや紅玉髄(べにぎょくずい)がこぼれ落ちた。一瞬、彼女は狼狽し、散らばったものを掻き集めるような仕草をしたが、次の瞬間には、きらめく宝石類を手当たり次第にポケットに押し込んでいた。前のめりに身を乗り出したとき、別の袋が破れて、また財宝がこぼれた。やがて彼女は、莫大な財宝の山に覆いかぶさり、金貨を抱きしめ、脚を開いて、静かに笑いはじめた。泣いているのかもしれないし、泣き笑いのようにも聞こえた。

アセチレンのボンベに手を伸ばし、ナイデルマンはマグヌセンを一瞥した。彼女にはまだ仕事がある。ウインチでバケットをおろし、貴金属や宝石類を地上に引き上げなければならない。だが、剣の棺に視線を向けた瞬間、マグヌセンのことは頭から去っていった。

蓋が開かないように取りつけられた分厚く頑丈な真鍮の錠を握ってみた。形は不格好で、どっしりしている。封印には複数の公爵や大公の紋章が使われていた。そのいくつかは彼にも見憶えがあり、十四世紀にまでさかのぼる紋章もあった。封印は破られていなかった。つまり、オッカムは、この最大の宝を取り出していないのだ。不思議なことだ、と彼は思った。

剣を開封する栄誉は彼がになうことになる。

錠前は大きいが、閉まり具合は多少ゆるかった。ペンナイフの先を差し込んでみると、数ミリだけ蓋を開けることができた。ナイフをはずし、蓋をおろしたナイデルマンは、どこを焼き切れば一番効率がいいかを調べるため、錠前を貫通して箱に巻かれている鉄の帯にもう一度目をやった。

やがて彼は、アセチレン・ボンベのコックをひねり、点火器をつけた。ぼっと小さな音がして、白熱した細い炎がノズルの先から噴き出した。物事の起こるスピードがひどく遅くなったような気がしたが、無上の喜びをもたらしてくれる一瞬一瞬が、それだけ長くなるのだから、かえって彼には好都合だった。棺を束縛から解き放ち、この手で剣を握れるようになるまで、あとしばらくかかるだろう。十五分、いや、二十分はかかるかもしれない。だが、その一秒一秒は、生きているかぎり決して忘れられないはずだった。

あくまでも慎重にことを運ばなければ。そう思いながら、彼はバーナーの炎を金属に近づけた。

54

ハッチは、狭い石の穴に横たわっていた。夢から覚めようとしている者のように、意識の半分はまだ眠っている。上のほうから、ストリーターが折り畳み式の梯子を引き上げる音が響いてきた。四十フィートほど上にある丸天井に、一瞬だけ懐中電灯の光が当たった。その丸天井があるのは、ウォプナーが命を落とした部屋だった。厚底のブーツをはいたストリーターが、狭いトンネルを引き返し、巨大梯子のほうへと戻ってゆく足音が聞こえる。その音が遠ざかると明かりも消え、静寂と暗黒がハッチを包んだ。


そのあと何分かのあいだ、ハッチは湿った冷たい石の上に転がっていた。これはきっと夢なのだ。閉所恐怖症的な恐ろしい悪夢。醒めたときには、大きく安堵の息をつくはずだ。やがて、ハッチは上半身を起こした。その瞬間、天井の低い張出し部分に頭を打ちつけた。すでに真っ暗で、一筋の光さえ見えなかった。

彼はまた横になった。出て行くとき、ストリーターは何もいわなかった。しかも、ハッチの手を縛ろうともしなかった。そんなことをすると、死体が発見されたときに怪しまれるからだろう。だが、ストリーターの本心を想像すれば、無駄な作業は省きたい、と思っただけなのかもしれない。ハッチも心の奥底ではそのことに気がついていた。上にある丸天井つきの部屋に戻るには、湿った石の壁を三十フィートもよじ登らなければならない。そんなことは絶対にできないのだ。あと二時間、遅くとも三時間で、財宝は〈水地獄〉から運び出され、〈グリフォン〉に積み込まれるだろう。そのあと、ナイデルマンは、すでに決壊しかかっている囲い堰を破壊するだけでいい。そうすれば、海水が〈水地獄〉に入り、トンネルも、小部屋も、この井戸も、みんな水没してしまうのだ。

狼狽で理性が押し流されそうになるのを必死でこらえているうちに、突然、全身の筋肉が痙攣するのを感じた。極度の疲労に襲われ、あえぎながら床に寝そべったハッチは、高鳴る心臓を鎮めようとした。穴の底の空気は希薄で、どんどん息苦しくなってくる。

天井の張出し部分を避け、井戸の真下のほうに移動した。そこなら体を起こし、冷たい石の壁にもたれかかることができる。ほんの少しでも明かりが見えることを期待して、ふたたび上に目を向けた。だが、そこには暗黒があるだけだった。立ち上がろうかとも思ったが、考えただけで疲れてきて、また横になった。そのとき、重い石盤の下の狭い隙間に右手が入り、冷たく湿った何か固いものが指先に触れた。

それを握ったとたん、今、自分のいるところがどんな場所であったかを思い出し、恐怖がどっと込み上げてきて、不意に意識が鮮明になった。泣き声を上げそうになって、ハッチはジョニーの骨を手放した。

息苦しい空気は、冷たくべとつき、濡れた服に染みとおって、喉を痛めつけた。そういえば、二酸化炭素のような重い気体は、下に溜まることになっている。立ち上がったほうが、呼吸は楽かもしれない。

井戸の壁に手をついて体を支えながら、ハッチは無理やり立ち上がった。耳鳴りは徐々に収まっていった。どんなときでも希望を捨ててはいけない、とハッチは自分にいいきかせようとした。両手を使い、ほんのわずかな隙間も見逃さないように、彼は壁を探りはじめた。マカランの悪魔のような死の罠に落ちて、ジョニーの死骸はこの部屋にたどり着いた。ということは、岸辺に通じるトンネルがすぐそばにあるはずだ。マカランの罠の仕組みを解明することができたら、ここから逃げ出せるかもしれない。

ぬるぬるした石の壁に顔をつけ、できるだけ高く両手を上げた。そこから始めて、一区画ずつ、下に向かって順序よく探っていけば、手の届く範囲はすべて調べることができる。盲人の指先のように優しく、ハッチの手は亀裂や突起を探っていった。虚ろな音が響かないかどうか、壁を叩いて耳を澄ました。

最初の区画には何もなかった。石の表面は滑らかで、石組みのゆるんだところもない。手を下げ、次の区画に移った。五分が過ぎ、十分が過ぎた。ハッチは四つん這いになって床を調べはじめた。

やがて、手の届くかぎり、すべて調べ終えたが、脱出口を示すようなものは何一つ見つからなかった——まだ調べていないのは、兄の骨が押し込まれていた床の狭い隙間だけだ。

不規則な息をして、澱んだ空気を鼻で吸いながら、重い石の下にハッチはおそるおそる手を伸ばした。兄の頭蓋骨がかぶっている腐った野球帽が指先にさわった。ぎょっとして、思わず手を引いた。心臓が早鐘を打っている。

ハッチは立ち上がり、顔を上に向けて、比較的新鮮な空気を吸い込んだ。何をしてでも生きてここから出ることを、ジョニーも望んでいるだろう。

ハッチは救いを求める叫び声を上げた。最初はためらいがあったが、徐々に声は大きくなっていった。この島に人がほとんどいないことを忘れようとした。剣の箱を開けようとしているナイデルマンのことも忘れようとした。救いを求める自分の声以外のことはみんな忘れようとした。

ときおり息を継ぎながら叫びつづけているうちに、最後まで残っていた心の鎧に裂け目ができてしまったようだった。澱んだ空気や、暗闇や、〈水地獄〉特有の悪臭や、すぐそばにジョニーがいるという事実——そうしたものが一緒になって、三十一年前のあの恐ろしい日を覆い隠していたベールが引き裂かれた。埋もれていた記憶がよみがえり、ハッチはまた床を這い進んでいた。手に持ったマッチがぱちぱち爆(は)ぜて、物を引きずるような不思議な音とともに、彼の前から兄のジョニーは永遠に消えてしまった。

そして、その漆黒の闇の中で、ハッチの叫び声は悲鳴に変わった。

55

「どうしたの?」ラドメーターに置いた手をこわばらせ、ボンテールは尋ねた。

ランキンは手を上げ、静かにするようにいった。「ちょっと待ってくれ。微量信号を補正してみる」彼は、スクリーンのすぐそばに顔を近づけていた。その顔は琥珀色の光に染まっている。

「ちくしょう」と、ランキンは静かにいった。「やっぱりだ。今度は間違いない。どんぴしゃりだ。両方のシステムが同じ値を示している」

「ねえ、ロジャー――」

ランキンはスクリーンから顔だけをボンテールのほうに向け、片手で髪を掻きむしった。

「これを見てくれ」

ボンテールはスクリーンに目をやった。ぎざぎざに震える線が何本ももつれあい、その下に黒い帯のような太い筋が走っている。

ランキンは彼女のほうに向き直った。「あの黒い部分は〈水地獄〉の下にある空洞だ」

「空洞？」

「でっかい穴だよ。たぶん、水がいっぱい入っている。深さは誰にもわからない」

「でも――」

「これまでは測定できなかったんだ。〈水地獄〉本体に水が溜まっていたからな。どっちにしても、センサーを直列につなぐなんてことは、今、初めてやったんだがね」

ボンテールは眉をひそめた。

「わからないのか？　空洞なんだよ。〈水地獄〉の、その、ま、た、下、を調べようなんて、誰も考えていなかったんだ。宝物庫も、〈水地獄〉も――恐ろしいことに、おれたちも――みんなピアスメント・ドームに乗っかってるんだ。この島に断層や地層のずれがあるのも、それで説明がつく」

「それもマカランが造ったの？」

「違う、違う。自然にできたものだ。マカランはそれを利、用、したんだよ。ピアスメント・ドームというのは地層の形態の一つで、地殻が下から突き上げられてできる」

ランキンは祈るように手を合わせ、片方の手だけを天井に突き上げた。「上にあった岩盤は分断されて、あちらこちらに複雑な亀裂が走る。ほとんどの場合、縦の裂け目――管を地面に突き刺したような形の裂け目ができるんだが、その深さは地中数千フィートにまで達することがある。さっきのP波と震動……きっと、ドームで何かが起こってるんだ。共振作用で、ここまで響いてきたんだな。マカランが〈水地獄〉を造るときに利用した自然のトンネルも、きっと同じ地層の変化で――」

そのとき、ラドメーターが急に音を発して、ボンテールは飛び上がった。見ると、スクリーン上の青い線が黄色に変わっていた。

「ちょっと貸してくれ」ランキンは、キーボードがさらに小さく見えるような太い指でいくつかコマンドを打ち込んだ。小型スクリーンの上半分が空白になり、くっきりした黒い文字でメッセージが現れた。

危険レベル放射線検出
度量法を選んでください
（イオン化／ジュール／ラド）
単位を選んでください
（秒／分／時）

ランキンはさらにキーを叩いた。

二四〇・八ラド／時
高速中性子束検出
全面的な放射能汚染の起こる可能性があります
勧告・即時退去

「どうしましょう。もう遅いわ」

「何が遅いんだ」

「ナイデルマンが箱を開けたのよ」


二人が見つめる前で、メッセージは変化した。

三三・一四四ラド／時
バックグラウンド放射線レベルの危険
勧告・通常の封じ込め措置

「なんで下がったんだ？」ランキンがいった。

「わからないわ。また蓋を閉めたのかしら」

「とにかく、何が放射線を出しているのか、素性を調べてみよう」地質学者はまたキーを打ちはじめた。やがて、彼はスクリーンを見つめたまま背筋を伸ばした。

「何だ、こりゃ」と、彼はつぶやいた。「とんでもない結果が――」

　そのとき、監視デッキに足音が響いて、ドアが勢いよく開き、ストリーターが入ってきた。

「やあ、ライル！」ランキンはそう声をかけた。そして、拳銃を目にした。

　ストリーターは、ランキンからボンテールに視線を移し、またランキンを見た。「こっちにくるんだ」ストリーターは銃を振って戸口を示した。

「こっちって、どこだ？」ランキンはいった。「何だ、その銃は」

「これから、三人だけでハイキングに出かける」と、ストリーターは答え、あごをしゃくった。そのあごの先には、床にはめ込まれたガラスの監視窓があった。

ボンテールはセーターの下にラドメーターを隠した。

「〈水地獄〉に行くのか?」ランキンは信じられないようだった。「あそこは危険なんだ! 実は土台の部分に——」

ストリーターはランキンの右手の甲に銃口を押し当て、引き金をひいた。

〈オルサンク〉の閉ざされた空間に、けたたましい銃声が響き渡った。とっさにボンテールは目をそらした。視線を戻すと、ランキンは床に膝をつき、右手を押えていた。指のあいだから幾筋もの細い線になって血が流れ、金属の床に滴り落ちていた。

「これで片手が使えなくなったな」と、ストリーターはいった。「もう一方の手が大事なら、しばらくのあいだ、そのひげもじゃの口を閉じてるんだ」

ストリーターは、ふたたび戸口とその向こうの監視デッキを手ぶりで示した。苦痛のうめきを上げて、ランキンはよろよろ立ち上がると、ストリーターと銃に目をやり、戸口に向かってゆっくり歩きはじめた。

「今度はおまえだ」ストリーターはボンテールに向かってあごを振った。セーターの下からラドメーターが落ちないように気をつけながら、ボンテールはそっと席を立ち、ランキンのあとに続いた。

「くれぐれも用心しろよ」銃を握りしめ、ストリーターはいった。「まだ先は長いんだからな」

56

ハッチは小部屋の壁に寄りかかった。希望も絶望も、もう使い果たしていた。叫びすぎて喉が痛かった。この地底で起こった出来事の記憶——長いあいだ失われていたその記憶を取り戻すことはできたものの、どの断片が欠けているかを検証するには疲れすぎていた。空気の状態が悪く、悪臭を放つ毛布をかぶせられたように息が詰まる。ハッチは首を振り、耳もとでささやく執拗な声を頭から追い払おうとした。それは兄の声だった。「おおい、どこだ？　おおい、どこだ？」

　ハッチはうめき、粗い石の壁に頬を当てたまま、ずるずると床に崩れた。なんとかして頭をはっきりさせたかった。声はいつまでも耳から離れない。

　ハッチは壁から顔を離し、聞き耳を立てた。

　また声が聞こえた。

「ここにいるぞ」彼はためらいがちに返事をしてみた。「おおい、どこだ？」と、くぐもった呼びかけが耳に届く。

　ハッチは振り返り、壁に手を当てて方向感覚を取り戻そうとした。声は、兄の骨を押し潰している石のうしろから聞こえてくるようだった。

「大丈夫か？」

「助けてくれ！」ハッチは叫んだ。「助けてくれ！　閉じこめられてるんだ！」

　声は遠くなったり近くなったりしているようだった。たぶん、それはこちらのせいだ、とハッチは思った。意識が遠のいたり、また戻ったりしているのだろう。

「じゃあ、どうすればいいんだ？」声は確かにそう尋ねていた。

　ハッチは一息入れ、どう答えるべきかを考えた。

「今、どこにいるんだ？」やがて、ハッチは尋ねた。血流に分泌されたアドレナリンのおかげで、いくらか機敏さが戻っていた。だが、この状態は長くは続くまい。

「トンネルの中だ」と、相手はいった。

「どのトンネルだ」

「わからない。岸のほうから歩いてきた。船が難破したが、私は助かった。奇跡の力で助けられたんだ」

　ハッチはまた間を置き、残っている空気を吸い込もうとした。相手のいうようなトンネルは一つしかありえない。ジョニーのトンネルだ。

「どこに閉じこめられてるんだ？」と、さらに相手はつづけた。

「ちょっと待ってくれ！」と、ハッチは叫び、息遣いを荒くしながら、古い記憶を掘り起こそうとした。あのときにどんなものを見たのか？

　……扉があった。封印の貼られた扉が。その封印を破り、ジョニーは中に入っていった。扉の向こうのトンネルから風が吹いてきて、マッチの火が消えた……痛がっているような、驚いているようなジョニーの声……そして、何かを引きずるような音……新しいマッチを取り出し、火をつけたとき、一面に広がる石の壁が見えた。やがて、その下の部分や、左側の壁に接した部分から、どろりとした血が流れてきた。血は、ありとあらゆる隙間から染み出し、波のように押し寄せてきて、彼の膝やスニーカーを赤く染めた。

よみがえった記憶の迫力に圧倒され、ハッチは震える手で顔の汗を拭った。

ジョニーが扉を開いたとき、トンネルから風が吹いてきた。だが、ハッチがもう一本マッチを擦ったとき、そこには石の壁があるだけで、ジョニーは消えていた。その石の壁のうしろにはトンネルが続いていたはずだ。部屋に入るか、扉を開けるか、封印を破るか、何かがきっかけになって、マカランの罠は息を吹き返した。巨大な石板が横に動いてトンネルの穴をふさぎ、巻き込まれたジョニーを引っかけて、この狭い隙間に押し込んでから、トンネルの開口部をぴたりと閉ざした。そう考えなければ、説明がつかない。井戸のような縦穴の部分も、ハッチが閉じこめられているこの小部屋も、丸天井つきの上の部屋も、すべてが罠を支えるメカニズムの一部なのだ。マカランは——あるいは、レッド・ネッド・オッカムは——外部の人間がこの罠に干渉するのを嫌った。だから、丸天井の部屋にも別の罠を仕掛けた。それは、ウォプナーが命と引き替えに知ったことだった。

「まだそこにいるのか？」と、声が聞こえた。

「ちょっと待ってくれ」荒い息をつきながら、そう答えると、ハッチは思考の糸を最後までたどろうとした。ジョニーと二人で見つけたトンネルは、マカランがレッド・オッカムのために造った秘密の通路——宝物庫に通じる裏口だったのだ。ただし、盗掘者があの岸辺のトンネルを発見する可能性もある。そのときに備えて、マカランは対抗手段を講じなければならなかった。それが、ジョニーの命を奪ったあの罠だ。不用意にトンネルに入る者がいれば、形を整えた巨大な岩が横から転がってきて、侵入者を押し潰す。岩の形にも巧妙な工夫が凝らされていて、収まるべきところに収まると、そこでトンネルが行き止まりになっているように見えるのだ。あとから侵入してくる者は、それを見て引き返す……。

ハッチは必死で考えをまとめようとした。〈水地獄〉の水を抜いて、財宝を引き上げるとき、オッカムは作動した罠を解除し、石の壁をまた動かして、トンネルの先まで降りられるようにしなければならない。もちろん、オッカムが〈水地獄〉に入ったときには、マカランの仕掛けた別の罠が動きはじめるだろう。だが、海賊の側を安心させるためにも、裏口はいつでも使えるようになっていなければならない。

石板は、単純な梃子の原理で動くはずだ。微妙なかたちで重心が保たれていて、ほんの少しの力が……子供の体重ほどの力が加わるだけで動きはじめる……。

……だが、三十一年前に徹底的なジョニーの捜索が行われたとき、誰かがここにきて、それとは知らずに罠のメカニズムをいじったかもしれないではないか。なぜそのときに罠が解除されなかったのか――？

「おおい！」ハッチは不意に叫んだ。「まだそこにいるか？」

「いるぞ。何かできることはあるか？」

「明かりはないか？」と、ハッチはいった。

「懐中電灯がある」

「まわりを見てくれ。何が見えるか教えてくれ」

一瞬、間があった。「ここはトンネルの行き止まりだ。三方に石の壁がある」

ハッチは口を開け、咳き込み、浅い息をした。「その壁はどんな壁だ？」

また間があった。「大きな石の板だ」

「三方ともか」

「そうだ」

「切れ目やへこみはないか？」

「いや、真っ平らだ」

ハッチは考えようとした。「天井はどうだ？」

「大きな石の板が渡されている。古そうなオーク材の梁も見える」

「その梁を調べてくれ。ぐらついてないか」

「いや、頑丈そうだ」

沈黙があり、ハッチはもっと息を吸い込もうとした。

「床はどうなっている？」

「泥に覆われている。よく見えない」

「泥を払ってくれ」

ハッチは待った。意識が遠くなるのを、必死でこらえた。

「タイルのように石を敷き詰めてある」と、返事があった。

かすかな希望が湧いてきた。「そのタイルの一片は小さいんだな？」

「そうだ」

希望は大きくなった。「よく見てくれ。一つだけ目立つタイルはないか？」

「ないな」

希望はしぼんでいった。ハッチは頭を抱え、口を開けて、息苦しさに耐えた。

「いや、待てよ。何かある。中央にある石だけが正方形じゃない。鍵穴みたいに二つの角が心もち尖っている。たいした違いはないが、そんなふうに見える」

ハッチは顔を上げた。「その石、外せないか？」

「やってみよう」短い沈黙があった。「駄目だ、しっかりはめ込まれている。まわりの土もコンクリートみたいに硬い」

「ナイフはあるか？」

「いや。だが、ちょっと待て。何か別のものでやってみる」ごくかすかだったが、物をこする音が聞こえてきた。

「うまくいったぞ！」と、相手は叫んだ。細い声だったが、岩を通して興奮が伝わってきた。「石が外れた」間があった。「下には機械のようなものがある。木の棒が突き出ている。何かのレバーみたいだ」

きっと梃子を動かすハンドルだ。薄れてゆく意識の中で、ハッチはそう思った。「その棒を動かせるか？　元に戻せるか？」

「いや」一瞬の間を置いて、相手は答えた。「堅くて動かせない」

「もう一度やってみろ！」最後の息を振り絞って、ハッチは叫んだ。そのあと、沈黙が続き、また耳鳴りが始まった。その音は際限なく大きくなってゆく。ハッチは冷たい石に寄りかかり、体を支えようとした。だが、意識は混濁し、もう何もわからなくなっていた。


……やがて、光が見え、声が聞こえた。ハッチは、遠いところから引き戻されるのを感じた。光に向かって手を上げたとき、足が滑って、床に倒れた。その拍子に、ジョニーの骨の一つが飛んでいった。空気を吸ってみると、それはもう毒気を含んだ息苦しいものではなく、かすかに潮の香が漂っていた。兄を押し潰した石板は、壁の中に姿を消している。ハッチが倒れ込んだところは、その向こう側にある広いトンネルだった。

しゃべろうとしたが、ひび割れた声しか出てこなかった。また光を見上げ、そのうしろにいる人物にかすれた目の焦点を合わせようとした。震える膝を地面について起き上がりながら、まばたきをして目を凝らすと、クレイ牧師が懐中電灯を手にしてこちらを見ていた。鼻には乾いた血がこびりついている。

「きみだったのか！」と、クレイは叫んだ。その声には落胆がはっきりと現れていた。クレイの首には、大きな十字架がかかっていた。その薄い金属の角の部分が、床の土で汚れている。

ハッチは、ふらふらしながら、甘い空気を吸い込んだ。体力は戻ってきているが、まだしゃべるだけの力はない。

クレイはシャツの中に十字架を戻し、一歩足を踏み出した。クレイが立っている低い戸口は、三十一年前、ハッチが立っていたのと同じ場所だった。「トンネルの入口で嵐を避けていたら、きみの声が聞こえたんだよ」と、牧師はいった。「三度やって、ようやく棒を動かすことができた。すると、突き当たりの壁が動いて、この穴が開いた。ここは何だ？　こんなところで何をしている？」クレイは中を覗き込み、懐中電灯で小部屋を照らした。「それに、この骨はどうしたんだ？　きみと一緒に飛びこんできたが」

ハッチは答える代わりに手を差し出した。少しためってから、クレイはその手を取り、ハッチがよろめきながら立ち上がるのを助けた。

「ありがとう」苦しい息の下で、ハッチはいった。「きみは命の恩人だ」

クレイは苛立ったように手を振った。

「ここは兄が死んだトンネルだ。骨は兄の遺骨だよ」

クレイは目を見開いた。「そうだったのか」牧師はあわてて光をそらした。「かわいそうに」

「島でほかに人を見なかったか？」ハッチは身を乗り出すようにして尋ねた。「レインコートを着た若い女性がいたはずだが。黒い髪の」

クレイは首を振った。

ハッチは目を閉じ、深呼吸した。そして、新しく姿を現したトンネルの先を指さした。

「このトンネルは〈水地獄〉の底に通じている。宝物庫にはキャプテン・ナイデルマンがいるはずだ。止めないといけない」

クレイは眉をひそめた。「止める？　何をだね」

「ナイデルマンは〈聖ミカエルの剣〉が入った箱を開けようとしている」

牧師の顔に疑わしげな表情が走った。

ハッチは発作を起こしたように咳き込んだ。「あの剣には人を殺す力があるんだ。放射線を出している」

クレイは腕を組んだ。

「もしもあの剣が箱の外に出たら、みんな命を落とす。ストームヘイヴンの町の人も、半分くらい死ぬかもしれない」

クレイは無言のままハッチを見つめていた。

「きみのいったとおりだ」ハッチは生唾を呑み下そうとした。「宝探しを始めたのが間違いだったんだ。しかし、何をいっても、今では遅すぎる。とにかく、ぼく一人じゃ何もできない」

そのとき、牧師の顔つきが一変し、ハッチには解釈できない表情が浮かんだ。まるで内側から照らされたように、その顔は明るくなった。「なるほど。私にもわかりかけてきたよ」まるで独り言のように、牧師はいった。

「ナイデルマンは人を使ってぼくを殺そうとした」ハッチはいった。「頭がおかしくなったらしい」

「当たり前だ」クレイの口調に、突如として熱がこもった。「だから、最初からそういってるんだ」

「あとは、手遅れにならないことを祈るだけだ」

ハッチは、散らばった骨を避けて、前に足を踏み出した。ジョニー、安らかに眠ってくれ。ハッチはそうつぶやき、先に立って下り坂の狭いトンネルを歩きはじめた。ウッディ・クレイも、すぐうしろからついてきた。

57

ジェラルド・ナイデルマンは箱の前にひざまずき、じっとしていた。そのまま、永遠とも思える時が過ぎた。箱を束縛していた鉄の帯は、一本一本、慎重に切り落とされた。アセチレン・バーナーの正確な白い炎によって解き放たれた帯は、鉄の床に刻まれた切れ目を抜けて下に落ちていった。残るはあと一本。錠前からは切り離したが、分厚い錆で箱の側面にへばりついている。

錠を焼き切り、封印は破った。あとは剣を取り出すだけだった。

だが、ナイデルマンは蓋に指を当てたままじっとしていた。五感のすべてが研ぎ澄まされ、敏感になっているような気がした。生きている実感があった。しかも、これほどの達成感があるとは、夢にも思っていなかった。これまでの人生が、色のない風景のように感じられた。

すべては序章に過ぎず、この瞬間を迎えることが自分の人生の目的だったのだ、と思った。

彼はゆっくり息を吸った。もう一度、それを繰り返した。かすかな震えが体に走った――これは心臓のときめきだろうか。そのあと、決してあわてず、彼はゆっくり箱の蓋を開けた。

箱の中には影がうずくまっていたが、かすかな宝石のきらめきだけは目に届いた。何世紀ものあいだ密封されていた箱は、暖かく馨(かぐわ)しい没薬(もつやく)の香りを発した。

剣は、香を焚き込めたビロードに横たわっていた。ナイデルマンは手を伸ばし、柄(つか)を握った。指は、薄く延ばした金を編んだ籠目の下に楽々と滑り込んだ。刀身は、金と宝石がちりばめられた壮麗な鞘(さや)に隠されている。

用心しながら、彼は剣を取り上げた。剣が横たわっていたビロードは、たちまち崩れ、紫のほこりが舞い上がった。

意外な重さに驚きながら、そっと光にかざしてみる。黄金をふんだんに使った鞘と柄は、ビザンティン帝国の職人がこしらえたものだろう。たぶん、八世紀か九世紀のもので、十六世紀の細身剣(レピヤー)に似た、きわめて珍しい形をしている。レプッセー模様と金銀の線細工は精妙のきわみ。学識豊かなナイデルマンでさえ、これ以上素晴らしいものは見たことがなかった。

鞘をかかげ、光に当てたとき、心臓が止まりそうになるほどの驚きがあった。鞘の表面はカボション・カットのサファイアに覆われていたが、そのサファイアの色といい、深みといい、透明度といい、まことに素晴らしいもので、この世のものとも思えないくらいだった。天上の力が働かずして、宝石にこれほどの豊潤な色合いが出るものだろうか。

今度は柄に目を向けた。指関節覆い(ナックル・ボウ)と十字鍔(キリオン)には、見事なルビーが四個はめ込まれている。いずれのルビーも、この世に存在する最高の宝石といわれる有名な〈ドロングの星〉に勝るとも劣らない完璧なものだった。だが、柄頭(ポンメル)の底にはめ込まれている大きなルビー――二重星状光彩(ダブルスター)を持つルビーのほうは、大きさでも、色でも、シンメトリーでも、〈ドロングの星〉をはるかに凌駕していた。光の中で柄を回しながら、ナイデルマンは思った。この宝石に匹敵するものはこの世には存在しない、と。

リカッソ（柄の下の部分）や、握りや、鍔には、目もくらむような色合いのサファイアが並び、黒、柿色、ミッドナイト・ブルー、白、緑、ピンク、黄色と、虹のような光を発していた。しかも、どの石にも完璧なダブルスターがあり、これまた見たことがないような豊潤で深い色合いを示していた。熱に憑かれた夢の中でも、こんな宝石はお目にかかったことがない。それぞれに独自の個性があり、どの一個をとっても莫大な値がつくものばかりだった。それがみんなビザンティンの巧緻な黄金細工にはめ込まれているとなると、どれほどの値打ちになるか見当もつかない。空前にして絶後。並ぶもののない財宝だった。

一点の曇りもない心で、ナイデルマンは断言することができた。これは自分が思い描いていたとおりの宝剣だ、と。だが、それに秘められている力は過小評価していた。この剣は世界を変えることができる芸術品なのだ。

いよいよ待ちに待ったときがやってきた。柄と鞘だけでもこれほどの名品なのだから、刀身は想像を絶する素晴らしさにちがいない。右手で柄を握り、左手で鞘を持ったナイデルマンは、細心の注意を込めて、ゆっくり剣を抜いた。

無上の喜びは、まず困惑に変わり、衝撃から驚きへと変化していった。鞘から現れたものは、斑点だらけの、痩せ細って変形した金属だった。薄片がはがれかかってまだらになり、酸化したのか、無気味な黒っぽい紫に変色している。白い黴のような物質もこびりついていた。最後まで抜いた剣を、縦にかざし、歪んだ刀身をよく調べてみた。これは剣と呼ぶに値しない。いったいどうしたのだろう。呆然として、彼はそう思った。長年のあいだ、彼はこの瞬間を、幾度となく——何百回も、何千回も、頭に描いてきた。そのたびに剣の形は違っていた。だが、まさかこんなふうになっているとは思ってもいなかった。

手を伸ばし、荒れた金属の肌を撫でてみた。この剣には不思議な温もりがある。ことによると、火事に見舞われて、一度、溶けたのかもしれない。そのあとで、新しい柄を取りつけたのだ。しかし、ただの火にこれほどの力があるだろうか。それに、この金属はなんだろう。鉄ではない。鉄なら赤く錆びるはずだ。銀でもない。銀が酸化すれば黒くなる。プラチナや金なら最初から酸化はしない。しかも、こんなに重いのだから、錫(すず)などの安物の金属ではありえない。

酸化して紫になる金属。いったい何なのだ。

彼は刀身を裏返し、空を切ってみた。そうしながら、大天使、聖ミカエルの伝説を思い出していた。

そのとき、ある考えが頭に浮かんだ。

深夜、ときおり彼は夢の中で妄想にふけり、〈水地獄〉の底に埋められている剣は、名前どおりの伝説の剣――悪魔を倒した聖ミカエルの剣そのものではないか、と考えることがあった。そして、夢の中でその剣を目にするとき、ダマスカスへの途上、聖パウロがキリスト教に帰依したように、目もくらむような回心に不意打ちされるのを感じる。だが、妄想はいつもそこで終わり、彼は安心したような、もったいないような、不思議な安堵を覚えた。古文書で言及される〈聖ミカエルの剣〉には、つねに大いなる畏れと崇敬の念がつきまとっていた。それを思えば、彼の妄想も現実味を帯びてくる。

もしも、剣の大天使、聖ミカエルが、本当に悪魔と戦ったのなら、その武器は地獄の業火に焼かれ、溶けていただろう。そんな剣にはきわめて珍しい特徴が刻まれているはずだ。

ちょうど今、彼の手の中にある剣のように。

新たな目で剣を見たとき、驚異と恐れと不安の入り交じった感情が込み上げてきた。もしもこれがそのような剣――そうとしか考えられない――であるのなら、これは物質的な世界を超越した別の世界があるという確かな証拠ではないか。

そうだ、そうなのだ、と彼はひとりでうなずいた。このような剣があれば、世界を浄化することができる。精神的な破産を一掃し、腐りかけた世界の宗教や瀕死の僧侶階級に引導を渡して、新千年期のために何か新しい思想を打ち立てることができるのだ。今、彼の手にこの剣があるのは、決して偶然ではない。汗をかき、血を流し、みずからがそれにふさわしい人間であることを証明して、彼はこれを勝ち取った。生まれたときからずっと欲しがっていた勝者の証しが、この剣なのだ。誰よりも彼にふさわしい宝なのだ。

彼は、開いたままの蓋の上に、震える腕で重い武器を置いた。この世のものとも思えぬ柄の美しさと、醜くねじれた刀身の、あまりの違いに改めて胸を衝かれたが、今ではある種の畏敬の念さえ感じていた。その醜さには、ほとんど神聖な、甘美なものがある。

剣は自分のものになったのだ。好きなだけ時間をかけて、その異様な戦慄の美を慈しむことができる。そして、いずれはその本質を理解できるようにもなるだろう。

　用心深く剣を鞘に戻しながら、箱のほうに目をやった。この箱も地上に運ばなければならない。剣の来歴と分かちがたく結びついているこの箱も、やはり貴重品なのだ。肩越しにマグヌセンの姿を見て、彼は一安心した。ようやくマグヌセンはこの小部屋にバケットをおろし、金貨の袋を運びだそうとしている。だが、その動きは、からくり人形のようにぎこちない。

　彼は箱にまた注意を戻し、側面に錆でこびりついた鉄の帯を見た。箱全体に帯を巻きつける形になっているのは珍しいことだった。普通なら、箱の三方に渡した帯を、ボルトで床に留めるところだが、わざわざ宝物庫の床に切れ目を入れて、下に通している。床の下はどうなっているのだろう。

　彼は一歩下がり、最後まで残っていた鉄の帯を蹴り落として、箱の束縛を完全に解いた。箱から離れた帯は、まるで何十ポンドもある重しがついているように、すさまじい速さで床の下に落ちていった。

　そのとき、不意に震動が走り、宝物庫は大きく揺れた。激しい乱気流に巻き込まれた飛行機のように、床の右側が大きく歪んだ。左側の壁際に並んでいた腐った木箱や帆布の袋や樽の山が音をたてて崩れ、宝石や砂金や真珠が床に散乱した。金塊の山は一揺れして、ががらと崩れ落ちた。箱のほうに投げ出されたナイデルマンは、マグヌセンの悲鳴が耳にこだまするなか、驚きに目を見張りながら、剣の柄に手を伸ばした。

58

　電動リフトは甲高いモーターの音を響かせ、〈水地獄〉の内部に降りていった。ストリーターは銃を手に持って一方の隅に立ち、反対側の隅で肩を寄せあっているランキンとボンテールを威嚇していた。

「ねえ、ライル、聞いてちょうだい」と、ボンテールは訴えた。「ロジャーによると、この下には巨大な空洞があるっていうの。宝物庫も〈水地獄〉も、その空洞の上に――」

「その話だったら、仲よしのハッチにでも聞かせてやるんだな」と、ストリーターはいった。「まだあいつが生きていれば、だが」

「あなた、ハッチをどうしたの？」

ストリーターは銃口を上げた。「おまえたちが馬鹿なことを考えていたのはわかっている」

「あなた、それ被害妄想よ。だって――」

「うるさい。ハッチは信用できない男だ。初めて見たときからわかっていた。キャプテンには世間知らずなところがあって、ときどき判断を誤ることがある。善人で、すぐに人を信用する。おれがいつもそばに控えているのはそのためだ。おれはじっと時を待つ。最後には、いつもおれの判断が正しかったとわかる。おまえは間違った側を味方に選んだ。おまえもだ」ストリーターはランキンのほうに銃を振った。

地質学者はリフトの端に立ち、使える方の手で手すりを握って、傷ついた手をわきの下に挟んでいた。「精神科にでも行け」と、彼はいった。

ボンテールはランキンのほうに目をやった。いつもは人が好きで気持ちの優しい熊のような大男が、今では怒りに燃えている。こんなところは初めて見た。

「わからないのか」ランキンは語気を荒らげた。「ここにある宝は何百年ものあいだ放射線を浴びつづけてきたんだぞ。そんなもの、値打ちはないんだ」

「いつまでもしゃべりつづけるつもりなら、痛い思いをしてもらうことになるぞ」と、ストリーターはいった。

「何をされても平気だよ」ランキンはいった。「どうせみんなあの剣に殺されるんだからな」

「嘘をいうな」

「嘘じゃない。測定結果を見たんだ。あの箱は、とんでもない量の放射線を出している。ナイデルマンが剣を取り出したら、おれたちはみんな死ぬだろう」

リフトは五十フィートのプラットホームを過ぎた。非常用の照明を受けて、林立するチタニウムの支柱が鈍く光っていた。

「おまえはおれのことを馬鹿だと思ってるんだろう」と、ストリーターはいった。「それとも、助かりたい一心で、出鱈目をいってるのか。あの剣は、少なく見積もっても、五百年前のものだ。五百年間も放射線を出し続ける自然界の物質は、この地球上には存在しない」

「そのとおり。この地球上には存在しない」もじゃもじゃのひげを上下に動かしながら、ランキンはいった。

「あの剣は隕石で出来てるんだよ」

「え？」ボンテールは息を呑んだ。

ストリーターは高笑いして首を振った。

「ラドメーターによると、この放射線の特徴は、イリジウム八〇のものだそうだ。イリジウムの重い同位元素だな。放射能はめったやたらに強い」ランキンはリフトの外に唾を吐いた。「イリジウムは地球上にはほとんど存在しないが、ニッケル鉄系の隕石には普通に含まれている」撃ち抜かれた手がプラットホームに触れ、ランキンは痛みに顔を歪めて体を折った。

「ストリーター、キャプテンと話をさせて」と、ボンテールはいった。

「それはできない。キャプテンはこの宝探しに一生を捧げてきた。寝言でもその話をするくらいだ。財宝はキャプテンのものだ。三ヵ月前にチームに参加した毛むくじゃらの地質学者が何をいっても無駄だよ。淫乱なフランス女の出る幕でもない。宝はキャプテンが独占すべきものだ」

ランキンの目に激しい怒りが燃え上がった。「おまえはどうしようもない馬鹿だよ」

ストリーターは口を歪めた。堅く結ばれた唇が白い線になったが、何もいわなかった。

「知らないようだから教えてやろう」と、ランキンはいった。「キャプテンはおまえのことなんか何とも思ってないんだ。ヴェトナム時代は別にして、今じゃただの使い捨てだよ。今、キャプテンがおまえの命を助けてくれると思うか？　馬鹿いっちゃいけない。あの男は宝物のことしか頭にないんだ。おまえなんか過去の遺物だよ」

ストリーターは銃を上げ、ランキンの眉間に銃口を突きつけた。

「撃てよ」と、ランキンはいった。「さっさと引き金を引くか、銃を捨てて素手で決着をつけるか、どちらかにしてくれ。片手しか使えないが、その貧弱な尻を蹴飛ばすくらいのことはできる」

ストリーターはリフトの手すりのほうに銃口を向けると、引き金を引いた。〈水地獄〉の土壁に血しぶきが飛び、ランキンは撃たれた手を引いた。そして、リフトの床に膝をつき、苦痛と怒りの声を上げた。左手の人差し指と中指は皮一枚でぶら下がっていた。ストリーターは、狙いすましたように、ランキンの顔を荒々しく何度も蹴った。一声悲鳴を上げて、ボンテールは現場班長に飛びかかった。

そのとき、穴の底からくぐもった轟音が響いてきた。そして、次の瞬間、激しい揺れに襲われ、三人は床に投げ出された。両手が使えないランキンは、支えになるものを握ることができず、仰向けに転がった。そんな彼がリフトから落ちないように、ボンテールはシャツの襟をつかんだ。最初に立ち直ったのはストリーターだった。ボンテールが起き上がったとき、ストリーターはすでに手すりをつかみ、二人に銃口を向けていた。チタニウムの支柱が抗議の金切り声を上げ、穴全体が激しく揺れていた。そして、すべての騒音を圧するように、悪魔の怒号が響きわたった。水が押し寄せてきているのだ。

リフトは大きく横に揺れ、金属をきしませながら止まった。

「動くな！」ストリーターが叫んだ。

ふたたび大きな揺れがきて、非常灯がまたたいた。上のほうからボルトが一本落ちてきて、プラットホームをかすめ、けたたましい音をたててから、くるくる回りながら暗黒の中に消えていった。

「とうとう始まったんだ」かすれた声でランキンがいった。ランキンは、血まみれの両手を胸に当てて、リフトの床にうずくまっていた。

「何が始まったのよ！」ボンテールは叫んだ。

「ピアスメント・ドームが陥没して、〈水地獄〉が崩れようとしている。タイミングがよすぎるよ」

「何もいうな。ここから飛び降りるんだ」ストリーターは、リフトの下、数フィートのところで影に包まれている、地下百フィート目のプラットホームを銃の先で示した。

またしても震動があり、リフトは大きく傾いた。地底から冷たい風が吹き上げてきた。

「タイミング？」と、ボンテールは叫んだ。「これは偶然なんかじゃないわ。マカランが仕掛けた秘密の罠がこれだったのよ」

「何もいうなといっただろうが」ストリーターはボンテールの背中を押した。ボンテールはプラットホームに飛び降りた。痛かったが、怪我はしていない。上を見ると、ストリーターがランキンの腹部を蹴っていた。三度蹴られて、ランキンはリフトの端から転がり、ボンテールの横に落ちてきた。抱き起こそうとしたが、ストリーターはすでにするすると支柱を伝い、プラットホームに降り立っていた。

「こいつに触るな」ストリーターは警告するように銃を振った。「これから、あそこに入る」

示された方向に、ボンテールは目をやった。巨大梯子とウォプナーのトンネルとをつなぐ渡り板は小刻みに震えている。それを見ているあいだに、また激しい揺れがあった。非常用の照明が消え、蜘蛛の巣のように入り組んだ支柱は闇に包まれた。

「歩くんだ！」ボンテールの耳元でストリーターがささやいた。

　そのとき、不意にストリーターの動きが止まった。暗闇の中でストリーターの全身がこわばるのがわかった。

　やがて、ボンテールも気がついた。下のほうで、何かが光っている。その明かりが、梯子を伝ってどんどんこちらに近づいてくる。

「キャプテンですか？」と、ストリーターは声をかけた。返事はなかった。

「キャプテンじゃないんですか？」ストリーターは繰り返した。今度は、地底から響く轟音に負けまいと、声を張り上げていた。

　明かりはさらに近づいてきた。ボンテールは、その明かりが下に向けられていることに気がついた。誰かがいるはずだが、まぶしくてよく見えなかった。

「おい、聞こえるか！」ストリーターはいった。「顔を見せろ。見せないと撃つぞ！」

　くぐもった声が下から聞こえてきたが、不明瞭で何をいっているかわからなかった。

「キャプテンですか？」

　明かりは間近に迫り、二十フィートほど下に達した。そして、不意に消えた。

「ちくしょう」そうつぶやき、ストリーターは揺れるプラットホームに寄りかかると、足を広げ、両手で銃を握って、下に狙いをつけた。「誰だか知らないが、よく聞け」と、彼は怒鳴った。「これが最後の――」

　だが、ストリーターがしゃべり終わらないうちに、プラットホームの反対側から人影が飛び出してきた。不意を衝かれてストリーターは振り返り、引き金をひいた。銃口から火が出たとき、ボンテールは、ストリーターの下腹にパンチを打ち込むハッチの姿を見た。

　ハッチは、下腹への一撃に続いて、あごにストレート・パンチを食らわせた。ストリーターは、金属のプラットホームの上でうしろによろめいた。ハッチは急いで一歩踏み出し、ストリーターのシャツをつかむと、体の向きを変えさせた。ストリーターがもがいたので、手前に引き寄せ、力を込めて顔を二度殴った。二発目でぐぎっと音がして、ストリーターの鼻が潰れ、粘っこい熱い血と鼻汁が噴き出した。

ストリーターはうめき、体の力を抜いた。ハッチが手をゆるめた瞬間、ストリーターの膝蹴りが決まった。驚きと激痛にうなりながら、ハッチはうしろによろめいた。ストリーターは銃に手を伸ばした。ハッチは、床に向かって相手を突き飛ばしただけで、ほかにはどうすることもできなかった。

ストリーターが銃口を上げたとき、ハッチは巨大梯子の裏に回り込んだ。銃声が轟き、光が炸裂して、ハッチの左側にあるチタニウムの部材に銃弾が当たった。ハッチが片側に身をかわし、体の向きを変えたとき、二発目の銃弾が支柱のあいだを抜けて飛んできた。次の瞬間、息を呑む音と低いうめき声が聞こえた。ボンテールがうしろからストリーターにしがみついたのだ。ハッチが前に突進すると同時に、ストリーターはボンテールを手の甲でひっぱたいた。ボンテールはトンネルの入口のほうに飛んでいった。猫のように素早く、ストリーターはまた銃を構えた。ハッチは、腕を前に伸ばしたまま凍りつき、ぼんやり浮かび上がった銃身を見つめた。ストリーターは、ハッチの目を見て、にやりと笑った。鼻血が口に流れ込み、歯を深紅に染めていた。

そのとき、ストリーターの体がぐらりと傾いた。ランキンが立ち上がり、両手が使えないまま、頭突きを食らわせたのだ。ストリーターはよろめき、金属の渡り板の端に押しやられた。一瞬、バランスを失って、そのまま落ちそうに見えた。だが、ストリーターは体勢を立て直し、ハッチが腕を振り上げて殴りかかろうとした瞬間、銃口をランキンのほうに向け、至近距離から引き金をひいた。

地質学者はのけぞり、うしろのトンネルの暗がりに黒い飛沫が散った。そのあと、彼は金属の床に崩れた。

だが、振り上げたハッチの腕はそのまま動きつづけて、身をかわそうとあとずさりしたストリーターのあごに強烈なパンチが叩き込まれた。ストリーターはよろよろと手すりにもたれかかった。金属がぎしぎし鳴った。ハッチはすぐさま前に飛び出し、両手でストリーターの胸を突いた。ストリーターが寄りかかると、手すりは壊れた。宙に飛んだストリーターは、何かにつかまろうと虚しくあがいた。驚いたのか、痛いのか、あっと叫ぶ声がして、銃声が一発聞こえ、最後には肉塊と金属とがぶつかる胸の悪くなるような音が響きわたった。そして、もっと遠くのほうで、激しい水音に混じって、何かがぽちゃんと水中に没する音がした。

闘いは一分もたたないうちに終わった。

ハッチは体力を消耗し、あえぎながら立ち上がった。横たわったまま動かないランキンのほうに近づくと、そばにはすでにボンテールがいた。外で稲妻が走り、複雑に絡み合った支柱に光が反射して、ほんの一瞬、あたりは土気色に染まった。だが、その程度の明かりでも、一目でわかった。もう手のほどこしようはない。

うめき声が響き、懐中電灯の明かりがまぶしく光った。それに続いて、百フィート目のプラットホームに、ウッディ・クレイがよじ登ってきた。乾いた血と汗とで、顔がまだらになっていた。クレイがおとり役になってゆっくりのぼってくるあいだに、ハッチのほうは梯子の裏側にまわり、一足先にここまでたどり着いて、ストリーターを不意打ちにしたのだ。

ハッチはボンテールを抱きしめ、もつれた黒髪を両手で押えた。「よかった」と、彼はささやいた。「本当によかった。死んだと思ってたんだぞ」

クレイはしばらく二人を見つめていた。「さっき、何かがそばを落ちていくのが見えた」と、クレイはいった。「それに、何か音が聞こえたが、あれは銃声だったのか?」

ハッチが答えようとしたとき、猛烈な揺れがあった。大きなチタニウムの柱が上から降ってきて、三人のそばを通り、すさまじい音をたてて転がりながら下に落ちていった。全長百五十フィートの巨大梯子が、ゆさゆさ揺れていた。ハッチは、ボンテールとクレイの背中を押すようにして、揺れ動く金属の渡り板を通り、トンネルに飛び込んだ。

「いったい何が起こってるんだ?」あえぎながら彼はいった。

「ジェラルドが箱を開けたの」と、ボンテールはいった。「最後の罠が動きはじめたのよ」

59

ナイデルマンは、あまりの衝撃に感覚が麻痺したまま、宝物庫が次々に激しい震動に襲われるのをじっと見ていた。吐き気を誘うようにまた床が揺れ、部屋はさらに右に傾斜した。最初の揺れで奥の壁に投げ出されていたマグヌセンは、大量の金貨や銀貨に埋もれ、じたばたと手足を動かしながら、この世のものではないような悲鳴を上げつづけていた。また部屋が傾き、一列に並んだ樽がひっくり返って、腐った木の破片を撒き散らし、黄金や宝石を吐き出した。

足もとに樽が転がって、ナイデルマンは正気を取り戻した。ハーネスに宝剣を挿し、ぶら下がっているはずの命綱を探した。それはすぐ上にあった。命綱の先には、宝物庫の上の部分に開いた穴がある。もっと先を見ると、巨大梯子の基部に取りつけられた非常灯の弱々しい光が目に入った。見ているうちに、非常灯はちかちかして、一瞬、暗くなり、また明るくなった。彼が命綱に手を伸ばしたとき、恐ろしい震動がまた襲いかかってきた。

突然、鉄のちぎれる悲鳴が上がり、床の向こう端に裂け目が走った。ナイデルマンが戦慄とともに見つめる前で、その裂け目に向かって床の黄金が流れ込み、栓を抜かれた浴槽の水のように渦を巻きながら、次第に広くなってゆく裂け目を通って、下にある暗黒の深淵へと落ちていった。

「いや！　いや！」財宝の流れの中でもがきながら、マグヌセンが叫んだ。金貨を回収するか、自分の命を守るかという二者択一を迫られて、彼女は黄金を掻き集めるほうを選んでいた。大地の深奥から迫り上がってくるような震動が部屋を揺るがした。金塊の山が崩れ、マグヌセンはまわりにある大量の金貨の中に埋没した。黄金の重みは増し、渦巻きは速くなって、流れに呑まれたマグヌセンは床の裂け目のほうに引きずられていった。いや、いやという叫びは、ぎしぎしと金貨の擦れ合う音に掻き消された。やがて、マグヌセンは、言葉もなくナイデルマンに両手を差し出した。金の重みで体が圧迫され、眼球が飛び出ていた。鉄はねじれ、ボルトははじけ飛び、金属の怒号が宝物庫にこだました。

そして、マグヌセンは姿を消し、光り輝く黄金の流れに呑まれて深い淵へと沈んでいった。

命綱を捨てたナイデルマンは、次第に低くなって形を変える黄金の山に這い上がり、揺れるバケットをどうにかつかむことができた。中に手を入れ、操作箱のボタンを押すと、ウインチがうなりを上げ、バケットは引き上げられていった。ナイデルマンはバケットにぶら下がり、狂ったように傾く宝物庫の鉄の屋根をかすめ、狭い穴の上に出た。

発掘現場を離れ、巨大梯子の基部がある場所に向かいながら、ナイデルマンはバケットの縁に足をかけ、中に入った。下を見ると、莫大な財宝が——象牙が、腐った絹の反物が、樽が、袋が、黄金が、宝石が、轟々たる音をたてながら、宝物庫の床の裂け目に消えようとしていた。そのとき、電源コードにぶら下がって大きく揺れていた電灯が、鉄の壁に激突して砕けた。穴は真っ暗になった。明かりといえば、頭上の巨大梯子にともされた非常灯だけだった。その暗がりの中で、ナイデルマンは見た。いや、見たような気がした——もう原形を留めていない宝物庫が〈水地獄〉の壁から引き剝がされ、はるか底の逆巻く水に落下して、最後の鉄の悲鳴とともに沈んでゆくのを。

恐るべき震動が縦穴を揺さぶった。土と砂が降り注ぎ、チタニウムの支柱が大きくきしんだ。やがてまた明かりがまたたき、非常灯が消えた。バケットは巨大梯子のすぐ下で停止した。左右に揺れたので、狭い穴にバケットの両わきがぶつかった。

ちゃんと剣があることを確かめてから、ナイデルマンは闇の中に手を伸ばし、ウインチのケーブルを探った。そのとき、指の先が梯子の下の部分にさわった。また震動があり、〈水地獄〉は大きく歪んだ。必死の思いでナイデルマンは飛び上がり、梯子の一番下の段を握った。続いて、下から二番目の段に手を伸ばした。ナイデルマンの足の下には、混沌とした深い亀裂があるだけだった。重圧に耐えきれず、支柱群は震え、ナイデルマンをぶら下げたまま、まるで生き物のようにのたうっていた。下のほうで暗黒の中にぱちんと音が響いた。支柱が一本外れたのだ。頭上はるか遠くで稲妻が光り、そのかすかな明かりの中で、穴の底の逆巻く水に浮き沈みしている死体が一つ見えた。

梯子にしがみつき、空気を求めてあえいでいるうちに、被害のすさまじさが身に染みてわかってきた。彼は動きを止め、梯子からだらんとぶら下がったまま、その元凶を探ろうとした。

やがて、どす黒い憤怒がナイデルマンの顔を歪めた。そして、足もとの深淵が発する怒号よりも大きな声で、彼は元凶の名前を叫んだ。

「ハッチめ！　ぶっ殺してやる」

60

「最後の罠？」濡れたトンネルの壁に寄りかかり、乱れた呼吸を整えながら、ハッチはいった。「何の話だ？」

「ロジャーによると、〈水地獄〉の下には、ピアスメント・ドームというものがあるんですって」ボンテールは大きな声で答えた。「地層が押し上げられて、深い空洞ができてるの。マカランは、その空洞を潰してオッカムを葬るつもりだったのよ」

「それなのに、ぼくたちは、支柱さえ取りつければ大丈夫だと思っていたわけか」ハッチは首を振った。「たいしたやつだよ、マカランは。いつもぼくたちの一歩先を進んでいる」

「まだ〈水地獄〉が潰れていないのは、チタニウムの支柱のおかげね。これがなかったら、とっくに崩れてたと思うわ」

「ナイデルマンはどうしたんだろう？」

「知らないわ（セ・パ）。宝物と一緒に、空洞に落ちたんじゃないかしら」

「それだったら、すぐにここから出よう」

　ハッチがトンネルの開口部のほうを向いたとき、また激震が走った。そのあとに続いた静寂を、低いビープ音が破った。その音は、ボンテールのセーターの下から聞こえてきた。彼女はセーターに手を入れ、ラドメーターを出してハッチに渡した。

「あなたの仕事場から取ってきたの」と、ボンテールはいった。「悪いと思ったけど、ガラス、割ったわ」

　バッテリーが弱っているらしく、ディスプレイは暗かったが、スクリーンの上半分に表示されたメッセージに疑問をはさむ余地はなかった。

二四四・一三ラド／時
高速中性子束検出
全面的な放射能汚染の起こる可能性があります
勧告・即時退去

「残留放射線に反応してるのかしら」スクリーンを覗きながら、ボンテールはいった。

「そんな馬鹿な。二百四十四ラドもあるんだぞ。位置測定ができるかどうか、やってみよう」

ハッチが目で合図すると、クレイはラドメーターのほうに懐中電灯の光を向けた。ハッチは小型のキーボードを叩いた。警告のメッセージは消え、ふたたび三次元の格子が現れた。立ったままハッチは探知棒を左右に動かした。スクリーンの中央に虹色のまぶしい点が浮かび、ハッチが動くたびに色を変えていった。

「ちくしょう」ハッチはスクリーンから顔を上げた。「ナイデルマンはまだ生きてるらしい。下の梯子にへばりついてるんだ。剣も持っている」

「何ですって？」と、ボンテールがいった。

「これを見てくれ」ハッチはラドメーターのスクリーンをボンテールのほうに向けた。激しく点滅するぎざぎざの白い線が見えた。「ナイデルマンは大量に被曝しているに違いない」

「大量とはどのくらいだ？」クレイが尋ねた。その声は緊張していた。

「それより、あ、あ、あ、あたしたちがどのくらい放射線を浴びているか知りたいわ」と、ボンテールがいった。

「とりあえず、心配するほどの量じゃない。今のところは土砂が防壁になっている。ただし、放射線は人体に蓄積する。ここに長くいればいるだけ被曝量は大きくなるだろう」

突然、物に憑かれたように大地が鳴動した。トンネルのすぐ先で、ものすごい音をたてて太い梁が折れた。三人のまわりに土や小石が降り注いだ。

「何ぐずぐずしてるの？」トンネルの奥のほうを向きながら、ボンテールがいった。「行きましょうよ！」

「待つんだ！」警告音を発するラドメーターを手にしたまま、ハッチは叫んだ。

「待てないわ！」ボンテールはいった。「このトンネル、外に通じてるの？」

「いや。クレイ牧師が罠を解除したときに、井戸の底がふさがった」

「じゃあ、〈水地獄〉をのぼって外に出ましょう。ここにはいられないわ」ボンテールは巨大梯子のほうに歩きはじめた。

ハッチは乱暴に彼女をトンネルに引き戻した。

「向こうには行くな」ささやくようにハッチはいった。

「どうして？」

クレイがそばにきて、じっとスクリーンを見ていた。

その顔に目をやったとき、ハッチは意外に思った。牧師の顔には、抑えた興奮の表情、ほとんど勝ち誇るような表情が浮かんでいた。

「この測定結果によると、剣の放射能はきわめて強い」ハッチはゆっくり話しはじめた。「一秒間、被曝するだけで、致死量に達する。ナイデルマンはこちらに向かってのぼってきている。今、縦穴に顔を出したら、全員がこんがり焼かれてしまう」

「じゃあ、なぜナイデルマンは死なないの？」

「もう死んでいるんだよ。大量の放射線を浴びても、その場で死ぬわけじゃない。あの剣を見た瞬間に、ナイデルマンは死んだんだ。もしも、あの剣の直線上に並んだら、ぼくたちも同じことになる。空気中の中性子は、光のようにまっすぐ進んでいく。ナイデルマンとはじかに対面しないで、あいだに岩や土をはさんでおくことだ」

ハッチはラドメーターを見た。「ナイデルマンは五十フィートくらい下のところまできている。もっと近いかもしれない。できるだけトンネルの奥に下がっていてくれ。うまくいけば、そのまま通りすぎてくれるだろう」

轟音が響くなか、ハッチはくぐもった叫びを聞いた。ほかの二人を手ぶりで下がらせると、ハッチは前に這い進み、縦穴に続く開口部の手前で止まった。正面ではチタニウムの支柱網が震動し、横に揺れていた。ラドメーターがバッテリー残量低下の警告音を発しはじめた。ハッチは、ディスプレイを調べるため下に目をやった。

三二一七・八九ラド／時
高速中性子束検出
ただちに退去してください

ちくしょう、と彼は思った。メッセージには赤い線が引かれている。〈水地獄〉の土や岩のおかげで、まだ安全圏内にいるものの、ナイデルマンがすぐそこまできているのだから、間もなく土は防壁の役割を果たさなくなって――。

「ハッチ！」そのとき、耳ざわりなかすれ声が聞こえてきた。

ハッチは身構えた。

「ライルの死体を見つけたぞ！」

ハッチは何もいわなかった。ナイデルマンにはこちらの居場所がわかっているのだろうか？　それとも、これははったりか。

「ハッチ！　遠慮しなくてもいいじゃないか。おまえらしくないぞ。明かりが見えたんだ。これからそっちに行く。聞こえるか？」

「ナイデルマン！」と、ハッチは叫んだ。

返事はなかった。ハッチはまたラドメーターを見た。スクリーン上の白い塊は、バッテリーが切れかけているせいで、ちかちかまたたきながら、格子をのぼりつづけていた。

「キャプテン！　止まってくれ！　話したいことがある」

「いいだろう。楽しい話になるな」

「まだわからないのか！」トンネルの端にさらに近づき、ハッチはいった。「その剣には強い放射能があるんだ。命に関わるんだ！　すぐに捨てろ！」

ハッチは、下から響いてくる轟音のなかで返事を聞こうと耳を澄ました。

「相変わらずきみは作り話がうまいな」と、ナイデルマンの声がかすかに聞こえた。異様なまでに冷静な声だった。「よくもまあこんな大破壊を計画してくれたものだ」

「キャプテン、頼むから剣を捨ててくれ！」

「剣を捨てろだと？」と、返事があった。「おまえは罠を仕掛けて〈水地獄〉を潰し、私の腹心を殺して、宝物まで取り上げた。その上、今度は剣を捨てろというのか？　冗談じゃない」

「いったい何の話だ？」

「遠慮しなくてもいいんだよ。計画はうまくいったんだから、自慢すればいい。上手に場所を選んで、何個か爆発物を仕掛けた――そういうことだったんだろう？」

ハッチは仰向けになって天井を見上げ、何とか説得できる方法はないかと考えた。「キャプテン、あんたは病気なんだ」と、彼は声をかけた。「信じられないのなら、自分の体に聞いてみろ。その剣からは中性子が放射されている。その中性子にやられて、体の中の細胞分裂とDNA合成は、もう止まっているはずだ。間もなく大脳シンドロームに苦しめられることになる。放射線中毒の中で一番重い症状だ」

ハッチは耳を澄ました。地底に出現した巨大な深淵の雄叫びのほかには、バッテリーの切れかけたラドメーターの警告音が聞こえるだけだった。ハッチは深呼吸した。

「すでに前駆症状（ぜんくしょうじょう）が出ているはずだ」と、彼はいった。「最初に、吐き気を感じる。どうだ、もう感じてるんじゃないのか？　次に、炎症性の病巣が脳の各所にできて、錯乱状態になる。それからは、震顫（しんせん）、失調、痙攣、死の順番だ」

　返事はなかった。

「頼むから、ナイデルマン、いうことを聞いてくれ！」ハッチは叫んだ。「その剣でぼくたちをみんな殺すつもりか！」

「いや」と、下から声が聞こえてきた。「殺すのには銃を使う」

　ハッチはあわてて起き上がった。声は近かった。すぐそばで、十五フィートも離れていないだろう。彼はトンネルの奥に戻り、ほかの二人と合流した。

「どうなったの？」ボンテールがいった。

「やつはもうじきここにくる」ハッチは答えた。「どう説得しても通じなかった」そういいながら、すでに打つ手はないのだという厳粛な事実が重くのしかかってくるのを感じた。逃げ道は断たれている。あと数分で、ナイデルマンはトンネルの縁に現れるだろう。あの剣を手にして。そして、みんな死んでしまうのだ。

「どうしても止められないの？」ボンテールはいった。

　ハッチが返事するよりも早く、クレイが口を開いた。

「いや」と、彼は、澄みきった力強い声でいった。「止める方法はある」

　ハッチは振り返った。クレイの痩せこけた顔には、勝ち誇った表情が浮かんでいるだけではなかった――そこには、恍惚と、至福と、俗世を超越した悦楽の表情があった。

「しかし、そんなことを――」と、ハッチは話しはじめたが、クレイはすでに懐中電灯を持ってハッチのそばを通りすぎていた。一瞬のうちに、ハッチは理解していた。

「やめろ！」クレイの袖口をつかみながら、ハッチは叫んだ。「自殺行為だ！　剣にやられるぞ！」

「それでも、やられる前に目的は達成することができる」クレイは腕を振りほどくと、トンネルの開口部に近づいていった。そして、ランキンの死体を避けながら前に進み出ると、金属の渡り板を飛び越え、梯子の下に姿を消した。

61

巨大梯子にしがみつき、何段かおりたあと、クレイは手を止め、体勢を立て直した。〈水地獄〉の奥底から怒号が迫り上がってくる。浸水した洞窟が音をたてて潰れ、底知れぬ淵では轟々と水が逆巻いている。下から湿った風が吹いてきて、クレイのシャツの襟をなぶった。

懐中電灯を下に向ける。非常用の電源が駄目になったときに空調システムも止まり、空気は重く澱んでいた。小刻みに震動する支柱は結露し、降りそそぐ土ぼこりで段だらに染まっている。霧を照らす光は、やがて、十フィートほど下にいるナイデルマンの姿を捉えた。

キャプテンは、梯子をのぼるのも大変そうだった。まず、曲げた腕を段に引っかけてから、顔を苦しげに歪めながら、体を引き上げている。梯子が揺れるたびに動きを止め、両手で段にしがみついた。ナイデルマンの背中のハーネスを見ると、宝石をちりばめた柄が光っているのが目に入った。

「おや」懐中電灯を見上げながら、ひび割れた声でナイデルマンはいった。「〈そして暗闇の中に光あり〉(エト・ルックス・イン・テネブリス・ルセット)というわけだね。不思議だな。もっと驚いてもいいはずなのに。牧師まで陰謀に加担していたとは」声が途切れ、ナイデルマンは激しく咳き込んだ。そして、また震動がくると、両手で梯子につかまった。

「剣を捨てなさい」と、クレイはいった。

ベルトに手を伸ばし、拳銃を抜いたのがナイデルマンの返事だった。銃声が轟き、クレイは巨大梯子の裏側に身を隠した。

「邪魔をするな」ナイデルマンはいった。

梯子段に足をかけていたのではどうすることもできない、とクレイは思った。もっと安定した場所に移動しなければならない。クレイは巨大梯子を素早く電灯で照らした。数フィート下の、地下百十フィートの標識が取りつけられたところに、保守点検用の足場があった。クレイは懐中電灯をポケットに突っ込むと、闇に乗じて一段、二段と梯子を下りていった。梯子の揺れはますます激しくなっている。銃を手にしているかぎり、ナイデルマンは上にあがることができない。だが、波のように寄せては引くこの揺れがいったん収まったら、ナイデルマンは撃ってくるはずだった。

　手と足で梯子を探りながら、暗闇の中で、さらに二段、下におりた。揺れは少し収まりかけている。稲妻のかすかな反射で、下にいるナイデルマンの様子をうかがうことができた。片手だけを使って、保守点検用の足場によじのぼろうとしている。すでに体のバランスが崩れているのを見て取って、クレイは必死の思いであと一段梯子をおり、力を込めてナイデルマンの手を蹴った。叫びと金属音が響き、銃は闇の中に落ちていった。

　クレイは足場に降り立った。金属格子の狭い床に足が滑った。下にぶら下がっているナイデルマンは、怒りにまかせてわけのわからないことを叫んでいたが、急に力を出すと、狭い足場まで一気に這い上がってきた。巨大梯子をあいだにはさんで、クレイは懐中電灯を取り出し、キャプテンの顔を照らした。

　その顔は汗と泥で汚れていた。皮膚は気持ち悪いくらい蒼ざめ、容赦のない光を受けて、目は落ちくぼんでいた。ひどく消耗し、やつれているように見えた。その体は、内なる意志の、強固な芯の部分だけに支えられて動いているのだ。震える手を背中に回し、ナイデルマンは剣を抜いた。

　恐れと驚異の入り交じった思いで、クレイはそれを眺めた。大粒の宝石が埋め込まれた柄の部分はうっとりするほど美しい。だが、刀身は紫の染みや、あばた、傷跡などで汚れ、醜く変形していた。

「どくんだ、牧師」しわがれた声でキャプテンはいった。「きみと付き合ってエネルギーを無駄にしたくない。私の狙いはハッチだけだ」

「ハッチはあなたの敵ではない」

「そういってこいといわれたのか？」ナイデルマンはまた呟き込んだ。「私はマカランに勝った。だが、ハッチの裏切りを甘く見ていた。ハッチには仲間がいたんだ。ツルーイットを発掘班に入れたがったわけだ。きみの抗議活動も、私の注意を逸らす陽動作戦だったんだな」目をぎらぎら光らせながら、ナイデルマンはクレイを見た。

「あなたはもう死んでいる」クレイは冷静にいった。「私たちはどちらも死人にすぎない。あなたの肉体を救うことはできない。だが、魂はまだ救えるかもしれない。その剣は悪魔の武器だ。地獄のものは深い淵に沈めなさい」

「馬鹿な男だ」ナイデルマンは吐き捨てるようにいうと、一歩進み出た。「悪魔の武器だと？　ハッチのおかげで、財宝はもう手に入らない。しかし、私にはこれがある。この剣こそ、私が一生を費やして追い求めてきたものだ」

「それはあなたに死をもたらす道具にすぎない」クレイは無表情に答えた。

「違うね。これが死をもたらすとしたら、それはきみに対して、だ。最後にもう一度だけいう。そこをどきたまえ」

「いやだ」揺れる足場にしがみつきながら、クレイはいった。

「では、死ぬんだ」ナイデルマンはそう叫び、クレイの首をはねようと、重い剣を振りまわした。

62

ハッチはバッテリーの切れたラドメーターを投げ捨て、闇の中に目を凝らして、トンネルの開口部と、その向こうにある〈水地獄〉の壁を見つめた。まず最初は、かすかな話し声が聞こえていた。そのあと、クレイの懐中電灯が光り、巨大梯子の骨組みが影になって浮かび上がった。そして、銃声。穴の底から聞こえてくる轟音を圧して、鋭い銃声が響いた。不安に駆られながら、ハッチは待った。トンネルの端まで這い進んで、下を覗きたいという誘惑に負けそうになった。だが、〈聖ミカエルの剣〉に身をさらしたら最後、あとは緩慢な死を迎えるしかないのだ。

振り返って、ボンテールを見た。全身が緊張し、浅い息をついているのがわかった。

不意に激しい格闘の音が聞こえてきた。金属が金属に当たる音と、恐ろしい悲鳴——誰のだろう？　——に続いて、喉から絞り出すような意味不明の叫びが聞こえてきた。そのあと、またしても金属がぶつかりあう大きな音。最後に、苦痛と絶望の悲鳴が上がり、長々と尾を引いて遠ざかっていった。やがて、〈水地獄〉の怒号に呑まれて、その声は聞こえなくなった。

腰をかがめたまま、無気味な数々の音にハッチは釘づけになっていた。そして、また音が聞こえてきた。荒い吐息。金属に手が当たる音。苦しげなうめき。懐中電灯が上に照らされ、ハッチたちがいるトンネルの天井を探った。トンネルの開口部を探り当てると、光は動かなくなった。

誰かがのぼってくる。

ハッチは身をこわばらせた。さまざまな状況に合わせた対抗策が頭を飛び交った。だが、本当にやるべきことは一つしかなかった。もしもクレイが失敗したのなら、誰かほかの者がナイデルマンを止めなければならない。その役目は自分が引き受けよう、とハッチは決心していた。

闇の中で、隣にいるボンテールが動きはじめた。ボンテールも同じ決心をしたのだ、とハッチは気がついた。

「余計なことは考えるな」と、彼はいった。

「うるさいわね（フェルム・ラ）！」と、ボンテールは叫んだ。「あなたにやらせるわけには――」

ボンテールが起き上がるよりも早く、ハッチは前に飛び出し、半分転がるようにして、トンネルの開口部に走った。穴の縁で立ち止まると、うしろから迫ってくるボンテールの足音を聞きながら、気持ちを引き締めた。そして、思い切って金属の渡り板に飛び移った。ナイデルマンが現れたら、抱きついて奈落の底に引きずり込んでやる、と思った。

三フィート下のところに、クレイがいた。額に大きな傷をつくり、苦しそうに体を動かしながら、一段一段、梯子をのぼってきている。

牧師は大儀そうに手を伸ばし、次の段をつかんだ。ハッチは身を乗り出し、クレイをプラットホームに引き上げた。やがて、ボンテールもやってきて、二人でクレイを安全なトンネルに運んだ。

牧師は、両手を膝の上に置き、立ったまま前かがみになり、首を左右に振っていた。

「何があったんだ？」ハッチは尋ねた。

クレイは顔を上げた。

「私は剣を奪った」遠い声で、彼はいった。「そして、〈水地獄〉の底に投げ捨てた」

「ナイデルマンは？」

「彼は……彼は、剣のあとを追うことにしたらしい」

沈黙があった。

「きみのおかげでぼくたちは死なずにすんだ」と、ハッチはいった。「それにしても――」彼は言葉を切り、深呼吸した。「それにしても、早く病院に――」

クレイは力なく手を振った。「気休めはいい。私はもうじき死ぬ。嘘で死の尊厳を汚さないでくれ」

ハッチはクレイを見つめた。「医者には手の打ちようがない。できるのは痛みを和らげることだけだ」

「あなたの犠牲に何かお返しができたらいいのに」と、かすれた声でボンテールがいった。

クレイはにっこりした。悲しがっているような、幸福感に満ちているような、不思議な微笑だった。「自分のやったことぐらいわかってるよ。あれは犠牲じゃない。贈り物のつもりだ」

彼はハッチを見た。「一つだけお願いがあるんだが、いいだろうか。まだ時間があるうちに、本土に連れていってくれないか。クレアに別れをいいたい」

ハッチは顔を背けた。「できるだけのことはする」と、彼はつぶやいた。

出発しなければならなかった。三人はトンネルを離れ、揺れる渡り板を通って巨大梯子に向かった。ハッチはボンテールを梯子の段に乗せ、暗闇に向かって彼女がのぼりはじめるのを待った。上を見ると、夜空に雷が光り、密集する支柱や梁の向こうに、〈オルサンク〉の姿が亡霊のように浮かび上がった。水や金属や土が降ってきて、複雑な構造を持つ梯子の本体に当たって跳ねた。

「今度はきみだ！」ハッチはクレイに声をかけた。

牧師はハッチに懐中電灯を渡し、くたびれた様子で梯子のほうに向き直ると、ゆっくりのぼりはじめた。その様子をしばらく目で追ってから、ハッチは用心深くプラットホームの端をつかみ、身を乗り出して、懐中電灯の光を穴の底に向けた。

そして、自分が見るかもしれないものを恐れながら、光の先に目を凝らした。だが、剣も、ナイデルマンの姿も、そこにはなかった。渦巻く霧の雲が、はるか彼方の深淵を覆い隠しているのが見えただけだった。

また胸が悪くなるような揺れがきて、ハッチは梯子に戻り、足をかけた。クレイにはあまりにも簡単に追いつくことができた。牧師はチタニウムの段をつかみ、荒い息をついていた。またしても震動が走り、残った支柱を震わせ、歪む金属の悲鳴で〈水地獄〉を満たした。

「もうこれ以上進めない」クレイは息も絶え絶えにいった。「きみは先に行ってくれ」

「電灯を持って！」と、ハッチは叫んだ。「ぼくの首に腕を回すんだ」

クレイは首を振ってそれを断ろうとした。

「いいから、いうとおりにしろ！」

ハッチは、一段一段、牧師を担ぎ上げながら、先に進んだ。懐中電灯の明かりの中で、先頭のボンテールの姿を見ることができた。こちらを見おろしたとき、彼女の顔には不安げな表情が浮かんでいた。

「止まるな！　先に進んでくれ！」ハッチはそう声をかけ、自分でも気力を振り絞って一段ずつ上にあがっていった。五十フィート目のプラットホームを通りすぎ、さらに上がりつづけた。休むだけの余裕はなかった。上には〈水地獄〉の口が見えた。灰色をした嵐の空に、どす黒く浮かび上がっている。筋肉が悲鳴を上げるのを感じながら、ハッチは気合いを入れて先に進み、クレイを引き上げた。

そのとき、巨大梯子が大きく揺れ、湿った風と水しぶきが下から押し寄せてきた。甲高い音をたてて梯子の下半分がちぎれた。金属の手すりに体を押し当てながら、ハッチは、穴の両側を支える木積が剝がれかかっているのに気がついた。下ではクレイがあえぎながら梯子にしがみつこうとしている。

ハッチはまた進みはじめた。恐怖とアドレナリンで新しい力がみなぎり、勢いづいていた。真上ではボンテールが大きく息をつきながら段をよじのぼっている。クレイを連れて、できるだけたくさん肺に空気を取り込み、ハッチもそのあとに続いた。

梯子の段は滑りやすくなってきた。地上が近づくと、崩壊する〈水地獄〉の断末魔の声は、嵐の咆哮と混じり合っていた。悪臭を放つトンネルの冷気にさらされていたので、顔を打つ雨は暖かかった。〈水地獄〉の底から強烈な震動が突き上げてきて、巨大梯子はまるで人間のような叫びを上げた。無数の支柱が次々に外れているのだ。重石(おもし)を失った梯子は、歪んだ金属の林の中でのたうちまわった。

「行け！」ボンテールを押し上げながら、ハッチは叫んだ。そのあとに続こうとして、梯子の背骨に当たる部分が視界に入ったとき、ハッチは恐怖に目を見張った。まるで上着のジッパーをおろすように、ボルトが順番にはじけ飛んでいる。ふたたび震動があり、今度は頭上の〈オルサンク〉を支える礎石が傾いた。ばりばりと音が響き、巨大な監視窓の一つが粉々になって、穴の中に降り注いだ。

「気をつけろ！」そう叫んだ瞬間、ガラスなどの残骸を頭からかぶって、ハッチは目を閉じた。世界が傾いたような感じがした。目を開けたとき、巨大梯子は内側に向かって崩壊しようとしていた。胃袋が喉もとまで迫り上がってくるような衝撃があり、梯子は数フィート落下した。それに伴って、歪んだ金属がちぎれる新たな悲鳴が上がった。クレイはずり落ちそうになり、両足を虚空に浮かせていた。

「木の枠をつかむんだ！」ハッチは叫んだ。そして、クレイをしっかり支え、梯子の段を横に移動した。ボンテールも同じことをした。ハッチは、クレイの胴体に腕を回し、その体をチタニウムのアンカー・ボルトに載せてから、〈水地獄〉の内壁を支える木の枠に移した。

「のぼれそうか？」ハッチは尋ねた。

クレイはうなずいた。

ハッチは、牧師のあとに続いて、枠をよじのぼった。ぬるぬるした腐った木を手探りして、つかめそうなところを探した。足もとで、一つ、二つと、木積が崩れた。あわてて内壁をまさぐり、突出部を握ることができた。最後に手を伸ばすと、そこは作業用のプラットホームだった。ボンテールの力を借りて、牧師をプラットホームに引き上げ、その向こうの草地に出た。

ハッチはよろめきながら立ち上がった。南のほうに目をやると、潮位を増した海が、囲い堰の亀裂を越えて島のほうまで入り込もうとしていた。膨れあがった雨雲が空を飛び交い、そのあいだから屍衣をまとった月が顔を出している。岩礁付近の海は一面に白く泡立ち、急流がその泡を水平線の彼方まで運んでいた。

頭上に轟音が響き、ハッチは振り返った。基部を根こそぎ奪われた〈オルサンク〉が、身をよじり、倒壊していた。

「船着き場に行こう！」ハッチは叫んだ。

ボンテールの手を取り、クレイをあいだにはさんで、ハッチは〈アイランド・ワン〉に向かって泥道を駆けだした。うしろを一瞥すると、監視塔は穴に倒れ込み、作業用のプラットホームを突き破って、地底に姿を消そうとしていた。大地の底から、貨物列車が衝突するようなけたたましい音が上がった。それに続いて、ぷつぷつと不思議な音が聞こえてきた。土がゆるんだせいで、壁に埋め込まれた無数の木材が次々に折れているのだ。黄色い蒸気と細かい泥の混じった雲が穴の底から噴き上がり、夜空にたなびいた。

三人は迷路のような小道を走り、〈ベース・キャンプ〉を通過して、その向こうの船着き場に向かった。島の風下側にある波止場は、無傷ではなかったものの、大きな被害は受けていなかった。波止場の端では〈ケルベロス〉の艀が狂ったように波に揺れていた。

三人はただちにそのボートに乗り込んだ。キーを探って、ひとひねりすると、エンジンは息を吹き返した。思わずハッチは歓声を上げた。ビルジ・ポンプのスイッチも入れた。やがて、水を汲み出す音が響いてきた。

ボートは嵐の中に乗りだした。「〈グリフォン〉に乗ろう!」ハッチはそういうと、岩礁の向こう側に錨をおろしたまま、頑強に持ちこたえているナイデルマンの司令船をめざして舵を取った。「潮の向きが変わっている。風を背に受けて走れるだろう」

ボンテールはうなずき、ゆるいセーターを体に巻きつけた。「追い風に順流。あたしたちにも運が向いてきたようね」

〈グリフォン〉の船側につくと、ハッチは艀をつなぎ、ボンテールがクレイを本船に乗せるあいだ、波の影響を受けないようにした。最後にハッチが乗り込み、操舵室に駆け込んだとき、島の上空にぎざぎざの稲妻が走った。その光の中で、ハッチは囲い堰がついに決壊するのを見た。黒い空を背景にして、灰色の巨大な水壁が迫り上がり、堰を突き破って、島の南端を白いマントで覆った。

ボンテールが錨を引き上げ、ハッチはエンジンを動かす準備をした。操舵室の奥に目をやると、複雑な制御装置が並んでいたが、それには手をつけないことにした。勘だけを頼りにして、何とか戻れるだろう。楓材の大きなテーブルが目に入ったとき、最後にそのテーブルを使ったときのことが否応なしによみがえってきた。ケリー・ウォプナーも、ランキンも、マグヌセンも、ストリーターも、ナイデルマンも……今はみんないなくなった。

続いてハッチはウッディ・クレイを見た。牧師は、やつれ果てた亡霊のような姿で椅子にすわっていた。クレイは視線を返し、無言でうなずいた。

「準備よし」ボンテールが操舵室に飛び込んできて、木の扉を閉めた。

ハッチの舵取りで、船がゆっくり風下側を離れたとき、背後でものすごい爆発音が響き、雨粒のしたたる窓が衝撃波で震えた。うねる海は突如、深紅に染まった。ハッチはスロットルを開き、急いで島のそばを離れようとした。

ボンテールが小声でフランス語の悪態をつぶやいた。

肩越しに振り返ったハッチは、二つ目の燃料タンクが茸状の炎を上げて爆発するのを目にした。低く垂れ込めた霧を突き破って舞い上がった炎は島の上空を真っ赤に染め、〈ベース・キャンプ〉を破壊の煙で覆い隠した。

ボンテールは静かに手を絡めてきた。

三度目の爆発音が上がった。今度は、島の内臓部から響いてきたような音だった。畏怖の念に震えながら三人が見守る前で、島に震動が走り、地表が液状化して、巨大な水柱と黒煙が夜空に噴き上がった。ガソリンの炎が海面を赤々と照らし、やがて海に流れた燃料にも火が燃え移って、岩を乗り越え、岩礁を炎に包んだ。

そのとき、突如はじまった異変は、あっというまに終息の時を迎えた。島が轟音と共に崩れると同時に、囲い堰の最後の区画が決壊した。開いた傷口に前後左右から波が押し寄せ、その真上で一つになった。水の柱が高々と上がり、その先端を霧の中に突き上げてから、茶色の段幕をゆっくり広げるように引いていった。島があった場所には、一瞬、ぎざぎざに突き出た岩の群れを洗う怒りの海だけが残された。乱れた大気に薄汚い蒸気が噴き上がっていた。

「欲に憑かれて宝物への鍵を探す者は、代わりに冥界への鍵を見つけるであろう」と、ボンテールはつぶやいた。「魂は地獄に堕ち、亡骸は地獄のそばで朽ちるであろう」

「そのとおりだ」力なく、クレイがいった。

「隕石がすべての始まりだったのよ」と、ボンテールはいった。

「第五の御使い、喇叭を吹きしに……」と、クレイはつぶやいた。「……われ一つの星の天より地に堕ちたるを見たり。その星は底なき穴の鍵を与えられたり」

ハッチは、声をかけるのを怖れて、死が近い牧師に視線だけを投げた。だが、意外なことに、落ちくぼんだ目を輝かせ、牧師は微笑んでいた。ハッチは顔を背けた。「私のほうも、きみに許しを請わなくてはいけないが」

「きみのことは許そう」と、クレイはいった。

ハッチはうなずくだけだった。

牧師は黒い目を閉じた。「私はもう休みたい」と、彼はつぶやいた。

ハッチはノコギリ島の廃墟に目をやった。霧がまた視界を閉ざそうとしている。穏やかに破壊の跡を覆い隠そうとしている。彼はじっとそれを見ていた。

やがて、彼は正面を向くと、船の舳先をストームヘイヴンの港に向けた。

63

ノース・コースト不動産の事務所は、〈ストームヘイヴン・ガゼット〉を出している新聞社と同じ広場の反対側にある黄色く塗られた建物に入っていた。ハッチは、正面の窓のそばにある机に就いて、薄いコーヒーを飲みながら、売り家の写真が貼られた広告板を見るともなく見ていた。「廃屋、大奉仕！」と見出しのある写真には、ヘイグラー爺さんの家としか思えないものが写っていた。屋台骨が折れ、傾いているが、古風で趣のある家であることに間違いはない。「特価十二万九千五百ドル」と、説明文には書いてあった。「一八七二年築。敷地四エーカー。石油暖房。三寝室。バスルーム一つ半」夏は暖房、冬は冷房完備、と書いておいたほうがいい。壁板の隙間や、沈んだ土台を見ながら、ハッチは思った。その下には、サンドパイパー・レーンにある下見板を張った家の写真があった。砂糖楓（さとうかえで）に囲まれた手入れのいい古屋敷で、五十年間住んでいたミセス・ライオンズが亡くなって売りに出されたものらしい。「これはただの不動産ではなく、歴史の一部です」という説明がついていた。ハッチは、三十年以上も前のハロウィーンの夜に、ジョニーと申し合わせて、おびただしいトイレット・ペーパーの造花をその砂糖楓に苦労して結びつけたことを思い出し、苦笑した。

ハッチの視線は、次の列の写真に移った。「メーン州の夢の家！」と、麗々しく書かれたカードがあった。「正真正銘の第二帝政様式。サン・ルーム。弓形の張出し窓。海の眺望よし。二階部分をぐるりと取り囲んだテラス。専用の船着き場あり。家具備品つき。三十二万九千ドル」その下にはハッチ自身の家の写真があった。

「あら！」と、ドリス・バウディッチが騒々しく近づいてきた。「どうしてまだこんなところに貼ってあるのかしら！」彼女は写真を剝ぎ取り、近くの机に置いた。「今さらいいたくないけど、こんな高い値段をつけるなんて、めちゃくちゃよ。でも、例のマンチェスターの若い夫婦は、それでもいいんですって」

「ああ、聞いたよ」そういってから、ハッチは、後悔の気持ちがこもっていることに気がついて、意外に思った。今、彼がこの町に残る理由は何一つない。だが、まだ町は離れていないものの、苔むした屋根板も、スチールのケーブルがマストに当たる音も、閉鎖的な町の雰囲気も、何もかも懐かしくて仕方がなかった。しかし、今、彼が感じている後悔の念は、それとはまったく別のものだった。むしろ、ほろ苦いノスタルジーといったほうがいいかもしれない。思い出は思い出のまま残しておいたほうがいいのだろう。窓の外に目をやり、沖を見ると、いくつかの岩が突き出た海域があった。ノコギリ島の残骸だ。彼の仕事——三世代に渡ったハッチ一家の仕事は、このストームヘイヴンの町で結末を迎えた。

「手続きはマンチェスターで終えることになってるの」と、ドリスは陽気な声で続けた。「先方の銀行がそうしてくれっていうのよ。来週、向こうで会えるかしら」

ハッチは立ち上がり、首を振った。「いや、弁護士に代理を頼むことにするよ。荷物はこの住所に送ってくれ」

ドリスは名刺を受け取り、模造ダイヤをはめこんだ眼鏡越しに文字を読んだ。「わかったわ。そうしましょう、い、い、ハッチ博士」

別れの挨拶をして、ハッチは外に出ると、ゆっくり階段を下り、擦り切れた丸石の舗道に立った。これが最後に残された仕事だった。食品スーパーのバッドとは、すでにビールで別れの杯をかわしたし、ケンブリッジの家の家政婦にも前もって連絡を入れてある。彼は背筋を伸ばし、車に近づいて、ドアを開けた。

「マリン！」耳に馴染んだ豊かな低音が聞こえてきた。

振り返ると、セント・ジョンがよろめきながら近づいてくるのが見えた。丸石に足を取られないように用心しながら、大量のファイルを抱え、体のバランスを取っている。

「クリストファー！」心からの喜びを込めて、ハッチはいった。「別れの挨拶をするつもりで、今朝、宿屋に電話をかけたんだよ。でも、きみはもう引き払ったあとだった」

「図書館で時間を潰してたんだ」まぶしい日の光にまばたきしながら、セント・ジョンはいった。「〈サラサ〉の船がきて、残った五、六人をポートランドまで運んでくれることになっている。あと三十分でくるはずだ」海風が吹いてきて、貴重な書類を広場に撒き散らしそうになったので、セント・ジョンはファイルをしっかり押さえ込んだ。

「ストームヘイヴン図書館か?」ハッチはにやりと笑った。「それじゃあ、かわいそうに、たいしたものはなかっただろう」

「いや、かなり役に立ったよ。地元の歴史を知りたかったんだが、ちゃんと資料があった」

「何に使う資料だ」

セント・ジョンはファイルを軽く叩いた。「決まってるじゃないか。サー・ウィリアム・マカランについての論文を書くんだよ。スチュワート朝の歴史に新しい一ページを書き加えるんだ。マカランが諜報活動をしていた、という事実だけで、〈国際暗号学協会〉の機関誌に二本論文が書ける」

深みのある低いエアホーンの音が響き、広場に並んだ建物の窓を震わせた。ハッチが振り返ると、細身の白いヨットが湾に入ってきて、船着き場をめざしていた。

「早かったな」セント・ジョンはそういうと、危なっかしく片腕にファイルを持ち替え、手を差し出した。

「とにかく、ありがとう、マリン」

「礼をいわれるようなことはしてないよ」ハッチは答え、手を軽く握り返した。「幸運を祈るよ、クリストファー」ハッチは、歴史学者が坂道を下って波止場に向かうのを見送った。そのあと、ジャガーに乗り込み、ドアを閉め、エンジンをかけた。

広場に乗り入れ、車首を南に向けた。湾岸道路1Aに入って、マサチューセッツに行くつもりだった。潮風を楽しみながら、ゆっくり車を走らせた。静かな通りを縁取るオークの古木の下を通ると、光と影が顔に躍った。

ストームヘイヴン郵便局が近づき、縁石に車を停めた。白いピケット・フェンスの杭に腰をおろし、イゾベル・ボンテールが待っていた。薄い革のジャケットを着て、象牙色の短いスカートをはいている。横の歩道には、大きなダッフル・バッグが置いてあった。ハッチを目にすると、彼女は親指を立て、脚を組み直して、驚くほど長い脚線を見せた。

「お元気、船乗りさん」と、彼女はいった。

「元気だよ。しかし、それはまずいな」ハッチは日に焼けたボンテールの脚をあごで示した。「このあたりでは今でも淫乱女は火あぶりにされるんだ」

ボンテールは笑い声を上げた。「火あぶりにするならしてごらんなさい。この町の長老はみんな太ってるのよ。動きが鈍いから、走って逃げられるわ。こんなハイヒールをはいていてもね」ボンテールは杭から離れ、近づいてくると、助手席の窓に肘を載せ、身を乗り出した。「どうしてこんなに時間がかかったの?」

「不動産屋のドリスのせいだ。苦労してまとめた契約だから、時間をかけて楽しみたかったらしい」

「まあ、そんなこと、どうでもいいわ」ボンテールは、すねたように唇を突きだした。「あたしだって、忙しかったんだもの。財宝の分け前をどうしようか、いろいろ考えてたの」

ハッチは苦笑した。二人とも知っていたが、島から財宝を引き上げる計画はなかった。宝物は永遠に海の底に眠ったままになるだろう。

彼女は仰々しくため息をついた。「あなた、本当に、あたしをこの恐ろしい町から連れ出してくれるんでしょうね。騒音とほこりだらけで、物乞いがいて、日刊の新聞があって、ハーヴァード・スクエアのある街に行けるのが楽しみだわ」

「じゃあ、乗ってくれ」ハッチは手を伸ばし、ドアを開けた。

だが、彼女は窓に肘を置いたまま、からかうような目でハッチを見ていた。「ちょっと伺いますけど、今度あたしが夕食をおごってもいいわけ?」

「いいよ」

「じゃあ、ヤンキーのお医者さまが、若い女の子にどんなおやすみの挨拶をするかもわかるわけね?」

ハッチはにやりと笑った。「それにはもう答えたと思うがね」

「でも、今夜は別格よ。ストームヘイヴンで過ごすんじゃないんですもの。今夜、おごるのは、あたしのほうなんだもの」にっこり笑って、ボンテールはブラウスの袖に手を入れ、分厚いドブロン金貨を取り出した。

ハッチは、ボンテールの掌に入りきれないほど大きな金貨を驚きの目で見つめた。「その金貨、どこにあったんだ?」

ボンテールは顔じゅうに笑みを広げた。「あなたの医務室にあったのよ。ラドメーターを探していたときに見つけたの。最初で最後のノコギリ島の財宝ね」

「渡してくれ」

「おあいにくさま(デソレ)」ボンテールは笑い、差し出されたハッチの手の先から金貨を遠ざけた。

「先に見つけた者の勝ちよ。海賊の野営地からこれを掘り出したのはあたしですからね。でも、心配しないで。

豪華なディナーを何回もおごってあげるから」ボンテールは後部座席にダッフル・バッグを放り込み、また身を乗り出した。「今夜の話だけど、あなたに決めさせてあげる。表(ヘッド)か裏(テイル)か、いってみて」ボンテールは金貨を弾き、宙に放り上げた。金貨は回りながら太陽の光を反射し、郵便局の窓にまぶしい光を投げかけた。

「英語では複数形にするんだ。表(ヘッズ)か裏(テイルズ)か、だよ」

「違うわ」ボンテールは手の甲で金貨を受け止め、もう一方の手で押えた。「女陰(ヘッド)か男根(テイル)かよ。間違ってないでしょう？」彼女は指を上げ、金貨を覗いて、好色そうに目を大きくした。

「早く乗るんだ。こんなことしてると、二人とも火あぶりにされる」ハッチは笑い、ボンテールを車内に引きずり込んだ。

　高性能のジャガーのエンジンは、あっという間に二人を町の外に運んだ。そのあと二分もたたないうちに、焦土岬の付け根にある崖沿いの道に入った。その道の頂点に達したとき、ハッチはリアビュー・ミラーに目をやり、絵葉書を記憶に仕舞うように、ストームヘイヴンの町を最後にもう一度だけ眺めた。港がある。錨を下ろして揺れる船がある。丘の上で輝く白い下見板の家がある。

　そのとき、太陽の光がミラーに反射し、一瞬のうちにすべてが見えなくなった。

訳者あとがき

アメリカの東海岸、メーン州の沖に、海賊の宝が隠された小島がある。財宝の総額は二十億ドル。その埋蔵場所は、近づく者の命を奪う悪魔のメカニズム――凶悪な海賊に拉致された十七世紀の天才建築家によって建造された死の罠で守られている。そして、二百数十年にわたって守られてきた島の秘密に、二十世紀の発掘隊が、時を越え、最新のテクノロジーを駆使して挑もうとする。評判の合作チーム、プレストン&チャイルドによる本書は、そんな設定で幕を開ける。

この二人組の書く小説にはすでに定評があり、ある者はその綿密な取材力を称える。過不足のない人物造形を賞賛する者もいれば、構成の妙や卓越した視覚的描写力に舌を巻く者もいる。そして、クライマックスで全貌が明かされる奇想天外なアイデアの数々には、誰もが驚かされてきた。そういった特色は本書でも遺憾なく発揮されており、『ソロモン王の洞窟』や『宝島』など、昔から世界中の読者を魅了してきた宝探し小説に、この二人は新機軸を打ち出したといえるだろう。

著者の一人、ダグラス・プレストンは、一九五六年、マサチューセッツ州ケンブリッジの生まれで（ベストセラー『ホット・ゾーン』の著者リチャード・プレストンは兄に当たる）、数学、生物学、物理学、人類学、科学、地質学、天文学など、理科系の諸学問をかじったあと、英文学を専攻して、ニューヨークのアメリカ自然史博物館に就職した。それから八年ほどたったとき、ある出版社の未知の編集者から、勤務先、アメリカ自然史博物館の歴史を書いてみないか、と持ちかけられる。やがて出版されたのがプレストンのノンフィクション第一作『屋根裏の恐竜たち』（一九八七年、邦訳は心交社）だが、産婆役を務めたその未知の編集者が、のちに共作者となるリンカーン・チャイルドだったのである。

リンカーン・チャイルドは、一九五七年、コネティカット州ウェストポートの生まれで、中学生のころからSFやファンタジーの習作を書いていたという。大学卒業後、ニューヨークの大手出版社に就職し、英米のエンターテインメントを中心に百数十冊の本を編集する。十四歳のときにH・P・ラヴクラフトを知って以来、ホラー小説のファンでもあったチャイルドは、怪奇小説のアンソロジーも六、七冊、編纂したが、出版社に在職中はなぜか自分で小説を書こうという意欲は湧かなかったらしい。その後、保険会社に転職してコンピュータのシステムを組んでいたとき、プレストンに誘われて、アメリカ自然史博物館を舞台にしたホラーSF『レリック』（一九九五年、扶桑社文庫）を合作する。それ以後、二人は、年一作のペースで、『マウント・ドラゴン』（一九九六年、扶桑社文庫）、『地底大戦』（一九九七年、扶桑社文庫）と、話題作を連発してきた。プレストン単独の小説作品には、感動的な動物小説『ジェニーのいた庭』（一九九四年、ハヤカワ文庫）がある。

これまでの三作はSFやホラーの色合いが強かったが、一九九八年に発表された四作目の本書では、荒唐無稽とも取られそうなアイデアの奔流を抑え、ジョン・ヒューストンの映画『黄金』などを頭の隅に置きながら、より広い読者にアピールする小説を書こうと意図したように思われる。といっても、財宝の意外な正体や、暗号解読、十七世紀英国裏面史など、読む者をわくわくさせる道具立てには事欠かない。なお、物語に登場するノコギリ島は、カナダ南東部のノヴァスコシア沖に実在する宝島、オーク島をモデルにしたものだという。余談ながら、『アウトブレイク』や『逃亡者』などのヒット作を送り出してきたプロデューサー、アーノルド・コペルソンが、本書の映画化権を取得している。

プレストン&チャイルドの、このあとの作品には、失われた古代文明をテーマにした *Thunderhead*（一九九九年）と、謎の巨大隕石を巡る冒険談 *The Ice Limit*（二〇〇〇年）があり、『レリック』と

『マウント・ドラゴン』のキャラクターが共演する第七作もまもなく脱稿の予定だという。

ハイテク・スリラー、サイバー・サスペンスなどと呼ばれるジャンルは、『失われた黄金都市』や『ジュラシック・パーク』を書いたマイクル・クライトンが第一人者だといわれてきたが、プレストン&チャイルドは、そのクライトンに並んだとか、いや、すでに追い抜いたとか、いろいろ話題を集めている合作チームである。この先も目が離せない書き手であることは間違いないだろう。

この小説は、フィクションです。固有名詞、登場人物の性格、場所、出来事などはすべて著者の想像の産物であり、あるいはフィクションの一部として使われたものです。実在の人物（生死を問わず）、出来事、場所などとの類似点があったとしても、すべて偶然です。

●訳者紹介
宮脇孝雄（みやわき・たかお）
1954年高知県生まれ。早稲田大学政治経済学部在学中より『ミステリマガジン』で翻訳を始める。他にもミステリ評論家、料理評論家など多彩なジャンルで活躍中。主な訳書に『死の蔵書』（早川書房・BABEL国際翻訳大賞受賞）、著書に『書斎の旅人』『煮たり焼いたり炒めたり』（早川書房）などがある。

海賊オッカムの至宝

2000年７月28日　第１刷発行

著　者　ダグラス・プレストン／リンカーン・チャイルド
訳　者　宮脇孝雄
発行者　野間佐和子
発行所　株式会社講談社
東京都文京区音羽二丁目12-21
郵便番号112-8001
電　話　出版部　03-5395-3523
販売部　03-5395-3622
製作部　03-5395-3615
印刷所　慶昌堂印刷株式会社
製本所　島田製本株式会社

N.D.C.933　398p　20cm

ISBN4-06-209127-5　（学三）

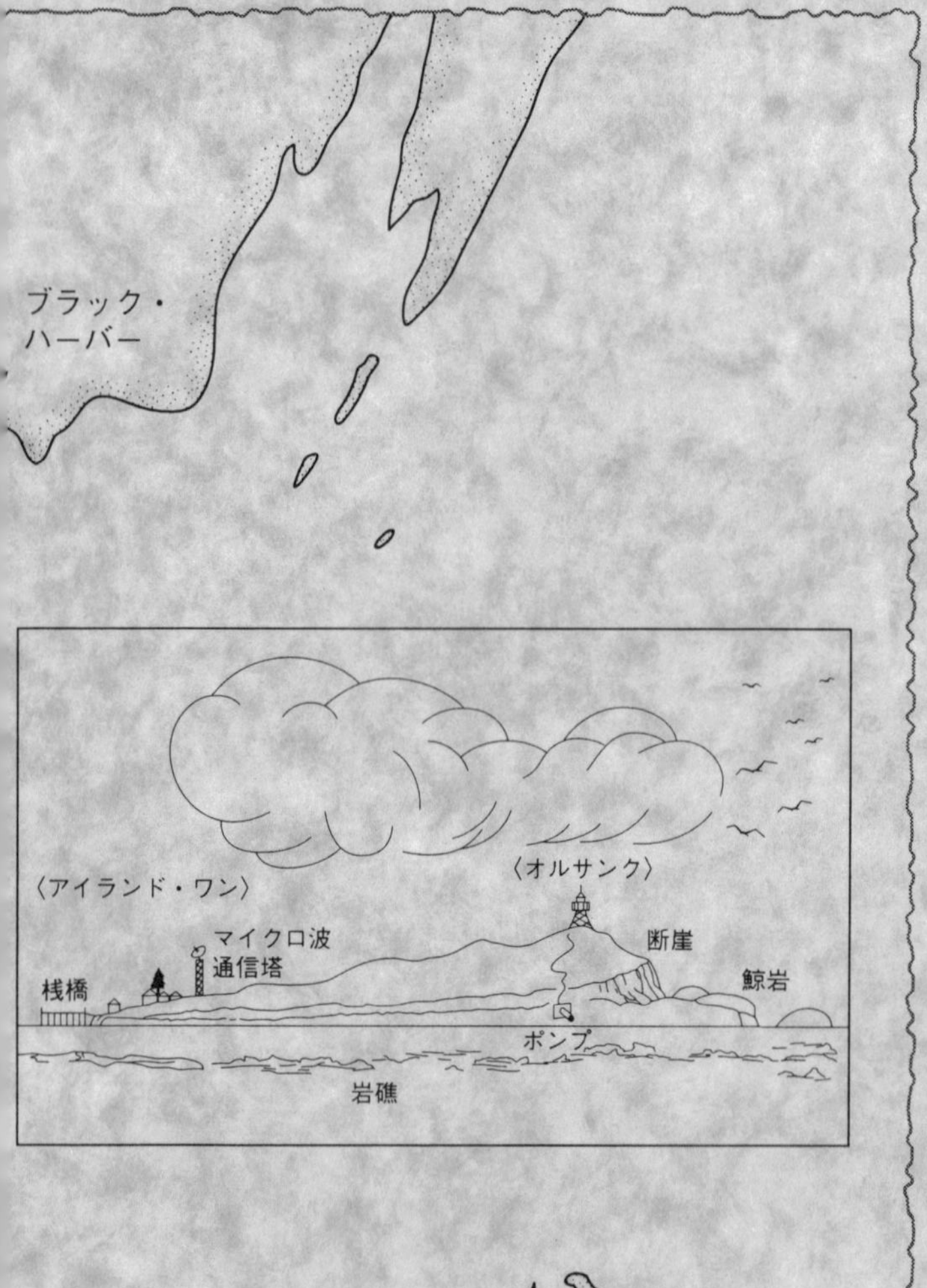
ブラック・
ハーバー
〈アイランド・ワン〉
マイクロ波
通信塔
桟橋
〈オルサンク〉
断崖
鯨岩
ポンプ
岩礁
ノコギリ島